U0930596

茅盾文学奖获奖作品全集

茅盾文学奖
获奖作品全集

橡树路

你在高原 第二部

张炜 著

人民文学出版社

目录

卷　一

卷　二

卷　三

卷　四

卷一

第 一 章

童话和城堡

一

人的心中常常滞留了一个童话——它最初不知是从哪儿进入的,不知是来自梦幻或其他,反正只要印上心头就再也排遣不掉,它就一直在那儿诱惑我们。比如一说到“童话”两个字,我的脑海中就会呈现出一幅清晰明亮的图画:走啊走啊,疲惫干渴地穿越一片无边的荒漠,近乎绝望时眼前会突然一亮——豁然开朗的谷地里出现了清泉绿地,大树亭亭,一处处尖顶楼阁爬满了青藤,精巧别致、楚楚动人……因为一切都是在困顿煎熬的跋涉中突兀发生的,所以直看得人目瞪口呆,掩口失声。这当然不会是实实在在的人间——起码不是我们经验中的那个人间。而人间到底是怎样的,我们大家太熟悉了。人喊狗叫的嘈杂,烟尘和泥泞,寒酸和拥挤……

那个童话无论多么遥远,多么飘渺,也还是充满了诱惑。

是的,所有的童话中都有城堡,有奇妙的故事。那些故事曲曲折折,惊险或最终有惊无险:老狼和狐狸,真正的魔鬼,仙女和王子,以及这一类纠缠一起的、或有趣或可爱的动物和人物。人有时真想变成这其中的某一种东西,哪怕是一棵植物也好,目的就为了有机会亲历那个童话，生活在那样一个迥然不同的世界里。如果能够这样，人的一生真是死而无憾啊！

可惜童话就是童话，谁想把它复原，把它移植到现实生活中来，那差不多等于是痴人说梦，仅仅止于幻想而已。

可是我这会儿却要多少冒点风险，要言之凿凿地说出，我就经历了这样的一个童话——那儿真的有城堡，有仙女和恶魔，有它应该具有的一切，特别是有那样的一些惊险故事。我敢说这全都并非虚拟，虽然它今天回想起来仍然如同梦幻，但确实是发生过的。总之经历了这样一些事情以后，让我明白了一个道理，即许多童话般的奇迹在人间也会真实发生，问题是我们愿意不愿意承认它们，愿意不愿意直接地、大胆地走进它们当中。

如何识别存在于人间的活生生的童话，第一眼的印象，即最初的发现至关重要。如果第一次就看走了眼，一切麻烦也就接踵而至，接下来的许多奇迹很可能会视而不见。我并不是从一开始就明白这个道理的，而是在后来一点一点晓悟品咂出来的。我只能说自己当时仅仅是一个幸运者，是有那样的机缘而已。也就是说，我不过是碰巧看到了，然后一下惊呆在那里，所谓两眼直勾勾地站着，口不能言手不能举，惟有压住了心中的一个惊叹。

接下来就是稍稍平静一下自己，一点一点地往前走、走过去……就这样，一直走进了那个童话当中。

不错，我们的整个故事，起码从外部看起来要很像童话的样子：具备一部迷人童话的所有元素，比如茵茵草地上的城堡、一片足以藏住许多意想不到的古怪故事的蓊郁。这可不是说说玩的，谁都知道在当今这个世界上，要找到这样一个地方比登天还难。

当时我还十分年轻，头发又浓又黑闪闪发亮，唇上刚长了一层茸茸，整个人稍稍瘦削却又筋道道的，总之正是处在有能力干许多坏事和好事的那样一种年纪。记得那天我背了个大背囊——这套行头以后我还要一再说到,因为它是我的一件随身宝物——站在一座残破丑陋的城市街巷上,十分空虚和无聊地四处走动张望着。这座城市可是第一次踏进来啊,可怎么看怎么像是踏进了一片似曾相识的旧地,眼前的一切全无生气,全无新鲜感。类似的城市好像在哪儿见过,我读书的地方,还有我去过的一些人烟稠密之地,它们的模样大致都差不多。它们之间的不同,不过是有的大一些有的小一些,有的旧一些有的新一些,有的像刚刚摆放的一堆火柴盒,簇新然而单薄,好像一阵大风都能哗啦啦刮倒。眼前的这座城市大而陈旧,名声不小,这会儿看上去是多么大的一摊子啊,它深不见底,十二级飓风刮一年也吹不干净。脏是不用说了,几乎看不到一棵像样的大树,满街的坑坑洼洼,积水和污泥,杂物和垃圾尘土,这都是再自然再熟悉不过的了。那种充斥在街道上的喊叫啊,那种城市里才有的长声大喊啊,纵横交织,高一声低一声,有时急切有时凄凉,让人无望而沮丧。我站在那儿很长时间一动不动,惊魂未定,当时在想,怎么办啊,我从现在开始大概就得在这样一个地方长期待下去了。沮丧,可是没有办法,这就是我的命,一个青年无足轻重的命。我的到来,对于这座无边的混乱之城而言是无所谓的,不过是九牛一毛;可是对于我个人则不同,这是生死攸关的大事,是在哪里生活一辈子、能不能快乐生活的大事。

当时我刚刚从一所地质学院毕业,志向不大也不小。比如想干一番规模不大的事业,想围绕自己打小就有的一些爱好奋斗一番;更具体的,是想拥有自己的一处住房,这住房不必很大却需要安安静静,不透风不透雨。当然了,还想找一个好姑娘。这最后一个问题其实也是最重要的问题了,因为我刚刚不久因失恋而备受折磨——这事儿现在最好连想也不要去想,这是丧魂失魄的事儿,就让它快些过去吧。为了这事我已经死过一回了——真是折磨人啊。可是未来呢?那位未来的好姑娘难道就藏在这座乱哄哄的城市里？她到底什么模样？一切都说不准，这会儿绝不能先入为主，不能像个书呆子一样从书上画报上抄一个人模子，然后对号入座，那样最后吃亏的还是我。我心里只是想，这个适合我的好姑娘只要从眼前一过咱就会知道：嗯，就是她了。是的，真正的好姑娘别想从我眼前浑然不觉地溜掉，我只要一眼就会把她识别出来。这就是我的本事。这个本事并没有因为自己备受生活的煎磨而丧失，也没有因为在这类事情上的可悲遭遇而稍有改变。真的，我是一个对异性异常敏感的家伙。我这一生必将因此而饱受熬煎。没有办法，这同样也是人的命。

随着年龄和阅历的增加，我被证明自己的许多烦恼都来自她们。我有时恶狠狠地对自己说：你这个正人君子啊，就不能安分守己一些吗？你也准备学别人那样，当一个色鬼吗？我在许多时候已经笑不出来了，无法在这一类问题上使自己幽默起来。因为痛楚深深地刺伤了我，早已无暇顾及其他。我有时甚至只想痛定思痛地独自待上一会儿，只想痛改前非，在一万次的自责中变成一个货真价实的好人。可惜这一切远非说说那样简单。真的太难了，我已经无可救药。我既是这样的一个青年、中年，还会是这样的一个老年。我甚至想，自己会在缠绵病榻的时候，在最后的时刻，来不及忏悔。

我说过，我刚刚进入这座城市的时候只是个身材单薄的青年，一个胸廓厚度不足二十公分的可怜巴巴的毛头小子。他人从外表上可能一点也想不到，就是这样的一个青年，内里还贮存了不少能量哩，有时可谓野心勃勃。他虽然赤手空拳，可最好不要随便招惹他。初来乍到，有些事情想好了，更多的事情却根本没谱。就像走在这些陌生的街道上一样，边走边看，又失望又新奇，探险之心很重，但许多时候肯定要摸着石头过河。

刚来这座城市的夜晚，我想的事情可真多啊。想来想去，想得最多的还是怎样开始一场有模有样的、货真价实的爱情。没有爱情不得了。年轻人没有爱情，身处这样干燥单调的一座城市，那简直就没法活下去。爱情是沙漠里的甘泉，这话一点都不假。夜晚想想爱情这一类事，该是多大的慰藉。想的时候无非有两个方向，一是向后看，二是对未来的展望。向后看没什么好的，大半是沮丧，是揪心的疼痛与惋惜；展望未来则没有尽头，那里面各种可能性都有，而且总是尽可能想得好一点。比如说，人人都想逮到一个仙女。可见童话在任何时候都诱惑人，最后也许还要折磨人、害人。

我没事了就在这座城市里徘徊，身上背了那个大背囊。它里面的古怪物件可真不算少，夸张一点讲，它足足装下了我二十多年的历史。我这二十多年大约相当于一般人的八九十年吧？也许任何人的青年时代都是这样的自命不凡？反正我那时想的就是这样，自己在二十左右岁里已然经历了人生的一切，知道了一切，历尽沧桑，具有了老翁的心智，阴谋家的狡猾，以及厌恶和舍弃不用的、强梁大盗那样的一堆坏心眼。任何时候，只要把这个具有职业特征的大背囊一背，大半生的宝贝也就尽在其中了。背上它出门心里踏实。人人都有爱好，我的爱好真的是这个背囊——它里面到底装了些什么，以后我会一点一点抖搂出来的。这会儿只是背着它闲荡，因为初来乍到嘛，总得摸摸四至，找找边界，看看这座莫名其妙地屹立了上千年的城市里到底有什么蹊跷和奥秘、有什么花花肠子。看来看去也不过是这样，不过是让我在心里失望、继而稍稍惊叹：天哪，这么多人怎么有本事花了这么长的时间——一千多年呢——在平地建起了这么丑陋的一座城市？这得克服人类多少爱美之心、起码的洁癖，还有人所共知的那点自尊？看看吧，这座显而易见要与之长期厮守下去的城市，自己竟然没法去袒护和爱惜它一点点，简直找不到这样的理由，因为到处是飞扬的尘土和垃圾,是乱哄哄的一切。我在拥挤的人流里喘息,穿过大喊大叫的市场,绕过矮得令人难以置信的小屋组成的斜巷,踏上所谓的广场。不少地方都在开膛破肚,头上包了毛巾的民工弯腰屈背进入沟底,远看只有新土一下下扬出来,让人想起某种掘土的啮齿类动物在忙个不休。

我没有目的地往前,到了什么街区也不知道。这里大致全都一样,街道和两旁的楼房色调以及样式全都一样。而且,我记得自己看过的其他城市,那些地方与这里也大同小异。怪不得现代人越来越多地在人生之途上迷失,主要原因就在于他们所要面对的客观世界没有什么独特的标记,到处都差不多,以至于你弄不清自己走到了哪里又来到了哪里,找不准自己的方位。就这样走着走着,全然不知自己身在哪个街区,只记得这是一个星期天的下午,天早就阴着,但照例没有雨。我拐出一个巷子踏上一条弯弯的马路,顺着马路又走了半个多钟头,一抬头,就看到了足以影响一生或半生的那个地方。

老天,这儿简直就是不折不扣的人间童话!

那会儿好像天刚刚放晴,明亮的阳光正好打在前边不远处的一片树木和草地上,浅红色和棕色的小楼在树丛后面闪闪烁烁;像教堂和城堡似的尖顶耸立着;再远一点好像还有小湖,有溪流……到处都一片静谧。天哪,这是到了哪里?我不相信自己的眼睛,揉了又揉,直直地盯住。没有错,烂漫迷人的一切就在前方不远处延伸下去,既是这座城市的一个组成部分,又显得如此突兀,二者简直是格格不入。

二

那会儿我害怕以后再也找不到它看不到它了,长时间大睁双眼盯住,也许还因为惊异而面色苍白。我甚至怀疑这就是一种白日梦？或者是在沙漠中连续奔走的人看到的海市蜃楼？我踌躇了一会儿，开始向路人打听起前边的那片亮灿灿的地方到底是哪儿？被打听的人看看前边又看看四周，转脸看我时满脸狐疑，最后吐出令人再也不会忘记的三个字：橡树路。

就这样，我第一次听到了这三个字，并且马上意识到它是一座城市里最晦涩最响亮的名字。接下去我又往前走了一段，然后真的看到了一个路牌。不错，上面写了这三个汉字。很旧的牌子。不过我端量这三个字的时候在心里做了更正，心想前边那很大的一片分明不是一条路，也不是一条街，准确点说应该是一个城区。

从那一天开始，我知道了这个城市里有那样一个奇妙之地，它既不合情理却又真实无误地存在着。我得说，这是我一生中所看到的一座城市中最不可思议、最突兀的地方，它美丽得让人惶惑，让人心上发紧。我忍不住要快点深入它的内部，不过还是耽搁了一段时间。因为在这样做之前先要弄明白是怎么回事。像一切初来乍到的人一样，我由于担心莽撞，免不了还要小心翼翼地、进一步地寻根问底。

原来这片奇异之地在二百多年前就已经存在，当时属于外国人，所谓的“租界”。而后又几易其手，原有的地盘扩大了一倍，建筑群落的风格却改变不大。二百年啊，这段时间不长不短，可以想象它换了多少茬主人，多少人在这里逍遥过。当时这里的街道上长着不少高大的橡树，据说那不是租界的人栽的，而是原来就有的，建城的人一眼看上了它们，就在这儿筑窝并依此而得名。二百年过去了，威风凛凛的大橡树早已不像当年那么多了，倒是添了不少其他树种。原有的橡树被喜欢杀树的人斩掉不少，剩下的一些都成了爷爷辈，留下来讲述往昔。没有大树的城市是自卑的城市，没有古建筑的城市也会自卑。可是后来占据这座城市的人有个邪癖，最愿砍杀树木，见了大树分外眼红，那些大橡树也就纷纷遭殃了。再后来幸亏居住在橡树路的人改变了一点主意:起因是一棵百年老树倒地时砸毁了一间厨房,还险些伤了正在做饭的老太太。权高位重的主人害怕大树精灵作祟,或嫌伐得光秃秃的城区缺点什么,嫌大热天院子里没有荫护,骄阳似火也很难熬,也就一个指令下去,砍伐马上停止了。

二百年下来,总是一些特别的人物住在橡树路,他们换了一茬又一茬,一拨赶走了另一拨。每一拨都死赖着不走,以至于有时不得不动枪动炮赶他们。胜者免不了要流血,要死许多人,所以说要住在这样一个地方可不容易,须花上血的代价。这是硬碰硬的、一点都不能含糊的。关于那些拼死打斗的范例,史书上记载得太多了,简直是汗牛充栋。总而言之,橡树路是由不同国家的人花了二百年的时间、断断续续建成的一座童话般的城堡,一个奇迹,它的每一株草、每一棵树都是鲜血浇灌的。这样说不仅毫不夸张,或许还嫌不够呢。因为二百年来关于它的故事三天三夜也讲不完,有的还是腥风血雨的故事。至于这种残酷的争夺是否值得,那就要深入进去,亲眼看一看它的模样才能明白。

这座城堡并没有让高大的围墙与其他城区隔开,而过去是有的。有人说六七十年前,即黑暗年代,这里的围墙高达三丈三,墙顶还栽满了玻璃碴和铁丝网,大门口一天二十四小时有卫兵把守。墙内巡警日夜徘徊,他们的模样和装束常常变换,有时是黑衣服,大盖帽子上围了一道白布圈;有时是黄衣服,肩头钉了肩章,从肩头到胸口那儿还有穗头什么的连缀着,看上去怪怪的。特别难忘的是有一段时间换了更怪的人物:巡警是一色黑黢黢的洋人,他们身着白衣,头上布条一层层缠裹如同柳木斗,看一眼吓死人!有人说,这样的洋人来自传说中的爪哇国,最有大力,所以专门雇来保家护院,有了他们,哪怕是飞檐走壁的大盗都不敢染指。不管怎么说,后来这四五十年里高大的围墙拆了,理由是越是好的地方越是属于人民的。围墙一拆，人民从此有了童话般的城区，有了一座座尖顶小楼、城堡，黑乌乌的大树和绿油油的草地。没有高墙了，巡警还有，他们会在夜间执勤，会在大白天里溜达，把那些闯进这里的流浪汉和小商小贩们、把一些不太吉祥的人驱走。

城里人的最大遗憾是五六十年过去了，不仅没有把这片童话般的区域扩大到整个城市，而且还使其大大地缩小了——据说现在的橡树路虽然名称依旧，但四周已经被各种新建筑一点点蚕食，而且这些新建筑都灰头土脸的，与其他街道并没什么两样。而真正的橡树路，它的内核部分，一直像这座城市深藏不露的一颗闪闪发光的明珠，让人心生羡慕，让人滋生梦想。

我发现这里树繁草绿，真的如同梦境。树上的小鸟多极了，它们也在这里找到了乐园，叽叽喳喳地叫着，唱歌，不知忧愁地打闹。如果它们闲下来，这儿就一片安静。无论是笔直的或打一个弧形弯的柏油路，都平得像一面黑色的镜子，小汽车跑在上面无声无息:大气也不敢出，不敢高声鸣笛。其他城区乱哄哄的人流、各种各样的叫卖声，在这里根本看不到。时代发展到了今天，砍伐树木的恶习起码在一部分人身上戒除了，证据就是他们在自己居住的地方保留了这么多的树木。而其他地方也就难说了，因为只要离开这里，比如走到这座城市的任何一个角落，都看不到茂盛的树木。这大致还是一座干枯的城、没有绿色的城。

树木在这座城市里很难长大。我很快发现有人与树木有深仇大恨的新的证据。如开春时节，一队民工在马路边刚刚栽下了一行整齐的白杨，只过了几夜，就给人连根拔了或拦腰折断。再比如那些架线工，会毫不犹豫地朝路边一排生机盎然的法桐挥动砍刀，一眨眼，黑乌乌的大树冠全部落地。类似的例子不胜枚举。一座尘土飞扬的枯城对一个瘦削的、急于寻找异性的青年极为不利。因为他需要树木的掩护或其他，比如和对方站在阴凉地谈点什么、倚着光滑的树干倾吐一下心事，那就要方便得多也好得多。路灯太亮了，没有路灯又太黑，人在黑影里惮虚虚的并不好——最好是由大树掩映一下，影影绰绰的，这多好啊，这多么有利于一些故事的发生啊。

我渴望在那样的草地上徜徉，渴望大学里终止了的一桩美事能够继续。我这个人基本上还算老实本分，可像其他人一样，并不宜在某些方面过于禁锢，因为刚刚二十多岁，那些方面火辣辣的，弄不好会出事的。想想看，如果连我这样的人也被迫成为一座城市里不安定的因素，这个社会也就太过分了。据说一个社会关心和疼惜青年，这个社会才是好的。社会无视咱青年的一些基本要求，把一些最起码的交谊场所搞得光秃秃的，青年生了气，回过头来就会反抗社会。这些都是我在当时的一些感悟，属于私密之语，虽不吐不快，也还是从来没有对组织表达过。因为我深知这里面有点犯忌的东西，比如，有向社会示威和恐吓的成分。

青年向社会示威是十分危险的。众所周知，社会主要被年长的人管理，他们经历漫长，经验丰富得用也用不完。老年人一旦发起火来，年轻人要后悔也就来不及了。这方面的例子在这座城市里就有，而且都是一些让人毛骨悚然的例子。这儿的老年人格外坚毅顽强，在原则问题或类似的问题上决不手软，年轻人如果硬要使性子耍犟劲，吃亏的只能是他们。我当时很快就弄明白了橡树路的大致情形，知道住在这个地方的，开始主要是那样一些老年人，他们都是为这座城市立过大功的人。最初几年这里的青年人还不多，或简直就可以说没有。出入这个地方的青年有的是来串门的，有的则是他们的家人。因为德高望重的老人也有妻子儿女，有的妻子像女儿一样小；儿女们长大了，他们要成家，成家后大半也要待在原地。人类的繁衍是自然而然的，只要生活安逸了，幸福了，一大群孩子很快就生出来了，而且一眨眼就长成了大姑娘和小伙子。

随着时间的推移，这片神秘之地的故事越传越多。整个城市的人都乐于倾听它的故事，因为它历史漫长，再加上新主人和新发生的一些故事，使这儿的所有讲述都变得脍炙人口。这些故事能写成一部部大书，成为天方夜谭。而它作为一座城市之核，任何喜怒哀乐都直接影响着整个城市，或深或浅地决定着许多人的生活，所以人们都会关心这片城堡的深处到底发生了什么。如这里有了凶杀案，抢劫事件，或者是男女私情，都可以传得神乎其神，让人长久地谈论。特别是奇妙的爱恋与偷情，如果发生在这个地方，就会变得格外曲折和引人注目。

三

有些传说是永远也得不到证实的。比如说有的人因为长期在那个城堡里服务，做炊事员或其他服务员之类，年纪大了回到家里，既清闲又没了禁忌，免不了就要说出一些有意思的秘闻。这些事迹传来传去常常走了模样，再度夸张扭曲，就连故事发生的时间顺序也被颠倒。好在故事的地点没有错，这是惟一让人感到放心的。

传说有一个人独占了一座老城堡，这人身高马大完全像个巨人，而且的确是个传奇人物，在城堡里大约活了一百五十岁——他自己永远只说自己九十九岁，目的就是为了遮掩一些隐秘和真实。正常的人是不可能活那么久的，也不可能有那样的脾性和长相。他后来所做的一切，都不过是使用了障眼法罢了，这是后来的人一点点才悟到的。有人说真正的巨人英雄早就被一个妖怪杀死了，而这个妖怪也就借用了英雄的面貌和事迹隐藏下来，以享用城堡中的一切，被一座城市的民众供养着。因为这家伙越长越离谱儿，身躯放大了一倍，眉目似人却比常人突兀，大眼一翻一翻宛若铜铃,大嘴一咧好似马嘴。一般人害怕却不敢过多地议论,只说异人必有异相。其实除了近身的人知道他的真实模样,其余都只是听了言传。

巨人从不出门,一般市民见不着,城堡里的人也见不着。只知道运送各种好吃物的车子一辆辆进入城门,一个个活鲜美妙的少年和女子送入城堡,这些都是为巨人准备的。同时这也证明了巨人仍然活着。传说巨人随着年纪的增长,除了偶尔出门晒晒太阳,基本上只待在那个黑黑洞洞的大屋子里。再后来说他连太阳也不出来晒了,一天到晚只躺在一张结实厚重的大橡木床上,即便解溲也不离开。如果传说是真的,那么巨人的死期也就不远了。可是时间延续下去,大家才知道这不过是巨人的一种生活方式,离真正的死期还远着呢。也许这家伙是不会死的,这从根上说就是一个异数,一个不为人知的古怪物种。

城里个别感觉敏锐的人,会在半夜隐隐觉出地皮在颤动——一下一下,既轻微又深长。他们知道这是巨人睡不着,于深夜离开大床踱步了。有人会从深夜时分的雾气中嗅到一种腥臭,知道那是巨人在迎着窗户打哈欠。只要是风向掠过那片城堡,就会带来一些显而易见的气味。那是腥膻和浊臭、烧焦的皮革之类混合而成的味道,极为难闻,只不过由于天长日久才多少习惯下来。巨人身上生了比牛皮癣还要严重的糙皮,后来又有人干脆说就是鳞片,说这对他就像一层铁甲壳,一般的刀子都戳不透。他在城堡里走动时不穿衣服,露着奇大的阳物,第一次见到的人都要努力忍住心底的惊呼。他有一副极好的胃口,属于杂食动物,什么都吃,又食不厌精,通常要由十二个厨子轮流做出菜肴,摆满一个三米宽六米长的木台,由他随意挑食。即便饱餐一顿之后,他走出门来,见到一些小动物之类,比如蜥蜴蜈蚣,甚至是蚯蚓和蟑螂,也都要随手捉了吃。他一边咯吱咯吱嚼着东西,一边和新选进城堡的少男少女逗趣,有时一龇牙就吓得他们半昏过去。

巨人特别喜欢生吃五毒,据说这是为了保持自身的毒性。一旦争斗发生时,他只要下口咬上对手,对手也就必死无疑。他的唾液和血,甚至是手指甲的划痕,都能置人于死地。有一阵城堡里野猪泛滥,长了大獠牙的野猪不知挑伤和戳死了多少市民,最后惹得巨人火起,蹲在一个野猪必经的街口,待它们冲过来时,即一掌一个拍死。当年满城的烹肉味让城里人记住了好几十年,许久之后一提到那场人猪大战,他们还要感激巨人的勇武。

可是供养这样一个英名远扬的家伙所费不赀。精米精肉按时送进城堡不算,还要送大量的绫罗绸缎。按说一个不穿衣服的家伙根本不需要后者,后来才知道他用不用是一回事,送不送又是另一回事。有许多东西实在搞不清是被他所用,还仅仅是满足于一种喜好和欲望堆积在城堡里。引起众人疑虑的是越来越多的传闻,是巨人生吞五毒以及其他的种种怪癖,以及格外残忍的行径。人们私下断定这早已不是什么当年的那个英雄了,而是一座年代久远的阴暗城堡中滋生出的超常妖怪,这妖怪在暗中将主人吃掉,然后也就取而代之。这个巨人渐渐趋近民间传说中的魔头,不同的只是这座城堡确属一个真实存在,它至今还矗在那儿呢。

巨妖有着超人的欲望,对城中稍有姿色者一一亲幸。被亲近者毫无反抗之心,因为只要离得近了一睹面貌、一嗅气息,也就吓得筛糠。她们大多被蹂躏个半死,所余时间不过是留在人世苟活罢了。大约在巨妖长到一百二十岁左右,又开始增添了新的嗜好:戏耍孩童。一些稚气未脱的少男少女要一块儿送进去当贴身听差,以随时满足他的兽欲。半夜里城堡响起撕心裂肺的喊叫声,接上又被一阵阵巨大的哈气声所湮没,即是老妖乱施淫威的时刻。更可恐怖的是每到了半年城堡里就要失踪一名美童,一开始人们还以为是走失或逃离,正在心中为他们庆幸呢,后来才知道是被老妖吃了。“这家伙成了食人番了!”城里一传十十传百,个个惶恐不安,恨得咬牙切齿。

大约在后来的几十年时间里,城堡里的人不断想方设法除妖,于是围绕这些又滋生出无数的故事。比如人们在老妖经过处挖了陷坑,坑底栽了尖刀;再比如买通厨子下毒……能想的办法都想了,老妖最多在陷坑里伤个皮毛,或者吞下大剂量的毒药面不改色——他体内的毒汁已经远超所施之毒,自然不再怕什么毒药。更可悲的是每一次除妖失败都要带来巨大的后果,引起一阵疯狂的报复。老妖先是被针对他的阴谋气得不停地放屁,于是充斥了整个城堡的臭气让人窒息,让人变得身上无力,面色青紫,于危急关头逃跑的力气都没有了;再接下来老妖会很容易地伸手逮住身边随便一个可疑人物,如丫环或厨子护卫,不容分说揪着两腿就生生撕扯了。

在极为绝望的日子里,有的护卫铤而走险干过冒死一搏的事。趁老妖进食时,装作凑近了为其切肉,然后猛地举刀刺其咽喉:喉结像石球一样滚动一下,颈上的老皮鳞块重叠,哧啦哧啦被刀刃割下一些屑末,连血都不出;老妖只不过给弄得嫌痒,咳一声,吐出嘴里的肉,一低下颏夹住了刀子,然后一掌把护卫打翻在地,用脚踩巴踩巴将其闷死。还有人在老妖睡熟时想过办法:悄悄缚了他的手又罩上他的头,要把他活活憋死。谁知他的肺活量超过常人数倍,憋急了一声大呼,罩在头部的袋子马上开裂。老妖睡觉时双腿大撇,模样丑陋无比,有人就想取一个大锤猛击那对硕大的睾丸。可是刚刚举起锤子就吓得一旁的女人惊叫起来,老妖一翻身,锤子砸在了胯骨上,结果只在厚皮上落下一个白印。还有人尝试在下半夜堵塞了门窗,投进一些硫磺之类点燃,将其熏死。谁知几个时辰过去,屋里的侍人和各种生灵全都一命呜呼,惟有老妖在黎明时分摇摇晃晃出门,打着哈欠,只不过一头毛发和两撇胡子被熏白了,其余安然无恙。

四

真正完成复仇大计的是一位英俊青年。这人住在城堡之外的贫民窟里,自小和一个小仙女模样的姑娘一起长大。要对付魔王就需要小仙女,自古以来都是他们之间捉对儿厮杀的,没有她的参与也就一事无成。

传说英俊青年心爱的姑娘被老妖知道了,于是就从城堡传出令来,让人马上把小仙女送到里面。送之前要按新方折腾一番——这是老妖身边的人为了讨好魔头琢磨出来的,其实老妖本身是个粗物,根本没有这么多讲究——小美女要用泉水洗涮三遍,赤条条覆上桂花,再用芋头叶子裹了,用马兰草细细缠好。这样远看只是一个绿色草人,被称为“生人粽子”,为了让百无聊赖的老妖觉得有趣,到时候一层层解了高兴。因为老妖活得太久,身边已无新鲜事情,侍弄他的人就得按时想方设法搞出一些全新的名堂:抓了城外的壮汉赤脚走炭火,那种呼天抢地的大叫让老妖分外高兴;所有在城堡来往的人都不得穿一丝一缕,一切为了交欢和观看方便;为了测试忠心和逗趣,老妖自己还发明了一种游戏,说一声“我死了”,卫兵头儿及所有近旁的人即要赶紧表示悲伤和忠心,都要进行上吊表演,随便找一个门框和树枝就挂上绳子,结果许多人都因为表演过于真实而当场毙命。一些身怀绝技的面相师、预言家、变戏法的,都成为城堡里最受欢迎的人,这些人把老妖的大巢搅得热热闹闹,日夜灯火通明。不过老妖困极而眠,一觉醒来会犯糊涂,一睁眼瞄瞄满屋的怪人,怎么看怎么像是来刺杀他的,就一掌一个全拍死了。

小仙女送进城堡的日子已经临近,英俊青年悲痛欲绝。他城里城外寻找武艺高强的人,想汇集起来攻打那个城堡。这一行动进行得极为秘密,因为老妖耳目甚多,稍有不慎就会败露。最后英俊青年找到了十二勇士,十二勇士刚开始还有些犹豫,后来被一个个领到小仙女跟前,亲眼目睹了这个小姑娘是何等娇弱和美妙,于是全都下了殉难的决心。英俊青年和十二勇士感动了一位心怀嫉恨的林中母妖,她曾是城堡老妖早年抛弃的结发妻子。母妖洞悉老妖的一切隐秘和底细,这会儿就出了不少主意。她最要紧的一招是教会了小美女唱"迷魂歌":一种独特的唱词和曲调会让老妖魂飞天外,让他在长达十几分钟的时间里人事不省。也就是这短短的十几分钟,英俊青年和他的十二勇士要彻底解决老妖和巢里的一群卫士、各种各样的男女——因为这一百多年来城堡里积累了奇怪的、不为人知的人事传统,这其中既有深不见底的冤仇和恐惧,也有令人费解的忠诚和依恋,有魔窟中特有的怪癖和禁忌。反正是要彻底扫除一个城堡里的百年老妖比想象中艰难十倍,如若不然,这一百年里早不知换了多少茬主人了。

送小美女进城堡的这一天终于来到了。十二勇士全都扮成了轿夫,英俊青年则扮成了她的自家哥哥。一顶大轿由几十棵高大的白杨做成,这些白杨都是新伐的,带着青枝绿叶;轿里铺了新割下的玉米秸,上面就躺了一个香喷喷的"生人粽子"。小美女一路上都在练习刚刚学会的迷魂歌,只等大轿在城堡里一落地,老妖的腥膻气猛地浓烈起来的那一刻,开口啊啊大唱。她给打扮得怪模怪样,因为全身都被绿色的大芋头叶覆着,又被马兰草仔细地扎了,所以看上去真的像一个人形粽子。一种浓烈的花香从她身上散发出来,一路上熏得十二勇士踉踉跄跄,他们在心里不停地念叨:老天爷保佑咱快些进堡,利利落落成了事吧,只要咱用飞快的弯刀割下那老妖的头颅,那时好事也就成了。浓浓的花香引了一群蜜蜂跟在大轿子后边,赶也赶不开,就这样一路跟着进了城堡。

过了一道道大门,迈过一道道坎儿,最后的一道窄门大轿通不过,只好由小美女的哥哥背上她,让这个“生人粽子”伏在他的背上去见老妖。其余的人,就是十二勇士,都得退下。十二勇士借口等她的哥哥,盘腿坐在窄门外等候动静,无论那些侍人怎么呵斥都不退去。

这会儿时间大约到了中午,老妖正好从大床上爬起来解溲。哗哗的撒尿声像瀑布一般。英俊青年为了不让背上的人吓得昏厥,一直迎向前去,用身体遮挡着小美人的视线。他第一眼看到的是老妖的双腿,那是比大橡树还要粗的两根肉柱;接着看到的是像石碾子一样圆的腰、像一面土墙似的胸脯、像四方墓碑一样的头颅。头颅中央是一对火红的眼睛,正闪闪烁烁向这边瞥来——待瀑布消失了时,这对眼睛渐渐变成了蓝色。老妖首先被英俊青年吸引住了,倚在大床上一边蹭痒痒,一边嬉着脸看。一位上了年纪的侍者大声喝道:“还不跪了!”老妖的阳物蠕动着,让人想起一条秃尾蛇。这蛇头昂了三下,又垂下来。“好妹妹,你快唱歌啊,快给大王唱歌啊!”英俊青年不停地回头喊着,背上的人却一点声音都没有。原来是她刚才一伸脖子的瞬间看见了老妖,接着就吓得人事不省了。英俊青年不得不用力颠她、拍她、喊她,直到听她在背上发出“啊”的一声——迷魂歌终于由缓到急地唱了起来。

老妖在这歌声里手舞足蹈,乐得一塌糊涂。

“好妹妹你唱啊唱啊,千万莫要停歇!”

老妖在歌声里舞动,舞动,手脚越来越笨拙迟缓,又过了三五分钟的时间,巨大的身躯轰一声倒下了。

英俊青年立刻放下背上的人,揪住她身上的一个活结儿扯了扯,全身的马兰草刷一声掉下来了,露出的赤身小美人儿光芒四射,把整个黑黢黢的妖巢都映亮了。英俊青年在老侍者的尖声大叫中迅速把小美人用布衫遮裹了,又从散乱的马兰草中找出一把锋利的小弯刀。他扑向老妖的一瞬,旁边的老侍者立刻吓死了。

第一件事是要割下那个四方头颅——无论怎么砍、刺、拉、剁,那长了鳞片的粗颈就是不出一滴血,顶多是撬下几点鳞片。时间一分一秒过去,他急得一边大骂一边去踢那对硕大的睾丸,去捅他的鼻子和嘴巴。奇怪的是所有部位都像老胶皮一样又艮又韧,刀子一次次砍上去又一次次弹回来。这会儿窄门外面已是杀声震天,十二勇士与护卫打斗起来,他们一边打一边往里撤——护卫戴了闪亮的钢盔,相互碰得咣咣响,在勇士的喊杀声中接二连三倒在地上。有三四个勇士终于能够反身襄助英俊青年了,几个人一起扭住那个鳞片包裹的大头颅,先是找到大拇指粗的脉管,像割树根一样逐条切开一点,再顺着脉管游动刀子,总算割开了一寸长的小口子。一股巨大的膻腥气立刻弥漫开来,让人呕吐,所有人都惶惶掩鼻。时间眼看快到了,那对红色的眼睛又眨巴起来。几个勇士焦急中一齐把刀刃儿放在老妖颈上,英俊青年挥起大锤连连砸向刀背——四方头颅被大锤震得一颠一颠,最后硬是一点一点被凿下来,终于骨碌碌滚下了大床——与此同时老妖醒来,幸亏一个勇士上前一把抢到了头颅,在"快跑快跑"的吆喝声中猛冲了出去……无头老妖挥舞双手爬起,洒着黑血乱窜,势不可挡,一直追出了老巢,连着迈过三道石门。最后一道大门旁的一个大石狮子倒在地上,那老妖被绊了一下,急中生乱,以为那就是自己的头颅,抓过倒地的石狮子就栽在冒血的颈子上,接着三晃两晃,轰一声倒向了石板地……

凶 宅

一

我对橡树路怀有无尽的好奇。就像真正的奇地探险一样,开始的日子小心翼翼,耗时费力却难以走向深处,更多的只是在边缘徘徊。我发现即便在外围地区也完全是另一个天地,不仅是干净,安谧,还有其他地方怎么也想不到的一些好去处,比如茶屋,书店,服装店,糕点店。有一个糖果店让我流连忘返:店面不大,却是锃明瓦亮,里面的营业员一色女子,她们穿了洁白的工作服,头上还有一个红色的头巾。在我眼里她们肯定是专门挑选而来的,不然的话怎么会是一色的美女?特别是其中的一个凹眼姑娘,简直不敢多看,看得多了就会脸热心跳,手心出汗,说话磕磕巴巴。我发现那些从城堡深处走来的老老少少可真不少,他们当中的男性像我一样,一到糖果店就挪不动腿了,最后只买走一点点糖果。我明白,在这个明媚的城区里,任何一个店铺里的工作人员都要像模像样才好,因为他们要经得起挑剔,要让人看了心情愉快。不远处居住的大都是一些首长,或与首长有关的人,让他们高兴当然很重要。

我不能总是在糖果店里磨蹭,少不了也要买点糖果。当时我嘴里咯唧咯唧吮着糖果,甜得发酸。凹眼姑娘捏起一个西瓜糖给我,我在嘴里化掉了上面粘的一层砂糖又吐出来看了一下:西瓜瓣儿一片绿一片红,逼真喜人。我重新送进嘴里时,凹眼姑娘笑了。她说:“你们男的就像小孩儿一样。”

我与凹眼姑娘相熟一些之后,交谈中得知了不少关于这片城区的事情。城堡老妖的故事她当然知道,不过她说的与一般流传的稍有差异,她说老妖最后并没有死,不过是顶着石狮子跑开了,一路追着自己的“真头”跑下去,一年里说不定什么时候就要转回来一圈儿。我说:“这该多么吓人哪!”她说:“吓人的事儿嘛,在这个城区里可就多了。”再问,她不愿说。我小声说:“你们平时可以随便吃糖果吧?”她立刻警觉地盯住我问:“谁说的?”我摇头:“不过这么想。”她脸色冷冷地哼一句:“可不能乱想。”

从糖果店里出来的夜晚睡不好。我在想那个凹眼姑娘,怎么也抹不去她的影子。我特别想和她恋爱。也许是自己长得特别瘦削的关系,我一度嗜爱糖果到了入迷的程度。而且我固执地认为全城所有的糖果店中,惟有橡树路的店是最好的。这种认识甚至影响了我的大半生,十多年过去,我还这样对自己的孩子说。反正那时我总是去那个店,这使店里的姑娘一见了我就发出故意的咳嗽声,还一齐去瞟凹眼姑娘。我心里发慌,但还是硬着头皮进去。凹眼姑娘却根本不在乎,照常营业说笑,显示“一把抓”的功夫——抓一把糖果放在称盘中,大多数时候竟能和顾客要买的斤数一丝不差!我常常在一旁看得入了迷,在心里称之为奇人!我想瞧她啊,不仅是美丽,而且身怀绝技——我开始在内心揣度自己与这样的人是否般配的严肃问题了。我当时深重的自卑感至今还记忆犹新。

如今看,造成这种自卑感的原因是复杂的。除了她的美丽容颜和超绝的业务技能之外,她在大名鼎鼎的橡树路工作也是问题之一。但无论怎么说,青年人求偶心切,最终仍会战胜和超越一切阻障。我们终于有了第一次约会——这样说马马虎虎,因为实际上只不过是一起在下班后走了走而已。我们从橡树路一直走到了破破乱乱的街区,走向了一条不约而同的路径。本来在风景如画的地方散散步多么好啊,可我们都不想这样,而是有些慌促地离开了那里。为什么?不知道。反正是要离开。天渐渐暗下来了,都不想回去吃晚饭。她一路上说的话不多,印象深刻的只有这样几句:“你的学问该有多深啊!”我听得十分清楚,那是一种钦佩的感叹,而非质疑。我谦逊了几句,夸她:“你有怎样的一只手啊!”记得她立刻把手伸到了眼前。我在微弱的路灯下看着这手——白皙娇嫩,手指长长的,让人想起一截葱白。她把手伸到我的眼前,长时间不动,惹得我真想一把抓住再不松开。她最后叹了一声,把手缩了回去。我后来为这事儿后悔得很,认为很可能是自己所犯的一个巨大错误,我将因此而耽搁美妙的恋爱进程。

那时候是八十年代初期。我因为拥有复杂的个人经历,又受过高等教育,所以说算是一个心智丰富而情感曲折的年轻人。但所有这些方面我都悄悄地掩藏起来,原因是心眼儿多的人在工作单位或任何地方,总要格外受人提防。我尽可能装作没有什么阅历的一个青年,看上去与自己单薄的身材极相谐调。其实呢,我会把一切尽收眼底。对于这座新来乍到的城市,我多少有些发蒙,有些不适应,但还不至于吓得大气都不敢出。说实在的,除了对橡树路怀有神秘之情,其他市区我还看不上眼呢。姑娘则是另一回事了,对她们嘛,我总是有一种神秘之感,从来都谨慎小心。与她们的任何孟浪之交、失度之情,都会引来始料不及的巨大后果,这一点我深有感触,怎么说都不过分。在我进城后的第二三年里,就发生了一些关于她们的重大事件,这些事件将长久地影响到这座城市的历史。我与凹眼姑娘的交往幸亏没有搅进这个事件太深,这是我许久以后想起来都要害怕、都要庆幸的。

总之我日夜琢磨的大多是怎样快速进入相互亲近的轨道。凹眼姑娘大大方方,她与我在一起时笑眯眯的,腮上有两个酒窝,鼻梁左侧有两个小小的雀斑。她张开嘴的时候,露出了两个不太显著的虎牙。胸脯真高。从她身上散发出一种糖果味。可能是单独接触两个月之后的一个晚上,因为要跨过一条刚刚掘开的小沟,我扶了她一下。结果她握住我的手一直不放。我的心跳快极了,接着一切都有了质的改变。我们扯扯拉拉地来到了一棵不大的树下,不知是她还是我的决定,我们不再往前走了,就在树下站着。如果是橡树路就好了,这儿就不行,树不仅少,而且每一棵都瘦得可怜,根本遮不住人们的视线,来往的路人都要好奇地、认真地看过来一眼。我们也就在极少的一点空隙中相互亲热着。我吻了她,感受到她口腔里有一股浓烈的糖果味,这使我想到了她的职业。

二

这是我难以忘怀的一段经历,后来将其概括为自己的“糖果时期”。这个时期不尽是美好奇妙的甘甜的回忆,而是伴随了其他味道。比如,烟的味道。我对这种味道是相当敏感的,不论其出现在何时何地。

如果不是因为这种味道的强烈干扰,我个人的故事会有一段极端复杂的插曲,说不定我的命运也要变得格外凄惨。这样说是毫不夸张的。还好,一切都要感激自己超常的嗅觉。

我和凹眼姑娘在一起时主要是接吻。这种事让人不知疲倦。我紧紧攫住她小巧浑圆之躯,心里充满了感激。对一切都开始感激,对这座城市,对橡树路,甚至对那个恶魔的故事。接着春天来临了,我们夜里躺在刚刚萌发的草地上,冲动得不能自已。多少赞美春天的好句子,春天之奇妙真是怎么形容都不过分。春天就像美酒,容易成事也容易败事,容易让人犯下大错。那个夜晚我们躺在那儿,缠缠绵绵一个多小时就过去了,然后就想干点无法控制的事儿。我们都冲动得面红耳赤,脑门上全是汗水。最后的一刻她好像有点犹豫或怎么,我记不得了。我所记得的只是自己的蛮横无理——对于一直跟随自己的强烈欲念,我简直是毫无办法——她有一阵甚至不再吻我,后来总算吻我了,一只手还要松松地提着滑脱的内裤……可就在这时,我突然从她口腔里闻到了一阵浓浓的烟草味。

我的手从她身上滑了下来。

她一边整理衣服一边瞪着大眼看我。月光下这双眼睛因为生气而变得多少有些陌生,甚至是冰冷的,但也令人难忘地美丽。

“你吸烟吗?”我镇定了一下,问。

她摇头。垂着睫毛。

“那怎么回事啊?”

她一声不吭,用手梳理了一下稍乱的头发,下意识地使劲勒紧了一下腰带,哧哧笑了起来。

我对这笑声没什么好感。我是一个相对严肃的人,即便干坏事也要严肃。我瞪着她。

接下去她以少有的大方告诉了一个可怕的事实,也即时揭开了橡树路神秘帷幕之一角。那个夜晚,很长时间里我只有倾听的份儿,吓得大气也不敢出。

她说你当那是怎么一回事?那是刚刚被一个吸烟的男人亲了的缘故——而过去为了掩盖这一点,她都是在出门约会时嚼几块糖果,这一次虽然也这样做了,但一方面因为做得草率,另一方面也因为对方是一个大烟鬼,他不仅吸烟,而且还闹起了洋派,吸的是一种粗粗的雪茄。“就这样,俺露了馅儿。”她嘻嘻笑着,一副满不在乎的模样。她终于露出了本相。我不吱一声地听下去,看看她还会说出什么惊人的事情。

她说严格来讲我们还是老乡呢,自己也是东部平原出生的,后来才随父亲来到这儿……刚来这座城市的外地人就知道大惊小怪的,其实这有什么啊!这里是橡树路,这儿发生什么都用不着大惊小怪的。要知道这里是老妖盘踞过的地方,除了老妖,别的妖也有。这里的老房子多得数也数不完,中国外国的冤魂多得不得了,比如说闹鬼的屋子吧,在橡树路上多得是,长了人们也就不怕了,照住不误哩!半夜里有巡夜的人看见一个穿白衣白裤的女人在草地上晃悠,开始吓得半死,再后来就不怕了。有时还能看见金发碧眼的女人夜里出来打转,那是洋女人的魂儿,她们喜欢这儿,可能还有死死相恋的人呢,反正就是不愿回国。想想看,住在这样地方的年轻人还有什么想不开？他们开通得什么似的，哪个见了漂亮姑娘还不大大咧咧的？再说了，谁还得专门待在糖果店里等着你来啃啊？在你出现之前，和咱好的小伙子多了！你赶上个末尾儿也不错嘛！

我觉得这本身就是一个天方夜谭。那一会儿我屏住了呼吸，好奇大于气愤，于是只顾听下去。

她举例：有一个大官就住了一套凶宅，那原是一百多年前一位总督大人住过的。咱的大官根本不信有凶宅这回事，因为一信就不得了，就做不成咱这边的官儿了，咱这边的官儿原是不信鬼神的。不光是他，就是他的儿女、老婆子，也没有一个公开说这个的。不过他们背后还是什么都明白，知道这大屋里时不时地闹鬼。大官刚死了一年，遗下一个老太婆管不住儿女了，这些儿女个个都是能闹的主儿，他们把一条街上的伙伴都领到这个宅子里，让他们看看新奇，常在半夜里黑着灯听动静。这以后闹了多少次鬼倒不知道，有一件事倒是真的，就是男男女女在黑影里好起来了。凶宅成了欢乐的场所，他们有时玩着玩着就什么都忘了，不光忘了时间，忘了地点，连自己是哪个年代的人都忘了。他们干的事情据说和当年的一些鬼魂差不多：跳舞，动不动就亲嘴儿；不知是电灯因为事故突然停电还是有人故意弄出来的，反正是一家伙就黑灯瞎火了——这一下倒真是个时候啊，疯狂的男男女女来了劲儿，他们在宽敞的大厅里一点羞耻都没有了，净干一些没法儿听的事情。也许是后来有人夸张，把事情越传越玄，说当时的大厅里、旁边的小房间里，都成了跳舞和淫乱之所，男女想干什么就干什么，呼叫的声音震耳欲聋。

“这一切都是真的吗？”我屏住呼吸听着，问凹眼姑娘。

她笑一会儿又严肃起来，说：“开始没那么严重。我们不过是在一起抽洋烟、喝洋酒和咖啡，还吃鱼子酱……后来……”

我吸着冷气。这在当时都是进口的东西，一般人闻所未闻。我不相信地看着她，但从神色上看出她毫无夸张。

她斜着眼睛瞟我，我却从中看出了一丝炫耀。她咕哝着：“我们喝酒喝多了才出一点点事，有时醒来一看，不知什么时候衣服给解了……这里的漂亮姑娘多了，好小伙子也多，就像电影里演的差不多。告诉你，我在当中可不算最漂亮的。我们主要是跳舞——亲嘴吗？那当然是少不了的……”

我瞪大眼睛看着她。我真不敢相信她也是来自东部平原的人。我心里为她感到可惜和——可耻。可是她满不在乎，一双亮晶晶的眼睛在深深的眼窝里闪动，多么诱人又多么可怕。是的，这一夜我觉得她和她来往的那个世界都是无比可怕的。我的呼吸变得小心翼翼了，口吃一样问道：

“你们，真的在那儿过夜了？”

“那当然。过夜又算什么？那个大厅，那个大宅子太大了，就是同时待上三四十人也宽宽敞敞，一点都不拥挤啊。大家并排躺着聊天，困了就睡过去了。也有人半夜躲到小屋里去了，他们在里面干些什么咱都知道……嘻嘻，吓着了你吧？”

我记得凹眼姑娘伸手摸着我的下巴颏，有几分怜惜的样子。其实该是我为她怜惜吧。那个夜晚我到底多么痛苦，谁也不知道。但惟有我的耿耿于怀，可以在许久以后还提醒自己当时的震惊以及无奈。我在心里不停地告诫自己：你一定要坚强啊，你要远离这个姑娘，因为她去过那个凶宅。

三

可是这种事情说说容易，要真的办到就难了。我无法忘掉她的一双凹眼，无法忘掉她嘴里的糖果味道。当然，我也忘不掉她嘴里的那一丝烟味儿。

对我来说,烟味儿等同于魔鬼的气味。我有时觉得她本身就是一个魔女和水妖——在我出生的东部海边就有水妖的传说,传说中她们个个妖冶,迷人而可怕,如果一个男子迷上了她们,在享尽欢乐之后,结局就是被她们拖到深水里溺死。

我没法不再去那个糖果店。但我们仍然有过几次约会,仍然去过一些阴暗而肮脏的城市角落。记得我们曾在没有路灯的僻巷、在堆了水泥管子的什么地方流连,让美妙的时间在不知不觉中耗掉。这些时间怪可惜的,因为我们什么重要的事情也没有办成,这当然与那种可恶的烟味有关。许久之后回想起来,不知该庆幸还是后悔。我渴望她,又恐惧她。我发现她对我有一种现实的向往,因为到现在为止,她以前的经历都过于浪漫,或者干脆说:无耻。

她说:“你真是一个老实人。”

我心中愤愤不平地说:是的,就因为我没有去过凶宅!

她口中流露出的凶宅的故事渐渐多起来,这使我对那片童话般的城堡、对橡树路,有了一种极为复杂的情感。她说千万不要一味责备那些夜晚进出凶宅的年轻人,因为大家说到底也坏不到哪里去。再说那个地方太古老了,中国外国的鬼魂到处都是,他们一到了黑夜就溜出来了,说不定还趁机钻挤到年轻人中间占点便宜呢!她的最后一句话让我格外费解,我忍不住问了一句:

“占什么便宜?”

“什么便宜?那些留下来的鬼魂都是色鬼,有一个算一个,净在这片城堡里干坏事儿,要不是为了这个,他们早就撤走了……”

一个“撤”字让我觉得问题极为严重。我想起了一支滞留的部队。

她哼哼唧唧说下去:“他们是鬼魂啊,你反正看不见,结果他们就趁黑儿摸这个一把、摸那个一把。有时姑娘家正睡着觉——要知道闹腾了半夜都困哪——就有什么湿漉漉地顶过来了,让你入了迷地在黑影里抱住对方……那肯定是鬼魂干的。我敢保证说,我们当中有两个怀了身孕的,就是他们弄成的。我敢肯定……"

可是我除了震惊,一点都不能肯定。我说:"魔鬼,一般来说,他们……都是怕人的。而且,他们并没有什么生育能力……"

我在那个时候谈问题太学术化了。其实这种认真近似于迂腐,这在我当时的年龄尤其不应该。果然,她立刻笑了。她说:"跟你说什么好呢?老实告诉你吧,你并不了解问题的实际!"

看来她前面说得并不"老实"。我只好洗耳恭听下去。

"我们那些人都是由朋友介绍过去的。你想想,像咱一样的漂亮姑娘能瞒得住谁呀,哪条街上有个好看的、她干什么工作,很快就被人知道了。然后就有人来约了,说到一个什么地方看内部电影、跳舞,那里有多么好玩。橡树路以前怪神秘的,谁不想去玩啊。就这样我们凑起了堆儿……"

"你早就知道自己漂亮啊?"

"你说呢?"

我没有吱声。因为我压根儿就提了一个极傻的问题。她真的太漂亮了——东部出美女啊。这也正是我冒着生命危险与之来往的原因。我这样说并非夸张,这真的是一种生命危险,这我以后会说到的。只是当时的夜晚我并没有那样深刻切实的认识,只是犹豫和激动并存,并在这种矛盾的心态中极为小心地进行着。我被一种美色所诱惑,却又下定决心远离没有贞洁的异性。如果我将来发现自己的新娘曾经与魔鬼同床,那将是我一生最悲惨的经历。

凹眼姑娘的手牵上我的手,将其按到她的胸部。我为此会感谢和铭记,会长久地记住这种慷慨。她在这个时刻一切都可以被原谅,而且我毫不虚伪地附在她耳边小声说道:"我爱你……"

她咯咯笑了。

我严肃的、深情的回告就这样在一阵笑声中飞光了。我在黑影里望着她,与此同时发现自己从本质上说,还仍然是一个淳朴的青年。

她的不可思议的软软的胸部让我的泪水在眼眶里旋动。我想说:“求求你了,你到底会走多远?你真的不能离开那片凶宅?”但我并没有说出口。因为我知道,一切都为时过晚。这件事情的结局只能是:不是她最终离开凶宅,而是我最终离开她。但时机不到——我太软弱,我太经不起诱惑。我作为一个独身青年,已经陷得太深了,我害怕自己越来越离不开她了。

“我想把你也介绍给他们——怎么样?”

我一生都不会忘记她于黑影中发出的这句大胆提议。我惊呆了,直盯盯地望着她。

“这是真的。你不相信?我领你去,他们肯定会收下你的。”

我的自卑感和难以形容的自尊让我的脸一下烧了起来。我在心里反抗说:“我为什么一定要让别人收下呢?他们那些人又有什么了不起?他们不过是住在橡树路上的一帮浪荡子弟而已!”我在沉默的这一刻想的是:我走过了多少路啊,是的,从年龄上看也许我还不够大,可是我的经历实在是复杂极了。我压根儿就瞧不起那些城里的嫩毛儿,不管他们住在怎样神秘的大宅里。在我这样想时,她又问了:

“你去不去啊?你答应了,咱们明天晚上就去。”

“我去干什么啊,我又不是女的。”

“哎呀,你以为他们光要女的啊,好小伙子也要哩。咱们一起喝酒,看电影和电视——大彩电,这么大的……”她伸手比画着。

后者对我倒是一种引诱。我很想看到大屏幕彩电。不过我还是忍住了,因为我知道这会付出一些代价的,尽管这代价是什么要以后才能知道——那代价竟是耸人听闻的巨大。

四

关于凶宅和鬼魂的事后来又听到了一些,这间接证明了凹眼姑娘的话。那片老城区实在太古老了,它几易其手,先后属于东洋西洋人,属于白色红色政权,既住过举世闻名的军阀头子,又逗留过穿黑色长袍的教主。一些史书上写过的最为有名的人物,不知多少个在此留下了自己的足迹。这儿对于大多数城里人来说,是纠缠不休的历史,是重重叠叠的故事,是神秘的代名词。有退休的老巡警传出话来,说那些城堡的石头间、墙壁里,特别是老房子阴暗的地下室里,或多或少都藏下了什么隐秘。那些不愿离去的鬼魂哪,真的是中外间杂,他们一到了夜晚就在这片老城区里游荡。巡警说在下半夜不止一次看到白色的影子飘过:像稍稍离地的纸人儿,一闪即逝。这是当年的情人在幽会,他们仍然保留了夜间谈情说爱的老习惯,时辰一到,他们亲热的机会也就来了。夜晚,吱吱啊啊的叫声、哼呀声、尖嗓子的呼喊,都掺在北风里,只要细心人竖起耳朵都能听见。

城里人认为,饱暖思淫欲这个说法真是太对了,中国外国同理。因为住在这个城区的人都是大富人或大官家,他们一闲下来就起劲地捣鼓那事儿。结果悲剧也就发生了,动枪动刀,血流遍地,风流鬼魂充斥在大街小巷里。男鬼不走女鬼就不走,争风吃醋,捉对厮杀。私通的病菌一直在这片老城区里流行,一代代传染下来,任何政权都没有办法彻底杜绝。

上个世纪五十年代初是个开风气之先的时期,空气清新,兵强马壮,驻入这片城区的人都是钢筋铁骨一般。肯定是有人私下里议论过当地的怪异和邪癖之类,所以巡逻者严阵以待,一身戎装,而且枪不离肩。在紧要关头,比如半夜之后有什么黑影白影飘过,巡逻的人会厉声断喝,而后就是当空放枪。除此之外还有另一些举措,如在街上撒生石灰、在老房子里洒消毒水、打扫庭除之类。所有的严厉果然产生了威慑,从那时直到八十年代初,基本上没有听说过凶宅和色鬼猖獗的事情。

“人和鬼说到底都是一样,都得镇压呀!”一位退休老巡警这样感叹道。他抬起因为中风而变得僵硬的手臂指了指远处的红色尖顶:“鬼怕恶人,那时候连他们也得老老实实,不敢乱说乱动。如今不行了,劲儿一松你就瞧吧,花花事儿保管又得出来……”

他显然也听到了什么风声。我心里有点为凹眼姑娘他们担心。

这一次我一见她就说出了老巡警的话,说天下没有不透风的墙,你们得小心了。她还是那副满不在乎的样子:“他知道个屁,橡树路里的事儿谁敢管?再说外边的人都是瞎猜胡想,他们围不上边儿。”我说:“可是,我真不想让你陷到里边去——你不能拒绝他们吗?”

那会儿我的一双眼睛可能是湿润的。我知道自己在做着最后的努力,我并没有放弃心中的希望。我在半夜难以入眠的时候想着她,每一次都在假设中确认她是一位好姑娘。我为她失眠的时间太多了。

她长时间不再说什么。后来我们来到了路灯下。灯光昏暗,她从内衣口袋里掏着,掏出了一副扑克牌。我正疑惑,她打开那副牌让我看。我看不清楚,因为光线太暗了。可是当我终于看明白了之后,头立刻嗡地响了一下。我手里的牌差点掉在地上。原来这上面画了男女裸体,每一幅都是一丝不挂,有的还作出奇怪的姿势。她注视着我。我惊魂未定,问:“这、这是哪来的?”“进口的——有人从国外带进来的。刚传到我这儿,明晚我就得还给人家……”

那副扑克牌把我吓坏了。我明白在老城区,在那些老房子里,一个个凶宅里正上演着可怕的一幕。我不敢想象。

许久我都没有去找凹眼姑娘。我鼻孔里一会儿是迷人的糖果味儿,一会儿是浓烈呛人的烟草味儿。可是即便这样也难以抵消从心底泛上来的焦渴。我一次次独自一人来到橡树路的边缘地带,再也不像过去那样一直走过去,走到我从心里喜欢的书店中。我尤其远远躲着那个糖果店。

这样大约过去了半个多月,我差不多病了一场。身体恢复之后,我在夜晚再也不能安静地待在宿舍里了,而是长时间地走在破旧的城区里。我发现自己每一个停留的地方,都曾经是两个人驻足之地:我们在这儿倾诉过,拥抱过,这里的树木甚至石块都记住了我的羞涩、她的压低了的笑声。我在心里对自己说:我这是告别来了,我会把你彻底忘掉的。

一个月夜,我刚刚沿着一条街巷走了不远,突然就看到了一个熟悉的人影,心头一热。我如果站在阴影里,她就会走远。可是我却一直走向前去,走到了光亮下。她站住了。我不能肯定她为什么来到这儿——我发现她的眼神恍恍惚惚,既不高兴也不难过,看着我,抿了抿嘴唇。我正犹豫着不知该说什么,她却一下拥住了我。

一股逼人的烟草味儿。

我会记住那个月夜里的一切,特别是刺鼻的烟草味儿。我记得她用力地吻我,吻了许久。是的,后来我还闻到了浓浓的酒气。蓬松的胸部压在我的身上,让我险些流出泪水。

她在月光下看我的眼神,让我想到了一只猫。在我眼里,猫是最美的动物,然而它是如此地神秘、如此地费解。

黑 九 月

一

一场风暴在悄悄酝酿,像一层黑云往下垂落,缓慢而沉重地压在了整个城区。各种传闻在机关走廊里飞快游走,然后进入一些小小的空间。几天后普通市民也听到了什么,他们吓得大气不出,屏息静气地倾听和等待。

先是说这个城市出了一个大案子,一个惊天动地的案子,它是自上个世纪五十年代以来最为耸人听闻的犯罪事件。传闻说:就在前不久,一个伸手不见五指的黑夜,全城警车一齐出动,把那个神秘的老城区一下包围起来。那里刚开始多么安静啊,可惜这种安静只是一种假象,更大的喧嚣藏在它的内核里。那里有一处处半空的大宅,里面正藏有一些淫荡的家伙,他们纠结一起,干着一般人做梦都想不到的事情。在阴暗的角落里,有人彻夜不眠,制造出千奇百怪的牛头马面。他们盘踞在这些见不得阳光之地,就像花花绿绿的一群毒蛇打了结儿……到底是怎样的情形谁也说不清楚,反正是士兵一围,枪刺一架,铁拳之下顷刻分化瓦解,俗话说他们给“一锅端了”。

但是这一段时间谁也没有听说警车在老城区嘶叫过。后来才知道,原来这是一项极为隐秘和特别的战斗:执行任务者要深入橡树路内部,因为那不是一般的地方,而是一个特殊人物云集之地,既不能惊动了首长的安眠,又得把这么棘手这么吓人的事情办得妥当。总之要神不知鬼不觉地行事,既是武力解决,是铁拳,又要不动声色地干完,要眼疾手快腿脚麻利。要不说养兵千日用兵一时嘛,两天之后再看吧,不光橡树路上的事办得利利索索,其他地方也差不多了——那里就没有这么多穷讲究了,警车可以呜呜大叫着抓人,一排排全副武装的持枪人就站在巷子两旁。据说类似于凶宅那样的地方全城不止一处,说到底完全是从淫乱的中心——凶宅——一圈一圈扩散出来的。这又一次证明了老城堡区确有一种淫乱的病毒,它会在人们心弦松弛的时候悄悄游动出来,渐渐蔓延开来。

最后全城到底抓了多少人谁也说不清，只知道这是一次自上而下的整饬，其严厉前所未有。据说这座偌大的城市突然就到了生死存亡的决定关头：或者像过去一样有条不紊地生活下去，或者让淫乱病毒弥漫到整个城区，吞噬我们的生活，最后留下一幅惨不忍睹的场景。没有人确切知道这种病毒失控之后的局面究竟会怎样，只是想象一下就会吓得脸色惨白。赤裸和滥交、彻夜不眠的淫乱、鬼哭狼嚎的大宅……老天，简直是世界末日。这事真的发生过？真的就在我们的眼皮底下、在我们的城市？

我们都不相信。因为我们不愿意相信。我从未有过地忧心，因为在听着别人叙说时，正暗暗为凹眼姑娘捏了一把汗。

我匆匆跑到了糖果店。她不在。问了一下，旁边的姑娘拖着长腔说："不——知——道！"她们意味深长地瞥瞥我，互相挤眼。我又问：从哪里才能找到她？一个姑娘终于笑起来："那就难了。你今后找她可就难了。人家啊，住进了高墙大屋，白天晚上都有站岗的呢！"我当然知道这不是好话，心怦怦跳起来，心想：果然，一切担心都成了真的。

随着时间的推移，上边对发生在城区、特别是橡树路的大案有了较为准确的解释。原来这是一场与暗中蔓延的腐化行为作斗争的专项活动，有关方面，特别是当年为夺取这座城市流过血的老同志，早已获得实情，他们忧心忡忡，一直在下一个巨大的决心。可见这个决心之难，因为所要打击的中心不在别处，而在橡树路内部！这是牵一发而动全身的大事，是能否在自己身上割下一块肉的大事，是考验勇气和胆魄的大事。还好，经过了再三筹划、商讨、准备，一道严厉的命令终于暗暗地、毅然地下达了。

原来橡树路的凶宅早就被盯上了。那些年轻人恣意享乐之时，正是被严密监控之日。他们哪里想得到会有这样的结局啊。一些监视摄像镜头已经悄悄地安在了一些重要巷口，谁在那儿进出来往,一个个全被记录在案,到时候抵赖都没有用,只等一声令下收网即可。至于凶宅内部不堪入目之情,当时还没有窥视技术,这就得罪犯们亲自交待了。不过这也没有什么难的。

“要下决心杀一批、关一批、罚一批!要巩固江山,就得流血!无论涉及谁的孩子、无论其老子有多么高的地位,都要一视同仁!”机关上传达领导人的讲话时,铿铿锵锵掷地有声。一股冰凉的风吹过,所有人身上都冷飕飕的。接上就是纷纷表态发言,一些人在挨过了一阵沉默之后,终于开口说话了:“早就该这样了,这还了得!这还了得!”“不杀不足以平民愤,老百姓不答应哪!”“老一辈打江山,咱们这一代保江山,这帮不肖子孙不除,江河就得变色啦!”

传说某某高级首长的儿子也抓起来了,这是多么惊人的消息。一些老首长虽然死了或退下来了,他们的妻子该多难受啊。因为这一次真要开杀戒的,不论是谁,只要罪证确凿,一律杀无赦!而且要从严从重从快!所有抓起来的都是什么人?是这座城市养尊处优的寄生虫,或者是尾随他们的人,即新时代的“纨绔子弟”。有人不明白怎样才算这样的子弟,他人只好做个示范,弯腰把裤脚挽起来——看者大惊说:“老天,在乡下,要干活就得这样挽裤啊!”对方严厉起来:“这可是城里,这儿不是乡下;谁要挽裤,那就——咔嚓!”他手做刀状,往前猛力一砍。

议论蜂起之时,专项活动也在随之深入。一辆辆敞篷汽车缓缓开上街头,上面全是抓获的男女淫棍,一律戴了沉重的胸牌,由执法人员扭住。男犯被剃了秃头,所以并看不出有多么风流。他们大致并不害怕,时不时抬头看街上的人。女的一般都低下头,却被押解的人揪得昂头或大仰——于是我一下看到了凹眼姑娘。我觉得身上的血直往上涌,两眼被火苗炙着。一句嘶哑的呼喊在喉咙熄灭了。车子开得很慢,我一直随上跑着。高音喇叭一遍遍历数他们的滔天罪行。我,并且也相信所有人,都一口口吸着这个秋天的冷气,心底却难以原谅这些罪犯。是的,他们也许真的犯下了滔天大罪,而且不可思议。我为他们每一个人痛惜。我不敢想象这些青春的面容会在这个月份里消逝——传说他们无一例外都会被执行枪决。

这是九月。天下起了冷雨。天在怜惜年轻的生命。

可是从理智上讲却无法原谅——这个月份的人终于狠了狠心,下了一个决心——杀吧。

一些不知天高地厚的青年、孩子,玩的是毁灭之火,玩着玩着就上了瘾,不知不觉地将自己送上了断头台。但愿所有的孩子、所有的后来人都能记住这不幸的、惊心动魄的一幕;记住这个九月,记住这一场连一场的风扫落叶,记住街道上黏湿的泥尘。

我日夜难眠。我害怕,眼前总是闪动他们的面容。我在心里一万次呼叫凹眼姑娘,开始怀念她嘴里的烟草味儿和糖果味儿。

二

因为她的缘故,整个事件离我无比切近。人们还在议论,各种传言在风中吹动,有的兴奋,有的惊慌。传说随着刑期的逼近,橡树路上的一些老人在日夜泣哭,他们都为自己的儿子或女儿奔走,看看能否保住一条性命。有人说这种奔波是徒劳的,既然上边领导下了决心,谁说都没有用,求情也许适得其反;而有人却说任何事情都是有弹性、有空间的,有的罪犯最终并不会杀掉。大家共同的看法是,最不该跟随胡闹的是一些老百姓的孩子,赤脚的怎么能跟上穿鞋的跑?这一下完了,说不定还要做个垫背的冤魂呢。这些议论让我直冒冷汗。每一声都像针芒一样刺在我的心上。我认定凹眼姑娘也是来自东部的苦孩子,同时在心里庆幸,庆幸自己最终没有随她去参加那些夜晚的聚会。

我极力回忆她在那个夜晚的邀请，她的笑声，她呼在我颈上的热气。我敢肯定的是，她当时毫无恶意。同时我也怀疑她和她的朋友会是一帮十恶不赦的罪犯。

我没有任何办法，只能在心里为她祈祷。剩下的只有等待，这是一种煎熬。

一个星期天，突然有穿制服的来到了我的宿舍，简单问了几句就让我跟上走一趟。我一点惧怕都没有，一路上只在心里叮嘱自己：你看吧，终于等到了这一天！这一天肯定会有她的消息，你是因为她才被牵连进去的，这一下你该高兴了吧！我后来一直记得走在前边的这个人的步态、他宽宽的后背……我为自己的镇静而稍稍惊奇。

一间不大的屋子里坐了一个四十岁左右的女人，穿了同样的制服，眼睛很大，脸上有几颗麻子。她吸着烟，听到门响就把案宗推到了一边，朝我看了一眼。带我进来的人向她示意什么，然后两人去一旁嘀咕了几句。屋里只剩下我们两人。她紫乌乌的嘴唇翻得很厉害，不知是肿胀还是肥厚，一张嘴烟草味呛人。果然，她一开口就说凹眼姑娘。这证明了我的判断：她牵扯到了我。可我马上在心里认定，凹眼姑娘决不会说出对我不利的话——事实上我与整个案件毫无关系——或者是糖果店里的其他姑娘举报了我，她们会向办案的人说起凹眼姑娘有这样一位男友：瘦高个子，二十多岁，背微弓，在某某研究所。

我这会儿坦然承认：我是她的朋友。

"什么朋友？"

"好朋友。"

对方鼻子歪一下，"你们的事儿都在这里了，"她拍打一下旁边的案卷，"坦白从宽抗拒从严，这是知道的吧？考虑到你刚毕业来到一个单位，别造成太大的影响，所以我们在结案前实行了保密——当然以后还要看案件发展、看你的态度。”

我开始稍稍顾虑——不,非常顾虑——我最怕的就是自己置身的研究所会因此而误解,以为我犯下了什么弥天大罪呢!其实我敢于向他们、向面前的这位执法人员声明:我没有触犯任何法律!

在接下去的一段时间里,我安静下来,像在自己的办公室里一样坐了下来。对方却垂了垂眼睛,轻轻地、然而是严厉地说了一句:“站起来。”我站起来。“我问的问题你听清楚了没有?你要如实交待。”

“我没有去过橡树路的凶宅。”

“凶宅?”

“这个……”我好像想了一会儿才明白他们办案的人是不信闹鬼这一类事的,即改口道:“我没有去那里聚会,一次都没有;我对那里的事什么都不知道。”

“这么说你和她是另有地方喽?”

我的脸涨红起来,声音有些慌促:“我们,我们基本上是在大街上游动……”

“噢,你们原来是游动作案。”

“我们没有作案!”

她咬咬乌紫的嘴唇:“你的话要被记录在案——”说着真的打开案卷用笔画了几下。

我趁这工夫镇定了一下。我在想,你这一套唬别人去吧。你以为我是一个初出茅庐的小孩子吗?你如果知道我所经历的沧桑岁月,也就不会来这一套了。是的,在人间,除了真情和善意,没有什么会把我撼动。也正因为凹眼姑娘是善意的,当然更有她无法抵挡的美丽,我才被她打动,才会怀念她。而对面的你别想把我唬住,你穿了制服也没有用。想到这里我重复一句:

“我和她只是朋友，我说过了。”

“可你知道她是什么人吗?”

“她是一个漂亮的女孩，我要和她恋爱。”

一句话如此直截了当、如此勇敢，一下就让她手足无措了。她的嘴唇鼓了两下，还是想不出合适的话对付我。我很满意。

“我以为恋爱是合法的。”我又说。

我追加的这一句富有进攻性，这让她终于忍不住了，一拍桌子站起来。她咬住嘴唇又猛地张开，露出了一口被烟熏黑的牙齿：“我告诉你，今天我就可以把你拘留起来，然后，我，通知，你的——单位！”

听到“单位”两个字，我还是有所忌惮。我也许不该顶撞她。我咽了一口唾液，喉结动了一下。

她一直盯住我。她坐下了。这样待了一会儿，她像是咕哝给我听，又像是自言自语：“多么可怕啊，你和一个流氓团伙的主犯搅在了一起，还不知道事情的严重性，还说是恋爱……危险极了小伙子！我现在只问你一句：你们发生了关系没有？要如实回答……”

我当时对“发生关系”这种特定的说法还一无所知，不知这是指“性交”。我说：“我们还没有正式确定关系，因为，我对她还需要了解……”

她掩住冷笑，但我还是看出来了。她从头到脚地看起我来，最后突然把声音压得很低：“说吧，我不会跟别人说的，你跟她干了那事没有？干了多少次？你不用害怕，也不用不好意思，你这是对组织说话，我可以不记录在案。”

三

她淫荡的笑容，而不是她的解释，使我明白了她到底在说什么。我的脸红了。我喉部发涨，一句话也说不出。我不知道人世间还有这样无耻和泼辣的女人，完全没有思想准备。所以我沉默了许久。我把脸转向一边。一会儿，一只手搭在我的肩上，把我扳正了一下：

“你对她那样干的时候，她是怎么表现的？不妨说细一些……”

我吭吭几声，大声问：“我，我对她怎样了？”

她态度突然和蔼起来，头往前凑了一下：“说啊，说说看，从头回忆一下，不妨说细一些……我知道你那会儿是忍不住了，因为对方是那样一个人嘛，她心急火燎的然后你就……直接把她按住了？她一定是主动的，不过也说不准，或许她也会扭捏一会儿的，那是故意拿拿样儿。下一次就会露出真面目来的，你放心，有她急的时候。我一看她那副大奶子就知道你完了，你没救了……”

我发现她兴奋起来，额头渗出小小的汗珠。她的头越探离我越近，让我嗅到了一股膻味。我还看到了她额头上有几道横纹，其中的一道很深。由于她提到了一个具体部位，我即下意识地看了看她。她的胸脯很平。

“嗯，事情从头回忆也怪麻烦的，不过我们办案的就要求这样，要求从头细说才行。”

我咳嗽了一声，她立刻递过一杯水。我大喝了一口。

“说吧。那会儿你们大概也顾不得冷了吧？一次多长时间？你们一直是在野外进行的吗？”

我顺着她的思路说了一句：“是的，我们在街上……”

“大街上？嚯，瞧瞧现在的年轻人，就这么泼辣！不服不行，不信不行。不过肯定也有围观的人吧？”

“没有。我们当然要躲开行人。晚上人本来就不多……”

她用笔杆轻轻敲着桌面，一种均匀的节奏中，她的嘴巴微微张开了，呼吸变得急促：“有一个案犯交待，他们有时是站着干的——

你们也这样吗?”

我瞪着她。我怀疑自己听错了。

“你们肯定慌得胡乱解了衣服……”

我不得不纠正:“我们没有走到那一步,这我必须讲清楚!”

“啊呀,你刚刚还……你又否认了。这没什么,我们在审问中经常遇到这种事儿,这个无妨。你会全讲出来的,因为我们对结案充满信心!”她的脸色突然大变。

“可是我不能说假话,不能为了你们结案就胡编出一套。”

“难道你敢说你们俩没干那事儿?没有这样——”她竟做了一个淫秽的手势,“你如果敢说一个‘没’字,就按个手印,如果你不怕作伪证的刑事责任你就……来吧,”说着又做了一个淫秽的手势,“你说说你是怎么这样的……”

我终于明白她到底想知道什么,她太好奇或者太兴奋了。我从来没有这样失望过,我是指对这一类决定着许多人生命和生存的、掌有大权的人的失望。我在极短的时间里权衡了一下,判断了一下,知道了自己这一代人是多么不幸。她和他、他们,在一些二十多岁的年轻人即将丧命的残酷日子里,竟然在兴味盎然地、千方百计地打听一些淫秽的细节。我闭上了眼睛,我在想不幸而可爱的凹眼姑娘,这时真的觉得她远比眼前这个女人高尚和可爱许多。

“你不要忘了,现在屋里没有第二个人,我是不会把你的话告诉其他人的。我会爱护一个青年,这我一开始就说了。可是你得配合。你陷得这么深,还要抗拒,这是极不明智的。你大概对形势估计不足,那我再告诉你一遍,这次是要杀一批、判一批、关一批的!这一次是决不手软的!我们叫你来,是因为证据充足,你就是一个字不说,我们也照样结案。”

我已经无话可说,直直地看着她。我的目光在说:你们就结案吧。这样的时刻,我一想起凹眼姑娘的面容就痛不欲生。这是我来到这座城市后第一个交往的姑娘,而且的确有了非同一般的情感。她的美对我产生了自然而然的诱惑,并让我长久地感激和铭记。她有邪恶的一面吗?这个我并不确定;可是她的美丽单纯和善良,我的确是真实感受到的。

她开始咬牙切齿地控诉:“那些人,哼,这么着说吧,连猪狗都不如!他们跳贴面舞,看黄色录像,开着灯就乱干起来,吵得四邻不安!这还不算,晚上闹完了,白天还去大街上找人呢,看上了哪个好小伙子好大姑娘,就往黑窝里拉。这是一个犯罪团伙、一个黑网,必须打掉!他们上了邪瘾,一天不干那事儿都不行,一天不干,饭也吃不下觉也睡不着,干时还得换着花样儿来。我们简单统计了一下他们的花样,有几十种之多!他们这时候不是人,而是牲口畜类,是……老一辈打下的江山被他们糟践成这样,让多少人想都不敢想的橡树路让他们糟践成这样。也好,新账老账一块儿算,这一回连小命也搭上了不是……”

我这时想起了关于那些凶宅的各种传说,实在忍不住了,就为他们辩解道:“这也不能全怪他们,几百年积下的风流鬼魂太多了,有时候直接就是那些鬼魂教唆的。当年一些淫荡的鬼魂死赖在那些老宅里不走,半夜在老城区游荡,这是谁都知道的……有人听见半夜里瓷器在响,还有人看见有白色影子飘飘悠悠地走。总之……”

她的大眼瞪住我时,我发现这眼珠是凸出一些的,眼白上有无数的红丝缠绕。我由此想到她为了准备审我,可能一夜未眠呢。我这样想时,意识到自己离题太远了,就打住。她却惊讶一叹:“你刚才的话怎么记录在案?你在说什么?”

我抿抿嘴唇,不知该怎样解释。

“你想让我们把鬼魂也抓起来吗?对不起,我们还没有那样的本事。我们先抓人,抓起来毙了他们,让他们变成鬼魂再说!”

正这时那个领我来的男人推门进来了,她止住了话头。

“让他走吧,事情还没有完,交待了一些,隐瞒了一些。”她说着转向我,“随时听我们传唤,结案前不准去外地出差。”

我要走了。两条腿沉极了。我走到门口站住了。那个女人正收拾案卷,这会儿问:“又想起了什么? 那你说吧。”我往回走一步,对她和旁边的男人说:

“我请求你们对她,我的女朋友,宽大一些吧! 她顶多是个受害者,是一时糊涂。我敢说她是一个善良的好人,她刚二十岁多一点……”

“说完了?”她问。

“还有,就是我想——见她……”

女人抽起了烟,大吸一口,满意地吐出来,看着一边的男人:“这事儿你以为可能吗?”

男人一脸冷笑。

女人转向我:“这事儿你以为可能吗?”

四

九月底,一场夜雨之后,天变凉了。因为风大,地上一夜间铺满了落叶。我在这个雨夜里睡得不好,老要做一些噩梦,醒来一头冷汗。我总是梦见自己在一片废墟间跋涉,有时不得不匍匐下来爬过,弄得浑身泥水。我为何来到这里,为何苦苦挣扎,怎么也想不明白。但我似乎知道事情有多么危急,多么可怕。我好像觉得这是一场生死攸关的逃亡。从梦中醒来听到了风声和雨声,这使我将噩梦与现实的情景拼接到一起。再次睡去时,竟然再次梦到了相同的情境,只是对这片废墟有了更为准确的认知:这里是一片即将坍塌的老城区,到处是断垣残壁,是一种腥臭的气味。有粗粗的喘息声在身后紧紧追随,原来我就是在摆脱它。我突然明白这是一个巨兽,一个老妖,一个在古城堡里活了几百年的恶魔。是的,传说没错,它没有死,如今还潜伏在这里,在半夜里爬出来寻觅生灵。我跑啊跑啊,两条腿就是不听使唤,浑身都是跌伤,血和泥水混在一起,顺着两颊流下。

我梦中惟一的欣喜就是遇到了一个小仙女。她的模样既熟悉又陌生,仔细看了看,竟是体积缩小了数倍的凹眼姑娘!我掩着嘴巴,打着手势往前追赶。她这时认出了我,伸手一指粗大的橡树,然后扯住我的手就往上攀去。奇怪的是一棵高大的橡树在脚下竟像一条平坦的小路一样,让我们毫不费力地攀到了顶端。我们藏在了茂密的枝叶间。与此同时,浓浓的腥臭气扑了过来,她示意我不要出声,屏住呼吸。这时我一低头看到了那个老妖,老天,真的是它,一个满身鳞片的脏家伙,浑身精光,一边跑一边拍打胸脯。它在橡树下蹭着痒,这使大橡树剧烈摇晃。我和小仙女紧紧拥住枝丫,不然就会像果子一样被晃下来。老妖四下睃着,这时我才发现它的头颅原来是一个石头狮子!由于它的头颅太沉了,这使它奔跑起来比过去慢得多。它用力磕打碍事的狮子头,磕了一会儿又往前跑去。我们躲过了一劫,开始小声说话。我问她:“你不在糖果店了吗?”她摇头:“我再也回不去了。”“为什么?”“他们把我赶出来了。”“你要去哪里?”“我要去一个梦里都想不到的地方,我们再也见不到了。”她说完这句话就亲吻起来,泪水把我的脸都打湿了。我摇动她,问她到底要去哪里,可她就是不抬头。

我在连连呼喊中醒来了。

窗外一片狼藉。树木在摇动。我从梦境中挣扎出来,可最后还停留在那个小仙女的面容上。我突然记起了凹眼姑娘时下的处境,认为这是一个不祥之梦。

大街上风声一天比一天紧。眼看就到了月末,传来的各种消息都说:橡树路的那个大案子无论如何要在这个月份里终结。

这期间我又被传讯过两次,基本内容与前大致相同。多数时间都是那个麻脸女人在讯问,声音时高时低。这使我明白她这样做,更多的只是一种私人消遣。我甚至怀疑她的身份是否真的有权过问这么大的一个案件,而不过是趁机参与,满足一下自己的窥视癖罢了。她对我最后的威胁就是:“你如果真的不配合我,那我就只能把你交出去了。”我略感好奇,问:“你要把我交到哪里?”“交到上级嘛。”

结果,那次谈话后她再也没有找我。一方面是她觉得我没什么油水,另一方面整个事件真的到了尾声。

一个下午机关上所有人都接到通知:明天到市体育馆参加一个公审大会。大家都知道那个吸引全市目光的案件终将有个结局了。

公审大会的台子上一溜站了二十多个人。这些人的大部分都在以前游街的敞篷车上见过,只有一小部分是新加的。他们全清一色是二三十岁的年轻人,男女几乎各占一半,这使人想到案件的性质仍然是一对一人的事情。凹眼姑娘并非站在正中间,这使我想到她可能仅是一个配角,不至于被处极刑。不仅是她,台上的所有人都不会被处以极刑。

他们站在那儿,脸色苍白。二十多个脸色苍白的青年,遭遇了人生最大的不幸。我对他们没有多少愤恨或压根儿就没有愤恨,而更多的只是不解。我甚至为这个时代、这个城市拥有如此胆大妄为者而感到震惊,感到一丝小小的——可能仅仅是百分之零点儿的钦佩。我被铺天盖地的哀伤压得不敢抬头,而这绝不仅仅是因为她站在审判台上。我有时长时间地看她,希望她能知道我此刻就站在下边。当然,我们离得太远了,她根本不可能看到我。可我认为她会想得到:我不会不来。

我在这段时间里忍受着最大的折磨。只有在她备受煎熬的日子里，我才准确地知道自己有多么依恋她。是的，她是我在这个城市里第一个走近的、爱上的姑娘。

宣判开始。全场人屏住呼吸。

我没有听错：杀掉四个主犯，他们都是男的；凹眼姑娘判了十一年徒刑……她总算活了下来。宣判后我发现她的眼睛闪闪烁烁，正用力寻找台上的人，结果被押解她的女警扯了一下。可她还是寻找。她在看与之隔了三个位置的男子——这人二十多岁，细高个子，算得上英俊。令人痛心的是，他刚刚被宣判了死刑。

我永远都不会忘记的是，所有被宣判死刑的青年没有一个表现出哀伤和沮丧，更没有一个突然垮下来。他们好像比刚刚押到台子上更放松了一些。倒是会场上爆发出一阵巨大的号哭声，是老女人的声音。会场乱了几分钟，后来又重新安静下来。

死刑立即执行。会场上的人像一条河流一样涌到街上，又随押解犯人的车子继续往前。我知道车子最后要开到城郊的一个大沙河边上，那里自古以来都是刑场。

我走出了一瞬间变得空荡荡的体育馆，坐在了大门的台阶上。这儿只剩下我一个。不知什么时候天黑下来——不，是一阵风卷过一丛丛乌云，一瞬间把天地遮个漆黑。雷声滚滚，由远而近。大雨马上就要下起来了。

结　识

一

那一年的九月像一场疾风暴雨般远去了。然而它永远侵入了我的内心，结成了冰冷的一个硬块。我大概一生都将怀揣这个硬块走下去,直到抵达自己的终点。从此橡树路也成为了隐秘和恐怖的象征。一连过去了两个春天,我几次路过那儿,看到了它棕色的尖顶、像城堡一样的老建筑、一片片茵茵绿草,心上还是一阵冷肃。这儿是如此静谧,与四周的喧嚣形成了强烈的对比。我知道踏上大树笼起的那条柏油路,一直走下去,就会看到咖啡屋和糖果店。我竟然无法相信此地发生过的那一切。

我长时间怔怔地站在那里,再次因为惊讶而默默呆立,直到有人提醒我该离开了。

这座城市从一场可怕的寒流中慢慢走过。我似乎能够听到冰碴在暖风中的咔咔断裂声。就像梦境重现:大街竟然出现了闪烁的霓虹灯,上面是"青春舞会"之类的字样。音乐丝丝缕缕地从彩色的窗口传出,甚至听到了萨克斯的声音。我在霓虹灯下走来走去,却从未想过要迈进去看上一眼。有一个声音在我心里响起:这些人可真胆大,他们都是一些什么人哪!各种各样的茶屋和咖啡屋也越来越多地在城区里分布开来,它们大多模仿橡树路的样子,只不过更花哨一些,而且大多都放置了室外音箱,用嗡咚嗡咚的音乐声招徕顾客。进入这些地方的百分之百是年轻人,他们当中有的男子穿了喇叭裤、留了长发,姑娘则染黄了头发。有身背吉他的男子来来去去,他们身边一般都有一个打扮出眼的姑娘。

年轻人又开始了聚会。最多的是舞会,但我对这种事连想都不敢想。另有一些艺术方面的讨论会则强烈地吸引了我。我甚至认为这是一座城市最了不起的特征,没有它们就简直称不起一座城市!一些最优秀的人、思想最活跃见解最深刻的人,就在这样的一些场所来往出没。我并不健忘,多么惧怕所谓的聚会,可我还是无法抵御这些场所的魅力。最初是由一个叫阳子的青年画家介绍,我第一次参加了这样的一个聚会。阳子比我年龄还小,可是因为他更早地来到这座城市,一度成为了我的都市向导。

最初的艺术聚会有一种新鲜气息，这是它吸引我的原因。但它也像高温之下的一坨美食一样，很快就变质了，变得令人厌恶，避之惟恐不及。在最初的这样一些场合，我结识了一批人，他们有的后来成为我在这个城市里的挚友。其中有两个人甚至就住在橡树路上，一个叫庄周，与古代那个显赫人物同名同姓，是整座城市青年艺术家的代表人物，在所谓的“青年艺术委员会”里工作。另一个叫吕擎，是一所著名大学的讲师。他们住在那儿当然是因为非同一般的家世和出身。

一开始的印象中，这两个人从外形到性格都截然不同。庄周强壮有力，脸色红润声音洪亮，满头黑亮的浓发下是一双清澈的眼睛。他穿着讲究，举止文雅，鹤立鸡群，无论有多少人都无法遮掩其魅力。吕擎细细高高，更多的时间里沉默寡言，精神似乎一直有些萎靡。两个人的相同之处是全都给人以信任感，质朴而诚恳，丝毫没有某些青年的志得意满和盛气凌人。阳子告诉我：庄周因为仪表堂堂，才华出众，被称为“橡树路上的王子”。“这家伙虽然有显赫的出身，可就是没有一点恶习，连烟酒都不沾。他是经受了考验的人，前些年他身边那一帮有多少人卷了进去啊，他不仅没有，还劝止了不少朋友呢——如果没有他，更多的人就会给逮起来；有的朋友不听他的劝告，最后就陷进去了。他急得什么似的，听说救出了几个，但有的还是给判了死刑，这事给他的打击太大了……”阳子叹息着：“多少姑娘暗恋着他，她们注意他的一举一动。只要聚会上有他出现，姑娘们就会兴奋起来……”

我的思绪仍旧停留在那个可怕的九月，打断他的话：“他能救出他们？”

“能啊。他可能靠了父亲的一些关系吧。直到现在，两年过去了，他还是在做这事儿，因为还有朋友在里边呢。”

我默不做声。我在想凹眼姑娘。她至今还关着啊！我能否找一下庄周?

当我把这个想法小心翼翼地向阳子提出来,他立刻说:“怎么说呢,他是个仗义执言的人,一个善良的人。问题是要他帮的人,一定要是受了冤枉的。”

我只好从头说了凹眼姑娘。我强调这是一个被诱惑的女孩,充其量是一个受害者;我说这个不幸的人到底去了哪儿、在哪儿服刑已经不知道了……可是,我多么希望她能早些出来!

我越说越急,阳子一直注意端详我。后来他问得很细,意味深长地说:“我知道,你跟她搞上了。”我只好承认这是一次失败的恋爱,是异性的吸引,但从一开始我就知道不太可能成为婚姻。阳子咂着嘴,出主意说:

“我建议你还是多到聚会上,那里的好姑娘才多呢。”

我看着这个充满孩子气的脸,心想你怎么就不能专注于我的问题呢?你了解我心头的苦与痛吗?

“你如果找不到一个好姑娘,就忘不掉她。”阳子又说。

我摇摇头:“这是两回事。”

但我明白有一点阳子说得很对——这可能来自他的感同身受吧——我从来到这座城市之后,就一直在渴望崭新的爱情。我一个人在这座城市里,当深夜来临万籁俱寂的时刻,想得最多的就是“她”——我不知道“她”是谁、“她”在哪儿,但知道就在这座浩瀚的城市里。这是确定无疑的,如若不然,命运决不会将我投放到这里,这是哪里啊,它本来与自己毫无关系。

二

出于一种莫名的禁忌,我不愿深入橡树路的内部街巷——至今为止我还一次没有踏进这其中的任何一个家庭。如果没有那个可怕的九月,我可能已经是那里的一个常客。我新结识的两个朋友都没有向我发出邀请,即便发出也会被我拒绝。当我急于见到庄周时,也只是约他到另外的地方:茶馆,或者我们的办公大楼;偶尔也去他的办公室。这种情况持续了一年多,而后才算破例。

我一开始想让他帮帮凹眼姑娘,后来才明白自己的请求多么不合时宜:他直到现在还在诅咒那个九月,正陷于深刻的痛苦之中,难以自拔。我一直记得的那个站在宣判台上的脸色苍白的年轻人,原来是他最好的朋友,还写过许多诗呢。这个人被处死之后,庄周在多半年时间里都像疯了一样。他一直不相信活生生的一个好友就这么没了,不能正视眼前的事实。“滔天大恶?我只能相信他有时也会空虚无聊,寻求刺激,看了太多黄色录像,行为失控。可他是一个多么善良和有才华的人!他读了许多书,是我们当中最勤于思考的一个人……他最后会后悔的,他一定做梦都想不到会有这样的结局。”庄周的愤怒溢于言表。他在长达两年多的时间里一直为一些人打抱不平,千方百计要救一些人出来,“我们这儿的事情就是这样,一旦正式判了就不可能改变,除非等到几十年后作为错案改正——那时什么都晚了,当事人不是死了就是老了,已经没有意义了。一切都得趁没有定案的时候想想办法。”这使我明白,凹眼姑娘的事已经没什么希望了,但最后我还是说出了自己的请求。他摇摇头:“我知道她,因为她的名字和他连在一块儿。就是我的那位朋友,他们原来是一对儿,爱得你死我活——他们早就该结婚了,是朋友的母亲拦着不同意,说橡树路的孩子怎么能找个卖糖果的。他们两人就是分不开,后来又和一伙人混在一块儿。这伙人在一起喝酒跳舞,有时通宵达旦,越来越荒唐,最后互相交换起自己的女伴……”

听着庄周的叙说,我觉得身上阵阵发冷。看来一切都是真的。难以想象的是,生活如此优越的一群青年却生活在绝望之中。内心里一直有一个声音告诉我:不管怎么说,她曾经、或者直到最后,也还是爱着你啊。这总不该是幻觉吧。

庄周声音低沉得快要听不见:“那个宣判会开过之后,并没有处理完所有的涉案人员,因为这其中有一些实在太不着边际了,没法判,也不敢放人——当时一切都服从上边的命令,只能从重从快,所以即便不够条件的也还是关在拘留所里,后来差不多都把人给忘了。我们那儿有一位青年画家,就因为照着一副裸体扑克牌画过几幅素描,就被抓了进去。他多可怜,没有机会画模特儿,画了几张裸体却被当成了刑事犯。我一直为他的事找人,直到一年过去才算放人,可是还留了个尾巴,差点开除公职。也就是上个月,他的这条‘尾巴’才给去掉。这其中经历了多少波折,简直一言难尽!这期间的事情太复杂了,因为具体到一个单位肯定有人插手,那些人正好找到一个机会整人——他们最恨的就是同行中那些有才华的人……”

庄周说到这儿,突然脸色变得苍白,赶紧煞住了话头。他甚至在惊惧地看我,我注意到那是极为慌促和恐惧的眼神。

我一时无话可说。生活中有多少陷阱,它让人惶恐而无奈,即便是眼前的这个“王子”,也活在如此的焦灼之中。我心里为凹眼姑娘难过,但已经没有任何办法。一切只有等待,等待冥冥中有什么来搭救她吧。

阳子已经几次约我去吕擎那儿,我一直迟疑。对于这个沉默的细高个子,一开始会觉得他是一个拒人于千里之外的人,接触长了才知道不是那么回事。这其实是一个内心火热的人,是可以与之交心的朋友。阳子说他在学校的工作并不需要坐班,而他正好干得松松垮垮,大多数时间就待在家里。与庄周不同的是,吕擎的那些朋友很少居住在橡树路,严格来讲他这个人的朋友压根儿就很少——“他不太掺和这里的事情,从一开始就不是他们一伙的。”我说:“可他也住在那个区啊。”阳子摇摇头:“那可不一样。你去了他家就知道了,那不是一回事。”

阳子说吕擎的家在橡树路的边缘地带,是一座老式四合院,前些年才落实政策归还他们,其中临街的一排房子已经损毁了,现在只剩下一幢正房和两个耳房。好在小院保留完好,住起来还算舒服。这房子是当年吕擎的父亲买下来的,那是一个大学者,死于三十多年前。如今只有吕擎陪伴老母亲住在那儿。

除了阳子的提议,吕擎也邀请过我不止一次。于是在一个周末,我就和阳子一起去了那里。

我还是第一次从西向东穿过整个橡树路。这片城区其实并不大,它的西部我已经相当熟悉了。靠近东部的教堂、一幢幢的尖顶楼房,也就是它的纵深地带,我只一直远远地望着。就是它们让人想象,引诱着那些无缘进入内部的人。这片城区尘土飞扬的现象极少,所以无论是柏油路还是许久以前铺就的石头路,都干干净净。比起我所熟悉的城区西部,这儿算是东部,树木更为茂密,草地保护得更为完好,看上去真的就像一大张绿毯。一片茵茵草地在我眼里就像梦境一般,因为这在整座破破烂烂的城市里实在算个异数,于是也就美得虚幻迷人。越往前走,街道越是好看,因为老房子越来越多,那些显然是经历了漫长岁月的建筑式样特异。它们往往有坚固的石头墙、同样厚重敦实的门窗。窗户上大多垂了白色纱帘,有的窗台上还摆放了盆花。走进来才知道,这个区的内里还有一座座围了围墙的大院,院门有穿制服的人持枪站岗。阳子小声说:那才是首长们居住的地方。我问什么首长?他说各种首长。我明白了,所谓闹鬼的凶宅,极有可能就隐在这些大院深处。我从门口望去时惊讶极了:长长的林荫路仿佛没有尽头。这说明在橡树路的内部还有一个核,它就是这些大院,这儿才是整个城市的核心。我想,当年凹眼姑娘要领我进入的,可能就是这些大院。我在心里惊叹:一个多么冒失的姑娘啊,竟然闯到了这里来。

三

我们穿过整个树木蓊郁的城区,来到了它的东部。这儿树木渐渐少了一些,已近边缘。平整的柏油路出现了坑洼,老式石头路也不见了。往东望去,可以看到一幢幢与大多数街巷差不多的平顶水泥楼,一律五层或六层,灰秃秃的十分熟悉。再往东下去,可能就是一般的市区,而更边缘处,比如十几公里之外,大概就是城市郊区了。可以想见早在几百年前,这片童话般的城堡区域刚刚择址时,一定是选在了一座无可救药的城市之郊,只是经过了百年变迁,现在就被包裹在更为阔大的城市之中了。

这一路,令我最为沉迷的不仅是树与草,还有它的静谧。听不到一声小商小贩的叫卖,也没有其他嘈杂,汽车从不高声鸣笛。这里显然是另一个世界。这个世界离我们如此切近又如此遥远。这一次,我是一个初来乍到的访客,一个小心翼翼掩藏着满心惊讶的人。对这儿来说,我心里最明白不过的是,自己永远都是一个外人。

吕擎家的四合院就坐落在橡树路与一般城区的接合部,只是在理论上仍属于这个城堡区——从过去到现在人们就这样划分,因为这一带仍然是十分讲究的建筑,它们都不太高,是三两层的别墅或平房四合院。但这里也实在是一个过渡带,因为树与草锐减,并遥遥相对了从四面八方隐隐传来的城市轰鸣。

一幢可爱的青砖院落。深棕色的木质院门。浅黑色的门框上方有一个按钮,阳子熟练地按了一下。

开门的是一个二十多岁的姑娘,戴了眼镜,微黑而美丽的面容令人过目不忘。她看看我们,对阳子亲切招呼。她说了什么,我没有注意听。她转身走在前面,显出颀长的身材。阳子故意落后一点,小声告诉我:“这是吕擎的未婚妻吴敏,学钢琴的,外号叫‘黑牡丹’。她周末才来的。”

那个外号肯定是恰当的。我对吕擎有些羡慕。吴敏敲敲厢房的门,说了句什么就离开了。然后就是吕擎出来,他不太理阳子,只过来握我的手,进门时才拍了一下阳子的肩膀。

我在进门前环顾了一下小院。中间一棵老槐树,四周铺了小石子。厢房东西相对,正北才是宽敞的正房。院子里干净极了,简直是一尘不染。一株石榴结了小小的果实。老槐树的叶子黑乌乌的,不过一些老枝正在枯死。两只麻雀在地上啄食,这会儿飞到树上去了。正房是木格子门窗,典型的中式建筑。

吕擎独占的这栋厢房其实空间不小,大约有近四十个平方,而且没有隔间,所以显得十分宽敞。它的一端是一张大床,然后是一张写字桌。贴墙放了几个书架,其中一半并没有放书,而是一些动植物标本。我注意到这张床上没有叠被子,还放了一些书籍。整个屋子给人的感觉有些零乱无序。看得出主人是一个不修边幅,甚至有些颓唐的人。从屋子里的摆设、翻开的书籍可以看出,吕擎爱好广泛且没有定型,几乎什么都想了解、什么都想研究一番。

阳子在这里随意得很,自己给自己找了个杯子,又递给我一个。他从落满尘土的什么地方搬弄着,在几个坛坛罐罐间摸出一盒咖啡、一盒方糖,笑着说:“这里好东西很多,不过他不知道享用罢了。”他让我选一样,我选了绿茶。

阳子和吕擎都喝浓浓的咖啡。这使我想起两年前和凹眼姑娘在一起的情景——也是在橡树路上,一家咖啡店里。当时的咖啡店在整座城市都找不到几家,还是相当时髦的。多么香的咖啡。可我还是喜欢绿茶。

阳子呷着咖啡,笑吟吟地对我说:“来这儿的,咱俩是仅有的两个艺术家。他的朋友中这种人不多,他基本上讨厌他们。”

我被“艺术家”三个字吓了一跳,赶忙摆手说:“我可不是什么

‘艺术家’。”

“你不是也写了许多东西吗?”

阳子是指我闲下来总爱涂抹一些长短句子,并且也喜欢到一些聚会上去——可那算什么啊!我脸上有些红涨,转向吕擎:“我学的是地质,别听他乱扯。”

“我知道你学地质,你在03所嘛。”吕擎沉着脸,“我挺羡慕你的专业,瞧,我这儿还有一套好书。”他说着起身到书架上搬下几本书。

这是几本地质学教科书,我全都熟悉。

“干你们这一行可以到大山里实地勘察,能出去走一走,这多么好!”他拍着手里的几本书,“占领山河,何如推敲山河!”

最后一句让我心里一动。我有些沮丧,告诉他:“其实我们并没有多少机会出去,基本上要在室内工作……”我没有说出的就是,我已经十分厌烦这个工作了,已经快要闷死了。我多么想有机会到野外去走走啊。可是时下我所从事的工作,与他所想象的那种浪漫毫不搭界。

“可是多少人眼馋你们的大楼,那个地方有点神秘。我有时想进去看一看,路过时就想:有个朋友在里面工作呢。”吕擎说这些时,一点玩笑的意思都没有。

我想谈谈其他,比如谈谈艺术。我就是不想谈地质学,不想谈那个研究所。已经在那座阴森森的大楼里闷了两年,我开始厌恶它的气味、它走廊里半阴半暗的光线。我已经在心里对自己说:只要有个机会,我就会摆脱它。我相信大楼上有类似想法的,肯定不止一两个人。而我内心里对吕擎是多么羡慕啊:住在一个安静的四合院里,拥有独立的一个空间,不必坐在办公室一口气熬上八小时;更主要的是,有为我们开门的那个微黑的、美丽的姑娘。

吕擎啊,连你这样的天之骄子也会郁闷?

四

从那个地质学院一毕业，我就被投进了这座巨型蜂巢。当时还傻乎乎地乐呢，以为这一下鲤鱼跳了龙门，走进梦想之地了。可当时就是想不到“蜂巢”和“蠕动”，想不到后来一再出现的这两个可怜的意象。其实蜂子还有机会飞呢，而我们是一群被囚禁的蜂子，死期不远。每天就是上班下班，坐在屋里。出门就是乱哄哄的街巷，是挤成一团的汽车。这样一辈子要陷入怎样的尴尬和焦苦，不敢去想。我觉得自己正在把宝贵的一生押在这儿。我一定要出去透口气，因为不能总是被囚。有一次我把这个想法对母校的一位师长说了，说只要能让我走开，干什么都行。他的目光一直盯住我：“怎么，你不干这个又干什么？你学的就是这个，国家要培养一个地质人才多不容易，你要背叛自己的专业吗？”

他使用的字眼很重，噎得我半天没吭声。是的，一般都觉得我能够进这个综合研究所本身就是一件了不起的事儿。03所神秘，等级森严，戴眼镜，穿拖鞋，连在资料室工作的都是有些来历的、胸脯蓬松的官太太，或者是他们那些不知天高地厚的小崽儿。其实时间久了才知道，这里的大部分人压根儿就不是做地质工作的……

苦恼的日子里我就不停地在纸上涂涂抹抹。我像一个老人一样不停地回忆过去、写一些支离破碎的句子。我把它写在了研究所的专用信笺上，有一次甚至糊糊涂涂写在了一份图表的背面。结果处长把我训斥了一顿，瞪着眼睛。我就是那一次发现：他的眼睛竟然能够长时间不动一下，像羊眼。

失去凹眼姑娘的日子，是我最痛苦、胡乱涂抹最多的日子。也就在这样的日子里，所里的一个姑娘给了我宝贵的安慰。她愿意听我说点什么，而且那像蜂腰似的曲线极像凹眼姑娘。可惜这样的日子没有多久,有人就警告我要离她远一些——她属于这座巨型蜂巢中一只最大的雄蜂……

日子一天天熬下来。这样不行,这样下去会生病的。我觉得自己像被困在了这儿,没做任何有意义的事儿。我在心里一问一答:“不设法离开这儿绝对不行。”“不离开又会怎么?”“会死。”

有一次我与同处一室的阿莱讨论这个话题,他也说:会死。

阿莱瘦瘦的,除了那对燃烧的眼睛,其他部位看上去都极为平凡。这双眼睛可不一般,这是一双灼人的眼睛。大概整个研究所里只有我一个人在近处看过这双眼睛。我得说,当我凝视它时,我害怕了。

阿莱比我早到所里两年,知道不少事情。可是他不谈什么,从来不谈。即便他不谈我也知道,知道那是一些可怕的事情。这座阴森森的大楼像城堡似的,本来就该有点秘密才对。是的,当我知道了一些什么之后真的害怕了,瞅着一个地方直吸凉气。我才刚刚毕业不久,像一个没有羽毛的小鸟,对严寒特别恐惧。

像所有人一样,我当时特别怕一个人,他就是这个大楼的头儿,外号叫“瓷眼”的家伙。他的一对眼珠真的像陶瓷球,在眼眶里沉着缓慢地转动。他深居简出,平时对人极为和蔼,但会微笑着整人,直到把人整死。我第一次见他的情景总是不忘,因为我被这双泛着陶瓷光亮的眼睛轻轻盯过一次。只有这一次也就够了。我还年轻,受不住。无论怎么说我还是刚刚毕业的学生。是的,这就是最大的一只雄蜂。

这天上午处长脸色不好:一下接一下地搔脸上的红斑。他让我干这干那,口气颇烦;他每隔十天半月皮肤上就要出现一两处红斑。他让我把一份材料快些送到相挨的那个单位去打印。

偌大的研究所竟然没有一个像样的文印室。复印机老出毛病,打字员不是流产就是重感冒。整个处里就数我和阿莱的年纪小,阿莱出奇地执拗,所以一些杂事就常常缠在我一个人身上了。不过我很乐于趁机到外边逛逛,出去透一口气。这座阴森森的大楼啊,它早晚会把人憋疯了。

我到邻近一个单位的文印室,一推门就遇到了一个“小人儿”。

她穿了红白条相间的裙子,正忙着。天多热。她听到有人推门,一对“通圆”的杏眼就转过来——刚一对视,我简直是强抑着才没让心底的惊叹吐出来。老天,无论一个男人多么镇静,他遇到眼前这样一个漂亮姑娘也还是要发怔,要莫名其妙地紧张和羞涩。

但我要尽快把自己调整得放松下来。我在心里说:你真像一只小麻雀啊。不过她丝毫没有喊喊喳喳的毛病,而是异常沉静,说话最多的只是那双眸子:明亮精细,含蓄安稳。

接下来,至为宝贵的一点时间很快就要溜走了。我拿来的一沓材料几乎是一眨眼就印好了,而我就不得不快些滚开。一路上我发现自己竟如此急切,身上开始了莫名的烦躁,并且很快产生了一些不切实际的想法。

整个一天我都被崭新的心事缠住。我想她就这么出现了,真的……

可是,我们这就算结识了吗? 我不知道。

第 二 章

捉 仙 女

一

好像只一晃，一年就过去了。我知道，新的一年里将要发生一件至关重要的大事，这事儿简直可以说性命攸关——当然，那就是爱情/婚姻的确立。是时候了，不能再拖延下去了，这是那天我从文印室一出门就想到的。如果说这几年我一直生活在虚幻的童话中，那么真正的小仙女算是在这个夏末出现了。我的心长时间怦怦乱跳，这种情形已经很久没有出现了。它当然不是无缘无故的，它很快就会令人无法招架。对方是一个什么样的人啊，她与那个让我迷惑难解的凹眼姑娘不同，长了一对杏眼。我的一个朋友后来曾经用一个好词儿形容过，说这叫“杏眼通圆”。

这些日子不好对付，因为忘不掉，又没有过多的理由去文印室。与另一个姑娘不同，她可没有待在糖果店里啊。

我希望更多地去她那儿复印资料什么的，可惜这样的机会一个月里也不过一两次。不过这种弥足珍贵的时光我利用得并不好，待在吱吱嘎嘎的机器旁碍手碍脚，根本不得要领。最后一次我索性就直盯盯地看她，终于使她脸红了。脸红了就好。这是我向她发出的一个泼辣而生动的信号，尽管有些生硬和笨拙。

谈情说爱这种事儿其实并没有什么先例可循。我以前也有过轰轰烈烈的爱情——起码自以为是这样——可惜非但没有增加多少经验,没有增加过人的勇气,相反倒变得更加畏手畏脚。眼瞅着事先准备好的许多话语都在临场一句句废掉,原因就在于对方是一个从不依照牌理出牌的家伙——小家伙;她的那对杏眼似乎有无穷的穿透力,在它的面前,阅历和人生经验之类的全不管用。这与那个妩媚的凹眼不同,凹眼过人的热情可以起到某种催化剂的作用,使人在一种热辣辣的气氛中加油提速,然后很快就相亲相爱了。

这次则不行,一切都得在她固有的节奏中进行。她的名字叫梅子,普通而又贴切,好像只在冰冷的空间里才能艳丽开放。除了季节的关系,主要还是我们两人之间的空气。我天生是热烈的,一种含蓄却又内在的高温,总想寻一个机会呼呼爆发出来。我的一些好朋友,比如后来的阳子,总是在我这方面的弱点上找茬儿,时不时地刺伤一下。没有办法,我因为朋友而温暖,也因为朋友而沮丧。同样,我因为爱情的产生而兴奋难耐,深知了生活的魔力和意义;同时也在两性的强烈吸引中、在这种摧毁一切的波浪中震颤发抖,痛不欲生。我在最无望最困苦的时刻甚至向黑夜哀求起来:快些让我摆脱这种深渊吧,我已经耗尽了最后的一点力气、流尽了最后的一滴血。

一切都没有进展。我爱上了这个杏眼通圆的小不点儿,同时又一筹莫展。我想,她既然适合在严寒中开放,那么我就天真地将最终的突破之期定在了冬天。我把内心的这个想法告诉了同室的阿莱,一直严肃的他也笑了。但他未予置评。我长时间都把梅子的事情瞒住了阳子,以防他不合时宜的挖苦。我在这个时期是极其脆弱的。但我一旦有了爱情的力量,也就什么都不怕了。现在还不行,现在我在这个城市里还是个无助的孤儿,阴阳失调,形单影只,说话气喘。

冬天终于来了。但还不到严冬。我发现天一冷,梅子真的对我好了一点。她穿了不太多的衣服,像一只准备过冬的麻雀那样紧实俏丽,光洁的额头引人亲吻。我可以经常地、自然地光顾她的小文印室了,这是我在长达一年多的时间里获得的惟一进展。至于这个紧随而来的冬天,不客气地讲,我是要有大作为的。我在刚刚变冷的街道上走了一截路,进门即夸张地搓着手,然后抬头看她脸色如何。她的脸红红的,但愿这不仅是因为天冷的缘故。这座城市的冬天干冷,但他们本城出生的人根本就不在乎。而我们来自海边的人对这种冷十分鄙视,因为它不能像寒针似的刺入脸颊。我一边瞀着她一边发出"噻啊噻啊"的声音,极尽夸张之能事。她冷笑着,看着我单薄却又韧性十足的身材,不以为然。但我知道她并不讨厌我,并且已经习惯于这种殷勤的造访。这是我了不起的一个成就。我的身材单薄,她的身材却像小麻雀一样——也有那样浑圆饱满的胸脯。这个比喻、这句话,我得设法早些告诉她才好。可惜我却没有这样的勇气。天如果更冷一些大概会好得多吧。

我不知道她恋爱的经验和历史。我希望她在这方面是一张白纸。而我这副被她瞅来瞅去的单薄身材,其实已经挨近过几个柔软的女性。这种经验上的不对等是好的,但我不会向她袒露。不过我此刻正因为深入地爱着,而多少陷入了一点愧疚。这是真的。我会怀念她们,但我要冷静一些才行。我现在是另一种状况,只一门心思,可以说真实而钟情。

梅子对我所在的研究所极为推崇。这使我有点痛苦。我想如果你对我惟一的好感来自它的话,那我该有多么悲伤啊。要知道这并不是什么不可能的事情,因为在当年所有的人谈婚论嫁,都十分看重对方的工作单位,她大概也未能免俗。我开始装出一副热爱本职工作的样子,内心里却在诅咒这份差事。她如果亲眼看一看瓷眼一伙人、他身边的那些家伙,就会对未来的丈夫充满同情。自然,现在这些都不是主要问题,最主要的当然是怎样捉住我心目中的这个小仙女。我渐渐看出,随着寒冬的来临,地上的冰结得像镜子一样的时候,她开始变得热烈起来了,那对通圆的杏眼充满了温情暖意。

我会一直感激这个冬天,它对我来说不但不冷,而且还是一生中所度过的最火热的季节:穿不住更厚的衣服,一件薄薄的毛衣就让我热汗涔涔。我总是两颊绯红地用肩膀把她的小屋顶开一道缝,鬼头鬼脑地钻进去,声音低沉地谈情说爱。我的嗓子是那种浑厚的、胸腔共鸣极佳的男低音,是天生为有内容的姑娘准备的。

随着时间的拖延,我越来越明白梅子是一个理想的姑娘:内向,真实,广闻博识却又十分谦逊。她也可能被我的工作和学历唬住了,不太涉猎知识性过强的话题。可她却不是一个无知的城市青年,也不像她的职业一样简单。照理说满条大街上都是一些胸无点墨的年轻人在干打字复印这一类活儿,她却真的是个例外。后来才知道她是个回城稍晚的知青,因为没有学历就干上了这个,但十分喜欢。她的一对小手摆弄起纸张来巧妙至极,所有的纸页都不敢顽皮,在她三戳两戳之下,一大堆杂乱的纸张很快就整整齐齐了。当十根手指在键盘上飞动时,还可以看着来人说话,可见功夫之深。

我们总是在下班之前中断交谈,这渐渐成了一个规则。只有一次我们在下班之后耽搁了一会儿,不知不觉天就黑了。我要送她回家,问她住在哪儿?她说不算太远,就住在橡树路上……

那一刻我怔怔地看着她。

接下去我迟疑着,甚至没敢送她太远,只在前边一块草坪边上停住了。

二

一连许多天我都没有与她联系。我突然感到,她离我太遥远了。同时我觉得最初的判断一点都没有错,这是一位“小仙女”,因为这样她才和老城堡、和各种各样的传说相谐调。她所置身的那个地界里有老妖,有血腥的故事——这种故事刚刚演绎过呢。一切都令我胆怯,我想自己决不能再一次莽撞,不能与这个古旧城堡林立的地方纠缠一起,不能沾它的边了,无论以任何方式都不行。我已经深深地恐惧了。

问题是那双眼睛总在夜深人静时闪耀,无法遗忘也无法躲避。我睡不着,蹑手蹑脚在屋里走动。我仿佛中了几百年前的魔咒,那些淫荡的鬼魂俘获了我,让我在漆黑的夜色里踟蹰,沿着一个永不变更的环形兜圈。在这样的时刻,我的怦怦心跳既因为初恋,也因为冒险。我悄声对着夜色诉说,像是耳语:“你的手只要伸过来,只要轻轻地触碰一下我的额头,或许我就得救了。可是你真的离我太远了,我们就像隔开了一条星河。”

梅子从来都是沉着的,可能一生都会如此。她在我沉默的日子里没有一个电话,没有一声讯息。

我这段时间一直和阿莱待在一起。这个比我还要瘦削的人也常常沉默,他几乎不与任何人主动说话,大家都把他视为怪人。可是当他与我在一起的时候,那张暗紫色的脸慢慢会增加一点红润,两眼开始闪动光泽,话语也渐渐多起来。整个大楼里,只有我知道他是一个心中蓄满了热情的人,一个在知心朋友面前才能够吐露一切的人。他比我还大两岁,似乎从来没有交往过姑娘。他得知了我的焦灼与痛苦之后,只用那对火热的目光扫着我的脸,说:“你的胆子太小了。”我分辩说:“不,不是那样。”他淡淡一笑:“可是,你连一条路都怕。”

我站在橡树路的边缘地带,看着从西北方刮来的寒风卷起浅浅一层雪末,旋转着,消失在一道修剪得很好的冬青树墙下。一只麻雀迎着风向站立,以免那身紧实的羽毛被吹开。它栗子皮色的小额头真是漂亮极了。整个橡树路的纵深处在严寒季节显得一片墨绿,显得更为深邃神秘。那里掩映了不止一处深宅大院,里面是一些被现代取暖设备烘烤得极为舒服的房间。这个老城区里还留有许多西式壁炉,如今都成了一个时期的记忆,成了装饰。我所置身的那个小宿舍就和整个城市的大多数街区一样,还没有取暖设施。每个冬天这个城市都要有几十人死于煤气中毒,因为害怕和嫌麻烦,我每个冬天都不生炉火。这其实也是一种习惯,我不记得在已经度过的冬天里有过取暖的炉火。

从橡树路走开,一直走向了东部的一条街,视野里很快出现了研究所青苍苍的大楼。再往前就是另一个单位了,是它向内凹一点的窄窄小门,这就是文印室。我敲敲门,又推了一下。这时我才想起今天是周末。

从文印室走开,没有回宿舍,而是继续在路上徜徉。不假思索地走,一点点雪屑落在衣领里,舒服得很。不知不觉又走到了原来站立的地方,那只麻雀没有了。我闻到了一阵咖啡香味,想起前边不远就有一间咖啡屋,那是我和凹眼姑娘待过的地方。我走过去。撩开门上的防寒棉帘,隔着玻璃门可以看到里面正坐了五六位年轻人。我走开了。前边那间糖果店早就改成了糕点店,里面的员工差不多也全换了。肚子有点饿,可我只是往前走着。从半下午一直到天黑,我就在这一带走来走去。

路灯点亮了。靠近橡树路的街灯造型漂亮,而且很亮。一个穿棉猴的小男孩独自走出来,伸出小小的皮靴试着地上的浅雪。他继续往前走,一直走到街灯下——我愣住了,因为我马上看出这张仰起的脸庞是个女孩——我的呼吸凝住了。这时我突然明白了多半天的徘徊到底是因为什么,那原来是心底呼喊着一个声音啊!这声音告诉我:你哪里也不要乱跑,你就在这里走动吧,你会遇上她的……

当她抬起头时,眼睫马上落了一片小雪花。她一眼看到了我。

我们都没有说话,默默地走上前去。我捉住了她的手,她没有拒绝。一股热气喷在我的耳廓上,这是这个冬天里最温暖的气息,透着一股栀子花的香味。我一转脸就碰到了她的嘴,湿湿的,想象中像小鸟的喙一样。我闭着眼睛就吻了她。这是第一次。一切就这样开始了。啊,她为了让我温暖,把我的手拉到了她的腋下,隔开了一层细羊绒衫夹住我。我静静地,一声不吭,感激和爱在这个夜晚达到了顶点。我在心里自问自答:"不怕橡树路了吗?""不怕了。""为什么不怕?""不知道,反正一点都不怕了。"

我在很久以后都会感谢阿莱。正是他的寥寥话语给了我极大的勇气。我信任他,信任一个在03所大楼上最孤独的兄弟。

在这个夜晚里,我又一次发现她这么小:整个人紧凑匀称得像个男童,像我记忆中很早以前那些林子里挎着草篮、活泼如小溪的村姑——她们都穿着红的蓝的花衣服,有时只用一截草梗束起满头散发——当然她比她们多了一点什么又少了一点什么。她把自己的野性收敛得一丝不剩,规范、整洁、温柔、纤细。瞧这鼻子,又小又挺。这样的鼻子肯定会有特别好的嗅觉,它肯定会嗅出我的满腹心事。

那个夜晚之后,我们总是在下班后待在文印室里,迟迟不愿离去。

那时我自以为是一个很坏的青年。我起码比阿莱坏。有时我想阿莱的拗气主要是来自单纯,因为初生牛犊才不知畏惧。我的坏是漫长的生活强加在身上的,我没法不坏。不过人要变好常常需要找一个机会,比如让别人帮一把。这个机会来了,我第一眼看到她就知道这正是那个帮我的人。只要想起她,我都会在心里咕哝:你不给我这个机会不行,你不给嘛,那可不行……

可是后来还是费了无数的周折。想想看,人这一辈子在这种事上要如愿以偿,会有多么难啊。人生一世大概没有比这件事儿再大的了。细节繁琐得难以尽言……反正总算等到了瓜熟蒂落的这一天,这个夜晚——她的下巴颏一下抵住了我的肩膀。文印室里没有人,小小的空间安谧内向。她哈出的热气扑满我的耳廓。我把她放到了沙发上,长时间抚弄她光润的额头、长发。我实在不能按捺,轻轻呼唤着……我常常能够从琐屑迷惘的夜色里寻到久已消失的什么。我捉住她的手,把她拉到身边。我开始喃喃诉说。她只是倾听。

沉默在夜色里是最难忘的享受。一个男人不可能有更好的夜晚了。细碎安慰的声音都是给我的,我应该回报对方一点什么。我那会儿长久地拥住了她。

三

"你听过凶宅和老妖的故事吗?""没有。""真的?""真的。"我不相信她的话。但她的目光却给人一种诚实感。但愿她不是住在那样的一座凶宅里——她说自己家不是什么别墅也不是现代公寓,而是一个老旧的院落。她描绘的房子有一个带阁楼的大屋顶,院里有一棵大橡树。原来还有一幢相连的南北向的耳房,后来不知为什么拆掉了半边。我问她:"你知道你们的房子原来住过什么人家吗?"她咬咬嘴唇:"我们也不知道,那都是多么久远的事儿了。听说以前一个旧社会的什么局长住过,更早时住过一个牧师……"我的兴头来了:"外国人吧?你们住了外国牧师的房子?"梅子笑眯眯地看我:"我也不知道嘛,只听人这么说。我妈说的,她也不能证明是不是真的。反正你到时候就知道了,这房子太旧了。妈妈说我们这儿离大教堂不远，可能一百多年前属于教会。现在那个教堂刚刚恢复活动没几年，我因为好奇礼拜天里去过一次，里面的牧师说话都是湖区土腔儿，他们这样读《圣经》——‘于四（是），广（光）就有了……’”她学得惟妙惟肖。

她商量我什么时候去家里，说她弟弟也常领朋友回去，没什么的。我问她弟弟也有女朋友了？她说没有，他是市少年体工队的，那一伙都是他们队上的少男少女。可是我没有应允。我不想像个傻瓜一样站在那样的一个老式庭院里，或者进入她家的客厅，让她的一家人像看一个东部来的瘦猴似的。我摇头，她就问：“为什么？”“不为什么。”她不太高兴了，说肯定是有原因的，你怎么就不说啊？我鼓了鼓勇气，说：

“因为我太瘦了。等我胖一些再说吧。”

她当然不会相信这是理由。其实她不需问什么理由。我不会贸然地闯到那片老城堡里去的。一切还要等待。深夜里我常常在心里说：你竟然是那里出生的一个孩子！你如果生在别的地方该有多好啊！可是我又如此地爱你，此刻已经是难分难离了！

春天来了。梅子真的像是在等我“胖一些再说”，再也不提让我去她家的事，只是常在小饭盒里装一些美味佳肴让我分享。可气的是我非但没有胖起来，似乎比过去还要瘦削。不同的只是唇上的一溜小胡须变黑了，它们长得长了，不得不用剃刀对付它们了。第一次使用剃刀是难忘的，因为下刀的那一刻是如此无奈，你不得不在心里想着：他妈的，这一刀下去你就再也离不开它了。男人一动剃须刀也就意味着成熟了，小胡须将越刮越黑，如果是个连腮胡，那么不久还会收获一副铁青脸儿。成熟的青年，成家的日子。尽管因为各种原因，操劳，可恶的本职工作，一言难尽的03所之类，让你男子汉的小腰细细的，肚脐那儿可怜巴巴地往下凹着，连稍硬一点的牛皮带都不忍往上勒，可你还是挨到了一个关键时刻。你得准备结婚了,结束美妙的恋爱时期。

我未来的岳母出现在小文印室里,这当然不是一种巧合。我发现她胖胖的,一双眼睛正是梅子的杏眼之源。她站在那儿,两手合在胸前,不无认真地看着我。我觉得她只一眼就把我当成了自家人,那种温情的目光是无法遮掩的。她叫我"孩子",这使我心中有一股暖流潺潺流过,并将让我把这一幕长久地记住……事后我对梅子说,她像我想象中的一模一样。"你想象过我的母亲啊?""是的,我想她就像我第一次见过的那样,胖乎乎的,心慈面软,笑着,一点都不陌生。"梅子的眼睛湿润了。

可是我凭感觉知道,事情并不会一帆风顺。我觉得有一股冰凉的风正从一座老宅里吹来,那儿是魔鬼徘徊之地。那些魔鬼在教唆一个脸庞瘦削的老男人,让他锁眉横眼地望过来,让我一抬眼就打个寒战。大概正因为如此吧,尽管未来的岳母也像梅子一样发出了邀请,我还是没有走进那棵长了大橡树的院落。

在春天结束之前,我觉得03所的头儿瓷眼越来越不怀好意地瞟人,他盯向我的眼睛里有一种屠夫相马的意味。阿莱告诉我,瓷眼已经找过脸上长红斑的处长好几次了,处长回来时见我不在,就一遍遍问我在工休时间都到哪里去了?阿莱从来不答。处长一直习惯并仇视着阿莱。种种迹象表明,我与梅子的事情瓷眼也知道了。这使我十分气恼。我对梅子说:"这只是我们两人的事情,我不希望那个所里的人插手。而且,我恨瓷眼。"梅子一切都明白,她知道这是父亲在找人了解我的一切。她叹息,眼睛红了。

我第一眼看到未来的岳父也与预料中的差不多:中等个子,偏瘦,脸庞稍长,像所有握有重权或曾经握有重权的人一样,腮部硬邦邦的。他目光生冷,毫无暖意。他是我从03所走向文印室的半路上相遇的,对方显然是有备而来。如此劳驾一位老人让我有些过意不去,尽管我一会儿就恨起他来。我们的谈话没法不突兀,因为他压根儿就不想有一次合乎情理的交谈。在他看来,作为一家之长的权威是足以控制整个局面的,而丝毫不在乎我与女儿到底进行到了何等地步。他是一个中心,其他一切都得围绕着他旋转,所以其他人的牺牲可以忽略不计。这就是我在后来、也是在当时的判断。他从来没有想过自己的否决权一旦实施了,对自己初恋的孩子会有怎样严重的后果。而且他的理由在我看来是极其粗陋和卑劣的,甚至……有点下流。他只觉得我是一个东部乡野里来的单身小子,在一座城市里没有任何背景,属于被橡树路收留和怜惜的人而已。我想梅子不会不对他讲许多,他只要认真倾听就不难弄懂自己犯的错误有多大。白搭,这样的老人是不屑于细细倾听年轻人讲话的。这样的老人因为有了那样的经历,下半辈子也就得自以为是地打发完算完。

我不知怎样努力压抑自己才没有骂出来。事后证明我这样做是对的。把事情弄得不可收拾,这对我来说也是致命的损伤。我在那个尴尬的、令人无比气恼的现场,最后想到了可爱的梅子。是的,一切只能取决于她。别看她小小的身个,温柔过人,可是我想知道她的坚忍和毅力到底会有多大。她的执拗会最终解决问题的。

这种预计和前瞻对我来说并不难。我说过,我是一个经历复杂的青年。这一点她的父亲很快就会搞明白。简单点说吧,如果没有这两下子,还能把你闺女搞到手吗?你觉得自己院子里有一棵大橡树,住了人家牧师的房子,也就了不起了?你住这样的房子到底有多少合法性,还要另说哩!而我时下娶你的女儿,却是完全合法的。

后来事情尽管费尽周折,但一切都如同我之所料。总之我颇为坎坷地得到了一个梅子,也得到了一个永远不能休战的岳父。这也是命中注定。

四

结婚前后的幸福不必说了。需要说的永远只是那个硬邦邦的老岳父。问题甚多,只说我们的新房吧。

梅子兴高采烈地告诉我:多好啊,爸妈都讲了,我们的小窝就安在他们那儿。反正他们房子大得住不了,爸说厢房连同阁楼的一半都可以让给我们住。我没有做声。

“我们好好计划一下吧,布置起来会很好的。厢房有一个通道,那是一个楼梯,它与阁楼相连,住起来方便极了……”梅子眼睛望着远处,她已经在想象属于自己的居所了。

我摇着头。

“怎么?”

我说:“我们可不能住在橡树路上。”

“那可是最好的一个区啊!多少人做梦都想挤进那里呢,哪怕是一个窄窄巴巴的地方,也比住到其他街区好啊……”

我还是摇头:“住到那里我会做噩梦的。那不是我住的地方,我不习惯待在那么安静那么干净的地方。我们应该像其他刚结婚的年轻人一样,去找自己的小窝。”

“可是爸爸妈妈不会同意的。因为他们不放心我们。他们说了,先住这儿,将来我们有了更好的地方,可以搬过去嘛。一家子就该住在一块儿,这多么方便、多么好啊!”

“如果我们将来还是要搬开,那还不如一开始就另起炉灶。找一个我们自己的地方吧,我们要自立,哪怕是简易楼、一室、公共卫生间的那种也可以。从头开始吧,这更合乎情理……”

梅子说服不了我,但也没有迁就我。岳母循循善诱,岳父却是以不可动摇的权威出现在我的面前。他耷拉着眼皮,可能不愿正眼瞧我,也可能早就厌弃了我这副单薄瘦削的身材,只声音低低地说着。他的声音有时微弱到极点，你好费力才听得清，不客气讲，有时会让人觉得这是一种不久于人世的人才能发出的声音："简单收拾一下厢房吧，简朴些就行。条件就是这样了，将就一下吧。"

他故意不睬我的意见。我不相信他会一点不知道我的意见，然而他就可以装作闻所未闻，以肯定的不容任何置疑的口气下达指示，并且其中不乏嘲讽的意味。我说了一句带脏字的话，当然是在心里说的。

走着瞧吧。

我一连多少天在城区东部——即吕擎的四合院东边不远的乱哄哄的街区那儿找房子。我想承租一处再说。还有，这个地段离吕擎的家只有半个小时左右的路程，这可能也是吸引我的条件之一。我与吕擎的交往正日益增多，对我来说，这家伙有魅力。庄周也有魅力，可是庄周住在橡树路的中心。我得靠一头。几天的寻找我算知道了什么叫城市贫民，他们住着怎样的屋子。毫不夸张地说，有的市民住的小屋远比大山里的穷人还要差和脏。棚户区就更不用说了。总之这些最不入眼的区域都藏在了城区的深处，大概算做一座城市的内脏或伤疤？我找不到一个更好的比喻。说实在的，让我住在这样的地方，暂时还没有勇气。我只想找一处一般化的、大多数工薪阶层能够看得上眼的公寓楼。

可是事情绝非那么简单。吕擎和阳子都给我出主意，说最好的办法就是向我们两人的所在单位申请房子，这可能晚一点到手，但总比从大街上自己找房子好得多。我于是找了处长。处长搔着脸上的红斑说："哧！"尔后即无下文。我又对梅子说了这个意思，她未置可否。

小鸟总要找到一个窝才好下蛋吧，梅子表面上不急不躁的，心里可能早沉不住气了。她明里对我一百个不赞同，暗里却在和父母争执。多么好的姑娘，这足可以预示，在今后漫长的生活道路上,关键时刻她会与我站在一起的。

果然,梅子到自己单位要了房子。那是一处两居室加一厅的公寓,地段离她家不算太远,可惜要顺利轮到她,恐怕非要三年两载不可。好在这时候硬邦邦的岳父出面了——事后我才知道这是他老人家的威力,他找了女儿单位的某个人,问题于是迎刃而解。

一切都不在话下了,小窝有了即具备了全部。幸福这东西铺天盖地而来,让我一时无法消受。不过我还是没有忘记凹眼姑娘,在心里念叨过三两次,然后就准备结婚了。使我稍稍安慰一点的是,我稍早从庄周嘴里知道了,她最爱的是那个业余写诗的人——脸色苍白的不幸青年,而不是我。那个人先到,也先走了。但凹眼姑娘毕竟也爱过我,这个需要谨记——人一生需要谨记在心的事件不多,这应当是一件。结婚吧。

我们没有在橡树路安家,事后愈加证明,这是最为正确的选择。我只身一人来到了一座城市,真正是一穷二白。正像俗语所说,我连一根钉子都没有。可是我在这座城市里最终悬挂起拉拉杂杂的家当,有家有口的,一年之后还生了一个小孩。

我们后来给小孩取名小宁。尽管住在极普通极简单的居所里,却一点都没有影响到我们的幸福,没有影响到我们以较快的速度生下了自己的小孩。他健康,聪明,漂亮,顽皮,茁壮成长。当然这是后话了。

阳子那时对我们这么快就有了自己的孩子有些吃惊。因为他是一个单身汉,一张白纸,对于任何刚刚画上的美丽图画都会大惊小怪的。吕擎则开导阳子说:“这事儿一点都不稀奇,男女只要真正相爱,咔嚓一下,孩子就怀上了。”

岳母欢天喜地。岳父乐得合不拢嘴,却对我多了一分仇视。这是我后来才发现的。

深夜,我们待在简单明了的小窝里亲热,幸福得不得了。我会小声对在她的耳边说：嗯，我捉到了一个小仙女。

走失的王子

一

庄周被称为橡树路上的“王子”，这其中丝毫没有揶揄的意味，它只是包含了这样的内容：出身高贵，没有恶习，仪表堂堂，令人追慕，诸如此类。这样的评价当然沿用了古老的标准，而且其中有着令人厌恶的势利和偏见。即便是如此，连吕擎这种极为挑剔的人都从不否认庄周的优秀。他们来往不多，但相互敬重。他曾经说橡树路上居住了三种人：纯洁的人，平庸的人，邪恶的人。依照这种划分，我想庄周肯定不止于纯洁。我还在心里问：那么岳父一家呢？他们属于哪种人？我渐渐发现这儿还有第四种人——介于平庸和邪恶之间的那种人，比如岳父……我对岳父惟一的也是无法言喻的感激之情，仅仅因为他是梅子的父亲。

有一个场景加强了我对“王子”的印象。那是一个秋天的下午，天突然下起雨来，我正匆匆穿过通往橡树路的一条街口。雨丝在越来越大的风中变得像鞭子，我不得不用胳膊挡着头和脸。这时我看到左前方一个健壮的汉子正和另一个人推推拉拉，那个人瘦小，当然推不过他。高个子硬是把身上的风衣给小个子裹上了——原来对方是个中年妇女，她只好揪紧了风衣道谢，走开了。健壮的男子身穿浅色的西装，这时全部暴露在风雨中，一阵阵疾雨把领带吹了起来，把一头有些拳曲的浓发吹乱了。天色骤然暗下来，一道闪电划过，使我正好看清了那个男子是庄周：雨水洗亮了一张英俊的脸庞，一双大眼睛闪烁有光，两条剑眉、开阔的额头……他毫无畏惧地迎着风雨往前走,当时并没有看到我在十几米之外注视这一幕。他走开了,整个身影就像一棵沐浴在风雨中的白杨。这一瞬间的印象长时间地留在了心头。

关于他的故事断断续续听了许多。大半都是结婚前的趣事,其中不乏夸张和演绎。比如说这个城市里最美丽的姑娘如何想念他、他又如何矜持。但他绝不是一个自视甚高、目中无人的家伙,相反却总是那么善解人意和乐于助人。他有情而不滥情,对那些明确对自己表示了爱慕的女性,都能给予最大的尊重和感谢。有一个著名的京剧演员,其性情就像她扮演的角色一样,清纯高傲目无下尘——她来这个城市演出,接待方的负责人恰恰就是庄周。他让她一见钟情并且再也没有忘怀,后来曾几次暗中赶到这座城市……他们的故事之所以没有继续下去,主要就是因为庄周早在一年前与一个叫李咪的姑娘结识了。

李咪是一个南方人,柔弱可人,需要身体强壮的男人好好爱护。据说庄周像对待一个少不更事的娃娃一样宠着她。他们结婚了,有了一个孩子。不少人对庄周好奇的同时,也极想看看李咪是怎样一个人物。有人看过了就说:当然好;不过也就那样。

我是在结识庄周不久之后见到李咪的。印象中她一直抱着自己的孩子,整个人都被一种显而易见的幸福笼罩着。当时庄周正为一些事情焦头烂额,两眼满是血丝,她就一边拍打着孩子,一边用眼睛追逐着自己的丈夫。我那时正与这个男人一样焦灼。庄周在黑色的九月失去了一个伙伴和挚友,即那个脸色苍白的青年人。还有,他正用尽全身的力气解救另一个叫桤林的画家。从这一刻开始直到长时间以后,几乎所有人都发现:庄周像变了一个人,他陷入了从未有过的悲伤和抑郁,好像再也不会笑。人也憔悴了,头发乱乎乎的,差不多不再注意仪表。从此橡树路上再也没有了一个快乐爽朗的青年、一个英俊的王子,一切都成为过去。

大约也就在这样的日子里,一个流言在朋友当中传来传去,它不仅令人心惊,还对庄周造成了极大的污损:李咪正与一个行为放荡的本城恶少来往,两人在一条邪路上已经走得相当远了。

我当然不信。后来因为传说得具体而逼真,就问吕擎这消息有几分是真？吕擎没有回答。他和阳子显然都听到了传言。我们没有说出的一句话就是,这对无比自尊且内心高傲的庄周将是不可忍受的侮辱。也许不久这件事情就会以某种方式呈现出来,那会是怎样一个结果却无法预料。吕擎对这件传闻未加评析,却说出了其他一些事实:庄周正在忍受一些常人无法忍受的痛苦和折磨。“就是因为这些传言吗?”我问。对方点头又摇头:“或许是更可怕的什么……我也不知道。”吕擎欲言又止,这使我们长时间不吭一声。

看来事实又一次证明:我们所有人在观察他人的时候,总是更多地注目其幸福的一面,而对其正在经历的种种痛苦却会视而不见——好像别人永远是幸运的、被生活厚待的,而我们自己却往往是生不逢时的、正在忍受极大的困苦和不公。比如庄周,多少人在羡慕他优裕过人的生存条件,仿佛是衔着金钥匙出生——而他自己却在长期忍受着诸多折磨,这些痛苦当中的绝大部分又不为他人所知。我和吕擎阳子三人在一起时,自然要谈到整个城市的文化界,这里与任何地方一样,那种倾轧的激烈程度简直无法形容,而庄周又是首当其冲的人物——“如果置之不理呢?”阳子问。吕擎的回答是:“可以不理,但结局一样,一样残酷。还记得那个九月吗？那次处决了几个,劳改了几十个,其中就有好几个是文化界的,都与这种倾轧有关——有人乘机告密,诬陷,这在特殊时期会起到火上浇油的作用。这种倾轧在平时也很可怕,但在九月却成了致命的。你们可以想象它给庄周造成了多大痛苦！只要有人的地方就要分出派别,分出利益,就要让人在夹缝里挣扎,这丝毫都没有例外……"

谈到那个九月，我的心情一下就黯然了。我不知道庄周与那个脸色苍白的人的关系的深度——谁陷害了这个人呢？但既是挚友，其疼痛就可想而知。这是一道不能止血的疤痕，它只要一天不能长好，也就会撕疼和渗流。我的心中同样有这样的一道疤痕，不同的是它比起庄周来，可能只是较浅的一道划痕。我说："李咪真不该在这样的时候那样。如果是真的，这等于在他的伤口上撒盐……"

吕擎长长叹息："我们不知道。我们永远都不会知道庄周与那个可怕的九月之间，到底是一种什么关系，不知道到底背后发生了什么……"

我和阳子都愣住了。我如果没有听错，那么吕擎在说一件他自己都不能理解的事情——而正是这一切，才造成了庄周难言的痛苦——这痛苦是如此之大，以至于连爱妻的背叛都可以让一个男子汉忽略不计了……

就在吕擎的这次谈话不久，大约是一两个月之后吧，有一天阳子突然急匆匆找到我说："糟了，庄周失踪了……"

"这怎么可能呢？"

"已经二十多天了，他家里人急坏了，与有关方面也打了招呼——人就这么不见了……"

"他会一拍屁股走开？这究竟是多么大的噩梦啊，会让一个男子汉一抬腿走开，不辞而别？他这样做，算是一个特别顽强刚毅的人，还是恰恰相反呢？"那会儿我看着阳子，一时怔着，心里马上想到的却是这样几句问话。但我始终没有说出来，因为我对整个事情的原委还不清楚，除了惊愕还是惊愕。

二

八月的城市，许多角落都被流浪汉和打工者占据了。而在这儿,二者的角色通常是互换的。这个季节走上街头,观察一下那些汗渍渍的脸庞,就会发现所有成帮结伙走在边道上的都是他们。这些人的打扮大半不合季节,有的甚至在大热天里也要披着没有扣子的厚衣服,有的随便把两个衣襟一系,或找一截细绳束一下。当然更多的是赤裸上身,或者仅穿一个背心、一件单衣的人。大概这个城市的所有人当中,只有他们才不在乎仪表。我不止一次看到,那些打工的男男女女穿了有洞眼的裤子,露出了脏乎乎的腿;一阵风吹来,他们身体的任何部位都可以直接享受凉快。比起这座城市的其他人,他们至少在衣着上放松得很。车站、巷子、街头自来水管下,随便一个地方都可能是栖身之所。哪里清凉,哪里有水,他们就奔向哪里,铺上一块塑料布,或直接躺在地上。如果干渴了,他们就咬住自来水管一阵饱饮。

几十年来,这个城市好像第一次迎接了这么多陌生人,他们声音怪异,来自南南北北,山岭平原,四面八方。我特别注意打听那些从东部平原来的人,想象这里面会有真正的老乡。很多城里人指指点点,说这些四处流浪的人如何不正常,如何把好端端的一座城市给搅了。无情无义的城里人啊,他们该知道,没有这些打工者和所谓的流浪汉,这座城市立刻就会停止运转。在这里,所有的脏腻和沉重差不多都要由他们来承担。一个打工者在外面待得久了就成了流浪汉,而这些笑吟吟的或低头闷着的流浪汉一点儿也不傻,比起城里人,他们更坦然、更放松和更无所顾忌。只有他们才有这样的心情。他们没有组织,没有单位,没有财富的拖累,也没有贫穷的恐惧。

我从立交桥下走过时,看到了一个卖淡水龙虾的乡下妇女。我想起了小宁,买了两只给他玩。剩下的一段路很短了,沿着人行道往前,发现几个在高墙下蹲着的流浪汉仰着满是灰尘的脸,正笑嘻嘻看我。那种天生的、自然而然的神气让我心动。他们嘿嘿笑着,看着我手里的东西。我的购物袋里有几块面包和红肠,就掏出来。他们伸手接过,一边咀嚼一边向我点头致谢。

在这儿有时很难区别流浪汉与乞丐,因为他们常常是同一种人;可是我能准确无误地分清哪些是职业乞丐、哪些是兼做打工的流浪汉。流浪汉们聪慧、精明,比一般人坦然许多,我和他们最易相处,这大概因为我自己小时候就当过流浪汉吧。走在这个城市街巷上,我尽管从衣着上跟大多数城里人差不多,可那些流浪汉却能一眼把我识别出来——他们面对着茫茫人流,总是冲着我一个人笑,露出洁白的牙齿。而奇怪的是,当我走入他们当中,心中会立刻涌过一阵深深的放松和愉快感。

回到家里,梅子翻弄我的购物袋,发现里面只有几张垫纸和一点面包渣。我告诉她东西都给了大桥下边的那些人。梅子看我一眼。

我把两只淡水龙虾养在鱼缸里。小宁兴奋了。前几天刚收养了一只叫丽丽的小狗,他走到哪儿它就跟到哪儿,彼此已成为心心相印的朋友。他和它俯到鱼缸边,那两只龙虾就一齐举起大螯。丽丽把毛茸茸的嘴巴凑上去——小宁还没有来得及阻止,丽丽就被夹住了。它哼哼唧唧用前爪抚弄嘴巴。“这真好玩。”梅子双手拄膝看着。小宁和丽丽一块儿离开了。可只过了一刻钟,我们都听到了扑扑棱棱的声音,转身一看,原来两只龙虾的大螯扭在了一起,打斗得异常激烈。梅子害怕了。我想它们也许是打着玩的,因为太寂寞了——打了一会儿,它们就各自退到一个角落里去。它们痛快过了,力气也耗尽了。

梅子这一天不太高兴,但并没说什么。我们都到了不需要解释的年龄。人的一生总要不断地做出解释,向那些认识和不认识的人、向同志、向自己的爱人、向自己。一个人最累的就是不停地做出解释。

我时不时要想到大桥下的那些人。真的，什么服饰也掩盖不了流浪汉的本质，只要一个人在心里把自己归入了那一类，那就会是某个开端。实际上人一生下来就开始了流浪，人的一生只有驿站，没有归宿。人的心灵不可能有永久的居所……我每次看到那些流浪汉和打工者就要想起庄周，总觉得他就在这些人中间，如今已是形貌难辨。我觉得奇怪的是，这会儿竟认为庄周这个人天生就该是破衣烂衫、满面悲怆，而以前的衣冠楚楚西装革履不过是一种临时的装饰。

那还是小宁出生前的事情，我从立交桥下回来，告诉梅子：庄周失踪了。

梅子淡淡应一句："知道。"

李咪跟梅子很熟，看来她这之前已经找过了梅子——梅子果然说是李咪告诉的，还说她仍然没有失望，因为李咪不相信一个过得好好的男人一抬腿就没了。"要知道我们有孩子，有个家，他爸、他妈，一家人都等着他呢。"

我当时没有说什么，因为我不知说什么才好……一转眼，橡树路上的王子已经走失了这么久。

"庄周父亲打来好几次电话，他找你呢。"

庄周的父亲是一个相当傲慢的人，这人在很多方面极像岳父，只不过比岳父更加难以接近。我心里在想：庄周对父母和妻子不辞而别，对我和吕擎阳子也守口如瓶，显然是下了非同寻常的决心。这只能是一种决绝之心。

我竭力回忆，想找出他出走前的一些蛛丝马迹……

梅子在一边长叹一声："他不爱她了。"

三

庄周的父亲庄明离休前一直是整个"上层建筑"的负责人，许多人背后不无揶揄地叫他“教父”。庄周与李咪婚后并没有重新开辟一个小窝,他们一直住在橡树路,住在庄明的楼上。这是一幢灰色楼房,看上去很旧了。它处于整个橡树路的心脏地带,一二百年前就是这样:洋房,大树,教堂,洁白的木栅栏和碧绿的草地。那时这些式样独特的楼房之间,动不动就晃出一个大鼻子,成为这座城市的西洋景。外国人走了,另一些达官贵人、一些金融家和大富豪又在这儿安营扎寨。军阀也来了,背枪的人其实来得更早,因为据说没有他们外国人连窝儿也不会挪呢。再后来又是战争,又是外国人、又是富豪和达官贵人。就这样轮换了许多茬,一百多年就过去了。一百多年里橡树路上住过的人脾气差异巨大,性格迥然不同,一代与另一代、一茬与另一茬,简直就是不共戴天的仇人。可是他们对橡树路的嗜好却是一样的。这儿树木茂盛,房屋疏朗,空地很多。一幢幢灰楼从外面看模样新异,尽管陈旧,但一眼看上去就知道是洋人手笔,随处都透着一股难言的安逸和奢华。没有办法,无论风雨怎么洗涤和摧残,就是不能改变资产阶级贪图享乐的腐臭气息。用革命的办法,比如冷酷的非常手段,也还是收效甚微。在最愤怒的年代里,有人就提出砍掉大树用作建设的倡议,结果只干了一个星期就住手了,这儿仍然还遗留下许多橡树。还有人发了更大的脾气,让人一口气拆掉了一座教堂、几幢特别招眼的房子——可惜没有进行得彻底也被制止了。看来仍然有人喜欢异国情调,处心积虑地保留过去的痕迹。果然,所有的胜利者都先后住进了橡树路,对大多数人来说,这儿终成陌生之地,让平民百姓望而却步。有许多年,通向橡树路的所有路口都有岗楼哨所;后来虽然开禁,但区内最重要的一些院落仍然是封闭的。庄明就住在一个封闭的区内,这也是大家平时不愿到庄周家串门的原因。庄周住在父亲的楼内,他们一家三口占据了二楼东边三间,还有一个大客厅——我记得客厅里铺了一块漂亮的驼色地毯。

庄明长得细瘦,严厉,高个子。而庄周即便在外形上也明显地区别于父亲:壮实,中等偏上的个子。我很少到这里来,即便有事要来,也尽量是快来快走。我那时最怕在一楼的走廊里遇到庄明两口子。没有办法,我总是害怕与一些重权在握的人物相处,横竖都不得劲儿。权力常常会把人变成陌生的东西,又冷又硬,就像污泥里的石头。庄明和我的岳父差不多,眼瞅着变成了一个硬邦邦的家伙:目光、肌肉、牙齿,都硬邦邦的。我亲眼见他有一次吃牛肉,牛肉做得不太烂,别人正皱眉头,他放进嘴里却是一阵从容的咀嚼。在他眼里,所有来找儿子的人只不过是寻个借口与老子取得联系罢了。所以当我和庄周待在客厅时,总是把门关得严严实实。

李咪只有一米五多一点,丰满匀称,神气特异,鼻子翘得很高,眼窝也深,眉毛长得很怪,整个是一副狐狸脸。漂亮可爱是不必说了,尽管整个人显得太小了点。她平常就像丈夫的尾巴,里里外外总跟在茁壮的庄周后面。在街头,在朋友当中,所有人都要不由自主地多看他们两眼。庄周一说起李咪总是这样的口气:“那个小家伙”;再不就说:“我那个小爱人儿”……李咪能以最快的速度跟一切生人熟稔起来,并且像对待家人一样把气氛搞得极其融洽。她踮起脚尖拍打客人的肩膀,拍打着,这样那样,说东道西,非常自然,毫无拘束。她整个人显得那么随和,亲切而又妥帖,使人很快就觉得像在自己家里一样。

庄周自从那个黑色九月之后就变了。李咪不停地抱怨。她是一个离不开丈夫的人,庄周如果回来晚了,或者是在外面开会停留一两天,她就会像热锅上的蚂蚁。

以前的庄周只是忙。他不仅要组织各种活动,送往迎来,还有内部管理、下面几个委员会的工作,一大摊子。最让人头疼的是财政部门对所有的委员会都大幅削减经费,这一下全乱了套。这个年头干什么都需要钱,一个几十人编制的单位,本来每年财政上给的钱除了人头费所剩无几，现在更是雪上加霜。庄周不得不把一大部分精力用来弄钱，为此专门成立了一个部门，取名为“创收部”。创收部的人都是很有办法的小伙子或姑娘，一个个夏天穿着圆领衫、牛仔裤，戴着变色眼镜，驾车在闹市区和郊区来复窜奔。他们腰上挎着传呼机，手抓便携电话，在乱哄哄的城市里遥相呼应。庄周沉默的时间越来越长。只有几个朋友知道他有多苦。他不愿发出牢骚，可一旦发出，那就是快要支撑不住了。有一次他说：“我平均一分钟得罪一个人！”

开始我不明白，因为在我眼里，由于他父亲的缘故，文教界的老老少少都跟他有深厚的关系；后来才知道，像所有“浮出水面”的人物一样，他的对手其实也多得很，有的直接就是从橡树路出来的子弟。

庄周平时极其收敛、谦恭，不得不做许多极不愿做的事。有人写了几篇东西、画了几幅画，就缠着庄周开讨论会、举办“个展”。庄周因为对艺术酷爱，对这类人物当中的一部分人喜欢得要命。而这样的人，在这座城市里往往都是程度不同的倒霉蛋。庄周要伸开两手保护他们，并且永远嫌自己的两臂不够长。他不求父亲，因为父亲对他和他的这些朋友从来存有偏见，而且年龄愈大偏见愈深。除了庄明，在文化界具有重要影响的另一个人物是吕南老。吕南老平时深居简出，影响力却无法低估。庄明离职后，吕南老身边的人更加神气活现了。他们当中有一个人最嫉恨庄周，外号叫“乌头”。乌头年近五十，会画几笔画，擅长与别人“合作”。这个人几年来做梦都想取代庄周，处心积虑地接近吕南老。在历经诸多周折之后，乌头终于结识了吕南老的外甥“山颉”。此人是一个机关的处长，素有两大嗜好：字画和女人。乌头恰好在两方面都能满足山颉，两人于是成了“铁哥们”。山颉常为乌头的事去求吕南老，如果不能得手，就直接去找另一些头儿，每次都暗示是“舅舅的意思”……乌头依靠山颉，几年时间升为副局长，又开始琢磨其他。

他发誓说:这辈子就是什么都不干,也要把官做到"三至四品"!

有一个人越来越让庄周操心了。

这个人就是画家桤林。桤林本来在艺委会下边的一个刊物做美术编辑,不久前才调到画院。桤林从心里感谢庄周,因为正是庄周力排众议才把他调过去。许多人认为要当一个专业画家,桤林的年纪还小了点儿。他是从边远山区考到这座城市的,由于学业突出,毕业后就留在了城里。他前后换了三四个单位,最后才在一个刊物落下脚来。他现在是专业画家当中最年轻的一个——据说在几十年的画院历史上也是最年轻的一个。桤林长得细细高高,头发很长,有时又剪得差不多成了光秃。他不是故意这样,因为除了画画,他对一切都无心无绪,几乎从来不懂得照料自己。他画油画,一天到晚关在密室中,差不多达到了疯迷状态。

就是这样的一个人,做梦也想不到会得罪乌头。起因是为参加一个大型展览的事:乌头千方百计要使自己的画作入选,结果却是桤林被挑中。乌头先是串通评委们重来一遍,没成,就逼桤林自己撤回作品。桤林还没有来得及照他说的去做,选送的画已经被拿走了——这一下乌头心底起火,一拍桌子说:桤林这小子完了。

从此桤林真的麻烦不断,干什么都不顺。接下去的几年中,桤林几乎每年都有一两次受挫:作品只要参加展览或刊出,立刻会招来严厉批评,而且调子高得吓人。最后许多人都不知桤林为什么成了个"敏感人物"。除此之外,每隔一段时间还会莫名其妙地吹来一股冷风,说桤林生活或其他方面又出事了,不得了啦,上边又要追查了;结果有时真的就有厚厚的"批件"转下来。虽然每次查下来都是无聊的瞎忙,但还是有不少人害怕。桤林作画的地方经常有人光顾,这些人像是很有来历,拿着一个小本子,翻翻记记,嘴里的大雪茄像一根阳具一样翘着,差点都要触到桤林的脸上了。他们把他十几年前的习作都找出来了,所有的裸体素描都挑选编号。有一个脸上满是横肉的家伙从兜里不慌不忙地掏出一支红笔,在这些画的胸部和两腿之间都狠狠地打上了大叉。桤林开始愣着,后来再也忍不住,一下子扑在了自己的画上。几个人一齐按住了他,一个戴眼镜的瘦子厉声说:“正给你造册呢,害怕了? 别急,小淫棍。”桤林被他的凶相吓呆了。

因为有人不停地骚扰,画室显然成了最可怕的地方。桤林不得不舍下一切,在深冬里躲到了朋友一间没有暖气的小屋子里。他在这儿瑟瑟打抖,半是因为严寒,半是因为害怕。他在倾听恐惧的消息——什么动静也没有。但他知道,除非是这个春天早些来到,不然再也无法工作了。那间曾给他无限欢乐的小小密室如今就是囚室,他不敢走近那儿半步。而在这个冷窖里,简直就是度日如年。就这样,好不容易熬过了一个严冬,在一个挺好的春天的早晨,他蹑手蹑脚地回到了那个画室,开门一看,里面除了一团破纸,就是跑来窜去的耗子。二十多年的心血啊,几乎全不见了。

也就在这个春天,桤林被呜呜嚎叫的警车抓走了,罪名是搜出了许多淫秽品,是一个流氓集团的重要成员……

整整有一年多的时间他都给关在看守所。九月的枪声响过了,满城死寂,庄周却在用尽最后的一点力气将他救出。

他好不容易出来了,可是人也废了:既不能画画也不能参加展出,像个傻子一样在大街上走来走去,不一定什么时候回到那间小屋,一头倒在那团破纸上就睡着了。最奇怪的是,他竟然避而不见自己的大恩人庄周,总是设法躲开他。

有一天桤林走着,一抬头看到了一个机关的牌子,就哑着嗓子喊了一声冲进去。那天正好是山颉值班,他立刻指示保卫处的几个人:把这个疯子扔出去。结果桤林先是被推搡,后来就跟门卫厮打起来。最后桤林不仅受了伤,而且还被一些穿制服的人押走……

还是庄周反复交涉才放了人。可是放回的人仍然不理庄周,自己在那间小屋里待了很久,庄周敲门、喊,他都不应。后来桤林找到单位的领导说:“我不想在这儿了,我想回老家去。我想妈妈了。”领导说那你回去看看老人家吧……

对庄周来说,比桤林麻烦十倍的事情还有很多。比如委员会下属十几个部门,动不动就有人来查,一会儿账目出了问题,一会儿又是税务和审计找来了。所有这些都得他出面应付。每到一些节令,各协会还要作出许多配合性的选题计划,要有“动作”,这方面只要稍有疏失就会有人质问……最让他不能忍受的是,每次他在外边出了一点事儿,回到家里立刻就会受到父亲的一顿训斥,说他简直是丢脸,“我现在不在这个位置上了,人家对你当然不像过去那么迁就;这也好,公事公办……”

庄周知道,他不能向任何人解释什么,包括父亲。

四

我回忆往昔,觉得自己最对不起庄周的地方,就是在他焦头烂额的时刻不仅没有帮他一把,反而把一个人介绍给他,为他带来了不必要的麻烦。

那人是我初中的一个同学,因为长了一对斗鸡眼,外号“斗眼小焕”。我们本来有许多年不见了,但怎么也想不到的是,他这些年里竟然随风就俗,也在纸上涂抹起来。当有一天他出人预料地出现在这座城市里时,简直让我大吃一惊:模样差不多让人认不出了,一改印象中的邋邋遢遢,皮鞋闪光,头发锃亮,那双斗鸡眼架上了一副平光镜,看上去很像一个志得意满的中青年知识分子。最让人难以置信的是,他的身边还跟了一个粗壮的大汉。大汉说话含混,脸色铁青,不停地咽着口水。后来我才知道,这个人其实就是小焕的保镖。保镖话语迟滞,看上去三十五六岁,有一个稀奇古怪的名字:小玲。斗眼小焕让小玲干这干那,支使得一个大汉团团转。第一次见面时,对方刚一转身,小焕就向我介绍:“这可是个了不起的天才呀!”原来在他眼里不仅自己是天才,就连身边的人也都是稀世珍宝。

小玲实际上既是他的保镖,又是一个仆人,要为他买烟、跑腿、打车票,陪他扯闲篇儿。如今斗眼小焕比我记忆当中那个挂着两趟鼻涕、净做坏事的淘气鬼又多了几手:满口脏字,狂话连篇,动不动就骂人,一双斗鸡眼闪来闪去,瞧不起整个世界。奇怪的是,听口气他最佩服的不是别人,竟是身边的小玲。

小焕一出现就迫不及待地让我介绍他认识这座城市的一些人:“最有名望、最有才能,喏,这样的一些家伙,特别是庄周。”毕竟是久别重逢,我像迎接一个家乡人那样对待了他。至于说其他要求,我除了尽可能给予满足,似乎也别无选择。

就这样,他在庄周的客厅里出现了。小焕直着眼瞅李咪,嘴里的香烟都忘了吸,烟灰一截截掉在地毯上。我只得没话找话跟他扯,以便把他的目光吸引过来。可是他回答我的话时眼睛还是不离李咪。李咪走开,他竟然跟在后面叫着:“嫂子啊! 嫂子啊!”

庄周与小焕谈话时,小焕两手翻飞,一会儿又用力拍打膝盖:“妙啊! 绝了!”再不就说:“天哪,这是一个什么问题啊,惊世骇俗!”他喊着,一会儿站起一会儿坐下,偶尔还要大声吟哦,很快弄得热汗涔涔。他闲下来就大口喘息、咳嗽,咕哝:“哎呀,我快不行了! 咳咳!”

李咪进来添水,小焕立刻站起,用力搓动两颊,搓手,在地毯上踱来踱去,嘴里发出哼哼唧唧的声音。李咪出去时招手让庄周过去——他们在商量中午怎么吃饭。可是庄周刚刚离开一步,小焕就搓着手说:“馋死人了! 咳咳!”我狠狠盯他一眼,他毫不在意,还笑吟吟地附在我耳边说:“你知道怎么抵挡这尴尬劲儿吗?”没等我应声他就说了:“这时候你就发了疯地谈艺术好了,只有艺术这东西能够抵挡女人的诱惑！咳咳！没法，老要咳嗽，漂亮女人会引起临时性肾虚……”庄周回来了，他果真更加起劲地谈起了艺术。李咪的身影在门口闪了一下，斗眼小焕就猝不及防地大喊一句：“天哪！”

那一次我觉得太对不起庄周了。那个疯子完全出乎我的预料。我担心的是他还会频频出入庄周的客厅。

事实上正是如此。后来我听说小焕一个星期就去了三次。好在他要进这座城市得坐一天的火车，不然后果将更为可怕。我看着庄周，不知该怎样表达心里的歉意才好。我知道这实在是一个浑身挂带着灾难和不祥的人物，应该设法使朋友尽快摆脱才好。可惜这一切似乎已经太晚了。

有一次小焕又来到了庄周家，当时正有一帮协会创收部的人在这儿，他们一看小焕就觉得别扭。小焕在客厅里只谈了一会儿，双手又开始在眼前翻飞，照例口吐狂言。其中一个人就说：“我真想把他那只爪子剁了去。”可还没来得及剁，这双翻飞的手竟然忙中偷闲做出了令人吃惊的事儿——庄周刚刚起身去做什么，李咪过来找东西，小焕就笑吟吟地拍了她一下。李咪猛一转身，脸红到了脖子。这时戴着变色眼镜、腰上系着钢腰带的一个小伙子砰地拍了一下桌子，一把揪住了他。小焕的嘴活动着，还没说出什么，旁边坐着的小玲就“呜”的一声站起，一拳打在了那人脸上……眼镜打碎了，玻璃片将脸刺伤——那一天闹得天昏地暗。

往事不堪回首，可又历历在目。

庄　家

一

庄家的灰色楼房一片沉寂，一眼看上去就知道蒙受了不幸。

悲哀的气氛笼罩着四周。

我来到时，庄明正在二楼的房间，老伴在楼上陪他。出来迎接我的是李咪。我一见就发现她的眼睛稍微有点浮肿。她穿了黑色的裙子，不知怎么，这件黑衣服使我想到了丧服。

她把我让到客厅里，为我端来水果。真不知该怎样开始这场谈话。呷着茶，我想最好还是先听她讲。可她一直不做声。我听到了抽泣，抬起头，看到那对曾经让斗眼小焕大呼小叫的眼睛水汪汪的。泪水终于盛不下，顺着脸颊哗哗流下……

“宁哥，你看庄周多么狠心哪！”

“他走前没有说什么吗？”

“没有，”她的泪水止住了，“只是夜里睡不好，这已经好久了。老做噩梦，梦里有一个大头老妖追他，他吓得大喊大叫……”

我知道这是老城堡里的传说，这个橡树路的巨型老妖又在他的脑海里复活了。我叹了一口气，不知该说什么才好。

…………

庄明从楼上下来，一边摘眼镜一边看我，目光充满了怜悯。我对这目光感到费解，嘴唇活动一下，但没说出什么。我见了他总是有点紧张。还是他先问了一句：“你岳父好吗？”

我点点头。显然这句话与我与他都毫无关系。我发现这个干瘦的、因下颌骨太长而显得特别坚忍的老人，面色如此苍白。他的胡子差不多全白了，胡茬也很长。这是一张让人看一眼就灰心丧气的脸，不知怎么让我想起以前见过的一个晚期癌症病人的脸……我告诉他：岳父一天到晚都在练书法，真的大大长进了；偶尔也作诗——我这样说，好像在建议庄明也试着做同样的事情。

庄明的神色没有一点变化——不，脸上那几处交成十字的皱纹在抖，显然有些激动。眉毛也在动。这眉毛花白，很长。人的眉毛需要花上一辈子的时间才能长这么长。长眉下的眼睛，眼珠已经变成了淡灰色,那是一对正在脱离官场和权力的眼睛:不甘,却仍然是一双半隐半显的、富有洞察力的眼睛;特别是当它注视下一代的时候,就尤其如此。他的嘴唇向外翻得很厉害,这让我想起以前见过的一位名不副实的大诗人。那个大诗人曾经作过很雄壮的歌,整个人却衰老、苍白、无力,不过个子比眼前的庄明矮多了;那个人走起路来一摇一晃——极度放松和得意的人才有这样的步态。庄明嘴唇翻得厉害,却没有血色。我还记得那个大诗人的目光:真的像蜥蜴,所以可爱而神秘。有一次我在一个会上见过他,老诗人瘦嶙嶙的手握住了我的手,猝不及防地一握,差点让我叫起来。我暗暗吃惊这样一位老人竟然还有那么大的手劲儿。我想只要成了个人物就会有极不平凡的一面,它平时隐藏着,说不定在哪个瞬间就会突然爆发出来,让人惊讶不已。

庄明的小眼镜玲珑可爱,有洁白的镜框,金丝腿。他把它放到了茶几上,灰白的双眼扫了一下李咪。儿媳揉了一下眼,无声地走开。

屋子里只剩下我们两人了。他为我倒茶,我刚站起,他枯瘦的手就往下压了压。我听到了微弱的呼吸,这使我想到一个不肖之子对长辈健康的威胁。我想安慰几句,可一抬眼又变得无言。我来到这里大概更多的是倾听和接受询问。庄明说话了,艰涩的声音极其低沉。我记起了他在任时,我曾经有幸听过他的一次报告。那时我跟庄周早就熟了,而且已经交往了一段时间。说起来没人相信,直到那时我还没有与他的父亲、那个有名的“教父”搭过一言,似乎也没听他在公开场合讲过话。那天他坐在台上,死气沉沉,有气无力地坐在那儿,眼睛似睁非睁,不知是藐视还是胆怯地看着整个大礼堂的听众。他讲话了,声音小得不能再小,经过扩音器的放大也不过能够勉强听清。这就迫使满场的听众都把呼吸放得又轻又细,以便捕捉讲话人的意思。他这样一个字一个字吐出来,不知怎么反而让人感到一种不易更动的力量,使人感到正在接受一种绝对的命令——伴随这命令的是一种极大的威严。这时候再抬头看台上那个懒懒散散的瘦削老人,其气势正不动声色地笼罩了整个大厅。这就是我记忆中的那个人,一个以逸待劳、以弱制强的老人。这种老人一般都懂得很多奥妙和门径,已经松弛得有点超凡脱俗。那一次我不知怎么脑海里突然闪过了一个很荒诞的问题:他什么时候才能离开人世。我是克制着才没有想下去。

“……这之前他跟你吐露过什么没有?”

我仔细想着,不敢贸然回答。后来我终于记起了什么,说:“庄老,我记得在这之前我们有过一次谈话。他好像显得很沮丧。”

“哦? 是吗? 沮丧,为什么?”

“他说人的生命只有一次……”

庄明站起来,哼一声:“他说得不错,不过是一次;可有的人可以轻于鸿毛……”

我把他剩下的一半添上:“而有的人却重于泰山。”

说完之后我才发现,这两句话通常是用来描述死亡的。我说:

“他的那种状态过去是很少有的,他好像十分疲惫。这是那年九月,他的朋友遭到不幸之后……”

庄明在地毯上踱步。他这样走来走去,低着头,好像没有听到我刚才的话,只对这块地毯的花纹感兴趣,正在用心地研究,足尖在上面轻轻触碰。他梳理了一下稀疏的头发,咕哝一句:“人被宠坏了!”

我像在重复他的话:“被宠——坏了?”

“没有饥饿,没有战争,衣食丰足,住着楼房,年纪轻轻就负有相当的责任。看看这一切来得多么容易。好多天我都在想,我们两口子,还有这个儿媳,到底有谁对不住这个宝贝儿子? 想来想去才明白:他是被我们宠坏了!”

“也许他走的时候应该留下几句话,他不该不辞而别……”

庄明松松摆一下手,“要害不在这里,”看着我,“要害在于长辈,责任在我们,而不在下一代。这正是我们感到惭愧的。”

二

庄明的话让我大吃一惊。

他说下去:“就是我们这一辈人亲自动手,把一切都推倒了。瞧吧,这就是我们做过的事情。可我们又没有建立起新的东西,把它们交给下一代。他们变得迷惘,然后就是目空一切。原因就在这里。很久了,我都在想,庄周的思想是很有些代表性的,不是他一个人,也不只是你们这一伙人。如今再没有什么可以吸引他们的了,没有值得崇敬的伟大事物……”

“大伯,如果没有什么吸引,那他为什么还要舍弃一切走开?”

庄明似乎被我问住了。他头颅向前探去,好像要来嗅一嗅我身上的气味。我看见他的上唇收束起来,紧紧包着发灰的牙齿。他发出一声不易听到的叹息,“年轻人好比是一群牛羊,现在他们已经一哄而散了——四下里奔出去,那不是很危险吗?”

他这样说,是不是在把自己当成了牧人?而我们只配当牲畜。我很想提醒尊敬的长辈一句:所有的家养动物原来都是野性十足的,它们分属于荒原和山岭,只是后来才被驯化,被圈养或是拴养。只是这样想,没有说出。

老人说:“讲穿了,这是一种背叛。”

这句话太熟悉了。我们走入了一个特殊的年代,我们要不断被人用食指点着:“看,背叛!背叛!”好像背叛成为下一代人的集体行为。他为什么不用“逃跑”这个字眼?显然经过了权衡。“逃跑”比“背叛”的罪过要轻得多,而“背叛”两个字下边加了黑点,是不容饶恕的。我想,那些四散奔跑的牛羊起码是背叛了放牧者……我承认有人是被宠坏了,不过是谁在宠他们,一直把他们宠得泪水涟涟、大声呼叫、夜不能寐,把他们宠得发不出一声呻吟?我真想问问可爱的庄老,是谁把他们宠成了这样……

沉默。这样过了很长时间,他突然抬起眼睛往门口那儿望了一眼——门早已被他关得严严实实,但他仍不放心。我知道他要谈更重要的事情了。果然,他声音压低问了一句:

"我们做父亲的往往对有些事情很难了解,这就叫灯下黑。你能来太好了。我想问你一句,希望你不要蒙骗我这样一个老人。我也有权利知道这个……"

我突然紧张了,我说:"怎么会呢,请讲吧,庄伯伯。"

"我想问问你,我的孩子有没有其他劣迹?"

"您能说得……再具体一点?"

"嗯,就是说,他的生活作风……"

我明白了,这是怀疑儿子逃到了情人那里藏起来了。我毫不犹豫地摇头:"没有,从来没有;我们都知道他很爱李咪。"

"嗯,但愿这样;那么其他方面呢?"

我想了想,"好像之前一段他的工作忙一些,各方面的压力都太大。特别是那年九月发生的事——我是说,一个朋友的处决,这对他打击太大了,总让他做噩梦……"

庄明马上愤怒起来,手在沙发扶手上拍打一下,"打击太大!什么啊!依我看还是出手太晚!他那个朋友,还有他,都该枪毙!你不知道庄周做了什么,你不知道……"

他气得大口喘息,手开始哆嗦,恨恨地瞥我一眼,好像连我也该枪毙。我吸了一口凉气,心怦怦乱跳。我马上想起了吕擎前几天说到那个可怕的九月时,对庄周的含糊其辞。我这会儿真的不知道庄周还有什么滔天大恶瞒了我们,所以我极想弄明白。我两眼直直地盯住这个青筋暴起的老人。

“是的,他不属于那个流氓集团。可是他的思想深处与他们并没有什么不同!他的卵翼下什么人都有,他甚至纵容包庇一些淫棍、异己分子!他竟然敢于盗用我的名义去执法机关,去为不法分子活动……”

庄明已经气得上气不接下气,一只手用力扶住自己的腰。

我松了一口气。原来是这样。我想为庄周辩白什么,可话到嘴边又咽了回去。我知道这不可能说得清楚。我一声不吭,等待面前的老人火气消下去。

“他走得真不是个时候啊,”庄明闭了闭眼睛站起,口气缓和多了,“孩子刚刚三岁多一点,还有爱人、父亲、母亲;不要说更大的责任了,家庭的责任他都不愿尽……”

看着这个消瘦的、额角上那根青青脉管不停跳动的老人,我突然想起了他年轻时候的传奇——我不止一次听人说过他的故事——他也有过出走的历史啊!我想说:你们庄家就是这样啊,儿子恰恰是继承了父辈的禀性呢!

他从茶几上拾起了那个小小的眼镜戴上。

我想谈话该结束了。这是我认识他以来的第一次长谈。这个人一直是腹富口俭,我们这次已经谈得太多了。

他最后说:“希望你们都好自为之,不要一时冲动就什么也不顾,遇到事情先冷静下来,想得多一些,啊!”

最后一个语气助词让我感动。它提醒我面前站着的是一位慈祥的长者。

“你们也许能知道他的消息,请到时候一定通知我们;如果能见到他就更好,要告诉他:我让他马上回来。”

我点点头。

他走出了屋子。

三

就在这段短短的时间里,我匆匆想了一下离去的老人。

他是长江以北有名的一个大家族的长子,当时只有十七岁,是个独生子。整个家族里他被寄予的希望最大。这个家族在大江南北的几个城市都有产业,而且上溯几代,每一代里都要出一两个做官的人。当时父亲要把他送到省城,几年后再送他出洋。这个家族完全有这个力量。十七岁的男子汉面临抉择,尽管在长辈人眼里他压根儿就没有什么好犹豫的。家里人给他打点行装,并忙着让他完婚,这也是家族的规矩。他们不但给他准备了无所不备的行头,而且还给他准备了一个如花似玉的姑娘。这姑娘品貌双全,知书达理。家里人就等着完婚之后将其送上旅途了。可就在这个决定一生命运的前夜,他逃脱了。

那是个暴雨之夜,他像落汤鸡似的一直向着东北方跑去。这一跑再也没有停歇,一直跑到了华东,又跑到了半岛。就这样,他成了一个红色战士……

这个经历与我们所听到的很多故事都有点雷同,但真实情形就是如此。庄明成了革命队伍里最有文化的年轻人,后来参与创办了革命根据地的第一张报纸,又办书店,出版革命书籍。在一次大转移中他受了伤——那时候他还不到二十岁,就是这次负伤使他遇到了现在的爱人,当时的护士长爱旭。

爱旭只有十几岁,是个肩头瘦瘦的农村娃娃,差不多一下就爱上了儒雅的庄明。她从来没见过革命队伍里还有这样的小伙子:戴一副眼镜。她不能理解的是他从哪儿搞来了满肚子的学问,给她讲个不休。为了度过养伤治疗的日子,他随身带了很多书。爱旭当时只认得很少几个字,就听他读书。他出院时带走了这个农村姑娘的心。

他无论离医院多远，每个星期都要跑回来看她一次。他们使用当时通用的语言来表达炽热的爱情：让我们比同志的关系更进一步吧。不知谁首先说出了这句话，反正成了。最值得纪念的是战地婚礼。那时华东战场最有名的一次战役的序幕已经拉开。就是这一年，一个阴雨连绵的秋天，他们正式走到了一起。

这段浪漫故事是庄周以前断断续续讲出的。关于那个年代的很多故事都互相重复，却不容置疑。有时候会觉得奇怪：人哪，连选择故事的权利都没有。好像一切都先自规定了，每个人不过是一点一点走进早已设定的一个个故事里而已，它们大意不差，有些雷同……

门又一次推开。进来的是爱旭。我赶紧站起。

她也接近六十岁了，头发花白，但脸上却没有多少皱纹。我每一次见她都能想起自己的岳母。她像岳母一样，胖胖的，心慈面软，而且都有从医的经历；不过她在离休前比我的岳母体面，当时是市卫生局的副局长，之前还是市立医院的院长。说起来有些好笑，庄周说“爱旭”这个名字还是父亲取的。“原来我母亲的名字可有趣呢，不过我觉得比现在的名字要好一百倍。”庄周说他母亲做了护士长之后还叫原来的名字：“狗狗”——也许就为了找回自己的当年吧，后来庄明亲自给自己的孙儿取名，就叫“狗狗”。

爱旭坐在刚才庄明坐过的地方，眼睛像李咪一样红肿。我觉得第一次在这个灰色的小楼里受到如此隆重的接待：男女主人分别会见。

“你和我的孩子差不多一般大，你在我眼里就像我的孩子一样。”

几句话就说得人心里发酸。多么好的母亲！我想，这样的一位母亲是不该被抛弃的。有这样一位母亲，后一代不可能不感到温暖。我还想到了李咪，那样一位柔弱的妻子同样也是不该被抛弃的——很可惜,关于她与本城那个淫荡男子的传闻已经太多了,而且还极有可能是真的;还有小男孩狗狗……看着他那对小双眼皮儿,忍不住就要去亲吻。他胖胖的小手上有一道又一道的肉褶。庄周竟然能够舍下这一切,简直是猝不及防地离去,这其中必然隐含了更为令人震惊的什么。背叛?它的背后藏下了什么,不仅是李咪和全家人感到迷茫的,更令我和几个朋友诧异。爱旭这会儿关心的是更细致的问题,她开门见山:

"你看到李咪了吧?她哭得多厉害;好多天了,她一直这么哭;有时候半夜把我和他爸都惊醒了。一开始我们还以为是孩子哭,穿了衣服下楼,在门厅里听一会儿,才明白是儿媳在哭。这孩子啊!谁也受不住的,你想想,年纪轻轻,带了这么个小不点儿。庄周要再不回来,她还能待下去吗?有好几次她要回娘家。一开始全家都把庄周的事藏着,李咪单位上的人也不知道。可这样久了怎么藏得住?先是庄周单位的人到处找,吵吵嚷嚷,满街都知道庄周跑了。他要走也不要紧,跟家里和单位讲清楚,比如说休假、出一趟长差,怎么讲都好啊……"

我不知该说什么。她提出的问题是很现实的——庄周如果真的决意不回,那么李咪很可能也要从这个家庭消失,而且还会抱走狗狗,这对一个做奶奶的人毕竟太残酷了一点。

"我们只有这一个孩子,养儿防老,对我们还不是一样?像我们这样的人家,看病、找人照顾都很方便,可是谁也代替不了自己的亲骨肉啊。到了那一天,我们躺在床上的时候,谁在我们身边?"

我的心酸酸的。我承认这是最能打动人心的一个理由。想好的几句安慰的话全飞光了,因为说什么都显得不太得当。我又看了看这个古老的房间,想起了关于老城堡的传说中,这儿恰恰是最适宜于那个老妖出没的地方啊。

"他不到中年就是个副局级干部了,仕途上比我、比他父亲都顺得多,还有这么好的家庭、爱人。他对李咪也好,两个人感情很深;就在他离去前十几天,他俩还手扯手在花园散步。你看就是这么突然。这不是做得太过了吗?他若把理由讲出来,有什么说不通的?我劝过儿媳,说孩子,就算他出了趟长差,你等等吧,他会回来的。年轻人总是好奇,好高骛远,等他出去蹦蹿一回,明白是怎么回事,就会回来。到那时候他就得好好过日子……"

爱旭说这些的时候,我不由得想起她的男人——当年那个离家出逃的青年。这个人一走再也没有回去,那才是真的背叛,背叛到永久。

爱旭对我寄托了很大的希望,她让我好好劝导一下李咪,让她忍耐些,让她等待。她说我的作用是她和庄明所不能替代的——你们是同龄人,同龄人总是有很多共同语言;她还提出了与庄明同样的要求——替他们打听一下庄周的去向,万一遇到他,一定要告诉:妈妈让他回来……

我再一次被打动了。是的,妈妈让儿子回来。

自由落体

一

实际上关于儿子,庄明和爱旭应该更多地询问儿媳。我认为没有一个人会比她更清楚:清楚自己做了什么,也清楚自己的男人会做什么。我一直在想,她再迟钝也该对即将来临的那场变故有所察觉。我觉得在这整个事件当中,李咪算是一个重要角色,她当心中有数,甚至对发生的这一切都负有不可原谅的责任——问题是她能否勇敢地说出……我离去之前终于有些忍不住,就试着问了一句："你们吵架了吗？"

她摇头。

"他在外面遇到一些不痛快的事儿，回来都跟你讲过吗？"

"有时讲一点；大多数时间是自己闷着。他不该做这个工作，我知道是这个职位把他害了……"

"是的，乌头，还有山颉，他们都跟他过不去。"

李咪没有回答。我发现当说到那两个人的名字时，她把脸转向一边。

我又说："那个九月毁了他最好的朋友，也许这才是起因……"

她突然把眼睛盯过来。可是我的目光刚刚与之相撞，她又咬紧了牙关。她好像下定了决心，什么都不再吐露。

我也不愿再谈下去了。因为一个男人的不辞而别，实际上不可能仅仅因为某个具体的答案，其中的真正原因极有可能是综合的、非常复杂的。

李咪说："说起来你不信，他走时把以前的一些东西都毁掉了。"

我回身去看书架：过去他的那几本书、写满了字的笔记本，都立在书柜的一角，现在真的消失了。

"你找不到了。刚开始我阻拦他这样做，后来一看他的脸色，再不敢说……我从来没有见他这样丧气过。"

我觉得这有点不可理解。

"他把它们处理掉了，几天后可能又觉得心里空，不止一次盯着书架看……"

李咪的身子有些颤。我明白庄周那一刻的心是横下来了。令人惋惜。眼前的庄周极像那个一头扎到了塔希提岛的高更。但愿他能像高更一样伟大。我最怕的是这次出走的背后是另一种绝望的冲动，或者……我不能回答了。

我问他走前还有什么异常的表现?

李咪想了想,说:"好像也没什么了。他最后的一个夜晚几乎没怎么睡觉。半夜我起来,我发现他的眼睫毛在动,动得很快,就明白他还没睡。我们说话。他叫我的名字——他平时不这样,一年里也叫不了几次我的名字,总是喊别的代替……"说到这儿她的脸红了。不过只一会儿她又恢复了常态,"他说,自己一夜一夜跑得太累了,只要一闭眼,身后就是那个头顶石狮子的老妖在追。它要追上他,用他的头换下这个石狮子,这块石头一天取不下来,它就一天压得喘不过气来。他说被赶啊赶啊,不知道该往哪里逃才好……这是真的,他一夜夜失眠,脸都青了。"

李咪复述了庄周的话,我久久不语。是的,没错,庄周被这个老城堡的传说缠住了。看来真的是一种宿命啊,作为一代胜者的儿子,既然住在这里,就得接受这里的全部遗产,包括这些每到深夜就要出现的各色冤魂和魔鬼,因为它们死死纠缠在这里不肯离去——谁要摆脱它们,也只有自己逃出这里——庄周于是选择了逃出。他在绝望中也在渴望,想过另一种生活,在恐惧中泛起了阵阵渴望,所以一时谁也无法将其遏止。绝望之后的渴望是什么?是父辈曾经有过的轰轰烈烈吗?父亲出走的那个雷雨之夜再也没有了——他在寻找那样的雷雨之夜吗?

可惜总有人拼命掩上窗户,他们怕后一代倾听那种轰隆隆的雷鸣。那的确是遥远的历史了,他们将它埋葬了,并且站在了它的对面。是的,时光把一切都埋掉了,惟有那隆隆的雷声融化在一些人的血液里,仅此而已。好像在人的一生之中,那样的雷雨之夜只能拥有一次,接下去就得走向它的反面。比起那些雷雨之夜,再好的诗也黯然失色,它们变得索然无味,变得令人厌烦。

还有,今天的人还会相信魔鬼缠身这样的怪事吗?

在我沉默的时候,李咪哭了:"也许,也许是九月的事情太突然了;还有,桤林的事儿也让他受不了,他的心灰了……”

“是的,庄周一直是他的保护人,他总为他打抱不平。可这也不是一天了。”

“不,我是说后来,后来的事儿你可能不知道。”

“后来怎么了?”

“后来桤林好像真的疯了……”

“疯了?”

“我这样说,庄周就制止我。他说桤林一切正常……可是,可是桤林有一次在大街上走,我亲眼见了。我相信他已经不正常:头发披在肩上,脸上抹了油彩和灰;他看人的时候就死死盯住。有一会儿他瞪着我,咕哝着要回老家,回老家——只重复‘老家’这两个字,再不说别的。我劝他,他哭了,说‘回家’!他只重复那两个字。半夜庄周回来,我对他说了见到的桤林,他的情绪一下就坏透了,再也不愿说话。后来他告诉我,桤林放出来后就要求调回老家去,有人劝了他好久,都没用。既然这样庄周也只得为桤林跑调动手续。其实这事再简单也没有,因为现在进人不容易,走个人,任何单位都巴不得呢。可谁知什么事儿一到桤林这儿就来了蹊跷:找到哪儿都说放人,可就是不给档案。庄周知道这里边肯定是有人捣鬼,就找上边的头儿。头儿亲自干预了,有关方面也说再没问题了。可是又等了一个多月,还是没成。庄周气得要命,只是骂,虽然没有骂那个人的名字,我也明白是骂谁。这样过去了两个月,桤林自己回了山区一趟,只过了一阵又返回来。没有档案和其他相应的手续,他就没法正式调动。就这样来来回回几次,他再也不提调动的事了。他一天到晚关在自己那间小屋里,再不下楼。他的那间小屋在四楼,只有十来平米,庄周说里面除了画,别的简直什么都没有。以前他们两人常在这间屋子里,可现在庄周怎么也敲不开门了。我问到底为什么?庄周咬紧了牙不说。有一天半夜了庄周又找桤林,可同样没敲开门。我记得清清楚楚,就是这天夜里下起了大雨,雷大得吓人。庄周回来后一夜没睡,他一会儿就坐起来望望窗外。我知道他惦记那个人。他肯定是有什么预感。果然,天还没亮就有人来了,急匆匆把他叫出去,在门口小声说了一两句,接着又一块儿跑走了。后来我才知道,就在这个大雷雨的晚上,桤林跳楼了……”

我站起来,这事我还是第一次听说。

李咪说到这里抽泣起来:“不知是跳下多久了,反正是天亮了才被巡警发现的。真可怜,腿和胯骨都摔坏了,身上流了很多血,被雨淋着,人都没有知觉了。庄周赶到医院的时候刚刚抢救过来,胯骨那儿做了手术。这以后好多天庄周都守着那个可怜的人。可是直到出院,桤林都没有和庄周说过一句话。出了院,桤林就回了老家,不久手续也补齐了。庄周去山区看过他两次,每一次都要坐一天一夜的火车和汽车。庄周说真是没有想到天底下还有那么穷的地方:桤林一家就住在一间小草屋里,屋角上是一个大土炕,桤林蜷在炕上。他从回老家就没有上班,整个人都残废了。父母年纪大了,守在旁边只是哭,见了庄周就说:‘俺就这一个孩子啊,就他一个啊!’庄周也不知该怎样才好。桤林却一直没有理他,不看他,也不说话……庄周从山区回来以后再也没有上班,单位有事来找,他就躲到里屋。后来,后来人就不见了……”

我一声没吭。桤林最后的事情,还有他和庄周的关系,我还是闻所未闻。我不知道他们之间发生了什么。

我问李咪:“如果到桤林那个山村去找一下呢?庄周会不会在那儿?”

“他们早就想到了,已经去过。庄周压根儿没去……”

我沉默了一会儿,一句话脱口而出后又有些后悔:“你今后打算怎么办?”

“有了狗狗，我什么也不怕了；我会等他，一直等下去。”

一块石头落了地。我长舒了一口。

李咪愣愣地看我：“你说呢？”

我不知道。我在想女人的命运。是的，她们有时候真的需要等待，永远地等待，无望地等待。这好像已经接近于一种殉道的美，牺牲的美。这一刻我似乎把这个人的不贞忘掉了，她好像突然变得高大、美丽，像雕像一样矗在眼前……

我问到了狗狗，李咪说他可能正在隔壁。她过去看了看说：“他正在后院，跟奶奶在一块儿。”

我们到了后院。

灰色小楼的后面是一个小花园。这个小花园比我岳父家的那个更好，里面栽了很多芍药，玫瑰则用竹篱围起。我知道他们是怕玫瑰的尖刺划破狗狗。李咪叫一声狗狗，狗狗就一颠一颠跑过来。这个胖胖的小家伙皮肤白皙，很像他的爷爷。

我又看到了那双可爱的小双眼皮。也许是感觉的问题，我发现这一对眼睛里有了一丝忧伤。这神气何等熟悉，我又一次觉得它和我们家丽丽的神气一模一样。我叹息一声，把这个可怜的小肉蛋紧拥怀中。我本想问一句：想爸爸吗？但我忍住了。也许这个小家伙还不懂得思念，还不能直接感受悲剧。他笑得那么甜，笑出了两个酒窝。不过这双眼睛仍然透露出生命底层的信息：忧伤和悲凉……

二

桤林跳楼致残的事，吕擎和阳子也是刚知道不久。因为庄周的失踪与一系列事情纠缠一起，所以让人不得不试着从头解开这一团乱麻。想想看，这座城市里有他两个密切的朋友：一个被枪决，一个历尽千辛万苦解救出来却又跳楼致残。可怕的是问题还不止于此,探究下去,还会发现妻子的不贞、同行的恶斗、父子矛盾激化……只要揪住一个线头解下去,即会发现里面的种种复杂情状,它简直没完没了,是令人惊讶的那一大坨。

吕擎有一天突然问了句:"你知道那个引诱了李咪的恶棍是谁吗?"

我摇摇头。

"就是'乌头'!"

"这怎么可能?难道她不知道这个家伙对自己男人干了些什么吗?"我叫了起来。

"问题就在这里。开始我根本不信,后来事情总算一点点被证实了。那个'乌头'曾经做过庄周的副手,两人一开始还是朋友呢。他自从认识了吕南老的外甥山颉,就一心盘算着怎样取代庄周。吕南老比庄周的父亲地位高,再加上庄明已经离休,他以为机会来了。人一旦起了这样的歪心,什么坏事都干得出来。他用心经营多年,终于拉了一帮人,暗里对他们许愿、挑唆,什么把戏都用上了。终于机会来了,这就是那个九月。乌头和山颉串通一气,告密,突击搜查桤林的屋子,最后真的找到了所谓的罪证,就把人送进去了!不光是桤林,九月份被判刑的当中最少有三四个是他们举报的——他们原想这些人会咬出庄周的一点事儿来,可惜没有达到目的。因为庄周从来都是一个洁身自好的人,这让他们一点办法都没有。真正折磨庄周的是朋友遭难,几个活蹦乱跳的年轻人再也回不来了……"

那个九月,那一天的雷雨,一切如在眼前……那天我一直坐在体育馆的台阶上,等着突然袭来的暴雨……

吕擎抬起头:"但这还不是对庄周的最后打击,让他再也受不住的,可能是别的什么事情……"

"是李咪的背叛吗?可是庄周直到最后都没有和她吵一句,这是很奇怪的。”

“也许他觉得没有这个必要了——一些更大的事情缠住了他，让他什么都顾不得了。连妻子不贞这样的事也要暂且放一放了，你想那该是多么大的事情——这才是庄周出走的真正原因、一个谜底……”

我回忆那一天李咪的神色和口吻，似乎觉得她也在遮掩什么，有时说话期期艾艾。“她以后会怎么办呢？就留在庄家？”

“这就难说了。我不相信庄周短期内会回来。多可惜，说到底李咪也是一个受害者。她当然会后悔，只不过没用，已经来不及了。”

“如果能够重新开始，我想她无论如何也不会走出那一步的，她一定会警惕乌头……”

“是啊。不过人这一辈子从来不会重新过一遍的。问题就在这里。”

三

那个可怕的故事其实从九月之前就开始了。它起始于庄周的忙碌和李咪的孤独。李咪当然早就认识乌头，以前这人还是家里的常客，频频出入橡树路。他对这里的一切都羡慕得要死，只要来到这里，满嘴都是恭维话：对庄周和李咪，对两位老人，特别是对庄明。他说庄明这样的人严格讲来就是一个“伟人”——其经历、资质和水平，称得上是不折不扣的“伟人”！庄周请他不要这样讲话，说父亲听了不会高兴的。乌头多少有些愤怒地反驳说：“这样说有什么不对？我们人类的一大弱点，就是对近处的、近在眼前的事实视而不见！我们更愿意称颂那些遥远的、死去的人！仿佛一切的伟大和卓越都一定要在古代、在外国，起码也在远离我们的地方！这就是人的劣根性啊，你我可千万不要沾上这方面的毛病！我们要理性,要知人论事,要实事求是!不对吗?”庄周说:“可那也不能把一个普通的老同志无原则地拔高啊。他不过是做了一些事,可也犯过错误。他如今退下来了,自己也会反省很多……”这一下乌头表现出气不打一处来的样子,拍起了桌子:“我不同意!我坚决不同意!你离得太近了,这就是问题的全部!人与人离得太近,就会对一些显而易见的奇迹视而不见,这是被多次证明了的!比如你,你从来没让我觉得有什么了不起——但事实上你就是了不起的,这是我夜深人静了,客观地想一想才愿意承认的——你对自己的父亲也是这样,从小就跟在他身边嘛,哪里还会觉得他老人家伟大?但你也应该像我一样,也在夜深人静时从头回顾一下吧!你会发现一个人曾经走过怎样的道路,比如毁家为国,置生死于度外……多了,不一一列举了——如果这还不算伟大,那什么才算伟大?你说!”

那些争论的时刻,常常因为声音的巨大而招来了李咪,甚至是庄周的母亲。李咪很快弄懂了他们在说什么,觉得既有趣又感人。同时她觉得自己的男人在这样的问题上与客人争执,也太书生气了。她拍打着受惊的孩子责备男人说:“你就是太犟了,吴哥说得有道理啊。咱爸这样资历的人全城又有多少啊,可他干了一辈子,说退就退下来了,一点怨言都没有。他过着多么平凡的生活……”庄周微笑着反问:“该退还能不退吗?退下来就伟大了?”乌头在一边又拍打桌子。李咪说:“我不是指这个。我是说他的经历,他的水平——你一辈子也别想比得上爸爸处理问题的能力……”庄周苦笑。李咪又对乌头说:“吴哥你狠狠批评他吧!他会反思的——我顺便告诉你,他在家里与爸交流得越来越少了,只一个人闷着头忙自己的……”乌头立刻打断她的话:“等等,等一等!你是说他在家里这样?他不常常请教老同志?啊呀你啊,啊呀庄周啊,我算知道了问题的症结了!你不能这样啊,你会骄傲的,你会陷入极大的盲目而后……我怎么说你呢！我可能是离得远一些才这样吧，我一看到他老人家瘦削的身影就感动。不过我怕打扰他，不然我每一次都会请教他的……”他这样说时庄周母亲也站在旁边了，老人已经听了一会儿。她离开了，只一刻钟左右庄明就下楼来了，一进门就笑眯眯地问他们：“喂，你们几个年轻人争论什么啊？”庄周不吭。乌头气愤地一指庄周：“您问他吧！”

乌头走后，庄周父母总是极力赞扬这个人。他们认为这是个难得的年轻人，虽然说话偏激了一点，但总的来看——“要知道，尊重老一辈就是尊重历史啊！”庄明感叹不已，看看儿子和儿媳，扶着老伴上楼去了。

当庄周为单位的事情焦头烂额，根本不可能像过去一样待在家里时，乌头对庄家的拜访有增无减。他与李咪单独交谈的机会很多，颇能获得她的好感。像过去一样，他继续以偏激的口吻谈论艺术和政治，激动起来满脸彤红。这让李咪十分吃惊，他走后，她常常小声惊呼说：“天哪，这哪是这么大年纪的人说的话啊，他至今还像一个热血青年！可他比庄周年纪还大，听他说话真是直爽真是痛快啊！”

九月风暴说来就来，许多人一点思想准备都没有。李咪开始的时候还蒙在鼓里，不知道丈夫为什么变得满眼红丝、夜不能寐；而且，她发现连乌头也来得少了。后来她才知道抓人的事，吓得不敢吭声，惟恐男人也牵扯在里边。她不知道这段时间除了庄周焦心，乌头也没有闲着。大约在逮捕桤林的头一个星期，乌头出现了。李咪一边责备自己的男人，一边埋怨他不来：“我还以为你也受了牵连呢！”乌头长长叹气：“这不会的，我这人有话直说，激烈但不下流；而这次抓的主要是流氓团伙，比如……”他故意欲言又止。李咪赶紧问：“庄周会不会有事？我是说，他们会不会找他的麻烦？”乌头一笑：“这倒不会。他也没有这方面的毛病——其实谁和你在一起还会有那方面的毛病?”“吴哥什么意思啊?”李咪没有听懂,一方面对方说得突兀,另一方面李咪的确有些迟钝。乌头低低头,大喘了一口气说:

“你太美、太美、太美了啊!”

她大惊失色,望着他。他却更加低头,脸憋得越来越紫。这样片刻,他终于抬起头:“我的意思是,无论是谁,他在这个世界上,只要拥有了你,面对再大的诱惑都会岿然不动!因为你就是一切,就是保证,你是一切的一切啊!你让我还要怎么说呢?你还问我为什么总也不来,你还问、还问呢……我和庄周好成那样——尽管我们各方面的见解相去甚远——我们毕竟是最好的朋友啊,我可不能一而再、再而三地来这儿了,特别是他越来越不愿回家的时候。咱们中国有句古话,叫‘朋友之妻……’是的,我不说了,因为说出来就不好听了,就尴尬了。总之我不能来了,不能频繁地来了——这种状况要等一切结束,等庄周有时间一直陪你的时候——才能有一点点改变。那时候我会和庄周一起来,坐下来享受你斟的香茶。现在还不行,现在就让我忍一忍吧……”

他这番话说过之后再不吭声。屋里死一样寂静。

李咪无论怎么迟钝,这番话到底蕴含了什么,她还是听出了一些。这使她惊得一抖。她第一次遇到这样一个人——竟然敢于直接表白对自己的暗恋!她慌了,简直是咬着牙关才挺过来的。这样一直等到心不再怦怦跳了,才声音艰涩地说:“他忙他的,你有时间就来吧!”说完就低着头走开了。

四

九月过去了。李咪发现庄周像变了一个人:不再说话,不再与她交流。他的头发变得芜乱,几乎没有一个像样的睡眠。只要不到深夜他就不会回家,而天一亮还要急急出门。她忍不住问他怎样了？他摇摇头，好像无从说起。有一段时间他甚至不回来过夜，电话也找不到人。在最焦急的时刻，她想起了乌头，就电话中询问起丈夫的事。乌头马上来了，一进门就四下瞥着，示意她关了门，这才说："我们个别谈吧，因为我怕两位老人知道了会生气。你要保证也不跟他们谈！"她一听紧张起来，赶紧问是怎么一回事？他咬咬牙，又磕打几下，像是终于下了个决心："嗯，其实我早就该说了，上次来就该说了，只是担心你生气、担心你会为他提心吊胆，就没说。你看我其实心疼的是你……是这样，你还记得我说庄周不是那样的人了吗？现在我仍然还要坚持这样说，因为人啊，一定要实事求是。问题在于我没有说出的一句话是，他最要好的朋友、那个流氓集团的核心人物，却一直是他的铁杆啊！即便在我们单位，刚抓了不久的桤林，也是他最器重的人……你一听就明白了，这事无论如何他是脱不了干系的！当然，他最后也不会被抓，这主要是因为庄老的权威，还因为有你——你才是个决定的因素……"

李咪吓得全身发抖，问："我？我有什么决定因素啊？"

他咬着嘴唇不语。

"求求你不要再瞒我了——我算什么决定的因素啊？"

乌头抬头定定地望着她："其实我上次什么都说了，你就没有听明白……我说过了，任何人有你这么漂亮的老婆，他即便再花，在外边都不会出事的！所以，说到底，你才是他这次没有遭受灭顶之灾的根本保证！这是真的啊！"

李咪泪水出来了，连连摇头："不，不是这样，不是这样……他压根儿就不是这样的人……"

他紧紧盯住她："那我问你，为什么他的朋友都是那样的人呢？你以为这一切都是偶然的？我知道你不愿正视这个现实，我也一样啊！因为我们都不希望那样的事情发生——我们的心都是一样的……我不愿说他平时的一些做法、一些倾向，我不能破坏他在我们心中的形象——请让我们换个话题吧,求求你别说他了……”

李咪哭了。

乌头扬长而去。

后来李咪曾几次电话上询问丈夫的事情,乌头都闭口不谈。这一段时间最痛苦的是李咪了,因为她没法与丈夫交流,更多的时间都是一个人。她焦躁到了极点,痛苦到了极点。她甚至认为乌头肯定替丈夫瞒住了什么更严重更致命的问题。

时间一天天过去,直到桤林放出来。可是庄周手头的事情更多了,他要处理桤林余下的问题,还要面对山颉和乌头一伙设下的种种圈套。吕南老不止一次传话,说庄周他们的艺委会已经跌到了最危险的边缘,九月风暴直接或间接牵扯了这么多人!而乌头联合起的一伙却从另一个方向攻过来,大骂庄周是“帮凶和奴才”、“刽子手”……庄周只是沉默,面对李咪询问的眼神,既不想说也说不清。

大约就在这段时间,极度孤寂和失望的李咪被花言巧语的乌头给拖下了水。仅有一次的过失让她害怕极了,可又欲罢不能。乌头不久因为要挤进海外的一个艺术大展,到处追着一个叫“埃诺德”的外国人,音信全无。李咪等不到人,就给乌头写了一封信……这封信于是成为乌头手里的至宝,他拿给身边几个人看了,得意洋洋:“是的,我把她干了!可我干的是她吗?我干的是‘橡树路’!我就这么想!”

传言不久就流布开来。

也就是这之后不久,发生了一件让人百思不解的事情——李咪每说到这里都要停下来。她吞吞吐吐:“怪极了!桤林是庄周费了不知多少周折才救出来的,他该一辈子感激才是。可事实上却正好相反,他出来后就不理庄周了!庄周为这个难过得要死,常常在门口哀求他,他就是不开门……有一天,就是那个暴风雨前的晚上,庄周回来了,脸上没有一点血色。我给吓坏了,问他发生了什么,他就是不吭一声,半天才告诉我:他多半天都在桤林门外,几乎是乞求他开门——他要找他谈谈,哪怕这辈子只谈一次……桤林就是不开……”

接下去的这个雷声隆隆的夜晚,庄周辗转反侧怎么也睡不着。也就在这天深夜,桤林从四楼跳了下去……

谁如果解开了一个谜团,即桤林与庄周之间到底发生了什么,才会最终弄明白桤林为什么跳楼、庄周为什么出走。

…………

吕擎和我一起来到桤林出事的地点。一栋破旧的四层楼,离橡树路边缘地带只有三四百米——那儿曾有一家最好的糖果店。周围是乱哄哄的车辆,每有大卡车驰过,暴土都要扬起很高。我们看着四楼上那个窗户,一扇普普通通的窗户,白色的油漆已经剥落。当时他就是从那儿落下来——正对着的地面有一排矮矮的尖头铸铁栅栏……还好,他如果不能垂直落地,再稍稍往外一点,只一市尺,那么一切也就结束了。

第 三 章

穷人的诗

一

岳父已经离休，而岳母因为身体不好，早在两年前就回家休息了。岳父似乎很难适应这种生活。他在家里搞了一间与单位完全相似的办公室：一张大写字台、两个书架，旁边挂了地图之类。不同的是写字台上铺了一块毡子：这两年他最热衷的就是书法，再就是学写几句古体诗。像那些书法家一样，他在桌上立了笔架，上面悬挂一溜大大小小的毛笔——它让我想起一种叫做“磬”的古代乐器。

我每次回到橡树路的家里，都乐于待在岳母身旁。她的爱心简直像开采不完的富矿。对岳父，很长时间让我既畏惧又抗斥。记得第一次迎接这目光，我足足被击退了三四米，站在那儿一动也不敢动。我觉得真该用什么把这生硬的目光折断……岳母看着小鹿，双手合在一块儿，那目光又像生气又像逗趣。好像这个细高挑的漂亮儿子尽管是她生出来的，还是让她至今不能置信，所以一有空闲就要直眼盯着他研究一番。我觉得小鹿长得最好的就是双唇，它有那么美妙的曲线，可称为唇中珍品。而在我眼里岳父长了一张自信而又丑陋的嘴巴，让人看一眼就灰心丧气。这张嘴总是肌肉绷紧,胡须刮得干干净净——常来这里的一位老团长也有这样的一张嘴巴,总是有吐不完的牢骚话。有一次这位军人跟岳父谈得差不多了,又突然转向我,与我探讨起死亡的问题。我这才意识到他的年纪已经不小了。他尽力睁大了一双三角眼,愤愤不平地喊:“我猛吃猛喝猛喘气,我就不信人还会死!”

我当年如果先于梅子认识她的父亲,也许会影响到我们的结合。我后来曾经端量过梅子的嘴巴,发现它比起小鹿的嘴巴也并不逊色,几近完美。姐弟二人总算远离了疙里疙瘩的父亲。

岳父与那位团长偶尔谈起战争年代,这让我惊讶地发现,他们当年战斗的地方,恰恰就是我最熟悉的那片大山。可惜他们的目光一转到那张桌子上,这场宝贵的交谈就要转向。岳父摆弄起那几张纸,把写了大字的两张宣纸拖来拖去。我相信自己和这位老团长一样,都看不懂,因为这些草书都差不多,无非是龙飞凤舞。眼前这个书法家没有常性,学正楷又学狂草,名帖换了一沓又一沓。他曾经把喜欢的字帖放在薄纸下描,像玩小孩把戏似的。可他总能干得津津有味。

“你看看这两幅,你喜欢哪一幅?”

老团长嗯嗯着。这对他等于是一种考验、一个任务。我为了给他解围,就把其中的一张戳了一下。

岳父脸上立刻绽出了笑容,“这是我写的。”

“那一张呢?”老团长问。

“老氾头!”

他从写字台旁走开了,一下跌坐在沙发上,头使劲向后仰靠,“咳,老范哪!这张字还是新作哪,我的那张是半年前写的呢……我相信你们没有偏袒谁。”

我说:“那当然了!”

他在沙发上把头挪动一下,一双眼睛恳切到了极点,“老范没有好好练正楷，上来就练狂草，这怎么可以？急于求成，邯郸学步啊！”

“邯郸学步！”老团长恍然大悟一般喊了一声……

回家的路上梅子问：“你看父亲写得比老范好，是吧？”

“我不懂。”

“我也不懂。这一次他们老年书法家协会要选一位主席、几位副主席……范伯伯要和父亲争主席的位置。”

我忍不住笑了。梅子看我一眼，“范伯伯为一个‘主席’的位子还让吕南老为他说话呢！幸亏吕南老了解父亲，不会轻易表态……”

我知道吕南老是这个城市最具影响力的人物，忍不住问：“那为什么父亲不找一下吕南老呢？”

“父亲这个人你还不知道？他清高得很，为自己的事情从来不找。像他这样资历的人到最后……”

她说得似乎有几分道理。不过我觉得岳父的位子已经够高了，还要怎样？

正说着小鹿追上来了。梅子问：“你怎么来了？”

“我今天想在你们家吃饭。”他高兴地往上一蹿。他长得像一棵梧桐苗，不过由于长期在太阳底下活动，皮肤已经晒得黑红。他穿了一件蓝背心，上面印了一个大大的阿拉伯号码。

和小鹿一起回家让我很高兴。丽丽总围着梅子旋转，像小儿绕膝。小鹿在屋里待不住，就跑到凉台上，一低头在凉台上找到了一块被咂得光光的骨头，丽丽跳起来。小鹿和它一块儿在屋子内外蹿跳。

小鹿玩了一会儿就蹲下来看龙虾。丽丽也在一旁坐下。小鹿伸手去动龙虾，两只龙虾猛地扬起两对大螯，他叫一声躲开了，又回头冲着龙虾喊一声：“丑样！”

他跑到了姐姐身边咕咕哝哝,像生病的小孩子一样有气无力,一挪一挪在屋里走。这样一会儿又转过来,很无聊的样子。“唉,爸爸整天写呀写呀,有什么意思。过去闲下来就给我们讲打仗的事……”

我们的感受一样,我也希望他把写字台上的东西全扫到垃圾堆里去,用更多的时间想想过去——他还记得那一架架大山吗?

二

老棘窝一带是贫瘠山地,方圆几十里连一棵像样的树都长不出。那些山、草、石头,连同在山地上活动的山民,都属于一个大户。

大户人家姓方。提起方家,连京城里的人也知道。方家祖上出过京官,到了这一代仍旧显赫:房子多、地多、丫环多、老婆多。只有一种东西奇缺:孩子。方家生孩子很费力,娶了十几房老婆,好不容易才生了两个。所以老大刚刚十五六岁,就开始注重解决这个棘手的问题:抓紧时间繁衍后代。他娶来很多老婆,打算在有生之年至少生十个健壮的儿女。随着事业的扩大,土地的增多,管理越来越难,而最重要的差事从来不敢放手交给外人。

老大忙他的事情,老二太小。方家的老掌柜目光深远,将老二送到海外读书,想为方家培植新一代“京官”。老二就这样离开了老棘窝。

老人已经娶了第五房夫人,生了三个孩子。夫人分别来自奉天、杭州、渤海湾的黄县城——据说那是个出美女的地方。至于老棘窝当地的女娃,那不过是信手拈来。哪个女娃有了孩子,他就把哪个女娃收为偏房。

第四个孩子出生时,老二从海外归来了。他已长成了一个特别帅气的小伙子,能说满口洋文,可惜大山里没有说处;戴着眼镜,西装革履,手中提的皮箱一敲咚咚响。老棘窝的人从来没见过这种硬壳皮箱,上面还有奇妙的花纹。谁也想不到这个皮箱里原来全是书籍;更想不到的是,这些书籍都是谈论革命的洋人经典,老棘窝一带没人读得懂。老大也读不懂,在他眼里,这些书籍都是一些精神有毛病的人蹲在一个角落里编造出来的。他对老二钟爱这些东西觉得又好笑又费解。

老棘窝的事业一片辉煌。这里尽管贫瘠,可也算方家据守的一个金窝,他们一家就从这儿延伸出通天大路。方家的资产和力量已经遍布大江南北,这里待做的事情也越来越多。一只鹰飞得再高,还是要落回地面。老二就是这样的一只鹰。

老棘窝的人都知道方家老二回来了,而且变成了一个沉默寡言的男儿。这男儿英俊无比,连当地那些对富贵人家不屑一顾的所谓"人穷志不短"的女娃,都幻想能见他一面。最初的一两年里,方家老二忙得很,整天在铁路线上来来往往,很少待在家里。后来他一直住在离老棘窝一百多公里的那个海滨小城。他来往无踪,行动诡秘。老棘窝的人终于传出消息,说方家老二大概脑子有了毛病,在了"教门";接着又传出许多关于他的美谈,说人一旦"在了教门"就两袖清风,不贪钱财不近女色。传说一个如花似玉的黄县城少女追逐了他一年多,多次要以身相许,都被方家老二拒绝了。到后来那个女子提出要做方家老二的奴婢,方家老二就让她做了"教门"里的"秘书"。谁也不知道"秘书"是什么东西,老棘窝的人只说:还不是搂上睡觉那事儿。他们对方家老二的慷慨无私感到既敬佩又迷茫。

什么时候能亲眼见见这娃儿?老棘窝的婶婶婆婆都不停地咕哝,擦着一见风就流泪的眼睛。

老棘窝风沙大。到了开春和寒冬,这些风直往脸上吹,一个个的眼睛都给吹坏了,吹得浑浊流泪。老棘窝里的鸟、兔子、狼、狗和猪，没有一种生物能长出一副好眼睛，它们都被风沙吹坏了。方家的人出门都戴一副眼镜，大约就为了提防恶风。他们琢磨方家老二一定也是戴一副眼镜，衣服上缀满金丝银线。他们把他想象得神奇无比。所以，当有一天他真的出现在人们面前时，一个个都惊得目瞪口呆，不停地吸吮凉气。

原来这个方家老二竟然穿了粗布衣服，甚至裤子上还打了一个补丁；没有戴眼镜，脸被风吹得黑黢黢的；为人和善，语气坚定，一双手上不多不少也有十个手指，指根上也有茧块。

到了晚上，方家老二就在这些贫穷的老棘窝山民的小屋里进进出出。一盏小油灯、一张柏木桌、一小盘酱油豆，伴他们过夜。“这都是‘教门’里的事情啊！”老人们叹息说。见过方家老二的人，一个个都守口如瓶。他们约定了一个事情，在来年春草发芽时起事——举行暴动。

“天哪，起事哩，反了朝廷！”老棘窝的人暗里喊。方家老二鼓动人的本事很大，老棘窝的人偷偷摸摸准备手里的器具。只要是铁做的东西一律成了宝贝，实在没有铁器，就准备起一根结结实实的木棍，或者是一根绳子。这绳子就准备捆绑土豪劣绅。

按原计划暴动队伍先攻打县城，扫荡老财，接着一直向东开到根据地。那里遍插红旗，开满了鲜花；那里的姑娘们都穿着红白相间的衣服，用羊毛捻成的红色线绳扎起乌油油的辫子，蓝裤子，天热起来再穿草鞋，一个个别提有多么可爱。革命者先解放全人类，再解放自己；先解放妇女，再解放男人；革命人要将屈辱和贫穷一块儿埋葬……老人们擦着泪花：“这娃儿在说他们‘教门’里的话，不过这娃儿兴许是个神人。”

春天终于到了，春草终于发芽了。一个伸手不见五指的夜晚，暴动发生了。可是有的人事到临头藏了个心眼，谁知这么一耽搁，队伍就拉走了。

队伍真的打下了县城，三天之后又将重兵把守的方家大宅围起。指挥攻宅的人就是方家老二，这时候他已经扎起了皮带，戴上了军帽，很久没戴的眼镜也戴上了。他的上衣兜里还有一个怀表，不时地甩出来看一看。长矛和钢叉在阳光下闪闪发亮。围困大宅只用了两天时间，守宅的士兵就降了。剩下的事儿就是一个一个收拾那些油头粉面的男女。老掌柜早死了，把持大宅的是方家老大。老大后来登在高处遥望，终于看清了队伍前头是方家老二的模样，哈哈大笑，喊："还我兄弟！"

方家老大原以为队伍里有多少蹊跷呢，这会儿见方家老二用一个洋铁皮焊成的话筒向这边喊话，就笑了。他喊的是希望老大弃暗投明，领家丁出来，好好归顺，一同上路等等。

老大充耳不闻。

大宅里还有兵丁把守的二道围子，拐角处修起了高高的炮楼。老二继续喊，老大就做了回答：通通两炮。

老二绝望了，挥动手里的盒子炮。这些被风沙吹浊了双眼、满手都是老茧的老棘窝山民"啊啊"往前冲。有人倒在血泊里，后面的人就绕过他往前……不过一个时辰，大宅就拿下来了。

方家老大被捆了，那些丫环使女，还有那些再顾不得撒娇的姨太太，被如数清点完毕，接着就锁起来。分粮分仓、分布匹、分农用器具。最后只剩下了一件事：怎样发落老大。

有人向方家老二历数了老大的恶行：吊打了多少山民，劫走了多少良家妇女。怎么收拾这个富得流油的魔头呢？方家老二皱了皱眉头。当时是一个早晨，他看了看东方的朝霞，又看了看远处一道道山影，轻轻吐出一个字："杀。"

"方家老大犯了死罪！"山民们呼叫着，一齐往一个沙河套子里跑。

那里宣判方家老大。老大留了分头，穿着长衫，面皮青黄，嘴唇哆嗦,两眼放着阴光。方家老二刚刚讲完了话,老大就骂起来。老二理也不理。

太阳升到了树梢,老大的头被割下来了。

这支队伍做完了老棘窝的事,然后一齐向东走去。第二天太阳刚刚升起,他们已经翻过了老棘窝最后的一座大山。仍然向东。

那一天吹的是东风。

三

队伍跟着方家老二离开了老棘窝。他们不知道这支穷人的队伍一路上要遭多少磨难。出了山不久就遭到了官军的袭击。结果方家老二受了重伤,被身边的几个壮汉救起。打散的队伍不知费了多少周折才重新集结,到达目的地时只剩下百八十人。

参加这次暴动的也有女人,她们给敌军捉起,一顿凌辱,绑在了满是尖刺的枣树上。她们的躯体被划烂了,来来往往的人只准看,不许靠前。有人指着枣树上的女人说:“看!这就是跟了方家老二的下场……”

这些消息零零散散传回老棘窝,吓得鸡狗不语。也有胆气特别大的人,他们都是上次遗下的青壮汉子,夜里心一横,就带上绳索器具走了。他们要去追方家老二,因为这会儿才弄明白:那个人说话算数——亲手端了自家老窝。“多好的一个娃啊!”老棘窝人喊着,双泪长流。他们一辈辈受了多少苦楚,做梦都梦见方家老宅倒塌。方家和其他大户不同,他们有兵丁,通官府,有了事写个二指宽的纸条,官家就会派兵来。老棘窝的其他富户见了方家的人都要点头哈腰。一般的富户不但怕方家,也怕那些贫穷山民。所以大户中最招人恨的就是方家。方家老二宰了自家兄长,威名大震,老棘窝的人都为他烧香祷告:“老天爷啊,保佑方家老二起事成功吧!俺生下娃儿,都让他领走……”

就这样,不到一个月的工夫,在炎热的夏天到来之前,老棘窝有骨气的青壮年跑了不少。他们高举抓钩、木棍、扁担,腰里别把剪刀,去找方家老二。这些人有的一条路走到底,有的半路又返回;还有的被官军逼得跳了山涧。

那是一次有名的暴动,已经永远记在了史册上。

秋天来到了,满山里的野花败了,结出了果实。老棘窝的人吃着草籽、野果和仅有的一点红薯,遥望远山。他们盼望那支队伍打回来,因为当年没有杀尽的方家后人又住进了老宅,拆塌的碉堡已经修好,新招来的兵丁还是歪戴帽子,不做人事。

有一帮年轻人在偷偷谋划一件事情。说起方家老二和那个春天,个个泪眼汪汪。他们准备器具,搜集了刨地瓜的抓钩,还拔下铁门闩,抄起了镰刀、剪子、拴狗用的铁链子。有一个人实在找不着铁器,就把施肥用的铁舀子提在手里。这都是武器。他们想找一个好日子往大山上跑。

这几个人中,年纪最大的是秋子。她的男人死了,跟着公爹和婆婆过活,有一个不到一岁的男娃。她要把男娃留给公婆,跟上这几个人一块儿走。

秋天,最后一棵枣子摇光了。他们把衣兜装满了枣子,然后趁着天黑上路了。秋子最后一刻才决定带上孩子。姑娘小双,还有黑皮小伙子二憨、铁来,一共四个。本来人数还要多,可惜最后有的说要留下来给爹娘养老,有的说媳妇肚子里有了。他们四个却是铁定的心,最后悔的就是没在那个春天跟上走。铁来还能记得那支队伍唱的歌,不过只能哼上一两句。他们转出第一道山崖,铁来就高高地吼唱起来。小双嗓子好,她唱得最好;秋子抱着自己的孩子,也唱了。

他们站在崖顶,最后望一眼自己的村子。

二憨大叫:“起事啦! 起事啦!”

铁来在一边喊:“我们去找方家老二!”

小双和秋子看着他俩,握紧了拳头。小双刚刚十八岁,发育得不太好,有点瘦,一对乳房像两只小苹果一样,灰布衣服被它顶起了两个“凸起”。二憨对那两个“凸起”视而不见,他只是看着小双的脸,叫她“大姐”。他只有十七。铁来比二憨大两岁,在这四个人的队伍中成了无形的首领。不过他有什么事情总要和抱孩子的秋子商量。秋子头上有了几根白发,实际上也不过二十多岁。大家在路上找了好吃的野果,总要先给秋子。秋子给孩子喂奶,他们就围上看,看她那饱胀的乳房以及神秘的乳晕。他们没有一个反对秋子抱着孩子出来,尽管这样给大家带来很多麻烦。秋子说:“下一代人,可不能让他落在老棘窝!”

他们向往着那个地方,想象中那里遍地的禾稼和歌声,人人仰着一张笑脸……

他们渐渐走进了真正的大山,一次次迷路。没吃没穿了,只要在山沟里遇上一些人家,就得伸手讨要。铁来打听哪里有大户,山里人指指点点:“这一周遭,方圆二十里,没个像样的人家,都是穷苦人。再往前走才有大户。”

铁来与几个人商量,说能不能打下一个大户来?这是出山第一功。几个人犹豫不久就同意了铁来的意见,然后就蹽开腿,沿着一条河谷去寻大户了。他们要像方家老二那样。

秋子说:“铁来,革命就是杀富济贫吧?”

铁来说:“一点不错。”

他们一边谈论一边赶路……终于看到了那个大户:青砖围墙,有好几幢大房子。当然,比起方家老宅它小多了。但在贫穷的山区,在大河套子里,它就是最出眼的人家了。一连几天,铁来都与其他几个人商量怎样拿下大户。

二憨说:“四个人,恐怕少些。”

秋子一直没吭声。

小双说:“为什么非打大户不可呢?”

铁来说:“为了起事!”

秋子说:“我看这样吧,咱是不是再找些人?”

铁来想了想,摇头,知道消息一旦传出就糟了。后来他说:“最好是智取,智取就是用计谋。剩下的事情就是想一个计谋了。”

乳　名

一

从刚刚认识梅子的父亲到现在,她一直设法在我面前重塑父亲的形象,同时也在父亲面前竭力改变我的形象。这真难为了她。她从来不讲父亲的一点点缺点,而是没完没了地讲那些了不起的经历。

我从她嘴里知道了岳父梁里的乳名叫“铁来”。但她没有提母亲的乳名。打听长辈人的乳名可能不恭。说心里话,一个从二十岁之前就走上了革命道路的人,眼下的境况——我是指他离休以后,有点烦躁和难以习惯也是自然的。可是他的不耐烦和抱怨未免太多了,我听得不耐烦,就问:“他当年是为了这个吗?”梅子说:“话是这样讲,可实际情况复杂得很。你想一想吧,爸爸是什么资格!其他人比他差远了去了呢……那也是很难处理的。”

“什么很难处理?”

“算了!你反正不会明白……”

说到岳父,岳母的解释是:“你父亲这个人哪,吃亏就在于太正、太拙、太倔。这个年头,这样的人净吃亏。”

我心里却大不以为然——这一家人都住在橡树路了,还在不停地说吃亏。

岳母继续补充:“当然这样也很好。不过在机关上,各种各样的讲法可多了。这些不去说它。反正一个人哪,一疏忽站错了队,一辈子都要后悔……”

她咕咕哝哝,最后好不容易才让我听明白。她说:“你爸,就因为和吕南老的关系太密切了才……那时的吕南老不是现在,他被排挤到一边去了。吕南老跟另一个人势不两立,他们两个一斗斗了几十年。当时吕南老正好失势,你爸也就跟着倒霉。不的话,你爸最起码也是个……”

我愕然了。岳母又说:“吕南老就是当年的‘方家老二’,多了不起啊。老梁可不是个拉帮结派的人,他不是看重吕南老的资格、权势,而是佩服他的水平,他的人格。那真正是一个让人佩服的老同志啊!资格,说吧,谁有他老?别的就更不用说了。就这样你爸被人错怪了,打入了另册……”

我又想到了庄周,想问一下庄周的父亲是哪一派的,后来还是忍住了。我吸了一口凉气,插话:“到后来吕南老的权力不是很大吗?他这时候帮一下爸爸也不晚啊!”

岳母叹气:“事情很复杂。吕南老后来倒是出来工作了,主管一个方面。可他总不能一上来就解决你爸的问题吧,这是明摆着的,都知道他们之间的关系很特别。如果一上来就……那要招多少议论。不过你爸年纪大了,快离休了,等吕南老回过头来想解决也来不及了。”

我不以为然:“这只能说吕南老自私,过于看重对自己的影响。只要不违背原则,他为什么就不能坚持呢?”

岳母不吭声了。也许我的话打中了要害。

梅子在旁边,看看母亲又看看我。她这一次显然十分赞同我的话。

最后岳母说:“吕南老这个人哪,也真是,一辈子谨慎有余。其实他那么大年纪了,怕个什么!”

她啧啧两声,开始抱怨那个一直尊敬的人了。

岳父梁里比岳母还要尊敬吕南老。后来我才知道:他学“九成宫”,学狂草,都很卖力;但实际上他下力气最大的,是学吕南老的字。这也使我明白了为什么他的字没有长进,而且越写越糟。我虽然不太懂书法,但我却能从那圆圆的字体上看出一些平庸气来。我想那是他学吕南老的结果……我心里开始替岳父抱怨了。不过说心里话,我真希望他成功,希望他成为一个不折不扣的书法家、一个诗人。当然这一切都似乎太晚了,有点来不及了。

我深深地同情他……

二

铁来他们四个人隐藏在山隙里。从这儿看去,一架架大山夹着一道河谷,左岸山坡上稀稀疏疏盖着一些小石屋,一座青石和砖块垒起的高院就在那些石屋中央,像它的一个硬核。

他们日夜盯着那个核,一心想把它咬碎。有时铁来和二憨扮成要饭的走进村庄。他们要打听那个大户人家的底细。户主的名字极怪,叫“面汤”。“面汤”只有一个老婆,好几百亩地,却穿着旧衣服,用草绳系腰,从不舍得吃一顿好饭,却存粮百石。这村子四周的大山有好几座属于“面汤”的。“面汤”围墙高大,但没有炮楼。有两个门,前门大而结实,木板有四寸厚,而且有两条大黄狗;边角上还有一个小门,只容得下一人行走,终年锁闭。铁来和二憨一连多天观察下来,决定从小门攻伐:这儿没有黄狗,而且连接的是一排废弃不用的旧厢,住满了打工的人。

铁来和二憨设法结识了一个长工。这个人面色苍黑,脸上长了奇怪的花斑,他们就叫他“花斑”了。“‘花斑’,想投奔革命不?”“花斑”不知所云,愣怔着。二憨和铁来就把讨来的半块窝窝给了他。“花斑”嚼了两口,嫌太粗。铁来说:“打开大户,分了钱粮,立了头功,吃物就多了。”

他们给他描绘了即将投奔的那支队伍和那个地方:那里没有贫穷没有欺压,花香扑鼻,河水清粼粼的,再也找不到欺人的官府……“花斑”听得浑身冒汗,一激动,把粗窝窝一伸脖子咽下去了。他答应铁来和二憨,依他们的话在里边迎接,只待半夜三更,悄悄拉开小门。他要带他们穿过院内小胡同,转到那个雕花大门旁边,生擒“面汤”。

这一天的太阳落得多慢!饥饿一阵阵袭来。铁来在一个山坡上找了一株野山芋,咬了一口觉得那么甜,就把剩下的那一截给了秋子。秋子不要,铁来就训斥了一句。后来秋子吃掉了。秋子的乳房有些瘪了,孩子饿得哇哇哭。二憨和铁来说:秋子姐,你熬着点,只等大户打下,就让你吃白米饭。小双,你的小嘴怪馋,就让你吃剥了皮的甜芋。小双说:“俺馋甜芋……”

太阳终于落下去,西边的山脉镶了一道金边。

刚摸进村,几只狗就吠了几声。他们听到小石屋的鸡在扑动翅膀,鸭子嘎嘎叫;谁家养了一只讨厌的大鹅,那沙哑的叫声震动夜空。星星不停地抖。铁来走在前边,手里紧握一柄抓钩;后边是二憨,他拿了一根铁门闩。秋子手里握了一把剪子,小双则提了一柄镰。小双附在铁来耳边说:“我的心噗噗跳,真有点不敢哩。”铁来说:“傻哩,什么是起事?想一想方家老二吧,他让人把亲哥的头都割下来哩!”小双再不做声。

他们在那个青砖胡同边上等那个时刻。原定三声巴掌之后小门打开。等啊等啊,后来终于听到了。二憨说:“铁来哥,花斑拍的。”铁来咬咬牙。小门真的打开了,四个人一拥而入。铁来问:

“顺手吗?”“花斑”只点头不做声,转身就走。四个人紧紧跟上。

绕过小胡同,听到厢房里有人打鼾。前面就该是那个雕花红门了,里面睡着胖乎乎的“面汤”。

“花斑”回头瞅了一眼,然后突然往前紧跑了几步,一跺脚喊叫起来:“老爷!打家劫舍的来啦!”

四面轰轰蹿起一些人来,接着四下的火把都围了过来。

“天哪!俺被卖了。”铁来咕哝一声,马上挥动起手里的抓钩,胡乱舞动,一下刨在一个人身上,那个人嘶喊一声滚在那儿,眼看血水洒在砖地上。他还想挥动,不知怎么就被勒上来的几道绳索给拢住了。火把下,他眼睁睁看着二憨、秋子、小双三人都被擒了,而擒他们的人就是那些穿得破破烂烂的长工。

三

火把闪跳着,雕花大门“吱呀”一声打开,出来一个穿蓝布旧大褂的人,腰上束了一道草绳。他背着手走来,脸胖胖的,两撇黄须。他端量一下四个人说:“哪来的盗贼?”

四个人怒目相视,一声不吭。铁来吐了一口,“呸!土豪!”

旁边一个人过来打他的嘴巴。“面汤”厉声说:“绑了!”

他们给绑在了厢房旁边的一溜木柱上。有人手持火把看守他们,“面汤”在一旁走动。秋子怀里的孩子一声声哭,她给松松地绑着,这样她还可以抱孩子。“面汤”看了一会儿说:“年轻轻一个媳妇,怎么走了这条邪路?”秋子不理他。“面汤”吩咐旁边:“她要喂孩子,给她端些吃物来。”有人端来了汤面,香油味直顶鼻子。秋子实在饿极了,一口气就吃光了一碗。小双在旁边叫:“俺也饿!俺也饿!”“面汤”点点头,又让人给小双取来一碗。“面汤”努努嘴,有人给二憨和铁来也端来了两碗。

“面汤”说:“吃吧!你们也是饿急了眼,是不是?”

二憨和铁来身子一碰，把碗碰翻在地。“面汤”跺着脚，握着拳头想揍他们，后来又忍了。他只是瞅着地上的东西喊：“糟蹋吃物！糟蹋吃物啊！来人哪！快把它们收拾一下，喂大黄。”

大黄就是那只护门狗的名字。

“面汤”说：“你这四个把话说明白我就放人。我知道这年头叫花子也不易，不过你们好话好讲，缺了什么从这里拿，怎么能干杀人越货的营生？这十里八里，谁不知道我这份家产来得不易，是祖祖辈辈一口一口省下的。我待村里人不薄，连过路的叫花子都好好打发。今夜给你们带来的面汤，我过年过节才舍得吃哩……”

旁边那些举火把的长工一齐咂嘴说：“老东家说的是实情，你这几个真没心肝！”

铁来忍不住喊道：“你们这些大户都是穷人的对头，俺这一辈子就跟你们干上了！”

“面汤”大吃一惊：“我原本只想教训教训你们，然后打发上路。这么说非绑送官府不行了——来人！”

他一声吆喝，“花斑”就领人走过来。“面汤”说：“好生看管，天亮了送衙门去。”

“好哩。”

他们最恨这个“花斑”。天亮了，“花斑”几个人把他们绑上，一路牵着，翻过一个山腰往前急走。

铁来想：坏了，这一下完了，这一死事小，追不上队伍事大……他一直在心里念叨，可就是没有 滴眼泪。他咬着牙关。“花斑”在院里没有打人，因为“面汤”不让他动手。可是在路上，铁来和二憨他们一骂，他就踹上几脚，还从路边折了根枝条用力抽打。一会儿，铁来和二憨的后背就冒出了血珠，骂声不绝于耳。有几次铁来都要疼得昏过去了，“花斑”还是继续牵拉他们往前走。“花斑”和身边的人伸手去摸小双和秋子的胸部，有一次被小双咬住了一根手指。“花斑”尖声大叫,小双又是一咬,那根手指就被咬破了。“花斑”甩着流血的手,嗷嗷大叫,一下子蹿上去把小双扑倒了。

小双在地上喊着:“秋子姐!二憨铁来哥!”

铁来和二憨在旁边放声大叫,铁来打雷似的吆喝:“‘花斑’!你敢碰她一指头,我这辈子非碎了你不可!”

他这霹雳一般的吆喝把“花斑”几个给吓住了,一瞬间只呆愣着。小双爬起来。半天“花斑”才说:“嗯,你这土匪头儿,死到临头还要碎了我?我先碎了你看看。”

他又用树条抽打铁来的后背。铁来咬着牙关,大叫:“我是起事的义军!不许你喊我土匪!你杀了我行,叫土匪咱不应。”

“花斑”几个一边抽一边嘻嘻笑:“明明是土匪,还说是义军。义军有打家劫舍的吗?”

铁来流出了泪花,不是疼的,而是委屈。他看着二憨、秋子和小双,紧咬牙关抵挡。

天黑下来,“花斑”把他们押在一个山窝里,拢一堆茅草歇了。只待天亮时翻过山,就要到县衙了。铁来知道,如果这个夜晚不能脱身也就完了。想个什么办法?他在深夜想得头疼,用脚碰醒了二憨,二憨就往这边挪动。“花斑”几个轮流睡觉看管他们,可后来那人瞌睡上来,就把绳子系在树上,歪着头睡了。

铁来跟二憨背靠背,费力地为对方解绳子;解一会儿又在石块上磨一会儿,结果是铁来首先把腕上的绳子解掉了。他又给二憨解,给秋子和小双解。

押他们的三个人都睡着。二憨搬起一个大石块,想把“花斑”他们都砸死。铁来摆了摆手。他那时想的是:他们好赖也是长工啊。

他们四个悄悄绕开山坳跑,可跑了不远,秋子怀里的孩子竟哭起来,后面的人就循声追赶。铁来和二憨弯腰捡一些石块。小双和秋子也摸到了一点护身的东西。

黑影里他们深一脚浅一脚跑,好几次被绊倒,身上的伤疤又被撞破。后面几个人追赶着,渐渐失了力气。可是只有“花斑”一个人穷追不舍。铁来越想越气,想起这份磨难都是这个家伙造成的——铁来和二憨一对眼色,抃着腰在那儿等。“花斑”追上来,铁来一个饿虎扑食把他掀倒,还没等他爬起,二憨就奋力往前一推。

“花斑”给掀进了深涧。世上再也没有“花斑”这个人了。

四

他们摆脱了险关,一直往东窜去。一路上凭着星月和太阳来定方位,不知道人世间还有这么高的大山。跑啊跑啊,一直跑了三天三夜,没吃一粒粮食。有好几次他们觉得自己就要饿死了,但就是不敢进村。有一次一个小村的人见了他们,一边跑一边大嚷:“土匪进村了!进村了!”这使他们明白,他们打大户杀“花斑”的事衙门已经知道了,正在四处围捕。他们只好在山里窜。

他们吃了很多草叶、树根和各种各样的野果。天越来越冷,第一场雪就要下了。怎么走?衣服撕成了条条,荆棘刺破了皮肉,孩子一声连一声哭。哪里躲藏?夜里他们四个人钻进草堆,为御寒只得紧紧拥抱。小双和秋子呵出的热气让两个小伙子泪流满面,可他们只记得:快快赶路!追赶那支队伍!他们搂紧了小双和秋子,只觉得这是自己的姐妹,伸手给小双和秋子梳理长长的头发,觉得穷人的姐妹头发就是长。小双突突跳动的一对小乳房紧贴在铁来胸前,铁来说:“好妹妹,挺住些,‘起事’就要成了!”饥饿使小双不住声地哭。铁来说:“我们是义军,不能哭!”

铁来想嚼一口东西给小双吃,顺手捋来一些冬青植物,嚼着,一口口抹到小双嘴里,小双就咽下去。二憨和秋子也在搜寻食物。夜里饿得实在睡不着,就更紧地搂抱。这样对付一夜,白天再继续往前跑。

有一天他们刚转过一个山坳，立刻有人打了一枪。他们趴下。原来前面有个打鸟的人，身上背着一个皮口袋，打了猎物就装在里面。皮口袋上洇出了血，那枪差一点把他们伤了。他们看明白之后就站起来，向他拍手。打鸟的人见了他们猛地把枪端平，这样一边吆喝一边向后退，退到一条小路上撒腿就跑了。铁来明白了，他也把他们当成了打家劫舍的土匪。他们沮丧极了。

他们往前走下去，饿得实在没有一点力气了。天飘起了雪花，怎么办？铁来试着下山寻找河套里的小村落，心想只要有一个村落肯收留他们，那就可以活命了。他来到一个小村，这一次村里人只把他当成了一个四处讨要的叫花子。铁来放了心，才把三个人引下山来。他们好多天第一次吃上食物，狼吞虎咽的样子让人吓得合不拢嘴，都说："天哟！四个馋痨。"馋痨就馋痨吧，只要是能入口的东西，他们就伸出两手捧住，然后一下按进嘴里。

有一天他们睡在一个草垛旁边，听到了稀稀落落的枪声和哨子声，赶紧爬起来。村里人告诉他们：官府进村搜土匪了，听说从山上下来几个土匪。他们一听撒丫子就跑。跑啊跑啊，逃命的脚步最快，像长了翅膀一样。铁来在前，二憨在后，接着就是秋子和小双。可是跑到山根下，小双就"哎哟哎哟"叫，腿抽筋了。二憨只好背上她。四个人沿着山坳往前——可是这一回官府下了力气，山的那一边也有了枪声。

再往哪里跑？往北？北面是悬崖峭壁。他们搀扶着，手扯藤条一点一点往前挪。脚上的鞋子早破了，满脚都是血口。小双哭干了眼泪，秋子抱着饥饿的孩子。二憨要给她抱一会儿，秋子死也不肯，"我若去了，就跟孩子一块儿。"铁来明白"去"就是死。他给她抹眼泪，说："我们眼看就要到了，咬咬牙挺住吧！"后面的官军还在追。他们藏进山洞，藏进枯草。秋子怀里的孩子总要哇哇哭，这使他们怎么也没处躲藏。有好几次秋子差点闷坏了孩子。怎么办？秋子瞅准了一棵发红的松树，找了块干净地方铺好了草，把孩子放在那儿。她琢磨：等太阳落山的时候，他们再回来找孩子。铁来问："如果他们捡走了孩子呢？"秋子泪眼汪汪："顾不得这些了，好歹他也能活下来呀。"

天黑了，搜山的人走了。

第二天天亮他们才摸到那棵松树。秋子颤颤抖抖往前摸，小声叫着孩子。三个人紧跟在她的身后。秋子叫着叫着，突然"啊"的一声蒙住了脸。

这时几个人都看清了：那孩子活活被山蚁给咬死了，山蚁糊了孩子一身一脸……"我的孩儿，我的孩儿……"秋子哭着，昏过去了。

他们一块儿把那些山蚁踏死，把孩子埋在了红色的松树下。

五

四个人沿着尖棱棱的山岭往前，再也不敢到山下去了。他们已经瘦得不成人形，一个个脸色发青，头发脏乱，眼看着没有了活的指望。可是他们都不想死。铁来成了几个人中最硬的汉子，两眼闪动火苗，发誓这条路不走到头就不回家。不要说他们身上有了命案，杀死了"花斑"，就是没有，他们也不回老棘窝了。

第一场大雪之前，小双病倒了。一开始他们搀扶她，再后来二憨又背着她，想找一个茅屋讨点东西，可惜只走到半路她就闭了眼睛。闭眼之前她叫了一声"二憨"，剩下的话已经没有力气说了……两天之后二憨为秋子去采一枚冻果，手脚无力，一个闪失顺着崖畔滚下去，再也不见了踪影。

铁来和秋子哭干了眼泪，然后用树根缠好划乱的裤脚，继续赶路。他们万分后悔的就是当年没有跟上方家老二，没有跟上起义的队伍。可是他们这辈子一定要做成这件事,一定要走下去。他们扳着手指计算日子。

“秋子,翻过大山就是春天了。只要咱翻过冬天的大山,事情就算成了。”

一天傍晚,他们竟然在下山的一条小路旁看到了一个哼哼呀呀的小女娃。女娃满脸灰土,拐肘上挎着一个篮子,还拄着一支拐杖。秋子把她拖起问:“你叫什么名儿?怎么走到这里来?”

女娃说:“俺叫灰娃,俺跟妈讨饭哩,妈死了,撇下了俺。”

秋子忍不住给她梳理头发,后来就和铁来扯上了她的手。灰娃说:“大哥大姐,你领俺去哪儿?”

铁来附在她耳旁说:“灰娃,你愿到一个最好的地方去吗?”

“俺愿。”

秋子问:“你愿当兵吗?”

灰娃一双亮晶晶的眼睛一闪又一闪,点点头。

铁来那时看清了:灰娃长着一双多么俊美的眼睛!他握住了她的小手说:“好妹妹,跟上铁来哥,走哩!”

雪　地

一

大山里的第一场雪铺天盖地。

铁来和秋子,还有那个灰娃都给困在了大山里。他们三个人在大雪之夜依偎一起,天亮后捅破雪洞,一下呆住了。多么大的一场雪!老天,谁说天无绝人之路,这一下真的完了!

秋子哭起来,灰娃也哭了。只有铁来一声不吭。他看看天色:

天晴了,太阳就要出来了。他知道山里这场大雪足够一个冬天化的了。

秋子说:“铁来,这一下咱想回也回不去了,找不着队伍,也得像二憨和小双一样当个‘路倒’……”

铁来用目光制止了她。他瞥瞥灰娃,意思是不能让这个小妹妹也跟我们绝望。他说:“你看!太阳出来了,就迎着太阳那儿往前摸,摸过这片大山就到了。灰娃,”他把灰娃使劲往怀里搂,“是吧灰娃!”

灰娃鼻子两侧还有一片黑灰,一笑露出了雪白的牙齿。她的一对眼睛出奇地亮、出奇地大。这对眼睛只有大山里的娃娃才能生得出。她说:“来哥,你领俺走出大山吧!”

“这是肯定的!”

太阳出来后,铁来做的第一件事就是冒着大雪登上高处。他要看这一带的地形。他让秋子和灰娃钻到草窝里躲过寒冷。

他往山顶攀去,不知跌了多少跤,两手给石块硌破了,脚踝上全是血淋淋的口子。脚板上流下的血把雪粉都染红了。那是一种可爱的鲜红色。这使他想起小时在院子里一口咬破一个鲜桃时的那种颜色。他忍住疼往上爬,直爬到了大山半腰。

四下看去,东边那一架架山没有边缘,再远处就是更高的山。太阳映得他眼花,他捂一下眼再看,还是看不到边缘。南边是低一些的丘岭,可是绵延很远不见一个村庄。他又往北看去,终于发现了一线亮亮的水。他知道那是一条河——有河便有人家啊!他估摸了一下,从这儿到那一线亮水至少要翻过两座小山包,如果不是下雪,那倒是很容易的。他担心灰娃和秋子会被村里的什么恶人逮住。他觉得自己是剩下的惟一的男子汉,有责任养活她们、把她们带出大山……他心里充满了豪气,从来也没有像现在这样全身都是拗劲。他不知凭什么翻过这两座山、怎样到村子里去寻吃物和衣服，只知道他们三个决不能活活冻死在雪山里。

他太饿了，连喘气的劲儿都没有了。他掏开大雪，想从雪层下面发现可吃的东西，哪怕是一点点草芽也好。他扒呀扒呀，荆棘把手划破了。他钻进雪洞找了半天，才找到一枚乌黑的野枣。他连坚硬的核都嚼掉了。

他走下山，在草窝里把秋子和灰娃搂紧，对在她们耳边说：

“等我！我下去找点衣服和吃物，一定会回来。你们不见我，死也要挨住！”

他弄一些草，揪一根树藤，把草添进衣服又扎紧。他让秋子和灰娃也用同样方法裹紧身子。“挨下去！挨下去！只要能活着就成。”

秋子不放心，可也没有办法。他让秋子护住灰娃，就自己走了。

这是一次可怕的跋涉。

一开始他还能直立着走路，可是当翻过第一座山包时，觉得实在没有力气了，就伏下来。不能停留，一停下就会被冻死。后来他差不多是连爬带滚翻过了另一座山包……他真的看到了一个小小的村庄。

村边上有一群狗在打架。他已经没有力气躲过那群狗了，真怕它们把他活活吃掉。冬天里的饿狗有点儿像狼。他蜷在那儿一声不吭，可是最后一只大黄狗走来，几声嚎叫，一群狗就全跑过来了。它们围着他打转。他用雪团投，狗群时聚时散。后来一个背筐老汉看到了他。老汉低头瞅着，手中的叉子在铁来后背那儿拨来拨去。他大概把铁来当成了一个野物。他从未见到浑身裹了茅草、瘦成了一把骨头的人。

“大叔……”

老汉吭一声：“嘿，还会说话！”他把铁来扶起，然后挟拉着领到村边一个小窝棚里。

二

这是个孤老汉。铁来不敢对他讲实话,只说饿坏了要口吃的。他没说要衣服,因为孤老汉的窝棚里差不多什么也没有,只有一铺大炕,一个锅灶。土炕上摆了一堆破棉絮和一个茅草扎成的油亮亮的枕头。

老汉在锅灶里点火,直烧得满屋都是水汽。锅盖揭开了,铁来闻到了喷香的气味。原来锅灶里蒸了皮球那么大的菜窝窝。铁来流出了眼泪,再也忍不住,伸出脏乎乎的两手就抓。老汉一把将他抱住,说:“小心手!”

铁来喘口粗气,手抖着。一会儿老汉见他实在等不下,就把菜窝窝盛到碗里,端到窝棚外面的雪地上。一会儿窝窝就变凉了,铁来两手捧住,一下吞了一大口,噎得脖子伸长像只大雁。老汉赶紧给他拍打。

他一口气吃了一个大糠窝窝,又舀了半碗锅底的黑水“咕咚咚”喝下去。奇怪的是吃了东西他竟然爬不起了,躺在屋角打挺儿,“啊啊”叫唤。老汉知道他饿坏了,突然吃这么多东西受不住,就把炕上的破棉絮摊好,把他抱上去。热烘烘的炕,真是一辈子都忘不掉的舒坦。

他最后又讨了几个糠窝窝,给老人跪了两次,往回走了……

铁来领着两个女娃,手持探路的棍子,走得慢极了。铁来一直走在前面。他们只在太阳升到半山腰的时候才敢离开草窝,在太阳落山之前找个地方过夜。有时实在找不到有草的避风地,就在雪地里蹲一夜。实在冻得受不了,他们就蹦跳,互相诉说一些故事。秋子与铁来说的都是一些关于方家老二的传奇,讲第一次见到那个文弱书生的奇怪感觉。那是一种说不尽的敬仰之情。秋子问铁来:“你亲眼看见他坐在白木桌旁,喝着白水讲‘起事’吗?”

铁来点点头:“那一天在马棚里,人围得一层又一层;角上有个人躺着一声不吭,那就是我——你呢?”

“我抱着孩子纳鞋底。后来俺婆婆去喊,我没动,只把孩子让她抱去了。谁知她走开几步又转回。就这样俺娘仨一直站着听,直听到那灯油熬干了……”

他们讲着大家都知道的一些故事:暴动的队伍在那个春草发芽的季节里轰隆一声从老棘窝涌出,大家沿着山梁奔跑,汇集一起;日头照着大大小小的矛枪、钢叉、镰刀。有人还举着从地里掘出的生了锈的宝剑。举着红旗,旗上绣着几个黄色的大字,叫“第一支队”。山里人谁也不知道什么叫“支队”,不过他们都知道这是在干了不起的大事儿。人群大喊:“起事啦!起事啦!”一些没有牙的老头老婆婆坐在马扎上抽烟,议论他们以前听说的关于“起事”的故事。老人说,有一年山那边也有人“起事”,是个秋天,地里吃物多——人吃饱了就不愿动,于是那一次“起事”没成。季节不对哩。又说:“方家老二这次‘起事’准成,春草发芽,人正是枯槁时候,地里青黄不接,饿着肚子‘起事’还能不成?这叫饿急了眼啊!”

铁来讲,秋子讲,奇怪的是天一点也不冷了。灰娃眨着一双又黑又大的眼睛看看这个看看那个,说:“来哥,秋子姐,俺也要去‘支队’。”铁来扳着她的头说:“傻娃,这不就是往支队上赶嘛!”

三个人身上灼热,忘了饥渴寒冷。就这样讲着跳着,等一轮太阳从东山升起。

太阳升高一点,天气稍微暖和了。他们哈着气,用棍子点戳着往前走。在河边、在村落旁,铁来总是让两个人躲到石头后面,由他出去讨要东西。铁来回来晚一点,两人就急得心跳。每一次铁来都会带些食物。有一次铁来甚至搞来一件破棉衣,这件破棉衣在大雪地里简直价抵千金。

夜里他们三个罩在破棉衣下打瞌睡,为了取暖,照例紧紧搂在一起。有一次秋子哭了,不停地哭,铁来和灰娃都问:“怎么啦?怎么啦?”秋子还是哭。再后来,秋子伸手揪住铁来的耳朵,让它贴在自己嘴巴上说了句什么。

铁来说:“我没听清。”

秋子又说了一句。

铁来一愣怔,把身子一闪说:“不中!”

三

那一夜秋子哭了许久。

铁来搂着灰娃,另一只手松松地揽着秋子。他们一声不吭地在破棉衣下哆嗦。秋子一边哈气一边颤声叫着:“小铁来……”铁来在暗影里双目如电,透过破棉衣的通洞,望到了闪亮的星光。啊!天上的星星燃烧得多么明亮。他觉得最亮的那颗星星下就是向往的那个地方。他轻轻唤着:“让我快些走到那里吧!快些吧……我们还没走到队伍上,已经牺牲了三名——‘义军’!”

他那会儿迟疑了一下,终于说出了“义军”两个字。这两个字是他在黑夜的牲口棚里听来的,是方家老二常说的一个字眼儿。

他紧紧握了一下秋子的手,说:

“死去的三个人都是‘义军’!”

秋子又哭。她想起了二憨、小双,还有她那个没满周岁的孩子。

“我的娃儿,我的娃儿,你死得好惨。”她尽量压抑自己的声音。

铁来给她擦去了眼泪。秋子回忆出来的这些天,说:“那一天,在‘花斑’他们手上那会儿,我和小双让出身子,也许他们就会饶咱,那就没有后来的凶险了……”铁来说:“傻话!身子最宝贵!”

一男两女在雪地里挣扎。好漫长的山路,好高的峻岭。走啊走啊,破衣烂衫,寒风撞响了树木山石。风最大的时候,可以听到石块滚动的声音、树木折断的声音。铁来总是提醒她们:我们都是义军,我们有三个战士牺牲了!

“我如果找不到队伍,我就死在路上,再也不回。”铁来说。

秋子像他一样发誓。灰娃也学着两人。

饥饿风寒中他们不知倒下多少次,但终究还是爬起来。铁来从一个小村讨来了火种,从此他们可以在野地里点一堆火。有时为了从雪窝下面扒出一点可以燃烧的干草,铁来两手都扎满了荆棘。就为了换取那一个时辰的烘烤,他宁可把双手刺烂。一个人走过这样的雪地,那就会一辈子不再惧怕寒冷。

有一次铁来病得快不行了。秋子相信他再也不能活过来,因为他已说不出一句囫囵话。秋子把他放在一个草窝里,牵上灰娃的手,摸到一个大户人家那儿。她把他们三个人说成了一家三口,把铁来说成了病倒的男人。她提出为大户人家做工,讨一口吃的喂男人,讨几个钱给男人请郎中。大户人家同意了,他们就驮着铁来住下。白天晚上秋子和灰娃都要给大户人家推磨,灰娃还要给大户人家哄孩子。郎中来了,铁来转醒。他们这一下耽搁了十多天。铁来急得跺脚,脸色蜡黄就要上路。

秋子说:“来,你不能,急了不中。”

灰娃也叫着:“铁来哥,铁来哥,缓些日子吧!缓些日子吧!”

他们在这里吃残羹剩饭,到底还是装饱了肚子,脸色开始好转。秋子的头发眼看着又闪出光亮,脸上有了光泽。

若不是后来出了个事情,他们说不定还要在这儿多待些日子。

一天夜里秋子正在推磨,东家的大孩子扑到了身上。他比铁来还要小两岁。秋子把他甩开,他说:“你要愿意,我就给一块钱。”秋子好不容易挣脱。就在这天晚上,他们三个摸黑跑出了村子,钻进了大山……

接连下了几场雪。第一场大雪还没化尽，新雪又蒙一层。他们踏着没膝深的大雪，一步一个窟窿……

走啊走啊，向着东方。

太阳晒热了后背，晒红了脸。脚下的雪开始融化。春天快来了。

灰娃说："来哥，你不是说春天一到，青草一发芽，就能看见那里吗？"

"你看，最东边的那座山，那就是尽头了——再往前就是。"

橡树之家

一

梅子认为我们应该拿出更多的时间去陪伴两个老人。我们不得不更多地回到橡树路。小宁总是抱着丽丽，梅子也一副欢天喜地回娘家的样子。岳母对外孙和丽丽同样喜欢，而小鹿在家时总能和他与它打成一片。有时我觉得在这个小院里，惟独神色肃穆的岳父是个多余者——更多的时候却又相反，自己才是个真正的多余者，我正贸然闯入了一个陌生的世界。这是哪里？是与整座城市形成鲜明对比的一个著名街区，一个叫橡树路的地方，可惜它在今天怎么看怎么像是假的——如同为了一场上演百年的大戏搭起的华丽布景。更悲惨的一个事实是，它是洋人那会儿着手搭建起来的。真是这样，尽管这有点说不出口。我不喜欢把有关洋人的一些事儿和岳父一家扯在一起，因为这里是我妻子原来的窝——而且差一点也成了我们的窝。一想到这里，我内心里那种不舒服的感受就达到了极点。橡树路嘛，是听起来让这个城市的人头皮一耷的嫉羡之地,那些待在外面的人会用奇怪的眼光看过来。我害怕这目光。我本来是一个天生和倒霉鬼搭帮结伙的人,就因为找了这样一个老婆,事情就变得别扭了。“住到这里多好啊。”梅子说。“有什么好?”“傻子,这是橡树路啊!再说和爸爸妈妈在一起……”梅子当时皱起眉头的样子让我觉得好笑。我摇头,长时间不再说什么。后来我说:“这是他们打下来的一个地方,而我……不能待在这儿。我没动手。”“谁打下来?打谁?”她吃惊了,本来就很大的眼睛瞪得溜圆瞄着我,像一只受惊的猫。我说:“……打仗。死了很多人呢。反正是打下来了。”梅子明白了,叹气,不再说什么。她可能觉得我扯得太远。但无论如何,我们的小窝是不能安在这个地方的。是的,我没动手。我这样的人住在这里,身上也许会生癣——心上也会生。那将是多么可怕的病啊。

结果我硬拉着梅子离开了。我们现在的新家在我看来已经好得不得了,可是岳父岳母去看了,立刻吓了一跳。那是离一般市民区很近的一座简易公寓,我们的小窝在这当中还算好的。它像周围的房子一样没有暖气,供电不足,四处收破烂的吆喝声此起彼伏……惟一让梅子高兴的是,如果穿插着走一些斜巷,这儿离娘家并不算太远。

而岳父这儿是多么安静的一个街区。我不喜欢这里才怪呢。可这里总是给人一种不真实感——那是一种极为古怪的、难以言传的感觉。相反,住在一个暴土纷飞喧声逼人、一下雨雪就满街泥泞的地方才是逼真的。尽管比起庄明一家,岳父的院落已经不算太大,但它仍然被那么绿那么好的草地所包裹——这看起来还是像童话一样!在这座城市里亲历童话,这个玩笑是不是开得太大了?这是我们的家?我才不信。我不能信也不敢信。我决不住在掩耳盗铃之地。而且我们这种人本来就应该堂堂正正的,我们干吗要去掩耳、要去盗铃——盗一个二百年前洋人系上的铃?我不,我说:我不!

他们一家人在屋里玩时,我常常一个人到院里那棵大橡树下。多好的橡树,它茂盛得不可思议,顶端黑乌乌的叶片正在吐纳水汽。它如今老得已经没法估量年龄,谁也不知道是什么人、在多少年前将其栽下。这里已经换过了好几茬主人,他们的职务、社会地位、性格和身份,甚至是国籍,都各不相同。不过在这个城市能住上这么一处院落的,从过去到现在肯定都不是等闲之辈。岳父毕竟是九死一生之人,是那个叫“铁来”的勇敢后生从一座苦难的大山那边翻过来的,翻过来以后就改叫“梁里”了,然后落脚在这样一个地方。瞧吧,即便住在这样的院落还有人为他抱怨呢。完全是受橡树路的影响,如今这座城市南郊的一片空地上已经新盖了一幢幢漂亮的别墅,每一个小楼都有一个小花园,而且楼内可以全天供应热水,每幢楼至少有四个漂亮的卫生间。那些幢房子本来也有岳父的一幢,他去看了看,不为所动。岳母在一切问题上都依从岳父,可惟独这次在房子的问题上跟他意见相左。不过后来岳父摆了一下手,她也就算了。其实岳父是对的。那种仿制品,那种没有根柢的薄气相是很难遮掩的,那里怎么可以比橡树路呢。那个地方经历了百年风雨之后,还值得让人去流血流汗打下来吗?我深深地怀疑。还是橡树路,只有这里才是胜者永恒的徽章。

岳母说:“人老了恋旧。我们在这个小院里住了十几年,”她扳了扳手指,“哟,快二十年了。”

岳母说,仅仅从居住面积上看,那座小楼比这套平房并没有大出多少。好处是那儿新簇簇的,而且住得比较集中一点,远离闹市,空气也好一些。那里也有不太方便的地方,比如说买菜,再比如说离暴发户们太近……

这里的小花园主要由岳母一个人侍弄,岳父只在工作累了时背着手来这儿观赏一番,高兴了才拨弄几下。小鹿不仅从不侍弄花草,而且还常常偷折花木。他将大把的鲜花偷藏在书包里背走,很难说是送到哪里去了。看来人类用鲜花表达自己某种难以言状的情感,从古至今没变。这很有趣。

这花园里的花木品种比过去丰富多了,几乎在每个季节都能看到一点吸引人的东西。墙角那儿已经有了一些早春开花的落叶灌木,其中有滨海珍珠草、连翘等。新增加的花木,比如说紫丁香,让我喜欢极了。这种小乔木已经长了三米多高,它的浓香总让我阵阵沉迷——我常常由此想起那所地质学院的生活。那里的教学楼前就有大批丁香树,其中好多是紫丁香……紫丁香旁边是小叶女贞。岳母几乎喜欢所有的花草。她在串门时只要见到自己喜欢的品种,就一定要设法栽在自己园里。在这拥挤与斑驳中,仔细看会发现一些在荒山野地才能见到的植物,像蔓剪草、菟丝子、藤长苗等;有的根本就不开花,大概她只为了让自己的小院多拥有一些吧。

院子四周的花墙上长满了藤蔓状植物,像篱打碗花等。裂叶牵牛在围墙下特别茂盛,缠绕着,开着蓝紫色或紫红色的花。她最喜欢的一株珍珠枫这会儿就被裂叶牵牛给缠裹起来。院角有棵一米多高的白棠子树,岳母说一位老首长有关节酸疼的毛病,是用这种树根治好的,于是她就设法搞回了一棵。“说不定你爸什么时候也用得着……”

身后传来一阵大呼小叫。原来丽丽叼了一只很大的绒布拖鞋,一颠一颠朝这边跑来,后边是小鹿的笑声、拍掌声,再后边就是岳父铁青着脸,伸手指点奔跑的丽丽……它把岳父的拖鞋给叼来了。我把它抱起来,拍拍它的小脑袋,很费力地取下拖鞋。

回到屋里,岳父接过拖鞋,一边往脚上穿一边准确地骂道:“这个狗东西!”

他又回到写字台前了。

四周的墙上如今挂满了他的字;还有两幅画,画了鱼。我觉得他画的鱼都像木头刻成的。他说:“你看!够办个展览用了。”“你不是在春节参加过展览吗?”“那是老干部联展,选了三幅。其实有机会我也可以举办‘个展’了。”我未置可否。他伸手指了指那条木头鱼旁的两幅字:“这两幅你看怎么样?好一点吧?”“是展览选中的吗?”

他嘴里发出一声“哧”:“他们选中的恰恰不是我最得意的!”

我笑了。我不愿扫他的兴。

“竹子很难画呀。”他又说。

“大概人物最难画吧。”

“竹子。”

丽丽在外边一声声叫着,口气严厉。岳父厌恶地斜去一眼。这时岳母、梅子都大着声音打招呼。岳父这才把手中的东西放下,慢腾腾走到外屋的客厅。

来的客人我们都熟悉,是老团长,很早以前给岳父做过警卫员。他很瘦很瘦,全身都干硬绷紧得可怕。他每一次到来,一见岳父就要依照旧习惯利利落落打一个敬礼。

这一次岳父正好跨到客厅里,老人也走到了屋子中间,脚跟一碰又是一个敬礼。

我不敢笑。岳父在接受这个敬礼的时候总是满脸肃穆。他轻轻摆一下手,像是还礼,又像是让对方坐到沙发上。这都是老一套了。

老团长坐下,“那两幅字快裱好了,我告诉他们要用最好的裱工。两天后就取回来。”

岳父并不在意,手指敲打着茶几,示意他喝茶。老团长端起茶杯。这时我走到岳母和梅子一边。小宁、小鹿、丽丽三个在一块儿。这一下全家人就分成了三摊……

离开之前岳父又一次让我欣赏墙上的几幅字,这让我多少有点奇怪。不过第二天一上班,我马上就全明白了。

这天处长一见面就高兴地打招呼,说有一份刊物封二发了梁里的书法作品,“我看了,还是蛮棒的。”

我倒多少有点替老人捏一把汗。一些刊物常发一些书画作品,可那都是选自本市或国内最有名的艺术家——发岳父那些东西?我的脸涨红了,因为生气或者替他羞愧。

“杂志还配发了一篇文章,《论梁里的书法艺术》——我以为你早就看了呢。”他从一旁找出那份杂志,打开其中的一页。

我脱口而出:“这是哪个狗东西写出来的?”

“你怎么这样说话?”处长一愣。

我盯着这篇短文。透过文字的栅栏,我仿佛看到了岳父端坐在老年书法家协会主席的位子上,含蓄地微笑。处长的脸白一阵红一阵,后来抓起一块抹布擦起了桌子。

二

岳母保养得很好,六十多了,看上去只有五十多岁。她的皮肤仍然那么细腻,一双眼睛像青年人那样清澈,只是目光更为柔和慈祥。她心上好像从没有那么多沉重和忧烦。在她温煦的目光下,人会变得安定许多。

梅子在许多方面都继承了母亲。比如说她的眼睛……

岳母就像庄周的母亲一样,在部队时是一位护士,后来又做了医生。我想这是一个女人一生所能选择的最好的职业了。挽救生命,安慰那些在战场上留下创伤的人,有什么能比这个更为高尚呢?我想象她穿着粗布军衣,军衣外面再添一套白色隔离衣的那种风姿,多少有点感动。

她微笑着看我。这使我觉得自己永远是一个晚辈。我接受这目光的爱抚,有一刻竟神差鬼使地咕哝了一句:“灰娃铁来……”

她的眉头立刻锁起,盯住了我。

她这副苦相让我有点不知所措。后来,只僵持了一会儿,她就笑了,问:“你从哪儿听来的?”

我吞吞吐吐,没法回答。不过这再清楚不过了,它只能来自家人。

岳母随我走到花园里,在即将衰败的一丛玫瑰前蹲下,摘掉了一片干卷的叶子……

这一天梅子问:“你怎么能叫爸爸妈妈的乳名?”

“我那时有点走神……反正不是故意的。”

就在几天之后,一个偶然的机会,我又发现岳父右脚缺一个小趾。我问梅子,她没好气地告诉:那是他在追赶队伍的那个冬天里冻掉的。我听了久久没有做声。

岳父情绪好时,我就请他再讲一讲过去。我问:那个方家老二为什么改成了“吕南老”?

岳母替他答了,说方家老二对自己那个家族恨到了极点,所以参加革命后连姓氏也要改——这在那时是常有的事儿。

我再没吭声。那天我才发现,那一段激动人心的历史原来近在眼前,似乎伸手就能触摸。可是创造这些历史的人一旦走进今天的生活场景,就变得极度陌生,好像离得遥远又遥远,好像隔开了一道不可逾越的时光的瀚海……这种感觉以前也出现过,比如见到庄周父亲时,也有过这样的感觉。那个人也在一个雷雨之夜背叛了豪门,这有点像吕南老。雷雨之夜、白皑皑的冰雪大山,以及在激烈震荡的环境里活动着的衣衫褴褛、神色稚气而肃穆的年轻人——他们个个豪情万丈,身上的血流像河水一样激扬奔腾……

岳父后来当了副师长。至今见面还要打敬礼的那个老团长,他磕碰的脚跟很容易将人唤回战争年代。只不过在这个客厅里,那举起的右手和尽量挺直的瘦削身躯或多或少有点不协调。

岳父入伍第一年就成为一支游击队的班长。游击队是从第一支队分出的。这支队伍在东部山区活动了三个年头,是在最严酷的斗争环境里成长壮大的。后来队伍南下,他又成为副团长、某个纵队的政委,诸如此类。岁月如梭,而今,他常常为好久没能回到那片大山而生出长长的叹息。岳母也说:“也该回去看看了。”

话是这样讲,其实他们真要出城已经很难很难了。

三

不过有一次他们真的动身了。那是一个老干部参观团,行走路线早已定好,要一路参观一些企业和古迹。这一次虽然也去了东部平原和山区,却很难有机会把大轿车开进当年洒血淌汗的那些山隙里去。岳父归来时垂头丧气:“就连当年的村子也没好好看一眼,这算什么!”

我问了一句:“你为什么不留下来?”

他只是叹气,没有回答。

只要一谈起那片大山,他就表现得一往情深。他可以放下一切话题和手头的事情,不安地抚着胸部,踱到窗前。他常常激动得不能自已,直到疲惫时才重新坐到沙发上。那时他仰靠着,长久地闭着眼睛。他念出的每一个村庄名字我几乎都知道。那里的每一条山脉,每一处地形我都了如指掌。有好多地方他已经忘记了,我却能给他一一复述。这是他渐渐喜欢和我谈话的一个重要原因。在这个家庭里,我们俩惟一的共同语言就是谈论那片大山。但这其中存在的异同是:我更多的是从自然地理、从地质学的角度描述的;而他总是不失时机地把该地发生的一些战斗故事填上去。大概也就是这些缘故吧,当他得知我一心想离开那个研究所时就极力反对,“国家培养一个人不容易。”他说。“可我觉得国家培养什么人都不容易。”——那时我已瞄上了一家杂志社,但这句话我没有说出来。

我在这样的谈话中常常想到父亲。因为我的父亲也曾经在那座大山战斗过,而且一度任过副政委。我对岳父仔细描述了父亲的模样。岳父沉着脸,一声不吭。后来他说:

“那还不一定是什么颜色的队伍……”

“它当然是‘红色’! 难道你连这一点还要怀疑吗?”

他坚持说没有父亲这么个人——也许他们阴差阳错,擦肩而过了。父亲在游击队任职的时间很短,他更多的是来往于山地和那个滨海小城之间,公开身份是一名商人……

说到“商人”,岳父马上嘻嘻笑了,说他倒见过一个来来往往的“商人”,不过那人早已在交火的时候被打死了——子弹从后背那儿打进去,从胸口那儿穿出来。

我忙问:“他是一个好人还是坏人?”

“无所谓好人坏人,就是个‘商人’。”

“他是被误伤的吗?”

“有人早就要干掉他。”

“为什么?”

“就因为那人两边倒腾军火,跟他接头的人关系复杂。这样的人在战争年代是要提防的。”

“那么是革命的队伍把他干掉了?”

“是二班干的。”

我吸了一口凉气。当然了,那个“商人”不是父亲。父亲后来仍然活着,而且参与了许多惊天动地的大事,比如说那个海滨小城的解放、海港的激战……他后来蒙冤,重新被押到那片大山里时,已经成为了“敌人”,戴上了镣铐……

这一切是多么靠不住,多么不真实。我相信没有任何一个男人像父亲这样,忍受了如此的冤屈,而且直到最后,直到离开人世,都没能洗刷这些冤屈。在生命接近终点的那些年头,他已经失去了一切热情……

岳父常常讲起的就是鼋山主峰西部的那场激战。那一次真可谓血流成河。鼋山实际上是贯穿整个东部平原、流入渤海湾的芦青河发源地。那一场著名的战斗至今在山民那儿记得清清楚楚。

还是做学生时,有一年的暑假,就为它所吸引,就为了一个蒙冤的父亲,我曾背着背囊徒步穿越山地,一口气登上了鼋山主峰……

四

永远难忘那个夏天。

记得登上山脉主峰时正是一个清晨。而在中午以前,我就到达了它东边的一条沟谷,踏进了谷地。那条沟谷一直向西,方向几乎没变,只在山脉向西南呈弧形弯曲时,才折向正北。沟谷上游宽窄不一,窄的地方大约只有七十多米,而最宽处却有三华里以上。它像这个地区的大多数河谷一样,水流跌落得厉害。一些水汊组成了复杂的水网。我所勘察的正是芦青河上游最主要的谷地。它的两侧山岭长满了榔榆和加拿大杨、柳树;灌木的种类多得数不胜数。因为地处山阴,水土得以保持,所以大多数灌木长得茂密。我留意看了那些灌木丛,它们有豆腐柴、牡荆;一些青杞旁还茂生了野芝麻、毛水苏、鼠尾草之类的草本植物。这儿山坡平缓,可以想见山谷是被后来的冲积物渐渐填平的。当时正是炎热的夏天,虽然山溪的源头还没有全部干涸,但流得非常和缓。我那一天就在沟谷旁的两棵柳树下宿了。

早晨站在山岭高处看整个山脉,总想垂泪。眼前的一段山脉轮廓清晰,向西那一段就渐渐模糊了。在一团夏日山雾之中,顺着山阴望向西北,远远可见两条有名的河流:芦青河和界河,它们都模模糊糊的。两条河谷之间,一眼望去到处都是沟壑和若有若无的水流,一时怎么也弄不明白它们是怎样归属了两条大河的。

就在西边二十多公里处,有一座烈士陵园。我花了多半天的时间才走到那儿。多么让人震惊啊:这里有那么多橡树!这个陵园里的橡树竟然比松树还要多……陵园里就安葬着那次战斗中牺牲的战士。今天回想那里,不能不同时想到两个人——岳父和父亲。这两个人都与这场战事密切相关,可他们之间却是完全陌生的。这多么奇怪。

岳父在那场战斗中受了伤,尽管伤得不重,部位却非常要害:他伤了鼻子。这使他的鼻子后来长了息肉,有点变形,看上去比一般的鼻子更宽更大——为了它我与斗眼小焕有过一次冲撞——一天他去找我扑了个空,然后就一路寻到了岳父那儿……他事后就嘲笑岳父那个宽宽的鼻子。我警告他最好不要这样。他继续嘲笑,而且越来越放肆,说有点像"马鼻"。我给了他一拳。后来我跟他讲起鼋山那次战斗,告诉他死了多少人。斗眼小焕竟然不停地做着鬼脸。在他眼里这一切都不值一提。那一天我看着他那没有梳理好的、向一边撇去的一绺头发,觉得他简直像一个恶鬼。那一天我真想揍扁他的鼻子。

那是我惟一一次替岳父——不,是替"铁来"打抱不平。我从心里为他感到委屈。

我的父亲参加了这场战斗,但没有受伤。母亲生前多次讲过这场战斗的情形,有一些细节与岳父讲得一样……

那天我在一排排墓碑前伫立,一直待到黄昏。粗大的橡树,沉默的橡树。这也是一处橡树之家。

天完全黑了,守园人走过来。他没有催我。他多么寂寞冷清啊,他告诉我,整整半年里都没有几个人来这儿。这儿整天死寂无声……

在伸手不见五指的浓黑中,我一直抵在一棵老橡树上,想着自己的父亲。

卷二

第四章

一道目光

一

庄周的离去给一座城市留下了难以弥合的空洞。这对于我们，对于相当一部分人来说，都意味着一个显豁的残缺，就像一道不能愈合的伤口一样折磨人。一直有人在打听他的下落，可是谁都不知道他究竟去了哪里。

随着时间一天天拖下去，大家对他渐渐都不抱希望了。午夜安静的时刻，忍不住要从头回想，回想我们最初的结识。时间真快啊，一转眼离那个聚会已经很久了，可一切又像眼前一样簇新……那时与现在不同，当年要在这个城市里看到一些有点意思的人物，通常都是通过形形色色的聚会。那会儿的各种聚会不像现在一样频繁，但远比现在更有内容，当然也远比现在令人期待。现在以各种名义发起的聚会已经被搞得声名狼藉，许多人避之惟恐不及呢。而当时大家汇集到那种场合里，差不多个个都有强烈的求知欲和探索心。没人把那里当成娱乐和猎奇的场所，因为那时享乐主义还不占上风。能来到这样的学术场合总不失为一件体面的事情，彼此就有关问题认真地交谈讨论，相互启迪。有许多人就此成为来往密切的朋友。在这个人满为患的城市里，有时要找个像样的朋友比登天还难,相反的倒很容易碰到莫名其妙的嫉恨者。当然了,人与人总要讲究个“投缘”,就像俗语说的:“弯刀就着瓢切菜”——人与人之间说到底还是要合辙对路才行。我与庄周就是这样的一对。

我们的结识还真得感谢那些大大小小的聚会呢。现在则不同,虽然各种聚会仍在频繁举行,可几乎所有像模像样的人物都不见了,连老熟人也遇不到了。这些人都哪去了?原来他们全都以各种方式藏了起来,逃避喧嚣,闭门思过,在自己的螺壳里缩着,惟恐沾上涨了满街的泡沫。总之他们已经对形形色色的聚会冷下来了,烦了。瞧时代的风气变化多快啊,虽然只是几年的时间,一切全都变了。

然而那些无聊的聚会还是有始无终,似乎方兴未艾。老一茬相继厌倦了,他们已经从中看出了破绽,新的一波正迫不及待地递补上去,及时地充填了这个空间。老一茬当中偶尔也会有个把耐不住寂寞的,他们会时不时地跑到久违的场所去瞥上一眼——大概还想重温旧梦,想发现什么新奇和例外吧。我大概就属于后者。

其实这事也怨不得我,因为实话实说,一个内心灼热的人待在这座城市里会有一种窒息感——全城几乎没有一座像样的博物馆和美术馆,没有一家高档书店,也没有能够真正解渴的影剧院,连一场像样的音乐会和艺术表演都没有。他们实在无处可去。所以我有时出门转悠着,常常自觉不自觉地就转到了那样一些地方。不过它究竟在哪些方面对我构成了难以摆脱的吸引力,让心里的念头像戒不掉的烟瘾一样一再泛起来,其深层原因一时还想不明白。

是的,那很难用一句话来概括,因为那里说到底还是有一些意想不到的收获,比如说偶尔遇到一两个有趣的人、听到几句较为新颖的或大胆的见解。新面孔往往也携带了各个角落里的信息,他们起码会让人听到一些浅薄的惊喜和陈旧的叹息。时代在前进，时间在流逝，惟有时间才是最宝贵的。而我们大家为了跟上这个时代，就这样浪费了宝贵的时间。

只要一想起多年前在这样的一些地方认识了庄周和吕擎，就不忍将聚会的意义一笔抹煞。是啊，那时候的人远比现在规矩，他们当中的许多人说到底是那么谦逊、安静，总会在某一方面有根有柢的，只想凑到一块儿认真地探讨问题。那是个认真得多也善良得多的年头，那时的人还愿意一块儿向上，一块儿寻找点什么，对思想和艺术由衷地喜爱且乐此不疲。还有，在这样的聚会上你总能喝到最好的绿茶，最好的咖啡。好心眼的人可真多，他们到外地出差刚回，总要把带回来的好东西从挎包里悉数掏出；如果碰巧有人从国外搞回点什么奇巧玩意儿，这会儿也要拿出来——半是炫耀，半是无私的奉献。

如今那些愉快的夜晚和白天好像永远地消失了，正如人们常说的：火焰过后是灰烬。

我猜想，我们渐渐对这些讨论和聚谈感到失望的原因，并非仅仅是新鲜感的丧失，而是其他，是一些更为复杂的原因。重要的除了记忆中那些最优秀的老人不再露面之外，还有整整一茬人开始了转向——这是现实与精神的双重挪移。他们感受了新的挑战与窘迫，繁琐芜杂的思绪必须经历沉潜，必须有所寂寞。喧哗的撩拨已然过去，剩下来的全部问题都留给了自己，最终还是要由自己去动手解决。这往往是中年的特征。

随处可见的都是另一种情状了。接上来的全是陌生的面孔，比较年轻的面孔——一些自命不凡的黄口小儿，双目圆睁下巴颤抖的瘦削青年。虽然其中不乏纯洁可期之士，但也真的夹杂了不少百无聊赖之徒。的确，恶棍不少，痞子也特别喜欢光顾；还有，女光棍们染了长长的指甲、夹着香烟的样子真是吓人哪，她们坐在那儿,大劈双腿,比着劲儿说荤话,语不惊人死不休……

夜晚,特别是长长的星期天,一个人该到哪里去?徜徉街头吗?看着阳光下烟雾腾腾,万头攒动,有时真恨不得钻到一个角落里喝个烂醉。我现在终于明白那些酒徒是怎么回事了。他们痛苦啊,精神上贫穷无告啊,又没有大自然的抚慰。大自然通常是教人学好的,让人能够释放出一些现代淤毒。我们这里的小酒馆和咖啡屋如果不是给搞得脏腻不堪,如果不是被一些下流的窃窃私语或高声浪笑给闹得邪癖怪异,一步误入就像是被泼上了浑身污垢,我也会毫不犹豫地直奔那里而去。我害怕孤寂,可又急于逃离。结果呢,就一次次转悠到了一些不伦不类的聚会上。这真尴尬,有点晚节不保的意味。

那些陌生面孔遮掩下的是一颗颗奇怪的心灵。他们或者木着脸,或者互相做着鬼脸,使着眼色,然后悄然进出。他们不怎么打扰别人。这当中偶尔也有个把真正的恶少,可就是看不到油腔滑调的街痞。这是开始的情况。而随着时间的推延,到了后来就完全不同了。长发青年,留着胡子、穿着过时的喇叭裤、马来人一样的大花格衬衫、染了杂毛、手拿一把吉他的怪人,都一家伙全涌来了……这些都不会让人吃惊。突如其来的争辩、口吐白沫的忘情叙说、地地道道的精神病人、妄想狂、满口呓语者、偶尔夹杂三五句外语或是古旧字眼的馋鬼色痨,在这种场合一抓一大把,简直到处都是。它们仿佛成了这个乱哄哄的城市的一种特产,成了它理所当然并多少引以为傲的组成部分。在这些奇奇怪怪的角落,我有时实在搞不清这些聚会是由谁倡导并坚持下来的,又怎么会毒化成这副模样。一切都在变质,在扩散,在发出一股第三世界的膻腥和恶臭。

我走在大街上,常常感觉自己绝非人届中年:那种有关心理年龄的感受往往是通向两极的,有时苍老到步履维艰,有时又似乎仍然停留在少年和青年时代。是的,还有一条活泼的思路,一颗跃跃欲试的心。有时我真的觉得自己非常年轻——走上街头,两旁景物视而不见,多像少年时代赤脚奔跑在平原和灌木丛中、跨跃在沟沟岭岭之间的那种情形。我正在迈过那些土坎和石块,一如原来的那个流浪小子。每逢我看到在街巷上窜来窜去的打工者,特别是长发披肩、缓缓行走的流浪汉,心中就有一股滚烫烫的东西一蹿而过。一种认同感、彼此的一个眼神、无声无息的交流,一瞬间会让我神情恍惚。你为何而来?为何闯到了这座城市?前面的背影渐渐消失了,可是有一句话似乎正在从他摇动的形体上传来,好像刚刚送达了一句亲切的耳语……是的,我的心正在像他们一样四方游走,没有方位感,也没有归宿。

我记起了父亲、母亲、外祖母,连同我出生地的那座小茅屋……一切都消失了,只把我一个人留在这座陌生的城市里。

午夜与梅子在一起,常常要莫名其妙地心疼。我品咂着留在唇间那种实实在在的气味——发霉的城市气味和爱人的气味。我不时在黑影里伸手去找小宁,抚摸他圆圆的小巴掌。闷热的、伸手不见五指的都市之夜啊,这是怎样的遭遇,怎样的时刻。浓浓的夜色啊,谁也不知道由什么组成。

我们茅屋旁的那棵大李子树,它的一树繁花像云雾一样,清香气息笼罩大地。蜜蜂一团团旋转,蝴蝶翩翩。一切都消失了,我一个人走进了这个闷浊的午夜。我不明白神灵既然让人生下来了,却又要把他剥夺得一干二净,让他一无所有,神灵的本意是这样吗?打从割断了脐带的那一天起,人就要独自抵御惶恐。我从十几岁就开始了单独谋生,总是一个人,无人牵引,也无人同行。我从海滩平原出发,直到神差鬼使地来到这座巨型蜂巢。是我自己在黑夜里摸索,找到一个又一个朋友和亲人——像命定一样,他们一个一个从浓浓的夜色中浮现出来:阿莱,凹眼姑娘,吕擎,庄周,阳子;还有梅子,内弟,岳父,岳母……一个近在咫尺却又远在天边的小窝,一个家。他们差不多成了我在这个世界上的全部。有时候,不是深夜就是白天,反正是某个猝不及防的时刻,我会突然想起一个朋友,这会儿他(她)就是我的“全部”拥有。我变得急不可耐,想马上见到对方,是那样的一种渴念——这时真的有点刻不容缓,哪怕仅仅是在一起待一小会儿也好……

二

这天下午我想到了阳子,想到他胖胖的、挥动不停的胳膊。我觉得自己非要立刻见到他不可。他这会儿正在干什么?要知道他平时总是不停地涂抹。他在画画。一个极有才能却毫无名声的人,一个默默无闻的奋斗青年。老天,天底下有多少人在奋斗,在无闻,在青年,在老去,在成功和死亡……留给我们的时间是如此短促。

我往他的单身宿舍急急走去。

他平时住在学校,可原来的单身宿舍还一直保留着。那儿可算派过一些了不起的用场,无论是我还是吕擎,大概都会怀念那个又小又黑的房间。那时候我们都是单身汉,跟今天可不一样。今天我们到底是什么样子自己也搞不明白。我对那个地方熟极了,熟得一仰脸就能嗅到它浓浓的墨汁的臭味儿。

敲门,没有回应。

门缝里有一个条子,抽出来一看,上面是几个笨拙的大字:我到某某地方去了,如果吕擎来,可以到那里找我。他就是没有想到我会来。我把条子揣到衣兜里,然后径直到那个地方寻他去了。

令我不安、使我怎么也想不到的是,那儿正有一个躲不掉的“聚会”。我来到时,一间挺宽敞的大厅里已经坐了几十个人。照例是烟雾腾腾,是咖啡的香味和喝茶的嗞嗞声。

像过去一样,进来一个生人并没有多少人注意。我的目光只是在捕捉阳子——看到了,他正在角落里跟一个女孩谈话,比比划划像打哑语。两个人大概都没有发现我。我想女孩可能就是他曾经提过的那个画油画的女朋友吧?我过去拍了一下他的肩膀。他马上回头。

"哎呀,是你……"

他小声叫着,立刻向那个女孩小声介绍我。

姑娘站起来。她的一双眼睛黑黑的,真正是黑白分明。一笑腮部立刻有两个酒窝。样子当然十分可爱,画家的选择嘛。

"小涓,一直想拜访你呢。"

姑娘笑吟吟地把阳子拉了一下,找个空隙请我坐下。我发现小涓的腿上套了一个很厚的彩色护膝,这使整个人看上去很是神气。她两只脚上穿的鞋子竟然不是一种颜色。现在原来时兴这种穿法。

这时我才注意到主持人——正中那个宽大茶几后面坐了一个脸色苍白的、三十多岁的年轻人,神态苍老;这人个子不高,穿了件深棕色的衣服,好像是丝绸的,很滑润;裤子宽肥;留了长长的背发,梳理得一丝不苟。他的打扮,包括他的神气,都像一个长坏了的封建遗老。他只看自己跟前的一块地方,目光忧伤而沉重。他的旁边则坐了一位浑身颤抖的人——我的目光刚刚转过去,那个哆哆嗦嗦的人也正好站起来。留背头的主持人朝一边摆了摆手。

"他是一个……"阳子小声说着,我没有听清。

那人站起来,所有人于是不再交头接耳了。他说话就像吟哦,伸出右手,高举过顶,然后猛地一扬。可惜他说了些什么我一句也没有听懂。那是一些极其怪异的词汇组合,好在我在另一些聚会上见过类似的情形,多少有些熟悉了,不太害怕且能够安之若素。只有那些初来乍到的人才会慨叹不已,甚至是大惊失色地四下观望。老实说这一套玩法已经有点过时了。

那个人刚坐下,又一个人站起来。这人穿了鲜绿的衣服,刚刚伸直了腰就伸出食指点划着,好像正面对了一个不共戴天的仇敌,咬牙切齿。可是他谈论的都是关于自然、诗、艺术、戏剧、建筑、雕塑之类,并不关涉具体的人和事。最后他的食指重重敲击着面前的空气,结论道:一切都在毋庸置疑地走向死亡,一切,我们集体悲悼的时刻真的来到了……

刚才那个颤抖不停的人仿佛突然被刺中了,浑身痉挛,紧接着又一次站起来,争辩,呻吟,最后重新吟哦起来。

小涓一动不动盯着那个人,后来把耳朵侧向一旁,大概想听得更清。她终于附到阳子耳旁,捂着嘴在笑……

准确点说,我从落座的那一刻就感受到了什么,这会儿一点点强烈起来。我脸上好像有点发烫。我觉得有一道目光正在投射过来——我进来不久就感到了它的存在,这是真的。屋子里有一道目光,一道有别于所有人的目光……可能我就为了回避它,才一直望向另一个方向……这样过了许久,我终于把脸转过去寻找——

那儿坐了一个二十左右的姑娘,她穿了黑色的衣服,细高个子。显而易见,大厅的这一边就是给她的目光照亮的。这目光正迅速改变着这里的一切,使人觉得四周的什么都变了——似乎这个一钱不值的聚会仍旧可以容忍。是的,原来每个聚会总是因为某一个缘故、某一个人和某一件事才变得可以容忍,甚至是可爱起来。我不敢看她的眼睛。这双眼睛极为特别,陌生而又熟悉,只一瞥就让人无法承受……

我若无其事,低头问阳子:"你最近见到余泽了吗?"

他点头:"这家伙!"

余泽是我们在大学里的一个朋友,留长发,踢足球。他踢起球来简直没命。阳子接着告诉我:"他们的事情快完了,中间出了个埃诺德。”

“什么事情?”

“你不知道？就是他和莉莉,那个留校生。”

我终于记起来,那是大学资料室里的一个留校生,人出奇地漂亮。余泽长久地追她,不过当时我们没有一个认为余泽会成功。我想阳子这会儿说的倒是一个好消息:他们本来就不该在一起,他们原本就不一样。我们这样交谈时,我的心在噗噗乱跳,来不及问什么是“埃诺德”。我在急急地回忆。那道目光一直望过来……

记忆中,就是这样的一道目光让我无法忍受,只一下就将我击溃……

三

是的,就是这样的一道目光——这活脱脱就是凹眼姑娘！是的,这是与之酷肖的一双眼睛。当我试着再一次凝眸看去时,险些呼喊起来……我在心里努力纠正自己:不,你弄错了,她绝不会出现在这里,她是在那个九月离开的,她现在正在一个遥远的地方……

聚会快结束了。面色苍白的主持人说了什么。屋里有些乱。有人端上一些粗劣的糕点,每人捏一块吃下去——这是结束的标志和不大不小的安慰。糕点粗糙,但很甜。我拿了自己的一块,吃掉了。我看看阳子。阳子和小涓高兴极了。我小声对阳子说:“你这个女朋友很有意思,漂亮,又是同行。”阳子用同样细小的声音告诉我:我们还在谈,我们暂时还没有什么。“以后会有的。”我说。阳子咧咧嘴巴,我不知是什么意思。

大家开始往外走。

还是那道目光……我站住了。

她穿了黑色长衣,脸庞像凹眼姑娘一样。离得如此切近,这使我终于看得更加清晰,看出了她们的差异。但一双眼睛的确是极其相似的。

“您好。”呵气似的声音,略有沙哑。如果不是错觉,这声音也酷似凹眼姑娘。

我不解地看着她:“您……”

她不说话,引我一起走到楼道旁。四周没人了,她马上小声告诉我:她是凹眼姑娘的妹妹!天哪……我瞥瞥四周,赶紧问她在哪里。“还在那儿,在西北,一片大荒里呢。我们保持着联系……她闲下来写啊写的,都是写给你的,一定让我设法亲手转交你。我找了你好久,有人说你会在这儿……”

她说着掏出了一大沓鼓鼓的信件。我一愣,赶紧接到手里。

“你成家了?”那对似曾相识的目光盯着我。

我点点头。

她的泪水在眼眶里旋动:“姐姐一辈子都不能嫁人了。不是因为出来后年龄太大,是因为那个人,他死在了九月。她说就这样一辈子算了……除了他,只剩下了你——所以她一天天只能对你一个人说话……”

那个站在审判台上的苍白青年从眼前倏然闪过。我打了个寒战。

……我回到自己的小窝,急不可耐地展读起来。因为太过匆促和慌乱,我不可能按邮戳上的时间拆开,而是随便抓起一封。打开来才有些吃惊,因为它似乎不像是按正常的书信格式写下来的,所以根本就不算书信,而是一些无头无尾的文字,就像随手记下的一沓子,像自语,又像是面对我的倾诉和交谈,拉拉杂杂,无所顾忌。

…………

……我和你一样,都是从东部平原上来的,我们的出生地不算远,我们才是真正的老乡呢!我们在一起时,你说的那些老家的事情、小时候的事情,我是多么熟悉啊!不过那会儿我哪有听的心思,我只顾想别的了,只有你在说、说。其实它们都装在心里,童年的事儿谁忘得了啊……这会儿,在大墙里边,动不动就做起了老家的梦……我常梦见自己一直沿着一条水渠往前跑,跑,直到突然停下。我好像看见你了,你就站在一棵白杨树下,你在等我吗?

这道水渠不知流了多少年。蒲草、芦苇,还有一种红叶儿,这种圆圆的叶子可以吃。小草一直往渠心里长。渠心的一线水清得透底。一两尾鱼。

渠边是一些高大的杨树:白杨多么漂亮,一到初秋,它们光滑的树干啊。又黑又亮的叶片啊。一个细细高高的少年站在白杨树下。那是你在等我?

渠水穿过两座沙岗入海。沙岗是被水渠拦腰切断。沙岗被切断的地方有细沙往下流。一棵榕花树长在半腰,开粉红色花。我知道,谁看到榕花树谁就会有好运气。

掬一捧清水。手被一尾鱼碰了一下。蝌蚪、青蛙,到渠边饮水的兔子。一只大彩鸟飞过来,就离我几十米远。我看它喝水:伸长脖颈抖着,望望天空,接着再把嘴插进水里。它拍动翅膀,它喝足了水。它飞上堤岸柳树,在那儿偷看我。

第一座沙岗下的柳树稀稀疏疏,十几米高。一只野兔蹿跳着来,又蹿跳着去。它错怪了我,我一点都不会伤害它。几株卷瓣儿上长了黑点的花真是漂亮,它在风里摇摇摆摆。到处都是艾草的药香气。一只小鸟在天上唱、一刻不停地唱。我知道与它垂直的地方有一个小窝,窝里有它的孩子。它们刚长出一层绒毛:别摸它们。

一个细细高高的少年啊,他就站在不远处。他在看我吗?

我在渠边上躺下。小蚂蚱撞得脸上发痒。一只很小的小野兔被我按住了。不停活动的三瓣小嘴、一起一落的小肚子、颤颤的尾巴。捏了它的爪子,肉不多。它害怕了,我亲它它还是害怕——谁来亲亲我呢?那个细细高高的少年就站在树下边,他一会儿会走过来吗?

我玩到天快黑的时候还不离开。我以为天一黑故事就会发生。我也不知道盼望什么。一只野鸡落到榕花树上。我屏住呼吸,可惜它还是飞了。

天黑了。那个少年看不见了。他不是藏到了黑影里,就是回家了。他大概找不到我了。我如果大声喊起来他就会听到,可是我不敢。我害羞。我其实不会拒绝他的,他和我不知谁更傻——谁呢?

如果那个晚上我们相识了,就不会有后来城里的那些故事了。我们哪里也不会去了。

我们晚了十年才相识。我们的命真的不好。我们在那条水渠边不好好亲嘴儿,偏要跑到这么远的城市里,偷偷摸摸地搂在一块儿。我们的命真是不好。

我后悔的还有,自己的胆子太小了,竟然没有趁工作之便多偷一些糖果给你。那时你多瘦啊,见了糖果馋得什么似的。

你最爱干的就是这两件事儿:吃糖和亲我。

我梦见最多的全是海边,是我们老家——那个细细高高的站在白杨树下的少年,他肯定是你!如果不是你,还会是谁呢?

你那时对我怎样我都会愿意的。我从一开始就该和你在老家的沙滩上,我们该紧紧地搂在一起,那是什么成色啊!告诉你吧,我那会儿经常偷偷地坐在白沙上,等一个不认识的少年,他就是你——你站在白杨树下远远地端量过我。可是你和我一样害羞,就是不敢走过来……

我等不来你,就解开扣子看自己的乳房,它们像小苹果一样。

我闭上眼睛想着。我好像听见脚步声了,可就是不敢睁眼。是你,一股你的味儿,野辣辣的有点像茼麻——我第一次亲你时就记住了这气味……你把手伸进来,捂住了我的小苹果……

四

这是让人心跳的文字,她想故乡,想那时候的一切,并开始直言不讳……如果说我不相信她的表述能力,还不如说我惊疑于她的记忆。这真的是那个出入凶宅的放浪姑娘、是她的童年吗？那么她究竟在怎样的心绪之下重温这一切、记忆这一切？看了看日期,是三年前,她进去已经有一段时间了……

人在无边无际的绝望中,在痛失心爱的悲苦中,会用丰沛的故园和纯稚的童年去疗伤？同时它真的令我怦怦心跳脸红耳热。

显而易见,这是凹眼姑娘写下的,字迹是她的。而她写到的所有植物、动物以及地形地貌我都熟悉。就像是我自己在重拾旧事。我记得在那片海滩平原上,我们家小茅屋的东边就有这样的一条水渠,也长满了芦苇、蒲草,也有饮水的小鸟、野兔、草獾,以及堤岸上那高大的杨树和灿烂的榕花树——难道她在写那条童年的水渠吗？要知道,我真的就常常站在那棵大白杨树下啊……当然这不可能:她的出生地尽管也在那片平原上,但离我们那儿毕竟有百里之遥。

可是我一遍遍认定,我就是那个细细高高的海滩少年。

她的这些文字让我深深地陷入了童年的记忆。那棵大李子树开满了银色花朵,每年春天都有无数蜂蝶围上去。我爬到大李子树上,俯身从花束间隙向下探望。外祖母俯身在一个木盆里搓衣服,满头白发就像李子花一样颜色,有时蜜蜂真的飞到了她的头发上……

我深夜归来,妈妈和外祖母总要问来问去:你跑到了哪里？我告诉在灌木丛中、在大海滩上游荡。“你一个人吗?”外祖母不信,叹着气。“这是一个野孩子。”她告诉妈妈。

那时父亲还没有归来,他是一个苦役犯,正在南面的大山里日夜劳作。全家人都不提他的名字。妈妈和外祖母只要一叹气,就会不由自主地遥望南山。她们在想南山的那个人。

父亲是一个禁忌的话题。我不敢问,也不知道他的模样,只知道自己是他的儿子。我还知道他在那儿开山,用凿子,用锤子。天上只要响起了雷声,我就要想那是父亲开山的炮声。我总想:他哪一天回到小茅屋,就会带回大山里的全部故事。

就这样,我常常一个人在原野上当“野孩子”,直到不得不离开那座小茅屋和海滩平原,直到那个可怕的时候来临。是的,我就是那个站在白杨树下的细细高高的少年。

我日夜盼望的父亲从南山回来了。

他来了,我就得走开——直到这时候我才明白,原来我们全家的所有不幸、不可告人的奥秘,一切的一切都与他连在一起……

从此,我的童年就结束了。那个白杨树下的少年离开了。

我跑向大山时,只有十六岁。我仿佛变成了一个没爹没娘的孤儿,自己养活自己,讨要、流浪、做工,一个孤儿所能做的我全做过了。我终于活下来,长大了,肌肉发达,两手老茧,面色苍苍。我的脸被太阳晒成岩石一样的颜色,眼睛干枯、尖亮而有力,这眼睛几乎没有泪水。我真的很少流泪,直到现在也是这样。梅子从医学的角度分析说:可能是那些年的阳光和尘土弄坏了泪腺。

我走出大山很久还是一副痴呆的面孔,可是目光坚硬。谁也别想把我这对目光撞折。那是石头磨出的目光。更不可揣测的还有这颗心灵:细腻而苍老,跃跃欲试又满怀绝望。这座大山连带了两代人的苦难,我告别它,走向了遥远;时至今日我还常常自问:我历尽辛苦就为了过时下这样一种生活、为了待在这样一个世界里吗？陌生，冷寂，无情无义……

凹眼姑娘的回忆意味着什么？是深情留恋童年还是悔疚痛心当下？她惋惜青春，可是却对那个既毁了别人也毁了自己的苍白青年忠贞不渝。这是一种他人无法理解的爱情，哪怕是一种畸形的爱。一次青春的放纵和投掷竟然付出如此代价，该诅咒谁呢？

她没有忘记那个在橡树路的边缘踟蹰的瘦削青年，那个谴责过她口腔里的烟味的青年。那时这个瘦削青年还多少幻想着把她从凶宅里抢救出来，今天看是多么不切实际的假设。她早已死心塌地。令我永远不解的是，她既向往橡树路的奢华和虚荣，又耿耿难忘童年的草地；既有过放浪形骸的生活，又忠实于荒唐的伙伴。她也许把我当成了童年和故乡的使者，可见她内心里对我怀有怎样美好的期许啊！

仅仅因为这一点，我也会永远记住糖果姑娘。我一定要大声告诉她：是的，我就是那个站在白杨树下的少年。

宽　松

一

谢天谢地，终于离开了03所。那所大楼内的龌龊、它带给我的心灵损伤，将让我永生难忘。

从事地质曾是我一生的梦想。我也说不清这个志向最终确立的缘由，只知道它好像溶解在了我的血液中，日思夜想的全是怎样回到我少年攀爬的那片大山里，去洞穿和叩问它的无尽秘密。其实那更是父亲的山，因为无论是他蒙受冤案前还是后来的苦役和囚禁，都没有离开这片大山。在地质学院学习的日子里，无论是实习勘测还是所有的节假日中,我都会抓住一切机会回到山里。为此我还给自己置了一套让人羡慕的行头:一个大背囊,里面装满了罗盘指南针地质锤、野炊器皿、充气简易帐篷之类。随着一次次野外行动,我的背囊日益丰富,里面可以说应有尽有。有一次我甚至让好奇的梅子盯住它给我出一些野外的难题,然后由我从中找出对付难题的家什器具,竟然一应俱全。这使她最终明白了把我这样一个男人关在03所大楼里意味着什么。她说:"你想做一个探险家,可人家就是不让你出门,顶多在这座城里转一转。"她疼惜地理着我的鬓角,那时已经有了第一根白发。可是我知道,她也不想看到一个匆匆来往于野外的丈夫,她只是一时的疼惜而已。

如果转到地质勘探队之类的部门,那是再顺理成章不过了。可奇怪的是这条路竟封得死死的。

没人相信我为一次工作调动会耗去这么多的精力。后来才知道,这完全是因为失去了岳父的支持造成的。我甚至怀疑开始的时候他还会在暗中阻挠。整个经过复杂坎坷到了极点。但我一定要离开,哪怕弄到最后失业也在所不辞。

岳父对我调换工作的念头深恶痛绝。而我心里明白,他如果积极帮我,哪怕只稍稍帮一把,让我在地质部门内部调换一下单位是完全不成问题的。当我流露出这个想法时,他立刻瞪着一双僵僵的眼睛看着我,让我觉得与那位处长的羊眼十分相似。岳父脸色铁青,好长时间才憋出一句:"要务正业。"

我争辩:"那个研究所其实是个古怪地方,它从根上讲就是某个机构的附属物,其中最少有三分之二的人与专业没有关系,他们只不过是以地质的名义在做其他事情。三分之一的专业人员反而成了边缘人物,业务上顶尖的专家去世了两个,现在一个都没有了。这会儿呢,除了原来那点事儿,最起劲儿的是忙着办公司。"

岳父看了我一眼,转过身去。我不知道这目光蕴含了什么。

"'其他事情',他什么都敢说……一个人的心野起来,谁也没有办法。"我听见岳父进了里屋,对岳母说了一句。

从那以后我不敢在他面前再提同一个问题了。我只对梅子诉苦:我从十几岁就开始了一个人的流浪生活——就因为这种特别的经历,所以时下的03所等于我的一座囚笼,"我每天都在煎熬。"梅子沉吟着:"爸爸说得对,你的心野起来了……可是如果不到勘探队,到其他一些宽松的部门呢?这样你既在城里,又能有机会经常到下边去……"我同意了。梅子说:"那你先跟爸爸说吧。"

再次见到岳父时,我在他写字的大桌子前徘徊了一会儿,说:"我考虑了很久,我只想到一个宽松的地方……"

岳父没有吭声。他在欣赏别人刚送来的一个巨大的龟砚。

"我还很年轻,过早地关在办公室里不好。我应该更多地出去走走,就像您说的,好好了解一下社会啊。比如到某个杂志社工作也好,那就可以经常出差,这样我就能了解很多基层的情况……"

岳父先是不动声色,后来扔过来一句:"就像一颗螺丝钉,拧在哪里,就应该在哪里闪闪发光。"

我点点头:"就把我拧在杂志社那儿吧。"

岳母和女儿咕咕哝哝说话。我看见她伸出手,在梅子后背那儿抚摸了一下。岳母六十多岁了,脸上却很少皱纹,头发只白了一点点,那双眼睛仍然大大的,十分温暖。我觉得她与瘦干干的岳父从体态到性情都是完全不同的,而且可以说刚好相反。在我看来岳母这辈子亏大了。

岳父再没说话。我明白自己又一次遭到了拒绝。

我听到梅子在跟岳母讲我:"……他这一段离所里的工作越来越远了,因为另一些人也不在专业上。他没事了就在纸上涂涂抹抹……"岳母走过来,"你该把它们都拿来给你爸看一下,他现在……"

“……”

隔壁传来了丽丽的声音。小宁在笑。小鹿拍着手。岳父的鼻子抽了一下,我知道是这些声音使他不快。又停了一会儿,小鹿大概想起了什么,大笑着走进来喊着:“爸,我忘了告诉你,前几天我们老师请来了一个大画家,很大啊,是个大胖子,他到我们学校去了。”

岳父马上条件反射似的一仰脸:“多么大?”

小鹿很严肃地仰起脸,脱口而出:“嗯,驴那么大。”他伸手比划着。

我们都笑了。岳父拍一下沙发扶手:“乱弹琴!”

隔壁传来小宁的呼叫:“姥姥,丽丽‘拧’我了……”

岳母赶紧跑到隔壁去。

二

当我收拾好东西,跨出那座阴森古怪的大楼时,心想这次真的迈出了决定命运的一步。离开这里,惟一的牵挂是阿莱。从此他将愈加孤独。告别前我们一起待了许久,奇怪的是那一天好像连他也松了一口气:不是为自己,而是为我。这使我心里涌起一股难以言喻的感动。不知是有幸还是不幸,我入所不久即遇到了阿莱,这几年更多的时间只和阿莱待在一起,向他诉说一切。我最早对他说出了离开的决心。到哪儿去找一个理想之地?离开这座大楼又去哪里?就在痛苦徘徊的日子里,我又去参加了几次聚会,暗暗瞄上了一家杂志社。我发现那儿起码是个十分宽松的环境,当个编辑可真不错,坐班可以,不坐班也可以;更有吸引力的是,他们常常有机会出差去外地;所有写东西的人、画画的人、长发披肩的男子、各种所谓的撰稿人和专家,反正只要是五花八门的家伙都是杂志社里的常客。最后一条我虽然不感兴趣,但总觉得还是远比四周可怕的呆板和平庸、比这座城市里凝固般的空气好得多。那种随意的、不拘小节的情调和气氛,那种或多或少的挑衅、胆大妄为的劲头,对我来说都是一剂适时而至的好药。我甚至想说:比起羊眼处长和瓷眼这一类,我宁可喜欢所有的怪人。

在03所那座诡秘的大楼上,发生什么我都不会吃惊。好像随随便便一个人,只要进了这所古怪的建筑立刻全都变了,他们变得躲躲闪闪不可捉摸,胆怯萎缩而又善做手脚。这一点连刚刚回国的博士们也不例外。同室的一个年轻人竟然玩起了藏拖把的游戏:早晨上班后先一步闯到处长屋里打扫卫生、在走廊擦地洒水;结果我接连几天找不到拖把,而那个博士无论来早来晚都可以搞到拖把。处长为此不止一次表扬:"瞧瞧,人家还是博士呢!"拖把的事儿真让我纳闷啊。后来一个偶然的机会我才发现:他竟然把拖把藏到了女厕所里……因为连夜失眠,我上班常常忍不住要打瞌睡,有一次还伏在桌上睡着了。这事马上被这个刚来的小子报告了,结果我遭到了全处点名批评。刚来的博士长得干巴巴的,嘴唇前突,精明有余而德行不足,见了女人就直勾勾地盯着……

我曾有过一个心愿,就是挖掘阿莱心中的隐秘。试了几次没有成功。他那么沉默,沉默得让人费解甚至惧怕。他太小了,而这个世界又太大了。他站在那儿,看上去就像一个发育不良的儿童。单薄的肩头,瘦瘦的躯体,总是一个人待在一个地方,离群索居。在我离去的前一夜,阿莱告诉:他梦见我了,一个人孤零零地站在一片高原上……

如今阿莱一个人留在了那座阴森森的大楼上。

吕擎赞成我的离去,却反对我放弃自己的专业。至于那个杂志社,他只说了一句模棱两可的话。我怀疑他内心里也讨厌那一类地方。

我对梅子说:尽管岳父一直反对,谢天谢地,我总算挣脱了那个巨型蜂巢。梅子说:父亲并不是非让你待在那个地方不可,他不过想尽量挽留。你最后拿定了主意,他也只得依你。

瓷眼正巴不得我走呢。可是当我真要离开时,他又设置重重障碍。他不过想捉弄和勒索我一下。我发现这个年头,好像所有的人都想找个机会勒索别人。比如瓷眼,他要阻拦的人竟是内心里希望其早日离去的人。我弄不明白他在这种事情上究竟是怎样拿捏一种分寸感的,如果我受不了折腾突然变卦呢?如果我干脆拿定主意在这里熬下去呢?不过他们比我聪明得多,最后,在我挣扎得快要绝望的那一刻,他们也就轻轻地撒开了手。

我去杂志社报到了。无论喜欢还是不喜欢这个地方,我心里都明白:这里可以有一多半时间不坐班,而且还可以有很多机会出差去外地。我就是冲着这些才来的。

我们的头儿娄萌是一个四十一二岁的女人。我们这是第一次见面,但彼此早就知道。她的一家也住在橡树路上,是一个领导的第二任夫人,是这个城市里非常有名的美人。娄主编像接待一个老朋友那样握住我的手,让人感到阵阵温暖。

这天编辑部里只有两个人,除了她还有一个大热天戴了一顶怪帽子的壮小伙子马光。马光上身只穿了一件背心,露着浓重的胸毛。他眼神执拗,嘴角总是挂着一丝讥讽。待了好长时间我才明白这讥讽不是针对我的。娄萌说:“你的专业很好,我们都知道。大家说这一下我们这里要来一个很棒的编辑了。”

她说这话时我也点头,但不知她是指我原来的专业,还是指即将开始的编辑生涯。不过这会儿我心里清清楚楚,眼前的这位领导比我们原来的那位头儿好多了:一位女性,比我大不了多少,胖乎乎的。我不知道她的女儿或儿子什么样子,只是在奇怪地想:这个人不仅是一个好领导,而且也一定是一个好母亲和好妻子。我来杂志社这一步算是走对了。人的一辈子最重要的就是寻找一个适合自己的位置,而许多人到死都寻不着。人活着是多么累啊。

编辑部所在的一座四层楼,一二层属于杂志社;一楼是一个栽了冬青的挺好的小院,可以停车。两个单位共用一个传达室。一楼是行政人员,二楼就是编辑办公室:这是没有隔开的一个大间,社长兼主编娄萌和我们在一块儿。她把我安排在对面,再旁边就是马光;马光后边是一个更年长的编辑,整天不吭一声。大间另一边有一个小套间,娄萌应该到那里去,但她喜欢热闹,就和大家待在了一起。小套间现在被一个打字员占据,成了编辑部的文印室。我报到时没有发现那个小套间,后来才知道我们这里竟然还有这么小个头的一个打字员,她叫阿环。她的形体让我想到了梅子更年轻的样子。

"怎么样?是个好东西吧?"马光的一只手在小姑娘肩膀上拍打着,一边问我。

小女孩一点不恼,咧着嘴笑,露出一口小牙。她的眼睛圆圆的,看着我。她留着一个娃娃头,前面的刘海剪得很齐,厚厚的盖住了额头。

马光给她把头发撩上去,说:"你看她的脑瓜有多大。聪明啊。"

阿环笑着。马光又把她的短发从后面攥成一束,说:"你看,她原来留了这种发型。"

阿环笑眯眯的,一动不动。马光赞扬着,把全世界最美好的词儿全堆到了她身上。阿环得意地缩起嘴角,看看我,明亮的眼睛一闪一闪。

马光不知为什么说了一句:"她平常都喊我'叔'。"

这时小姑娘才一跺脚说:"我不喊你叔,我喊你哥。"然后一扭身到里屋去了。

这里的气氛果然轻松随意得多。因为刚上班的缘故,我每天很乐于到编辑部里来。这是一个崭新的环境。我发现每天到这里上班的人只占实有人数的三分之一,大家都在轮流歇息。这里实行值班制,只要不遇到特殊情况,每人都可以选择每个星期中的两天来上班,或者是二四,或者是三五。更难能可贵的是,如果一个人到外地出差,那也等于值班了。大约只有娄萌一个人坚持上班,但即便是她,每个星期也只来三四天。这就是一个杂志社真正的迷人之处。

三

有一次马光问我:“你究竟看上了我们这里的什么?这个破地方!”

我直言不讳:喜欢这里的宽松。

马光说:“而我喜欢阿环。”

我并不认为他是在开玩笑。原来阿环是他邻居家的一个小姑娘。她尽管比他小好多,但让他一眼就看上了:他刚刚迁入她家隔壁不久。他说阿环比他早一些进入这个杂志社,他就为了穷追不舍,才设法到这儿当了个编辑。这是个直爽的、无所顾忌的小伙子。

“我已经工作了三年。”他这样总结说,“阿环从一所职业学校毕业,直接到这里打字来了。她的资格比我老,可是不瞒你说,上个月我才跟她接吻。”

我笑了。娄萌过来,他马上到一边去了。

第二天我上班很早,屋里只有我和娄萌两个。娄主编跟我扯来扯去,后来说:“你岳父是一位很受人尊敬的老首长哦。”我听下去。她瞥瞥我放在桌上的两只手——她一直盯着我的手,“老首长给上边的同志打了个电话,后来就有人写条子来了。我们欢迎你这样的同志嘛!其实,只要你岳父给我个电话,问题也就解决了。

当然,这样也好。”说到这儿她吞吞吐吐。我不动声色,心里却像被什么碰了一下。我吃惊的是,心中的几分得意一下子被她的几句话全赶跑了——原来我还是没有逃出岳父的手心,我能够来这儿,还是因为他的缘故,他竟在暗处帮我!真尴尬。人也奇怪,这时心里怎么就没有一点感谢?我的嗓子有点渴,到旁边去找一个杯子。我想我的脸色一定很难看。

她还在那儿咕哝:“放心吧,我们会做适当安排的。你工作时间也不短了,虽然在这儿才刚刚开始,但我们要通盘考虑……”

她意思模糊,我听不明白。我呷了一口茶,转过脸。

娄萌还在微笑。这一刻我才注意到,她真的是一位美丽的妇人。

“我们这里正缺一位编辑部主任,原来打算让另一位同志担任。你知道,这要是一个能跑能颠的角儿,那个同志显然不太合适。我初步打算让你接过这个担子。”

我慌慌摆手:“这个……我根本干不了,我刚来,再说……”

娄萌收敛了笑容:“不要谦虚,这是很重要的一个职位。不过你也不用担心,行政上的事务并不多,我们这里是很宽松的。”

我一迭声推辞。这就使她变得愈加严肃。我突然想起,这才刚刚接触实际性工作,而且也仅仅是她的一个设想,我实在不必过于认真。但我如果沉默了,又像是一种默许……

回家后我告诉梅子,说我即将得到一个崭新的、重要的职务,而且……她好久没有吭声,最后只留下一句:娄萌的顶头上司是父亲的老朋友。

我不知说什么才好。白天在娄萌面前的那种感觉又一次袭来。我在把什么忍下来。人就是这么尴尬。忍受吧,即便在自己家里也是一样。

第二天马光在楼梯上见到我,马上笑吟吟地喊:

“宁主任来了。”

我惊异于他的消息来得这么快,想发火,对方却做了个鬼脸。

终于可以在家里上班了,这是好不容易才争得的一份自由。这不是旷工,而是合理合法的一种安逸。我在书架前徘徊,看着那一个个熟悉的面孔,伸手抚摸它们,就像抚摸长者的肩头。我感到了他们的体温。

丽丽一颠一颠跑来,扭扭的样子让人心里发颤。我想说:“我多么喜欢你,可我很少像喜欢你那么喜欢一个人。”是的,我想我没有欺骗自己。捧着它毛茸茸的脸,看它灰蓝色的眸子。我看到的仍然是一双忧郁的眼睛。这种忧郁的眼神我以前好像也见过:一双火辣辣的、却怎么也无法掩去一丝忧郁的眼睛。

丽丽是一个非常聪慧、却又与我毫无共同语言的生灵,它怎么也弄不懂该到哪里解溲,所以很长时间都没有改变随地大小便的习惯,这使我头痛。它在我手里激动得浑身颤抖,可有时在一瞬间就能冷静下来。它含蓄的、若有所思的目光紧盯着我。

四

我到杂志社工作不久,阳子和小涓就来了。我好像看到他们是手扯手走进了屋子。我高兴极了。自从我取得了在家里上班的权利之后,还是第一次迎接他们。两个真正的年轻人:阳子刚刚二十五岁,正上大学二年级;小涓二十出头,样子比实际年龄还要小得多。她是一个很少安静的、嘻嘻哈哈的姑娘,只顾自己说话。她一进门就抽出一本书又一本书,胡乱翻弄,随意放置,嘴里还嗑着瓜子之类的。

阳子说:“老宁,你知道吗? 我是来告诉你一个事情的。”

“什么事情?”

“庄周有消息了。”

我一下兴奋起来,腾地站了起来。

“他到外地打溜溜去了!”

“你见他了? 他回来过?”

“不,是有人见过,说他真的夹在一群打工的人当中……”

“唔!”我叹了一声。我心底在想这个消息的价值、它的真假。我想如果是真的,那么他的这个举动到底意味着什么? 要知道,“打溜溜”就是当流浪汉的意思——庄周会是夹杂在大街上那些破衣烂衫的人群中吗? 我不太相信。也许这太过分了。这种极端的方式到底包含了什么内容,我还要好好想一想呢。

阳子搓搓手:“他转身一跑了事,家里人可就苦了。特别是李咪,哭吧。”

我还在想街头那些脸色苍黑的流浪汉,想西服革履的庄周怎样变成他们当中的一员——他也许真的会那样,因为这个人的血比别人要热。我问:“这消息准确吗? 谁看到了?”

“有人亲眼见的,说肯定是他,头发乱蓬蓬的……那是在城外,一群打工的人中……”

我不再问了。“有人”和“听说”之类,除了只能留以备考,更添了一份焦思。

阳子又说:“我一个偶然的机会遇到了李咪,那个哭哭啼啼的小人儿,鼻涕眼泪一大把,总想套出我点什么。她知道自己男人平时来往最密切的就是我们这几个,我们总不会什么都不晓得吧。我告诉她:我、老宁、吕擎,没有一个人知道你男人的事儿。她哭得像熊猫似的。”

一阵刺耳的警车声传来。好像不止一辆,声音大极了。这声音直响了十几分钟才消失。我想那大概是一个由警车组成的长队。这个城市里常常实行交通管制,有时后半夜还要响起尖厉刺耳的警笛声。小涓和阳子都应声跑到了阳台上,我则一动不动。

他们回来时手上沾满了黑灰,因为他们俯在阳台的铁栏上。小涓吵着要洗一下手,可是一拧水龙头照样是干的。我们有一个水缸,需要在午夜起来接水。我给她舀了水。她不停地谢我,一边谢一边蹙鼻子。大概是哗哗的清水让小涓想起了什么。她睁大眼睛问:

"听说你们家买了两只龙虾,在哪儿?"

丽丽正和它们玩呢。我伸手指了指。

小涓两手拄在膝盖上,长时间看着它们威风凛凛的两只大螯。丽丽则不停地看着小涓,后来她把它抱起来。她那欣喜的模样让我忍不住注视了一下。

阳子小声对我说:"你刚到一个地方就占了这么重要的一个位置,有人会眼蓝的……""你是说'眼红'吧?"阳子摇头:"不,还要高一个等级。""谁呢? 谁会'眼蓝'?"阳子故作深沉地把嘴瘪起来:"主要是马光,这个人,哼哼,是满城的一个人物呢。他结交的人花花色色,红道黑道都有,好色,差不多就是书上说的'采花大盗'。如果在前些年,这样的人早就毙了。不过现在没事了。"我没有吭声。我在想世道变化可真是快啊,刚刚几年的时间,这个城市的人已经对这种人和事见怪不怪了——而仅仅是几年前,还有一些人因为跳舞和淫乱丢了年轻的生命。

"我如果是你,就会把这个位置硬推给他。"

我在想那个九月,想凹眼姑娘。我是她梦中那个细细高高的海滩少年啊。

"那个娄萌也喜欢他,告诉你吧,她把这个位置给了你,肯定是对他的一次报复——他太花心了。娄萌可不是一般的娘儿们,她从年轻时候到现在,那魅力大了去了,想办什么就能办成什么。她喜欢小伙子,也喜欢成熟的中年人。只有她才能把一个单位搞得这么有声有色——老同志都喜欢她,你岳父肯定也喜欢……"

"你关心得太多了。"

"谁让你是我的好朋友呢?我怕你吃亏,才向你介绍'社情'了。人哪,到什么山就唱什么歌。小心她反过来把你给'采'了。"

我又想起了庄周,想那片像泥水一样在大地上涌动的打工潮。

反　击

一

在大街上,我一抬头就看见一位高个子:穿着牛仔裤,衣襟飘动,背着一个花格布包,两手插在衣兜里。看上去这人并不轻松,心事重重。他的眼镜有点下滑,也显得过大。我盯住他看了好久,才看出渐渐走近的这个人正是吕擎。

我觉得有点怪,因为吕擎从不在大街上闲逛。我叫了一声,他在离我几步远的地方站住了。

我们很快谈到了庄周,吕擎摆摆手:"得了,这个人把我们折腾得够呛。"

原来吕擎整个学期并未闲着,他只是闷声不响地干着自己的事儿。令我吃惊的是,他早就去过一些地方找了庄周,甚至还远道探望过那个桤林。一说到桤林他就垂下了眼睛,懊丧到了极点。"你不知道他的近况,大概庄周也不会知道。我现在奇怪的是为什么庄周不去他那儿?要知道……他只有二十七岁,还是个孩子!一个人就这么毁了。我这回是第一次见到他的画,满屋子都是,满屋子都亮,让人看一眼心里冲动。我不是这方面的专家,从专业上讲我可能不如阳子。可我敢说桤林把我打动了……一个可以为画舍上生命的人,这就是桤林。现在他得靠一个大厚垫子才坐得住,可是他还在画。因为他还活着，所以就得画。他原来想死，没有死成，就得画下去……”

我不忍再听。

吕擎的眼睛看着远处，“现在有人按时寄钱给他。寄钱的人地址总是不确定，家里人也就搞不清是谁在寄。两个老人不敢用这笔钱，我说你们只管用！他们说肯定是城里人寄的，我说那就更该用了，那个城市欠你儿子的太多了，他们这辈子都还不清。两个老人听了就流泪。”

“是不是庄周寄的呢?”我的心里一动。

吕擎反问一句：“那他为什么不去楷林那儿？他该知道，他和那个山里孩子谁也忘不了谁……”

我心里也一直在想这个问题。我说：“是的。不过楷林跳楼的前一夜就是不肯开门，就是不想见他！他们之间到底发生了什么，有一天也许会知道的……让我们等等看吧。”

吕擎没有反驳，说：“从楷林那儿回来，我什么也做不下去了，什么也不想做。时间真快，一转眼又快半年了……”

我可以想象他的情形。这家伙长时间无所事事，让母亲非常失望。她是一位好学者，对独生儿子寄托了那么多的希望。可惜吕擎越来越神情恍惚，日子过得马马虎虎，甚至很难同自己的师长和同事相处。只有女学生喜欢找他，因为今天这个城市的姑娘个个喜欢住在橡树路的人，喜欢有怪癖的人，也喜欢高个子。而吕擎三者皆备。他想远离潮流，想不到潮流硬是追在了身后不放。阳子个子比吕擎矮一点，条件也很不错，却总是对姑娘缺乏吸引力。他为此极其羡慕吕擎。

吕擎有一段决意独身，说四十岁之前决不考虑这个。不过后来，那个肤色有点黑的艺术系女生让他改变了主意。她就是后来的吴敏。他喜欢她的那种孤傲气。正因为吴敏有拒人于千里之外的神气，所以他才被迷住——直到后来他们在一起时，他才知道这姑娘是多么温柔、多么容易害羞。

我们一起往前走着，因为吕擎个子高，加上那身打扮，一路赢来好多目光。他回头见我向一个方向张望，就说："哦，是那个糖果店。"

他向那儿挪步时，我却转身走开了。

我倚在了一棵残了半边的老橡树上，它的另一边是一盏折了的路灯，风吹得它的罩子发出轻微的口哨声。这里刻满了不能忘掉的记忆。奇怪的是这抹不掉的一切不仅不是我的初恋，它甚至算不上一次真正的爱恋。究竟是什么给了我铭心刻骨的记忆？往事一幕幕闪过，我咬了咬牙关。此刻我突然明白了，我和她是同一片土地上走出来的两个孩子，其中的一个在炫目的诱惑下一路向东——橡树路的方向——一直地走下去了，结果也就迷失在那里；剩下的一个只是站在它的边缘，犹豫着，最终还是退却了——所以他直到现在还站在这儿，在想迷失了的另一个……

是的，那片童话似的老城区太诱惑人了，那儿不仅有风流鬼魂在游荡，那儿还有现代奢华，有刚刚抵达的舶来品，如大屏幕彩电和各种饮料，如录像机和黄带子，如摇滚唱片。我那时亲眼见这个城市的青年把喝空的可乐瓶子和咖啡罐当成最好的装饰品摆在桌上。是的，诱惑太大了，一切如同飓风袭来，无从招架。

于是，作为愤怒而有力的那场反击，于当年的九月打响了。

二

我注意到吕擎眼睛里充满血丝，好像长时间没有睡好。他这会儿刚从学校里回来，要回那个四合院。我们已经许多天没有见面了，阳子也找不到他——原来他已经在学校里待了好多天。这引起了我的好奇，因为这个人是最不愿意按时去学校的。他肩上的那个大挎包就装了洗漱用品之类。这会儿他搓着焦困的眼睛告诉:已经半个月了,学校里正闹乱子呢,因为他的几个同事和师长,还有他喜欢的几个学生都卷进去了,所以他也就和他们在一起待了几天。

“什么事情？闹得厉害吗？”

吕擎往东南方向看着,那是那所大学的位置,“暂时被压下去了,不过只是权宜之计——学校和有关的人物怕事情闹得越来越大,就妥协了。但一切都没那么简单,要做这个事情的人既然已经下了决心,也就不会轻易让步——不会向所谓闹事的老师让步,更不会向学生让步……”

一番话说得我糊糊涂涂,我再问,他只说是关于校园规划、校产和土地纠纷之类引起的,“这些事很复杂,许多年以前就有,反正你也听不懂,算了,我不跟你说了,咱们回家去吧。”

我们斜穿过橡树路。当走过有卫兵站岗的大院时,我马上又想到了庄周——这个人出走之后,我们也就不太可能光顾这个大院了。物是人非,真是令人伤感……一直走,当走过通向岳父家的那条稍窄一点的、两旁栽满了紫叶李的柏油路时,我们俩的脚步都放缓了。吕擎询问的目光看看我,我摇摇头。于是我们继续往前。

吕擎家的四合院一直是最能够吸引朋友的地方。这儿原来只有吕擎他们母子俩,如今又常常要来一个吴敏。

吴敏毕业后一直在中学当音乐教师,干得很卖力。她好像与吕擎是完全不同的人。吕擎懒散惯了,却找了个克己奉公的妻子。她这一点博得了婆母逄琳的极大好感。逄琳是南方人,一直把吴敏叫成“阿敏”,让人听了心里暖暖的。

逄琳个子略矮,瘦瘦的,纤弱白皙,生出了吕擎这样的瘦高个子真有点不可思议。老人几乎从不离开四合院,走起路来没有声息,整个小院总是静静的。来客按一下门铃,如果吕擎动作稍有迟缓,那就一定是逄琳前去开门。她七十多岁,身体很好,清瘦的脸庞上有一副黑框眼镜,那双眼睛透过镜片望过来,很快就能使人安静下来。老人花白的头发梳理得整整齐齐,衣服一尘不染。她的工作室兼卧室也总是极其整洁,干净的书桌、椅子和书架;一排排红硬木家具都是老伴吕瓯留下的。整个屋子仍然使人想起很早以前的那个人。好像这儿至今仍是两个人在生活。书桌上方是吕瓯的照片,他们在相互注视,无声地交谈。

照片上的老人去世已几十年了。这许多年里逄琳把所有的精力都用在整理丈夫的遗著上。她像上班一样严格遵守作息时间,每天沏一杯清茶,然后便坐到红硬木写字台前。她能写一笔漂亮的正楷,如果不仔细辨认,很难与那个著名学者的字迹区分开来。

吕擎好像对自己的家世渊源毫不在意,很少对我谈到自己父母的事情。而在那所大学,在我们几个朋友眼中,吕擎却深深地烙着这个世家的徽记。他正浑然不觉地享受着特殊的荣耀。谁都知道吕瓯是最著名的翻译家、一个大学者,让当年他所在的那所大学也分享了一份永久的荣光。

这个四合院一度属于文管会,老人留下的那些书籍和器具都被如数封存。那时这儿的一切都被剥夺了,他们甚至没有立足之地。寒冷的冬天,一家人就睡在煤房里。后来那个煤房也被封了,他们只得寄身水房和厕所。

院子里有一棵孤零零的老槐树。没人讲过那棵老槐树曾派过什么用场,它只是在每年秋天结出一串串黄色的种子。这么好的一棵槐树,吕擎却发誓要把它伐了——幸亏是逄琳及时阻止了他。我知道这其中的缘故:老槐树当年曾经捆过衰弱不堪的老人,那些年轻人用铁扣皮带抽他,有一下抽在眼上,那只眼睛的视力再也没有恢复……

吕擎谈到这些往事紧咬牙关:“父亲是个书生,他没有能力反击。”

我点头又摇头:“谁也没有能力反击……”

吕擎未置可否,沉吟道:“我一直想搬出这个院落,可是母亲不同意。我知道她在这里陪伴父亲,这里的一切都是他的,虽然他不在了。在她看来,父亲正看着这里的人,特别是盯着我的一举一动。父亲如果还在,一定会对我失望极了。其实我没有那么颓废,我可不是那种‘纨绔子弟’,我在想:一旦遇到父亲那样的事儿,我们怎么办?硬等着让人绑到老槐树上?我不干!我要反击!”

“这怎么会呢?谁会把你绑到这棵老槐树上?”我惊愕地瞪着他,怀疑自己刚才听错了。

吕擎伸手扶扶眼镜,“是的。你不相信,可是我信。所以我现在要做的是怎样防范,怎样对付那样的事情。母亲太乐观了,她像你一样,说那样的事情再也没有了——但愿如此。可是我们不能相信某一个或某几个人对我们的许诺……”

吕擎痛苦地咬咬牙关,低了一会儿头。

“可我坚信那样的时代过去了。”

“没有暴力了?”

我看着他。我知道他指刚刚过去几年的那个九月,那场突如其来的严厉惩罚。我答不上来。

“如果没有暴力,那么一定会有比暴力更可怕的东西……”

吕擎看着我,一脸沉重。

“你太悲观了,真的,事实上不必这样……”我不知该怎么劝他才好。

“不,其实我比你更积极——我起码有所准备。”

“你怎么准备了?”

“那你看看吧。”他伸手往一边指了指。我哭笑不得。

三

那儿有一个垂吊的大沙袋。其实我早就领教过了——有一天我进了院子，还没有推厢房的门，就听到里面传来噼噼啪啪的声音，惊讶得不敢迈步。当时逄琳看着我，微微点一下头，一脸的沉重——我一进院门就见她站在这儿，原来也在听这噼噼啪啪的声音。

我们一起站了有四五分钟，老人这才示意我到里边去。

吕擎赤裸着上身，后背、前胸、脸上，到处都滚动着豆大的汗珠。原来他在练拳！厢房的屋梁上吊下一个很大的沙袋，他戴了皮手套，一下一下击打那个沙袋，又用腿扫。整个屋里的陈设混乱、芜杂，让人看了既慌乱又莫名其妙。这儿既有书籍，文房四宝，还有各种各样的动植物标本；还有哑铃、拉力器、杠铃，眼下又垂挂了一个鼓鼓囊囊的大沙袋。

我知道吕擎酷爱体育运动，三级跳远和篮球等项目都不错。可是今天他拉出一副大练武功的架势，还是让我始料不及。一个小屋子搞得更加古里古怪了。

那天他见我进来，就抓起毛巾擦汗，“很有劲。你来几下怎么样？”

我谢绝了。

“很有劲。告诉你吧，有时候午觉睡起来，人会觉得怪没意思的，空荡荡。有那么一点日落西山、不知道从哪里来到哪里去的感觉。这时候喝茶、喝咖啡、听音乐，干什么都没用。你会觉得人世间谁也帮不了你。只有一个办法，就这样，狠狠地击打一会儿沙袋。这一来人的那些臭毛病就跑得无影无踪了……不信你试试看，这法儿很灵。”

我不知说什么才好，心里有点别扭。我不知在为吕擎还是为自己难过。

那天整个下午我们说的话都很少。有一会儿简直是相视无语。往常我们总是一见面就要讨论许多问题……这样待了一会儿,我不知怎么真的摸起了吕擎摘下的手套,开始往狠里击打那个沙袋。

一拳打上去,手掌木木的,但很解气。是的,真的有什么需要狠狠地揍。

吕擎笑了。他终于高兴起来,在旁边做起了教练:怎样出拳,腿怎样移动,"关键是步法要对。"

我不明白他从哪儿学来这一套。吕擎告诉我他读了很多这方面的书,还有一个最棒的师傅,这个人就是他们那个系里的学生:余泽。

我认识余泽,他是吕擎的常客,一个留长发的足球队员。这个人神情肃穆,除了热心体育活动之外,对其他一切都表现得特别淡漠。

"他不仅足球踢得棒,还会武术。他这个人可有两下子。"

我打了一会儿拳,身上汗淋淋的,果然舒畅痛快。好像从来没有这样爽气过。

我们一边喝着茶,一边端量那个晃晃荡荡的沙袋。

我说:"除了这些,也该坐下来做点学问了。别让老人家太担心……"

"你是说——'子承父业'?"

"那也不一定。但人总要有个'事业'。"

"你的'事业'呢?"

我支吾了几句,不知该怎样回答。一开始我想说,我将写出一部关于东部山区的地质学著作……终于没有说出口。我发现凡是没有做出的,提前预告总会有多多少少的尴尬。

吕擎说:“神灵造了人,然后就开始折腾他,折腾着玩。这有点像对待动物园里的动物似的。神灵折腾人有一个好办法,就是把他关在一个笼子里。这笼子可以有形也可以无形。无形的囚笼才更可怕呢。”

我听下去。我想听听这与击打沙袋有什么关系。

“无形的囚笼有时也包括所谓的‘事业’。人一旦走进了那个‘事业’,也就把自己入了笼。父亲就是这样。本来他应该是一个能跑能跳、能喊能叫的人,听说学生时期还当过竞走运动员,就这样一个,后来也给弄得气喘吁吁,走路都走不快了。他整天伏在桌上读啊写啊,还有没完没了的思考,自我折磨自我损坏。到后来那些毛头小子把他捆起来,他还弄不明白为什么。皮带抽下去,一下一个血印,他还是不懂。”

我忍不住说:“在那个环境里,你也不会有什么办法。你怎样对待暴力?一个知识分子在暴力面前又会怎样?手无寸铁……”

吕擎愤愤地拍打桌子:“坏就坏在这里!他是一个‘知识分子’——我是指父亲那样的知识分子!我为什么要做那样的人?凭什么?为什么?你今天——你现在就回答我!”

我被他盯住。这目光刺得人疼。是的,当年的吕瓯爱一种东西爱得痴迷。这有点像爱一个女人。那是一种不可遏止的东西,那是心灵的渴念……

我还没有说话,吕擎就喊:“如果是我,才不做那样的‘知识分子’。有人知道这部分人没有力气挣扎,就为所欲为,还用一张发黄的破纸往门上一贴,把住了多半辈子的窝给封了。橡树路上的这个四合院也就成了活棺材。父亲在自己家里竟然没地方睡觉了,因为到处都贴了这些发黄的纸条。他为什么不跑不逃?土地这么宽阔,有山岭有平原有大河,他跑到哪儿不行?同一个学校,就有个叫许艮的教授,人家一抬腿就跑开了!压根儿不跟你玩这一套……”

我呆呆地望着他热汗涔涔的脸。是的，许艮，那是吕擎最钦佩的一个人。

“我的父亲不仅跑不动，而是想都没想过——因为他是那样乖，听话听了一辈子。还有，就是长期的书斋生活把筋骨弄坏了，心也弄木了。他太老实了。人要有野性，恶鬼怕三分。我老想问问母亲，为什么一定要让我这辈子也像父亲一样伏在桌前？为什么？凭什么？世上道路千万条，我为什么非要走上这一条？”他长长叹气：“父亲这样的人多了，有著作，戴眼镜，文质彬彬的，好像就是标准的知识分子了。其实他们不过是一批概念化的人——”说到这儿他望望窗子，仿佛怕人听到似的，“告诉你吧，我把父亲的所有著作都翻了好几遍，那里面没有一点他自己对时政、对社会、对世界、对当下的人——所有这一切的见解！没有一点！平和极了，或者干脆说平庸极了！这简直什么都谈不到，说白了，他只是从模样上看是这样而已，也就是说，他只不过是看上去像……”

我像看一个陌生人一样看他。老天，他在否定一个著名的大学者，而且这个人是自己冤死的父亲！

“我从来不敢把这些话说给母亲，因为他是她心里的偶像，她为他活着。可是我要说句真话，说出心里的话，父亲不是一个真正的知识分子！可悲的是，就是这样一个有益无害的读书人，那些人也不容他活下来。那时候就是这样，只要看着模样儿像，比如眼镜脸色和眼神——主要是眼神，还得有一排著作，反正只要看上去像，都在扫除之列！而现在呢，不过是进了一步，似乎容许了这个‘模样’，于是大家都欢呼起来——母亲急于要我做的，就是让我也快些长成这么一副‘模样’，我不想，我最怕的就是长出那样的一副模样！她就为这个痛苦……”

吕擎无可奈何地晃晃头，嘴角那儿有一道执拗的竖纹。

四

对于吕擎在厢房里垂吊那个沙袋，吴敏的评语倒极为简单："没什么，他只不过是想治治自己的神经衰弱。他常常失眠。"

"仅仅是那样吗？真的是那样吗？"我像是在问自己。

这个城市有多少人正经受着长夜的折磨。可怜的人，一个瘦高个子。当一个人剩下的惟一退路就是乞求睡眠和遗忘时，反而要更多地忍受失眠的折磨——一个人到了这般时刻，那又将逃向何方？

吕擎求助的只是一个笨模笨样的沙袋？

我只能注视着你。我既不能改变你，也无法变成你。人与人有时只能互相注视。我们各自拥有一个夜晚——都是长长的无眠之夜……可是我们无法彼此援助。

吴敏温柔过人，百依百顺，就像吕擎的影子。可即便是这样的追随，也无济于事吗？有了这份温柔，也不能驱赶和抵消那些苦涩的长夜吗？我不知道。

我曾经恭立一旁认真地听她弹了一曲。流畅，欢快。琴键在她手下犹如魔块的舞蹈。不过她懂得他人、懂得吕擎和这个四合院——这座活人和逝者的囚笼吗？她也许很快就会明白自己投入的是怎样一个世家，并渐渐顺从自己的命运。她是一个显而易见的好姑娘。

我这会儿告诉吕擎：吴敏说你击打沙袋只是为了"治治失眠"。

吕擎笑笑："知我者莫过于吴敏。"然后又添一句，"的确如此……你看我身上的肌肉有了变化……"

他握起拳头让我看。看不出。我只是觉得他双眉之间的竖纹更深了，像悬下的一把长剑。

"我并不像母亲认为的那样，完全背离了父亲和他的……'事业’。不是。我巴不得背叛得那样彻底,可惜做不到。我总想,我要能全部忘掉他就好了,真可惜……谁能够忘记自己的父亲?他给了我生命。他在那条路上耗尽了汗水,把血一滴滴洒完了,就是这样。他的儿子能把这一切全忘了?哪有那么容易!瞥都不瞥过去一眼吗?那真是太好了,可惜就是做不到。你知道我不能。实际上我一直在盯着那条路,直看得两眼发酸。那是一条奇怪的路,多少人挤在那儿,跌跌撞撞……这条路能把人变成一种奇怪的动物,他们都属于同一个家族。好像他们生来就是要长成那么一副模样,准备饱受屈辱,然后——死去。”

他的话让我身上一悚。我那会儿是咬紧了牙关才一声不吭的。最后我说:“然而,他们的劳动也是有价值的——甚至有巨大的价值,这个你能否认吗?”

吕擎脸色铁青盯着我:“所以我说‘有益无害’嘛。但这价值不像一般人想象的那么大,因为他们个个都差不多,也就是相互重复那一套,这怎么算得上强大?父亲他们从来既不可怕更不强大!”

我一时找不到辩白的词汇。后来我突然想起了许艮教授——他和吕擎在同一所学校——他曾说过这样的一句话:“……没有什么,我们只不过是一种被欺骗了的动物。”天哪,是的,我从心里承认许艮是个智慧的、天才的学者,可是他也曾说过那样的话,那是与吕擎类似的话。……我现在不知道自己所面对的吕瓯一族,究竟是辉煌伟大,还是黯淡渺小;我只觉得它令人惶惑,又无比神秘;我崇敬它而又可怜它——当我正这样想时,突然发觉自己试图站在这个特殊的家族之外:遥遥注视,目光里充满了怜悯和迷惑,当然,还是有无法泯灭的崇敬——为他们的劳动,为他们的艰辛,更有他们的不幸。

是的,人世间总有一部分人面对着一个极其辽阔又极其狭窄的世界。它辽阔得足以让人跋涉一生,双鬓斑白,直到生命的最后一刻也仍然摸不到边缘;它狭窄得甚至找不到一个立身之地,让人的一生都命定般地待在一个极其仄逼的空间,甚至不容他转身,不容他回望来路……

“谁也没有权利让我走进父亲一族,除非是我自己愿意;即便是我的母亲,她也没有这样的权利。”吕擎咬着牙关说。

“我想,你父亲,他老人家生前肯定希望你继承他的事业……”

吕擎摇头:“我惟一弄不明白的就是父亲。他去世前并没有留下遗言。我常常想的就是这个。我想如果来得及,那么我和父亲之间将有一场很重要的对话。说不定父亲会让我尽快地、远远地离开他呢;当然也有可能让我无怨无悔地接受他这一摊子。道理很简单,他生了我,我不过是他一截延长的生命,没办法,也只得挑起他遗下的这副担子,直到压断了脊梁骨……我有时就这样想来想去,矛盾重重。吴敏以为我神经衰弱,是有那么一点;但实际上我要想很多很多事情,我愿在夜深人静的时间去想。我想父亲和他的朋友,想他们那一代,还有你、我、阳子、余泽,最后又是桤林和阿莱,整个我们这下一代人的许许多多事情。我们这一代人好像奇怪到了极点:很不凑巧地生在了两个时代的接缝上。我们命中注定了要被挣扯、分裂,要在地上到处转圈儿,像丢了魂儿似的,四处寻找。这是肯定了。当然,有人会说每一代人都有自己的问题,可是我不相信,其他人面前也曾经堆积了这么多——我就是不相信……”

我一声不吭。我真想告诉吕擎自己那些没有尽头的夜晚。那时我只一个人默默地承受这一切、遭遇这一切。我的思绪也难以离开自己的父亲。我们两人的境况何其相似!

吕擎说下去:“我还常常想母亲。她是一个好母亲,她为父亲也为我操尽了心。不过也许她太好了,总忘不了让我走近她和父亲。我有时睡不着,真想在半夜去找母亲,把刚刚想好的一些话告诉她。我披上衣服，走出厢房。后来看到她窗前还亮着灯——她在工作，她一直想在有生之年把那些工作全部做完。我没法阻止她，更不愿在深夜里去打扰她。我在这样的夜晚多想告诉妈妈：够了，真的已经够了；父亲做的已经足够了，你和我真的不必再去重复这一切了——我看不出它有多少意义，看不出。我觉得我们这样太委屈了自己，太委屈了。我想提醒妈妈：父亲劳作一生，头发白了，眼睛花了，有时要戴上两副眼镜才能看清古籍上的小字……可这样的结果又是怎样，我们都知道。不敢想下去，可又不能不想。结果就是，最后他们把他关进厕所，连一口水也不给。爸爸实在渴坏了，伸出手，从没有玻璃的小窗口上喊：'给我一碗水，一碗水。'那些家伙就弄一个石块放到他手里，再不就用皮带抽一下他的手。他赶紧把手缩回去。爸爸实在没有办法，就到冲洗马桶的水箱里喝一点脏水。就因为这样，爸爸给弄得腹泻，一次又一次病倒。他没有东西吃，看守就把吃剩的饭菜，干硬的馒头渣，从厕所的小窗投进去。父亲的牙给打落了，嚼不动干馒头渣，就用脏水泡着吃……"

五

吕擎述说这些时，我的头颅嗡嗡响，怎么也忍不住去想自己的父亲……那个从南山归来的、总是被一些持枪者解押的父亲。与吕擎的父亲一样，迎接他的也是没头没尾的苦役，是无数次的侮辱。他们把他押到台子上揪斗，有人嫌远处的人看不见，就让他站到叠起的两张桌子上。他刚站到上边，有人就猛一摇桌子，让他一头栽下来。有一次他跌断了两根肋骨，直到去世都没有长好。可是他仍然要被赶到田里劳动。除了肋骨的折磨，还有心口疼。他常常疼得在泥土上滚动，最后就这样滚动着死去……

我不知该怎样对吕擎讲述自己的父亲。奇怪的是跟吕擎相处这么久，我很少谈到父亲。我跟谁也不想谈，因为这是极其复杂的、难以评判难以追述、只让人浑身战栗的一段历史。我只能说，无论哪一条路上都有无声的、极其痛苦的垂死者。就是这样。这就是生活啊。

正谈着父亲时，吕擎有一次突然问："听说你父亲曾经当过兵，那么说他有武器？"

"是的。"

"可我的父亲赤手空拳……"

"他手里有一支笔。"

"坏就坏在有人把这支笔看成了'武器'。问题是，它真的是'武器'吗？"吕擎从衣兜里抽出笔来，"它甚至没有一支雪茄粗，它本来是可以当武器的，那也很棒；只可惜许多手无寸铁的人用它聊以自慰……我知道没法跟妈妈讲明白。晚上我长时间站在窗下，看灯光映出来的影子。我真爱母亲，也可怜母亲。她满头白发了，再活十年、二十年？她剩下的时间有限，可她还在一笔一笔写正楷、蝇头小楷！妈妈真是虔诚啊。我还能说什么？我不知该怎样向妈妈解释——我想说我不是一个不孝之子，不是。也许我们这一代人天生就要背个'不孝之子'的恶名。可是你知道，我们不是，绝对不是……"

我点点头："真的不是。"

"我不知道怎样才能让妈妈明白——'他们'是一个大家族，他们当中包括她和父亲。这些夜晚我一直在想，因为我感到有一股天大的力量要把我推到父亲的路上去。就像我要继承这个四合院一样，父亲留下的全部都一定要让我继承，不管我愿意还是不愿意。这就是命运。我连连摆手，我要逃开。是的，我总有一天会从这儿逃开。我不愿继承，从形式到内容，什么都不愿继承。谁也没有权利把我按在一个我压根儿就不喜欢的地方。我害怕，我不喜欢,我只想重新开始——把身上的重负全部推掉。多么不公平啊,一个人还没出生,那些埋葬他的土已经堆得很高很高了,它们在那儿等着你——你一露头,成吨成吨的土就会压下来……你还没来得及申辩一句,就被埋掉了……我不愿那样,我要逃开!一个人来到这个世界上就是这么简单,一年又一年长大,然后十岁、二十岁,一转眼三十岁、四十岁。人到了四十岁就该恐惧了,因为那是人生的一个大坎。过了四十,马上就要过五十,一个人还有什么可侥幸可骄傲的?一切都该从头好好划算了,一切都没有想象的那么漫长。时间一晃就会过去,就要来不及了。太阳如果有灵性,那么它看着我们这些忙忙碌碌的人也该怜惜、流泪!人活着就是这么一晃而过,可还要好好把它晃完。这可真不容易。因为人人身上的锁链都太多,有的锁链是自己亲手挂上去的,有的是别人,比如亲人和朋友;当然还有敌人!像抽打父亲的那些人,像瓷眼和乌头他们!我不知该对你怎么解释,我只能围绕要说的问题——我没法找一句更准确的话来概括使我痛苦使我不安的那些事情。那些事情就逼在眼前,它们越逼越近了……你看我打沙袋一定会笑,是的,真可笑。沙袋、体育活动、强力搏击,并不能赶走我害怕的那些东西。我只想痛痛快快来它几拳,我在打自己的那颗心,我在反击自己这颗软下来的心!狠狠地,一拳又一拳,一直打到深夜,打得精疲力竭,打得浑身发抖!我还幻想着,以为汗水能在某一天早上把身上那些可怕的什么冲掉,让我变得干脆利落一点……做不到。男人哪,再也没有比身边的女人更明白他的了,她们只是不说,笑眯眯的,瞪着一双大眼。可她们还是能够明白什么,她们能感觉,她们会知道。不过她们也明白:说得越多越糊涂,干脆就简单点讲:打沙袋是为了治神经衰弱!你看,她说得多好……”

吕擎的大手使劲按在我的肩膀上摇晃,“也许有一天,我也会和庄周那样,一走了之的……”

我无言以对。是的,此时此刻我并不怀疑。

我只有沉默……

校 园 里

一

吕擎绝大多数时间都待在那个四合院里,就像一个玄人找到了自己的禅房。但我却知道他需要、他期待一种深刻的交流,他正以小小的孤独,去拒绝更大的孤独。所以他常常借故不去学校,来人找他,他就把自己反锁在厢房里。有一次学校来人了,母亲在门外说:"孩子开门吧,是重要会议的通知。"屋内没有了一点声音。许久之后,一张小纸条从门下伸出,上面写着:"我病了。"

而最近一段时间,他几乎每天都去学校,有时一连几夜宿在那里。我突然想到了他前几天说的那个"乱子",意识到出了什么事情,就直接到学校找他去了。

系教研组没他的影子,他们说:"你到第三食堂西边那个路口去找他吧。"

我知道那是个热闹地方,因为那里有个大食堂,吃饭时许多师生都要经过那个路口。所以平常有小商贩到学校卖杂七杂八,摆摊子,都到那儿。路旁有一排宣传栏,上面总贴一些奇奇怪怪的广告,像晚会海报,招领或物品转让启事之类。我赶到时,正有一些人围看什么,最里边好像非常热闹。我好不容易才从人群中间发现了一个演讲的人:这人头发稍长,像吕擎一样瘦削。他已经讲了很久,乍一听摸不到头绪,可是所有的人都在为他欢呼,热烈地鼓掌。显而易见演讲者受到了极大鼓舞,当他等待掌声一停,立刻以更果决响亮的声音讲起来。他提到了污浊不堪的校领导层与某些商家的勾结、校外某些权势人物对一宗宗商业活动的染指……某人某事,可怕的前景,惊人的堕落……我稍稍能听出一点眉目的就是,这所大学的一个合作项目引起了巨大争议,这其中有校外的领导和商业集团的插手,又得到学校某决策者的支持,已经变得极为复杂。这时我才注意到,平时总是贴满了报纸之类的宣传栏已经全是类似于演讲的内容。栏上最醒目的是一篇呼吁书,由一批教师和学生发起,不太长,但措辞极为尖锐,下面则是一大串签名。我仔细看了签名,从这些不熟悉的名字中试图找到几个熟悉的人。果然,我从中找到了吕擎的名字,除此而外还有那位许艮教授;学生当中有余泽,特别让人吃惊的是还有所谓的"校花"莉莉……

这一次的规模显然相当可观。而且本来已经平息了,现在却又重新爆发了,其中必有深层动因。我注意到在那张主要的呼吁旁边,还有另一些质询和揭露类的文字,其中涉及了方方面面,内容更为具体和繁琐,例如既有学校食堂对学生伙食的克扣,又有院系职称评定和聘任中的黑幕……这时演讲者又换了一个人,但内容变得更尖锐,口气更激昂,听众的支持声浪更大。

我好不容易看到了在演讲者旁边的几个人中就有吕擎。他的目光没有放在演讲者身上,而是像在望向人群的空隙,像是从这儿望向远天。但演讲者的话音一落,他也随上大家鼓掌。我费力地往里挤,因为我想站在这儿喊他肯定是不得当的。挤了满头大汗,总算挤进去。他好像对我的出现稍稍吃惊,嘴里发出轻轻的一声"哦",然后就设法和我一起往外移动。

我们站在离人群稍远一点的地方了。我喘息着,"嚯呀,原来是这么回事。你在参加这个呀,看来闹大了。""闹大了,昨天学生上街了。""我怎么没有听说?""那是因为队伍刚拐出校外不远就被拦回来了。有关方面建议整个事件只能解决在校园之内,说一切都好商量。”吕擎回头望着，“所以这种辩论校方也就不能禁止了，一禁止，大家没有说话的地方，势必就要涌到街上去。有一句老话，就是‘让人说话，天塌不了’——话是这样讲，有的人最怕的还是让人说话。你听到第一个演讲的了吧，那人让我想到当年的林蕖，一个最棒的家伙……”

我不知能否对上号。我问：“到底是怎么一回事？我看了呼吁书和宣传栏上的文字，还是不太明白。”

“你怎么会明白呢，这么复杂的一沓子事，就是专门的调查组也得干上几个月，你看看就能明白才怪呢。”他扳着我的肩膀往前走去，“咱们边走边说吧……怎么说呢，这其实是积累了多少年的怨气，借着一个事件全爆发出来了。起因是学校东南部的那片林子，就是邻近围墙的那一大片，被一个开发商看中了，他提出要和学校联合开发成一片临街商业区，与学校利益分成等等。这个计划太过分了！因为几年前，就是我们做学生的时候，我们也打过一场林地保卫战，我和林蕖都参加了——那时官商联手要割掉的只是现在的几分之一！可见那些人的心不仅没有死，胃口又比当年大出许多倍！我把这个信息告诉了林蕖，他电话上就气得大骂起来……所有的老师都反对，因为这片林子对一所大学来说太重要了，这是我们学校的肺，多少老师学生一早一晚在里面呼吸……交涉不成那个商家就找了橡树路上的人，那些人一插手办也得办不办也得办。就这样，老师和学生就闹起来了，一闹还带出了更多的事，连几十年的老事也挖出来了。有些事情真是让人吃惊啊……”

我听着，在心里惊异的是吕擎对整个事件的参与热情之高，这在过去是不可想象的。我看过的那些宣传栏上的文字，其中有的质量并不高，用语偏激是一回事，个别观点从根上说就很难令人苟同。总之它们琐碎，呼号，与当年的大字报风格无异。我摇摇头：“我怀疑这种形式能解决问题。还有，宣传栏上的文字许多很肤浅,毫无深度……"

他站住了,看着我:"图书馆里有些精装书很有深度,你把它们抱出来摆在学校领导桌子上,能解决问题吗?"

"你这是抬杠。"

"不,是大实话。一个人面对的总是生活中的具体问题,他对这些具体问题的反应、他的态度和立场,正是一种'深度',是'深度'的组成部分!我完全同意林蘖的这个看法,也就是从这个方面,这样考虑,才毫不犹豫地站在了一些教师和学生一边。"

我无话以答。我当然知道林蘖——他当年是高出吕擎一级的学生头儿;还有,这会儿我想到了比我们任何人似乎都有"深度"的一个老人,那就是许艮教授,他也签字了支持的……是的,也许是的。我说:"许艮教授,他现在好吗?"

"他嘛,还像过去一样……"

"我很想去看看他。"

"那就看看他吧。"

二

校区路旁仍然有不少人,他们似乎并不受整个事件的影响,都在忙自己的事情,有的一边看书一边走,有的排队买东西。一溜溜的路旁橱窗里什么都有,站在后面的人竟然有学生模样的人。吕擎说:"我们这儿不同于过去了,因为早就开始开放搞活了,有的学生不光在校园内搞报摊,还开烧饼铺,赚一个学期的学费绰绰有余,有的还买了高档电器呢,毕业时嫌带上麻烦就降价处理了再走人……说起来你不信,有的学生凭借父亲的关系,一边上学一边搞起了大买卖呢!"

"一个学生会搞什么大买卖……"

"那你错了。有的不过才二十来岁,在倒卖汽车呢。在他们手里掌握的进口车有几百辆，兜里的便携电话一天二十四小时开着。”

我吸了一口凉气。可我不能不信。

“如今与你上大学的时候已经完全不同了。现在可真是搞活了，搞得五花八门。你如果晚饭以后等在大门口看吧，那时就会有一辆辆高级轿车停在那儿，那是发了财的大老板的车，在这儿等女大学生。他们单等最漂亮的女大学生出来，拉上她们就走——当然是这之前在舞会酒吧之类场所认识的，他们会赠给她们一个传呼机——从此双方就方便来往了。通常老板们到了半夜再把她们送回来，如果是周末，干脆通宵不归……”

“这简直是天方夜谭。你把自己的大学抹成这样黑，有人不会答应的。”我这样说，心里却阵阵发凉。因为我知道吕擎是一个严谨的人，他从不乱说。

“不是抹黑，是告诉你各种各样的事实——你如果围在那儿听演讲，就会激动得热血沸腾，你会觉得这些年轻人啊，他们真是勇敢，他们关心这么大的问题！他们常常把个人安危置之度外！你看一看，想一想，谁才能真正代表我们的学校？出了几个卖身的学生就让你觉得大势已去？其实那些衣冠楚楚的头面人物也在卖身——他们更没有廉耻，他们让有钱的商人牵着鼻子走，人家让他怎样他就怎样，这不是卖身吗！”

我心底不能不同意吕擎的话。是的，我刚才亲眼看到一个男同学在演讲，而旁边一个女生仰着脸，正眼含热泪看着他。说不定她会爱上他的。我自语道：“他真的很可爱……”

“谁？”

“唔，我在说……那些演讲的学生……”

吕擎回头看看我们离去的方向：“是的，很可爱。可惜他们当中有几个太能背书了——净是书上的词句。如果有女同学在旁边,他们就背得更起劲。没有办法,一种表演性,一种模仿和欲望,总是损害着这一类极有意义的行动……我这样说也许太过分、太苛刻了。女同学很纯洁,她们很容易爱上书中描写过的某一类人——她们爱的不是具体的人,而是一个‘概念’……”

我明白他的意思。但我想不出什么解决的办法,我们所有人都无法帮助那些热泪潸潸的姑娘……

话题再次回到觊觎那片林子的商家。吕擎说:“其实这些咬人的鳄鱼有的就是这个学校自己培养出来的,他们现在不是通常说的‘反哺’,倒是反咬来了,把母校当成了大肥肉,弱肉强食……”

“这么大的学校不是‘弱肉’吧?”

“如果学校的头儿和外边的强盗联合起来,再有橡树路的支持,学校肯定就变成‘弱肉’了!”

我无言以对。实际上任何地方任何事业,只要这其中的人背叛了它,它也就必定变成了“弱肉”,剩下的问题就是被强食的过程。这当然没有什么好说的。

吕擎叹道:“不能说所有搞了实业的、所有的所谓企业家都是品质恶劣的家伙,这样说不客观。比如有的同学毕业后把企业做得很大,他们一开始的立志就是要用强大的经济力量来启动一种事业,这是他们的理想,很单纯。他们当中有人给我们学校的几个学院很大支持,资助了一些项目,但他们与学校的关系非常淡薄。头儿对他们表面上客客气气,实际上不感兴趣。倒是对那些鬼头鬼脑的家伙奉若神明,私底下来往密切极了。我这样说一点都不夸张……”

“老师联合起来抵制呢?大学是他们的啊!”

“大学不是他们的,大学从来不是他们的。当然会有人抵制,你刚才也看到了嘛……问题是他们之间早就分化了。一部分人是你看到的,敢喊敢怒;另一部分人乱中做尽了坏事,而且毫不脸红。学问越差的人投机越有本事,折腾选题上项目,设法将国家大把的钱骗过来。这都是纳税人的血汗钱啊，就由他们胡乱挥霍。有的人连文法句子都写不通，竟然能成为重要文化工程的主持人！真正的学者从心里鄙视这个，他们只扎扎实实做学问，很少以五花八门的题目去弄钱，根本就鄙视所谓的‘工程’！这一来他们就成了院系里最不可理解的人、最让人讨厌的人……”

我望着他。我对学校的事情一无所知。

“因为这些人无一例外都很固执。固执也倒罢了，偏偏又是他们时不时地站出来说点什么。这就讨厌了。再说现在那些所谓的项目和高薪岗位是很诱惑人、很腐蚀人的，有些人本来还算很好的学者，最后也不得不弯腰低头去乞求，他们再也不能沉迷于自己的学问了。有人，像许艮教授他们，更是痛心疾首。他们不允许自己的任何弟子这样干。可是不听话的、暗地里干坏事的弟子太多了。现在没人喜欢固执己见的人。说来也很怪，如今许多专业和部门，偏偏是对这个专业有很深的歧视和误解，甚至是内心存有偏见甚至仇视的人，才来当这个专业的领导！这不是玩笑，这是真的，你要不信就可以一家一家数数看，这是事实。有人的确在仇视。我一直想的就是：究竟是什么人、为了什么，要蓄意蹂躏人类当中最宝贵的、最优秀的一些人物……”

我一句话也说不出。我在想 03 所，想阿莱和桤林……

“你刚才问这次学校闹事的起因，这还要从我们系一个叫李贵字的学生说起。这人在校时要多差劲有多差劲，毕业前因为钻女厕所还受过处分。毕业后他办了个公司，一开始倒卖海鲜和煤炭，渐渐生意做到了海外，越做越大，现在变成了亿万富翁。就是他回过头来折磨学校，动不动就回来炫耀，与校内校外的头儿们打得火热，还当了我们这个名牌大学的名誉教授！他有一次见了我，拍着我的肩膀，亲热得不得了。他问我现在忙什么，如果累了，就出去清闲清闲。‘到时候我用直升机接你到海外度假去……’看看吧，就是这样一个人,他与橡树路上的人联手,要把母校这片存在了一百多年的林子毁掉!”

三

在我的印象里,许艮是一位令人尊敬的、古怪刻板的老人,是这座城市里最有名的教授,一直在不停地写:写一些谁也看不懂的混沌文字。记得第一次见他的时候,让我不得不强抑住深深的惊讶。原来他不像我想象中那么老,大概有六七十岁,花白头发,清瘦,稍高的个儿,嘴里永远含着一个焦黑的大烟斗。我想这只烟斗多少有点装饰意味。我叫他“许教授”时,他就不耐烦地挥动一下黑烟斗,大概想让我把后面两个字去掉。他这个人看上去哪儿都有点怪异,比如他的咳嗽在屋里响起时就像打雷一样,比如他的鼻子就像一种鸟喙。书房里到处都堆满了书,几个顶着天花板的大书架占据了主要空间,他只不过在这些大书架中开拓出一块很小的场地安放了书桌。他的话不多,所谈的大多数记不得了,只记住了一句:“我们只不过是一种被欺骗了的动物。”

这句话一直让我难忘。后来许久我都在琢磨这句话的意思。有一次我对吕擎说起了他,吕擎笑着说:“这是一个怪人,但愿你不要把他纳入自己的模式,他不是那样的人。我的意思是他要复杂得多,有趣得多。”我说:“那你说说看。”“真正有趣的人就难说了,只举个例子吧,我以前说过,混乱时候他和一拨人挨批,许多人给折磨得死去活来,他呢?寻个机会就跑了——这一跑就是十来年,逃进了深山老林,搞了个大姑娘,听说不光生下了孩子,还写了一部书……乱子过去了他又回来了,既有成就,又是个受害者,学校当然巴不得欢迎这样的人归来呢!你看,他在大多数人死去活来的日子里硬是一点苦没受,还容光焕发的,这在我们学校简直是独一份!”我笑了:“他没有老伴吗?”“怎么没有?还是个校花呢,她那时一直等着自己的男人！现在他们又在一起了。”“想不到，他真不像看上去那样。”“所以嘛，他这人复杂着呢、有趣着呢……”

我从那以后常常去找许艮。这个世界啊，原来有那么多令人入迷、让人感到新奇和慨叹的人和事。那一段我正在03所，受一位朋友的影响，开始入迷地阅读“斯宾诺莎”和孔子——这是我除了地质学最为身心投入的一件事情。我想听许艮谈谈这几个中外哲人。只是面对他，我有点难以启齿。这是一种很特别的感觉，一种在高深莫测的人物面前才有的情状：莫名的慌乱或羞怯。我在他面前总要回头张望——像是要找一个人求助，虽然旁边什么人也没有……

吕擎说他也好久没见老人了，“他现在基本不出门，只闷在家里，也不知什么时候在那张呼吁书上签了字。”

我们来到了一座老式砖楼门洞下。吕擎一边耸着挎包，一边敲门……每一次到这儿来，我都觉得光线太暗。吕擎也说，从未见他坐在一个锃明光亮的地方办公。因为他年轻时曾在一个阴暗的地下室里住过——就在那里他写出了自己的第一部重要的著作。他好像从那时起就变成了这样的一个动物：不愿到光线明亮的地方去，看到在强光下来来往往的人就头痛。他也不听节奏强烈的音乐，平时不停地抽烟，屋里总是烟雾缭绕。大概就因为这个，平时妻子和孩子都待在另一间屋里……

许教授让我和吕擎坐在一旁的竹椅上。

四周静得很，书上蒙了灰尘，桌上堆积着书籍、资料卡片，到处乱七八糟：断了腿的眼镜、秃毛笔、放大镜，还有干裂的一截徽墨……

教授个子高大，人就愈加显得清瘦；头发白了一多半，但仍然十分茂密。这张脸的轮廓、特别是那双眼睛，让人一看就知道这在当年会是非常英俊的一个人。如今他的腮肉有点松弛，不说话嘴角还要哆嗦，好像正在竭力地忍住什么。他神情不振，我想这是学校近来事件的影响吧。

我问许艮教授的身体,他点点头又摇摇头,没有讲什么。

吕擎说:“许教授,我们陪您到外面走走吧?”

他又摇头。

“您还在埋头做……”吕擎的语气很和缓,很低沉。看得出他在这位老人面前也有些拘谨。

好长时间没看到许教授出版著作了。当然这不可能是出版方的问题,因为即便在这个特殊时期,像许艮这样的人要出版著作也容易得很。我那里收藏了他所有的书,即便是发在一些杂志上的论文也要剪下来。不久前我还剪下一篇他谈论“黄老帛书”的文章。那篇文章让我反复研读,还记了“凡论必以阴阳明大义”一句。当时很想请教一下许老,后来一忙就耽搁了。在此之前我剪过他的《郭象的“独化论”》《谈“蒙而忘迹”》《嵇康与杨泉》《慧远与竹道生》——他拿出那么大的篇幅谈竹道生、谈“鸠摩罗什门下”。这些名字在我这儿有些生僻。我和吕擎背后议论,吕擎说这在许艮那儿都是一些常常提到的人物,“许艮教授在评价竹道生的时候引了八个字:‘笼罩旧说,妙有渊旨’。好多人一直在谈论的‘佛性’,就是许艮教授提到的‘般若学’……”

许艮实际上是一位学贯中西的人物。第一次把斯宾诺莎介绍给吕擎的就是他。他还介绍过自己的“孔子”。如果只读其文未见其人,会以为许艮早就年逾古稀了。其实他这个人成名早,直到现在也不过才七十多岁。一般来说,一个总与古人打交道的人,脸上的皱纹就会来得更快,白发会早早笼上头颅。吕擎说以前的许艮是一个极健谈的人,而眼下却要默默地坐在那儿,一坐就是半天,吸他的烟斗。我发现老人的嘴唇有点紫,肯定是长期被烟火烧灼的结果。可是没人能劝他节制一点,谁也不能。

在这个人面前,我们都有些莫名的拘谨。

他有妻子儿子,可看起来更像是一个人在过独居生活。有一次我亲眼见他在书房里给一件很旧的外套钉扣子。我曾问吕擎:他爱人为什么不来帮他?吕擎说她也要忙自己的事情——她对他照顾还算好的,在最困难的年月,也就是许艮跑开的日子,她总算等他回来——好多人至今都在谈论这件事,成为并不单纯的"美谈"。现在也许她太忙了,也许因为别的,反正她很少同教授的崇拜者坐到一块儿,这个房间很少出现她的影子。

许教授在用一个"热得快"烧水沏茶。他的茶太浓了,我试着喝过,又苦又涩。

坐在书房中,远处的喧闹一下退远,我们好像都置身于另一个世界——一个远逝的时代、一个遗忘的角落……我们在呼吸一种特异的气息。我有一个强烈的感觉,就是老人有很重的心事,但却不是因为学校近来的事件。

因为他不愿说话,我们只好坐在烟雾中喝茶。桌子一角有一大沓剪辑资料,我翻了翻觉得很怪——它们是关于"史前文明"方面的。他也信这个吗?这未免离开研究的题目太远。

许艮见我动那些东西,就把目光转过来,"你喜欢看就拿去吧,看过了再还我。"

我谢了他。

这次造访使人心情沉重。出门后我说了自己的判断,吕擎表示同意:"他心里肯定有事——不知什么事……"

史　前

一

这些天我不是和吕擎待在他的小厢房里,就是一起去大学。

校园里的事情已经进行得如火如荼,从各方面看师生一方都是胜利在望。校领导已经在同师生代表对话。

梅子还以为我在按时上班。其实去不去杂志社都可以,因为在那儿旷工与轮休很难区分,它们并没有一条明确的界线。马光与我不同,他总乐于上班,因为班上有阿环。这样杂志社里总也不会缺人。娄萌本来并不需要天天坐班,但最近却越来越靠在办公室里了。我想,这可能是因为马光的缘故。她甚至公开干涉马光与阿环待在那个套间里闲谈,说:“这样不行。”她已经有很长时间专注于这两个年轻人的事情了。

显而易见的是,娄萌对马光怀有特殊的好感。马光与其他编辑不同,敢于直言不讳地顶撞娄萌,还在背后叫娄萌的外号。而据说仅仅是半年前,马光在娄萌面前还是规规矩矩的,因为过于拘谨,两只手总是使劲垂着,像一只打败了的公鸡。

有一次马光戴着一顶奇怪的白色塑料凉帽上班,那帽顶足足有半尺高。娄萌在楼梯拐角遇到了,不知从哪来的火气,一抬手给他打掉了,说:“你装什么洋蒜!”

我不在编辑部他们或许会觉得更好。但我多少有些喜欢那个地方,因为那是一个宽松、荒唐和有趣的环境,越来越自然流畅。杂志社经常去一些少男少女,他们当中有不少穿着奇装异服,神态怪异,一进门就用那双滑溜溜的眼睛一个个瞄来瞄去。

梅子对考勤极为重视,只要我能按时出门,在她看来就是最好的状态了。岳父也很注意这一点,常常说:“你现在是一个领导了,可要起带头作用。”这句话刚开始还令我陌生,渐渐也就习惯了。这是在提醒我新的职务。这种提醒很好——有时梅子因为一些事情反驳我,我就当着岳父岳母的面板起脸:“这样对待领导还行?”岳父岳母不解地对视一眼。他们没什么幽默感。岳母对我认真劝导:“你在单位是领导,在家里可不算啊,她与你不是一个单位……”我做出一副恍然大悟的样子:“哦,还有这种区别?”

我和吕擎待在他的小厢房里,一遍遍翻看许艮教授的剪报资料。这种有关“史前文明”的资料以前也见过,但并未在意。它们由许艮如此郑重地收在手边,并精心装订起来,也就变成了一本不可忽视的书。

许教授在他以为重要的资料开头部分用红笔重重地戳了几个记号。

▲古墓内的史前文明遗迹——距澳大利亚东海岸的新喀里多尼亚岛以南 40 英里处,有一个小岛叫“派恩”。岛上有 400 多座古墓,一色砂石组成,高达 9 英尺,直径达 300 英尺。三个古墓内各发现一根直立的水泥圆柱。用放射性同位素 C_{14} 检测法测定,它们是公元前 1095 到公元前 5120 年间的东西。(是谁在人类发明水泥之前就已经使用了水泥?这些圆柱究竟有什么用处?为什么附近找不到任何相关的人类遗物?)

▲隧道之谜——在南美发现了一个秘密的隧道系统,这个秘密隧道的入口处由印第安人的一个部落把守,一直通向深深的地下。隧道内壁光洁平滑,顶部非常平坦,其中有几处厅洞,大若喷气客机停机库。在一处宽 153 米、长 164 米的大厅中,放着一张古怪的桌子和七把椅子。这些桌椅不知用何种材料制成,像石头,但又没有凉意;像塑料,却又坚硬如钢。

▲海底大道——在美国佛罗里达州、佐治亚州及南喀群岛一带的海底,人们发现了一条路面宽阔的平坦大道。潜水艇安上轮子以后,就可以像公共汽车一样在大道上行驶。

▲20 亿年前的核反应堆——法国的科学家从非洲加蓬共和国奥克洛铀矿考察,发现了一个不可思议的核反应堆。它们由六个区域约 500 吨铀矿石组成。这个反应堆保存完整,结构合理,运转时间长达 50 万年之久。据考证,这座铀矿的成矿年代大约在 20 亿

年之前。(而我们人类却只是在几十万年以前才开始使用火。是谁留下了这座核反应堆呢?)

▲2.5亿年前的脚印——1938年,美国肯塔基州柏里学院地质系主任柏洛滋博士宣布,他在石炭纪砂岩中发现十个类人动物的脚印。显微照片和红外线照片证明,这些脚印是人足压力自然造成的,而这些岩石已有2.5亿年的历史。还有人在美国圣路易斯密西西比河西岸岩石上发现过一对人类脚印,这块岩石约有2.7亿年的历史。

▲三叶虫上的足印——1968年6月,业余化石爱好者米斯特在美国犹他州羚羊泉发现了三叶虫化石。他说当他用地质锤轻轻敲开一块化石时,石片像书本一样打开。“我吃惊地发现,一片上面有一个人的脚印,中间踩着一个三叶虫,另一片上也显现着几乎完整无缺的脚印形状。”1968年7月,地质学家伯狄克博士亲往那个羚羊泉考察,又发现了一个小孩的脚印。1968年8月,盐湖城工程学校的一位教育工作者华特,又在含有三叶虫化石的同一块岩石中发现了两个穿鞋子的人类足迹。所有这些发现,经鉴定均无可怀疑,是对传统地质学的严重挑战。

▲矿石中的人造物——人们会制造工具仅有几十万年的历史,然而有人却从几千万年甚至几亿年前形成的矿石中发现了人工制造的东西。1844年,苏格兰特卫德河附近的矿工在地下8英尺的岩石中,发现藏有一条金线。1845年,英国布鲁斯特爵士报告,苏格兰京古迪采石场的石块中嵌了一枚铁钉。1851年,美国马萨诸塞州多契斯特镇进行爆破,从坚硬的石层中炸出了两块金属碎片:两块碎片合拢后,竟是一个钟形器皿,高12厘米、宽17厘米,是用某种金属制成,有点像锌,或者是锌与银的合金,表面铸刻着六朵花形图案,花蕊中镶有纯银,底部镌刻着藤蔓花环图纹,精美绝伦。1852年,苏格兰一处煤矿,在一大块煤炭中发现形状像钻头

的一件铁器,而煤块表面无破损,也找不到任何钻孔。1885 年,澳大利亚一处作坊的工人在砸煤时,发现煤中有一个闪闪发光的金属物,是一平行六面体,两面隆起,其余四面均有深槽,形状规则,使人无法否认这是一个人造体。1891 年,伊利诺伊州摩里逊维尔镇的柯尔普太太,在敲碎煤块时,发现煤里有一条铁链,两端还分别嵌在两块煤中。1961 年,美国加利福尼亚州奥兰恰市洛亨斯宝石礼品店三位合伙人——兰尼、米克谢尔和麦西,在一个海拔 4300 英尺的山峰上找到一块化石。当他们锯开化石时,锯刃被坚硬的东西弄坏了。打开以后才发现,化石中包着一个晶洞,里面有一个像汽车火花塞一类的东西,中间是一个金属圆芯,外包一个陶瓷轴环,轴环外又有一个已变成化石的木刻六边形套管,套管外面是硬泥、碎石和贝壳碎片。(据地质学家估计,这块化石在 50 万年前就已经形成,而 50 万年前又何来汽车火花塞?)

▲超越时代的技术——土耳其伊斯坦布尔的托普卡比宫珍藏着一张奇特的古代地图。科学家惊讶地发现,这张古地图其实是一张空中鸟瞰图,同“阿波罗号”飞船所拍摄的地球照片相比,这张古地图就像是它的翻版。地图上美洲、非洲的变形轮廓线同阿波罗飞船拍摄的照片完全重合,尤其令人惊讶的是,古地图上还绘出了南极洲冰层覆盖下的复杂地貌,它同南极探险队在 1952 年用回声探测仪对冰下地形的探测图毫无二致!(是什么人在远古时代就已掌握了太空航摄技术?)

▲在埃及金字塔中,考古学家们从一具男童木乃伊的左胸中,发现了一颗人造心脏,而现代医学研制使用人工心脏才不过十余年历史。木乃伊的这颗人造心脏却在 5000 年前就已通过精密的外科手术安进了一个男孩的胸腔……

(接下去又是关于几座有名的古城——庞贝城的发掘记录——庞贝城下,科学家发现了核爆炸的遗迹;也就是说,在很久以前,这里发生过一次核灾难……)

二

显而易见,许艮在这些不解之谜面前陷入了深深的疑惧。他那支粗粗的红笔做下的记号越来越多。一切不解之谜只能有几种解释:如果不是外星人访问地球留下的痕迹,那就只能说,在现代人类文明出现之前,曾有过一届或数届史前文明。如果这不仅仅是一种假设的话,那么就可以推断:在地球诞生至今的几十亿年的历史中,地球上的生物经历过多次灭绝——生生死死,周而复始。如果不是因为地球气候的周期性变化,或者是地球磁场的周期性消失,不是因为太阳系运转到宇宙空间某个特定位置,地球出现了突兀灾变的话——生物灭绝的原因只能是一场核战争——高科技的积累与恶的积累找到了一个交会点,从而引发了致命的灾难……

在这个巨大的谜语前,留下的就是一个更为巨大的质询:接下去的人类应该做些什么?仍然是疯狂地积累财富和高科技吗?不知道……

吕擎说,他在与许艮教授的一次次交谈中,发现老人深深地绝望了,"老人谈到了艺术、哲学、历史,谈到了人心,谈到善与恶,谈到那个最后因为磨制镜片,两个肺叶吸饱了沉甸甸粉尘而死的天才——哲学家斯宾诺莎……老人说世上的一切都在积累,可是惟有通向人类心灵的那一切,要积累是那么困难!它在曲折迂回中完成,打碎;打碎,再完成;最后再打碎……而恶的积累却始终难以遏制,就像雨后灌木丛下冒出的毒菇……"

我在听吕擎的复述。

"许教授这样描述自己的职业——他说他以及他的同事们最关心的事物只是善的积累……我们谈到艺术,谈到美,谈到宗教——许艮教授认为它们都属于‘善的积累’。他认为科技的积累基本上是中性的,它介乎善与恶的积累之间。科技的积累就像财富的积累一样,会是有效的、自然而然地发生的,是人的一种本能和本性——许艮教授与我们考虑问题略有不同的是,他更重视结果,而不像我们这样专注于过程……”

我一直没有吭声。我在想,其实在许教授那里,结论是再清楚不过了:如果善的积累不能远远地超过恶的积累,那么科技的积累迟早要与恶的积累找到一个交会点,那就势必带来一场大毁灭——就是这种“必然”使许艮教授绝望……

这个话题似乎太沉重了。

“不过,后来的几次见面,他似乎不愿说这些了。正像你说的,他有点心事重重的样子。就好像丢了什么东西似的,我真的看见他在书籍间、在一沓报刊中找着什么。我问他找什么?他摇摇头,不做回答。反正他最近有些变,常常出神……”

吕擎叹息不停。

三

我把这沓资料挪到眼前。正翻动着,突然有几张完全不同的浅绿色的纸片从中掉了出来。我匆匆掠过几行手写的文字,马上屏住了呼吸。

这是一封长信,而且我立刻发现,写信人是个女的,这封信明显是写给许艮的。

字迹幼稚极了,错别字也很多。显而易见,他肯定是不知怎么把它夹在了这些材料里,自己却一时找不到了。我想大概这一下可以找到老人心神不宁的原因了。我没有吭声,只匆匆展读下去。

……没法从头说自己这些年是过了什么日子,反正你想得出来,我就不说。我不按你说的做出来,是太不争气的人了。怎么办,我又没有一点点的办法,还因为得活,只要活着就没有一点点办法……孩子也叫不回了,谁还有办法呀。我来这座庵是自愿的,也知道不是修行的人,不过就得在这里了。头发全白了剃了更好,望穿了眼也望不到,我对自己说了这话,一天天看日头,再不敢扳手指头数了……

我的目光在“这座庵”“修行的人”“孩子”几个关键字眼上停留着。如果不是过分诠释、不是误读的话,那么我眼前出现的图像是不会模糊也不会错的——一个苦苦等待的女人,她拉扯着一个或几个孩子(女儿或儿子),头发全白,却就是等不来孩子的父亲。她在绝望中剃度当了尼姑,却就是不能忘记那个人。

“那个人”呼之欲出。

我想起了吕擎的话——许艮在“文革”中潜入东北深山的风流韵事……我脑海中飞快将一些画面连接起来,在心里打了个愣怔。

“你看看吧。”我递给了吕擎。

吕擎很快掠了一遍,“嗯”了一声,“这就找到原因了。可怜的人——两个人都可怜。这就是那个年代、是他们收获的……这一下我们知道是什么在折磨老人了。”

“我们直接把它夹在资料当中交还他?这样不好,他一定明白我们看过了。可是我们怎么交给他呢?”

“这个,”吕擎琢磨着,“一定要还给他,不要让他再焦急地到处找了。还是让我想想办法吧。唉,可怜的老人……”

第五章

驱 魔

一

夏天对这座城市开始了最后的折磨。无论是以往的经验还是眼下的现实都在提醒我们：这一段日子才是最难熬的。整个夜晚，街心公园、小胡同或马路旁纳凉的人有增无减。除了极少数时间以外，低电压或更干脆的停电使大多数制冷设备基本丧失作用。几乎没人在家里睡觉，连那些最拗气的老人也被他们的儿孙抬出来了。

所有机关都被迫一再缩短上班时间，人们一般要到下午四五点钟之后才敢出门。大家寻找各种各样的办法对付这场煎熬。这样一来，这座城市的居民就和那些涌进城里的打工者、流浪汉们搅到了一块儿，大家都在采用差不多的方法苦度这个夏末。流浪汉平日就待在桥洞下面，而现在那儿成了市民们最为向往的去处。可流浪汉总算先到一步，属于捷足先登，早已占据了最好的位置——于是他们现在就不得不被赶走，或者被围裹在更多的人中间。

我对付酷热的办法是一天到晚把自己浇得湿淋淋的——这就不得不准备几只水桶，只要水龙头一有水就赶紧把它装满。还有，我总是告诉自己:这是今年最后的酷热。平时我只穿一个短裤,宁可闷在家里,也不愿到外面去拥挤。

这天我正在往身上泼水,有人竟砰砰敲门。从擂门的力度上看,来者准是一个壮汉。他一边擂一边喊,我终于听出是马光,就拉开了门。

他进门就嚷:“你真是个怪人哪,现在谁还待在家里。”

我问什么事儿?

“你最好到杂志社去一趟,娄主编找人呢。”

这么热的天娄主编还打发人来喊我,看来准有要紧事儿。我们往外走时,马光告诉:“现在正忙一个讨论会,该是你这个主任出马的时候了……”

又是一个讨论会! 老天,有人在这么热的日子也不愿停手,可见功名利禄的诱惑有多么大。这些年各种各样的讨论会和展览会太多了,而且只要找到我们杂志社,大半就得挂个空名。这些会的背后必定有一个企业或个体户提供赞助,我们杂志差不多等于白忙一场。每一次会的主角总是另一些人。一场讨论或展览过去,杂志社本身落不下任何东西。可奇怪的是娄萌总是乐于掺和这种事儿,这倒一直使我感到费解。那些摆弄书画和各色诗文的人为了让杂志社出面,总是送来应接不迭的言词贿赂,什么权威性呀、文化重镇呀。难道她只是为了满足这种虚荣心吗? 暂时还看不出。或许也有一点。不过一路上我都在想:眼下这个找上门来的家伙不啻于“趁热打铁”和“趁火打劫”,这家伙又会是谁? 就凭这一点,他在我眼里就平添了几分可恶。

我忍不住,问马光他是谁? 马光一说出名字,立刻吓了我一跳。

斗眼小焕!

我骂了一句,马上待在原地不走了。

“怎么？你又怎么了？”

马光不知斗眼小焕何许人，我就耐着性子给他简介了一番。

“那又怎么？娄萌已经应承下来了。再说人家的合作单位全找好了，一笔款子也划过来了。娄萌说剩下的事儿，比如会议时间、地点和议程还有司仪什么的，都要你来定呢。”

“这个狗东西！这么热的天还来搞这种没皮没脸的事儿……”

马光捂着嘴。他在幸灾乐祸。很清楚，我这个“主任”可不能白干，这就到了在大热天出力的时候了。从现在直到最后搞成一个讨论会，需要来来回回多少奔波。我在心里骂：好哇斗眼小焕，你就这么糟蹋我吧。

一路上我只想怎么对付娄萌。讨论会要开也不要紧，我承认斗眼小焕也写出了一点东西；我想的是怎样尽可能地往后拖，比如等天凉爽一点不行吗？那时候大伙凑到一块儿热闹热闹也有兴致。眼下都在熬呢。

娄萌和另外一个编辑在办公室，一架空调机因为电压过低常常不能启动，显然不太顶事儿，他们正大口吞吃冰糕。我开门见山说出了自己的意见，一个劲儿坚持会议拖期。

“拖多久？”娄萌把冰糕从嘴里拉出来。我发现她只穿了很少的衣服，身上一点汗也没有。而屋里其他人都汗漉漉的。我想这真是一个奇女。她皱了皱眉头——她最愉快的时候才皱眉头——瞥一眼马光，“你和宁主任一块儿跑跑吧。”

马光说：“我胃痛。我捂着肚子才把他喊来……”说着却伸手抓了两三支冰糕。

娄萌把脸转向我。

我说：“现在开讨论会，必须找一个电力充足的地方，而且必须有大功率空调机，客人也要住到有空调的房间里——可制冷设备能不能有效启动还是个问题。会场和房间的租用费要贵许多，这无论对斗眼小焕还是我们都不合算。这次既然把款划到编辑部来了,那我们只要一拖期就可以省下一大部分,这对各方都有利……”

“可是你要为作者考虑,作者希望越早越好。”

“作者是我的一个初中同学,他这方面让我去讲好了。”

娄萌一直偏袒作者,好像她与斗眼小焕的关系比我更近似的。这很奇怪。我知道斗眼小焕有一个特别的才能,就是可以任意地、随时随地把自己所需要的人呼唤出来。而且他总能突然地出现在一个地方,站到他所需要的人面前;如果想要躲开什么,要消失也很快,简直是来去无踪,像个土行孙——若不是这些年也写起东西来,他才不会把我瞄上。我第一次在这座城市见到他并知道他也开始“写诗”的时候,立刻就觉得自己选中的这家杂志多了几分晦气……

经我再三请求,娄萌最后总算松了口。我又大汗淋漓地回了家。一路上我不断地骂斗眼小焕。

二

娄萌是橡树路上的常客,跟岳父也是老熟人了。岳父背后说起她都叫“小娄”,那两个字从一位神色肃穆的老人嘴里吐出,很是奇怪。有一天我从办公室出来,正好赶上她的车子在门口停下来——她匆匆去楼上取了什么东西,得知我要回岳父那儿,就捎上了我,原来她要去橡树路。一路上她都在夸我的岳父,不叫他“梁里”也不叫“梁老”,只说“老领导”“老首长”如何。我忍不住请教她,问两种称呼之间有什么区别?想不到她立刻哈哈大笑起来:“都一样,像你岳父这样的老同志,都一样嘛。”

可我还是不明白。

她今天就是去另一位老首长那儿……大半还是为刊物奔波。

她从挎包里掏出一面小小的镜子,小心地用小拇指甲在眉梢处剔了一下,又抹了几下口红,使劲抿抿嘴,准备下车了。

车内的冷气真足,待在里面舒服极了。车子驶进了橡树路,这即便闭着眼睛也知道:突然安静下来,路面没有了颠簸……车子好像发出了一声轻轻的叹息,停在了一棵大白蜡树下。

我和司机在车里等娄萌回来。

这儿没有一辆车通过。车的左前方还有一条路,它通向五十米之外的一个大门,那儿好像由木栅栏封闭起来。一道高墙围起的是浓浓的绿色,茂盛的树木几乎将里面的建筑物遮了个严严实实……我目不转睛地看着,问:“这是什么地方?”司机转脸瞥瞥,马上把头转开说:“啊,是那个……那个嘛!”“好像这儿不对外开放,闲置着。”我咕哝着。司机的眼睛并不转过来,说:“凶宅。这会儿没人了……现在空着……”

我的心里一动。我看看他,他还是看着前边。老天,这就是那个著名的凶宅吗?苍白青年的面容从我眼前一闪而过……我打开了车门,有点蹑手蹑脚地走下来,司机好像在身后说了什么,我没有听见。

我一直走到木栅栏跟前。这儿被钉死了,里面那道堂皇的镏金大门紧紧锁闭。我从缝隙中往院里望着,只看到一些树木,茂长的灌木和杂草。这样不知多久,直到娄萌一声声喊我——她见我迟迟没有挪动就走过来,狠狠扯了一下我的衣襟……

在车上,娄萌的口气里有些责备:“别去那里……多么晦气!那可是个晦气地方……”她好像余悸难消,长时间没有说话。直到车子驶出了一大截路,她这才长长叹出一口:

“哎,就像在眼前一样……当年那个院里多热闹啊!要不是亲眼见过谁也不会相信……真有凶宅呢。这让我们唯物主义者实在没法解释……”

她的口气让我大吃一惊:她在当时也光顾过这儿! 我一声不吭,想从反光镜中看看她的脸色……她紧紧闭着眼睛。

可能是车里的冷气太足了,我觉得全身发颤。好像那个凹眼姑娘这会儿就在车里,她就坐在旁边……

接下去,我仿佛一路都在倾听凹眼姑娘的讲述,她又在从头讲述这个凶宅……

半个多月没有安生,大宅的女主人战战兢兢,最后床都起不来了。她躺在那儿,眼窝陷下去,气若游丝。她的儿子——那个脸色苍白的年轻人走过来,伸出手指在她脸前晃动,见她眼珠都不动一下,就哭了。“妈妈……”他叫着,半天过去她才吐出一口气,转活了。她说:“答应我孩子,夜里别出来追他们……”“我答应!”“答应我,把门关紧早些睡……”“我答应!”

每到了半夜这个大院里就闹起来:各种嘈杂,飘游的影子……他们钻在竹林里咯咯笑,蹲在甬道上使绊子,谁倒下了,他们就趁机骑上去。这些淫荡的声音让人无法安睡,大宅里惟一的男孩面无血色。他恍恍惚惚走出来,走上一夜。他那帮要好的男男女女夜里干脆不走了,半是壮胆半是嬉闹。老人实在没法了,狠了狠心,暗中把老男人生前留下的一些符咒贴在了他们那几个房间里。

这天半夜里宅院深处响起了凄厉的喊声,她从窗上一看,只见一些白色影子像在水上滑行一样,还有什么在上下蹿跳。她用被子蒙上了头。“只一会儿一个红须獠牙的家伙站在床前哼哼笑,还把一个湿漉漉的东西伸进被子里。老天哪,我这么大年纪了,饶了我吧!”她第二天醒来告诉儿子,“那个家伙说:你把他们墙上的符咒揭了,咱进门也方便不是? 我只好答应了他。我不答应不行啊……”

天黑以前,她又从旮旯儿里找出了一张符咒贴在了自己卧室的墙上。

“从今以后那帮家伙只能在院子里闹了。那个红须獠牙有几次隔着窗户说了一通下流话,好歹没有闯进来。我总算睡了一点安稳觉。”她一大早起来就咕咕哝哝,到处翻找,找符咒,想把院里的树木和石桌什么的全都贴上——可惜她再也没有找到。

她喊起了一个人的名字,喊的是“嫪们儿”——这是一个男人,是大宅院里的老朋友了,老首长生前交往的乡下朋友,已经很长时间没有来了。她伸手掐算着,说那个大约有两年没有来了。她对儿子说:“‘嫪们儿’不来不行啊,他不来这里全乱了套了!你爸走了以后,他还是来看咱们,送一些豇豆啊绿豆的……”儿子说:“人一走茶就凉。人家离城里这么远,再说这会儿人人都忙。”她咬着牙:“‘嫪们儿’不是别人,他跟你爸关系深着呢!快叫他来,叫他来,就说我喊他了,这里非要他来一趟不可了……”儿子还想说什么,她用命令的口气制止了他。没有办法,儿子只得想法让那个人远道赶过来。

“嫪们儿”是东部乡下的一个人,从几十年前就熟悉首长。那还是出伕支前的时候,他是出伕队长。后来他又成了合作社时期的区劳动模范,与首长在大会上见面,两个人不知多么高兴。他们从那以后就来往频繁起来,“嫪们儿”每年里都要进城几次,来时背一个布袋,里面是各种土特产。这种关系一直持续了几十年,就连首长卧床不起的日子也没有间断过。首长的病一日重似一日,老太太已经绝望了。“嫪们儿”看得焦急,见医生不在身边,想用乡下的土法治一治,女主人同意了。他画了一些朱砂符咒贴在床脚和墙上,又用一捧沙子和面箩等器具比划起来,咕咕哝哝“扶乩”。他指认着沙子上的痕迹告诉老太太:首长是被院里的一些鬼魂缠住了。老太太问:“怎么会呢?我们在这院里住了这么多年都没事儿。”他摇头:“这院里不肯离去的鬼魂多着哩,城里城外,东西洋人都有……首长年轻时火力旺,他们不敢奓翅儿,这会儿年纪大了,我琢磨是首长压不住他们了。”

“嫪们儿”用一支桃木剑比比划划，烧了一些符咒，在院里四处走动。半夜里他就坐在那片竹林的石桌旁，点了香，闭着眼睛念叨不息，一直有一个多时辰。黎明时分首长竟然能从床上坐起来说话了，嘴角再也不流口水了……老太太激动得哭起来。

从此以后“嫪们儿”就成了大宅院里最重要的客人。首长从半昏半醒的状态恢复过来，这让一群保健医生叹为观止。但女主人闭口不提乡下朋友的异能。就这样，一直到首长去世，“嫪们儿”几乎每个月都来这里。老太太印象深刻的是他怎样面对沙上的痕迹：吸着冷气，噘着嘴，伸出食指，口中念念有声。他告诉她：这里的鬼魂多达三十多个呢，从大清年间到近几十年前的都有：男女洋人、老老少少——这些家伙大半风流着呢，死了还捣鼓那些事儿，闲下来就折腾首长玩儿……她大惊，问：“那是什么事儿？”“嫪们儿”看着她，满脸忧愁，吞吞吐吐，咕哝：“我，我实在说不出口啊！”他犹豫半天，在对方的连连追问之下，只好勉为其难地用手比划了一个黄色动作。老太太把脸转向院子说：“恨死人哪！”

首长死后“嫪们儿”来得就少多了，只在新粮收获以后进城一次。不过他留在这里的符咒还有一沓，老太太一直珍藏着。

三

“嫪们儿”终于被请来了。他进门时把人吓了一跳，同时也让宅院的主人明白为什么一直没有进城。面前的这个人已经老得不成样子，矮壮的身体已经变成了椭圆形，那双本来就小的脚显得可有可无，踏地不稳。眉毛胡子全白了，一张脸活像一个皱皱巴巴的小包袱，上面描了不甚清晰的五官。两眼深陷皱纹之中，变得极小极亮。只有鼻子重重地垂下来，仿佛成为全身最沉的一个器官。他的头发让人迷惑不已：说不上浓还是稀，呈网状罩在了头上，以至于老太太不得不就近了摸一摸，看他是不是戴了一顶灰色头网。

双唇肥厚，嘴角往里收缩，使人想到他老来有福，常吃一些有滋有味的东西。他进门的时候不知是焦急还是怎么，反正踉踉跄跄一直冲着老太太扑过来，基本上刹不住车——老太太惊呼了一声，不得不往旁闪了一下。

"嫪们儿"喘息剧烈，摇晃着没有跌倒。他口齿不清，所以到底说了什么谁都没有听明白。老太太大声对着他的耳根说："人都是会老的啊！"他盯着她说："哦哦哦哦！老老老老！啊，啊呀……"

"我想你啊！"老太太差一点流出了眼泪。她记起了首长在世的时候，两个人坐在客厅里咋咋呼呼说话的情景。她去攥他的手，发现握在手中的巴掌是这么柔软。"你知道我叫你来是为什么吗？"她大声问。

"嫪们儿"仰起鼻子四下嗅着，然后就这样一直往前走去。他走路还像过去，横着甩动胳膊，每甩动一下都要摸一下心窝——首长在世时曾对他的走姿有过一个生动的概括：摸着良心走路！这个乡下汉子是首长最喜欢的人，每次来都让他轻松一阵。两个人拉起呱来无所不包，从前打仗的一些事、农村政策、乡间趣闻……有一次女主人给他们添茶走得近了，听进耳朵里的只言片语竟将其吓了一跳——奇怪的是两个人满脸认真，并没有嬉闹的样子，也不太回避她——他们讨论得太过专注，也就顾不得她在身边了……他们正在讨论的是极其私密的问题，是床上的事情！从口气上听，那个乡下男人竟成为这方面的老师，正不厌其详地传授着……她忍住莫大的好奇心走开了。

他们两人除了谈当时一些严肃的问题，比如农村工副业之类——那会儿"嫪们儿"正准备在村子里开一个工厂——更多是首长最乐于倾听的事情，那就是乡间闹鬼、怎样驱魔的故事。首长笑眯眯的，无比神往地探头问："你是什么时候掌握这一套本领的？"他猛地把下巴往回一收，说："哎哎，这都是那些阴阳师祖传的本事哩！战争年代谁还顾得上这个……和平年景就不一样了，这时枪炮一停，没有了杀气，那些‘哈里哈气’的物件也就出来了……”首长问：“等等，‘哈里哈气’指的什么？”“妖魔鬼怪，这一沓子都算！”首长严肃起来：“那么阶级敌人呢？”“嫪们儿”没有马上回答，仔细想了想说：“那恐怕还不能算吧，他们毕竟还在阳间……”“那为什么平时说他们‘煽阴风点鬼火呢’？”首长这一问，“嫪们儿”答不上来了。他急得脸都红了。首长大笑……

老太太想扯着他的手，因为她实在怕他一跤跌下再也爬不起来。可谁知他甩着手进了竹林里的甬道，一对小脚挪得飞快。他在石桌前坐了一会儿，轻轻抚摸着，像在回忆往事，又像在仔细辨认什么。这样一会儿站起，鼻子里发出响亮的一声：“吭！”

他做这一切的时候，那个脸色苍白的年轻人正在远处看着。他觉得这个叫“嫪们儿”的老头儿比什么都有趣。

正看着，年轻人愣住了：那个老头竟然在离母亲三五步远的地方解开了裤子！他凝神望着，两手不由得握起拳头……还好，那家伙稍稍侧过身子，在竹林里小起便来。“妈的，”他骂了一句，“他肯定是老糊涂了，这样的人怎么能驱魔呢？”

整整一个白天，“嫪们儿”都在画符咒，在院子里插上一些染了朱砂的木条。他把这些符咒贴在每一个房间里，走到年轻人的屋子里还格外费了些工夫：嘴里咕咕哝哝，这儿摸摸那儿蹭蹭，还用食指蘸了一点口水，在什么地方抹了一下。他望着脸色苍白的青年，对走过来的老太太喊：“他！——”他的手一直指着。苍白青年面色发青，呼吸都急促了。

一直忙到了午夜时分，最重要的工作开始了：“嫪们儿”从什么地方找出尘封不用的一套家什，开始扶乩……屋门紧闭，四周沉寂，老太太和他一起平端器具，他嘴里念念有词……沙子上有了乱七八糟的印痕，这都是一根木条画上去的。他们的手终于一动不动了。“嫪们儿”的白眉一抖一抖,鼻子快要贴到沙子上了。这样看啊嗅啊,直到右拳狠狠地打了一下左掌,这才站直了身子。

脸色苍白的青年把最好的几个朋友都暗中唤来了。“你们瞧吧,最最有趣的事情就要发生,你们瞧着吧!”整个扶乩的过程本来只有老太太参与的,可是他们一伙却没声没响地伏在窗外看过了。他们看到最后老头儿贴近了老太太的耳边说了什么,老太太一下下点头。

一会儿老太太来到儿子房间,大声对他们说:“听好了,接下去‘嫪们儿’要把这宅院里的魔鬼全召集起来,给他们开个会,训训话,然后再打发他们上路——你们谁也不要偷看,闷在屋里,还得用黑布蒙眼……要知道他们要给赶走了,好没面子,如果被人看了,就会翻脸——这事儿等于好说好商量,就像和平谈判……”

苍白青年那会儿愤愤不平地问:“难道,难道他没有本事把他们赶走吗?”

“不是没本事,是给他们留一点面子!毕竟在这里住了上百年几十年了,谁愿挪窝儿呢?”

年轻人不再吱声了。

后面的事情就有点惊心动魄了。“嫪们儿”挥舞那支桃木剑,又是念叨又是跺脚,慢慢往竹林的石桌那儿移动。这时所有人都关在自己屋里,一点灯火都没有。起风了,呜呜响,树木乱叫。

苍白青年和凹眼姑娘爬到了最上边的阁楼,他们眼上蒙了黑布,紧紧拥在一起。凹眼姑娘说:“你在摸我?不是鬼吧?”他呀呀笑,说:“怎么不是?就是!”窗外的风声大了,凹眼姑娘忍不住好奇,就想把黑布扯下来,对方阻止说:“这可不行,这要坏事的!谁看一眼都会知道……”这样说着,自己却偷偷把布条解了,从窗户上往外看着——

石桌上是香火,是闪跳的一点蜡烛。那么大的风,烛火竟然不灭！真的有飘飘的影子过去了,一个又一个。有一个头发长长的洋女人半裸着走近了石桌。围了不少,都是古怪的面孔。老老少少。年轻人最多。这些家伙全都好奇地伸头看中间的“嫪们儿”,有的嫌前边的挡了眼,就推推搡搡吵起来,直到一声呵斥才安静下来。中间的人站起来,这是“嫪们儿”。他正伸着桃木剑一个个指点着……大概训话开始了。

苍白青年目不转睛地看着。这样大约过了十几分钟,突然有一个洋女人往这边指了一下,接着大家一齐嚷叫起来……竹林那儿乱了起来,他们推拥,打闹,说荤话,大笑大叫。不知是洋女人还是其他人,一下把中间的“嫪们儿”给提在了半空——整个人就像没有重量似的,对方一点没有费力气就给举在了半空。接着四周的人就指指点点,按按这儿按按那儿,还给他解下了衣服……

凹眼姑娘叫着:“你在哪儿?你怎么一点动静都没有?”她伸手抚摸他,他就小心地给她扯了布条,指了指窗外。她第一眼看到的是一个赤条条的“嫪们儿”,给举在了空中。她吓得赶紧掩口。

天亮了,老太太去“嫪们儿”的房间,找不到人。她往院里走去,这才发现了半裸着身子的“嫪们儿”躺在石桌旁,正呻吟呢。再看石桌旁边,一片狼藉。老太太明白了:昨夜里这一场驱魔失败了。

她质问儿子:“你们一伙儿是不是偷看了?”

苍白青年声声辩白:“没有!没有!这怨不得我们——是‘嫪们儿’年纪太大了,人家不怕他了,老虎没牙了……”

水淋淋的夏末

一

这个一度让我欣喜不止的杂志社,开始向我敞开全部奥秘……各种各样的事情像章鱼爪一样缠住了我。琐屑、劳累，而且有平衡不完的人际关系。好像到处都多少有点03所的情形。恰好又处于一个特殊时期，这个时期上边正在撤掉各种刊物的财政补贴，不管一种读物是低俗的还是高雅的，更不管是建设的还是破坏的。这个世界上很少有人会承认世界上还有什么高尚的心灵，而是不约而同地、迫不及待地跟上消费潮流，一切都在消费，都在摈弃所谓的"道德神话"。他们在强调"道德相对性"的同时，却相信金钱的绝对性，无条件地肯定追求物质享受的欲望，这是他们内心里永恒的经典。"现代化"成了权力与财富转移的最好口实，除此而外还有与之相匹配的全套游戏规则，即所谓的"全球一体化"。在这个似是而非的前提下，某些阶层在茶余饭后也时常奢谈"精神危机"，实际上却想迫不及待地投入一场时代的狂欢。他们轻而易举地转向最便当、通常也是最能获益的实务。在他们眼里，既然黄金是黄的，那么所有黄色的东西都惹人喜爱。有人甚至出主意，让那些艰辛而寂寞的探索——历史方面的，心灵方面的，哲学方面的，还有美本身，都要与黄色的东西展开自由竞争。这一招其实也并非是绝望中的下策，其深层动因本来就源于人性的黑洞，来自它的巨大吸力——眼下有一部分天真未泯的人正在这种痛苦、然而却是毫无希望的挣扎中喘息。

自命清高的娄萌与上边有着千丝万缕的联系，曾以美丽的微笑进行过成功的抵御，但那毕竟是以前了。如今她也沮丧起来，有时简直是灰心丧气。她不得不琢磨钱的问题，不得不低三下四地与一些压根儿就瞧不上眼的人坐下来谈……谁也没有办法，这是一个欲望灼热的时代，也是一个乖张乖戾的时代；这是个流氓穿上高级西服的时代，也是美女和妓女一起套上超短裙的时代；这是春草萌芽、蘑菇腐烂、大楼崛起、各种尖端武器和艾滋病毒一块儿走出密室的时代；是巡警车、环境监测车、"严打"宣传车、救火车、急救车、计划生育宣传车在街道上一块儿呼啸奔驰的时代；是各种各样的艺术讨论会展览会风起云涌、粗劣鄙俗的“艺术品”引起“强烈反响”的时代；是极力挣脱和自动囚禁的时代；是一个为芝麻大的官职追逐得满头臭汗和精神上坚壁清野的时代；是下岗工人成群结队同时又是辞职风日盛一日的时代；是背叛与忠诚、痛苦与欢乐、淫荡与禁欲、道德家与性专家、处女与妓女、艺术家与骗子、冒险家与归国博士同桌共酌的时代……

初到杂志社的欣喜逐渐消失了，就像一个高烧病人热度初降一样。一种冰凉和平静，还有渐渐袭来的烦躁、不宁和难以容忍——这一切的深度混合。我常常想到必将开始的那最后一挣，时不时地就要问一句：接下去的日子啊，我们将怎么过呢？一切都不得而知……只有一点非常清醒，那就是首先解决一个近在眼前的目标：“主任”的角色必须辞掉。我也不明白这是多大的官职，反正召集讨论会等等令人厌烦到极点的事儿，都要落到我的身上。同时我还发现，每逢在尴尬难耐气不打一处来的时刻，马光总是站在一旁观看。这家伙小我八九岁，可是已经成熟得可怕，也乖滑放荡得可怕。他好像已经先自付出了某种代价，理应享有一些特权——究竟付出了什么却不得而知。不过我越来越清楚：任命刚开始的一些日子让马光摸不着头脑，探不清底细，所以他只保持了沉默和虚情假意的祝贺。当时在整个杂志社，那个老编辑，那个像竹竿一样的女编辑，甚至还有小打字员阿环，都保持着沉默。马光与后者不停地交换着目光。

很显然，我掉进了一个陷阱。

终于有一天，我找到了娄主编。我简简单单告诉她：“我不干了。”

娄萌一愣，然后笑了。

“这是真的，是我反复思考后才决定的……”

她没有回答，她只催促我讨论会的事儿。我迟迟不谈斗眼小焕那个会，还有另一个家伙的会——就在斗眼小焕提出开会不久，又来了一个新主儿，这家伙更讨厌，长了两条短腿，身上却藏了无数个鬼心眼。他的所谓“作品”才是耻辱的印记，夸张，丑陋，旁若无人地吹捧，一钱不值。这家伙不知怎么走通了市里的一个头儿，与其说请我们杂志社出面给他开讨论会，还不如说是直接向我们发出了胁迫……看看吧，我就是要在这种情势之下、在这个水淋淋的夏末为这些倒霉的讨论会东奔西走。这种屈辱已经超出了我所能够忍受的限度。

娄萌说：“开会什么的，不过是一点事务性工作，你联系好了就可以在家里搞自己的事情了。它们其实很简单，并不像你想的那么复杂。”

我想是的，很简单——对于一个没心没肺的人而言，这事真的很简单。可是在我还没有完全变成那样的人之前，还是有些厌烦。

那次没有结果的谈话之后，我把什么都拖下来了。我所能使用的惟一武器就是：消极怠工。

深夜睡不着，只想跟梅子谈谈。我要告诉她所有的烦恼，但暂时还没说辞职的事儿。

梅子长时间没有做声。后来她睁开那双在黑夜里闪烁的大眼睛，说了一句：“开讨论会总还算有意义的工作吧……不管怎么说可以扩大杂志社的影响。这就有利于你们的工作。你不是说……”

没法和梅子解释。令人惊异的是，她的话竟与娄萌如出一辙。要命的是这些话听起来好像还无一不对；但一个最简单的问题她们却从来没有想过——怎样委屈自己去为那些渣滓服务？还有杂志，时下它干的这一切，就好比让一个纯洁的少女去卖淫，让慈祥的母亲去为那些臃肿肥胖的老板们搓脚。我宁可沉浸到一片喧嚣的市声里,天天在可怕的汗臭中煎熬,也不愿在这放足了冷气、铺了红地毯的讨论会场上走来窜去,像个苟活的瘪三。做了这样的事情还能够心安理得,那么他就除非是一条热昏了的脏狗,而像丽丽这样的好狗就绝对不会去做。

想起丽丽,我在这深夜里很想去抚摸它一下,看看它那对蓝晶晶的眼睛和鼓鼓的小嘴巴。

我真的打开了卧室的门。我听到了轻轻的脚步声。那是丽丽迎着我默默走来。我抚摸它。在这闷热、喧嚣,很难安静下来的一刻,我们竟不吭一声地偎在一起。都在苦熬。我搂紧了它。这个酷夏啊,难道纯洁和可爱只能来自这些小动物?那个稚气可爱的小打字员不也该有类似的品质吗?还有小鹿……我今夜惊讶地发现,这些丽丽才有的高贵品质,正在离他们而去,就像活的魂灵就要离开将死的人一样。多么可怕。我对着丽丽的眼睛说:

"我一定要辞掉那个'主任'。"

梅子在那边模模糊糊听到了,问:"辞什么?"

我索性告诉了她。

"这可不行!这种事你起码应该告诉父亲一声,你知道他关心你的工作——你怎么能擅自作出这样的决定?再说我们既然在一块儿生活,你至少也该事先与我商量一下。当然最后还是由你自己决定——这是你的事儿,我只是说说……"

"是我的事儿。但你说得对,现在就让我们商量一下吧。"

梅子反而沉默了。在她来说这原本就没什么可商量的。她想让我更多地为别人、比如说为她父亲的心境和感受去活着。很显然,当初任命我也是因为岳父的缘故。使我因此而更加不能容忍的是,我们那份杂志上还发表了岳父的书法作品,有吹捧他的文章。这是一次显而易见的交换和献媚,却使我们染上了洗不掉的污渍……

二

不出所料,与梅子谈过之后很快就有了反响——第二天小鹿跑来说:“爸爸叫你。”

我只得去见那个雄心勃勃的老人了。他现在对一切都那么关心,对后一代又那么牵挂。他比任何时候都更为关心我们的家庭、生活和工作。

我进门后,岳父马上摘下眼镜——鼻梁上有两个凹陷,像是眼睛旁边更小的两只眼睛:

“辞啦?”

“只不过提出来了,还没……”

眼镜重重地摔到一堆宣纸上,发出“叭啦”一声,“会有结果的,你等着吧。你以为想做‘主任’的还少吗?”

“正因为不少,我才想辞去。”

岳父的手在沙发扶手上拍打一下:“你把这些都看成了什么?职务是一种商品,可以交换?”

我有点愕然。

“在你眼里,一个职务就是一个美差、一次恩惠,类似于某种优厚的待遇,像增加工资差不多——在你眼里是不是这样?”

我被质问得有点突然,但一时无力回答,因为我还没有完全反应过来。

他嗓音沉沉的:“在这个年头,有谁把提拔这类事情与自己的才干、我们的事业联系起来考虑过吗?没有,很少有这样的人了。他们就是不明白,组织上只是想让他们分担更多的工作,那是要做通盘考虑的。”

这一番话使我更为惶惑。我一时不知怎样回答。我有些惶悚,但随之而来的却是一种幽默感。但我没敢流露出来。我绷着脸,诚恳地看着岳父:梁里,一个瘦干干的、严肃了一辈子的人。当年的“铁来”不在了,真是可惜!我觉得他那硬邦邦的脑壳下多么费力地积攒了一些成套的、过时的,对我而言却是完全陌生完全无用的东西。这是一个自爱的老人,整洁、自律,按时洗澡、去理发店。他的头发总是修剪得很短,这时连洁净的头皮都露出来了。

“唔?”他显然在催促我表态。

“如果组织上像您一样理解问题就好了。只可惜他们有时并没有这么好。组织上也不是事事公道。像您,还是‘铁来’的那时候就出生入死,在山区和平原打游击,生死不惧——在和平年代,您只想付出更多的劳动。您的智谋、责任心、事业心,您想付出的这一切,组织上根本就不理解。他们犯了一个错误,而且再也没有机会改正自己的错误了,因为您已经离休了……”

“混账逻辑!”岳父的脸突然变得铁青,“组织自有组织的安排,我也从来没有像你那样指责组织。你哪来这么多抱怨?”

我被这突如其来的怒火弄得慌张起来,不由得退了两步。我想说:类似的抱怨在家里时常可以感到啊。但我暗自揣摸了一下,真的抓不住岳父什么把柄。我明白了,这种抱怨更多的是从岳母和梅子身上传递出来的。不过这就使我更加难以捉摸眼前的人了。我觉得难就难在不能从他身上找出更具体的什么根据——比如从哪一种场合、用哪一句话来证明——没有,一点没有。对面的老人甚至没有留下一点点可供寻觅和利用的空隙,他永远是那么严谨。我承认自己败下来了,唔唔哦哦,说:“也许……也许我理解得还不全面,但是……总而言之,您过去,您离休前应该肩负更大的责任,因为我觉得您的能力、身体状况……”

岳父叹一口气。他像大病了一场,一瞬间全身的力气都用尽了。他瘫坐在沙发上,头颅使劲摇动。后来他终于慢吞吞地说出一句让我稍感安慰的话:“你真的这样——认为吗?”

我点点头。

他的眼睛里有什么闪烁了一下。他望着窗户。但也只在一瞬间,他又一次变得严肃了。他看着我,语重心长:“宁子,我想告诉你的是,在任何时候,任何场合,一个人都要摆正两个关系:一是个人与组织的关系;二是个人与群众的关系。”

“我一定摆正两个关系。”

他的眼睛微微闭着,“最重要的是,一个人在任何时候都不能背叛……”

我急切地想听到不能“背叛”什么?没有下文。“背叛”,这两个字太沉重了……

三

从时令上看炎热的夏天也该过去了。可它仍然赖在这座城市里,不肯离去。不过最难熬的日子大概要到尾声了,因为半夜里偶尔能够感到一点点凉气。这真是大自然了不起的恩赐。也许因为季节转换的缘故吧,小宁有点咳。他一咳,丽丽就在另一边发出哼哼唧唧的声音,好像也在发出不安的呓语。我和梅子都认为孩子不是着凉,也用不着添毛巾被——因为天还是太热了。

梅子总是按时上班。我一连多少天都在单位上忙,这就不得不把丽丽锁在家里。那两只龙虾仍在不知疲倦地打斗,咔嚓咔嚓的声音成为丽丽惟一的音乐。它长时间注视着它们,目光里充满迷茫……

自从我提出辞职以来,马光对我的态度好多了。他上班比过去早了,好像也喜欢坐班了,而且一进门就打水擦地。有时他擦自己的写字台,连我和娄萌的也一起擦过,真使我不知怎样感谢才好。

阿环的裙子越穿越短,两条胖胖的腿从椅子上耷下来。老编辑喝一口茶,盯住阿环的两条腿叹息说:“人哪,什么时候也不能忘了年轻。”

阿环嚼着口香糖,一双猫似的眼睛看看这个,看看那个。我觉得她的鼻子也像猫,圆鼓鼓的,上下笔直,也有一层细小的白绒。她嚼着口香糖,更多的时候与马光插科打诨。马光说:“你这个小家伙,闲着也是闲着,给叔叔沏杯茶吧!”阿环说:“我只给爷爷沏茶,不给叔叔沏茶。”“那你就把我当成爷爷吧。”“我把你当成‘小碗儿’。”

最后一个比喻把我吓了一跳——当成“小碗儿”?“小碗儿”是什么?后来娄萌告诉我才知道:“小碗儿”是阿环的小外甥。

阿环的上衣穿得很薄,毫不含糊地突出了一对乳房。这在办公室里多少有点别扭。娄萌瞥一眼说:“我们那时候……”

她说什么都要加上“我们那时候”,这几个字后面就是一串唠叨:一个禁欲的时代,那时候真是不通事理,对自己的美远远没有认识,对男性飞来的目光不理不睬,只知道穿朴素的衣服,领导说一不二,老同志拍肩膀握手都没有邪念;首长病了争着去护理,一到了夏天就为乳房发愁,二十多岁了还不知道那是怎么一回事;一想到结婚就哭;男女在一个办公室里一天到晚关着门也坦然,对喝酒的人不能理解,以为省长才能用电风扇;以为让男大夫在屁股上打过针一辈子作风也就完了;觉得伺候首长光荣,等等。她只要说“我们那时候”,接下去大家就要听得津津有味。和她一样,我们对“那个时候”也怀着或多或少的向往。那个时候好像一切都没有开垦。马光差不多要急哭了,为自己的迟来晚到惋惜地拍打双膝。真的,他如果在那个时代,就好比一个雄心勃勃、心生百窍的商人到了一个亟待开发的大市场一样:双目炯炯贼亮贼亮,瞄准了,很容易就会做成一笔大生意。那个时代也许真的不错,没有一个人得淋病,也没有一个人敢说反动话,男女授受不亲。那个时代几个世界分得很开:领导与群众,男人与女人,科长与科员,贫下中农与工人阶级。一辆喷着黑烟的拖拉机在山路上盘旋也能引起崇高伟大的感觉;一个姑娘由于穿了裙子,一夜之间就会成为当地名人。卖淫闻所未闻,看电影就是最大享受,一本小说写过三两次接吻,就可以在私下里传阅。外国人像星外来客。就是那么一个时代,淳朴而安宁,贫穷而慰藉,大家的感觉都相当不错。

我正在听娄萌讲“我们那时候”,桌上的电话铃响了。我怎么也没想到这个电话对我有多么重要。娄萌抓起电话,马上又交给我。

是梅子。有点不对劲,因为她急急火火。我慌了,冷静下来才明白:小宁病重了,托儿所的老师打电话把她喊去了;她让我直接到医院去,她和小宁从那边先走……

我最害怕医院,有病宁可忍着,实在忍不住了才不得不到那个地方。那儿是一场场痛苦和灾难的大展示。我非常佩服那些穿白衣服的人,佩服他们超人的顽强。在我看来那是一种了不起的素质:每天面对呻吟和痛不欲生。

急诊室里没有梅子他们。我又到挂号处。长长的队伍,从头看到尾。不止一次被人狠狠地斜一眼。没有。在儿童门诊挂号那儿我看得尤其仔细。后来又想起梅子在这个医院里有一个朋友,可能她直接到病房去了。可那儿仍然没有他们的身影。我在几个科室窜了几趟,哪儿都是人山人海,挤不动又钻不透。我浑身上下湿淋淋的,就像从水塘里刚刚爬出来。

我给岳父家打个电话。岳父说梅子他们早就走了,岳母也到医院里去了。

放下电话我才想到呼吸门诊。满屋子咳嗽声、呼噜呼噜的喘息,还有人在大惊小叫,急得哭喊。我知道这个医院最忙的就是呼吸科门诊。这个城市一直笼罩在烟尘里,得呼吸系统疾病的人逐年增多。我望眼欲穿,心急如焚,可就是看不到他们母子俩。我挠着头,细细想接过的电话:自己是否在焦虑中听错了?我想他们也可能是去了妇幼医院或儿童医院。

我马上去妇幼医院。在那儿白白折腾了几十分钟,又奔向儿童医院。三个医院在不同的方向,恰好形成了一个等腰三角形。等我远远望见儿童医院时,身上已经没有一处是干的了。

四

在儿童医院门诊那儿,我一眼就看到了梅子披下来的湿漉漉的头发,还有怀里的小宁。他紧闭眼睛,喘息急促,一个听诊器在他胸口那儿触碰着。我垂手站在那里,急急的喘息声竟然没有让梅子回过头来。她整个心思都在孩子身上。

医生收起听诊器说:“肺炎。”

另一个护士从孩子腋下抽出温度表。“三十九度……”

梅子看到了我。她眼角有泪珠在闪动。她没有埋怨,我也没有解释什么。接着就是打针、挂吊瓶。因为所有的病房都满员,就只有在走廊里给小宁安上一个铺子。

一条短短的走廊已经安了大小二十几个铺子,陪床的人都坐一个马扎靠在旁边。宁子太小,护士从手上找不到血管。我第一次看到从头皮那儿将一根细细的针插进去打点滴。一开始他们从其他部位找血管,找不到。一个年轻的护士用一把剃刀把他脑壳那儿剃去了一点毛发。整个过程都让我心里发疼,我不得不把眼睛转到旁边。

孩子发出了声音,他终于醒来了。我的孩子!我的手一直揪得紧紧的,揪着自己的衣服,另一只手握紧了梅子的手,而梅子的一只手却在托着孩子小小的臀部……

护士打上点滴就匆匆离开,告诉:“有情况告诉我们,千万不要动他。”

千万不要动。我最担心的是孩子如果醒来一摇头,那针不是就要把他的脉管划破吗?真不敢想……

我和梅子守在小床边。一切开始有了着落,我和梅子都吐了一口气。梅子说:“我抱着小宁到总院去,想找那个朋友没找到。我看挂号的队伍那么长,怕来不及。挂急诊,急诊那儿也围了一大堆人。我害怕,就抱着他到儿童医院来了。这里还好一点,可也让我等了半个多钟头,我都急哭了……”

这时我才明白电话并没有听错。我发现梅子的脸上有泪痕。我想起了什么,告诉她岳母也到医院里来了——不过她肯定也要奔那个大医院。梅子没说什么。她已经顾不了那么多了。想想看吧,她刚才从托儿所到大医院,再到儿童医院,还抱着孩子,这么热的天,挤蹭着人流……

整整四天小宁才出院。这四天里我、梅子和岳母三人轮换在医院里守候。小宁受尽了折磨,因为那个地方太热、太噪、太乱,最后连我们三个人也给累病了。陪床的人没地方睡觉,顶多只能在那儿蜷一会儿。我和梅子不忍心让岳母在这儿,夜间我们俩一块儿在这里熬。本来我们可以轮换休息,可是都不忍心撇下对方。护士一再赶我们走,因为走廊里太挤了,可我们总是走出去再设法溜进来。

通过这一次,我们好像第一次知道这座城市有多少可怜的孩子,知道他们在忍受什么样的折磨。一天到晚,即便是深夜两三点钟,都有急症病儿送进来。本来小宁应该再住几天,可是由于床位太紧张了,走廊里再也加不上床,医生给我们开了些肌肉注射针和药片,就打发了。一场折磨就这样接近了尾声。

我和梅子瘦了一圈。岳母差不多一直守在小外孙身边,她看着孩子好起来,笑得很甜。她的笑容让人感到了真正的安慰。

小鹿想方设法逗小宁玩,总是遭到梅子和岳母的呵斥。小鹿说:“他要多进行体育活动就好了。”梅子说:“你懂什么!”小鹿说:“我小时候就从来没得过肺炎。”

我没吱声。小鹿小时候也正是娄萌所说的“那时候”。那时候城市上空的气流干净多了。如今不要说小宁,就是我和梅子每年春冬都要得病,感冒之后简直很难止咳。这个城市里的人几乎百分之一百患有不同程度的支气管炎和咽炎。到公共场合去开会、看电影,无论什么季节,都会听到场内难以遏止的咳嗽……除了呼吸系统的疾病之外,肝病、肾病、心脏病,几乎一切器官的发病率都在上升。

小宁重新到幼儿园去了。

五

可怕的炎夏恶狠狠地做个鬼脸,终于要离去了。可是天依然闷热,依然有一种莫名其妙的焦煳味儿从窗缝里挤进来。不过难熬的夏夜终将过去,全城的人都舒了一口气。街道两旁、大小胡同、树荫下,那些熬夏的人都一个接一个把竹床和躺椅搬回去,街道上只剩下自行车的河流和鸣叫喇叭的汽车了。

小宁大概要把一个夏天耽误的睡眠全补回来,一有工夫就睡,再也不像从前那么贪玩。当那对龙虾举起大螯时,他再也不像过去那样大惊小怪地呼喊了;他也不想学丽丽那样在屋里爬来爬去。他睡得好香。我和梅子,特别是我,却一直没能进入那么好的状态,我们仍在为这个难忘的夏天付出,仍在失眠。

在这样的夜晚里,我脑子里常常闪过一些乱七八糟的图像,它们没有条理,轮番出现……娄萌、马光、阿环,还有我生活过的东部平原和那一架架大山;我特别想到了出生地那棵巨大的李子树——外祖母在树下洗衣服,雪白的头发扑上了蜜蜂和蝴蝶;那破了半边的洗衣盆,那光滑的木槌……大李子树永远是银花繁茂,它的药香味儿笼罩了整个原野、我的整个童年。我赤着脚在大海滩上奔跑,在灌木丛中和洁白的沙子上穿行……

那样的夜晚差不多完全属于童年和少年。在大李子树下,外祖母铺开了一个凉席,我们一块儿仰躺着,看天空的星星。“再给我讲个故事,再……”外祖母一开始不做声,她大概正酝酿自己的故事。她从装满故事的挎包里翻找着,想找出一个新的故事,就像找出一个果实一样。塞给我吧,我等待着……我们小果园沙岗后边那个看林子的老头养了一只无名的小动物,它曾让我爱不释手。它的两只亮晶晶的眼睛、短短的前爪都让我喜欢到了极点。好长时间,我与它几乎同呼吸、共命运,有一点工夫,我就要到那儿去看它。我和它一起跳跃——据说它是荒野上最灵捷的动物。而我觉得它是一个精灵。外祖母给我讲了很多野物的故事,其中也包括这种无名的动物。它的故事令我终生难忘。后来,我们给这只奇妙的动物取名“阿雅”……

在这默默相视的夜晚,我还不止一次想到了择居的问题。我觉得既然没有力量驱走这个城市里的烟雾和无处不在的嘈杂,那么我们至少可以逃离这个城市吧?一个人不是命定了非要居住在这儿不可。我们既然有腿,就可以奔跑。为什么要死待着,要默默等待和承受?那其实只是一场微不足道的迁徙,要做到这一切并不像我们想象的那么艰难。我们可以到另一个地方去,比如说到山区,到平原,到海滨,到一切我们认为应该去和值得去的地方。当然这一场场迁徙也许会带来其他方面的问题,可受益的将是整整一个下半生,是生命本身;而生命,人的一生只有一次……

我有些忍不住了,这个夜晚心气难平,终于再一次提出了那个老旧的想法。梅子长叹一口气:

“别说了。不要说那些根本不可能的事。”

我盯住她,口吃似的问:“怎么就……不可能?”

没有回答。

我又一次问为什么?她仍不回答。这使我愈加觉得不可理解。我竭力顺着她的思路想,直想到了岳父岳母,想到他们在这个城市里工作的历史——特别是他们特殊的居地:橡树路。我听说即便在最缺水少电的日子里,那里还是一切都优先供应。他们会留恋那里的。可是他们也毕竟还不是这座城市里出生的人,不像梅子、小宁和小鹿。当然,两位老人都会剧烈反对离开,他们才不愿在这把年纪再去重新适应一个环境,离开这么多的上下级和同事、朋友、邻居;他们尤其离不开橡树路上带花园的房子,花园里那棵古老的橡子树……是的,对于一些老年人来说或许是这样。可我们讨论的是关于一个年轻的家庭,还有小宁和小鹿——这些刚刚出生不久,或者是刚刚开始生活的人的事情;这简直是他们的切身利益,是他们的前途,甚至是全部的希望……难道这真的有什么不可理解之处吗?我觉得这种犹豫是多么愚蠢……就是这么一个简单的、显而易见的事实,要做起来却那样难……

一直开着的水龙头有了嗞嗞的声音。我说:“快,有水了!”接着就条件反射似的扑过去……

有水了,细小如丝。我小心翼翼地把水桶对上去……

讨 论 会

一

有人猛烈敲门。我以为又是马光,索性不吭。可后来外面的人骂起来,骂到最后哼哼唧唧,那声音竟有点不对劲了。这样待了一会儿,他竟然又用脚踢门。

我当时正在切东西,没有放刀就呼一下把门拉开。

门外的人竟是斗眼小焕,他啊啊两声,吓了个趔趄。

“妈呀!”他叫着,“杀人了呀……”这样喊着,还故意夸张地往邻居那边跑了一步。

他喘息着溜进。这家伙上身只穿一件背心,手里提着一件雪白的衬衫,喉结乱动,一双斗鸡眼尖亮尖亮,一进门就往里间跑。

“那是卧室,你进去干什么?”

“嫂子不在吗?”

他坐下,端起冷水杯喝了一口,汗水哗一下流出。他咂着嘴:“好哇老宁,你干得真不错。我的事你也敢消极怠工呀?不要忘了,这回是我的事儿!”

“我的事”三个字很用力。

“我知道是你的事。我的意思是天凉爽一点,会搞得更好。这样对你对大家都好。”

“天凉爽一点再搞有个怎么好法?能搞个日本大闺女吗?”

我闭上嘴巴。

斗眼小焕耸耸鼻子,往前凑了凑,对在我耳朵上说:“我发现了一个‘小诗人’,”他挤着眼,这马上使我明白“小诗人”是一个女性。“小脸彤红彤红,笑眯眯的,一口小牙呀,大米粒儿似的。她一见面就叫我‘老师老师’。我准备让她也来参加这个会。”

“我们召集的会可不允许你弄这些乱七八糟的把戏。”

“看看,假正经了不是?”他四下看看,“老宁,趁大嫂子不在家跟你说句实在话:社会上也开始传流你的事儿啦……”

他见我不再搭腔,嗫嚅道:“有一个人,我倒希望,她能去开会……”

他看看我,嘴角流露一丝讥讽。我没吱声。

“你该知道那个人是谁。就是那个姑娘，橡树路的李咪——怎么样？”

斗眼小焕在屋里急急走动，念念有词：“她可是一个好东西呀，要知道这个世界上的好东西少得不能再少了……最近你们在一起没有？”

我想告诉自己一年来压根儿就没见过她。但我不想再理他。

“你不行。你这个人哪，不要被大院里的人吓住。对付这样的人我有一手，”他严肃地伸出食指，用力往下捅着，“我对付这样的人很简单，两个字：硬训！”

我看着他。

“就是给她讲道理——主要是批评。要告诉她，干什么都得扎实，一是一二是二，丁是丁卯是卯，别来华而不实这一套！大叔才不喜欢这一套呢！大叔就喜欢实打实地来！你要搞柏拉图那一套，你去找柏拉图……不过这也怨你，早该当胸一掌……”

我觉得该与斗眼小焕分手了。这么热的天与一个邪恶的家伙待在一起聊这些话，简直是犯罪：同关在一间小屋里憋闷，那肮脏的气流会把我裹起的。这损伤会是隐性的、巨大的。我每到这个时刻心里就涌起一种痛苦、委屈的感觉，它甚至让我无力承受……

丽丽从一旁把门顶开了，蹦跳着过来。斗眼小焕立刻嘎嘎大笑，“哈哈……多么好的东西！”

我抱起丽丽。我觉得它在热天里受了太多的委屈。它该洗个澡了，身上有股汗味儿。很好，它的鼻头湿漉漉的，说明并不缺水。一放到地板上它就用力扭动。无论在什么时候，只要看到丽丽扭动，所有的烦恼也就一扫而光。

斗眼小焕认真看了它一会儿，抬头望着我。他像要说点什么。后来他问：“家里有辣椒吗？咱给它嘴里抹点辣椒，那时你再看它……”

“你是什么东西!”我骂了一句。

二

天凉爽了,那些倒霉的讨论会展览会再也找不到拖延的理由。租用会场,订伙食标准、房间、邀客名单,还要厘清每个客人的身份以确定房间,来去路费报销……小焕及另一个家伙的会都在按部就班地准备。

这期间斗眼小焕不止一次到我这儿来。天知道他这会儿是来给我鼓劲儿,还是故意来看一看令我焦头烂额的奔波,以便从中获取一丝快感。他一来就变得分外起劲儿,好像我这里是他的一个充电场:他要从这儿获取能量,然后再兴致勃勃地投入大街上的人流。这一段他还不止一次把那个身高马大、沉默寡言的大汉小玲领来。小玲每次到这儿都侍立一边,像一个真正的仆人。我发现小玲的淡漠和严肃只是对外人的,他一转向小焕就变得一脸谦恭,甚至还有些出人意料的温柔。

不妨从“小玲”这名字想开去:如果给这黑乎乎的大汉再加上一件花衣服、一条方格裙子,那该多好。世界上滑稽的事儿越来越多,比如小焕究竟怎样驯服了这个大汉,让其言听计从不离左右,对我一辈子都会是个谜。记忆中,斗眼小焕总能不失时机地找到一个仆人,让其驯顺地跟在身后。他只把对方当成一个伙伴、仆人,一个消愁解闷的角色,有时也算一个共谋者。他们竟能一块儿探讨诗歌、一块儿做坏事、一块儿实施一些荒诞不经的怪招儿。我知道小焕这人粗中有细,既大大咧咧,又对一些事情细到极处。比如他这会儿就与我一再讨论起会议的细枝末节。

我想逗逗他,告诉他:那一天分别有两个人主持会议,其中一个是我们的娄主编。小焕咧着大嘴,稀疏的、修剪不整的胡子立刻翘了起来,认真听着。

“娄主编对你很关心,她对你的作品评价也很高。你最长的那首诗,她还剪下来压在玻璃板下面……”

小焕瞪大了眼睛。我发现他的双手在颤抖,语无伦次,说不出一句完整的话,“这……这真让我……天!娄萌?这是真的?咦?”

“当然是真的。”

“哎呀!”他搓起手,连连叹息,双脚踏来踏去,“我该怎样、怎样看待这件事情?也就是说,嗯,娄主编……然而……不过……天哪,这是夏天的事情吧?”

“不,很早了,冬天的事情。”

“哎呀,原来这一切由来已久。幸运!天哪,幸运的人,幸运的人……”

他连连重复这句话。我不知他是说娄萌幸运,还是自己幸运。

我说:“你该准备一个好的发言,我们会后准备在刊物上发表。”

小焕全然没能听进去。他仍然沉浸在刚才的情景里,“娄萌同志,多么好……那简直是……美不胜收!”

我大声强调:“你应该为我们的刊物再拉一点赞助,别只顾自己的讨论会、只为自己出名。杂志现在很艰难,你有办法就该帮一下,反正你认识很多‘大企业家’。”

小焕拍着腿:“哪里的话呀,我从来就没把你们当外人。你回去告诉娄主编,就说有我小焕一口吃的,也有你们的——小玲!记下这件事!”

小玲从裤兜里摸索半天,摸出一个皱巴巴的黑皮本子,手握二指长的小铅笔头,放进嘴里抿一下写一下,十分认真……

就这样,我不得不来来回回为斗眼小焕的讨论会奔忙。说实话,在他的几百首诗里,真正过得去的也不过是几首而已。它们有时真的不乏出色的段落和奇妙的神思,但整体看来就像作者一样,仍要透出那种浅薄气和投机相,偶尔闪过的一丝苦涩和悲怆也是伪装出来的。字里行间既没有爱,也没有恨。他是一个既不会怜悯也不会仇恨的人。他只是追赶时髦。

有一次吕擎告诉:斗眼小焕不知怎么溜到了大学里,在一个学生自发组织的座谈会上,他像一只吃了糖的老鼠,翘首理须,眉飞色舞,一对斗鸡眼东张西望。少男少女围住他,他完全忘记了自己……吕擎说他正好下课走过那里,因为听到那边不断发出一阵怪笑,就被吸引了,从人群中瞥了一眼,正好看见斗眼小焕龙飞凤舞往一个少女的笔记本上签字。他说当时恨不得从这家伙的后脑勺那儿砰砰来两下……现在的大学再也不是什么令人尊敬的讲坛,这里各色混子、流氓和扒手随处可见。那些进入这所大学的孩子,绝大多数还是纯洁的孩子,他们仍然可爱而且极易被伤害。吕擎说他那会儿没有干涉别人的心情,只看了一眼就走开了。

三

吕擎一度把斗眼小焕在这座城市乱窜的所有责任都推到了我身上,说我把他引了来:"这儿已经够乱的了,你还引来这样一个东西。"我极力为自己辩解,说他那天是突然出现在街头的——我正提着挎包出去买东西,这家伙就从街口上猛地钻出来,吓了我一跳呢。就从那一天开始,我才知道他这些年一直在化名写诗……"我们是同行了,这个你想不到吧?"就这样,他幸灾乐祸地站在我的对面。那个尴尬的情景我到现在还想得起来。

小焕在我们朋友当中已经臭名远扬。有什么办法?眼下我又回到了与他在大街上相遇的那种尴尬,并且还辛辛苦苦地为他准备一场讨论会。这真是莫大的讽刺。

促使我对小焕更加反感的一件事,是在讨论会即将召开前一周发生的。阳子告诉:小焕溜到庄周家里去了——他说如果庄周正巧路过这座城市，届时一定请其与会等等。实际上完全是欺人之谈，他是以此为借口去找李咪。那天李咪客客气气请他落座，还给他倒了一杯咖啡，“放糖吗？”这家伙眨着那对小斗鸡眼说：“不放糖。”一边说一边抖抖嗦嗦坐下。就在李咪起身去为他添咖啡的时候，他突然摸了李咪一下……

李咪对女朋友说：“我从来没见过这么胆大的人。他的胆多大呀，他摸我！这是第二次了。在这之前我对他笑一下都没有。我真不相信……”她不停地骂着。

我相信阳子的话是真的。我感到愤怒、惊讶，替庄周，也替李咪难过……我心里想，我曾经警告过小焕的事情，小焕终于还是做了。我的警告对于他差不多成了另一种提醒。当时我一阵冲动，就给娄主编打了个电话。我气愤至极，说这个讨论会不开了。“为什么不开了？”对方在电话上显出了十足的惊讶。“我们不能替一个恶棍再张罗了。”“看看，又来了。”“不是又来了，而是这个家伙又做了一件臭事。”

“什么臭事？”

我把那件事从头复述了一遍。整整有五六秒钟对方没有声音。后来她竟然在电话中哈哈笑了起来。亏她笑得出。愤怒中我想：说不定他还摸了你呢。我真想把电话扔下。可娄萌笑过之后说话了：“应该这样看待这件事情：一方面那只是个传言，短时间内没法证实，我们总不能等事情落实了之后再开那个讨论会吧；再则讨论会谈论的只是学术而非道德，我们最好不要与那一类事搅到一块儿。如果这样追究起来，恐怕就永远也扯不清了。”

对方说完就把电话挂了。

我不知这是自己强烈的厌恶情绪，还是真的像斗眼小焕很早以前指责的那样：一点点嫉妒。当然，对他自诩为“天才”一事，我从来都认为是可笑的。我自问：如果他是另一个人，我会一而再、再而三地阻碍这个讨论会吗？回答是否定的。因为我对那些讨论会的各种角色从来漠不关心，只知道那不过是按部就班进行着的一系列扯淡罢了。我会放松得很，漠视一切，随波逐流。我已经这样做过好久了。而斗眼小焕对我来说就完全不同了。因为我们很早以前就认识，并且有着不算短暂的交往，他时常在我的视线之内活动。这无论如何还掺杂了一点私心：怕指责、怕连累，还有深深的厌弃……

大概没人知道我在这个讨论会前后、在整个操办过程中所经受的那种痛苦。

一周很快就过去了。讨论会在一个很像样子的宾馆大会议室如期召开，冠冕堂皇。在娄萌的邀请下，照例是文化界的头头脑脑出席，致辞，讲话，拍照，有线和无线电视台全来了。特别不能缺少的当然是各类小报记者，他们这些人现在主要忙着四处“赶会”、传递各种乱七八糟的消息。那个小玲就站在旁边，高大、冷峻，像是一位尽职的保镖。

娄萌这一天穿了一件宽宽爽爽的紫碎花上衣，戴了一串珍珠项链，清新、端庄，温和而秀丽。她一点也没有矫揉造作，没有浓妆艳抹。她做大会司仪，俨然是一位女主人。

斗眼小焕不安地坐在一个角落里，鬼头鬼脑，小眼睛东张西望。这家伙这一天尽管衣冠楚楚，结了领带，也仍然不像一个好坯子。他是一个永远也走不到台面上来的人。世界上真有这样一种人：无法改变，无法造就，那种贱气简直就是从骨髓里泛出来的。我这会儿坐在旁边，觉得自己稍微有一点虚伪和自作自受的劲儿——本来依我的恼恨程度，我的愤愤不平，足以使自己与小焕在一两年前就彻底决裂；可是没有，一直没有，到现在都没有呢。我只对他发火、吵嘴、拒绝，可斩钉截铁的决裂还是没有发生。我有时对自己说：既然它迟早总要来临，为什么不能早一天来临呢？这是你不可原谅的一个过失，这将影响到你的生活；它对你造成的损害、侵蚀，会随着时间的推移变得越来越大；你将因此而付出代价，就因为你的软弱……

四

发言开始了。每一次都是这样：艰涩的开头，而后是畅流、无遮无碍的随意冲泄。在嗡嗡声里，在一阵高过一阵的声浪中，在录音设备莫名其妙的嗞嗞鸣叫中，我想着一些事情。后来我觉得有点异样的感觉，开始意识到忘记了什么——娄萌曾叮嘱要搞一点笔记。虽然每次会议都有录音，但她仍然要我别忘了笔录，比如说到会人数、哪些人发言等等。

我一个一个看起来。先从斗眼小焕开始。来宾们向左围了一个圆桌——环形桌旁坐了两层。我的目光缓缓旋了两圈，直到在第二圈的中间一点停住。我发现了一个人：一个眼睛很大、体量特别小的姑娘。她不停地记笔记，兴奋得小嘴噘起来。我担心发言者那些新奇的、较着劲儿迸出的新概念她一个字也不会明白，但她还是记得非常起劲儿。我马上认定她就是斗眼小焕提起的那个“小诗人”。小诗人浓妆艳抹，戴了耳环。耳环太大了一点，大得与整个人不成比例，这使她看上去越发像一个小妖怪。她大概还没有及时弄懂化妆的小窍门，满脸抹得血乎淋漓，让人觉得像摔破了的桃子。不过实在一点讲，她的模样还多少有点楚楚动人。小姑娘旁边是几位年龄稍大一点的女子。她们是正式出席会议、还是斗眼小焕临时找来的旁听者，不得而知。

就是这些杂七杂八的人坐在一起，使斗眼小焕兴奋起来。他开始坐卧不安，屁股一会儿挪一下。他已经忘形，汗水流下来，用衣袖去抹。

一个白发苍苍的人——可能是从某大学来的教授之类的人

物,开始讲话了。他为了吸引人的注意力,一开头极为缓慢,甚至是有气无力:先大大赞扬一番,称小焕为“一颗新星”,“诗坛不可思议之现象之一种”。我发现他说到这儿渐渐加大了语言的力度,而且用词古怪、别扭,却愈显分量,令人不容置疑。这就使我明白了,在那一个又一个作品讨论会的报道和发表的记录稿上,为什么会让人觉得一些人变得遥远而又陌生。总有这么一些古里古怪的见解。老人说下去:斗眼小焕的诗里有写实主义、现代主义、存在主义、魔幻主义、超现实主义、达达主义、黑色幽默、新感觉派、意识流、印象派、表现主义、象征主义,后现代后殖民,后先锋等等一切的影响和营养。

大家被老人给吸引住了。我禁不住看了小焕一眼,恰巧这时候他也在看我——嘴巴紧紧绷着,特别是下颏骨那儿,绷得紧紧的。我知道那是极其得意时才有的一种表情。我发现只要那位老者吐出一个“主义”,他就咬紧牙关向我点一下头,喉结滑动一次。那真是凶恶的、吞噬儿童的一种狠劲儿。

老人说得越来越激动,挥起手掌,仍然是不顾一切地赞扬;同时,他每吐出一个词儿,那边的斗眼小焕就穷凶极恶地冲我点一下头。我在心里骂开了:你凶吧,总有一天与你一刀两断,你这个不得好报的家伙……

老人发言之后,是一个“企业家”发言。

那个“企业家”就是资助这次讨论会的人,据我所知他只读过两三年小学,大字不识几个,是来自东部平原的一个暴发户。他发了财,最乐意做的事情就是为某些文化机构做一点慈善之举,发放一点小小的布施,今天送上几千元,明天赠一台音响设备、一个录音机,等等。这是一个鬼头鬼脑、憨里憨气,但骨子里却是精明透顶的“土老帽”。他会说些什么?要知道在类似的会上,他这一类角色从来都是最后才发言的。这样的孟浪之举使我为他捏一把

汗。他站起来,先清一清嗓子,然后劈头呼出一句:

"伟大呀……"

所有人都给弄愣了。接着他就数落起斗眼小焕、杂志社以及我们今天这个讨论会的"伟大"之处。从他的口气里看,我们整个民族的前途全系于这个讨论会以及斗眼小焕的那几首歪诗之上了;至于他的企业嘛,还需要文化界诸位先生多多包涵、多多原谅,诸如此类,令人不知所云。结尾的一句话是:

"让我们拿出更大的爱心,手挽手地往前走吧……"

有点可怕。我想我们大家如果拿出爱心,和这个家伙手挽手地往前走,那一定会别扭到了极点。

娄萌一个劲儿地鼓掌,不止一次站起来。她想说什么,却被掌声打断。当她意识到这一点时,脸上的汗水已经流下来了。她一边擦汗一边说:

"我很感动,我很感动。有这样的企业家支持我们,我们的事业……我们还怕、怕什么。我觉得我们今天这个会的意义,怎么估计都不过分,它大大超出了我们预期的效果!"

最后她请我们这次讨论会的主角、那个默默无声坐在一个角落里、小脑袋东转西转、神色显然有点不太正常的人说几句。

小焕站起来,哆哆嗦嗦——当然并非紧张成这样,而是激动、亢奋和自我感觉过好时才出现的那种神经性肌肉抽搐——他的眼睛一直热烈地看着娄萌。他说:他和他的朋友们正进入了一个伟大的时代,这个时代里天才必将出世,伟大的巨人即将出现。"当然了,"他猛地一挥手掌,"任何时候,真正卓越的人物寥寥无几!"说完这句之后,他的嘴角蔑视地撇了一下,两眼四下看了看——当他的目光转向我时,我立刻感到了一股杀气……最后他又谦卑到可怜巴巴的地步,说他不过是刚刚起步、刚刚认识了几个词儿而已,还走在牙牙学语的路上,一切就要更加仰仗各位了……他甚至抡起了拳头,向大家摇了摇。我记起这是那些“企业家”最典型的一个动作。

整个讨论会以及它结束时的情景令人难忘。在一闪一闪的镁光灯下,在摄像照明灯下,一些人的贱坯子毛病裸露无遗,无法隐匿。会议室简直成了乱哄哄的庙会。印象颇深的是后半截有一个穿着极为邋遢的人,发言中有一连串“民间”“边缘”这样的词,说自己就是这样的代表,小焕也是这样的代表……会议已近尾声,有人凑到斗眼小焕跟前合影,还有人赶去让他签名。斗眼小焕终于顿悟般地拿捏起来,哼哼呀呀拖长了嗓音。

令我特别同情的是主编娄萌。她刚开始还站在旁边观看,后来见很多人都拥过去让小焕签名,也忍不住抽出了一个小本子。小焕贼亮的眼睛往上一瞄,接着飞快地摇起笔杆。我正在旁边,见他正文思敏捷地写出一首歌谣:

“你啊……美丽温柔又大方/代表了人民的荣光!”

更令人难以容忍的是,当时一位漂亮姑娘就站在旁边,也拿着钢笔和笔记本——当然了,她只是站在那儿看。可当她一转脸的工夫,斗眼小焕就上前一步,一把攥住了她的本子,还没等她反应过来,就在那儿写上了……那位姑娘只得眼巴巴地看着。

离 去

一

在这个城市,有人把心思全花在打扮自己的庭院上了。他们种了很多菊花,等待这个秋天;还有玫瑰花,从夏天开到秋天;主要是蔷薇——它们是这座城市里惟一能够疯长的一种花。在吕擎那个小四合院里，逄琳照料的那丛玫瑰开得多么灿烂，浓香溢满了每一个角落。

我正和吕擎站在那棵老槐树下时，余泽背了一个鼓鼓囊囊的东西来了。我一看就知道那是一顶尼龙充气帐篷。余泽坐在旁边一声不吭，让我和吕擎看他的帐篷。一会儿阳子也来了。他很久没露面了，热汗涔涔，一进来就盯着那顶鲜艳的充气帐篷喊叫起来。我想阳子肯定是与余泽约好了。

吴敏进来倒茶，伸手抚摸着帐篷。她好像更重视它的质料。

吕擎和朋友们一直在准备一次远行，这事已经进行了多半年了。我问他们什么时候出发，吕擎说冬天吧，最好是冬天。我不明白他们为什么要选择一个寒冷的季节。吕擎解释："这样就可以把更多的东西穿在身上——随着往前走，春天就来了，天越来越暖和，我们就可以把它们一件件脱下来扔掉。要知道，背囊里要尽可能多带一些东西……"他们已经进入了非常具体的筹划阶段。吕擎甚至准备了地质锤、罗盘、指南针之类，还准备了一些方便食品。

吕擎在院子里试着给帐篷充气。余泽脸上没有一点表情，就坐在旁边吸烟。吴敏和阳子都笑吟吟地看着吕擎，他们觉得有趣极了。我知道这可不仅仅是有趣；我从很早起就一个人在山里走过，知道那是怎么一回事。阳子说到了出发那天他要带上很多纸，归来时写生本上就会有绝对棒的东西……大家一块儿动手，把那架鲜艳的帐篷支在了槐树下。

刚刚搭好，逄琳就从屋里走出来。我们大家赶紧站起。她看看帐篷，又仰脸看看老槐树……

随着秋天的深入，好像有一种无声之声越来越急切——我知道那是催促之声，它在隐隐呼唤，呼唤我所有的朋友，也包括我自己。也许吕擎他们要先走一步了，但我知道这样遥远的跋涉不会是一次，也不会很快终止。

这些天满耳朵都是大学里的事情。校园里的抗议越闹越大，最后学生和老师不止一次涌到了大街口。起码有两个系停了课。最不祥的消息是，一度开始的校领导与学生的对话完全停止了。因为橡树路上个别人的强力支持，校园内的演讲和涌出校园的学生被全部禁止，并且作出了若干硬性规定。仅仅一个星期的时间，一度轰轰烈烈的抗议一下平息下来——这难以令人置信，却完全是真的。吕擎等人惊讶至极，随着时间一天天过去，这才知道是怎么回事。原来学校和有关方面除了大力施压，还对学生和教师中的一些人区别对待，尽可能加以分化。结果有的人乱咬一通，把所有责任全推到了其他人身上。一个在整个事件中表现得最为激烈、演讲让大家热血沸腾的人，却出乎意料地成为一个最疯狂的揭发者……

"那片林子最后怎么办？"我问吕擎。

"暂时没有答案。估计先放一放，最后还要落到李龟子他们一伙手里……"

我真不敢相信会是这样的结局。

吕擎说有人已经几次威胁辞退他了，那就不劳他们动手了。这次之所以要选择一个假期出发，那只是希望同行者更多一些——如果假期结束时有人还要继续走下去，那么旅途上就可以多一个伴；如果有人依恋那个城市，那就早些折回来。现在的吕擎已经下了决心，正抓紧时间准备行装，还想把出发的时间再提前一点。

梅子得知几个男人要走的消息有些迷惑。她不知道吕擎长期的愤懑，还以为这只是一时的冲动，不明白一次远足有什么意义——如果不是一次体育活动，不是自助旅游，那又是什么？我知道当然不是。但我不是吕擎，无法给她一个满意的回答。

随着时间的推移，吕擎变得越来越急切，几乎是再也不能等待……

这一天逼近了。余泽他们在频频出入那个四合院,还有莉莉。莉莉伴余泽一趟趟到吕擎这儿。吕擎谈起余泽和莉莉,还有那个加拿大留学生埃诺德,总是不以为然。他说:“世界上真有一把子浅薄的美女。”

吕擎很容易偏激。但说心里话,我也有点为余泽担心。像埃诺德这样不好好学习、专门搜集一些俏皮话和粗话的外国人,我也不喜欢。当然了,我也从中见过极其可爱的人,他们大半都睁着一双诚实的眼睛,绝对没有这种油腔滑调和自以为是的样子。我也觉得莉莉不太可靠。她那娇滴滴的、大惊小怪的样子,有可能伴随即将踏上艰苦远程的这一帮人吗?还有阳子,他刚跨进第二个学期,舍得走开吗?他总不能既做一个好学生,又要参与这次远行吧。

“你会跟吕擎在这个秋天出发吗?”我问阳子。

他神情肃穆:“我肯定走,东西都准备好了,现在就差一个睡袋了。”

睡袋是吕擎和余泽他们最重视的东西,因为都知道它实用,有了它在野外什么地方都可以躺下,大风天和雪天也可以抵挡一阵。过去它只是传说中的物件,如今倒要亲手摆弄了。可是整个城里买不到一条。事情明摆着,这一次远足不同于一般的旅行,它将非常艰难;而这恰恰也对他们构成了巨大的诱惑。

与阳子不同的是,余泽还有几个月就要毕业了。但他似乎早已抱定了决心,随时都会跟吕擎走开。莉莉完全是受了他的影响才欣然前往的:差不多所有女人都或多或少地喜欢传奇,向往一种曲折的精神历程;但是当这一切真的降临时,她们也最有可能飞快地缩回去。

梅子问:“他们路上吃饭靠什么?像乞丐一样讨要?”

“讨要也许会发生的,但那除非是走入绝境。他们要劳动,要在路上打工养活自己。”

“在哪儿不能劳动？非要跑那么远去劳动吗?”

“劳动与劳动不一样——另一些人的活法可能是完全不同的。有人想弄懂这一切、了解这一切。特别是现在,他们还有这样的冲动,像我们搞地质的人那样,来一次实地勘察,这有多么难得！这会有特别的意义……”

我想替吕擎他们回答一些问题,尽我所能。梅子既无法听懂,也来不及想那么多,她只是为吕擎他们担心……

二

我更担心的是吕擎的母亲。我明白这次远行,吕擎首先要征得母亲的同意,并安排好她的生活。吴敏当然不会走开,因为总得有人照顾老人。每逢讨论这个棘手的问题时,吕擎总是陷于难言的愁绪。他说要在外面长期安定下来几乎不可能,恐怕在很长一段时间内他都要来复奔走——母亲年纪大了,她不可能再离开这座城市——后一代哪怕这样想想都是犯罪;母亲一生受的苦太多了,他不能再给她增添一点内心的折磨。可他这样讲时,我知道隐下的一句话就是:他无法做到毫无愧疚——许多年以来,他让老人操劳得已经太多了……

四合院里的生活真的留给了吕擎不可逾越的障碍,他为此绞尽脑汁。他不知道该怎样对待母亲。

母亲,为儿子和自己的丈夫受尽磨难的母亲,谁来服侍她的晚年呢？可她的儿子又不能终止自己……他为这次远行投入了多少热情和希望,甚至抱定了浪迹天涯的决心。前边已经走了一个庄周,这似乎对他也是一种引诱……在这无法排解无所适从的日子里,我有许多时间和吕擎在一起。我们俩一块儿待在那个吊了沙袋的厢房里,有时只是沉默。我们彼此都知道对方在想什么。人一转眼就走向了衰老,一个人的生命原来并不像年轻时候所预想的那么漫长。它要结束也很快。关于生命和时光的全部问题,好像都在一个人的中年突然地清晰了、逼近了,令人始料未及。时光就在无头无绪的混乱中滑去,让人心痛。我们如果在这种滑动中没有新的感知,生命也就失去了意义。人生没有令人欣喜的积累,没有寻觅,除了惆怅、难堪、尴尬,就是空空荡荡。有人以为这一代人不过就是那样,他们很好打发:给点钱,再给点性。他们错了。空空荡荡。前头有刚刚消逝的一代,他们一走,剩下的就是我们了。我们的全部问题是怎样承受自己的负荷。那是已知和未知的沉重合在一起,像铅云一样覆盖过来。它们终将落下。

而逢琳作为母亲,以她那样的智识和经历,除了一般的关切和担心之外,还有更深一层的理解和宽容。我忍不住要看老人那两只瘦削的手:写下了一摞摞的稿纸,使用了蝇头小楷……这个时刻我又想起了出生地的那棵大李子树,看到了它银白色的密密小花,嗅到它笼罩了整个原野的香气……一个孩子只有取得了母亲的谅解和支持,在路途上才会踏实。远行人心中有一个母亲,这是多么幸福和不幸。无论是昨天的我还是今天的吕擎,都是在母亲的目光下出发的……

吕擎说:“那就走吧,咱就剩下这一味药了……”

…………

我们加快了准备。梅子建议用羽绒服改制睡袋。她把我们家存起的所有钱都交出来,打点即将上路的朋友。我非常感动。我对吕擎说:“你们走吧,城里的事情我们会照料的”——没有说出的一句话是:等我手头的事情告一段落时,我会追上你的……

吕擎和余泽、阳子他们本来约定在中秋节出发,一行四人。吴敏留下照顾母亲。四个人是:吕擎、阳子、余泽和莉莉。

中秋节逼近了。我几乎天天去吕擎那儿。这天吕擎见了面却说:“大概不得不耽搁一下了……”

原来是余泽和阳子那儿出了岔子——余泽本来什么都准备好了,可学校里突然要搞一场足球赛,他非要坚持踢完这场球再走。

“一场球就那么要紧吗?”

“余泽说他盼这场球已经盼了很久。算了,就让他踢完吧。”

“阳子又怎么回事?”

“阳子说还有一个多月模特儿就要回去了,他一定要画完。”

这样拖下去,恐怕这个秋天就过完了。吕擎狠狠击打那个沙袋。吴敏倒安静如初,说:“你们原来的计划就是寒假走,那样更好。”

三

树木开始脱落叶片,校园里那一片枫树变得火红。阳子继续画模特儿;余泽和他的队友们开始集训——这个性情孤僻的长发青年只能专注于某一件事,这时也就很少到吕擎这儿来。而吕擎在这种难以忍受的耽搁当中,好像再也不能一个人待下去了。他常常到学校,到红色的枫树下徘徊。

我到林子里找他,提出去看看余泽他们。

吕擎不吭一声。

我说:“幸亏没有走在路上,如果正需要同舟共济,偏偏有某个人要溜,那怎么办?”

吕擎苦笑一下:“我以前也想不通,最近几天才多少想明白了一点。如果真的有人在路上耽搁,比如谁爱上了谁,下决心在那儿安家,那倒再好不过。因为那也是他(她)在出发的路上找到的东西……”

也许是的。不过问题是这支小队伍还没出发呢。

他抬头望着远处。一块草坪那儿有一排密密的冬青树，它们隔开了一个小广场。这是中文系大楼南边一个可爱的地方。正是上课的时候，那里静得很。草坪和冬青树那儿经常可以看到一些脏纸、丢弃了的手帕，甚至是破碎的眼镜……吕擎说："这与我们当年做学生的时候完全不同了。学校管理松弛，根本就不像过去那样要求学生。那时候甚至规定不许谈恋爱——当然真正的爱情谁也难禁，不过那时候是有那么一条规定。现在就不是恋爱的问题了……"

我们一边走着，前面的灌木枝条剧烈碰撞起来，一男一女从里边跳出来……

吕擎长长叹息，不再说话。我又打听起许艮教授，他马上站住，回望着那一片宿舍区说："你还不知道呢……许艮已经不在这个学校了！"

"哪去了？"

"不知道……"

他的回答把我吓了一跳："你不知道？"

"是的，谁也不知道。他是突然离开的。"

"他爱人和孩子呢？"

"像庄周一样：突然离开，连一句话也没留下。"

我怔住了。这不可能。七十多岁的人了，他还能到哪去？

"这是一个谜。刚开始学校领导还以为他登山出了问题——学校西南边有一些山；一连好多天派学生和老师去山上找，没有。一周过去了，才觉得有点不妙，赶紧登寻人启事，没用。后来又派人跟有关部门联系过，到现在还没结果……"

我僵在了那儿，难以相信。

"他的爱人很难过。前几天她总算收到了一封信，信上说：他之所以不辞而别，是不想造成不必要的麻烦；他只想重新去外面生活,请他们原谅。他再也不会回来了。他很感激她——信上说非常非常感激……”

“信从哪儿寄来的?”

“没有地址,是在旅途上匆匆写的。”

“旅途上?”

“就是在路上……就像过去一样,他又一次抬腿跑了。这个不负责任的家伙……”

“这有点像庄周……”

吕擎摇头:“早晚我们都会弄明白的。没那么简单,想一跑了之……”

我想起了那封夹在史前资料中的信件,立刻问:“那封信,你设法交给他了?”

吕擎点头。

“那他一定是找她去了。肯定是的,想不到走这么快……”我觉得后悔,真后悔。这么长一段时间了,竟然没来看看许艮。现在我一闭眼就是那沉默的目光,那沉沉的银发……

那么摆在面前的难题是:我们该不该把这个讯息告诉他的爱人?

第 六 章

流 浪 者

一

打工潮随着季节流转，从秋末到初冬，正是这座城市潮水满涨的时候。流浪汉也多了，因为在那光秃秃的田野和狂风呼啸的大山里，要挨过冬天要比在人烟稠密之地难得多。密集弯曲的巷子、立交桥下、暖气管道沟、垃圾场旁，这一切地方都是流浪汉度过严冬的好去处。经过一个秋天的积蓄，流浪汉们大部分脸色红润，体态丰盈。他们在田野上吃饱了，提着破破烂烂的口袋，用草绳勒紧上衣，笑嘻嘻地出现在这座城市的街道上，夹在汹涌的人流中。他们不愠不怒，不亢不卑。你注视他，他也注视你；你笑他也笑，露出雪白的牙齿。由于常年吃粗糙的生冷食物，所以他们的牙齿大半都洁净雪白。这些人从口音到打扮都是各式各样，一望而知是来自不同的地方。中年女人包着头巾；十几岁的姑娘跟在一个男人或一个中年妇女身边，和年长的人倚在一块儿。他们在山区和平原、在野地里过着自然流畅的生活。他们走过很多地方，穿行了很多城市，再拥挤繁华的地方也唬不住他们，一个个的神气何等坦然。

我去杂志社的这一路总是步行，走过大街小巷子，要花上四十多分钟。其中要穿过一座立交桥的底部——这儿恰恰是流浪汉最集中的地方,所以有很多面孔我已经十分熟悉了。有些流浪汉在这儿形成了固定的住处,他们无论在街巷里窜多远,到了傍晚也仍旧要回到这儿来。其中有的见了我竟主动地打招呼,嘴里发出“哦”“噢”“伙计”之类。

有一天我从立交桥下走过,他们当中突然有一个人朝我挥了一下手,然后往前走了几步。这个人四方脸,头发浓密而混乱,没戴帽子,只穿了一件老式衣服,是棉衣,被一根窄窄的布带束起。他此刻迎向我,两眼笑得眯成了一条线,露着雪白的牙齿。我朝他点点头,想走开。可是他竟然跟上走了两步。我以为这个人想讨点吃物,于是翻了手提袋,从中找出了刚买的一瓶果酱——再也没有其他东西了。他摇着手,离得更近了,终于发出沉沉的一句:

“是我,老宁——”

我还没有反应过来,他就用一只手揽了一下我的腰,嘴里发出“哎”的一声。我马上感到这人的力气忒大,那只手臂简直像一头熊!我发现他的后背也许是穿了棉衣的缘故,看上去厚墩墩的也像熊。他把我拍了几下,然后退开一步。

我开始好好打量他了,忍不住叫起来:“啊,庄周!”

老天,他终于回到了这座城市!这猝不及防的相遇把我弄蒙了,我一时竟觉得这像做梦……横看竖看对面的人都有些不对劲儿,主要是这身打扮——当他真的与四周的打工者和流浪汉融为一体时,让人觉得那么突兀……我们的手紧紧握在一块儿。有好长时间,他只是微笑,吐不出一个字。“好啊,你终于让我逮到了!逮到了!”我像害怕他重新跑掉似的,一直攥住了他的手。

他脸上的兴奋和微笑只停留了一会儿,神色又变得沉沉的了。“你回来就好!我会把你绑起来,再不放开……你害得我们好苦啊!你连一点音信都没有……”我叫着,对四周伸长脖子观望的人视而不见。

他并没有回应什么，只引我坐到了一个桥墩下，那儿有铺好的一块蒲荐子。看来这就是他休息的地方。我开始好好端量他。这会儿我才发现，记忆中的那张英气逼人的脸庞已变得粗糙发黑，还有些沮丧。一双眼睛像沉淀了一些沙子，压得目光总是落到地上，然后再渗入土中。我想开开玩笑，撩拨得他高兴一点，可是几次都没有成功。这种久别重逢的场面突然而至，但我一时却不知该怎么办。这家伙艮艮的。我拍打他的手、肩膀，一时不知从何说起。而他只是默默的，我如果不主动开口，他会一直这么坐下去。他甚至没有一句询问……我无论如何沉不住气了，问他从哪儿来，这一次还走不走了，见没见过家里人。他苦笑一下，摇摇头。

这等于没有回答任何问题。我想从这沉默的神色间、从眼角上新添的一道道皱纹间，去猜测他离开的这些年所经历的全部故事。不用说这家伙受了许多苦——这可能也正是他所期待的。无法想象的困苦辛劳，这些都被他当成一剂良药，来医治与生俱来的富贵病，以及我们无从知道的其他疼痛。这个可怜的人，他与我的诸多经历可能正好相反。对我而言，难言的折磨和困窘来自另一个方面，而且来得更早，它们一直伴随着我的童年和少年，并且延续了更长的一段时间。面前的这位朋友为了抵御那一切，干脆采取了一种决绝的方式，即一走了之。这在我看起来多少简单和稚嫩了一点，尽管我内心里仍然要对这种行为产生某种震惊和钦敬。我一直在想，他一定对我们这些朋友、包括对自己的父母，都隐下了什么难言的秘密。他似乎在进行一种可怕的自我惩戒——这种惩戒是如此的持久和严厉，而且一定会等到他个人心底认可的那一天为止。然而到了那时，就肯定是他重新归来的日子吗？我不知道。于是我不由得再次问了一句：

“你这次还要离开吗?”

“当然。我不过随进城的人路过这儿……一停下,才发现是回来了……”

老天,眼前这个人已经进入了一种只顾赶路的迷茫状态,这就可以称之为真正的“随波逐流”了。不过我从他稍稍颤抖的语气中,仍然能够察觉出一种深长的、无法掩饰的激动。我叹息一声,不知该说什么才好。这样坐了一会儿,我不顾不管地站起来,扯上他的手说:

“不管怎么,你得跟我回家去……你得见见城里的朋友!我如果就这么放你走开了,大家会骂我的!”

他机警地瞥着我,只小幅度地一拐拉,那只手就从我的紧攥中挣脱出来。这再次使我感到了他的力量——这力量当然是长时间的流浪生活给予的。而我比起他来,已经变成了一个相对羸弱的城里人了。

“这也不行吗?你怎么了?”我有些生气地盯住他。

他头发芜乱,目光生硬,真的像一个陌生人,一个野地钻出来的怪人。可是但愿一切都不要太过分了,一切最好适可而止。我望着他野生生的目光,想从中看到一丝往日的柔情和浪漫,结果不得不失望地告诉自己:这个人真的走远了,他已经不可能重新属于这座城市了。

我只好再次坐下来。我可能想以此作为对他的抗议吧,两手扶着膝盖,眼睛不再望他,而是看着立交桥下的各色人等。他自己站着,这样待了大约有十几分钟,他总算说话了:“算了。我跟你走吧……”

我马上站起来。

我忍住心中的喜悦,故作木讷地问了句:“我们到哪里去?回橡树路吗?”

他硬倔的目光看了我一下,我觉得脸皮都被他撞痛了。我明白:他的妥协是有条件的,这是不会改变的:瞒住他的家里人。

二

我们向前走去。出了阴凉的立交桥底,庄周解下了腰上那条布带子,于是那两个衣襟就像乌鸦翅膀似的在空气中扇动。旁边骑自行车的那些人不断歪头来看。离我们的楼还有十几米远时,庄周好像犹豫了一下。我拍拍他的肩膀:“梅子肯定想不到。不过她会多高兴啊! 去吧,没事的……”

庄周挠着头发,弄下沾上的一点草屑。

到了门口,想不到他抢先一步,伸出五根手指,像按键盘一样噼噼啪啪打着门板。丽丽在“汪汪”叫。庄周脸上有了喜悦的神色。梅子来开了门,一抬头简直吓坏了,看着他,又看看我,迅速退开了一步。我说:“这是庄周!”

梅子“哎哎”两声,可是笑不出来。她正扎着围裙做饭,这时赶紧擦手。庄周“哦”了一声,算是打过了招呼。梅子想帮他接下手提肩背的东西,他却闪开了,小心翼翼地把身上乱七八糟的东西摘下,轻轻地放到门厅的角落里。丽丽马上极感兴趣地凑到那堆东西跟前,每一件都嗅来嗅去,极为认真地研究着。庄周搓搓手,声音艰涩地说:“我从来没到你们新居来过……”他咕哝着,低头去看自己放在角落的东西,马上抱起了丽丽。它和他对视着。我好像看到了庄周的眼睛有些湿润。正这会儿小宁从他的房间跑出来了,梅子刚说了一句“伯伯”,小宁就倚到了丽丽跟前。庄周将它与他一边一个紧紧地揽住,好像小声说了一句:“我走时还没有你呢……”

梅子顾不得做饭,过来跟庄周说话,但不知说什么好。我说:“先做饭吧,我们这回有时间谈了。”

她放了一杯茶,踌躇了一会儿才回到厨房。我发现梅子像怕惊动了什么似的,走路有点蹑手蹑脚的。

我希望面对一杯热茶轻轻啜饮的时候,庄周能问一下自己的父母、孩子和李咪。可是没有,他好像把一切都淡忘了。这怎么可能呢。这种压抑和忍耐越是没有痕迹,越是令人焦急。可我却不能忘记他父母的重托:只要一有他的消息就告诉他们。那两个老人恳求的声音如在耳畔。让这样的老人忍受失去儿子的绝望和痛苦,心也太硬了一些。无论面前的人出于什么理由,他这样做都显得太过分了。我在这段沉默的时间甚至暗自设想:要不要偷偷地给那两位老人打一个电话?刚有了这个念头就被我压制了下去。我明白不能冒这样的风险,这差不多等于对朋友的一次出卖——无论出于怎样良好的用心都是不可以的。还有就是,如果这个人不想留下来,那么即便拦住了他,庄明夫妇和李咪也没有任何办法阻止他重新走开。

这时梅子再次走来,递过来一块湿手巾,让他擦擦脸。

庄周想起什么似的,点头致谢,然后到水管前用了好几通肥皂,认真地洗了一遍颈和脸……吃饭时,庄周喝了不少酒。我发现他实际上已经喝多了,如果不阻拦,他还会喝下去。他尽管不说话,但能看得出整个人还是有些兴奋。他的脸色变得紫红,这是因为一张脸庞又粗又黑的缘故。这期间我小声叮嘱梅子:暂时不要提李咪和他家里的事情,更不要提那个人——桤林……其实我最想问的就是桤林,想知道在这两年的时间里,那个不停地寄钱给他的人是不是你?还有——我想知道的关于桤林的事情太多了——这个人跳楼之前发生的一切、你们之间究竟发生了什么?

我心中真正难以忍住的,还是关于那个黑色的九月。这是我心中永远不能融化的一个硬结。我相信庄周的出走、更有桤林灾难性的一跳,都与这个九月紧紧相连。我至今不能忘记的那个月份的那个下午,因为我就在那个可怕的时刻里与一个人分手了,她就是凹眼姑娘——我和她或许还有再见的机缘;而庄周与之分手的那个脸色苍白的青年,两人之间却是一种真正的永诀。

吃过饭后,天已经乌黑了。没有期待和想象中的热烈交谈,没有。我感到无边无际的滔滔话语,正在我们两人心底汹涌,或者找一个喷口冲腾而出,或者就一直这样闷下去,一直忍住。但愿我们都做不到。我们应该讨论许多、彼此询问许多,这一切绝不是多余的。我不相信庄周行前会不知道妻子的不贞,以及“乌头”之流的其他种种卑鄙行径。他必定是感受和经历了比其他人所能想象的更为严酷的那一切,还有足以将其击倒的、无论如何都无法承受的巨大痛苦……就这样沉默着,夜渐渐深了,接下去该考虑睡觉的事情——我想请庄周睡在床上,我和梅子把沙发拼凑一下睡外间。正要动手铺床,庄周连连摆手,接着就把背来的那一卷东西摊开。原来那是几块蒲荐子和剪开的毛毯,它们放开来就成了一个地铺,而且还连带着枕头……

入睡真难。在我辗转反侧之时,终于发现外间的庄周也没有入睡。他后来干脆坐起来,两手抄着出神。我披了衣服来到外间。没有开灯,但我能在模糊的夜色中,看到这个昔日橡树路上的王子——他的一双美目正闪闪发亮……他站起来,踱到了窗前。这个城市的灯火不甚明亮,居民楼在这个时刻大半是黑的,只有几条大一些的街道有将熄未熄的街灯,中间流动的车辆像一条条赤色蚯蚓。一股城市午夜才有的闷糊气味,伴着微微的震动声从窗玻璃那儿透过来。空中有一架夜里航班飞得很低,可能是降落在这座城市的。庄周凝住了一般看着,又回头看看我……他嗑着牙齿,像是自语:

“转眼就是几年过去了。南南北北跑,城市乡村,大山……随上打工的人……”

“一次都没回来?”

“没有。”

“想过他们吗?家里人,还有城里这帮朋友?”

他转过脸来。我发现他在躲闪我的目光。他再次回头去看窗外时,轻轻说了一句:“别告诉家里人了——”

“那……太过分了吧!父亲,母亲……还有孩子……”

我特别绕过了“李咪”两个字。可他却打断我的话,第一个提到了她:“你见过李咪了吧?”

我不知说什么好。我只好如实相告:我在你走了不久即见到了她;还有,我和你父亲母亲的谈话、两个老人的焦虑、度日如年……我特别说到了他可爱的儿子——狗狗。我一边说,一边听着对面这个发达的胸廓中发出的呼呼喘息。我期待这个午夜能有一场痛快淋漓的交谈,可是没有。他像大熊一样的身躯弓了一下,向黑影中的那个地铺走去了。

三

吕擎与庄周的见面令人激动。我费了好大劲儿才把庄周引到这个四合院里来,因为心里一直隐了一个期望,就是最终让其回到橡树路。他们一开始并没有多少话,可是我从双方沉沉的目光中、从搬动茶具时微颤的两手上,感到了两个久别重逢的男人是如何地不能平静。他们都是橡树路上长大的,两人从小就不陌生。如今一走一留,一个对另一个构成了致命的吸引。以出走的那一天为分水岭,他们将慢慢回溯前前后后的日子。

好像心照不宣,吕擎在简短的交谈中竟一句也没有提到那些敏感的字眼:李咪和那个家庭,特别是桤林。他在故意绕开……接下去吕擎对庄周透露了他和朋友要赶在冬天出发的事儿——只是简要地说了一遍学校发生的事情,表达了对某些人威胁开除他的公职的不屑。庄周听着,未置一词。吕擎说:“我知道这不是一抬腿走开就能了结的事儿,一切还没那么简单。离开,这说起来轻松,做起来就难了。冬天吧,我们想一边打工一边往前走……”

庄周抬头看着他。

“先到南部山区,不少人说起那里的苦日子,听起来就像传奇一样;我们准备在南山待上半年,然后再到东北深山老林,一直往北,到了漠河再折回来。以后——也许只是我们当中的一部分人,还要从大西北一带转到新疆……总之要到最边远最艰苦的地方去,不是为了好好折腾一番,而是要扎扎实实选择一个落脚点,看看我们这辈子能干点什么……”

庄周若有所思。可他仍然缄口不语。哪怕是一句建言也好啊,因为他毕竟是一个跋涉者、一个先行者。他的目光重新移开了。我发现这个人的心思还在一个遥远的地方——很远很远,远得可怕,远得没有边际。有什么办法将他的心思收到眼前、起码是收到这座城市里来呢?吕擎不再吭气了,他也发现了什么,知道对方对他激动诉说的这次远行并未听进心里。在这僵僵的空气中,半晌没有一点声音——像是刚刚从遥远的梦幻中醒来似的,庄周这时突然把脸转了过来,双手插进了乱蓬蓬的头发中,头颅一垂说:

“那是个做噩梦的地方……”

我与吕擎对视了一下,这时才明白过来,刚才他一直望向窗户那儿,原来在看那片橡树掩映下的大院、自家那幢灰色的楼房……

“在那儿,我总梦见被什么追赶——它追我一夜,让我筋疲力尽……”

我马上想到了李咪对我说过的:庄周离开前的日子里总是做这样的梦,几乎不能安睡,每夜都发出吓人的尖叫。我屏住呼吸听下去:

“那个大院我再也不敢回了……只要离开了,和打工的人、和流浪汉待在一起,那样的噩梦几乎再也没了……”

他喃喃自语,声音细碎而急促,后来就不做声了。

我叹了一声。我小声问吕擎:“那些传说中老城区闹鬼的故事,你也听了很多吧?”

吕擎毫无忌讳地大声说:“什么啊,那里换了多少茬人了,每住进一户新人,房子都要经过里里外外的修整。这完全是迷信,无稽之谈……”

想不到庄周立刻变了脸色,十分严肃地纠正吕擎:“不,不是这样。我以前也这样想过,现在——我是指从那年九月以后,我再也不这么看了。我是说老城区的鬼魂真的有,它们一到了夜晚就出来游荡……你如果亲眼见过,就再也不会怀疑了……”

他像害冷一样看着吕擎和我。

“谁看到过?夜巡的民警?”吕擎反问。

庄周摇头:“不,他们只是远远地看到一个影子……真正与鬼魂打过交道,甚至发生过身体接触的人,并不是他们……”

吕擎看看我,又看看庄周。他大概想弄明白眼前的这个人是不是正常。没有问题,庄周口气沉着,思路清晰——他可能在讲黑九月的故事,从那个吓人的噩梦开始讲起……

“我在想,橡树路已经存在了几百年,这里发生的事情太多了。中国人,外国人,什么人都住过。这样一个地方发生什么怪事都不让人吃惊,那些缠着这里不愿走开的鬼魂会想出各种方法折磨人——特别是没有阅历的年轻人。它们会让一个个中上魔怔,发疯,干一些连想都不敢想的事情。鬼魂一旦缠上了你,你就跑不掉了,你的行动就得受它的支配。最后一切都晚了——你即便明白过来也晚了,因为你已经陷进去了……”

庄周的声音越来越怪,最后甚至带上了哭腔。我看了看他的眼睛,发现是焦干的。

吕擎的目光再也没有离开庄周,嘴巴张得老大,长时间没有合拢,这时喘息着问:“老天,你是说真的?你没有开玩笑吧?你真的相信老城区里有妖怪和鬼魂?这是你庄周的真情实感,就没有一丝丝冷幽默在里面?”

庄周生气了:“当然没有。我不会在这个时候说假话——我已经没有了那样的心情。你应该明白,说这话的人,是一个刚刚回到城里的人,这个人自己就身受其害——他甚至直到现在,直到自己的家近在咫尺的时候,连父母、连老婆孩子都不敢回去看一眼!我们是无话不谈的朋友,我们之间应该彼此信任。请你现在相信我的话吧!”

吕擎一脸的肃穆。他的手哆嗦着去摸烟,摸了个空。桌上的烟早在一年前就被他的妻子拿开了。他咂着嘴,有些慌乱地瞥瞥我。

我这时清晰地看到了面前这个穿得破破烂烂的人、这个昔日的朋友庄周,一双眼睛是怎样执拗地看着对方。只一会儿,这双眼睛里就渗出了一层浅浅的泪花。

与此同时,我在想很早以前凹眼姑娘多次讲过的闹鬼的故事……我心里有一个难以置信的答案出现了——它太荒诞,所以说我也不愿相信,却一时又无法否定。这个答案就是:庄周为了躲开橡树路的妖怪和鬼魂,一口气逃离了这座城市,开始了四处流浪……

四

这是一个现代神话。我和吕擎,也包括我们的所有朋友,都不会相信这个童话。但眼前的事实是,这个橡树路上的昔日王子,真的是被老城区里的魔鬼和妖怪折磨得痛不欲生,最后竟弄到了落荒而逃。他当然不是精神病患者,而是一个智慧出众的人物,是这个城市所能产生的最卓越的青年。我和吕擎在很长时间里一直怔怔地望向这个归来者,看着他的破衣烂衫。他这一身打扮不是出于某种表演的需要,而是经过了几年的挣扎、痛苦跋涉踉踉跄跄的结果。

“那年九月出的事情,从头到尾我都知道——我差不多是个亲历者——我是说,其中的主犯一直是我最好的朋友,我们一起长大,彼此什么都了解,他的任何事情都没有瞒我……”

庄周开始了缓缓的叙说。我和吕擎都明白,他在说那个脸色苍白的青年。我眼前马上闪现出的是那个雷雨将至的可怕下午,我所看到的那个细高身量的年轻人、他的一头稍长的乌发和黑亮的眼睛。当时最让我吃惊的是他的脸色——我大概一生都不会遇到比这张脸更苍白的人了。一开始我还以为是由于他的恐惧,所谓的吓得面无血色;后来才看到他高仰的头颅,毫无惧怕的神情——这神情是那么深刻地印到了我的心中,使我一闭眼就能清晰地再现那一幕……当然,连日的折磨未眠也会使人的一张脸变成那样……整个事件过去了许久,关于他的一些信息渐渐多起来,我才知道那是怎样一个人。原来他的脸色一直如此,整个人看上去有些孱弱,内里却是极端的执拗顽强。他的父亲是这个城市赫赫有名的人物,已经去世两年了;他和母亲仍然住在父亲留下的巨宅中。这是橡树路上最古老最豪华的住宅,一二百年前住过一位总督。主楼高大旷敞,再加上两幢配楼;花园里是茂密的树木,人待在这儿有些空荡荡的感觉。大楼年久失修——本来男主人在的时候它就该彻底翻修了,那时主人忙于工作无心做这个,后来他去世了,有关部门也就顾不得料理这个院落了。偌大一个院子只有母子两人,尽管还有一个保姆、有偶尔来一次的工人,这里还是显得太荒凉太沉寂了。据说这个大院里不止一次发生一些怪事,比如半夜刷刷走动的脚步声,飘飘而过的女人身影,花园深处喝茶饮酒的喧哗声……苍白青年几次提到搬出这个院落，搬到一处四室两厅的新公寓去，都遭到了母亲的坚拒。因为一些不能说出的理由是，这里有她和丈夫生活的痕迹，有无数往昔的记忆；更重要的是，位高权重的男人一走，她身边的一切都失去了，似乎只剩下了这处巨大的院落了。她再也不愿失去。那些负责首长日常生活的管理人员，几乎明着说出让他们母子搬出这里，借口是要从头修缮等等。这更触动了她的敏感神经。她每次都拒绝了。她决心一直住下去。

大宅院里最多的访客都是苍白青年的朋友。这里一天比一天热闹，有时一晚上的来客可达几十人。尽管如此，阴气逼人的屋子还是没有多少改变。因为那些十几年没有打开过的房间，比如阁楼和边厢，还有花园深处的一些小房子；配楼更是闲置了不少房间，那些一百年前被使女和男仆用过的间隔，如今已经成了黄狼和其他野物的天堂。有一天一伙留下过夜的年轻人打扫住所，竟一口气赶出了十几只花脸动物，不知是狐狸还是獾。一只只失去居所的野物在灌木丛中哭闹了一夜，发出各种奇怪的声音，弄得人人失眠。这些失眠的青年照例半夜起来打牌、看录像，喝最浓的进口咖啡和洋酒。这处老宅里也许是整个橡树路上最多稀奇物品的地方，拥有整个城市最早的舶来品——从录像带到饮料再到服装。这些东西都是聚会者拿来共享的，当然也不乏炫耀的意味。双排气管的超大摩托、新牌子轿车，常常在院子里停靠一长排。打扮最时新的男男女女随之出现。那些只有在电视上才能见到的漂亮女子，竟然一个个活生生地出现在这个院落里。

然而即便在这样的时刻，那些妖怪和鬼魂也不愿退避。这些享用了几十年上百年的家伙，怎么也不甘心就此舍弃。这里是它们的天堂，这是毫不夸张的。在午夜里看一看听一听，一切也就心中了然。一切都是院子里的女主人心知肚明的，她早已见怪不怪。

对这些妖怪和鬼魂,她既不敢招惹,也不愿随处听之任之,实在不能忍受了,就找一二位懂阴阳的大学老先生来看一看,名之谓“茶叙”。几位老先生是这个大院里的特殊客人,她的客人,他们会画符,还会使用朱砂和雄黄,但这也仅仅局限于几间常用的屋子,而且收效甚微。比如有一次她亲眼看见一个白衣白裤的鬼魂,在半夜飘飘进入儿子的房间——她注意到第二天日上三竿他才起床,脸上一点血色都没有。这事让她再也不能坐视下去,她终于想起了首长在世时交往的一个叫“嫪们儿”的乡下朋友,这人是一个驱魔的能手——想不到那次驱魔还是失败了……从此一切就更加不可收拾了,以至于后来那些大胆的年轻人把几十年没人住过的屋子也打扫出来,然后堂而皇之地住了进去,她真是害怕极了。她一开始试图阻止,但他们根本不听,也就只好作罢。结果无论是午夜还是其他时刻,都会有一些奇怪的声音传出来,床和桌子,都发出吱吱乱叫声,或者有碗筷从窗户上飞出来。对这些,她只能睁一只眼闭一只眼。

事后许多人,更有这个院落的女主人,坚信不疑的一个事实就是:魔鬼深深地参与了这个大院的生活。不错,橡树路上的鬼魂太多了,他们男鬼女鬼都有,土著和洋人齐全,都是死赖在这儿不走的风流情种。这些鬼魂以这个大院为最多,这儿才是他们的聚会中心,他们在这里可着劲儿折腾。最不该发生的事情就是后来苍白青年一伙人的相聚——这一来就严重打扰了那些老住客的生活,他们总有一天要想出报复的方法。这些物件在暗处,而年轻人在明处,这又怎么是他们的对手?结果鬼魂们使尽了风流本性,于半夜里混在年轻人中间,极尽诱惑之能事。再说在那样的时刻里,青年人迷了心性原是很容易的,一个个又怎么分得清谁是谁、该干什么呢?在屋子里、床上、草地上、花园亭子里,到处都滚成了球。这些孩子什么都不知道了,只知道快活。魔鬼一旦钻进了人的脑壳里,人就变成了魔鬼,这是千真万确的事实。苍白青年那时所做的一切,就是再好不过的说明。苍白青年曾是多么清醒、多么聪慧、多么令人羡慕的人——不客气讲,他曾经是橡树路上硕果仅存的两个王子之一！另一个王子就是庄周了,而这两个王子之间又是最好的朋友,两个人爱好相同,出身相同,而且全都面貌英俊,全都是城里姑娘用目光紧紧追逐的男子。

在这样的日子里,苍白青年当然不会忘掉庄周。这些年里,他们在一起有过多少热烈的讨论啊！那些不眠之夜——那还是很早以前呢,那时候还没有这么多男男女女的聚会——他们可以为一本书、为生活中的一个事件,争论得面红耳赤——或是相反,取得完全一致的看法。他们面前只有一杯清茶,心里却有一团滚烫的火焰。为了这种说不清的难言的激动,为了表达和诉说,他们试着写过剧本和诗,甚至亲自参加演出……那些日子如在眼前。可惜只一晃,苍白青年就和鬼魂搅到了一起。这个英俊的细高个子喝了过量的咖啡和酒,然后就语无伦次了。他约了庄周参加大院里的舞会,又把自己最好的朋友介绍给所有参加聚会的年轻人。这是又一个不眠之夜,然而这样的夜晚再也没有了激动人心的讨论,而是一群人没完没了的调笑和打闹——苍白青年竟然觉得这还不够劲儿,竟自告奋勇地朗诵起庄周以及他自己的诗作——庄周发现对方不是当成一首首诗来读,而是当成对昨日的嘲弄,好端端的句子被他用奇怪的音调读出来,立刻显得有些可笑,而作者本身也成了某种笑柄……庄周终于无法容忍。他把苍白青年叫到了一个空房间里,可对方就是不想好好说话,最后竟哭了起来。庄周发现这完全不是个好好交谈的时刻,因为苍白青年已经醉得厉害。这一夜因为太晚,庄周不得不宿在了大院里。可是凌晨两点左右他又被惊醒了:院子里、灌木丛中,到处都是奇怪的声音,是传说中那样的飘忽的影子;一会儿有人急急拍窗,原来是苍白青年！庄周打开门,进来的不光是他,还有一个半裸的、浓妆艳抹的姑娘。他和姑娘早就大醉了,这会儿来邀请庄周一块儿看一个录像片——“这么好的东西,我们可不能背着你享用啊!来吧!”庄周揉着眼,半睡半醒地被拉到了一间宽大的地下室里,那里已经有了十来个人了。随着苍白青年一声令下,录像开始播放:映出的画面不堪入目!庄周愤愤地走了出去。苍白青年一直跟出来。

“那是第一次在那里过夜。我终于明白了,那些鬼魂的传说全都是真的……”

庄周仍在回忆那个夜晚,“我告诉他:你被这个院子里的魔鬼缠住了——听我的吧,要救自己,惟一的办法就是快些搬走!可惜一切都晚了。他没有听我的话,一直没有搬开。他是舍不得……可是,更不幸的是,连我也没有幸免……”

我和吕擎看着痛苦不已的庄周,不知说什么才好。

他抬起头来:“也就从那一夜开始,我和朋友一样,也被那些鬼魂给缠住了……后来,后来我做了什么、做了什么啊!经过了那个九月,他走了,我怎么还能待在橡树路!魔鬼钻到了心里,日夜啃我咬我,再待下去生不如死……”

咚咚心跳

一

许久了,我的思绪常常流转到远方……我长时间的缄默梅子不可能毫无察觉。自庄周来去这一段日子,我离家的时间越来越多了,更多地与吕擎、阳子和余泽他们在一起。我参与了他们的准备——在决定出发之前,他们必须把一切细节都考虑到。有时我深夜未归,梅子就让小宁睡下,一个人在外间沙发上等我。我回来,打开门,首先迎来的是丽丽,它伸出舌头舔我,激动不已;暗影里传来那两只龙虾的打斗声——梅子坐在昏黄的灯晕里,像一尊好看的女性雕塑。

我挨着她坐下。她倾听我的咚咚心跳。这样停上好长时间她才抬起头,问:"我能为你们做些什么?"

"你做得已经够多了,准备了很多东西,还亲手为大家缝睡袋……"

她看着我:"有些话压在心里,我不愿讲……可又一想,我不该总把它压在心里……"

"当然,"我鼓励她今夜就说出来,"你想到什么就告诉我吧……"

"我知道,在城里,你最喜欢的人就是吕擎他们……你们两人无话不谈。我从没见过一个人能对朋友这样好,我高兴你能这样。因为我想过:对朋友这样好的人也一定是世上的好人……"

我默默听着,我想这可能是一场重要谈话的开场白吧?它很像是一种引言。以我的经验来看,由这样一番"引言"开始的,十有八九不会是什么好事情。我想直通通地问一句:"你到底想说什么?"但还是忍住了听下去。

"你对朋友好,就该听爸爸一句,让他赶紧打住吧,不然是十分危险的……"

"打住?停止这次远行?你是指这个?"

梅子摇头:"不,他要马上走开就好了——这一耽搁,我真怕……真怕出别的事啊……"

我急了,一只手不由自主地握住了她的胳膊:"梅子,你有什么不能直说的,这样吞吞吐吐!爸爸告诉你什么了?你快说啊,你怎么了?"

“我……我也不敢肯定，因为爸爸只说了个开头就停住了——他大概是怕我说给你听……”

我一下仰在了沙发上，呼吸变得粗粗的。

“是这样，爸爸骂起了一个人，就是吕擎的好朋友林蕖，他说当年这个人领人闹事的案底还没有结呢，这一次又赶回来插手了——橡树路上被堵回去的学生，还有最厉害的几次乱子，都是因为这个人在背后搅。他说吕擎也脱不了干系，还说证据基本确凿，林蕖这个人肯定跑不掉的……我吓了一身冷汗，问他吕擎不要紧吧？他说那就要看介入多深了。再问他就不肯说了。他特别叮嘱不要告诉你，还说这不过是他的个人判断……”

我跳起来，盯着黑影里的她：“这是哪一天说的？”

“昨天，不，前天中午……”

“梅子！你多糊涂，这怎么可能是他的判断！他足不出户，如果不是橡树路上有关人通报了他，他绝不会对整个事件知道得一清二楚——你真该马上告诉我啊……”

梅子站起来：“有那么严重？你想多了吧？”

我没有想多，我只想到了那年九月，那个苍白青年的影子从脑海里一闪而过。我的心噗通噗通跳起来。我压低了声音：“还有呢？他还说了什么？”

“没有了。不过听爸爸的口气，那个人好像还住在市里……”

我第一个念头就是马上给吕擎打一个电话，可是抓起电话又放下了。我必须赶去那儿，这种事只有当面才能说得清楚——我对梅子说你先睡吧，我需要一会儿才能回来，然后就急急出门了。

过去我到吕擎那儿是从不会坐车的，因为二者之间的距离也不过是两站路，可这一次我出门看见前边有一辆交通车，就拼上劲儿往站牌下面跑——司机可能被我急跑的样子感动了，就特意让车子等了一下……

多么不巧,吕擎不在。吴敏告诉我:这一段时间他有一多半晚上是不在的,常常半夜才回来,有时还宿在外边。我问:“林蕖来了市里?”她点头。我问她知道客人住在哪里吗?她说不知道。我请她快些让吕擎回家,就说我有极重要的事情找他——吴敏正在拨电话找人,门响了,吕擎一步跨进来。

我第一句话就问:“林蕖还待在这座城市吗?”

吕擎奇怪的眼神盯住我,缓缓摇头:“走了,他有个要紧事情,处理完了才能回来……他还会回来。”

我马上将梅子的话,还有自己的判断告诉了吕擎。我让他设法通知林蕖:要远远地躲开这座城市,在一段时间内躲得越远越好。当我让吕擎自己也要十分小心时,吕擎沉着嗓子说:“我没有什么好隐瞒、也没什么好怕的,我就是这个态度——我随时随地都可以向他们表明!”

二

回到家里已经是下半夜了,梅子一直在那儿等我。我告诉她:不要紧了,林蕖已经离开了。“那么吕擎呢?”她似乎也有些紧张了。我安慰她:

“不要紧,吕擎是光明磊落的,他坚信自己不会有任何问题。”

梅子长时间不做声。这时候已是凌晨两点的样子,可我们两人都毫无睡意。她依偎着我,一声不响。这样待了一会儿,她突然问:“你真的替林蕖害怕?”

“我只是担心。”

“至于吗?就因为关心自己的母校,就因为过去的一点事儿?”

我没有回答。我在想那个九月。没有什么能不能的。

黎明前我迷糊了一会儿。睁开眼睛,见梅子还没有睡,她的一双眼睛闪闪发亮,看着窗外。

“我在想你们这几个男人……”她坐起来,回身披一件衣服,又把一件睡衣搭在我身上,往颌下塞了塞,像给我戴了一个围嘴。她慢声细语说着:

“我看出来了,打庄周走后你就没有安生过;吕擎他们再走,就把你剩下的一半也带走了。我觉得他们怎么做都有自己的道理,尽管我不完全同意也不太理解。我要帮他们,所以就跟着忙……我觉得就像帮你一样。可是在夜里睡不着时我又想:他们真的要走吗?这一走多久才能回来?丢开工作、家、城里的一摊子,就这么走了?这用得着吗?想是这样想,第二天还要接上为他们忙。不过我心里常常问:难道就非走不可吗?为什么一定要走呢?你听了这些肯定会笑我,笑我直到现在还问这些——你别笑,我就是这样想的:好好的工作,好好的家庭,有的还是正在读书的大学生,为什么要火烧火燎地往外跑?他们人是走了,也痛快过了,再回到这座城市怎么办?要知道这可是一辈子的大事啊!他们可能过腻了,烦了,可是他们在世上可不光是为自己过啊……”

我明白,她对这一切早就有了一个否定的回答,只是长时间闷在心里。她在替我和朋友们难过、惋惜、担心。她说对了——朋友的这次远行肯定会带走我的一部分;是的,它是我身上某种最珍贵的东西,它就这样被庄周、被我的朋友携走了……她在想自己的男人总有一天也会追上去,会加入他们的行列——梅子确切地感到了这种危险,所以才在这个夜晚悲伤起来。怎么回答?我想必须告诉梅子:在许多方面,我也像她一样迷茫……我认为即便是吕擎他们,也无法回答梅子提出的这些看似浅近、现实,而实际上却是十分邈远深邃的问题。

我想起了庄周离开这座城市之前说过的一句话:“一个人只活一次”——这看上去只是一句大实话,可也道出了一个基本事实,即提出了做人的重要前提。许多问题都需要在这个前提下重新思索。如此一想，平时许多的“重要问题”竟滑到了脑后，迎来的却是一些崭新的、陌生的质询：人不得不为这些崭新的质询去经受一番痛苦。

我为什么被投放到这座城市里来？又为什么走进了这样一个“角落”？还有我们每个人的出生，它在人的心灵诞生之前已经被决定了——那么当人的心灵慢慢生成之后，又怎么面对这个陌生的世界？怎么承担怎么处理这与生俱来的大问题？这短短的又是长长的一生该怎样打发？一个人一旦开始考虑这些最质朴最基本的问题，就会与父辈吵架，会听到他们严厉的呵斥：就是这样！就该是这样！你反正生下来了！你给我好好待着……他们这种可怕的、极端的自私却又总是被另一些温情的关切和无边的慈祥给包裹着，让你不忍戳破。

一个生命总会渴求自己的“诗意”，无论这个生命多么木讷沉睡，一旦醒来，即可以历尽艰辛舍弃一切，去获取去追逐，去跟随。当生命与之紧紧相依、结合一起时，才会变得蓬勃旺盛……父辈们总是那么动情地回忆他们的往昔，比如“铁来”的故事，这个人现在叫“梁里”——可是原来的那个人呢？其实从梁里风光起来的那一天开始，他就自己动手把“铁来”杀死了；而我最怀念、最神往的，还是原来的那个小伙子，他叫“铁来”……

我不知该用什么语言对梅子解释这一切。梅子仍然在急促地喘息。她说：“我知道你心里好烦。可是我担心，担心你们这些人走丢了……”

我在想别的，嘴里却说：“不会的，我们会在一起……”

“可是如果有一天你出了门，像庄周他们那样，我能带上孩子、扔了这个家跟上吗？”

我无法回答。她提出的是非常现实也非常尖锐的问题。但我所说的生活的“诗意”，却适用于所有的人：男女都一样。不是说对于一个女子而言太过分、太沉重，而是全都一样。这远非一个性别问题，事实上人世间恰恰有许多女子更为勇敢无畏，更具浪漫和冒险精神，而男子却是那么委琐……想到这里，我脑海里不禁又闪过了凹眼姑娘的面容，想到了那个可怕的九月。即便是莽撞和模仿，她们也不甘人后啊。可是她们为此付出了沉重的代价。我面前的这个女人只是我的妻子，但不是一个殉道者，任何人都不能这样去要求她，因为这太苛刻了……夜深了，我安慰她："梅子，我不会像庄周那样不辞而别的，也不会扔下妻子孩子。我会出门，更会回来。如果真的需要迁居，我也会征得你的同意，和你一起……"

梅子抬起泪眼："为什么要迁居？""因为……"我琢磨怎样才能表述得清楚，我说："因为人这一辈子各种变化、各种改变都会发生的，现在还说不准；如果有了更好的选择，并且你也同意，我们为什么就不能改变一下住的地方呢？所以我们现在不要害怕奔波，我们在路上花掉的时间也不会白白浪费，我想它自有意义……"

梅子"嗯嗯"应答着。在她喃喃之时，我却在探问自己："你做得到吗？你真的能够为她而忍受？当你的妻子在一座城市和一个男人之间首先选择了前者，你还能作出这种保证吗？更尖锐一点说，你真的认为妻子的心不属于那个橡树路吗？"

这些问号，特别是最后的设问，让我的心又一次加快跳动。不能回答。在这个黑夜里我只能告诉自己：我会尽最大的努力，去做我说过的一切；我对她说过的所有的话都是真诚的，但不是最后的承诺……

三

梅子一次又一次到岳父那儿借钱，还搞来了其他东西，终于引起了两个老人的注意。一个周末，当我们全家照例回到橡树路时，岳父刚扯了几句就问起了最近的事情——他谈的仍然是学校的风波、吕擎即将辞职的事——他问我对这事怎么看。

我暂时没有回答。岳父这会儿的态度温和、平静。大概就是这种态度鼓励了我吧，我说："一个人有辞职的自由。既然这样，那学校应该充分谅解……"

岳父"嗯"了一声，"他辞职要干什么？"

"他想出去走走，到远处去看看。"

岳父又"嗯"了一声，"你和梅子这些日子就在帮他这个忙吧？"

我看了一眼梅子，她正扯着小宁和母亲谈话。不过我相信，她的一只耳朵仍在关注这边。我说："这……作为朋友，总不能袖手旁观吧……"

岳父站起来，踱到了窗前。他在看窗外那棵大橡树。这使我明白问题有些严重。他转过身来，咂了咂嘴，一直盯着我，"学校里发生的事情，并不那么简单……还有，关于辞职的自由，那是原则性规定，具体执行起来，组织上还会有具体的掌握。"

我的心噗噗跳。因为我怎么也弄不明白"原则"和"具体掌握"之间的复杂关系。在我看来，行就是行，不行就是不行；"原则"就是讲原则，原则上行，还有什么不行的？

"吕擎该不是出去找什么人的吧？近来学校发生的事情，十分发人深省，问题很严重哩！他和一些人到底扮演了什么角色，我们会搞明白的——在搞明白之前，他不宜离开！"

我注视着岳父。我在想"我们"两个字究竟包括了谁？这两个字代表了整个橡树路吗？我出了一身冷汗，心又噗噗急跳起来。我觉得两个手心都汗津津的。我站起来。

梅子重重地看我一眼。我又坐下了。

岳父说："这是他们的事情。说到自己家里，就是你要好自为之，不要搅到里边去。近期再也别到大学里去了。现在的许多问题非常复杂，社会并不安定，一些人蠢蠢欲动，海外方面……吕擎要做的事情恐怕也不仅是他自己,这是有组织、有计划的一次……”

他没有说出的一句,我在心里念出来了:“也是有预谋的。”

我再也不能忍耐了。我终于站了起来:“不,其他事情我不懂,但我明白吕擎的事情并没有你说的那么严重,绝对没有!真理是在老师和同学们一边的,李龟子和橡树路上的个别人联手,正是你常常谴责的‘腐败分子’,现在必须有人和他们斗争!还有,吕擎他们不过是想利用假期出去走一走,我们总不能阻止一个人到远处去看看吧?难道一个人连这点权利都没有了吗?”

岳母在一旁笑了:“孩子,你知道参加了工作的人,总要服从组织安排。”

“人民并没有给他们乱来的权力!”岳父跟了一句。

我在心里竭力挣脱岳父和岳母的逻辑怪圈,告诉自己:吕擎在学校是与“人民”在一起,那么他到边疆,到其他地方,也是投入了“人民”之中;还有,“人民”也不仅仅是岳父这样的人才能代表的,“人民”很具体,他们是笑吟吟的老大娘、老大爷,他们含着烟锅坐在马扎上,或者是不得不为温饱奔忙的人——他们相加一起才是“人民”。“人民”总而言之不可能总是像岳父这样严厉、这样铁青着脸……如果真要这样,我也会沮丧甚至害怕,也不会服气的——这些话与“梁里”是讲不清的,而只有找到“铁来”才行!可是“铁来”,早就没了……

整个一天过得很不愉快。几乎再没法谈什么事情。饭后我约梅子快些回家,可岳父又借口有事要梅子留下。我知道那是一次个别叮嘱、内部谈话。我扯上小宁的手先自走开了。

天很晚了梅子才回来。她进门后就一直没有吭声,很为难的样子。

“父亲说了什么?”

梅子看着我。她怯怯的目光让我害怕。“梅子,你应该相信我。你不觉得父亲对我说那些话太过分了吗?”

“他不过是让我们保持清醒的头脑,他全是好意……”

“这句话并没有错。可是他不要威胁我们;还有,我们的头脑刚刚清醒一点,他就要给我们搅浑,用力地搅。”

梅子眼里渗出了泪花。我说下去:“你父亲无论再说多少道理,其实都很简单——那就是,只有他们自己才是存在的,我们后一代,包括吕擎他们,大家全都等于没有,生下来也不作数……我们不能做自己想做的事,不能有自己的想法,我们必须有名无实——一句话,我们不能变成我们自己,我们必须被他们消灭……”

梅子抖了一下。

“真的,你不要害怕,我们要被消灭得干干净净——当然了,我不是指肉体,而是指精神——偶尔也包括肉体——就像当年‘梁里’消灭‘铁来’一样!当我们被消灭得一干二净的时候,你爸爸他们就高兴了。到那时候我们就不会自己想、自己做,就会变得像木偶一样……”

小 开 除

一

一个人能够做到不爱吗?那些心冷如冰的人就从来也没有爱过吗?这当然不可能。一个人开始的时候可能不懂得恨,却会懂得爱;还有,人一开始懂不懂得恐惧?一个人既然长大了,那么对他而言爱和恨就成了两种最基本的情感——既是最基本的、最重要的,同时也是最危险的两种情感。一个人的命运就是由这两种情感在比例上的变化而决定的。比如现在,我爱梅子和小宁,还有丽丽——这只与我的关系变得相当炽热的小狗,它那双蓝汪汪的眼睛可以一连几个小时盯着我,我的一举一动它都留心。

我相信它对我充满了依恋,它指望我,跟随我。它的小嘴不知为什么永远湿漉漉的,胡须淋漓,就像刚刚喝过了水酒的老人。它可以一整天伏在那儿看我读书、思考问题……

我爱那些在沉寂的时刻里温柔了我的一切。我回忆着那片遥远的平原,平原上那棵巨大的李子树,它那一片雾状的银色繁花;回忆我在大山里获得的那些安慰。我还不得不一次次回顾那所地质学院,那些难忘的场景。我曾在那棵丁香树下看到了一辈子的希望,尽管它模模糊糊。我不仅在那里找到了心爱的地质学,而且还找到了心爱的姑娘。我一眼就能看出,她对于我是全新的,是在模模糊糊的心灵深处存在的一个渴望。她双眼漆黑,眼窝稍微有些下陷,就是这双眼睛让我不知所措。在那棵丁香树下我第一次亲吻了她。我至今记得她唇中那种青草的香味。那时候我觉得,我从平原跋涉到山区,在崎岖小路上攀登,衣不蔽体食不果腹地奔到这儿,大概就是为了跑到这棵丁香树下亲吻一个姑娘吧。她能弹一手好钢琴,她长在另一种家庭里。可是她父亲的父亲——她的爷爷还是一个沿街奔走的乞儿。就像许多故事讲的差不多,就因为贫穷,父亲参加了革命,后来又成为这个国家的第一代专家。众所周知,这当中的某些人有着奇奇怪怪的模样:留了背头,有的甚至不到老年就拄上了拐杖,叼着烟斗,话语迟滞,目光沉重。他们手指上的粗皮早已蜕去,在城里娶了一位知识女性,接着生出一个会弹琴的可爱姑娘。

这就是关于她和一家人的大致情形。

那时候,离开她的丁香树,在一个人的深夜,我不由得更多地想着我的父亲、母亲、外祖母、外祖父，还有外祖父那深不可测的府邸。我曾跟上母亲偷偷溜进那个被查封了的大宅，看过里面正在开放的一排玉兰花树。时代变了，玉兰花却照旧开放。那个大宅当时已经不再属于我们了，以后大概也不会属于了。外祖父一家世世代代都拥有那个大宅，可它竟在一天早晨从我们手里滑脱了……母亲和外祖母逃出那个小城，向着北方那片荒原逃去。当时她们乘坐了一辆逃跑的马车，那马车被一个谨小慎微、面庞黝黑的老汉驱赶，一直往北，车上套了两匹老马……总之我们一家人由大宅迁到了荒凉的平原上，在一处丛林的小茅屋中安顿下来。我们当时全部的拥有就是一座小茅屋、一个小果园……

不久我就成了一个在原野上奔跑的孩子，成了趁着月色跑到大海上去观望那些打鱼人的孩子：默不做声，胆战心惊，满心好奇。再后来我又跑到了南山，开始了真正的流浪。

我在丁香树下紧紧拥着的姑娘，她的整个家族移动的轨迹与我们一家正好相反。那真是应了一句古语："十年河东，十年河西。"好像老天爷故意轮番让人贫穷和富有、粗俗和高雅——让人轮番品尝着贵族和贱民的滋味。

我深深地爱着她，所以我没法向她隐瞒自己的过去。我谈了那么多，谈了小茅屋，大山；特别后怕的是，我还谈了一个禁忌的话题——我的父亲……我谈到了为躲避苦难，我怎样被陌生人手扯手领到南山，去寻找另一个父亲的经过。我在她泛着青草味的怀抱中忘记了一切，忘记了母亲的叮嘱——我离家时母亲曾反复叮嘱："孩子，走吧；不过要记住，永远也不要对别人提起你的父亲，永远。"当时我虽然不甚明了，但还是深深地点头。

忘记了母亲的叮嘱是要受到惩罚的。后来，丁香树下的那个姑娘竟有意无意把我的身世透露给了她的父亲——那个手持烟斗、留着背头的人。结果就是：我差一点被赶出那所地质学院。

我第一次尝到了背叛的滋味。它的后果是可怕的，它让我在心中留下了永远难以修复的疤痕。我与丁香树下的姑娘分手了。

在那些苦涩的夜晚，我只是自己咀嚼、品咂自己应得的这一切，但没有流泪。我思念她又恐惧她。我在想："爱"是多么可怕的东西啊，当失去它的时候，人会痛不欲生。可是这个夜晚和今后无数的夜晚，我都将独自迎向这种人人惧怕的折磨。在夜里，我一遍又一遍从记忆中搜寻自己的过去。我想用少年的爱抵御刚刚失去的爱，抵消它带来的可怕伤痛……

我想象着那时自己是怎样消磨这样的夜晚的。那时我刚刚十几岁。迎着拉网的号子和那些高高举起的火把，我往往不顾一切地沿着一条灌木丛中的小路，向着大海跑去。就是在那里，我和一个额头鼓鼓、露着一排整齐小牙的姑娘结识了。我们总是手扯手地在一起。夜深了，我们并不想归去；我们藏在渔铺旁废弃不用的旧渔帆下。我们一起游泳，一起蹿灌木丛。在有月亮的夜晚，在海滩的白沙上，那么多难忘的蹦跳和奔跑。我们彼此都瞒过了家里的大人……就这样，我一遍遍追忆着她——童年的全部欢乐。大概有了爱才有了童年；如果没有爱，没有记忆中的一切，就等于没有生命……

我不知餍足地回忆渔帆下的那双眼睛。我从头至尾回忆着我们的交谈——那时我们还小，可是已经有了关于爱的铮铮誓言——爱和恨都要连带着很多誓言，以此来抗斥背叛的可能。可是后来，由于那个开山的瘦瘦的老头——父亲的归来——由于发生了一系列可怕的变故，由于我只身一人远去南山——从此也就永远失去了渔帆下的那双眼睛。

遗留在口中的，只有她身上青草的香味……

二

这种青草的香味被我在那所地质学院的丁香树下重新找

到了。

可也就是她，一个有着同一种气味的姑娘，却亲手把我给交出去了。她让我不得不站在一双严厉审视的目光下——吞吞吐吐，畏惧迟疑，尴尬到了极点。我在这副一生都不会忘记的尖利利的目光下，不得不提到隐瞒了许久的、让我心上滴血的往事；我不得不一次次掰开正在复合的伤口。而且这些看客是一些最无聊的苟活者。命运就让我来应付这样一些人……要知道那时候我讲出的一切，仍然让那些人感到了探险般的好奇。那个时刻我蒙受了多大的屈辱和痛楚，还有恐惧！我不得不讲出母亲的小茅屋以及我逃到南山的真实经历……

我在叙说（交待）这些的时候，就由一个目光阴冷的人一笔一笔记下。

后来就是忐忑不安的等待。我明白自己面临着被驱逐的危险，或许还要带着永难痊愈的伤痕重新回到那片大山。

我险些被学院开除。

可怕的一切摆在面前，那时的恨真的把爱抵消了。

后来，也许是姑娘的父亲对我那一点点怜悯，也许是因为她的关系，也许是事情本来就不像我想象中的那么严重，反正最后还是留在了这所学院。我想这一切也许是后来背叛地质学的一个缘由。因为让我永志不忘的是，它从一开始就夹杂了屈辱和恐惧。

总算毕业了，也总算逃离了。

丁香树下的姑娘啊，我们到最后甚至都没有来得及好好告别。

极力回避着那对黑漆漆热辣辣的目光，一生都要回避……我再也没有回到她所在的那座城市，再也没有回到母校。

最后得到的消息是，她嫁给了一个小提琴手。

这些事情似乎早已成为过去，可是回顾起来还是让人感动不已。我现在正处于一个特殊的时刻，正经受着另一种考验。庄周走了，走得无声无息。他作为一个真正的流浪汉偶尔出现在这座城市里，但很快又消失了。接着许艮教授也走了，也同样是无声无息。生活啊，一代代慨叹不已的生活啊，如今又临到了我们，让我们自己从头经历了。

那些人走了，因为他们拥有不可割舍的爱。当一个人试图寻找和贴近生命中最最重要的东西时，就不得不面临着一次背叛、一次失去，忍受一次真正的打碎和击毁。这种丢失真是可怕，是常人所不能忍受的痛楚和沉重。许艮教授曾朝夕相伴着一些哲人——那个在木轮车上颠沛流离的孔丘，还有，那个短命的斯宾诺莎……当时的斯宾诺莎还多么年轻！当年，当他的寻找、他的神思愈来愈和犹太人的教义格格不入时，他显然也走入了一种背叛……他不得不漠视犹太人的教规和仪式，终于拒不执行犹太教的繁文缛节，无视其因袭规则，再也不相信灵魂不灭了。他说灵魂的本义即生命，生命断绝灵魂即消失；他甚至否认天使的存在，认为天使不过是我们想象中的一个幻影。即此，犹太教集团的首领将这个可爱的青年视为异端。他们也曾想用金钱收买他，答应每年给他一大笔津贴，条件是他必须绝对地歌颂犹太教。这也理所当然地遭到了拒绝。他们于是不得不对他采取了“小开除”：开除教籍，在一个月内禁止他同别人发生任何往来。然而这种办法对年轻的哲学家并没有发生作用，相反使他跟犹太人公会、跟犹太教更加疏远。1656 年 7 月 27 日，也就是斯宾诺莎二十四岁时，他们又对他采取了最极端的“大开除”——永远开除教籍，永远诅咒，任何人都不得以口头或书面方式同这个年轻人交谈，也不得为他进行任何服务，不得与他同住一屋，不得与他并肩站立，不得阅读他编写的任何东西，并把他从城里逐出……

从此，这位年轻人不得不离开城市，避居乡下。当时他没有了任何生活资料，家里仅有的一点点财产也被异母姐姐全部拿走。

他生性淡泊,不求于人。他不得不靠磨制光学镜片维持生活——那是他当年从犹太人学校里学到的一点手艺。就在这种艰难的生活中,他寻找着自己的理想之光。他经历了无数困苦,一部《伦理学》写了十三年之久。

可是这期间磨制镜片的粉尘不断地吸进肺里。1677 年 2 月 21 日,他的沉甸甸的肺叶再也没法呼吸,于是一个伟大的心灵终止了思索……

这不是人世之爱吗?这不是因爱而付出的代价吗?

我抱起了丽丽,看着它那对天真无邪的灰蓝色眼睛。我把额头轻轻地贴在它的脸上。我在小声咕哝:“这就是爱,爱是有代价的。”

丽丽蓝汪汪的眼睛盯住我,一动不动。

三

由于仅仅是口头提出辞去编辑部主任一职,日子一长娄萌就把这事儿淡忘了。当有一天我重新提起这个问题时,她倒惊讶起来:一对美丽的眼睛长时间看着我,胸部微微起伏。她好像在面对一个精神不太正常的年轻人。

我又说一遍:“我已经辞了。”

“到底为什么?”

“因为我不适宜做这个工作。”

娄萌笑了,笑得很淡。谈话就这样中止了。

事后我才明白,我早就该写一份辞职书。不知从什么时候起形成了一个奇怪的规则:有些事,只有白纸黑字才能作数,也才受到重视。于是我开始起草。当抓起笔,面对一张白纸时,我才感到了自己内心有多么恼怒。是的,不仅要辞去这个“主任”,有一天我还会愤然辞掉一切,会一走了之……

辞职书写成之后，我把它装到了一个纸袋里。我好像害怕亲手交给她似的，而要通过邮局寄给她。

它扔进了邮筒之后，我才松了一口气。镇定下来时，我渐渐感到了一丝震惊——我好像第一次面对了自己裸露的卑微。我崇尚一种义无反顾的精神——仅仅是精神而已，它一旦要化为行动就立刻大打折扣了。这让我非常难过。我在想一个人心灵上的全部奥秘：当他真正面临抉择的时刻，所需要的勇气到底是多少？

娄萌大概很快就会收到我的辞职书，岳父也将对我大加挞伐。不可避免的是，梅子也会受到挫伤，因为在这个城市，连我们的小窝也是岳父帮忙搞来的。在这儿，失去梅子一家，我将没有立锥之地……我不得不扪心自问：你有勇气面对这一切吗？你能成功地抵御这一切吗？有些东西需要从根上斩断，它是犹豫之根、烦恼之根。够了，一切早该结束了。

一个人的内心隐秘要靠自己洞穿。我在与即将出发的吕擎一块儿打点行装、与那个穿着脏脏的大襟棉衣的庄周紧紧相拥之时，也度量了我们之间的实际距离究竟有多远。我发现与之相隔的仅仅是薄薄的一层，但它是难以穿越的卑微……

现在，像当年一样的恐惧还在笼罩着我。它使我变得渺小，也变得容易忍受。但我知道，告别它们的时刻必要来临。

只有告别它们之后，我才会走向真正的坦然和无畏。到那时候，我才可以平静地看着岳父和岳母，看着我的妻子，能够问心无愧地回绝另一个“我”——他的可怕欲求；才能毫不犹豫地奔向那一声声呼唤。我将奔向那棵大李子树，在它幽香弥漫的原野上满面欢欣地游荡，追认一种决绝后的美好心情……

只有在这样的时刻，我才明确地感到并且得知：当年所感受的那种巨大惶恐，以及至今还在笼罩着我和吕擎的这一切，仅仅只是一种类似于“小开除”的东西；而我所要准备应付、准备毫不畏惧地迎上去的,却是一次“大开除”。

庄周、许艮教授,还有我的朋友吕擎和林蕖他们,所要迎接的也正是这样一次“大开除”。

我能被他们引为同类,归于他们的行列,应该感到幸福和温暖。我感激他们,因此也开始感激这座城市。因为我发现这座城市正在培育出自己最优秀的儿女。

我将默记这个时刻所感受的一切。这一切是有意义的,它将不会随着明日时光,随着那些琐屑被遗忘和被淡化,不会变得了无痕迹。

我在心中默祷:护佑我吧,为了这一刻的悟想和灵慧!

卷三

你在高原

橡树路

第七章

去远方

一

这是初冬的第一场雪，清晨起来，一眼看到的就是浑然一片的白世界。空气清冽，我们大口呼吸着，每人都喷出长长的一道白气。到车站去的除了我和梅子，还有吴敏小涓她们。远行人个个精神抖擞，尽管沉默，却不难看出一脸的兴奋。吕擎在最前边，再后面是余泽、阳子、莉莉。除了莉莉之外，三个男人都背了一个很大的背囊。他们的腰略微弓着，让人想起可爱的蜗牛。每个人都戴了一顶针织滑雪小帽，这使他们的样子看起来有点怪模怪样。好像从戴上那个中间有一道红杠的小帽的一刻，他们就不再属于这座城市了。

在月台上最后一次挥手，他们就一齐转身上车，不再回首，就像约定好了似的。

他们将乘这列火车一直向南，在一千余里外的一个大镇子下车，然后徒步向南，进入南部山区。对于我们这个城市的许多人来说，那里算是这片阔土上的一块陌生之地：曲折，贫瘠，然而又有些神秘。他们将在那里度过第一个冬春，然后再踏上新的旅程。那几个大背囊里各有一顶充气简易帐篷，其他野炊用品也一应俱全。

临行前每人还特意备了一根裹腿带子,看来关键时刻必要打上裹腿才行。

月台一下变得空空荡荡。车开走了许久我们还在呆望着。嘴角上有一对小窝的小涓绞扭着双手,欢快得不知怎样才好。好像她正在经历一场了不起的喜事,咕哝说:“哎呀,看他,戴上那个小帽像个娃娃似的。”

吴敏偎在梅子那儿说着,这引起了我的注意。原来梅子眼睛湿润了,这会儿正一个劲地拍打对方。我们从来没见吴敏流泪,这会儿却见她眼睛红红的,也许是天冷的缘故,鼻子也红了。她捂了一下脸,然后摇摇头说:“不要紧,好了,没事了。”

在我的经验里,所有懂事的、漂亮的女人,要结束自己的啼哭总是很快——常常是戛然而止。

这就是那天的情形。

我一直记得站在空空月台上的那种异样的感觉:恍若置身于一个久远的时代。真的,这一刻不是我们所熟悉的那种日常感受——除了那种依依不舍的气氛,还有召唤和远方,辽阔的旷野,青春的冲动……这一切久违的东西。它与时下的生活情状是格格不入或迥然不同的。

后来的日子里,我总是嘱咐梅子多到吴敏那儿看看。我们知道,对于这个面庞微黑的姑娘来说,一开始会难以适应;还有,别让那位老人孤寂。

尽管这次远行经过了详细的讨论和扎实的准备,各种困难差不多都想在了前面,但还是会有一些意想不到的事情发生。走的前两天他们到有关部门去办理了证件。负责这事的一个大胡子盯着吕擎说:“你们这些人出去干什么?”“旅行吧。”那个人足足盯了他们好几分钟,后来又把目光转向了阳子和余泽。阳子说:“我是画画的,利用寒假到山区去写生。”余泽也点点头,他的一头长发更像画家。莉莉在后面伸出手指说:“我们都是艺术家,到山区考察嘛!”“你们为什么要一块儿走?”莉莉抢答:“这还不明白吗?互相有个照应……”

大胡子的目光不时瞥一眼莉莉。他咂着嘴,最后扔出一些表格。吕擎他们填那些表格时,大胡子用虎口按住自己的下巴小声咕哝:“艺术家……我操!”

那天,梅子从车站归来的路上对我说:“你看小涓的样子,她还以为阳子他们真的是去写生呢。”“她可以这样看。实际上当成一场写生也未尝不可。”“他们要吃多少苦啊……”

…………

他们挨过了那个冬天和春天,才会明白这只是远行的第一步。对于一个从未离开这座城市的年轻人来说,远方就是真正的陌生之地,他们一步跨出了自己所熟悉的那个情感和物质的世界,踏上的是另一片不再悬空的实地、一个落脚点。从此就开始了深入那块土地的腠理,触摸另一种生活,一点点接近远行的真实……按照吕擎原来的设计,每抵达一地,首先要为当地人做一点什么;可是做什么、怎样做,却不能预先计划。那儿对他们来说是人地两生,而四个人又是赤手空拳,一无所有……走前有过约定:无论走到哪里,都要建立一个相对稳定的通讯联络地址,这样就可以与城里取得联系,互通消息;如果他们陷入了不能克服的困境,也会有个支援。

约定仅仅是约定而已,整整一个冬天,我只收到了他们短短的几个字:“顺利抵达,请勿挂念”。肯定是电话不便,所以只有这电报上的几个字。吴敏那儿收到的信息也并不比我多。后来又有一二短简,通篇字迹潦草。我们通过那些极简要的叙述,一边看着地图,一边想象那片高山野岭的生活。

天越来越冷,寒霜铺地。当一场罕见的大雪降下之后,我们都越发牵挂起大山里的四个人了;后来只要一听天气预报,我们的目光总是注视着那片山区。

冬天好不容易过去了一大半。这期间梅子与吴敏一直保持着密切的联系,与之分担一些牵念。结果梅子也把许多心思放在了远行人身上,回来以后谈的常常是山里的事情……这一段时间小涓倒高高兴兴的,见了我们总是一副骄傲的样子,仿佛一切都尽在把握之中。果然,最后她让我们大吃了一惊——原来她真正是得天独厚:几乎每隔几天就能收到阳子寄回的一厚沓日记!只可惜她过于在乎这些文字的私密性质了,认为日记不是给别人看的,所以就藏下来独自享用,而且不吭一声。直到许多天之后,大概她反反复复看了不知多少遍,才忍不住让我们分享一点。但她只把日记交给了吴敏,吴敏欣悦之中又复印了一份给梅子……

二

(12 月 13 日)

原来城里的大雪根本不算什么!山里的雪才叫雪呢:老天爷用鹅毛大雪欢迎我们了!一开始我们沿铺满大雪的公路往前,后来才知道这样要远得多。有时能遇上个把流浪汉,知道他们该是最好的向导,就一直尾随着。他们呵着气,抄着手走路也不跌跤;有的还高抬腿,像练正步走似的。他们个个情绪高涨——几乎每一个都是快活的。当然我们也遇到了一个哭哭啼啼的流浪汉——吕擎问:“饿了吗?”说着就从挎包里掏东西给他。流浪汉开始理也不理,后来又伸出巴掌,像要打人的样子。吕擎往旁闪了闪。流浪汉蹲下,捧一把雪往嘴里吞。“他就不怕着凉!”莉莉大惊小怪。流浪汉一看莉莉就笑了,露出一口白牙齿。吕擎掏出水壶递过去,对方盯着水壶,像盯着一瓶毒药。他又转脸看莉莉,发出哼哼呀呀的声音,眼里的泪水更多了。吕擎又一次问他哭什么。他这才告诉,他的“伴儿”死了。原来那是他在路上的女友——一个像他一样四处打工的女人……分手时我们向他问路,他闭着两眼伸手一指。

我们决定在前面的小村过夜。这是我们下车后找到的第一个村子,它在丘岭当中的小河套里,一个土坡上,这样发大水也淹不了村子。傍黑起风了,雪粉直往脖子里灌,天越来越冷。我跟在余泽后面,老看他滑雪帽下飘出的长发。他扯着莉莉的手。进村时,一群狗扑过来。它们刚才在村边打架——雪地上的狗真顽皮——这会儿齐叫着往前扑。这是小村的第一道屏障。我们试图与之对话,它们当然不懂,可是叫得不那么凶了。

一座座小房子在雪里埋了半截,矮得很,就像流浪汉临时搭起的住处;走近了仔细一看,它们被烟熏得黑乎乎的,看来已经度过了久远的年代。

(12 月 14 日)

雪停了,太阳还没出来,云彩压在山口。很想画一画前面的山,这种景色在城里看不到。我的速写本上还一幅画都没有呢!我要等太阳出来。风小了。如果像昨天那么大的风就会把云彩撕裂。火红的阳光照亮山口那一瞬,会多好!

一只大手拍了我一下。回头一看,是昨晚背着土枪的那个人。他是村头的帮手。他对我笑笑,掏掏我的挎包,捏了捏里面的炭笔和本子。我叫他“老哥”——山里人通用这种叫法。

“你要画这里的地形图吗?”

“我画云彩和山。”

“嗯,”他端量着,站在旁边,“画吧。”他握着枪,直着眼看,等在那儿。后来我就连他一块儿画了。他要这张画,我给了他。

晚上村头派人来叫我,就去了。他家的小屋算是最宽敞的了,狗也最大。他老婆比他还要老,有五十多岁,穿着贴身棉袄,用一根布带扎腰,出奇地矮小,鼻子上好像有冻伤。她不断地擦鼻子。屋里有很多地瓜和萝卜,就放在中间屋里,堆在墙边。那个背枪的人站在一侧,村头蹲在火炕上问话,手里捏着我的画:

"画它干个啥哩?"

"随便画画。这是写生。"

村头嘻嘻笑,又端量了一会儿:"不过,老二给画得怪像。"

原来那个背枪的人叫"老二"。我灵机一动,说:"给大叔画一张咋样?"

他点头,然后叼起烟斗,用力把烟杆翘起来,一动不动了。

那幅画颇生动。我想留下,可村头把它接过来端量一会儿,喊过老伴,当即让她把画衬在钟罩里边了。

我们一伙给安置在空空的饲养棚里。那里有一个大通铺,没有牲口,也没有喂牲口的人。我们给炕洞里点了火,睡得很好。莉莉睡在通铺的最里端,用一个秫秸做成的帘子与我们隔开。第一天夜里,我发现余泽至少钻过这帘子两次。半夜,余泽和莉莉在那边像小声唱歌似的。我坐起来,吕擎就小声说:"睡觉睡觉!"

(12 月 16 日)

好不容易离开了那个村子。这是进山的第一站。本来我们只准备在那儿住一天,可后来想走也走不掉了——那个背枪的"老二"告诉我们,乡里来人了,乡里的头儿要见见我们。话是这样说,头儿到最后也没来,只来了一个神情肃穆的家伙。这人满脸胡茬,戴了顶黄帽子;他腰上有一个凸块,我怀疑那是手枪之类。他问得很细,又看了我们的证件。吕擎小声说:可能是一种例行的盘查。

反正无论是村里还是乡里,他们对我们都很不理解。我们像是星外来客,又像是"匪特"之类。

那个人让"老二"帮忙,说要翻看一下我们的背囊——吕擎一路上百依百顺,进了村子总赔笑脸,这一回却不高兴了,说:“没这个必要!”

那人愣了一下。“老二”说了声“奶奶”,把喇叭烟往地上一扔,又用脚踩了一下,上去就揪吕擎的背囊。吕擎这才觉得跟他较量真是无聊,也就松了手。

他们把东西翻出一地。那个指南针让“老二”看了很久,又取起来放在耳朵上听了一会儿。我们解释它的用途,他只说:“这个该扣下吧?”他问旁边的那个人。那人没做声。我真害怕,这可是我们路上用得着的东西。吕擎一边解释,一边不无严厉地拒绝。乡里那个人甩甩嘴巴,“老二”才很不情愿地放弃。

那人后来又问“老二”:他们这几天都干了什么?“老二”说:“有人画山,有人到村子里胡串。”

“到村子里胡串”的是吕擎和余泽,因为他们对山里人的生活好奇。其实村里也没什么好看的。家家一样,低矮的小房,墙面黑黑的,几乎没有家具。看谁家富庶,要看屋角里堆的红薯、白菜和大葱有多少。柜子是泥巴垒成或紫穗槐编成的,里面装了瓜干和杂七杂八的东西。所有房子都没有隔壁,屋角上是一面很大的土炕。许多人都贴身穿着棉衣,没有衬衣。他们见了我们都紧盯着,孩子依偎在大人身旁,即便十七八岁的小伙子姑娘也像娃娃一样,好奇中又有点胆怯。我要给他们照个照片,一举相机,他们就伸手捂脸。有一家的主人还愤愤的,说:“这东西吸人的血。”他的话让我大惊失色,后来才知道,那个人以前见过照片底片:迎着光亮看,有的地方发红……

(12 月 20 日)

再往南,山高起来。我们重新上路的第二天下午,看到了绿色的山峦、碧蓝的天空;这儿除了山阴之外,基本上没有白雪了,山坡上全是松树和其他常绿植物。我看到了一只鹰，它在半空盘旋。大概这是山里的第一个晴天。大家都高兴起来，莉莉开始唱歌；吕擎和余泽决定这一天不到村里去住了。山的那边肯定会有村庄，可我们要试着住一下帐篷。

这天的情景让我想起了真正的探险……不过这一夜还真的有点惊险，因为刚开始我们没有点火，一些野物就围拢过来。它们的眼睛闪着亮，十分吓人。不知是什么动物。有的动物会咳嗽，还能像人一样咕咕哝哝。我就大喊，投石块。灌木发出扑棱棱的声音。它们肯定离开了。再后来余泽点起火来，心疼莉莉，抱住她取暖。他们作风一般。

吕擎一开始担心火光会引来什么人。不过天太冷了，不点火不可能。睡袋真宝贵。我们都可以做成一个“大肉包子”，一拉拉链，只露半个头，棒极了。两个帐篷，我和吕擎一个，莉莉就和余泽在一块儿了。帐篷和帐篷之间用一根绳子相连，出现什么情况就拉那根绳子。

睡前我们四个人计划了一下：天亮了还是凭感觉往前摸索吧。吕擎手里捏着一个地图，地图上没有这些村落的名字，只标有大一些的镇子。从地图上看，这儿可能离公路网还有很远。不过，只要不离开这片山区，也就不必乘车。我们反正打算在这里度过冬天和春天，等天暖和了再乘车离开。整个冬天我们要做很多事情，等身上的钱和吃物用得差不多时，那就得开始打工了。

艰难的生活就要到来，这多少也是我们盼望的。

早晨原以为会被冻醒，谁知越睡越暖和。睡袋真是个好东西，当然，这也得益于我们在帐篷下面垫了厚厚的茅草。半夜听见有人哭。我醒了两次，认真听了一会儿，才知道是风声。大风把帐篷刮得乱抖，山口那儿树多，风吹过去就会发出各种各样的声音，有一种声音真像人哭——像一个上了年纪的女人的声音。

吕擎第一个醒来,要去做饭。照理说这种事儿该由女人去干。可莉莉还在那儿睡。我们正做饭,听到帐篷后边传来一声咳嗽。这回可不是动物!我蹦过去,发现一个老头蹲那儿吸烟,跟前磕了很多烟灰,看来天没亮他就蹲在那儿了。

这个古怪的老头有六十多岁,脸发黄,两撮红胡子,戴了一个破毡帽,棉衣发亮,有棉花从衣领那儿翻出来。我大声问:“你在这儿干什么?”他把手里的烟锅磕了磕,插在胸口那儿,一根硬撅撅的手指头点划着我和走过来的吕擎:“哪儿来的?”

吕擎向他解释了许久,可他未必听得明白。老头闭闭眼,夹出了一溜眼睫毛——我马上惊讶地发现,他的眼睫毛是洁白的。这时他又看见了一边的余泽和莉莉,张着嘴,“她呢?”吕擎指指余泽:“他老婆。”老头说:“啊呀!”

原来这是一个看山人,一个孤老头子——就在这大山的阳坡那儿,有一个小石头屋子。他告诉我们,所有的大山都有“看山”的人,这些山都属于山沟里的村子。

老人有些生硬地把我们领到他的小屋里去了。这个小屋真窄。屋里有个很大的土炕,占据了小屋的二分之一。我们都觉得这是个很好的地方:暖和。

三

周末,我和梅子带着小宁去看吴敏和逄琳。吴敏说老人很挂念路上的儿子,虽然平日里很少说起。吴敏把阳子的日记仔细地读给老人听,老人一脸的安详……小宁在这个四合院里有些拘谨,后来就像到了外婆家一样,咚咚乱跑。他甚至跑进了吕擎那个小厢房。那儿仍然吊着一个大沙袋。小宁指着沙袋:“这是什么?”吴敏用手捶了两下:“练拳的。”说着干脆搬来一个椅子,让小宁站在上面击打。

老人谈起阳子日记上提到的一些场景，吴敏和小涓应和着。看着老人的满头白发，我想起了自己的母亲、母亲最后的岁月……那一天我在大山里准备夜宿，正枕着背囊躺下，突然就感到了心上一悚……我坐起来，因为我听到了一声长长的呼唤。这若有若无的声音是从北风中传来的，就是它让我的心揪紧了。我什么也顾不得了，那时只想赶到母亲身边……这一夜一直向着东部平原跑去，双脚被荆棘划破了，衣服撕破，两耳全是呼呼的风声。

我差不多是一头扑进了那个荒原上的茅屋中。

母亲静静地躺在炕上，她在轻轻呼唤。几个老婆婆围在旁边，这时大声告诉我来了。母亲的眼睛望向半空，一只手伸在被子外面。我一下捧住了这只手，眼泪立刻溢满了。"妈妈，妈妈！"我呼喊着，感到这双手在动……

我的目光从逄琳的银发上移开，一时什么也说不出。

"学校领导找我谈了几次吕擎的事情，他们不愿让我伤心，但最后那意思还是明说了——"老人在告诉我，"你是他最要好的朋友，你最了解他……他们说看在他父亲的面子上，想给他一个最后的机会，条件是……"

我知道那会是最简单、也是最苛刻的条件……

老人摇摇头："任他去吧，孩子已经长大了。"

我这会儿真想上前抱住老人。我什么话都说不出，因为一切言语都有点多余。这时梅子和吴敏说说笑笑从厢房出来，见到我们就立刻缄口了。

老人转身指了指一旁的墙壁。我们都看到了，那儿贴了一张地图。吴敏走过去，伸手指着南部山区……小涓取了那沓日记，接着读了起来，语调里充满了喜悦和幸福。

（12 月 21 日）

那个看山人最初还威胁我们，说山根底下点火要罚人的。怎么罚，他却不说。其实是找个借口把我们带回他的小屋里罢了。一个好老头儿，小屋子也暖乎乎的。老头一进了小屋就和蔼多了，不时地端量莉莉，从小屋角落里摸摸索索，一会儿找出一些黑乎乎的东西。他让我们尽管吃。没有一个敢动手的，后来是吕擎先摸了一块，塞到嘴里一嚼咔咔响。老人说："地瓜糖，地瓜糖。"

这是他在入冬前用煮红薯做成的：切成条条风干了，然后把河沙放在锅里炒得火热，再把瓜条投入沙子中，直到炒得焦黄酥脆。老头得意地向我们介绍地瓜糖的做法，莉莉已经吃了十几块了。

老头独身一人，在小屋里过得不错。他向我们展示了屋角的酒坛、木梁上悬挂的干鱼。这都是他在夏天和秋天备下的，酒自酿鱼自逮，一切全在山里边。吕擎赞扬看山人这种角色时，老头就说："也不是谁想干就干得上的。"接着他讲了如下几个条件：根红苗正，爱惜公家；熬得住，不钻别人被窝；眼神忒好，能抵半只鹰；手段高，时不时逮个特务。

我们总结了一下，一共四条。莉莉嘻嘻笑，对其中几条不能明白，老头解释得有趣极了："看山的身子板个个都好，吃物又多，闲了没事就会夜里下山，胡乱串些老婆门子，这不行！再就是特务摸上山来，不带家巴什儿也能抓住个把——你看这手，"他说着伸出一只手让我们捏了捏，果然这指头硬得像铁。

莉莉笑得更响了："山里真的有特务吗？"

老头虎起脸："那多了！有一年上我自己就逮了十来个……"

"逮住怎么办？"

"不知道。反正送到上级那儿我就不管了，要杀要剐上级定去。"

老头说得干脆。不过我注意到，他这样说时，一直用眼角瞥着我们，那是在观察这番大言的效果。吕擎笑吟吟的，余泽却信以为真地吸着凉气。

我们在这暖和小屋里待了一会儿,等于被审过了,然后就要重新上路了。可是老头严厉地阻止说:“走嘛,成;不过不喝酒就走,那可不成!”

他拿出一个黑黑的粗瓷大碗,将一种土黄色的酒倒了满碗,让我们每人都喝一碗。开始有些害怕,喝了一试才知道它没有什么劲道,就像一种酸酸的醋。大家都喝过了,老人也格外高兴,随上我们一口气喝了三碗,叫着:“大雪封山啊,不喝碗酒还行?”

我们要上路了。老头瞥一眼莉莉,对余泽挤了挤眼。

大约走开了几里路,回头还能看到那个老头站在高处看我们。我们向他摆手,他一动不动像个雕塑。我们再往前走,突然身后就啊啊喊了起来——是那个老头,他的嗓子可真好啊!他喊了什么,我们一句都听不清……

小 山 村

一

不知翻过了多少山梁。他们跋涉了十一天,已经深入到真正的大山腹地了。做梦也想不到有这样的地方。过去只要一提到“大山”,他们的脑海里都不约而同地出现一片绿蓬蓬浑苍苍的形象。山是蓝色的、绿色的,蒙着雾气,野物的呼叫此起彼伏……眼下他们却来到了一座完全不同的山。刚刚进山时度过的那些夜晚、看到的那些景色恍若隔世。原来大山腹地是如此地干燥和贫瘠。山坡上满是碎石和沙土,土层很薄,几乎无水。奇怪的是大雪在这里也变得稀薄。站在山顶,稍不留神就要滑倒,酥石哗啦啦随着身体一块儿从陡坡往下滚落。山上没有树,也没有草,那干结的草根和一点点灌木枝丫都没有水汽。它们的样子让人想起很久以前有一场大旱。实际上这些年里一直是这样干旱。由于山上没有树,山坡又陡,所以稍微细一些的土末都给冲刷到谷底了。山上被冲洗得越来越贫,既留不住土也蓄不住水。偶尔能在山梁上、在谷底看见一株树,哪怕是一株小得不能再小的、弯弯扭扭的黑松,都要让他们指指点点,呼喊几声。一座岭又一座岭,全是黑乎乎灰蒙蒙的碎石表层。

在山岭交错的谷地,稍微平坦的地方才开始出现村庄。所有这些村庄都在大山皱褶里,多到一百户左右,少至五六户、十几户——这些人家相距一个较大的村子总是不远,于是在行政区划上就归属那个大村了。村子里总算有稀稀落落几棵乔木,但长得都很细弱。几乎所有的村子都坐落在山中比较适宜耕种的地方,平坦之地也仅仅是那么一小块儿,却被矮矮的几幢石屋占据了,耕地只得从石屋旁边往外蔓延。除了自家院落和墙外的一点土地,再就是山岭上的薄地。垒起的石堰一道一道,远远看去非常美观,只可惜石堰围起的土层很薄很粗,粗得几乎不宜耕种。照样没有水,挖一尺多深,土仍然干松。石堰上可以看到早年栽上的山楂树、杏树和桃树,现在大部分都死去了。

他们在那个山脚停下,满怀希望地注视着前面不远的一个较大村落。从规模上看,它起码有一百多户。他们好几次用这样的目光端量前边的村落了,因为背囊里可吃的东西差不多全光了,仅有的一点还要留下以防不测:那是不易变质的饼干和在路上弄来的煎饼。钱还有一点,但已经不敢再花了。

吕擎几天前就说要在村里找点事情做。终于来到打工糊口的日子了。可是无论走到哪个村里,那里的人都说:“要打工?俺自己还没活儿做呢!”

这正是山里大闲的冬天。原来只要入冬,山里人就得在家熬冬。这里人衣服少,出了屋子远一点,到了山根那儿,风就大起来,冻得人受不住。再说屋子外面也没什么事情可做,既不种庄稼也不收庄稼,更没什么工副业,所以都得待在屋里。

“做点什么?”几个人问。山里人答:“没什么好做。”村里的年轻人和老人都在一块儿拉呱、摸牌。村里的主食是地瓜干,谷子玉米小麦,还有各种豆类,在这里都比较稀罕。有人把五谷装在布袋里,吊在屋子当中,既防鼠也防霉变,同时也是一种富足的炫耀。

他们进入每一个小村,立刻都会有一帮人把他们团团围住。年轻人和老人都有,连七十多岁的老婆婆也手拄拐杖围过来,喊:“又是卖大画的吗?”

刚开始吕擎他们听不懂,问了问才知道是“卖美人画”。山里人用手比划着。在村里,印了明星照的挂历散页被叫成“大画”,是一种了不起的消遣品和装饰品。

吕擎他们被人领着,到了村里最宽大的一间石头屋里。这间屋子是一个老会计的。老会计面色苍苍,说起话来拖音拉调,架子很大。原来他的屋里贴了很多“大画”。那些“大画”都是几年前的女明星挂历。看来老会计比较讲究,它们张贴时都用高粱秸在边缘围镶了一下,算是框子。

老会计坐在一个很大的石头炕上,披了一件宽大的棉衣。棉衣是黑布做的,许多地方闪着油亮;身后是一个脸有些凹的女人,看上去有五十多岁,见了生人也不抬头,只是哧哧地纳鞋底;女人身后又是三个娃娃,一个女孩、两个男孩。小男孩下巴尖尖,眼睛细长,穿得鼓鼓囊囊,这使他们的头看上去显得很小。他们见了生人呆呆地坐起,仰着脸。

引吕擎他们进来的几个年轻人对老会计说:“卖‘大画’的又来了。”

吕擎忙着解释,可是老会计和周围的人差不多都没有听懂。老会计伸出烟锅,指点着墙上的“大画”咕哝了几句。阳子听得很用心,告诉吕擎:“他问‘几个钱’。”

在吕擎他们与之对谈的时候,周围的人差不多一声不吭地盯着莉莉。老会计指着莉莉说:“‘大画’都是照她描出来的吗?”

阳子听明白了,捂着嘴没有笑,点点头。余泽连比划带解释,后来总算让老会计明白了:几个年轻人是路过这儿,想找点活儿干,以免饿肚子。

老会计立刻端起了架子,吩咐身边几个人:“送了去,送了去。”一边说一边用手推了推身后的女人。女人赶紧往墙角那儿偎了偎。

吕擎怎么也不明白。阳子刚要说什么,几个年轻人催促说:“走吧走吧,又不是卖‘大画’的,走吧,哪有活儿干!”

几个年轻人就这样推拥着,把几个人赶到了街口上。

在大街上他们才渐渐明白:这个村子里没有村头儿,老会计就是主事的人——推拥他们的年轻人告诉,以前也来过城里人,打扮和他们差不多,也是找活儿干的——那些人会木工,村里人就让他们打一个小柜子。这些人歇在一个老碾屋里,平常也在那儿做木工。他们用刀子刮木板,搅弄着一个小铁罐熬胶,不少人围了看。有一天大早,又有人跑去看了,见碾屋里空空的,铺盖全没了,这才知道他们跑了。“连声招呼也不打,城里鬼人!”后来一查点才知道,去年村里从山前娶来的一个媳妇没了。老会计派人到山前村子去找,都说没见。那边知道了又过来要人。结果好一顿折腾。二十多天过去了,那个媳妇才回来——原来是跟着这几个城里鬼人跑了,跟着他们走村串户,生生给糟蹋了一路……

吕擎吸了一口冷气,对余泽说:“我们都成了‘城里鬼人’。”

一个鼻子上带伤的年轻人说:“老会计也是瞎担心,其实你们有了这大好的婆娘,心也收得住。”

他这样说时,手指莉莉。莉莉气得咬紧了牙关。阳子指指余泽说:“这‘大好的婆娘’是他家里人。”

一边的年轻人咬咬耳朵,突然大声喊了一句:“城里鬼人贪心不足哩!”

他们一边说一边推拥,把几个人送出村口。分手时吕擎问他们:哪里才有活儿做?人总要做活儿吃饭哪。一个年轻人说:“那你到山前大村子去吧。”

二

他们顺着谷地往前,走了多半天才看到了前面的村落。那儿长了几棵树,高高耸起,这使他们心底荡起了一线希望。如果这个村里有事情做,那么吕擎几个就将在此待下去,或者以此作为长期的落脚点。自从进山之后,他们一直在找这样一个地方。眼下从这个村子的规模以及所处的地理位置看,可算是进山以来最好的了。他们都在心里默祷,希望能迎来一个幸运。

进了村子,街巷仍像以前见到的那么狭窄,仍然是一间间小石屋子。一只只瘦狗在街上蹿跳,偶尔还能看到一只猫跳到高高的院墙上。很快有山里人尾随上……由于他们几个身负背包,走路急急匆匆的,山里人就大惊小怪地叫:“飞脚片子!飞脚片子……”

莉莉不时地回头,有几个年轻人就做鬼脸,还有人做着奇怪的手势。莉莉小声问余泽:这是什么意思?余泽说是一种黄色手势。

后来他们好不容易才打听到了村头家。

村头是一个留着平头的、脸色苍黑的汉子,四十多岁。他一个一个把他们打量一遍,又看了看他们随身携带的证件之类,问清来意,鼻子里吭一声:“远道来的是客,只要不嫌弃就住下,吃物多得是。”

他招呼一个民兵头，把几个人送到了一间大闲屋子里。屋里照例是一个大火炕。刚进门，一些山里人就敲门拥进来，原来他们是来看稀奇的。

那些人七嘴八舌说着，最后他们都听明白了：大屋子正是过去那些扶贫队住过的。提起扶贫队他们就眉飞色舞，指点着莉莉说："扶贫队里也有你这样的大好婆娘，头发也这么披散在肩上，俊煞。"

原来前一段这里曾经来过城里的扶贫队，他们带来了棉衣、被子，"还带来一个'电影匣子'"，他们比比划划。阳子怎么也弄不明白，想了想，就在纸上画了一个电视机。山里人看看，拍着手说："像煞！就是这物件！"

吕擎几个很高兴，因为在这里竟然还可以看到电视。吕擎问电视放在哪里，山里人摆摆手："急了不中，不能天天看上。一个月里只有初一十五才能瞅几眼，解解馋。"他们一边说一边扳着手指，"嗯，该给村头提个醒了……"

原来要看"电影匣子"也并非易事，周围山太高，一开电视满屏都是"雪花"，这就必须有几个人像抬轿子一样，把电视机抬到南面狸子山顶——狸子山顶上有一个看山的老石屋，在屋里才能收见电视图像。年轻人说："红红绿绿，水、山、人儿、唱大戏的，什么都能瞥见。"

吕擎问："那为什么不把电视机放在那儿？"

他们咧咧嘴："天哩，那么金贵的东西谁敢放在山顶上？"

阳子问："那儿不是有看山的人吗？"

"天哩，"他们连连摆手，"不中不中。他一个人护得住？上去劫匪怎么办？"

说到"劫匪"，四个人吓了一跳，问："还有那种人吗？"

山里人你看我、我看你，都说这年头花花绿绿的事儿可不少，保不准哩……

傍晚送饭的来了。村头让人送来一个大木头盒子,蒸汽顺着盒缝冒出,一股香味直顶鼻子。山里人见送饭的来了,都咂咂嘴巴走开,扔了一句:“放开肚量尽吃!”

大家都很感动,又一次感到了山里人的慷慨。

打开木头盒子,原来是四个大碗:大粗瓷碗里装了细碎的食物,仔细看看,原来是瓜干切成的小块,拌了玉米粉蒸成的干饭。

莉莉首先吃了一口,嚷叫:“又香又甜!”

太饿了,好多天没吃上一顿饱饭,这时就狼吞虎咽起来。饭后总要喝一点稀粥,他们就在大屋子的锅灶那儿琢磨了一会儿。锅灶上没有锅,只有一个石砌的小灶台。他们试着在上面横了两块石条,把自己随身携带的小锅子摆上去。这样在下面点了火就可以烧水。

一切准备就绪时他们才发现,要找一点柴草可真难!屋里屋外都没有,炕上,席子下面,全是碾压得细碎的一点茅草末……余泽和阳子自告奋勇到外面去找柴火。半个钟头过去了,他们手里只捏了一点柴棒和几根茅草。想喝茶和粥都办不到了。

村头原来叫“老杆儿”。晚饭后他提着一盏桅灯、披着一件棉大衣来了。他在这儿吸烟,与四个人拉呱。为了表示感谢,吕擎翻了翻背囊,翻出了一个打火机送给了他。老杆儿玩弄了一下说:“是个宝物。”说着就一下溜进了自己的衣兜,“要说活计嘛,现在是闲清时候,不多。你四个就住这里好了,村子大,也不多这几张嘴。远道来的是客,赶空儿讲讲外面的事儿。”

从谈话中他们才发现这个村头对外面的事知道得少极了。可是他却嘲笑自己村里的人:“俺这个地方进来的人少,出去的人也少,你看他们什么都不知道,到现在那些耳朵背的老人还向我打听,问城里的鬼子走了没?我比划说早没了,他们还不信。”他说整整一个村,到过县城的只有六个人,除了他以外,没有一个人见过大海。

听到这儿,阳子就好奇地问他在哪儿见过海。老杆儿说:“有一年我出伕,向北走了千八百里,那个地方有个海,名叫‘王屋’。”

吕擎觉得名字好熟,立刻打开地图。余泽也凑过来。

他们找到了,那儿离海还有一二百里远呢,那个“王屋”实际上就是一个大型水库的名字。吕擎叹了一声,没说什么。

老杆儿说:“在这一周遭,俺这是最大的村子了,也是最富庶的村子。俺这儿除了婆娘以外,什么都不缺。现在是光棍最少的时候,一共才剩下二十来根。”

老杆儿临走把桅灯放下,说夜间解溲用来照个亮儿,只安心睡下就是,他收留的客人,没人敢来骚扰——如果有些光棍在四周胡乱喊叫,莫理。“山里人不比城里人,能说不能做,没大凶险。”他说过就走了。

莉莉吓得一声不吭。阳子安慰她:“村头说了,‘没大凶险!’”

三

这一夜他们睡得香甜。天亮之后计划了一下,当务之急是出去搞来些烧柴,再就是看看有什么活儿可做。余泽和莉莉去搞柴草,吕擎和阳子就在村里找活儿。

他们在街道上走,不断有人围上来,于是他们就问有没有需要帮忙的。村里人听了都嘻嘻笑,连连说:“帮忙的,帮忙的。俺这儿不缺帮忙的,就缺婆娘。”吕擎和阳子摊摊手:“抱歉。”

后来他们走到了村边的一间大石屋前。这石屋太大了,门窗又被堵上了,他们就有点好奇。有一个通洞,伏在那儿看了好久才明白:这儿是一座教室——如果不是亲眼所见,他们怎么也不会相信,每一张课桌都是石头砌成的,桌面由一张比较光滑的石板搭成,就连讲台也不例外。那个黑板看不大清,黑黢黢一块,是椭圆形的……吕擎问了问走来的村里人才知道:天一冷老师走了,学生回到家里,焐到热炕上了。他们说这儿最金贵的就是读书人。老师离这儿几十里远,生病或家里有事,孩子就没处读书了。这个小学校实际上要容纳周围四五个小村的孩子。

吕擎和阳子听在心里,很快生出个主意。他们找到老杆儿,提出让他们四个趁着天冷没有老师,给村子上上课、带带孩子,教他们读书唱歌;还有,教室里好多石桌都塌掉了,是不是由他们帮着整一下?因为总不能在这儿白吃饭,他们本来就是出来打工糊口的。

老杆儿由于得了一个打火机,商量事情很容易。他搓着脖子:"怎么不中呢?中哩。"不过后来又跟上一句:"做也有的吃,不做也有的吃,远道来的是客,咱知道大山里来个新鲜人不易。"

就这样,他们四个动手把封起的窗子重新打开。这一下屋里变得亮堂了。接着他们又用红薯面打了糨糊,找来一些纸,把窗户糊上,把屋里打扫一遍。坍塌的石桌太多了,他们一个一个把它们整好,然后又把上面的灰土擦净。墙上光秃秃的,什么也没有。莉莉就从她的挎包里找出一个画册,拆开贴到了墙上。这样就可以开学了。

开学那天老杆儿也来了。好多村里人都轮番伏到窗户上看。

第一堂课由吕擎来上。他招呼村里人都到屋里来坐;除了几个年轻人怯生生地走进来偎在墙角,其余人都坚持在屋外听。老杆儿坐在讲台一侧,吸着烟锅。阳子、余泽、莉莉都坐在靠讲台那儿。

吕擎按照原来的课本和教课进程,只是重新温习一下孩子们原来学过的东西,然后再导入新课。他发觉这些孩子瞪着一双眼睛直盯盯地看他,让人怀疑他们是否听得明白。

他问最前头的一个小姑娘,小姑娘马上瘪瘪嘴,哭起来。吕擎赶紧下台去哄,她才安静下来。

老杆儿说:“伙计,你说话音儿不对头。你得慢慢讲,让他们慢慢听。”

吕擎明白了,他只有使用山里话,他们听起来才容易些。可是这些孩子总有一天要接受山外的事物。再说他讲的是标准的普通话。后来他设法尽量地放慢了语速。

老杆儿在一旁说:“哎,这就有个八成了。”

那些男人围在窗户上,一开始把目光投在吕擎身上,到后来就一个一个研究起他们四个人来,目光渐渐收在莉莉身上。莉莉被看得不好意思。再后来有人在窗户外面发出了奇怪的叫声,像胸口痛似的,使劲捂着肚子,弓着腰。老杆儿站起来,把嘴里的烟管拔出,猛的一声向窗外喊道:“‘狗秧子’,你小心我去砸扁了你!”

一声吆喝,那种哼唧声没有了。他又转脸对惊呆的吕擎说:“莫听,只管讲哩,‘狗秧子’就有这个毛病。”

下了课,老杆儿跟到他们的住处,说:“‘狗秧子’快五十了,人不坏,就是爱扒女人窗户,人变得越来越痴。上一回在山顶看电影匣子,上面出来一个女人唱戏文,大伙儿正看得起劲,‘狗秧子’哼唧哼唧哭起来,又蹦又跳……”

吕擎提出以后要自己做饭,说咱总不能让人伺候啊,这样已经给村里带来不少麻烦。老杆儿说饭都是他老伴做的,“那不过是多带出几口子饭的事哩!”吕擎他们再三要求,老杆儿总是不应。其实莉莉和阳子早就想自己做饭,他们担心山里人的卫生状况。余泽弄清了他们的想法,有些气愤:“连这个也受不住,那就只好回城里去!”阳子和莉莉就再也不敢吭声了。

喝水成了大问题。他们都有喝茶的嗜好,特别是吕擎,离了茶简直不行,可是要喝热水就要有柴草。搞柴草成了最难的事。他们不得不花费很多工夫到山谷里去搜索,一片落叶、一截草梗都要小心地捏起来。如果不是亲眼所见,他们无论如何也不会相信烧柴在这里像金子一样珍贵。除了险峻的崖畔,没有任何地方留下一点烧柴。崖畔上有一些焦干的荆棵在风中抖动,样子实在诱人。这儿每一道山谷、每一块岩石的接缝都被人搜索过了。每家每户都把庄稼秸秆小心地藏好,任何可以点火用的东西都不敢浪费一点。在大雪封山的日子里,有的人家就不得不用瓜干生火:灶里烧的锅里煮的都是瓜干。这里的庄稼长不旺,遗下的秸秆也少得可怜。天旱,山上不生东西;到山外买煤炭,运输费和煤炭本身的价值都让人望而生畏,所以在大山里,烧柴和吃物同样金贵,有时一斤瓜干还换不回一斤茅草。如果逢上大雨年头,山上就长出旺旺的一些绿色——可惜还没等长得成熟,就有人把它们揪了藏好。刮大风的日子,村里人都起得很早,带着一个口袋,到河套那里去"淘屑子":土坡下面,拌在细沙里总有一些杂草屑末,黑黑的,他们就把屑末小心地捧到口袋里……

四

他们走出村子,"狗秧子"就一直跟在后面。他笑嘻嘻一路小跑,紧紧跟上。他们站住,他也站住。他们想跟他扯几句话,可他总在旁边嘻嘻笑,并不靠前。阳子小声对余泽说:"这都是你那个小娘儿们给引来的。"余泽铁青着脸,不吭声。这些日子余泽更瘦了,头发更长,上面总是沾着一些草屑和土末。莉莉跟在他身边,连日的奔波和劳累,已经顾不得嗲声嗲气地说话了。

光秃秃的山,光秃秃的谷地,到处是碎石、沙砾。他们捏起地上一点点可以用来点火的东西,装入一个背囊,其他所有东西都集中到另一个背囊里。死去的灌木被人连根掘了,有的地方酥石被风吹落,又露出了没被掘尽的灌木根,他们就千方百计把它们揪出来。在更高一点的酥石崖上，由于那些灌木的根系固定了表土，所以它就塌不下来。但没有人敢到崖上去揪那些干枯的灌木，因为太危险了。他们只有眼巴巴地望着。可当他们一转脸时，莉莉吓得捂上了眼睛："狗秧子"不知什么时候顺着斜坡跑到了凸出的酥石崖上，他竟然大着胆子沿着崖棱往前走。

吕擎他们一齐喝止，可"狗秧子"只笑嘻嘻的，竟然拍着手。再后来他匍匐着身子往前爬，要揪一根干干的灌木枝条。他用力地揪、揪。

下面的人都屏住了呼吸。

忽然"哗啦"一声掉下一些土块，连人带灌木一起，全跌下来了——他如果迅速躲闪还来得及，可他手里硬是抓着那截灌木不放……下面的人呼叫着围过去。他的脸流出血来，嘴角那儿被尖棱棱的一块岩石划破了，血就从那儿流出来。他已经不省人事了。

莉莉吓得大哭起来，吕擎、阳子和余泽赶紧把压在他腿上的几个石块搬开，把他抱开一点。

十几分钟之后他才醒来。一醒来他就尖着嗓子叫："疼死了，疼死了！"吕擎按了按他的肋骨，他叫得更厉害。"怕是肋骨折断了。"吕擎说。

阳子和余泽吓得不吭一声，莉莉还是哭。

他们把他背起来，背回了村子。

"狗秧子"受伤的消息很快传遍了全村。一个老中医来了。他两手乌黑，指甲长得吓人，用一种姜黄色的草药给他捂在了肋骨上，又用粗布袋子捆好。"狗秧子"像挨宰似的大声呼叫。"狗秧子"一个人住了一间石屋子，没有一个亲人。吕擎对老杆儿提议，说"狗秧子"是帮他们搞柴草伤的，他们有责任陪伴和护理他。就这样，他们硬是把他接到了住处。

老杆儿说："狗娘养的东西，这一下有了福分。"

他们五个人就在一起吃饭了。

“狗秧子”精神很快好起来,有一点工夫就盯住莉莉看。有一次莉莉给他换药,他一下抓住了莉莉的手,莉莉用力想抽出来,他只是不放。

吕擎说:“就让他握一会儿吧。”

莉莉看看余泽,再不往回抽手。余泽没有吭声。

“狗秧子”双手捧着莉莉的手往脸上贴着,流出了眼泪。

余泽说:“莉莉,你沉住气。”

莉莉说:“嗯。”

“狗秧子”抱住莉莉的手,浑身颤抖,坐也坐不住,一下子躺在炕上。

他哭起来,哭得像个孩子。

流动的盛宴

一

“狗秧子”的伤养好了,却怎么也不愿离开他们的石屋。夜间他们睡觉,狗秧子就坐在那儿,把桅灯火苗拧大,替他们守夜。莉莉在“狗秧子”的注视下怎么也睡不着,后来就哀求吕擎把他赶走,余泽制止了她。老杆儿进来了,他揪住“狗秧子”的头发说:“狗娘养的,你以为福分大得使不完?你坏得流水,滚去!”说着照准屁股给了他一脚。“狗秧子”说:“大叔。”老杆儿又是一脚。吕擎和阳子怎么劝阻都没用,就这样眼看着村头连打带骂把“狗秧子”撵走了。

老杆儿说:“你四个辛苦。今儿个不是初一,也不是十五,不过破破老例儿,咱一块儿上山看电影匣子去。”

他们知道这是村头对他们所能表示的最大慷慨了。从进山以后,他们没看一次电视,只能收听广播。

像迎接一个节日似的,整整一天,他们都像村里人一样高兴。太阳还没有落山,街上就一片吆吆喝喝。年轻人挽起衣袖,抬来一个很大的筐笼,把套了一层黑布的电视机装在里面,由十几个人围着扶起,再由几个人轮换抬上,往村东南那个狸子山顶攀去。吕擎他们跟在后边。老杆儿吆喝着,说带上吃物、带上水。

十几个人吆吆喝喝在前边走,后面跟着老老少少大约几十个人。他们一路嚷着:“看电影匣子啦! 过节啦!”还有的高兴得唱起歌来。那些歌没有一句让吕擎他们听得明白。不知谁喊了一声:“城里大婆娘亮亮嗓儿。”一伙年轻人就跟上起哄。

老杆儿歪头看了看余泽:“说你婆娘哩,她就哼一哼咋样?”

余泽看看莉莉,莉莉甩甩头发,真的唱了起来。她的嗓子很好。阳子不停地鼓掌。

山里人一声不吭,后来他们干脆把电影匣子放下,坐在山半腰,一边看莉莉一边听她唱歌。老杆儿烟锅不离嘴,这时候忘了吸,烟早就熄了。莉莉唱完,吕擎又接上唱。刚开始他们还听得蛮有滋味,到后来老杆儿终于忍不住,阻止他说:“还是让婆娘唱吧。”莉莉又唱了一会儿。

太阳落下西边的山岭了。老杆儿说:“好东西也不能一天全享了,快些,快些去支机器。”余泽和阳子看到后面另一些人也抬着什么,问问老杆儿,才知道原来那是一台小型发电机,也是上次扶贫队一块儿给的。山里没有电,要看电视当然要自己发电。

在天黑之前,他们终于攀上了山顶。

从山下看,山顶的那个小石屋只有拳头大,走到近前却也不小。它由灰色花岗岩砌成,大门是松木棍子钉成的。人还没有挨近,门就敞开了,一个干瘦干瘦的老头站在那儿吸烟,不时向这边扬扬烟锅。老杆儿对吕擎他们说:“看见了吧,‘猫头’等上了。”

看山的人叫“猫头”。他们走近了时,吕擎瞥了瞥,觉得那人的外号起得真绝。他有六十多岁,身体硬朗,那脸庞的模样让人一下就想起猫来。大家忙着支机器,吆吆喝喝,民兵头在旁边指挥。老杆儿只和“猫头”坐在石屋的角落里吸烟。

山顶的风很大,好多石块都给吹得滚落下来。山里人看一次电视多不容易。吕擎仔细看了看那个发电机,它通过联动轴,与一台小功率柴油机连在了一起,下面由一个铁托盘连为一体。柴油机和发电机都刷成了绿颜色,保护得很好,旁边还有一个帆布做成的罩子。

一边的“猫头”用烟锅指着发电设备对阳子说:“你们城里人真会动心眼儿,造出这种古怪物件。”发电机旁边有一个铁支架,上面拴了一只电灯,这样发电的时候,小石屋四周就变得灯火辉煌了。猫头又说:“冬天好,夏天这灯一亮,山里虫子都引了来,闹人。”

民兵头喊着,到石屋看了一会儿,又到石屋外面,说:“开机器、开机器,时候不等人。”他手腕上画了一个很大的手表,这使莉莉忍俊不禁。像他一样,好多年轻人的手腕上都画了手表。吕擎看了看表,已经是晚上七点了,这时候正是新闻联播的时间。

机器呼隆呼隆响起来,民兵头在旁边又吆喝了一声,有人把电视打开。

一片失望的呼喊声。

电视机图像不清,一会儿是雪花,一会儿是扭曲了的人形。“天哩,这是咋哩!”老杆儿站起来。余泽说:“让我整一下看。”大家都屏住呼吸。他想过去调一下旋钮,可是他刚走近了,旁边的一个人就喝一声:“动不得!”余泽赶紧把手缩回。那人说:“扶贫队的老师早就给整治好了,说轻易不要动这钮子。”

吕擎和阳子在旁边帮余泽解释,后来他们总算应允了。余泽扭动了几下,那图像终于清晰起来,一男一女两个播音员坐在那儿。莉莉高兴地拍了一下手,石屋的人都大呼小叫。他们相互拍打,举着拳头喊。老杆儿说:“静下哩,静下哩,好好看电影匣子哩!”

石屋里不仅不冷,因为人多,一会儿都汗津津的。一个老头子一边吸烟锅一边小声咕哝:“奶奶的,山里人做梦也想不到还能按时到狸子山顶看电影,怪恣哩。”一个老太婆也抹着眼睛说:“怪恣哩,怪恣哩。”另一个老头叹气说:“如今咱山里人只缺三样东西哩,吃物、烧柴和婆娘。”旁边的老婆婆附和着:“就是,就是。”她一边说一边抱住自己的膝盖摇晃,说起了一个顺口溜儿:“灶里有柴,囤里有粮,怀里有婆娘。”这时轮到旁边的老头抽出烟锅咂嘴了:“啧啧,一点不错,除了咱村,别村还没有电影匣子哩,婆娘嫁咱村不亏。”另一个说:“不亏,不亏,这些年外面贩进来的婆娘一开头还哭,到后来笑了不是?”一个老人说:“哭个什么?那是一千块钱外加十个毛皮筒换来的,也不便宜。好婆娘!如今看来腚大腰圆,能吃能做,一张脸盘子也怪大。”“怪大怪大。”老婆婆说。

吕擎和阳子交换着眼色。阳子忍不住哧哧笑,捂着嘴。一旁的余泽和莉莉一声不吭。莉莉抱住了余泽的一只胳膊。屏幕上出现了一男一女两个外国人接吻,男的拥住女的用力地吻。大约有一分多钟,石屋里的人一声不吭。后来看山的“猫头”一拍膝盖,愤愤地喊:“天哩,这是做甚!还有庄稼人过的日子吗?”

老杆儿在一旁呵斥:“坐下坐下,莫乱喊叫,你莫忘了咱这是看西洋景儿。”

尽管老杆儿这样阻止,一伙年轻人还是发出奇奇怪怪的声音。有人离开了石屋,回来时故意大声喊叫:“真好吃物啊!瓜面开花大馍啊,咬一口喷喷香啊,真好吃物啊!”

二

这天夜里,直到电视节目结束,任何一个频道按开都出现一片雪花时,山里人才打着呵欠,关了机器。

大家打起火把,呼呼隆隆从狸子山顶把电视机和发电机抬下来。一群人唱着叫着,嘻嘻哈哈,仰脸一看,头顶都是闪亮的星星。老杆儿和吕擎、阳子、余泽、莉莉一行人走在后面。再离开一点就是那个民兵头。走了很远,后面还有人大声吼叫。老杆儿说:“听听,‘猫头’恣得唱哩。”

这歌声多少有点像野物的叫声。前边那一群抬机器的人不断发出另一种吼叫。一个女人尖着嗓子大声叫,一旁有个男人粗愣愣的嗓子说:“赖赛,你他妈的咋啦?”叫“赖赛”的那个女人大声应一句:“有人拧我腚。”一旁又是一片哈哈的笑声,把一切都淹没了。

老杆儿说:“你们不知道,那个‘赖赛’就是前些年一千块钱外加十个毛皮筒换来的婆娘,原是挺好的一个大闺女。刚来那会儿一心要跑,男人给她脚腕上拴个大石头。这会儿好了,打也不走了。咱这山里穷,没有多少好光景看,那时不比现在,没有电影匣子。不过山里也有山里的好处,你们这回亲眼见了,瓜干总算不缺,都能吃个肚儿圆,往炕上一倒,也算个福分。”

他们这时都听明白了,那个“赖赛”就是人贩子从山外贩进来的女人。

他们四个人除了教学和安顿自己的生活之外,就没有其他事情可做了。但进山以来的慌促和匆忙总算得到了一点缓解。他们看着孩子们那一张张黑黢黢、被山风吹皴了的小脸儿,看着他们亮晶晶的眼睛,心里就觉得温暖。但吕擎几个琢磨着,总觉得还应该为山里人做更多的事情。做什么呢?吕擎和阳子去找老杆儿,建议再给五十岁以下的人办一个识字班,到了晚上就可以点上桅灯教识字。

老杆儿说："扶贫队也有人来鼓动这个事,我说你吃饱了撑的?他们不听,结果呢?刚过了三两个晚上就没人出门了。你们不知道山里人的脾气,夜长夜短都愿搂上婆娘孩儿睡大觉;剩下的就是没有婆娘的光棍汉,光棍汉脚野,你那石头屋子能关得住他们?他们闲着没事在街道上胡串,扒人家后窗听话儿,再不就三三两两扔土块打架,他们才坐不住哩。"

吕擎和阳子都被逗笑了,不过他们相信:一定会拢住那些上识字班的人。他们准备除了教他们识字之外,再讲一点外面的事情,那等于是一天连一天开故事会。关键是形式要活泼,要有趣,在不知不觉中给他们灌输一些知识。村里人毕竟太闭塞了,不止一次有人问吕擎他们:大海什么样子?如今的大官腰里插不插匣子枪?一个奇怪的论调差不多让四个人笑了半天——有位老人说北京和南京是分别镶在天边上的两块大石头,一个在北,一个在南,那上面雕花刻字,最大!

吕擎和阳子还建议村里搞一些工副业,靠山吃山,这里是否可以开矿,或者利用石头搞点什么?

老杆儿说："你这主意也不新,外来的人都这么说。别说没矿可开,就是开出来,东西也运不出山哪。你们也见了,这山路有的地方一尺宽,年轻人要走还得睁大了眼哩,怎么往外倒腾东西?"

一句话让他们不吭声了。

后来,识字班的事情老杆儿总算答应试一试。他让民兵头挨户下了指令。

第二天夜里,老老少少都到了大石头屋里。他们有的坐有的站,像看西洋景一样,瞅着城里来的这几个人。一开始由吕擎讲,讲识字的意义;再后来是阳子讲。莉莉讲的时候最受欢迎,他们都说："好大婆娘,不光俊,小嘴儿也怪巧!"

第一堂课热热闹闹下来之后，再不用发动，都按时出来上课了。可惜来的人数很不稳定，年龄也不像限定的那样在五十岁以下。有的老人到识字班里来，竟然还端着一壶老酒，一边听一边饮。最可怕的是烟雾，山里人个个吸烟，有的老太太更是烟锅不离嘴，天气太冷，又不能开窗，一会儿屋里便烟雾腾腾……

后来的日子，四个人计划了一下，决定由余泽和莉莉留下来应付识字班、教孩子，吕擎和阳子则背上背囊继续向南。他们想寻找一些新的村落，开辟一些新的冬学和识字班，必要的时候再找一些活儿干。每到星期天，他们四个人再到这个山前大村里聚一下。一个冬天的事情总算有了着落，大家都很高兴。

吕擎和阳子背上背囊，跟老杆儿打个招呼就走了。他们走时老杆儿说："外面吃物不济，抵不住了就早些回来吧。"吕擎和阳子谢了他，说："我们在这里安了家、留了人，这里才是我们的根据地呢。"

老杆儿高兴了，掏出那个丁烷打火机，慢悠悠地点着了烟锅，目送他们走向远方。

吕擎和阳子往南，翻过了两座大山。

在山的那一面，他们看到了四五个村子，都小得可怜。问了一下，这几个村子里几乎没有一个孩子读书，理由是离学校太远。这儿人都知道山前那个大村子里开了小学，不过又觉得到外村识字划不来。山里人都说："娃儿们能写上自己的名字就不孬。"吕擎和阳子找到村里管事的，建议这几个相距不远的村子联合办一个小学，但遭到拒绝。

他们又继续往前。有好几个晚上，走到了前不着村后不着店的地方，只得找个地方搭起帐篷。他们点起篝火，用石块垒起一个小灶烧水做饭。包里有很多瓜干、盐和干菜。日子久了，他们一闻到瓜干掺了盐的那种气味就有点恶心，但谁也没有抱怨，总是大口吞食，做出一副吃得很香的样子。

阳子有一天忍不住呕吐起来,脸色苍白,没有血色。吕擎把他抱在怀里。他闭着眼睛,后来又吐了很多水。整个夜晚吕擎都照看他,让火烘烤,又给他裹上睡袋。阳子说:“吕擎哥,我有点熬不住了,想吃一块饼干。”

吕擎在背囊里到处翻找,只有几粒花生。阳子嚼着花生,嚼得很细,不舍得下咽。吕擎安慰他,说再翻过几座山,就可以找到那个大村镇了。他打开地图。从地图上看,镇子离这儿只有二十几里远。

他们背囊里沉甸甸的,全是瓜干,还有做稀粥用的玉米粉。那包玉米粉他们一直没有舍得吃,这会儿吕擎就熬了糊糊让阳子喝。阳子只喝了一点就推让起来。吕擎说:“山里人一年的多半时间就吃这种瓜干,我们如果不是亲身经历,无论如何也不能相信会是这样。”

阳子没有吭声。后来他说:“这些天晚上我睡不着,就想,无论什么地方老天爷都要指派一些人去看守的,只要你守住一个地方,就不能抱怨。这大概就是平常说的一个人的‘命’吧。”他望着帐篷的尖顶,“有时候我琢磨,这地方简直寸草不生,交通不便,明摆着这一辈子、下一辈子都要吃苦受累,他们都有两条腿,为什么不逃出大山呢?想来想去想不懂,后来才明白,他们的骨头和肉,还有他们的心眼,就是这一架架大山变成的,就是这里的土和石头生成的,他们自己就等于是这里的石块和泥土,当然离不开了!”

吕擎拍拍阳子:“你说得太对了,这个道理只有进山以后才弄得明白。有人怎么也搞不懂:人的命和山的命会这么紧地贴在一起。你可以发现,这些人的抱怨一点也不比别处的人多,他们的笑声一点也不比别处的人少。”

阳子刚吃进的一点玉米糊糊都吐在帐篷里。他一点力气也没有了。吕擎一直照看着他,觉得此时的阳子真像个可怜巴巴的山里孩子。

因为阳子的病,他们的帐篷一连好几天都没有挪动。有一天起了大风,这风几次要把帐篷掀倒。风声有点像打雷,轰隆轰隆从山口那儿掠过。没有经验的人一定会以为是山上的什么东西倒塌了。好吓人的夜晚……

三

大风之夜的第三天,阳子总算好了一点,他们于是重新背起背囊。吕擎把重一点的东西背在自己身上,开始翻越前面的山岭。

山岭与他们翻过的那个狸子山属于同一条山脉。整个山脉向北,渐渐东折。眼前这一段轮廓清晰,往西逐渐显得高大、雄伟,隐入了黄色的山雾。东面的山坡陡峭险峻,而西部则比较平缓。他们急于想找到一条河,哪怕是一条小溪,都会欢快起来。有河流不仅取水方便,而且顺着源头总可以找到一个个富庶的村庄。山、水、人,这三者之间总有一种相互依存的关系——还有,只要看到山溪,就会有一些旺盛的树木,可以看到在阳光下泛着金色光泽的干草……

从地图上看,这儿属于陵山山脉,几个山头也都有名字。陵山山脉的北部有一条济河——于是他们就费了好长时间寻找济河,结果仍然无济于事。他们认为走的路线不对,但后来站在山岭最高处,一眼就看到了宽宽的河谷和高大的河阶地。河床没有一点水,铺满了水旺季节冲刷出来的砾石。吕擎第一个喊出:“济河!”

他们欢快地奔向这条干枯的河流。

顺着济河往前看去,它的左边是一些更小的河汊,很难判定它们流向何方、属于哪条山谷。在河的右侧三四公里远,耸立着另一座很尖的山峰。河的四周有稀稀落落的树木,但长得都很矮小,这是由于水源缺乏和土层贫瘠的缘故。他们发现了黑榆和长得不像样子的山杨、胡枝子。

吕擎和阳子又一次打开地图,发现济河就流经他们此行的目的地——那个大村镇,然后一直奔向西北。有好长一段,济河差不多与山脉平行，后来才拐向正北。在山脉的南部、西部和东部，都分布着一些细小的河流，而济河算是最有名、最大的一条了。一些星星点点的村落就分布在这些大大小小的河流旁，其中那个最大的村镇就在济河的拐弯处。

再往前要穿过一段峡谷，那儿的路太难走，他们不得不绕道往东，从前面那个山峰左麓返回济河。

刚转过山麓，他们就看到山阳坡上有一个小村子。它只有二三十户，但看上去比他们一路上所见到的其他村子建筑齐整，显得富庶。村子里有几十棵树，而且远远地就听到鸡狗的叫声。大约是从济河分出的一道河汊就从村中穿过。离山脚很近的地方，可以看到被山水冲刷得很干净的光秃秃的石头。村子西面一座小山上正开一个小小的石坑，石坑旁边搭起了一溜棚子，有人在棚子里噼噼啪啪砸石头，棚柱上拴了几条狗。

他们走去时，好多人都围上来，七嘴八舌地询问，男男女女一共二十多人。

他们走近了，才看出石坑旁在做什么，稍稍吃惊。他们在做墓碑。问了问，这儿有造墓碑的传统。过去只是三两个人干，现在则开起了墓碑作坊。

在济河两岸，这里的墓碑最有名。整个小村就靠做墓碑维持生计。

寂寥之春

一

梅子说吕擎他们把我的“魂儿”给带走了。

她说得有点夸张,可是这一段时间我真的常常走神。除了阳子的日记所描述的那些情况之外,我几乎什么都不知道。如果他们行进的路线是东部山区和平原,那么我还可以想象一下,因为我对那里毕竟太熟悉了。我甚至可以预想一下他们会遇到怎样的艰难险阻。我对东部的民俗风情以及自然地理了如指掌。而他们这次去的却是最贫困的南部,我对那里一无所知。

我在这座城市里真的变成了一个孤单的人。当家里人都离开的时候,只有我一个人在小屋里待着,一时做不下什么别的事情。我好像在一种寂寥中期待着什么——到底是什么我也不知道。这或许有点像后方的战士在等待前线的消息……丽丽长时间注视着我,眼睛蒙上了一层忧郁。它沉默一会儿,再回到自己的角落。即便高兴起来,它注意的也都是一些微不足道的东西,像一截线头、一个瓶盖、落在地上的一张纸等。它尽可能把它们弄活,给它们以运动的生命。但只是一会儿,它就重新失去了兴趣。

杂志社的马光已经正式接任了编辑部主任。这对我而言本来是一件求之不得的好事,他倒像因此欠下了什么,对我变得格外热情,有时要带我去看一场戏,再不就塞给我一张免费餐券。娄萌也看出我这一段有点忧心忡忡,就说:“你该找地方好好玩一玩,也许我们又该开一个作品讨论会了。”我说:“谢天谢地,今后再有这样的讨论会,操办者应该是马光了。”

马光与娄萌配合默契。我一直觉得娄萌很喜欢马光,有时候一个微笑、一个眼神,都能让人觉得他们在传递什么。我伏在桌上读东西,常常感到头顶正有频繁往来的目光。

我发现自己多少有一点嫉妒。她坐在我的对桌,更多的时候不像一个领导,而像一个温厚的大姐;除了那一丝明显的肤浅气,我常常觉得她是一位难得的女性。我时不时地想起斗眼小焕在她本子上飞速写下的那句即兴歌谣……

邻座那个年纪大一些的女人有一次小声告诉我,说她在走廊里看到了什么。她笑得很诡秘。我问看到了什么,她就是不答。生活往往就是这样,有人故意把一个谜团扔给你,然后就想在一旁看你抱着它玩。

马光下班时对我说:“愿不愿到我那儿去,晚上?”还没等回答,他就说:“去吧,娄萌也去,还有很多熟人,都是一些朋友。你会觉得不虚此行的。”我知道马光近来常常热衷于“艺术沙龙”之类的事情,听说还专门整出了一间豪华客厅。马光的父亲去世前做过一个实惠部门的头儿,所以留下了一座很宽敞的房子。

可能是太寂寞了吧,我当时就萌动了好奇心,一口答应下来。

马光的家是这座乱哄哄的城市里一个很难让人想象的特殊角落。它夹在市中区破破烂烂的老式灰楼和矮小的平房中央,顺着一个小巷往里拐,巷子窄得仅能跑开一辆车。而尽头一小段只可走开几辆自行车,所以轿车不得不停下来。这是一段砖路,大约一百多米,一直通到那个灰色的门楼——小小门楼几乎和周围没什么不同,可是当你按一下门框上那个红色的按钮,马上可以听到里面响起动听的音乐声,接着有人出来开门:或是马光,或是他的母亲。这是一个非常幽静的小院,院里栽了夹竹桃和玫瑰。

这个冬天,马光的小院暖融融的,它一溜四间平房,外带一个挺大的耳房。聚会用的客厅是西头最大的一间,与房子前廊新装的玻璃长廊连成了一体,一下子变成了原来面积的一倍以上,大约有六十多个平米,真够气派。想不出马光从哪儿搞来这么多钱。客厅里有十几张皮面沙发,高档茶几和电器什么的,总之一应俱全。

客厅里已经坐了十来个人。角落里灯光太暗,我看不清具体的面孔。马光一开始不在,后来才和母亲一块儿进来。母亲温和地笑着。接着马光给大家倒水、摆水果。就在这时,我看到了娄萌。

娄萌让我挨着她坐,讲了什么,声音很小很柔和,我听不清楚……

音乐响起来:低低的音乐,一首西方曲子。耳熟,但叫不上名字。马光拍拍手掌,音乐却没有停下。他开始一一介绍客人。由于我是第一次参加这个沙龙,所以首先介绍了我。在说到我的名字时,我感到黑影里有人像鸭子一样伸长了脖子。这立刻让我觉得来这里似乎有些唐突。旁边坐的大概都是常客。我逐一辨认客厅里的人。娄萌在旁边稍微提高了嗓门,说我是他们那里最有才华的一个人。我一直想谦虚一下,但舌头涩得拉不动,最后也没有张口。

这时暗影里站出一个矮矮的小姑娘,她戴了一顶绒线帽,穿了毛茸茸的衣服,打扮得像一个小熊猫,胖胖的很可爱。我刚刚觉得有点眼熟,她就哼了一声。这声音唤起了我的记忆——这不是李咪吗?老天,真的是她。她伸出手。那是一只火烫烫的小手,出了很多汗。

李咪旁边是一个脸色发青、疙里疙瘩的男人。这男人肚子很大,但身体的其他部位都很瘦小。他剃着平头,眼窝很深,右手紧紧抓着一台极小的便携电脑之类的东西。马光介绍他:“这是企业家李贵字。”

这名字在我脑海里一跳。我当然知道这个人——是插手校园事件、扬言要用直升机接朋友们到海外度假的那个家伙。他朝大家点点头。

这个人的眼神极其奇特。

娄萌在旁边稍稍提高声音说:“贵字老板对我们的刊物帮助很大噢!”

娄萌以前赞扬过马光,说他总有办法跟那些企业家取得联系,尔后很快就建立起密切的关系。看来他经常找的就是李贵字这样的人物了。

接上马光讲了什么，娄萌又讲，再就是鼓掌。我发现这个聚会挺正规，马光和娄萌轮流做了这里的主角。大家喝着各种饮料。音乐声渐渐大起来。娄萌邀请李贵字跳舞，但结果是娄萌和马光结对，而李贵字和一直偎在身旁的李咪跳起来。

我觉得李咪的处境很危险。

二

接下的一段时间，我被一个长着金鱼眼的姑娘邀请了。这个姑娘性情内向，很少说话也很少笑，使人觉得她在这些人当中是一个多少令人怜悯的姑娘。整个跳舞的过程中她没有说一句话，显然是一个十分羞涩的人。可是我不知道这样的人怎么会到这里来，又怎么会受到马光他们的邀请——我想她可能也是一个艺术的崇拜者，仅此而已……一曲终了，大家停下来。

该谈点“艺术”了，我想。

娄萌带头提到了什么，马光很快发言。李贵字拍手时把脸扭向一边，举止显得有点莫名其妙，原来李咪在一边咕哝了一句，他是为李咪拍手。那个金鱼眼声音艰涩地问了马光一个问题，马光用了十几分钟作答。他一边回答一边问我：“这样讲可以吧？”实际上我什么也没有听进去。其实他怎样讲都无妨。马光这家伙真的不可小觑，这在平时还真的看不出来。他好像谈到了加缪、贝克特、尤尼斯库，讲着讲着激动起来，最后像一个醉酒的人那样大声呼喊起来。他的呼喊还没有落地，立刻有一个沙哑的嗓子接上：“打倒斯特林堡！打倒卡夫卡！”

我心里说一声：妈的，又来了。我知道这种聚会总是这样：总是有人陡然激越起来，说一些驴唇不对马嘴的话，每次如此，概莫能外。那个人的样子我看不清,但多半是凭感觉得知,他喊完之后立刻用深情的目光注视起那个姑娘。他大声吟哦,一遍又一遍背诵起翻译诗……

我发现那双金鱼眼慢慢地渗出了泪水;马光沉默着,像一匹马那样垂下了头颅,两手夹在两腿之间……金鱼眼和沙哑嗓子一齐站起,一边喃喃自语一边往角落里走,两双手握在了一起。

我把目光转向了娄萌,发现娄萌有点愤愤的样子。她仰起脸问我什么,我听不清;她拍拍扶手,示意我就坐近一些。我们俩小声说起话来。马光、金鱼眼姑娘,还有李咪、李贵字几个人都在那儿热烈地争辩,噼噼啪啪拍打沙发扶手,后来又把什么东西碰倒了,发出"砰嚓"一声。

马光的母亲走进来看了看,又退回去。

就在这时候,娄萌握紧了我暗影里的一只手,像对待一个比她小得多的年轻人说:"你知道我很不愿你辞去主任职务的,你身上体现了我们杂志真正的希望……"

我没有做声,只是在感觉着这只手的温暖。娄萌一直看着我,重复着:"大家在一起多么好! 多么好!"我一直不吭声。她说:"多么好!"

就在这时候,我被一旁的情景给惊呆了:那个李贵字竟然在昏暗的灯光下忘情地拥住李咪,而李咪竟然一声不吭、毫无反抗。

我"腾"的一下站起来,往前迈了一步。

娄萌稍稍用力地扯了我一下,算是给我一个提醒。我再次坐在原位。

"你想干什么?"娄萌小声问。我也不知道要干什么。我只是本能地、条件反射似的往前迈了一步。因为当时我的眼前闪过了庄周那对沉沉的目光……娄萌拍打我的手,又捏我的手指。"你是个毛头小子,傻大个儿……"

我极力把注意力放到一边。我发现有一个人一直不太活跃，他是个脸色苍白的小伙子。这人个子矮矮的，留了一副惹眼的小胡子。正在大家热烈争辩之后、谈话稍稍冷却下来时，他突然从黑影里钻了出来——这才提醒大家聚会上还有这样的一个人。他细长的双目射出了很亮的光，走到正中央的灯下，瞥了瞥娄萌，又瞥了瞥李贵字和所有的人……右手缓缓举起，举到耳侧，然后握成了拳头。这样待了一会儿，他伸出食指，指着头顶的天花板说：

“我仍然记得那一天，可是我不想解释，一句都不想解释！”

他牙齿咬得咯咯响，接着又把手往前伸去，奓开五根手指，大声朗诵：“……请问为什么要歌颂春天／朋友你可知道／春天萌发了鲜花／可也暴发了瘟疫／正是这瘟疫夺去了／少女们宝贵的生命……”

他闭上眼睛，夹出了长长的一溜眼睫毛。我略微有点吃惊：这个在沉默中突然变得激动不已的年轻人竟长了这么好的一溜眼睫毛。

年轻人再也不吱一声，沉思少顷，重新回到了黑影里。

娄萌的手挪开了，第一个鼓掌。大家都噼噼啪啪拍了几下，我也糊糊涂涂跟上拍了。我的手痒。

李咪一直和李贵字簇在黑影里倾心交谈。李贵字不时发出得意的笑声。他们两人显然与这个聚会格格不入。

我问娄萌李咪为什么会来。娄萌说：“那是李贵字带来的客人。”

我明白了。我在心里替庄周难过。

三

在这个姗姗来迟的春天，我想起了那个不幸的人——凹眼姑娘。我知道她的刑期仍然漫长。有时候我抑制不住内心的冲动，真想把一切都告诉梅子。我想她如果不存偏见,如果能从另一个角度去看待我们的交往和友谊,那么也会心生怜惜……

凹眼姑娘是我在这个城市里遇到的惟一一个故乡女性。令人难以置信的是她也来自东部平原。我早她几年出生在荒原茅屋里,并且先行一步来到了这座城市。我觉得这真是奇怪啊,就像一种奇妙的人生约定。

只不知何时才能再见。长时间以来只是阅读她的文字。那是面对一片绿原的倾吐和交谈。洁白的信笺上没有说明,也没有标题。我每一次都像珍藏一块易碎的冰晶那样,读过之后把它小心地包裹起来,放在手边。

…………

炎热的夏天走了,秋天来了。海棠果熟了。多么甜啊,多么甜啊。我天天在想一个人,就藏到树上不下来。我在想他,想他来这儿该多好。

我的海棠树,我昨夜梦见正趴在树丫上,一个人爬上来了。他气喘吁吁的,伸手在叶子里摸啊摸啊,找海棠果呢。他摸到了我身上,我一声不吭。他害怕了,不动了。我想你继续摸吧,你找到了最大的一颗海棠果啊,这一会儿算让你摸着了。

那个梦没有下文就结束了。

我想等这梦做下去,结果等啊等啊,到天亮了都没成。我焦急,就自己出门去找,找这梦的下半截。我一连好几天攀在海棠树上,直到真的等来一个人——他是个比梦中少年大一点的人,不,他大多了。他的连鬓胡子看起来至少有十八九二十岁了。不让人喜欢,因为不如梦里的少年好看。可是没有别人了,只好这样了。

他对我笑,我也笑。他就攀上来了。他在大树的粗桠上搂住了我。我闭上眼。梦的下半截肯定就是这样了。我在等他干点什么——他会干什么?我一点都不知道。因为梦里没有做到这一截上……

他的手又大又粗,手背上毛烘烘的,青血管一条条高出手背。我真的不喜欢。我后来告诉他:我不喜欢。可他这时候再也不愿讲理了,说:用不着你喜欢。他把这只讨厌的手伸到我衣服里面了,让我颤颤抖抖。可是树上没有地方可躲,躲闪得厉害就会跌下去。没有办法,只好忍受着。

结果就因为我害怕跌到树下,他就胆大起来。我哭了。他不管我哭还是怎么,从上往下地把我细细摸了一遍。我真想咬他一下。我想咬破他的脏手。

他多么胆大!他最后硬是把我的裤子褪下来,挂在了树枝上……我急得跳下了海棠树。我光着屁股。他在树上拿了我的裤子说:"不上来就不给你穿。"我害怕了。我总不能光着屁股回家啊。我让他发个誓,发誓不再摸我了。他发了誓。我就再次爬上了海棠树。

这个络腮胡子后来是自己掉下去的。活该他跌得大叫。事情是这样的:他认真地看我光着的下身,然后轻轻地摸我,摸着摸着,突然身上乱抖,尖叫一声就掉了下去。他跌得好惨。他可能把什么地方跌坏了,在地上一声连一声喊着,捂着一个地方喊。

我穿上裤子,撒开腿就跑了。

我再也不敢去海棠树了。我哭了一夜又一夜。我哭的是梦里的那个少年。梦里的好少年没有来,结果来了一个毛猴似的人,他代你把我摸了。我知道这事儿是谁也不能代替的。我哭的就是这个……

谁也想不到,做梦当然更是想不到,我的那个细细高高的少年来到了一个大城市,他原来要在这里和我碰头,而不是在那棵大海棠树上。他要在马路边、在街巷上、在路灯下摸我,搂住我亲吻。我们亲啊亲啊。是的,海棠树上做这些太不方便了,就是再粗的树丫都不行……

四

天终于转暖了,大概吕擎他们就要在路上脱下自己的棉衣了。远行人迎来了一个好季节。我对梅子说:山里一定是泉水淙淙,小溪化冰,各种春草长出来,野花也开放了。这时候是流浪汉又唱又跳的好日子呢。梅子说:“你总说‘流浪汉’,吕擎他们可不是流浪汉!”

是的,也许他们只是远行者。不过远行者与流浪者到底如何区别?不知道……我只是一想起他们身负背囊、挥手告别的那一刻,心里就有难以抑止的激动。

在这暖洋洋的城市的春天里,我真的感到了某种勃勃生气。很想做点什么,尽管没有一个完整的计划。一连几天都在翻书、在屋里徘徊。因为我经受不住诱惑,在这个春天里一次又一次陶醉在一些文字——它所引起的畅想之中。我十分惊异于凹眼姑娘的文字能力,说实话,它从一开始就引起了我深深的惊讶,接着就是难以言喻的神往。这些文字分成了两大沓,当我抽出了下边的一沓时,马上看到了关于老城堡的部分……老天,我忍住心底的胆怯,匆匆看了几眼又赶紧藏起来。我会一点一点走进这专属于我们两个人的、昨天的隐秘。

如果不是杂志社的事情打扰,我会一直这样待下去,埋头在这个小小的空间里,一口气读完那些令人怦怦心跳的文字。

我发现这个春天的杂志社跟过去有所不同。马光因为接替了我的职务,踌躇满志,已经或多或少地露出一点浅薄相。那个小女打字员变得更为落落大方,甚至在众目睽睽之下依偎马光,用头顶去蹭他下巴颏上那片黑黑的胡茬。马光的个子好像更高了,胸毛发达,动作粗野,动不动就想把她举起来。

娄萌对我说："马光越来越不像话了，这样很不好的，这会破坏工作秩序。"

马光却在另一个方面使娄萌颇为满意——他越来越多地把一些企业家带到办公室来，那都是各种各样的人物：有的厚道，一看那张脸就知道创业艰辛，见了娄萌马上有点慌里慌张的。还有一些是说话高喉大嗓、动不动就拍桌子的粗汉，他们都有一副充满欲望的眼神，几乎个个胡茬铁青，目光坚硬，臀部肥大，能说一口非常流利的粗话。

偶尔有一两个女作者径直闯到杂志社里来，她们如果与我说得多了点，马光就会觉得受到了冷落，有一次问我："拴上了一个？"我点头："拴上了一个。""这个小家伙，像面捏出来的一样，不过很有劲头。"

姑娘走后大家还要谈论。娄萌说："这种姑娘是这个时代的特产，是新近出产的一批'小浪人儿'……"我觉得娄萌还真有眼力——我的笑容凝在嘴角，娄萌警觉地看我一眼。

马光说："'小浪人儿'一般都很有才华。有一年我出差遇到一个'小浪人儿'，小小年纪已经出版了两本书。我们熟悉之后，她还签了字送我一本。我回来一看，他妈的，净写驴子配马，真叫泼辣。"

老编辑问："怎么泼辣了？"

"动不动就说'干一次干一次……'这一类话。净这种粗话。不过语言很大众化。"

娄萌笑了，捂着水杯看马光。

这天我正在家里喂丽丽吃饭，小涓突然来了。她一进门就踢踢两条腿，这是她的习惯性动作。她的腿粗、圆、直，有一种不必讳言的美。她踢完腿开始大呼小叫："你不知道吗？她回来了。""她是谁？""就是莉莉呀！那个跟上'西天取经'的女人。"

我吃了一惊:“真的?都回了?”

“就她一个。我还以为你早知道了呢。”

我再没有吭声。接下去我问她是怎么得来的消息。

“我到她们那个资料室借书,看见一个人很面熟。我想这不是莉莉吗?我以前没有跟她说过话,不过我认得她。后来问旁边的人,他们说,她和一个大学生偷着跑了,现在又回来了——看她的脸多么黄、多么瘦!”小涓蔫蔫的:“阳子一点消息都没有……”

我几乎什么也没想就告诉小涓:我明天就去看莉莉。

五

到了资料室,莉莉不在。

我又找到她的单身宿舍,终于见到了她。她的小嘴噘起,那模样好像随时都能“哇”的一声哭出来。她的确瘦了,也比过去憔悴多了,不过头发还是长长的,一双眼睛还是那么水亮。一会儿,她总算勉强地笑了笑。她像害冷一样浑身哆嗦,披上一件衣服,坐在一个破旧的沙发上。

我问她什么时候回来的。

“十几天了。本来我不想上班,后来人家知道我回来了,就问这样那样;我还要给余泽和阳子请假呢。”

我想起他们现在真是逾期不归了。

“要编个玄天玄地的理由,不然的话这假不好请的,我差点死在路上。”

我对莉莉的话总有点将信将疑,因为她一贯喜欢夸张。不过这个弱不禁风的人半路归来似乎并不出人意料。“余泽他们没有送你回来吗?”

“送我?他们忙着在山里啃石头,哪有心思送我。后来还是阳子把我送到了汽车站,买了车票,又转了火车,这才回来了。”

我最急于知道吕擎他们现在的情况。莉莉摆一摆手说:“别想吃一顿像样的饭,也别想洗澡,别想好好睡觉……”

“这都是预料之中的。”

莉莉抚着沙发扶手,“我什么苦都能吃,我不是害怕吃苦,我是太委屈、太委屈……没人关心我,亏了他们还是些大男人,一个个呆痴痴的……”

我笑了。莉莉没有理会,一个劲儿地嚷下去:“我再要不逃回来,不饿死也得出别的事,反正不得好死……你不知道,荒山野岭什么人没有?他们逮住一个女人就是一顿强奸……”

我觉得这太耸人听闻了。我只说:“你和他们三个在一块儿,这应该有起码的安全保障……”

“算了吧,三头绵羊!三头蠢猪!人家手都伸进我衣服里来了,我一喊,他们还说别大惊小怪。一个女人这方面比什么都重要,这有什么不明白的……”

莉莉远行一趟,没有任何长进,惟一的变化就是学会了像男人一样不停地吐口水。这当然是一个不好的习惯。

“那些山里人哪,又脏又懒,吃饱了瓜干,就知道搂着老婆瞎睡。我呀,这辈子也不到那些地方去了,没穿的没吃的,虱子滚成了球,大姑娘小媳妇天一热露皮露肉的,冬天里穿个破棉袄,直打哆嗦……你不知道那里的风多么大,雪多么大!还有,最冷的天,舌头伸出去拉不回来……”她说到这儿得意地一笑——显然满足这个比喻。我不得不打断她的抱怨:“他们这会儿在哪?干些什么?怎样安排日常生活?”

“还在南山;那里的大山不把他们埋了才怪,他们不会拔出腿来。原说开春以后就走,我看他们走不出来。干什么?什么都干。那真像逃荒要饭的‘叫花子’,身上有虱子,脸上有黑灰。办冬学、凿石头,死乞白赖当牛做马,一个月吃不上一口肉,一个个成了阴阳人,男不男女不女……”

“你能不能说得再具体一点?”

“要具体呀,三天三夜也说不完,我们受那些苦你做梦也想不到。人哪,折腾这一回下辈子都忘不了。等我有空把这些从头讲给你听,你就会明白我为什么跑回来了……一开始我和他们一样,也是蛮大的劲儿,我想无非是锻炼锻炼嘛,增加点见识吧,吃苦又算什么?就权当又一次‘知识青年上山下乡’。谁知压根儿就不是那么回事儿……”

“你回来他们都同意吗?”

“当然,再待下去我也成了累赘。我帮不了他们,他们还得来保护我;再说余泽那呆子也没心思照顾我了,吕擎说什么他听什么。还有阳子,都听吕擎的。我在他们那一伙里什么都不是,他们就知道支使我干这干那,只要山里人高兴,他们把我卖了都愿意。”

我笑了。我这一笑,莉莉委屈得哭起来:“他们真能把我卖了呀,你们不知道,山里人时兴买卖‘婆娘’。我们就遇见一个一千块钱外加十个毛皮筒买来的‘婆娘’。可那个婆娘是什么啊,大鼻子大脸,身子短,手像鸡爪一样……就是他们不把我卖了,也会有人把我抢了去,山高路远到哪找去?有些日子我吓得觉也睡不着,饭也吃不好。我老哀求余泽:‘让我走吧,让我走吧。’他一脚踹在我身上,骂:‘滚你妈的蛋!’我就滚他妈的蛋了……”

我终于忍不住大笑起来。

莉莉跺脚,用拳头捣我:“你坏你坏,你笑你笑!”

第 八 章

苍 楼 下

一

再次走近许艮教授那座黑苍苍的楼房……自从许老失踪之后,我与吕擎已去过多次,可那扇门总是紧紧锁闭。

这会儿看着那座苍楼,心里有火烧火燎一般的感觉。许艮既是吕擎的导师,也是我在这座城市里最为崇拜和景仰的人。他那张沉默的脸、花白的头发,还有那个沉甸甸的烟斗,都时不时地在我眼前闪动。在伸手可及的现实生活中,一个人竟可以这样突兀地消逝,简直就像神话。我一次也没有见到陶楚……在这个学校的人看来,她与许艮的关系颇为神秘,甚至不能用一句"不太和谐"之类的话来概括:尽管同居一屋,但通常井水不犯河水,找许艮教授的人,陶楚从不露面;反之也是一样。我见过他们的孩子许鲁,那是一个可爱的、独立性很强的小伙子。他长得漂亮,可能很像母亲。

都说陶楚称得上整个校园里最美丽端庄的一位夫人,高贵而矜持。据人讲,在学生时期追她的人很多。矜持是"追逐"的结果。大概就因为这个,她一辈子与同事相处得都不太融洽。总之她是一位性格特别的、不苟言笑的妇人。

再次来到苍楼下。小心地敲门、等待。直停了好长时间才听到脚步声。门开了,出现在面前的是许鲁。

他手里拿着一支笔和一个笔记本,这使我想起这个小伙子已经是第二次忙高考了。他很不友好地看着我,后来总算认出来了,叫一声“叔叔”,就回过头去。

他走路很快,我跟着他穿过一截走廊,进了客厅。

一会儿脚步声响起来——陶楚从另一间屋里出来了。我似乎有些紧张。待我自报了姓名以后,她点点头,请我坐下。我已经不记得来过多少次了,但真的是第一次正面见到她——有一次好像只见了个背影,但那也是一闪而过。这会儿我不知说什么才好。这真是一个美丽的妇人,美得让人稍稍惊讶。我发现她说话时嘴巴张得很开,宽宽的舌头好像不太灵活,所以发音有些沉闷。可她一旦合上嘴,就立即显出一个小巧的、像仔细勾勒过的精致的嘴巴。显而易见,她保养良好,这在她这样的年纪是不多见的。脸上的肌肉没有一点松弛,腮部和唇部也没有变形,整个脸庞还保持了很好的轮廓线……“老许常常谈起你……”她说。

她的声音平静、温和,如果不知底细,一点也想不到前不久这幢楼内刚刚发生了那样一件事情。我不知当年的高更到塔希提岛的时候是否也是这种情形?我想它引起的震动也不会比许艮更大……高更后来总算有了着落,他出走之后与妻子大概也还有过聚会。可许艮教授留下的却是一个未知的结局。

“许教授有消息吗?”

陶楚摇头。

“他安顿下来会来封信的……陶老师,在这之前——您一点也不知道他要走吗?”

“不知道。”

她看了看在一边伏着写字的许鲁说:“老许这个人太耿直了,

平时就让人忽略了他那些小心眼儿。他其实也挺算计的。对家里人,有什么想法就该谈出来,我和孩子都不会拦他。如果真到了那一步,真的只有离开才会安宁,会过得好,那一定会放他走的。那样我和孩子都会省些心。眼下我不得不说,他做得实在是太过了一点。想想看,我和孩子丝毫没有思想准备,一觉醒来人就不见了,这算怎么回事?你看,就这样,他又一次制造了个大新闻。"

我知道"又一次"是什么意思,上一次是动乱年代。我问:"他是半夜里走的吗?"

"是夜里走的。他睡在工作间,我和孩子睡在走廊北边的屋里。他晚上常常起来溜达、散步、吸烟,所以他开门、出出进进的也引不起我们注意。这些年里他因为常常起夜,怕影响我们休息,才与我分开住。你们年轻人不知道,人上了年纪,分开休息也好……"

"许教授出走之前一定会有些迹象,比如说要收拾东西,带些衣服,带几本书……他总不能一点准备都没有吧?"

"他走前一个月到处翻找……不过他一本书都没带。"

我一直看着她。我知道那是在翻找一个女人的信件。

陶楚摇着头:"对于许艮,一般人根本不会明白的,说出来你们不信。我查点了一下,他什么衣服也没有带,一本书、一支笔一个本子都没带。你看他的工作室吧。"

她领我到了工作室。

一股熟悉的气味扑面而来。那是装满了书籍、不断吸烟的屋子才有的怪味。这是某一类知识分子的气味。许教授那个藤椅还在,这使人想到他随时都会从外面走进来,微笑着坐下,向客人举一举烟斗。一架架的书,一摞摞的卡片,有的用草绳捆起,有的用橡皮筋勒得整整齐齐。它们都码在那儿。桌上还有翻开的文稿。好像人是在工作中被劫持了似的,一切都是突然中止的。我看着,心里生出一种奇怪的感觉。

我想象着那个夜晚:许教授就像平常的一次夜间散步,背着手往前走啊走啊——看看天色,看看满天的繁星,还是走下去……他走得太远了,不能回返了。

陶楚说:"什么都是一种习惯。暂时我会觉得屋里少了一个人,时间长了也就适应下来。你可能以为两人过了快一辈子了,其中的一个突然离开,另一个怎么会习惯?是啊,可我们之间不是这样。你不知道,在后来这些年——不,他从很久以前就是一个人生活了。他很少关心我和孩子。不过还好,我们不太吵架。我和孩子是一个世界,他自己是一个世界……"

二

"老许刚走时,院系领导发了寻人启事,还派人出去找过。老师和学生都在议论,看着我:好像秘密都写在我脸上似的。可是还不到一个月,一切都平复了,再也没人议论他了。这个年头的怪事本来就多得不得了,吸引人的东西也多,人们不可能老要记住他。所以这事儿刚刚过了不到一个月大家就把他忘了。人人都忙自己的事,没那么多闲心了。这事如果发生在六七十年代,那会是多大的一个事件啊!这可不是上一次,那次他跑得轰轰烈烈。现在不是了,现在怎样都行,因为没了老许只是我们家的事。看看吧,这是他的工作间、他的藤椅。一切都像过去一样,我和许鲁还是待在自己的房间里,还是蹑手蹑脚走路——在平常我们都要这样。现在孩子喧哗时,我还是习惯地说一句:'小声些,别打扰了他……'"

陶楚的手抚摸了一下许鲁有些长的、光滑的头发,叹着气。许鲁低头写东西,好像母亲这只手不是在抚摸他一样。她叹息一声:"人真是奇怪,有人议论的时候害怕听到议论;等别人真的把他忘了,闭上嘴巴了,又觉得少了点什么。"

许鲁突然抬头插话:“妈妈,他们都说你是个‘冷美人儿’。”

陶楚拍了一下他的后脑,接上说:“我们读大学的时候,如果班上有哪个同学神情有些不大对,比如说他长时间不愿说话,那么小组里一定要有一个人去找他谈心。谈心的人会千方百计把他沉默的原因挖出来。对方走到哪,他就跟到哪,一定要谈。说起来有点可笑,只要找到一个谈心的对象,那么这个人就是躲到厕所里也会有人跟上。你看,当年那种关心人的劲儿多么可爱,但方式又是多么可怕。我们的世界总是在两极里摇摆,一会儿跑到这一端,一会儿又跑到那一端。现在还有谁那样关心别人?不会了!”

我还是有点不解,难道这位老人真的没有为自己准备一点盘缠吗?这作为一个远行人真不可想象。当然,如果判断不错,老人是赶到东北去会一个女人的,那个女人正处于特殊的境地,所以这边的人才不管不顾地跑开了……

陶楚看我一眼:“许艮这个人怪极了,他从来不碰钱。他的这个毛病——我对孩子说,可能是学了一个大人物。当然这是句玩笑话。他眼里没有钱……刚开始我怀疑是不是出了什么事情,比如说他出去散步跌进了哪儿……直到后来他来了个小纸条,我这才相信他真的是走了。”

我再也忍不住:“陶老师,如果连您也判断不出自己的丈夫为什么要走,那就没人能弄得明白了。”

陶楚低下头,“我夜里睡不着,什么都想过了。我当然不会那么傻。人哪,有了第一次,也就会有第二次……”她说这话时看看一旁的孩子,又去看窗外,“我不会那么傻。我能知道他这会儿在哪儿、在做什么……”

小鲁猛地抬头:“他在哪儿?”

她没有回答孩子的话,说下去:“我们为什么要守住这儿间房子?有人可能说,‘过日子呀。’是啊,过日子。为什么要过这样的日子？这个问号直到现在才来，也许已经太迟了。转眼我就要六十岁了。小时候没有想过，长大了也没有想过……”

这时许鲁又抬头插一句：“我以后也要跑，去国外。”

陶楚这一次稍稍用力拍了一下儿子的头。她不愿讲下去了。

这时我好好端量了一下这个高考落榜生。他正准备第二次冲刺。孩子长得很帅，有一双没有受过任何痛苦折磨的眼睛。他的嘴唇永远带着嘲弄人的神气。我知道这个世界上暂时还没有什么可以吓得住他，他也很少为谁担忧。不过他的神气仍然使我觉得不可理解。他的父亲突然离开了，怎么就没有给他留下任何不安？这究竟是怎样的一代？这一代又是怎样长成的？他们为什么会这样？

小鲁待不下去，到外面去了。这时陶楚起身把门关了，接上刚才被孩子打断的话题：“他是跑到东北那个女人那儿去了——我不知道他们这些年里有没有联系，我想不会没有的。别人都想不到这些，现在的人要忘事是很快的，可我不会忘。他做得太过分了！以前我能原谅他，因为那是个特殊年代，他需要躲难；现在不同了，现在他大概是疯了——真的，这个年头许多人都疯了，他们做了什么都不要吃惊……”

我真想告诉她有那样一封信，告诉她老许也可能遇到了一件绕不过去的坎儿——正因为那个女人在极为艰难的时刻里帮助了他，所以他才不能在这个特别的时刻里扔下她不管，因为老许是一好人。我犹豫着，最后还是没有讲出来。因为我在想，如果可以讲，那么老许早就讲了。所以我只能把这个秘密压在心底。我还想听一听，想知道她是否知道那个女人的近况，以及更详细的事情。

“那是一个山里女人，当时年纪小得很。老许当年是被揪斗的对象，可也不是什么重要人物，比他更受折磨的人多了去了。人家还没怎么碰他呢,他就跑了,多少年下落不明,就把我一个人扔在了家里,可见是个狠性子……后来我才知道他这些年是怎么过来的,原来是被山里人招了女婿,在那儿重新组织了一个家庭!女方一家人住在没有人烟的老林子里,那儿只有他们一户——那个地方地广人稀,走上几十里也遇不上一户人家,这都是正常的。就这样,他成了一个山里女婿,一开始什么都瞒了人家,压根儿就不讲自己是个有妻室的人……你看吧,这个人从一开始就是个能下得手去的人……这一次,我想肯定是去了那里,所以再也不抱什么希望了,从来也没跟别人提起,更不想出门找他……”

三

这是三十多年前的事情。许艮不到四十岁,身子还壮,一蹿就翻过了学校的围墙。校园的灯火大多都熄了,只有几处通亮的房间,那是一帮人在连夜审人,吆喝声偶尔飘在风里。离开家时妻子正睡着,他几次想与之告别,几次都忍住了。她太热衷于校内活动了,每天直到很晚才回家,对他的命运漠不关心。他已经是连续第三天被传到一个黑屋里,那些人开始对他拍起了桌子,表现出极大的不耐烦。关于原导师的问题,还有他的论文、他的课堂,几乎随便找一个茬儿都成了难过的关口。他在一个星期里陪了好几位教授站过台,接下去还不知会发生什么。这一夜的风很大,他跳下墙头的那一刻,正好被挥舞的柳枝狠狠抽了一下脸。

天亮时分终于搭上了拥挤的火车。没有座位,没有水,没有吃的。他站了两天两夜,最后无论如何站不住了,一歪就倒下来。他给踩来撞去,最后在无数的腿和脚的下面挣扎着,不知怎么竟爬进了一排座位下边。在这个黑洞洞的仄逼地方,他很快睡着了。醒来时已不知过了多久、也不知车驶到了哪里。一只脚踢到了他的肋骨上,他给疼醒了。原来一车的人多半走光了,剩下的一些也乱哄哄地下车,终点站到了。不管是什么地方,只要远离那个城市就好。他站到了冷冷清清的月台上才知道,这里是东北边远地区的一个小站,站名怪极了;人流稀疏,是梦中也不曾踏上的陌生之地。他出了车站一直往前走,走进了一个镇子。肚子饿极了,摸摸身上,口袋里只有几张粮票、两块钱。这是他惟一的积存。

在一个卖油条的早点铺子里吃了出逃以来的第一顿饭,真是享受极了。豆浆和油条的香甜让他久久难忘。吃饱了饭,马上想到的是更紧迫的问题:接上还要往哪里走、住在哪里、如何糊口?这一切好像只有到了终点站才能想得起,匆匆逃出来的那一瞬根本就顾不得。他打听了铺子里的人,知道镇子上有一个马车店,那里可以住人。但镇子上似乎没什么地方可以让他做点营生养活自己。他迎着树梢上的太阳看了看,在印满脚窝的干泥街上走着,一直走到了那个马车店。要住店就得用证件登记,他摸了摸口袋,里面除了剩下的一块多钱和一点粮票,其余什么都没有了。他的头上急出了汗珠,这时才明白自己仍然身处险境:没有可资证明身份的东西,那就成了一个可疑的人,一个随时都可能被当地人逮起来的流窜犯。他吸了一口凉气,支吾一声,赶紧走了出来。

从马车店里出来的那一刻起,他就准备远离哪怕稍稍热闹一点的村镇了。身上仅有的一点钱和粮票很快在几个小村的代销点里花光了,剩下的日子就要靠乞讨过活了。原来要饭这种事儿并不难,只要是真的饿急了渴坏了,讨要之声是很容易发出来的,而且十分自然。有一次他被两个背枪的民兵盘问过,最后费力编造了一通才算混过去。那两个民兵迟疑的目光告诉他:他们十分注意他的异地口音,只是懒得细究而已。从那以后他才知道剩下的日子会有多么艰难,每一天都需要谨慎小心了。思前想后,心一横,就往没有人烟的地方奔去——那差不多等于死路一条,可他还想试试自己的勇气。他不相信一个大男人会在这个世界上饿死。

当时正是秋天，野外的果子很多，天也不冷，这给了他很大的勇气。他庆幸自己赶在一个食物丰足的季节出门，决心赶在这个秋天安顿好自己：只要能够积下一个冬春的东西，再设法搭个小窝安身，也就算在野外立下了脚跟吧。

他一直往前，就连稀稀落落的小村也不停留。这样一口气走下去，直到踏进再也遇不到人家的林子深处。他长舒了一口，开始在一棵大橡树下搭窝。他计划着怎样吃喝度日——除了采摘一些野果，再就是设法找一些散落在林中的人家。林间的农户猎户一般不与村子打交道，也不太追究生人的来路。这些人上溯几代都是从关内来的，有的直接就是逃到这里避祸的。林子最深处有一户人家，他们除了垦出一块地，主要就是打猎和采药材蘑菇。他们把采来的东西晒干，然后再挑到三十里外的镇子上卖掉。许良终于有了用武之处，与这户主人熟悉了，然后一天到晚帮人家干活。主人忙着打猎和采摘，他就在垦出的田里干，有时也随人家进林子深处采摘东西。

猎户有一个姑娘叫“鱼花”，已经十八岁了，能像男孩子一样爬树钻林子。许良采药采蘑菇都和她一起，她教会他怎样识别毒菇、找上等药材。他让她参观了自己搭在林子里的小窝，她对这个精致的草舍喜欢极了。她觉得这儿比自己的家更有趣，甚至要在这里过夜。而他总是催她快些回家。鱼花任性，有时偏要待在这里，还问：“这里没有虎狼，你怕什么呀？”他说也许有的。“没有。再往里走，翻过一座山才有呢。”许良不听这些，站起来送人。

许良在林子里一直待了两年，与鱼花一家形同亲人。这户人家并不问他的过去，这让他心存感激。第二年冬天许良受了伤寒，到了春天病得更重了。鱼花采来几种草药煎了给他喝，还让父亲为他推拿。这是一种罕见的疾病，整个人好不容易缓过来，身体却孱弱极了，一站起来就要头晕。就这样挨到了秋天，鱼花从林子里采来紫红色的一些小球果,浸到了父亲的白酒里,然后一勺勺喂他红色的酒液,说:“喝吧,这是‘刺五加’,我爸就常喝它,连风寒都不怕。”整整一个秋冬都在喝“刺五加”,到了来年春天,许良终于觉得身上蓄满了力气。

他重新和鱼花一起到林子里干活了。这时鱼花已经二十岁了,她还是时不时地躺到许良的小窝里歇息,不同的是躺下以后常常脸红。他们并排一起时,许良总是把脸转到一边去,躲开她又黑又大的眼睛。有一次鱼花不高兴了,硬是把他扳过来,发现他两眼湿乎乎的。她惊呆了,问他怎么了,许良不肯说。再问,他就说:“‘刺五加’酒,再也不能喝了……”“为什么?”“不为什么,就是不能喝了。”鱼花哼一声:“它是好的呀,它又没有毒!”许良突然翻身抱住了她。她开始一动不动,后来就挣脱起来。许良放开了她。这样安静了片刻,鱼花低着头说:“许哥,你抱我吧。”许良咬着牙关摇头:“不,不能,可不能这样做!”“为什么?”“因为我……我四十多岁了……”鱼花给了他一拳:“抱!”他就抱住了她。

第二年春天,鱼花的肚子明显变大了。有一天一家人正在吃饭,老猎人突然把碗重重一放。鱼花跑出了屋子。许良低下了头。“你得发誓……”猎人说。许良跪下,向着正南方,嘴里念道:“我发誓……”“再说一遍。”

“我发誓!我发誓!”

四

陶楚久久沉默。过了一会儿她突然问道:“你是在父亲身边长大的吧?”

我心上一动,支吾几句,没有马上回答。

我的父亲!我想大概世界上没有任何一个人像我一样,离父亲那么遥远又那么切近;他在我眼里曾经像一个陌生人,我这一辈子甚至没有单独与他待在一起——我真的不记得有过这样的机会,因为我怕他……可是我在这世界上至今也找不出另一个人会像父亲一样,深深地改变和决定了我的命运——我生命的性质、我的全部。他与许良不同,他离开妻子和儿子是被迫的。他离开了,可他多么渴望回到他们身边。直到最后的日子快要来临时,他才回到自己的家了——而这时候儿子却不得不尽快逃离……

我至今还能想起母亲期待的眼睛和绝望的眼睛。她遥望着大山,白发一天天增多。她等啊等啊,最后等到的又是什么?父亲终于回来了,然而他带来的却是真正的绝望。

一个人无论如何都会给后一代留下某种遗产。我的父亲留下的是什么?是不幸和有幸,是爱与恨,是混混沌沌的一片。他留下的是无边无际无法度量纠缠难解的一笔遗产……

许鲁蹦蹦跳跳走过来。我突然发现他的两条腿很长,这多少有点像我的内弟小鹿——奇怪的是这个年代的小伙子怎么都长了这样两条腿:颀长、笔直、漂亮,漂亮到让人生疑——我总觉得我们那一代人的腿虽然不如他们直也不如他们长,可是比起他们来却似乎更为真实稳妥一些,比如具有更结实的肌肉和坚硬的骨骼,因而也更踏实更可靠。

他又开始来打扰我们了。母亲催促他去复习功课,他撇撇嘴。

我问:“许鲁,你想不想爸爸啊?”

“还能不想吗?一个怪老头。”

他说得干脆利落,却让人更加怀疑。不过后来他又撇撇嘴:“他在家里怪闷得慌,出去走走也不错。”

我没有吭声。我在想:小伙子说得多么轻松,仅仅是“出去走走”吗?我忍住了,没有再问。

许鲁说着做起了迪斯科动作,身子在轻轻摇摆。原来隔壁传来了迪斯科音乐。他一边摇摆一边回头:“老头在大学里干腻了,不走怎么？要是我才不会腻呢。”他看看妈妈，顽皮地做个鬼脸，“我毕业之后非在大学里工作不可。大学多好，美女如云！”

陶楚看看他又看看我，严厉地说一声：“胡扯！去一边玩吧！”

许鲁叹一口气，到院里去了。

陶楚小声说：“我们就这一个孩子。老许太忙了，一天到晚忙他自己的事情，对孩子的关心太少了。他也付出了代价。你看，孩子对他的感情不深。没有办法，这孩子差不多是我一个人带大的。”

我能明白她的意思。据我所知，这个城市里的所有女人都在抱怨自己的丈夫不管孩子，她们几乎异口同声地说孩子是自己带大的。我看看她的眼睛，低下头。我在想人与人的隔膜，深深的隔膜——有一次我在办公室与马光谈论这个问题，谈论“隔膜”，马光油嘴滑舌地说：“谁也没法明白谁，谁也没法用一种语言让对方明白你自己。就为了这没法办的‘隔膜’，有人就不停地抽烟，有人就不停地写书，还有人就不停地做爱；当然也有人不停地干活——就为了忘掉‘隔膜’！老伙计，你将选择哪一种方式呢？”

“就让我不停地干活吧。”

马光哈哈大笑，指着我对娄萌说：“这家伙够虚伪的，他也不嫌累……”

陶楚说下去：“学校里有些上年纪的人看着我和孩子，说多可怜哪，孤儿寡母的。我们好像真的很惨。其实我和孩子倒不像他们说的那样。我心里明白，老许在的时候我照样孤孤单单——我这一辈子都孤孤单单。有时想这一辈子快完了；有时又觉得这一辈子才刚刚开始。人就是这么尴尬和矛盾啊——人只要活着就是这样……”

羁　旅

一

吕擎和阳子在这个二十多户的小村里落了脚。小村的名字让他们觉得很奇怪——“宽场”。它就坐落在济河分出的一条小河汊旁、一个山包下，整个小村拥挤在很仄逼的谷地里，怎么能叫“宽场”？大概这是反其意而用之吧。

宽场的人都很傲气。因为这个小村是整个陵山一带最富庶的，起码他们自己这样认为。那个石场开了很多年，但不卖一般的石料，只卖一些刻石制品——墓碑。山区里所有的坟前都要立一个体面的墓碑，这也是山里人最后的奢侈。这里总算不缺石头，人们也最愿在石头上下功夫、表现自己的才智和心事。村里识字的人少，负责往墓碑上写字的是一个六十多岁的老头儿，以前在外村做教师。实际上他只识千把个字，毛笔字写得也不好，所以这儿做出的墓碑仍然显得粗糙。

吕擎不失时机地向石场推荐了阳子。阳子给他们写了几个美术字，并且毫不费力地帮助改进了墓碑的边缘修饰花纹。他们立刻用另一种眼光看这两个人了。那个写字的老人红着脸，连声咳嗽。但那个头儿、头儿手下所有的人，都齐声惊叹起来。老人压住了自己的不快，说：“我磨墨吧。”他真的为阳子挽起衣袖磨起墨来。

阳子开始负责设计墓碑周围的花纹，而且搞出了大小不同规格的三四种碑石，装饰的花纹由简单到复杂，渐渐让人眼花缭乱。有的很古雅，有的又有点现代气息。最高级的墓碑选择了上等石料，而且在四周雕刻了玫瑰花瓣，那图案在山里人看来简直精美绝伦。这样的墓碑可以卖普通墓碑十倍的价钱。

常常有外村人到这里担墓碑。他们用一根扁担,两个筐篮,一手交钱一手交货。

这儿的主食仍然是瓜干,不过伙食要比在山前那个大村里好得多,因为这里还可以吃上玉米等杂粮。尽管一个月只吃两三次,但他们已经很满足了。

吕擎和阳子没有住在村里,就在采石场那儿搭了个帐篷。这帐篷引来好多山民,他们用手捏捏,拍打一会儿,又钻进去坐一坐,都说这是天底下最好的一个“大帐子”。

新来的两个人除了得到口粮之外,采石场的头儿还讲定,可以从每个月的总收入里分成。虽然分成比例少得可怜,但他们每人每月还可以得到五块钱。山里的钱很顶事,从购买力上看差不多可以顶上城里的三倍。有时手捏一张十元的票子到集市上去买东西,很令那些生意人作难,都嚷:“票子太大了,找不开,找不开!”

吕擎除了帮阳子设计墓碑,还要到采石场里做活。他和他们一块儿使钢钎、抡锤子,手上很快磨出了血泡。村里人满手都是老茧,石头碴溅上去都没事,可吕擎的手轻轻一碰就要流血。山里人笑笑说:“嫩苗一掐就流水。”

石场那些女人看见吕擎和阳子就咂嘴,说:“雪白葱嫩——咱好几年没见山外的娃儿了。”吕擎觉得有趣:她们把成年人也叫成了“娃儿”。

有一个五十岁左右的老太太,吸着烟锅,长时间不转睛地盯着阳子。她包裹烟锅的嘴唇乌紫,脸上的皱纹密密麻麻。有一次她看着看着忍不住了,上前捏了捏阳子的胳膊说:“娃儿怪巧,身上有艺哩。能给大婶画个像不?”阳子同意了,她又咕哝:“大婶活一年没一年了,留下个相片,也好给孙子、重孙子望一望。”

她特意把阳子请了家去。

阳子觉得她那个小石屋简直是个地窖子，里面暗无天日。老太太大白天点上了煤油灯，然后进了里屋；她出来时，竟然穿上了一件单薄的大花褂子，脸上搽了粉，头上还戴了一朵干花。阳子忍不住要笑。她手拿一支长杆烟锅，摆出一个姿势。阳子用炭笔把她画了下来。

他画得很快，实际上只是一幅素描。

老太太接到手里看了看说："画得眉眼怪好，不过嘴画坏了。"

阳子委婉地向她解释，因为她的嘴就是这个样子。

她把画卷起来，小心地放到墙上的一个镜框后面，嘻嘻笑着："俺娃儿也有你这么大。"

阳子问她的孩子哪去了。她说到济河旁那个大镇子去了，在那里的一个铁匠铺做工。原来她家里没了男人，平时只有她自己。屋里到处都乱七八糟。她吸了口烟说："我这个人哪，就是喜欢干净，也喜欢生人，你不嫌弃，搬到大婶这儿住咋样？"阳子摇头。

"哎哟娃儿，大婶的炕大哩！"

阳子还是摇头。他要走了。她伸手到阳子下巴那儿摸了一下，说："娃儿怪让人亲哩。"

阳子的脸有些红，慌慌地跑掉了。

他把这事告诉了吕擎。石场的头瞅着阳子一个劲地笑，笑过了问："你到'骚老妈'家去了吗？"阳子没搭腔，石场头说："你可得离她远些，完了她要你钱。"

阳子觉得一阵恶心。

后来他们才知道，"骚老妈"在山里山外都有名。她年轻时，土匪抢了山里的东西，村里人都是抬上"骚老妈"去换。年轻时她有几分姿色，凡事都不在乎。成立了农业合作社后，驻村干部，还有后来经过此地的山外人，她都如数接进家里。她对人说："有人打扑克、赌钱、下棋，有人做别的，原本是一人一个喜好嘛。我这也算一个喜好。”儿子长大了,渐渐懂事,就被她气跑了。“骚老妈”会治病,能针灸、按摩,还会接生,是小村里的一个宝贝。

吕擎提出在村里办一个学校,村头不同意。后来“骚老妈”知道了,就骂村头说:“日你妈的狗蛋!”这一骂村头立刻同意了。

村里闲置的房子空出来,村头让那个在采石场混不下去的老私塾先生当了教师。

吕擎和阳子闲下来也去上课。只要吕擎和阳子去,“骚老妈”就坐在那儿听课,不停地吸烟,高兴时还哈哈大笑。最可怕的是她闲下来总到他们的帐篷里来。当她知道吕擎和阳子是一路从城里走来的,就拍着膝盖说:“事情还不是明摆着?年轻人老待在城里憋得慌啊。”说着把手伸到怀里问:“缺钱不?缺钱大婶有钱!”一会儿真的掏出了两块钱。

吕擎和阳子赶紧谢绝了。

二

“骚老妈”频频造访,这让吕擎不安起来。后来吕擎让阳子先待下去,他一个人到济河旁的那个大镇子去看看,说看情况再回来接他。

尽管阳子那一刻有些犹豫,吕擎还是走了。他沿着济河一直往东南方走去。路途上他经过了两个小村,都没有停留,因为他只想快些赶到那个镇子。

离开宽场已经有二十多公里了。一天傍晚,他正在一个小山包下准备搭起帐篷,突然远处出现了一个黑影。那人向这边眺望,后来就慢慢走过来。离得近了,吕擎看出是一位姑娘。她像那个小村里的女人一样,穿得破破烂烂,不过头发梳理得十分整齐,衣服还算洁净,虽然上面缀满了补丁,但看着总还算和顺。她眼神僵僵地瞅过来,眼睛很大很亮。

吕擎觉得有点面熟,但想不起是谁。

“大哥认出我来了吧?”

吕擎摇摇头。

“我就是山前那个村子里的。你们四个随着大伙儿往山上扛机器;还有你们办学、兴冬学,我都随上哩。”

吕擎用力地想,这才想起那些人里面似乎有这么个姑娘。姑娘说:“赖赛!”

“你就是赖赛?”

她点点头:“你忘了?一千块钱外加十个毛皮筒……”

吕擎连连说:“知道,知道。”

“你和那个大哥走出来,我就追在后面,不过我没敢上前呢。我告诉俺男人,我走俺姨家,其实是追你俩来的。我知道你是头儿,四个人当中你说了算……”

吕擎觉得好笑。不过他明白了,赖赛已经在暗处观察他们许久了。

“你莫怕,我跟上你俩是来讨个真话儿的。”

“什么真话?”

“我姨就在宽场住,我就睡在她家里,你俩不知道哩。”

“你娘家在哪?”

“在狸子山南面一百多里,那里更穷。一开始,就是我姨那里的一个人给拉的线,把我卖到山前那个村子里。”

“那些钱都给了你娘家吗?”

“没,我姨家认识的那个人拿多哩,俺爸只得了五百,还有五个毛皮筒。”

吕擎端量着这个姑娘,发现她长了一张大圆脸。他立刻想起了山前村的人说她“头怪大”的话了。她扎了红羊毛头绳,屁股有点撅,胸脯高大。吕擎问:“你要讨个什么真话?”

她低了低头,脖子立刻红了,说:“吕哥,你能把俺带出山去吗?”

“你要去哪儿?”

“随便到哪儿,反正能出山就行;听说山外面城里人要人管孩子,管一天五块钱。”

吕擎脱口而出:“那是保姆。”

赖赛一个劲点头,眼里放出光来,“你要把俺带出去,俺就给爹把那五百块钱、五个毛皮筒都要来给你。俺就是……就是跟上你当一辈子使唤丫环也行。”

吕擎一阵难过。他不知怎样安慰她才好,只得告诉:现在没有“使唤丫环”了,再说你还有自己的家、自己的男人,出去不合适的……

“俺家不像个家,男人也不像个男人,他嘴馋,让我把瓜干磨成面,再烙饼给他吃。烙饼没有油,他让俺蒸花卷儿给他吃,还要掺上葱花。他嫌饼苦,就来拧俺。刚开始那年,还往俺脚杆上拴石头。”说着她挽起裤脚。

吕擎看到了一溜紫紫的疤痕,像蚯蚓。

她抽抽搭搭哭了。

天黑下来,吕擎忙着做饭。天色这么晚,又在山里,这令吕擎非常作难。但无论如何也得让她吃饭。饭后她坐在篝火旁,身上烤得暖烘烘的,散发出一股奇怪的香味。吕擎说:“你回宽场吧,我送你一程,现在就走吧!”

赖赛不吭声。

吕擎又劝,她仍然不吭声。她把沙土整一整,然后就在火边卧了。

这怎么行?到了半夜火熄了,她非着凉不可。他把她唤醒,让她到帐篷里睡。

整整一夜吕擎就坐在篝火旁。为了打发时间，他掏出了一本书读着。

天亮了，赖赛也醒了，去水湾那儿洗了脸。在霞光的照耀下，吕擎觉得这个女人还是相当好看的，破破烂烂的衣服也遮不去她的俊秀。他合上书。

赖赛忙着烧饭。当她蹲在那儿捅火时，吕擎觉得这个人无论如何也不该再逗留了。

他再三劝说，让她先回到山前或宽场那里，因为他和阳子还要回到那儿——一切要到了那里再仔细商量。

赖赛一直哭着，直到最后擦擦眼泪站起来，看着吕擎背着背囊离去……

三

济河旁的那个大镇子叫“官道崖”。从名字上看，这里一定有大路；实际上只是在镇子南端有一条窄窄的山路，它跨过济河之后，又消失在山隙里。在很早以前这儿肯定有一座河桥，现在干涸的河道已不再需要了。

到了镇子才知道，原来这是一个乡的所在地。这儿只有五百户左右，但已是陵山地区较大的村镇了。街面上有一些小吃摊，比较热闹。镇中还有一口浅浅的水塘。镇子分成了两个辖区，有两个村头，每人分管二百多户。

吕擎找到乡负责人，给他们看了自己的证件，讲了来历。他希望这个镇子能给他和他的朋友们分派一点事情做。乡里和村里的头儿端量一番，让他写写字看。吕擎就在一张很大的白纸上写了几个字。他们传阅着，都说“中”。又拿来算盘让他拨弄了几下，也说“中”。

一个人说：“你在这儿管账行，教书也行。”

吕擎立刻说他愿意教书。乡里的头儿说:“你比那些狗蛋玩意儿强多了,干脆就去教书吧。”

就这样,吕擎被领到一个看上去十分破败的小学校里。在学校办公室,他看到了两三个“狗蛋玩意儿”:一个男的,两个女的,长得很怪,面色花花黧黧,好像都害着什么奇怪的病。接触下去更怪了:他们身为教师,却识不了多少字。

吕擎有了自己的工作,也有了一个住的地方。那校舍实际上只是一些矮矮的小石屋子,三幢连在一块儿。小石屋前面有一市亩大的石场,算是学校的操场。学生并不按时来上课,他们高兴了就来,不高兴就不来。

有一天晚上吕擎正读书,一个教师走进来,看了看他的书说:“镇子上有一个人有大学问。不过那人有些毛病哩。”

吕擎很好奇。后来他就随教师去见了那个人。

那人只比吕擎大一两岁,叫“李万吉”。他爱好诗文——这在当地算是多大的一个奇迹啊。吕擎与之交谈,发现他真的读过不少书。吕擎怎么也不明白这个人怎么会闲置在这儿。当得知他判过刑之后,这才有点明白。他要借吕擎随身带的那本《拜伦诗集》,吕擎答应了。他把书接到手里翻了翻,立刻一笔一画地往一个本子上抄。他写字很慢,很规整。

吕擎有点感动,就索性把书送给了他。他千恩万谢,差点掉出眼泪。

吕擎打听教师:那人为什么被判刑?

回答简约而生冷:“强奸妇女。”

原来李万吉过去也在小学教书,教了一段时间不再安分,承包了一块山地,种树栽果。结果天大旱,赔了钱。他又到外地去买树苗,回来时带来几条花花绿绿的头巾。村里女人没见过,争着戴。村头的姑娘戴上头巾,跑回家去照镜子,一时没回来,他就追上去……结果出事了。“你想一想,村头家的姑娘也碰得吗?人家报了官府,他手上就添了副‘镯’子……”

吕擎一个星期之后就回到了宽场,想把阳子接到这儿。他认为该镇是他们这个冬春里最好的去处了,在这里可以做更多的事情。

他回宽场那一天正好是个早晨。他到处寻阳子。有人喊着:“天哩,石场出事了,阳子在那儿主持‘道场’。”

吕擎吃了一惊:阳子还会办“道场”?匆匆赶去一看,石场的一个坡地上聚集了二十几个人,有村头,有石场的人。前边摆了个小白木桌,后面搭了个棚子,棚子里挂着前不久阳子给“骚老妈”画的那幅肖像。小木桌上摆了几个黑窝窝、几颗红枣。吕擎心里猛地一沉。

村头挪蹭到吕擎身边,抹起了眼泪:“……采石场有一个地方开出了酥石棚,歇息时,骚老妈蹲在下面吸烟,只听‘轰隆’一声……大伙跑去时人给埋在里面哩。大伙一个劲儿地扒,一个多钟头才把人掏出来,早就完了。”

村头大口喘息着告诉吕擎:“这个人哪,一辈子都是个热心肠,这么大年纪了,还能一口气吃两碗瓜干。要不是老天作孽,她还能活多久!作孽,作孽!”

他一边说一边哭。阳子过来了,一双眼睛都哭红了。

吕擎看着他们。他还是第一次看见阳子这样痛哭流涕。

两天后,阳子要随吕擎离去了。离去之前,他为“骚老妈”设计了围着玫瑰花瓣的那种高大墓碑。

他们和村里人一起把墓碑立在“骚老妈”坟前,这才告别了大家。

四

阳子闲下来就画画。街巷、石屋、山里的人,还有陡峭的山谷、干涸的河道以及远远近近的山……他画了一摞又一摞。夜晚他把这些画稿整理出来,编了号。从这些画幅中可以看出他们怎样进山,又大致经历了哪些事情。吕擎发现阳子为“骚老妈”画了好多幅素描。从这些画上看,她倒是一个心慈面软的老人。她的眉眼并不难看,不过她端着烟锅的样子还是多少让人觉得别扭。

吕擎深夜睡不着,就问起了离开这一段的事情,特别是“骚老妈”。阳子一听到她的名字就两眼湿润,说:“她是多好的人啊！只要有一点好吃的东西就送给我。我画她时,她就一动不动,说怕画走了形儿。村头暗里警告我离远些,我才不在乎呢。‘骚老妈’闲下来就讲,说人哪,一辈子喜好什么都是一定的,‘像俺,就是见不得男人为咱急三火四的。俗话说有钱帮个钱场,没钱帮个人场,咱帮的是人场啊！再说咱也费不了多少工夫,他那儿呢,大欢喜哩!’还说:‘好孩儿一个人在外头不易,有什么难处只管跟大婶说!’我那会儿吓得头也不敢抬……”

“你可得把持住自己。”吕擎叹息着。

“想了哪去……她不过是摸摸我的头发,捏捏我的脸,说:‘真好娃儿,大婶一解衣怀儿就把人揣了。’还说‘你看开山那些男娃多勇,都是咱调教的啊。谁调教就听谁的,村头管不了的,大婶一发话他们都规规矩矩。’我发现她真的说话算数,小村里的男人都多少听她一点。那天开山遇上酥石层,有人害怕不肯干,她就挽挽袖子上去了,年轻人一看也就随上;一直干了两天,为了给人壮胆——也许是逞能吧,她歇息时还在洞里抽烟,结果……”

阳子哽住了。吕擎安慰他,拍拍他的头。

这样的夜晚他们睡不着,都在想死去的“骚老妈”。阳子后来又一次坐起来,倚在炕头,像僵住了一般。吕擎摇晃他,他一直望着窗外的夜色出神。吕擎轻轻说:“睡吧,别再想她了。”阳子摇头:“这个人我会一辈子记住。她是最好的人,只不过有些毛病……可她是通情达理的人。她真的不是坏人。有一天夜里我画画儿，手有些抖，发起烧来，她立刻摘了屋檐下的草药熬水让我喝，接着命令说：‘上炕！’我不听，她三两下把我推到炕上，然后掀开大棉被就把我罩住，自己也拱进去，死死地搂住了我。我拼命往外挣，她不吭一声只搂紧了我，让我没法动弹。这样一两个钟头过去了，我浑身都湿透了，病也全好了！她这才放开我，吸着烟说：‘挣个什么，我又不吃人……’”

吕擎说除了画她，你该给她照张照片。阳子说他照了，还有很多山地照片，只是没有冲洗出来。吕擎说官道崖这儿就有洗黑白照片的地方，你多照一些吧。阳子点头：“这就是我进山的收获。”吕擎说：“真正的收获是看不见的。”

他们在宽场那儿已经挣了几十元钱，就小心地把它放好。一路上有很多花钱的地方；最重要的是，这是用汗水换来的。在他们眼里，这几十元中的每一分都沉甸甸的。两个人都挂念余泽和莉莉，不知那儿怎样了。阳子说：“在大山里通个音讯真费劲儿，连打个电话都没地方，山里人要传递消息是多么难！”

一天晚上，吕擎赠书的那个李万吉来了，还带来了两三个男女。他们的目光比一般的山里人热烈，一进门就直盯盯地看着他们。那个手捏《拜伦诗集》的李万吉分别向他们作了介绍——原来这几个人都是官道崖最喜欢读书的人：这几天轮换着，已经把李万吉手里的这本书读了好几遍。

李万吉说：“哎，咱这地方人穷见识短，也没有多少识字的。前些年点了大桅灯传达中央文件，当念到领导人‘日理万机’的时候，村里人就一齐转头寻我哩！一个个都死盯着我看，说：‘了不得哩，李万吉又犯事儿了，看看都被写进书里了。’你看看，我的倒霉多少也与这名儿有关哩。”

吕擎和阳子刚刚听明白，旁边的几个年轻人就大笑起来。李万吉却一脸的苦涩。

几个人一块儿邀请吕擎和阳子到他们的石屋去做客,两人答应了。

这天晚上阳子有些兴奋,心情也好了许多。他对吕擎说:等以后转出这个镇子,到了大一点的地方,一定买很多书给李万吉他们寄回……

李万吉的小石屋就是大山里的文化沙龙,可惜太窄了,所以吕擎和阳子坐了一会儿,就被领到最宽敞的一家去了。那儿有一盏桅灯,整个石屋稍大,照得亮堂堂的。屋内坐了四五个人,有的坐在石头上,有的坐在土坯上;中间是一张棕色木桌,这是屋里惟一一件体面的器具。桌上还摆了一个黑泥茶壶,壶嘴冒着热气,旁边是几只白瓷碗。李万吉首先添了两碗茶水,捧到阳子和吕擎跟前,然后不知从什么地方抓来一把炒花生,说:

"两位老师远道来了,大伙都想见识见识。这是满镇里最能读书的几个人,全来了。"

他指着一个穿了制服棉衣的姑娘说:"她会写诗!"

姑娘站起来,又不好意思地坐下。她坐下时,脖子使劲一缩。有人在旁边推拥她,她就从口袋里摸出一个纸头。

吕擎接过看了看,是很直白的几句顺口溜。但他仍然对其鼓励一番。

李万吉又指了指姑娘旁边一个穿灰布褂子、头发蓬乱、眼睛贼亮的高颧骨男人说:"他会编戏文!"

那个人倒毫不羞涩,马上从衣兜掏出厚厚的一沓纸,捧给吕擎,又捧给阳子。当阳子接住时,中年人又说:"老师,听我读读吧。"

吕擎看了看,这一大摞子如果读完,大概要读到天明吧,就说:"还是让我们带回去看看吧。"

可对方热情灼人，一个劲儿地坚持：“那不中，就让我先读第一幕吧。”然后不由分说从阳子手里抢回了稿子。

他的手一挨上稿子就激动得乱抖，不停地眨眼，最后两手紧紧地捏着那沓纸，站起又坐下，脖子上青筋凸起，朗声念道：“大型革命现代京剧——《东方红》……”

他虽然只说要读第一幕，可是读得实在太细，连“序曲响起”“大幕徐徐拉开”，以及配上的锣鼓都读出，“毛泽东上场、亮相、唱‘二黄导板’：‘我叫毛泽东，俺是人民的大救星，推倒了（那个）三座大山，俺领导人民闹革命……’”

阳子忍不住笑起来。

吕擎问：“主人公说自己是‘大救星’不妥，最好改改。”

中年人立刻不高兴了，把本子收起：“怎么不妥？你这个人！不都是这样讲吗？”

“可是……再说……”吕擎觉得很难跟他说个明白，后来只说一定带回去好好研读。但对方仍不甘心，还是固执地、一字一板地念完了第一幕——收场时写到几个人在黑影里、在阴森森的蓝光下“密谋”，其中一人突然抬起胳膊大呼：“走啊—— 咱们篡党夺权去呀——”

阳子又一次笑出来。

待他读完，另一个写诗的站起来，这样自我介绍：“我与万吉同道。”

吕擎倒很想看看李万吉的诗。李万吉犹豫了一下，最终还是掏出来。原来他写的是“七律”，并且明显带有模仿的痕迹，并无新意。但无论如何他还是这几个人当中水平最高的一个。更其难得的是，就因为有了他，大山深处就有了这样一个暖融融的夜晚，有了大家聚在一起的那种热烈和感动。这种感动与平时完全不同，而且是进山以来从未经历过的。

五

第二天吕擎从教室出来就觉得有点不对劲儿。因为他发现在教室外面有一个穿戴齐整的人,目光锐利地盯住他看。他觉得这个人的穿戴在大山里不多见。他没有理睬,只往前走。当他走到搭了地铺的小宿舍时,就见阳子站在旁边,屋内惟一的一个小桌旁坐了一个穿制服的人。

外面一直站着的那个人也进来了,站在门边,像怕他们跑掉似的。他拤腰时,衣襟牵动了一下,这使吕擎看见他的腰上露出了一只盒子枪。吕擎心中一沉。

阳子看看吕擎,刚要讲什么,桌旁那个人伸手轻轻磕磕桌子:“喂,继续讲。”

阳子说:“我们只是出来转转;我们是一些从事艺术的人……当然了,也不是每个人都做艺术工作;我们想出来见识一下,走走看看,打打工。”

那人冷笑一声:“算了吧,你们都是城里有工资的人,怎么还要出来打工呢?”

阳子说:“为了……”

门边站着的那个人打断他:“为了什么?说呀!”

吕擎明白了,坐在地铺上。他想尽量打消他们的疑虑,就耐心地解释说:“我们出生在城里,对外面的事情很不了解,想利用寒假出来,更多地了解社会,这对于我们是很有意义的……”他想尽量说得让人能够接受。实际上这些话他一句也不想说。他只觉得喉咙那儿发涩。

旁边那人说:“寒假早过了,你们也该回了,为什么还待在这儿?你们一共几个?到底从哪里来?”

吕擎不得不严肃起来。他要到背囊里去找自己的证件。

阳子说:“不用找了,都给他们看过。”

那人从衣兜里掏了出来,晃了晃说:“就是这些吗?”

“你既然看到了我们的证件,为什么还要问呢?”

那个人冷笑:“城里人作假的办法多啦,捣鼓张条子还不容易?”

吕擎气得说不出话。

“你们昨天晚上和李万吉那几个人接头了吧?”

阳子说:“那有什么?他们喜欢艺术,我们不过随便交谈而已;再说晚上大家都没事干,都很寂寞嘛。”

站在门边的那个人从衣兜里掏出《拜伦诗集》,朝吕擎晃了两下:“这是什么?”

“一本诗集。”

“诗集?为什么把它送给他们?这里面有什么?”

吕擎哭笑不得。有什么?有诗,可惜这对他们没法解释。

那个人仔细翻着,翻了一遍又一遍,然后又试着读出几个字。原来他也不怎么识字。桌旁那个人拿过去,结结巴巴念了几句,说:“这是什么屁东西?什么叫‘拜伦儿’?”

诗人名字后面加了“儿”化音,让人听了非常刺耳。吕擎和阳子于是一句也不想说了。

“那好,不是不讲吗?我们早晚也会弄明白的。从今以后,你们就不要出这个屋子了。”

阳子站起来:“你们没有权力拘留我们,你们凭什么?我们又没犯法!”

穿制服的两人一块儿冷笑:“拘留?这还是轻的。放心吧,饿不死你们。用不着跑,什么事儿咱都会搞明白的。”

吕擎只想把那本诗集要回来,别的一概不想讲了。

“对不起,这个可不能还你们,这个‘密电码’还要带回去,好好研究研究哩,咱得看看它是个什么稀奇物件儿。”

没有办法。只得眼睁睁看着他们把书拿走。

有人把门上了锁。吕擎那么渴望出去。平常他在这石屋子里待一天都不会那么焦急,可是这一次是被人毫无道理地锁起来的。大约过了一个星期,余泽和莉莉也给押到了。他们被推拥在同一间小屋里。余泽比过去瘦多了,颧骨更高,眼窝下陷,简直像个外国人。他的头发胡乱披散,上面沾了许多草屑。莉莉也比过去瘦多了,她一进门就哭嚷起来……

昨　夜

一

学校的风潮停下来,后来虽有些余波,但总算沉寂了。橡树路几乎是每一个事件的晴雨表,那些日子里岳父与岳母、与来客,谈的大致都是这个话题,只是他们不愿在我面前讨论——我只要走近了,他们的谈话也就停止了。有一次我在梅子那儿稍稍发了几句牢骚,说起她一家人对我的提防和不信任等等,梅子立刻叹息了一声:“你啊,你和吕擎庄周他们走得太近了。”我无言可对。岳父当然不会和李贵字之流混为一团,但奇怪的是橡树路上的这些老人全都一样,他们并不痛惜校园——有人要毁掉那么好的一片林子!这是我深为不安和痛心、也不能理解的一件事……此刻的吕擎庄周他们都远在他乡,我真的与之相隔遥远了。一想到庄周,眼前又闪过那天晚上在马光家看到的一幕:李咪和李贵字依偎一起。我那时心里泛起一种难以遏制的愤怒。那个夜晚总算认识了这个臭名昭著的富翁。关于他的传闻很多,因为那个事件,他现在已经成为一个著名人物……许多消息都来自马光,那个夜晚之后,我又提到了那个家伙,马光说:“很少见到,大概南下了。”“南下”在我们这儿是一个专用名词,专指冒险干大事之类。娄萌还是催促马光去找李贵字,她急于让这个富翁为刊物打一下援手。我心里明白:当一份杂志不得不向这一类人求援的时候,那也该寿终正寝了。

如今的庄周已经浪迹天涯,与父母不同的是,他并不需要李咪的承诺和等待。对于发生在妻子身边,还有橡树路上的许多隐秘,他或许早就洞悉。可能就是这一切,促成了这个人生活的艰辛、囚禁与放纵,以及不可回避的远行与历险。李咪可怜无望;而她的男人即便浪迹天涯,身后还要埋上一颗尊严的地雷。有一天我实在忍不住了,就把那个晚上看到的李咪和李贵字的事情告诉了梅子。她叹气,说:“庄周对她太残酷了。”我长时间沉默。我在想那个黑色的九月,庄周与李咪、与桤林、与苍白青年之间到底发生了什么——是李咪在最为致命的时刻,给“王子”伤口上撒了最后一把盐,还是这其中充斥着更为复杂的纠缠?这一切已成昨天,只有当事人才能回答,然而他们或者极力遮掩,或者消逝在另一个世界,缄口不言……

这个春天的燥热来得真快,这不由得让我记起上一个闷热的夏天……人的委屈会适时而至,特别是午休后的这段时间,委屈和惆怅常常莫名其妙地、像海浪一样涌来,直到把人淹没。周末还要回橡树路,去看望那个心慈面软的岳母,看望严肃有余、自强不息的岳父和梧桐苗一般水灵向上的小鹿。我对岳父常常有一种愤愤的情绪,因为他一提到那座大山,提到游击战争,我就要想起自己的父亲。尽管父亲的厄运与之并无直接关系,但他们毕竟在同一座大山里待过,两人的结局却相差悬殊。有时我甚至想,岳母年轻时那么漂亮,却跟上岳父这样一个人,真是犯了一个永远不可原谅的错误!

岳父在我眼里是个多余人。除他之外，岳母、梅子、小鹿，还有那个漂亮的花园、高大的橡树，到处都和谐一体……专属岳父的那间大屋子里已经挂满了各种裱好的字画，满是墨香。从很早开始他就在用一种香墨：这种香墨还是老范头送他的，其中一支大徽墨像小孩胳膊那么粗，上面还雕了一条金色大龙。我认为这是虚张声势，根本无法使用。可是有一次我看见他真的在一个大砚台上缓缓地磨着那支金龙大墨，动作很慢很慢，墨汤渐浓时就饱蘸一笔，然后飞快地写了一个大大的“寿”字。

“看你爸，用的墨都是香的。”岳母说。

“这么多的作品都裱起来了，一看就知道进入了临战状态，那个老范头这一回准完。”我搓着手说。

岳母怎么也没法掩饰嘴角那一丝笑容，但后来还是板着脸责备一句：“别这样说你范伯伯。”

“老范头目前是我们家最大的敌人！”

岳父正在那儿低头写字，听到之后就回头瞥我一眼：“再不要这样讲了，啊？都是工作需要、组织的安排。希望不要议论。我不允许子女参与这些事情。”

多么虚伪，然而多么可爱。

从岳父家回去后吴敏就来了，这次是专程来告诉莉莉的事情：她现在与那个加拿大留学生埃诺德在一起了，两人已经难拆难分：吃饭在一块儿，散步在一块儿——埃诺德搂着她在校园里散步，大白天并排躺在草地上……我讨厌那个埃诺德。我替余泽难过，正像我曾替庄周难过一样。我不能不想旅途上的人，想余泽那双执拗的眼睛。

整整多半天，我只一个人关在屋里，无心做任何事情。一种突来的悲观笼罩了我，这情形很像与凹眼姑娘刚刚分手的日子——那时常常袭来的沮丧会把我彻底淹没……

二

杂志社的人都走了，我一个人留下来。天黑了，温煦的灯光下，我又一次展开凹眼姑娘转来的信笺，它们在我的抽屉里已经积起了新的一沓。

…………

……昨夜，他真的让我害怕了。我哭了，难过。见我这样，他就一声不吭来陪我。脾气好得要命，好久没有这样了。这更让我难过。他更瘦更高了，脸也更白。我不叫他的名字，只叫他“白条”。这是他赤身裸体的样子。本来我给他取的外号是“浪里白条张顺”，梁山人物，简称“白条”。他哄我，一转身却看到他眼里也有泪。可是他还笑呢。他有点浮肿，只白天睡过一点。夜晚像金子，我们舍不得。夜晚是老城堡的天堂。

咖啡喝得太多，人亢奋到极点。酒不能乱掺，洋酒更不能。有人呕吐了。“白条”从来不吐。一个新来的家伙叫“蚰蜒”，名字怪极！他脸色紫黑，走路身子乱拧。我问他：“蚰蜒”是一种虫子吧？他点头，一手端杯走过来，在我胸前猝不及防地弹了一下。我背过身。他当着“白条”的面敢这样，可见他们关系真不一般。一个戴了红发套的大腚女，她是“蚰蜒”领来的，进门后直冲着“白条”奔过去。我恨不得宰了她。王子“白条”对我说：别那样！

我去阁楼的小房间了。谁也不想理。“蚰蜒”一会儿就跟上来，我让他走开。他装醉，身上的衣服不知怎么撕破了，下身是一条松松的半截裤，胯部竟然渗出血来……老天，你受伤了？他笑笑，说了一句下流话。我不明白。他凑过来挨近我，故意把血沾到我身上。我尖叫。他就退开一步，哗一下褪下裤子。我受骗了，原来他吃东西时那个地方洒上了草莓酱。我往门外跑。他就追，嚷叫：你去看看“白条”吧……我下了阁楼，发了疯地找“白条”。我找了两三个地方,找到了。门紧紧关着,可是里面正透出女人夸张的呼叫。这是戴了红发套的那个婊子。

“白条”已经第二次和别人在一起了。我也失过身,不过那是大醉以后,严格讲是被强暴。对方是个童男子。事后看他小心的样子,又同情他了。我厌恶“蛐蜒”。我不干。我拿水果刀吓他。他根本不在乎,还说:捅吧捅吧,看看谁先戳进去。我的刀子掉了。这天夜里我算明白了什么是“蛐蜒”。他真的像一条虫一样缠人。我今夜想一个人,最想给而未给的,那个东部平原来的老乡,我的“少年”!那也是个瘦子,身材单薄,有劲儿。我喜欢他的一头好头发,我愿把鼻子拱进他的头发里吸气。我差不多想说爱你。我特别爱你。以后会这样说的,因为我现在有个该死的冤家,他的名字叫“白条”。

童男子一发而不可收。“白条”一点都不厌恶他,还用虎口捏住他的下巴说:可怜!我的王子那天喝醉了,呕了一地。这一天夜里是我的一个坎儿。我心里说:老天爷啊,让我死吧。我趴在阁楼的房间里睡到了中午。午饭时醒来第一件事就是找吃的东西,饿极了。我知道自己被一个恶人掏空了。这会儿“白条”来了。他给我端来了咖啡和火腿。他的脸像纸,一种浅灰色的纸。他取烟时手抖得厉害。我最熟悉他这样子,我疼他。我吃东西时他去洗澡,阁楼里有小浴室,这也是我喜欢这儿的地方。他洗完了,并不穿衣服,坐在床上吃了一点东西。多么瘦,力量哪来的?你有时真是蛮横啊,我的王子。你昨夜呕得可真厉害,那是你嫌脏。我说:“蛐蜒”真恶心。

“白条”说前几天又有人来赶妈妈搬出这幢房子,妈妈可不是好惹的。他说老爷子一走什么都变了,这幢房子早晚待不成。不过还要住在橡树路。可是“白条”喜欢这里,他妈也一样。这里是整个橡树路妖怪和鬼魂的老窝,任何一家人和它们摩摩擦擦这么多年,都舍不得分开。上次那个叫“嫪们儿”的专门驱魔的人也没有办法。他还说,这些鬼魂只是调皮,并不害人。它们最怕的是老爷子,因为他是个真正的无神论者,一声咳嗽它们就吓得躲起来。鬼怕恶人,这是千真万确的道理。他说老爷子一走,它们就大大方方闹开了,半夜里摔盘子摔碗的,那是争风吃醋。一些风流鬼。它们一旦和人睡了,人就面色发灰。我的王子啊,瞧瞧你灰灰的脸色吧。你说这场噩梦做完了的一天,我们一定搬出这座大宅,住到一个不大的公寓里,开始我们两人的生活。让那一天快些来吧。那一天等于我们的再生。可是你的脸色一天天变灰。

月亮被云遮了,它半隐半露,花园那儿传来一声干嚎。几个人不敢吱声。又是它们,“白条”说。一会儿他的老妈妈出来了,颤颤抖抖过来,问儿子话。他就像哄孩子一样对她说:啊,好妈妈你回吧回吧,什么事也没有,捉迷藏呢,捉迷藏呢。老人回去了。老人屋里的灯刚熄,灌木丛里出来一个大头鬼,一飘一飘走路。又一个洋女人,头发是金色的,追大头鬼去了。它们一块儿钻进竹林里,吱吱哇哇叫。大家吓得身上起鸡皮疙瘩,又觉得好玩。“白条”不知什么时候跑了,一会儿他在竹林里没命地叫。我不顾一切地赶过去。老天,我的王子啊,被脱得一丝不挂,身上涂满了脏东西,见了我使劲儿握住我的手。他说鬼魂抢走了他的西服。第二天中午,“白条”的西服被进园子打理的工人捡到了,交给了女主人。

我管不了他。我只有一个要求,就是让他远远躲开那些风流鬼魂。我害怕他的皮肤变成灰色,变成草纸那样:一碰就碎。我小时候在海边沙滩上见过蜕下的蛇皮和蜥蜴皮。我哭着哀求我的王子。他答应了我。

可是就在这天半夜,我身上不舒服刚进了阁楼,有人就敲门。听暗号是“白条”的。拉开了门,天哪,蹦进来一个长毛鬼,红舌头,白衫又宽又大,阳物往上翘着。我吓得半昏,叫一声倒在了地上。

后来我就被那个鬼抱到了床上,给解了衣服。我不敢动弹,不敢睁眼,恐惧的泪水流下来,我知道从明天开始皮肤就要变成灰色……我试着睁眼,一眼看到这个鬼魂是“白条”——他扮鬼的那套行头给掀在了一边。我骂他打他。

我的王子啊,你快些领我离开这座老城堡吧。

三

……昨夜又是通宵未眠。有人拿来了新录像。“蚰蜒”的。原来“蚰蜒”比所有人都有来头,他父亲不是一般的人。那些跳舞的也被吸引过来。我不那么讨厌“蚰蜒”了,只对大腚女恨。她即便冷天也要光着膀子,戴了网线长臂手套,穿呢裙,配了洋人小帽,看录像时专门待在角落里。她身上的气味像一种堵老鼠洞的刺果,呛鼻子。

我不想去老城堡的大宅了。一连三天都没去。可是我想念“白条”。我梦见他又喝醉了,老母亲给他擦嘴上的东西。果然,他睡了两天,醒来就给我电话:再也不了,再也不那样了。我忍不住难受。我在想我们第一次见面的时候。那是在糖果店里,他真瘦啊,出眼的是那头乌油油的头发和一对圆圆的大眼,脸雪白雪白。那时老城堡里的鬼就开始闹了,但还没那么凶。可能是老爷子刚死的缘故吧,大宅里的鬼魂还不敢太猖狂,他的脸也没有变灰。我知道他是橡树路的孩子,大院那儿有背枪的。我们跟他说话都蛮小心的。后来才知道他像个孩子,开起玩笑来十分大胆。他约我喝茶,送我一支钢笔。我心惊得不得了,嘴上什么都不说。我以前的高傲气在他这儿一点都没了。

他领我到一个沙龙上了。这里的年轻人都是全城最有身份的人,我第一次见他们。沙龙就是这样?我那一次回来很激动。“白条”写了许多诗,还有他的朋友庄周,也写。他们朗诵了自己的诗。

我被他们感动了。羡慕他们。两人辩论起来非常激烈,但不伤和气。我从没看到有哪两个人像“白条”与庄周那样好,后来才知道他们是橡树路上的两个王子。我知道有许多女孩子都喜欢他们。可是“白条”只喜欢我。

第一次进大宅,看到了那么多书。他教我写东西,心很细。我写了一些句子,他给我一点点改过,赞扬我。他让我写那片平原、那片海。他让我讲小时候的事,听得出神。他是老城堡里的人,渴望有一天跟我去那个海边。我们一起喝咖啡、读书,还画画儿——他以前也学过国画,能画好看的梅花。他还会弹钢琴,但不高明。他说自己最看重的一个人就是庄周:这是橡树路上最棒的一个人,在大学时就写出轰动一时的话剧,还演过其中的主要角色,而且……“白条”说:这个人有洁癖!我问什么叫洁癖?他说就是不沾染一切不干净的东西,甚至连烟酒都不动。“白条”就不行,他喝很多酒,还抽烟,抽上了进口的雪茄。他让我也吸了几口。他爱我,只不太表白。他离不开我,我也一样。我喜欢他嘴里的味道。

通宵不睡的日子开始了。大宅里的朋友越来越多。奇装异服,各种稀奇的东西第一次出现在这儿。我吃到了鱼子酱。洋酒并不好喝,但一点点适应了才会好。洋酒有点像人,有的人一开始并不讨人喜欢,可是相处长了,竟一时都离不了!我们看了多少私密电影,真是刺激!不过这可是我们所有进出这里的人都深藏在心底的一个秘密。那些片子还不太黄,床上大胆镜头当然有。后来才有真正的黄带子。这些带子五花八门。我早就是“白条”的了,大家看这些都没什么忌讳。同时,半夜里闹鬼的事情也多了,我相信它们在暗中也看了带子。有一天在大宅过夜的男男女女有好几个被它们袭击了。一个鬼把我吓昏了,然后把我要了。也就在这段日子,我知道庄周和“白条”争论得越来越厉害,后来见面的时间就少了。庄周从来不参加这里的夜间聚会。是啊,“白条”说这人有“洁癖”。

我与“白条”也有争吵。原因各种各样。我们一个星期没有见面,创了纪录。一天上午正在糖果店,一位老妇人急急闯来,直奔我这儿。我这才看出是“白条”的妈妈,她的脸告诉我出事了。没等她说什么我就离开了柜台。在门口她说:不得了啊,你快去吧,他叫你呢!我的孩子!我的孩子!我吓坏了,不知发生了什么,没脱工作服就直接奔大宅了。这会儿大宅是最静的,这个时间属于老母亲和园工们,她作为大宅的主人,这个时间里是由她支配的。只有到了夜晚,特别是深夜时分,这里的主人就是“白条”了,是我们一伙年轻人。我们迷着这里,把暗中游荡的鬼魂也算在我们一伙。可是上午时分的安静在我看来怪怪的,有点吓人。老妈妈哭了,一边抹泪一边指了指边厢,然后就回自己房间了。

那是“白条”的屋子。一进门有浓浓的碘酒味。我闯到里屋,一眼看到没有血色的脸仰着,两道眉毛锁在一块儿。他手捂在肚子上。屋里有扔下的医用胶布和棉球。我问发生了什么。他不说话,只拉住我的手。我在床边坐了。掀开他的上衣,看见肚子上缠了绷带。这是怎么了?你说啊!他就是不说。我跑出门去问老人——她说自己什么也不明白,所以才要去糖果店求我来一趟——儿子关在屋里不出来,两天后才开门,大声叫她——他按住小腹,指头缝里流出了血……原来他用水果刀捅了自己。好在医生看过了,只伤了腹膜,再深一点就出大事了……我回到“白条”身边,手放在他的脑瓜上。你是为我才这样吗?这用得着吗?

他闭着眼睛喃喃:不是为你——完全不是为你。我这才松了一口气。他说自己只是难过,难过了许久,觉得真没有意思。他也不想死,只是心上烦痛,最后就用刀子刺了自己一下。他想流点血。流了,还不够多。他甚至想看看肚子里面被刀割开会怎样。他说那天晚上朋友都走了,他在地上坐了一会儿,真想把这座大宅点上烧了才好。可是他明白这是上百年的存留,并不属于自己,甚至也不属于人间,因为这里还居住着不同年代的鬼魂。也就是说,他没有放火烧掉这座大宅的权利。他是一个苟活者,一个寄生在大宅里的可怜虫!我说不,你是橡树路上的王子啊,多少人羡慕你!你千万不能这样想啊,王子!我把他抱在怀里,哭着。他也哭了。我不明白的是,为什么他前几天还好好的活蹦乱跳的,这一会儿就成了这样?我一时不知该怎么说。可是我知道刀捅在肚子上多痛——我并没那么天真,会以为他是捅着玩;我明白一个人难过极了才会这样,这是一次自杀……接着他说了下面一段话:

老爷子走了,把我扔在一座闹鬼的大宅里,除此以外他什么也没有留下!可是他生前的许诺太多了,全是空话假话,大宅里什么都没有!我现在想起他,又爱又恨,主要是恨!他一拍屁股走了,把一座破破烂烂的大宅留下了,可是他一直诅咒的那些人,人家倒送来了咖啡和鱼子酱、送来了牛仔裤和录像带,还有摩托和汽车、威士忌……我不顾一切地享用这些,老爷子就在睡梦里训斥我,让我不能合眼,一天天折磨我。他拃着腰吆喝,让我把这些有毒的东西全吐出来……我吐啊吃啊,吐了再吃,吃了再吐……害怕睡觉,睡不着。一合眼就会听到老爷子的训斥,他说:吐!吐!还得吐……"白条",我的王子,他一边说一边流泪。我一遍遍安慰他,紧紧地抱住他。他好不容易才平静了一些,最后简直是哀求:让我讲童年的故事,讲我们的大海——一直不停地讲下去……

四

……还记得春天怎样来到海边。总是回忆。总是害怕忘记。是的,人一忘事儿就该老了……装着不经意地与人交谈——家乡,小时候生活的城市,乡村以及非城非乡的地方,所有的春天。

他们大半不记得了。他们什么都忘了。

春天一丝丝向前走动时就像一只小动物。它悄没声的,害羞呢。

我身上仍然穿着棉衣,妈妈做的,崭新的棉花,有香味的棉花。棉花也是一种花啊。我身上披满了花朵,就不怕北风了。

我向北走,那里每个冬天都会堆起一道道雪岗。雪岗蒙了一层细沙,踏上去会陷到膝盖。白沙下面露出一个更白的雪洞,一踏,沙啦一声。在旋起的沙岗中间走来走去。它们是在月光下融化的,黎明时分再生出一层硬壳。

白沙越蒙越厚,很干。爬上岗顶往下滚动,闭着眼睛。沙岗深处有什么在咕咕叫、沙沙响。冬天藏在里面。

我知道这些雪岗一旦全部融化,就会露出一些惊人的证据:星星点点的绿草,滨海珍珠草,星宿菜,连翘,紫丁香,小叶女贞。沙岗故意把它们藏起,专等咱一声惊叹。

一棵灰褐色的花树围了那么多小虫子和野蜂,还有蝴蝶。紫丁香在这儿长不大,可是它骄傲又尊贵。就从这些树下,我把小刺猬领来家里,还有小兔子、一只小猫。它们在这儿害羞。

盯着春天怎样一丝一丝到来……中午,太阳晒在身上热烘烘的。我差不多要脱掉那件棉衣了,戴一顶中间有红条的线织小帽。又看见伪装的雪岭,上面的一层沙子开始变湿。太阳一晒,沙子像烙饼那样卷起了边儿。我像没事似的从它身旁走过。

第二天,沙岗上细细的沙土好像移动过,多光滑的一道沙线!几只硬壳虫像坐滑梯一样从上面溜下。我把它们接进手心。这是春虫。

乘坐滑梯的稍大一点的动物是昂头翘首的小蜥蜴。它的眼睛亮晶晶,眨了眨跑向一旁。它的尾巴在沙土上留下一道痕。

真正的春天拴在小蜥蜴的尾巴梢上。

四五天后,柳枝变了。由黄变红变青,叶芽膨胀,又三天,变成绒球。绒球是春天的火药,爆成满树绿芽。蜜蜂在转圈儿,小鸟一跃蹿起。天上有了老鹰,鸽子成群结队。谁家的狗跑出来了?皮肤闪着亮,两耳竖着,大睁双眼,摇着尾巴过来,然后一个劲儿舔人的手指。春天人人手上有盐。

大红大绿的春天来了。

沙岗一点点缩小,最后只剩下箩筐那么大,一堆一堆遗留在平原上。来了,花朵的天地、蝴蝶的天地。

我终于脱掉了身上那件棉衣,也摘掉了那顶小帽。再过不久我就可以穿裙子了,穿上长筒红杠袜子。我要到水潭边照自己。

晚上有半个月亮,一天星星。远处的海浪像抖动的树叶。地里有小鸟的喘气声。到处都有一股清生生的气味。

有一天夜里我在海边看到一条昏睡的鱼。我把它捧在手里,看它身上金色的斑点。它不会说话,周身冰凉。我把它放回了海里。

我采了一些葫芦花,它在月色下放出刺眼的光。我捏着葫芦花咕哝:"葫芦蛾,来家吧……"就这样举着花朵。一个很大的飞蛾伸出长长的吸针,插到花蕊深处。我轻轻捏住了吸针。吸针像一根小绳索连接着它。它的身子像肥鸡,两只大翅扇动不停,眼睛是红的,像兔子一样。我的手一松,吸针一下卷了,飞走了。它大概差一点吓死。

妈妈总是忙碌,爸爸从不和妈妈在一起。妈妈疼我,不过也很少和我在一起。我站在一棵马兰前,它流泪了。

我听到了隐隐约约的歌声。这歌声越来越响亮,原来又是他,一个细细高高的少年在唱。

他有一副金嗓子。歌声从另一边传过来,传过来。

我看到了:在太阳升起来的那个方向,走过来一个细细高高的少年,风一吹,长长的头发飘啊飘啊……

我目不转睛地看着他……

第 九 章

施 主

一

一个坏消息到底还是得到了证实:我们的杂志从下半年起逐步取消财政补贴。摆在眼前的道路只有两条——要么靠各种经营和赞助生存下去,要么关门。以前大家做梦也不曾想到的结局,这会儿真的来临了。几个人相互看着发愣。

娄萌前半年听到类似的消息还有点幸灾乐祸,因为她从来都把自己划为这个行当里的“另类”,认为自己是有豁免权的:无论如何这份刊物最终还是要接受政府补贴。她说它是某一个门类里的“代表作”,当然算是这个城市的一份权威刊物;而且更重要的是,根据以往的经验,主编本人在市里头面人物那儿转一圈,许多事情也就迎刃而解了,任何规定都可以大打折扣。这是不容置疑的。其实我们都明白,不是刊物本身——今天看它实在也不是什么好东西;而是我们的娄萌,她倒是这个城市乃至于这个时代难得的一个“尤物”,必须好好保存下来。凭以往的经验似乎可以说:没有人会无视“尤物”,整个城市里都没有这样的傻家伙。

可惜这次却真的是一个例外。不断出台的新规定、各种各样的传闻以及最后的证实,终于让娄萌灰心丧气。她觉得很没面子,情绪压抑了一个星期。看着她那副抑郁的样子,我和马光、编辑部里所有的人,都像挨了揍似的。

马光背后以半似玩笑半似认真的口吻说:“在娄萌这样的美人儿手下做事,咱们都应该抖擞精神,拿出一股男子汉的劲头来。让我们抓起武器冲上去吧!”他这样说时甚至攥了攥拳头。

这又使我想起斗眼小焕写给娄萌的那两句顺口溜。可尽管如此侠义和豪迈,我们也仍然没有多少办法:经济杠杆铁一般坚硬。如果真的到了最后时刻,我知道娄萌和她的那帮狐朋狗友都会蔫下来。我们平时交往的人有问题,比如李贵字之流。我相信他们在关键时候解决不了任何问题。大家也只能眼巴巴地看着事态往不利于我们的方向发展。在这段时间里,如果说杂志社里的人还产生了一点反省之心的话,那也只是一种特别的愧疚。是的,这里倚仗娄萌的特殊地位,过得也过于奢侈了,两辆高级车子,高档电器设备一应俱全,装饰过分的办公室,还有让任何一个机关事业单位都要眼馋的福利待遇。算了,现在这些不必一一数叨了。

随着时间的推移,事情越来越清楚明朗:我们这份杂志离完全取消补贴只是个时间问题。

阿环说:大概用不了多久,我们也要像其他人一样躬腰乞食了。

沮丧之后,首先要找的就是这个城市的“企业家”。这一来马光倒变得身价倍增。时代造就伟人,而马光在这方面从来身手不凡。由此来看,马光顶起编辑部主任的角色真是再合适不过了。

可也就在这样的节骨眼上,马光说许多人——那些腰缠万贯的铁杆朋友——一个个全都失踪了,而李贵字是最先溜号的人。这个本来可以好好指望的大靠山说溜就溜,也许真的像他自吹的那样,这次乘直升机到海外度假去了。于是我们这会儿才知道,原来马光联系的有实力的“企业家”当中,真正可以依靠的货色寥寥无几。竞争愈演愈烈,需要出力的地方也越来越多,施主们早就叫苦不迭。各种各样的赞助要求终于让他们全身的毛都竖起来了,开始躲躲闪闪。

马光对娄萌搓着手说:“没办法了,看来我们不得不跑跑远路了——就像打兔子,附近山上的都打光了,猎人也就不得不提着枪下山去了。”他为这个比喻而得意,鼓鼓勇气说:“好在这个世界上的大企业家有的是,慷慨解囊者也不乏其人。地大物博,幅员辽阔,我就不信我们的杂志活不下去!”

马光率先出发,到这个城市之外去寻找施主了。

他的离开,使我觉得事情真的到了某个“坎”上。杂志的命运不过是一个征兆而已。就像那个李咪最终要投奔李贵字一样,我们这份杂志也不得不向某一些人伸出乞讨之手了。人们以前有个错觉,总觉得这份杂志的形象就像娄萌一样,美丽大方,洁净优雅。现在看这种感觉是靠不住的,它仅有的一点矜持眼看要被如数摧毁。说实话,一份杂志变得这样狼狈,既于心不忍,又愤愤不平。我尽管以前对它也有诸多看法、诸多保留,但此刻站在了一个“坎”上,仍然还是要投入一场保卫战。是的,既然在一位大美人儿手下做事,在某种时刻,也就不由你不去做一个男子汉了……

这是我在办公室里想到的,只是白天的想法。

到了晚上辗转反侧,又是另一些念头。我不由得要在心里反问一句:为这样一份杂志折腾值得吗?对我们这个世界而言,按时印出这样一沓花里胡哨的纸页到底又有什么用?不错,它常常被冠以堂皇的名义,但说出的却是一些不咸不淡的馊话和谎话。它更多的时候就像一个贫血的不诚实的孩子,要养活就得花费不少银子。而且更为不幸和显而易见的是,这孩子没有前途,没有希望,永远也变不成栋梁之材。于是对待这个不成器的家伙,惟一的办法就是让他浪迹街头……说真的,这家伙原本就不是嫡生,还跟在身后哇哇哭叫，要吃要喝像真事儿似的。主人即便再有怜悯之心，最后也还是要把他踢到一边——流浪去吧！

二

马光回来了，阴着脸，显然没有得手。

几乎与此同时，女打字员阿环出马了。一个少女过早地穿上了呢裙，两腿一弹一弹走在街头，像有一架破烂钢琴一直在暗中为她伴奏似的，每一步都踏在了节拍上。是的，这会儿也许一个不太道德的少女才能更好地踏上时代节拍……几天后她回来了，把什么东西往桌子上“啪”地一放。

那是一张大面额的赞助单子。

马光一个劲儿地吸凉气。娄萌眉开眼笑了。

怎么感激这个小姑娘？怎么答谢她？好在她早就与马光不分彼此，也就谈不上感谢不感谢的了。娄萌按例行办法为她提取了百分之三十五的折扣，还热情洋溢地赞扬了她，号召大家向她学习。

谁都明白，“学习”两个字后面隐下了什么。这使每个人都不再轻松。事情过去不久，有一天娄萌突然对我说：“你也该大显身手了。”我说我可不行。她那双美得让人生疑的大眼睛空空洞洞，盯向谁就让谁浑身不自在。那是询问和抚摸的目光，有形无形的光的触摸……它这会儿好像在说：你不行？在橡树路上出出进进的人也敢说“不行”？我低下了头，只想喊一句：我这回可真的是不行啊！

就在娄萌继续盯着我的时候，马光走过来，对她建议道：“有个大主儿，就是那个‘环球集团’。他们过去架子很大，不过这一段遇到了一点麻烦。咱们可以在他们身上打打主意。”

我知道他的意思：乘人之危趁火打劫。

“那个总裁金仲与我有一面之识……真是三十年河东三十年河西,前几年这个人够倒霉的了,才三十来岁就老得不成样子,胡子都白了一半,一张脸肿膀膀的。我俩喝过酒,净听他的牢骚——几年过去这家伙就大发了……我一直琢磨怎么套住他。当然这回要下大本钱。”他这样说时,一直盯着娄萌的胸脯。

后来他们两人就到一边去了,大概在嘀咕一个什么损人的绝招。果然,后来马光又出门去了,一连十几天不见影子。

当马光再次出现时,忙得简直顾不得与他人打招呼,总是跟娄萌叽叽喳喳。有一天我听他们说:“就这么定了,就这么定了。”

娄萌突然找到我:“你有没有兴趣?有兴趣就跑一趟!”

她原来要把我打发到那个“环球集团”去。我不仅不感兴趣,而且从心里害怕这种事儿。可这次我转了转头,在开口回绝之前抬头看了一下旁边墙上的地图——我发现那个环球集团恰好就在东部半岛,它大约在南部大山和北部平原的交界处……我的心头一热:那儿离我的老家可不远了啊!我差点说出早就想去那儿了,可这会儿还是忍住了。我承认,这次东部之行对我具有特别的诱惑力。我有些不忍拒绝。

“我们刊物要发一个重头文章,好好写一写‘环球’,我们觉得这事由你去做最合适了。”

我不做声。我在想为什么我“最合适”。

马光在一边不停地鼓动:“老宁,你去就是了,吃不了亏,那家伙大方得很,他只要高兴了怎么都行。跟这样的人交朋友是咱们巴不得的事儿。我知道你不会喜欢他,我也不喜欢。不过现在是为了杂志……那儿条件很好,吃住都方便。他们那个小招待所也挺讲究,连‘大鼻子’都住在里边。”

我没有吱声。与“环球”打交道肯定不是一件容易的事儿,不过我还是不明白他们为什么要选中我。但我想得更多的却是其他,是怎样找机会去半岛好好走上一圈——我已经好久没有出城了,脏腻的气流差不多把全身蒸出了痱子,痒得我彻夜难眠。

我张望着窗外,闷了一会儿,最后糊糊涂涂就答应下来。

接下的几天里,我开始整理那个背囊了。它已经用得很旧。只从它的模样上看,一打眼就会知道我曾经是个长途跋涉的人——每当我摆弄它,小宁和梅子都要用一种特别的眼光打量我。

这个背囊还是我在那个地质学院时置办的行头,里面装了指南针、地质锤、水壶和乱七八糟的一沓子物件。了得吗?我连尼龙充气帐篷都用坏了两个。我这一生仅有的一点浪漫故事,就与背囊和帐篷连在了一起……

三

我正兴致勃勃地准备,马光突然找到了我,把长檐蓝帽一下摔在床上,大骂了一句:“狗东西!”

“怎么回事?”

“你缓两天再走吧。”

“他们变卦了吗?”

马光点头又摇头:“王八蛋答应给我们十万——现在又提出在封底登照片,还提出与我们联办这份杂志……老虎吃天,说不定还想变相收购呢。这群老赶!”

“联办也不算什么,好像有几个杂志早就这样做了。”

“就是呀,这倒没什么。不过要‘联办’就不是十万八万的事儿了。”

“娄萌怎么看?”

“她这回也犹豫了,接了电话,说要商量一下看。社里的人都觉得有点不妥,害怕这一来就得受人支配,寄人篱下。有人还说这简直是‘卖身’,想不到一句话就把咱头儿惹火了,说:‘你懂得什么才叫卖身?'我老想捂着嘴笑——可能她懂吧。她说了:'你们的眼光得放长一点,先满足他眼前这点要求,然后慢慢来。等我们的杂志跟他们合作长了,相互了解多了,有了感情,他们恐怕也不会在乎那几个钱了'。"

我琢磨着娄萌的话。

马光又说:"我们的杂志跟他们集团的感情大概很难建立,除非是两个头儿之间……"

他做了个手势,一脸坏笑……

我对这一切全不在乎,因为我一直想的只是快些去那个半岛,想尽快走一趟。至于说为那个集团做什么、怎样做,以及杂志未来的命运,一切都未及细想……马光假心假意地悲愤了一会儿就走了。

隔了几天马光又来通报说:"咱主编回了电话,可对方整整两天没消息。第三天办公室的一个秘书给娄萌来了电话,说如果我们杂志社聘他们的老总做'名誉社长',他们就可以把我们这个杂志每年的印刷费全包下来;即便不全包,也可以每年拿出几十万,这没问题。"

我不知该高兴还是该恼怒,只是有点吃惊。

马光说:"这一下大概娄萌心里要犯嘀咕了。她说得找找上边,说这事儿大概得上边点头才成。其实根本用不着,是她自己在犹豫。她不想回绝也不想一口答应。不过说实话,条件倒挺诱人的。"

我觉得那个金仲太贪婪了。不过谁知道呢,在这个特殊的年头,也许一切事情都必须重新去看了。让这样一个人担任"名誉社长",这在我一时还难以习惯。我觉得起码应该让那些真正意义上的专家、学者和名流担任类似的职务才好。就是说,他们必须是有"名誉"的。

马光瞥一下我，说："有什么办法？国家困难，包袱沉重，总不能老养着我们这些人哪！"

"你的意思是供养了我们？"

"可不是嘛。"

"我们从来也没有让任何人供养过，我们都是劳动者。前一段时间有人总说要'断奶'。谁喝谁的'奶'？有一天我到一位老先生那儿去——他也算得上一代学人了，满头白发，七十多岁，老伴也像他一样——住得寒碜，老人甚至没有一个书房，一家三代挤在两间半屋子里。他们已经精疲力竭了，付出了一辈子。可按另一些人的说法他们至今还在吃'奶'、还在由别人'供养'——你不觉得这样说有点残酷、是一种侮辱，而且正好说反了吗？"

马光愣愣地看着我，挠着头皮："想不到你的激情说来就来……还是整装待命吧。娄萌一点头你还是得走。我算了一卦，我们的这个'大施主'不能得罪……"

马光走了。我觉得心上有点悲酸……真是一个尴尬的时代，无能为力的时代。我想起城市街头那一个个书摊，一天到晚围拢了那么多的人。所有被人气包围和熏蒸的，无非是那些黄色和血腥，它们简直下流到不堪入目。各种各样千奇百怪的图片、粗黑标题，撩拨人心的、用心险恶的、各种不怀好意的丑恶就裸露在通衢大道上。人们对种种肮脏的伎俩已经习以为常，所有这些东西的制作者兜售者很快都获得了巨大收益，反之就要生存尴尬；至于纯粹和真实则必须跌入黑暗。一个劳动者只能在黑夜里倾听自己的喃喃絮语，只能任人宰割直至流血身亡。这真是一个适合在墨一样的黑夜里倾听和默想的时刻啊，这个时刻只能让人诅咒，让人攥紧拳头，让拳心的汗水冷却成一滴冰凉的水，像孩子的泪，像枯草的露。

夜色里，我仿佛看到一个狰狞的恶鬼在笑。我无法忍受，又无处停留。我怎样才能走出这片丧心病狂的绝地?

也就在这样的时刻,那个远行的诱惑却又一次逼近了——它从来没有像现在这样切近。我真想一下子撩开这片夜幕,让它即刻牵上我的手……

又是一个难眠之夜。

天亮后直接去找娄萌。我知道这一天她不上班,就到家里去了。她不在。只有一个小保姆,她瞪着一双痴呆呆的眼睛看着我,说娄主编好像到单位去了。我又急匆匆赶到编辑部——看来事情真是到了紧急关头,连一向养尊处优的娄萌都顾不得休息了。

她和马光果然都在。我进门后就问:到底走还是不走,还要等多久?

娄萌皱皱眉头,又看看一旁的马光:"我看还是让他先去吧,反正那个材料最终脱不了要写。至于联办还是怎么着,都得以后再说。"

马光手里拨弄着一支笔,笑吟吟的。

娄萌说:"就这样吧,就这样定下来吧!"

环 球 集 团

一

整整坐了一夜火车。火车终点站离那个"环球集团"的所在地还有整整一百公里。杂志社曾给那个集团的办公室打电话,他们要用车接我,被我拒绝了。他们当然不会理解,想不出我这样做的缘由。其实我不过想自由自在地来去:每次出门都独往独来,看上去好像为了把各种麻烦减少到最低限度,实际上却是由于一种特别的需要——我只想离开，只想走出这座城市并撒开腿大走一场——像个真正的地质人那样一直地走下去，直走个昏天黑地……那片原野啊，那片苍茫啊，是无边的苦汁汇成的海洋；而我，就是一条漫游的鱼，出城后只渴望游动和畅饮。

可是出人意料，就像恶作剧一般，这次一出车站就看到了接我的一块牌子。一辆蓝色轿车停在旁边。接我的人二十多岁，留着小胡子，剪了短发，很利落的样子。他不冷不热地跟我握手，嘴里一连串“欢迎欢迎”“总裁派我来的”等等。

我有些不解，忍不住问：“‘总裁’就是‘董事长’吗？”

“一样，一样吧。”

我发现当他说到“总裁”两个字时，脸上有无论怎么也掩饰不掉的贱坯子气。这时轿车里走出了司机，这家伙膀大腰圆，屁股沉甸甸的……

轿车开得飞快，在平坦的柏油路上一阵狂奔。车里放着怪声怪气的西方摇滚，好像是一个外国歌星。我听不懂歌词，只觉得那种咆哮让人有一种不祥的感觉——不知从什么时候起，无论是城里还是乡下，大街小巷里都充斥着这种咆哮：西方人的咆哮。

只用了一个多小时，我们的车子就拐进了一片别墅群。一看就知道这个居住区刚刚建起，到处是水泥抹过的簇新痕迹。小区很整齐，可惜没有像样子的树，给人一种十分干燥的感觉。来到一个爬满了葡萄藤蔓的小庭院，车子“嚓”一声停下。院内一个老太太一边往外走一边解着围裙，冲那个跳下车的小胡子用力一笑，走过来。

这原来是一个招待所。我被引进了一个套间。小楼里有好几套类似的房间，都空着。

坐下后年轻人自我介绍：“我叫小金。”我立刻想到那个总裁也姓“金”。小伙子解释说他们原来的村子就叫“金家庄”，后来才改成了“环球集团”——近来又要改名字,改成“金星集团”:“这个名字才好！报上说了,我们集团实际上就是北方的一颗‘金星’。”

女服务员进来,递上冒着热气的、洒了香水的毛巾,又递上茶。我发现客厅里挂着许多低俗不堪的“名人字画”,让人想起一片片脏里脏气的破布。我知道他们都喜欢这些东西,每年都要招徕一群所谓的“书画家”,让他们在这儿白吃白住,临走时就留下这么一堆所谓的“墨宝”。

我一边喝茶一边琢磨:大概他们把我也当成了那些人的同类。不过我不会给这里留下一张“破布”,而是别的什么东西,它或许更脏。也许在我给他们制造包装破烂的那种“金箔纸”的时候,我自己也要变成一堆破烂。老天,这样的年头啊,一个人一旦有了洁癖还不如马上自杀,因为最后你什么都不能容忍,你不甘心亲手往自己身上抹脏东西,那是天底下最臭的东西。

小金他们走后,我想一个人在别墅区走一走。我弄不清整个这一片是否都做了招待所,如果这样就未免太奢侈了。遇到一个清洁工模样的人,问了问才明白,原来只有我住的那幢小楼前后三处是招待所,其余大部分是集团领导的宿舍楼。我问:村里其他人住哪儿?

“北边,他们住北庄。”

我明白了,这儿就像我以前见过的那些“大企业”和“大集团”一样,头目们往往要离开原来的村子,到不远的地方建一座“贵族村”;当然,随着财富的积累,贵族村容纳的人也会越来越多,但绝大多数人还是要住在原来的老地方。这几乎是一个普遍现象。奇怪的是有一些搞报道的贱坯子却故意要忽略这个事实,大肆宣扬所谓“共同富裕”的奇迹。他们对近在咫尺的巨大差异不闻不问,或者是一对贱坯子眼根本就看不见。

站在别墅区举目四望,到处都是讨厌的水泥和陶瓷贴片:没有袒露泥土的地方,没有绿色,连一棵草都没有。人走在路上鞋子磕地啷啷响,让你想起水泥下边有被密封起来的活物,让你想起有新嫩的什么根脉在底下艰难地挣扎,直到憋死——往前走着,猛一抬头看到了一块刚立上不久的路牌,它让我愣了一下,揉揉眼好好看了一会儿。因为我不相信,不相信眼前的这个路牌上真真切切写了这样三个大字:橡树路。老天,这儿也有"橡树路"?做梦吧?可这是真的,尽管这里连一棵橡树也没有,别的树也没有。我好像渐渐明白了什么,这里有无"橡树"并不重要,因为这和城里那一拨后来住进橡树路的人一样,他们压根儿就不喜欢树。他们喜欢的只是那个名字:橡树路。

从"橡树路"走开,渐渐转到了"工业区"。那儿有纺织厂、印染厂,还有一家"家用电器厂"。空中流动着说不清的气味,鼻子黏膜很快就感到了不舒服。来来往往的大多是妇女和十六七岁的年轻人,还有一些十岁左右的孩子——我原以为他们是放学后来这儿玩的,问了其中的一个才知道,他们都是这儿的工人——童工!

我问他:"你是哪儿来的?"

小家伙口音怪异,要听懂他的话很费力。这马上使我明白了,他来自很远的省份。旁边一个人告诉,这里雇用了三分之二的外地人,他们大都来自那些最贫困的地区,月工资只有三四百元,尚且包括各种各样的所谓"补贴"。

一个小姑娘说:他们车间里所有的头头脑脑都是本村的人,他们的工资大约是外地人的十倍,而且还有"职务补贴"——实际上是不同的"酬劳"。

我记得在别的地方也见过类似的情况。这一直是集团老总们最得意的计谋之一:不声不响地调动起整个村子的拒外心理,使村里人普遍产生出一种优越感和骄傲之情;外地人虽然明知自己受了盘剥,只可惜身在异乡毫无办法,敢怒而不敢言,只有几个人凑在一块儿吐吐肚里的苦水。

前边挂了一个橡胶厂的大牌子，同时一股刺鼻的焦胶味越来越浓。

走进车间马上可以看到，这里的设备简陋到让人吃惊的地步，百分之九十的工作全靠手工。在一些黑色胶布前面一溜坐了几十个童工，一人一个马扎，手里不停地忙着，手指动得飞快。由于长期接触腐蚀性物质，每只手上都贴满了胶布。因为要赶定额，他们干的是计件活，所以一些劳保用品根本不能使用，如果戴了手套，做起活来就要慢多了。

我站在旁边看，一个领工模样的女人就直直地盯着我。她口中露出一排又大又黄的牙齿，像患有甲状腺机能亢进，一双眼睛圆圆地鼓出来。她的目光让我不由得往角落退了一步，她却一直走过来，盯着我。

她问我是哪里来的、要干什么。

我说是金仲老总的客人，随便出来看看。

她一听“金仲”两个字，脸上立刻堆满了笑容。她重新退到原来的地方去了。

我在一个两手不停忙活的女孩身边停下。我问她是从哪儿来的，她一开口说话就让我吃了一惊。原来她来自我的出生地——那个平原！那里可一直是个富庶之地啊，孩子们却要跑到这么远的地方来打工。我问她：“不上学了吗？”

小姑娘两眼干涩，瘦骨嶙峋，好像浑身上下已经没有多少水分了。她边干活边回我的话，两手在胶布上每一用力肩膀就要抖一下，像待在冷风里一样。她摇头，说平原上的村子现在差不多有一多半人都没活可干，土地被矿区和新兴的开发区占光了，原来家里的几亩承包田现在只剩下了一个边角，“俺妈说读书要花忒多钱，读下来也没甚用，大学生一个个都成了闲溜子。俺妈托了村里大叔才把俺送到公司来——那时这里还叫‘公司’呢……”

原来她在两年前就来这里做工了,那时她还多么小啊。她说与自己一块儿来的都是南南北北一些孩子,都在一块儿吃大食堂,睡通铺;模样好一点儿的就到集团的宾馆里做服务员,自己以前也是服务员——她说这话时脸突然红了一下,抬头看我一眼。这使我注意到她是一个很漂亮的小姑娘,只是穿的衣服太脏了,脸被黑胶沾成了花的。

“那你为什么不在宾馆做下去?那里的工资低吗?”

“那里工资比这里高多哩。”

“那为什么出来?”

她吞吞吐吐:“反正我不做了。我妈也不让做。她说不如在这里学个手艺……”她这样说时,脸转到了一边……

走出橡胶厂,我又到相挨的榨油厂、粉丝加工厂、塑料编织厂、印染厂……在一个安装车间里,我亲眼看到一些工人把从外地购进的电器商标撕掉,然后贴上他们的商标,最后就是包装。

正看着,外面响起刹车声。一会儿那个接我的小胡子进来了,鼻尖脑门上都是汗珠,急急地拍着巴掌说:“哎呀宁先生,你可让我们好找。总裁要见你呢!”

他几乎是把我拖进了车里。

二

车子急急开出了工业区,一直往西,几分钟后在一座十几层高的大楼前面停下了。小胡子仍然在前边引路,“噌噌”上了二楼。脚下是朱红色地毯,穿中式服装的姑娘站在一旁。前面出现了一个金黄色的牌子,上面写了“经理室”。小金把我送进经理室外间,一句话没说就退了出去。

这是一个很大的套间,外间很宽敞,摆了一圈沙发,茶几上有一些水果。两三个人坐在那儿,眼神都有点木。我听见里屋有人说话,笑声,咳嗽声。“总裁”可能就在里面。

我坐下等。

里面的人走出来,坐在沙发上的人走进去。原来“总裁”要轮流接见客人。大约又过了半个多小时,最后的一拨儿才结束。我知道该轮到我了。可是我进去后才知道不太对劲儿:桌前的瘦子面色肃穆站起来,探过身子来握手,一边耸动着一边说:“噢噢您好您好,总裁等您呢,我们走吧走吧。”

他领我出门,上了电梯,一直蹿上十楼。在一个摆放有巨大绿色植物球的门前,他敲了敲,然后走进去。里面传来压低的咳嗽声。一会儿他又出来了,示意我进去,自己却回身离开了。

我只觉得像捉迷藏一样,也多少有趣。进屋后我的目光首先落在四周,因为这个办公室大得吓人,足有一百五十多个平方:屋里的一半空间由各色花卉掩映下的高高低低的木台所占据,上面是传真机和电脑之类;一些皮革高背坐椅正虚席以待,旁边有宽屏电视、几个矗起的褐色音箱。稍稍偏一点的地方才是一个阔大的写字台,背后是一排又一排书架,架上大致是漆布烫金的大型套书。这使我开始有点明白了——对方为什么打起了我们杂志的主意,原来他不幸地染上了一种与书籍之类有关的疾病。这就活该倒霉,没有办法了。架上那些精装簇新的套书引起了我的注意,使我多少忽略了这儿的主人。到处都修饰得整整齐齐,玻璃闪亮,地毯蓬松——它们衬托着一个自命不凡的家伙,此刻这个家伙正在低头看一份什么材料,当然是装模作样。他头也不抬,只伸手指指旁边的座位,又是轻轻一咳。

我并没有坐在他指定的那个沙发上,而是站在那儿继续端量。我心上突然闪过了一个问号——这会儿感到奇怪的,是我在心里自问:我所见到的“企业家”怎么差不多全是一个模样、一个长相?真的,他们这些人简直个个大同小异!尽管眼前这个人与其他人略有不同,但还是给我似曾相识之感。比如对面的人有一对招风耳,很胖,鼻子又红又大,嘴也大,还使劲儿咧着。可是我总觉得这与以前看到的老总们差别不大。究竟是他们努力往同一种概念上成长,还是我自己的一种错觉,一时还想不明白。比如前边这个人吧,他让我一打眼就想起了那些鼻大口阔、心狠手辣的家伙。尽管他结了领带,戴了戒指,头发梳得精光,衬衣领子也很白,可就是有一股逼人的蠢夫气味,弥漫了整个空间。

“金老总……”

他抬起头,“哦”了一声,伸出一只小得出奇的手,询问的目光盯着我。

我递上了名片。他的脸上有了一丝不易察觉的微笑,“娄主编来电话了,我知道她派人来了。好哇,好哇。咱们这就合作起来了……你可以先了解一下情况。不用急嘎。住的地方安排好了吗?是在橡树路吗?嗯,有什么要求可以跟我的秘书讲。”说着抓起桌上的一个电话,按了两三下,咕哝了几句。

一个留着齐耳短发的姑娘立刻进来了。她长得十分文弱,却有一个双下巴。她同样穿了一件呢裙,这呢裙我们杂志社里的小打字员阿环早就穿上了——我于是知道这是一种时髦的装束。天虽然还有点冷,但在“时髦”面前再冷也算不了什么。她微笑着,像在矜持地期待。

“这是我的秘书小白。”金仲说着转向她,“宁先生刚到我们集团来,有些情况不熟悉嘎,你可以带他去转一下,看一些材料,有什么要求嘎都要照顾好啊。一般的事儿你也就办了。嘎。”

小白的双下巴点了一下,发出一声脆生生的“哎”。女孩子的声音仍然是这个时代里最好听的。

首次接见就这么结束了。小白笑容可掬,手伸向门口说:“宁先生,请。”

她在前面引路。我随她往外走去。可是身后的一声“嘎”在提醒什么——我回过头,却发现那个总裁已经埋头看起了文件。

我们踏着一条油汪汪的蓝色地毯一直往前,然后又在隔开的两个房间那儿停住。原来这是一间办公室,是小白的"地方"。我一进门就嗅出一股若有若无的香水味儿、一种少女住地才有的美好气息。我很高兴。小白一举一动都劲抖抖的,身体四周生出一股微风。她一直甩动着油亮的齐耳短发,给我倒茶、递水果。她比那个"总裁"好多了,那个家伙连一杯茶也没让。

我喝着茶,这才感到有点渴。也许我在工业区那儿转得太久了。"您先看一下这些材料。"她从文件柜里找出一大沓打印和铅印的材料,还有一些是报纸刊物。嗬,好大的一堆!从她搬弄它们的样子看,像是在搬弄一大堆纸币。

我翻了翻那些杂志报纸,其中有一多半是一些地方性的、影响不大的小报;有许多报刊我从来都没听说过。在这些印刷物上面,金仲的名字和集团的名字总是用一串很醒目的标题字印出来,并配了许多照片——几乎所有的照片都是金仲在打电话,或者拃腰站在高级轿车前边。我注意到这家伙的嘴巴在照片上鼓得很大,像某种动物受了伤的乳房。

"其实主要的事迹都在这上面了,您带回招待所去翻翻就知道了;还有需要我们介绍的、看的,您提出来好了。反正您先从资料上熟悉一下吧。"

我把它们放到一边。我感兴趣的倒是其他一些问题,比如说眼前的这个姑娘做了多久的秘书?从哪儿来?等等。但我不能太唐突。小白在等我喝茶,我把空空的茶杯推到一边去,站起来。

她立在一边,一直彬彬有礼地等待,这会儿见我站起来马上说:"到我们会议室看看吧。"说着又走在了前面。从后面看她有一副圆圆的肩膀,脖子上的金项链闪闪发光。可能就是这条俗气的链子把她锁在了这里。她真该一伸手把这链子揪下来扔掉。

会议室就在她的房间旁边。进去之后,我才明白小白领我到这儿来的原因了。原来这里摆放了很多上级领导的题词,还有董事长与省内外一些领导的合影。许多人都为他们集团题了词。那些因过分放大而变得颗粒粗重的照片啊,整整挂了一面墙……有一张照片上似乎有她的半个影子。我终于问了一句:“白小姐是什么时候到集团来的?”“两年了。”谈下去才知道,原来她还是一所艺术学院的油画系毕业生,后来又读了另一所著名大学的研究生。

因为她的学校和专业的关系,我立刻想起了阳子的爱人小涓,问她们是否熟悉。小白合着手掌笑起来:“小涓,熟悉一点,我毕业那年她才入学!”

我感到喜出望外,问:“那你为什么放弃了自己的专业,到这么偏远的一个村子里来呢?”

她的鼻翼活动着,随着一丝惊讶的表情慢慢消退,上面渗出一层浅浅的汗珠。她还像刚才那样微笑:“您还是很传统啊,现在这样的大公司大集团招人的条件很严格呢……小涓现在干什么?”

我告诉她小涓在一所中学里。

小白叹一声,好像很为小涓惋惜。

由于小涓的缘故,小白立刻与我熟悉了许多。她好像在抓紧时间给我介绍自己目前的状态,说:“我在这儿很好的,这里尽管偏僻了一点,但生活还是蛮方便的,特别是居住条件比城里好。办公条件也好。”

我想她肯定是住在“橡树路”了,问了一句,果然不出所料。

小白问我住在几号楼,我说就是有葡萄藤的那一幢。

“你看,我们总裁对你多重视。在我们这儿,最尊贵的客人才住那幢楼呢。”

“很感谢。不过我这个人泼泼辣辣的,并不那么‘尊贵’。”

“您太客气了。”

“真的。我觉得凡是来和你们‘总裁’这样的人凑堆儿的,一般也尊贵不到哪儿去吧!”

小白的脸一下红到了脖子。

三

我住的地方的确舒服得很,除了一天到晚有热水供应,每天都可以洗个痛快,外间里还有一盆很茂盛的榕树盆景。偶尔还上一盘水果,小瓷碟里总有一块小毛巾。女服务员常常给我沏上一杯茶。她们在房间里走路蹑手蹑脚,几乎没什么声音;要进来,先要轻轻地敲几下门。好久没有这么享受过了,只可惜待在这儿没有更好的事情做。

小白又来过两次,询问还需要什么等等,每次都带来一大沓他们集团的新材料。我把它们都摊在一张长条桌上。我想应该开始工作了。

根据娄主编的意见,这部恶劣的颂词大约至少要写上两万字或更长一点。但还没有动笔我就发现,这次面临着一个多么艰难的任务。刚开始只想趁这个机会溜出来,就像一个快要窒息的人跑到外面大吸一口新鲜空气一样。可是这会儿,坐到这张长条桌跟前,我才明白自己陷入了怎样的一个陷阱。

一连几天翻弄这些材料。无非是瞎扯,还有肉麻和无耻,是可以想象的那种腔调,大而无当,廉价,而且还恬不知耻。照片上的人在瞄着我——手持电话,有线或无线电话;再不就是立在汽车旁……这是让人看一眼就感到绝望的脸。我这半生的经验就是:一个人凡是长了一张让人腻歪和憎恶的脸,就不会生出一颗纯洁善良的心。人的五官与内心之间有着怎样神秘的联系,真值得让人花一辈子时间去好好研究。只是一想到那个女秘书小白,又使我有点无从判断了——我只好承认,对于女人,那种结论通常要变得困难许多倍。

不管怎么说，我对这里的一切都有一种难以表述的心情——郁闷、愤懑，还有难以掩饰的反感。在翻弄这些纸页的时候，我的耳畔总要时不时地响起在橡胶厂里看到的同乡——那个眼睛大大的、瘦骨嶙峋的小姑娘熟悉而慌乱的声音。我如果忘不掉那个平原，也就忘不掉从那儿走出来的孩子。在这个寒冷的春天，一个平原上的孩子破衣烂衫走上田野，站在西风里瑟瑟发抖；可就是没人给她披上一件棉衣，她只能跑到这里，伸出一双冻红了搓糟了的手，到汽油桶、到酸性溶液里去捞洗东西。

我来这儿之前想得过于简单了，以为对付这些虚荣而无知的家伙无非只需要敷衍，胡乱拼凑一下就成。这会儿才知道是不可能的，因为这样的工作只有让一只机械手来做才行。想想看吧，你要把那些字一个一个看下来，有时还要写在白纸上！我翻着资料，不时地摘录一些文字，记下几句什么。可是我无法使自己专心做下去。我的脑子里涌过一些又陌生又熟悉的诗句：

“……我见过这群光辉的天鹅，/如今却叫我真心痛，/全变了，自从第一次在池边，/也是个黄昏的时分，/我听见头上翅膀拍打声，/我那时脚步还轻盈……”

随着这样一串诗句闪过，我的心头被什么触动了一下。哦，老天，那是我一直喜欢的叶芝的句子，它们如今正不合时宜地飞扑而来。

“他们在静寂的水上浮游，/何等的神秘和美丽！/有一天醒来，它们已飞去……它们已飞去……”

诗人仍然在说白天鹅。我抬起眼睛望着窗户，什么都没有。我现在的视界里没有生机。前面十几米远处是又一幢楼房，那灰色的墙皮上有斑斑点点的雨水淋湿的印痕。一个壁虎在蛛网下面穿过。我仿佛看到了它紧紧贴在墙上的、像人类缩小数十倍的巴掌。手印、指纹……这种可爱的小动物长了一身让人恐惧的皮肤。

我直到现在还能记起儿时的恐怖:在我们茅屋后面的木窗扇后边,总有它们在慌张地窜来窜去。那些不眠的夜晚,它们就在那儿无声地来复奔走。离它们不远的就是一些掮枪的人,他们站在那儿,每到夜深人静时分就要窥视我们的小茅屋。那些夜晚,外祖母一次又一次安慰我,给我把被子掖个严实,“好孩子睡吧,睡吧,别把妈妈惊醒,也别把他惊醒。”“他”就是我的父亲。自从他归来以后,我就失去了一切欢乐。妈妈再也不能搂抱着我睡去了,是外祖母把我抱到了她的床上。午夜里一只鸟雀沙哑着嗓子呼叫,它在呼唤什么?它呼唤自己失去的孩子吗?它们飞去了,它们在哪片芦苇丛中筑居,它已全然不知……

白天鹅飞走了,但它让我一直空空地张望。

我看到了它在空中盘旋,掠过了我的城市。它光顾了那个浪漫的广场,它的双翅轻轻拍打或抚摸了一条歪歪斜斜的巷子,巷子里的那些铺路的青石……我今夜无比怀念那些日子、那个巷子,我和凹眼姑娘曾在那儿伫立和走动、倾诉……如今她远去了,只用文字继续自己的诉说……

笃笃的敲门声。我站起来。又是小白。她微笑着说了什么,我没有听清。当她退开后,进来的竟是那个又粗又大的家伙,是总裁金仲。

他呵呵笑着,粗糙的声音震得整个房间都在响,“怎么样宁先生?还习惯嘎?”

我不知他指了什么。我想说这里的一切、就连你的那个大鼻孔,都让人不能习惯。

金仲坐下,跷着二郎腿,有节奏地拍着膝盖说:“你们的娄主编说给我们发一个专号,再配上照片,我说那也可以。如今的文化人嘎都不容易……”

我打断他的话:“不是专号,是专辑。”

他竟然想把我们一期好生生的刊物全部糟蹋掉，这也太过分了！

他像没有听到我刚才的刻意更正，一边吸烟一边讲下去，鼻孔里不断往外冒烟，“后来你们的头儿又提出跟我们联办，我要小白回话，说好嘎，我全都同意！人家女老板有情，咱就有意。是吧啊啊是吧，好嘎！”

他把娄萌叫成了“女老板”，还重重地提到了“情”和“意”，这使我多少觉得有点快意甚至是——解恨。看看吧，这就是与金仲之流搅在一起的代价。我暂且听下去。

“那天刚回了电话，她又提出让我做‘名誉社长’，哈哈，她的招数、她的点子可真多。好吧，社长就社长。不过这一来，我们就得把你们这伙人的吃喝拉撒睡全包下来嘎。”

我听了有点吃惊，不禁在心中嘀咕：联办？名誉社长？发专号——如果我没有听错的话，那么事情正好是反过来了——娄萌和马光在我面前讲的是这家伙要价太高，我们杂志社正为此而作难呢！可现在从金仲嘴里说出来的，竟是我们那个“女老板”厚着脸皮缠他。不知为什么，我现在对眼前这个人的话却不怎么怀疑，而更多地想起了另一些人的虚荣。我立刻感到身上发冷，有一种被出卖、被欺骗了的感觉。我不知道在这个事件当中马光扮演了一个什么角色。我毫不怀疑，他和娄萌一样，在金钱面前多少扭捏一会儿，最后还是会把自尊丢个干净。我又想起了娄萌两手抄在裤兜里、故意把胸脯挺起的模样。她是一位领导的第二任夫人，比对方整整小二十岁，她的年龄与我差不多。最高级的化妆品都被她用遍了。在她那儿，手提包、钢笔，特别是化妆品，全要一色的进口货。一些印得花花哨哨的高价图书，全是所谓的“中产阶级”消费指南，是“小资”必备。不过我多少知道，与这些东西真正配套的，除了进口消费品，还有眼前这一类人：手戴戒指的大鼻孔企业家。

这个家伙大口喷吐烟雾,一脸的得意:“伙计,实话实说吧,我们集团也有自己的长远打算。这份杂志对我们来说不过是先拿到手里耍耍,先试着与‘媒体’——听听别扭吧,还‘媒体’哩,要不摸底细还以为是串通着找婆家哩,以为是他妈的婚姻介绍所哩——打打交道。我们也要了解行情嘎。俗话说这叫‘不入虎穴难得虎子’。听人说将来要做大财团就要设法掌握几个大媒体,什么报纸电台电视台,咱都要抓几个在手里。到时候想说句什么话了,想办点什么事了,想发个广告了,咱自家说了就算嘎!这才是万事不求人的日子!你想想到时候这有多恣,这就不是从前了!不过咱也明白,凡事儿都得抢在前头,先下手为强——这是我做了多年老总得出的一个经验嘎,咱不能老跟在别人后腚上跑,那是追不上的!嘎!”

金仲说到了得意处,鼻孔张大,脸色血红。我忍不住浇了他一盆冷水:“可是目前国家并不允许你们掌握媒体。”金仲大笑:“小老弟嘎,什么事等他娘的允许再干就全完了!我金仲这辈子一个成功的经验就是:越不让干越干嘎!你记住,只要这样就没有办不成的事儿……”他说到这里猛地撸了一把脸,脸色突然变得红中发紫了。正这会儿门被轻轻推开了,原来是小白进来了,她来为我们添水。金仲盯了一眼她的背影,大着嗓门又说一句:“越不让干越干嘎!嗯!”

喝了几口水,金仲突然又笑起来,问:“哦哟,我今个得问问你了,咱的‘橡树路’比你的那个怎么样?”

“我的?”

“你不就住在‘橡树路’吗?”

我吃惊他有这么灵通的情报工作。不过我立刻纠正说:“我岳父住在那儿。”

金仲搓着手："那还不是一个鸟样嘎！嘿嘿，老伙计，我不在那个大城市，可是也照样住在了'橡树路'里。不瞒你说，我这是比着葫芦画瓢，一点一点描下来的！城里的怎样盖，咱也怎样盖，只不过是路比它还宽，房子比它还大——所有房子都用瓷瓦贴起来！全都闪闪发亮！如今你们那个'橡树路'，哼，一片旧房子窝窝囊囊我还看不上眼呢……"

"可是你这里没有一棵大橡树。"

他被噎了一下，下唇伸出来，许久才吐出一句："你们那里也不多了。"

"可是还有几排吧，有很大的树。"

"几排算得了什么，咱栽上不就得了……"

我笑笑："它们每一棵都有一百年以上的树龄。你现在就栽，也得一百年以后再说了。"

金仲像被蜇了一下，一对大鼻孔扭了几下，哼哼唧唧，骂骂咧咧，用戴戒指的手指敲起了桌子。他望着窗外，吐出了一句吓人的粗话。

四

时间还早。我走出去，穿过这片楼群时，好好地看了看这个冒牌的"橡树路"。让我不得不稍稍吃惊的是，这个藏在大山西部平原上的财主可真敢干啊，他竟然想得出来，在自己村子里复制出整整一个城区！我留心观察下来，发现果然是用心揣测过，每一条路每一座楼都依照了那样的格局，只不过路更宽楼更大了，而且让人哭笑不得的是，所有的楼都用闪亮的瓷瓦贴了起来。真的没有橡树，也没有别的树。

我在写了"橡树路"三个大字的路牌跟前站了一会儿，然后一直向北走去。

出了几道栅栏门，再往北就是那个“北庄”了——那黑鸦鸦的一片才是这个村子的本来面目。从这儿望过去，黑苍苍高低不平的一片小屋，像一片乌鸦落在了开阔的平原上。不过小屋之间有一些柳树、榆树、梧桐，显得质朴和亲切。与东部平原上的那些村落不同，这里离山区不远，石料方便，所以小屋的墙差不多都用石头垒成。低矮参差的石墙配上青瓦屋顶，倒也别有风味。我原以为这里会有一大片被主人抛掉的空房子，这会儿走进了街巷深处，才发现此地仍然是一片忙忙碌碌、热气腾腾的生活。就像我在其他山区村子看到的一样，他们挑着送肥的担子、瓦罐，在巷子里来来去去。这是一个大村，街巷曲折悠长，就像迷宫。

我问一位老大爷：“村里有多少人搬到‘橡树路’了？”

他疑惑地从头到脚打量我，哼一声：“那得是头儿才成。”

“那么多人都是‘头儿’吗？”

“那里有一半房子空着，像镜子一样晃人眼呢。”

我笑了。

后来我才知道，那儿还住着一些金仲从外地招来的人，他们大部分户口并没有落在本地，只带了女人家口搬到这儿，据说全都是身怀绝技的人，也幸亏依靠他们才换来了当地的繁荣。真正本村的人，除非当上了车间主任、副经理、分公司经理，不然还得住在“北庄”。“其实这儿更好，这是老祖宗的地方呢……”老人说。

我设法到一户人家去看了看，发现它跟我以前看到的大多数平原上的农家一样，仍然凄凉寒酸，炕上光线极暗处，常常有一个盖着破被子的老人。

在村子西边有一条水沟，我还没有走近就闻到了刺鼻的气味。它是这些年里我所见到的污染最严重的一条水沟了，涨得满满的，上面是一层黏黏的东西，不断有水泡鼓出来。一种氨和硫磺的臭味让人不敢接近。顺着路径看去，很容易就弄清它是从哪儿来的——印染厂和电镀厂排出来的废水就从这儿流过,往北再进入弯弯曲曲的迷河,而迷河就连着有名的胶河,直到注入大山南部的海湾。我有点心疼……

村里人告诉,这些年得怪病的人越来越多了。村东有一个人牙齿全坏了,头发也掉光了,他才刚刚四十多岁。还有的孩子刚生出来身上就带着怪病;得绝症的人每年都有。村里人几乎都知道是这条臭水沟,还有南边那片工厂在作孽。街上的人大多不敢说长道短,只有几个老人能大声议论他们的村头,并不忌讳什么,有时还骂骂咧咧的。他们说那个人前一段"招了一点事儿"。"什么事儿?""哼哼!"老人咬咬牙关。

尽管如此,最后老人们还是收声敛口,抽着烟锅端量我,再不说话。

这一次北庄之行就这样结束了。可是我心里一直放不下那天老人们的"哼哼"声,只要一有时间就要从屋里走出,然后踏向北庄。在那些黄昏天色里,我发现自己与这些老人一块儿坐在街角的小马扎上,有着说不出的惬意。"抽支烟吧。"我那许久没有动过的烟瘾又痒起来,还买来以前最喜欢的几种牌子,开始礼让面前的老人。"俺只抽老旱烟儿。"老人扬扬手里的烟锅。我又问金仲出了什么事儿,老人们看着我说:"你该不是'北国骚鞑子'吧?"我知道这是借喻"坏人"的意思,就答:"不是。""那好。我看也不是,怪有礼数哩。"

原来,金仲这回惹上了真正的麻烦——"环球集团"有自己的"公安机关",所有人员都堂而皇之穿着警服,有各种武器,有高压电棒,有一长溜开起来警笛嘶鸣警灯闪烁的警车。金仲的高级轿车自然也安上了这种警笛警灯。这些车子在方圆几十里纵横驰骋,没人敢管。可是他们这回做得过了点儿:总裁驾车到离这儿一百多里远的城里,不仅闯了红灯,轧了人,还跟当地交通警察干起来。他把赶来处理肇事的交警头儿打了几耳光,伸手指着对方淌血的鼻子说:“告诉你们上级,让那个狗娘养的到我们‘集团’走一趟去!”谁知这一回挨他们揍的是上边一个大人物的亲戚。这一次金仲不知花了多少钱,用了一个多月才把事情平息。可恼人的是有那么一拨记者,他们顺藤摸瓜,四处打听环球集团这些年死了多少人、逃了多少税,弄得金仲一边骂娘一边用大把的钱堵嘴……金仲的“集团”有仪仗队,有近千人的武装,这些人在内部只叫做“集团保卫部”。每到了开大会或迎接重要客人,仪仗队和军乐队都要出来。保卫们一律配备武器,比如说铁刺棍、电击枪、高压电棒之类。有些老人笑嘻嘻问:“见了俺这里的‘大牌坊’啦?”我不明白是什么意思,最后才得知它原来指金仲挂起的那一面面大照片:他与上级领导人的合影放大到十几平方米,高高地悬挂到一些重要场合……

所有搬到了“橡树路”的人仍然要保留他们在北庄的房子,这叫做“老屋”。我问金仲在这儿有没有“老屋”,“怎么没有? 有。”

有人指点着,我看到了一所体面的瓦房。它比一旁矮矮的屋子显得高大多了。虽然同样是一种老式建筑,同样是裸露的石墙、窄窄的小院、不太大的瓦顶,但盖得还算讲究。门上挂了一把大锁,院墙上探出了一丛桃柳的梢头。

老人用烟锅点划了一下老屋说:“金仲就和这老屋一样,不过是用来摆样子的,其实咱这儿是‘嫪们儿’做主……”我吃了一惊——他就是那个为城里凶宅驱魔的怪人? 问了问,原来“嫪们儿”真的与大城市里某个首长关系密切。老人说:“集团这一摊子全是他开的头,他是金仲的干爹……”果然不错,这的确是同一个人。我的兴趣马上增大了许多倍,一字不漏地全听到了心里去——“嫪们儿”是全村里辈分最高的一个老人,所有人都要听他的,是寿星加智星。老人说着说着兴头来了:“金仲算个狗蛋,金仲在他眼里就是开裆小毛孩儿!”我想知道那两个字怎么写。他说就那么叫,谁也不知怎么写。我这会儿脑海中蹦出了战国时秦国宦官嫪毐的“嫪”字,并认定了是这个名儿。

“‘嫪们儿’住在哪里?”

“‘嫪们儿’哪里都住,不是北庄就是橡树路。年纪大了,平时见不着面……”老人咧着嘴巴,害冷似的吸气:“咝咝!这集团都是‘嫪们儿’一手筹划哩,从起手到兴盛,大事一成,就交给金仲去管了。遇上动大心眼的事情,那还得去问‘嫪们儿’!”

我从老人的口气听出了深深的恐惧,还有敬佩。我问他到底怎么才能见到那个“嫪们儿”,老人摇头:“这就难了,这就难了!咱和他一个庄里住着,少说也有个十来年没正面见他了……”

这天我回到招待所时,小金小白都等在那儿。他们知道我这些天常去北庄,脸色有点难堪。小白和小金咕哝了几句,大概在商量什么。小白说:

“宁先生,您有什么采访计划最好跟我讲一声,我们办公室会统一安排的。”

“我不过是随便走走罢了,这哪里是什么采访……”

五

小白开始注意我的工作了。她常常要留意我的一举一动。我明白了,心里有点可怜这个漂亮的姑娘。她真是漂亮,虽然过早地、莫名其妙地长出了一个双下巴。

有时我看着她的背影不禁陷入深深的迷惑:就是这样一个好端端的姑娘,却要跟在金仲屁股后面,还要时不时地说着“总裁”“老总”这样的字眼,甚至还要眉飞色舞和一脸的崇敬——尽管这难免掺了几分做作和伪装。我真想问问这是怎么回事、这个神奇的世界上究竟有什么古怪的力量在让她屈服?

我第一次问起了“婴们儿”,问她能否带我去见见这个人。想不到她立刻皱着眉头笑了:“宁先生,这是办不到的——别的事情可以,这个不行。十分抱歉……”“为什么?”“因为……”她犹豫着,好像在琢磨着怎样解释得清楚:“因为他已经退休了,彻底退休了!”

“你也不常见他吗?”

“我……从来没有。”

我不信。可又觉得她毫无必要隐瞒这些。我只在心里说:“婴们儿”啊,咱可真该见一见啊。

当我出门时,小白常常要问一句去哪儿,或者干脆就和我一起。这天我刚刚走出屋子,小白就从后面赶了上来。我说:“对不起,我想自己走一走。”

“你要到哪儿去?”

我随便往西指了指。

这是一个晚霞普照的时刻。西边有一片空地,空地上的茅草在阳光下轻轻拂动,如波似涌。我真的一直走过去。小白站在晚霞里看着我,好像在犹豫是否跟过来。

我往前缓缓走去,跨过一条散发着硫磺味的水沟,走入了那片荒地中间。这时我才发现,这么大的一片荒地四周都围了栅栏和铁丝网,这使我想到这儿可能是一片等待建筑的地方,但不知闲置了多久。这里的各种植物都长得乌油油的,使人想到地力很足。让一片土地荒着多么可惜,我不明白在施工之前的几年里,为什么就不可以种点庄稼和蔬菜?我目测了一下,它大概至少有二百多亩,眼下全部长满了茅叶苊草、白羊草,还有扁鞘飘拂草。一两株小灌木孤零零地长在那儿,是蒙桑,椭圆形的小叶片刚刚长出不久,边缘粗糙的锯齿已清晰可见。我蹲下来拂开草蔓,望着湿乎乎的裸土。这是一片极其适合耕种的潮棕壤。在东部平原、在芦青河两岸都有很多这样的土质,那里的小麦和玉米高产区都是潮棕壤……桑树上有一只灰色山椒鸟,还有一个红点颏。红点颏尖叫一声先自飞去。一瞬间,地上掠过了一道阴影,抬起头,空中是一只大鸢。它的样子很像苍鹰,但飞起来双翅比苍鹰伸展得要长。也许它已经发现了我,翅膀一侧向下滑翔了没有多远,又迅即升入高空。当我心里为刚才的红点颏担心时,又一只小鸟从一边的灌木中蹿跳出来,昂起头注视了我一下,然后钻入一丛荆棘之中。

已经没法继续往前了,因为很快走到了那道铁丝网跟前。铁网外是分割成很小的庄稼地块;它们当中只有很少的地方修起了整齐的田垄,更多的却是带着可怕的割伤:或者是深挖的泥沟,或者是刚垒的一道砖墙,再不就是一些矮小的、七零八落的建筑物。一片饱受蹂躏的旷野,一片无辜的野地……眼前这番景象使我意识到,一切都如此陌生,因为自己已经好久没有走出那座城市了。不远处又发出了小心翼翼的鸣叫,是刚才那只小鸟,它仍在慌张地躲避。我看看眼前的铁丝网,狠力扳了一下。仿佛身处樊笼,因为眼前就是织起的细密丝网,上面的斑斑锈迹及尖尖的倒刺让人不寒而栗——这会儿我突然想到了一位老人:许艮教授。此刻您正在哪里浪迹?叼着大烟斗的老人啊,我现在比任何时候都更加怀念您。还有吕擎他们,正在旅途上的三个男子汉——你们如今还在南部大山里吗?

我回想着一道道撞碎顽石的执拗目光。透过这道铁丝网,我正与那些目光遥遥相接。

一束束霞光直射在脸上。透过一片朦胧,我在遥视另一片原野……许艮叼着烟斗回头微笑,仿佛仍在不倦地诉说。我迎着火红的霞光眯了眯眼,然后转回身来。

小白一直在离我不远处看着。穿呢裙的美丽少女竟然变成了一个盯梢者,此刻正注视着我的一举一动。我全身灼热,解开衣扣,让凉凉的南风吹拂胸膛。我回转目光,想再次看一眼那只小鸟,看看那只翱翔的大鸢。没有,它们这一瞬间都消失得无影无踪了。

在这片铁篱跟前,我似乎更加明白自己怀了一种什么心情,开始了新的觉悟和确认。我在想一份杂志仅仅是一小块土地,它早就荒芜了;可是有人还要出卖它——参与了这桩可鄙交易的人当中也包括了我。

它可以荒芜,可以遍生茅草,可仍然比出卖给一个金仲要好得多。

我的手因为用力拳了一下,掌心那儿马上一阵刺痛,渗出一点儿血来。可是我没有马上挪开手掌,而是一直抵着这道铁网。

工区传来嘶哑的汽笛吼叫声。不知这是催人上工还是下工,只是响得可怕。那些来自贫困地区的童工会在这突然响起的汽笛声里浑身颤抖……我特别想到了那个来自平原的姑娘。

那个穿呢裙的姑娘朝这边走来。她大概有点不耐烦了,说:"宁先生,我们该回去了吧?"

我眯着眼睛。我看到晚霞的光波在她脸上跳荡,她真的非常美丽。这使我想到那些混蛋们的本事,想到他们差不多无一例外地把一些好姑娘弄到了自己身边。不错,真的如此,这个世界正在作出可怕的选择:土地、杂志、姑娘,还有一些漂亮的别墅,一些著名的风景区、城市中最好的街区——一切可爱的东西都被他们如数抓在了手里。

"小白秘书,我这会儿正担心……"

"担心什么?"

"担心不能按时完成任务了。"

"怎么了?"

"我可能要出去走一走。"

"走一走?到哪里走?"小白的眼睛即便惊愕地瞪大了,也还是清纯媚人。

我说:几个朋友就在这一带打工,我想顺路去找找他们;还有,我或许还要回老家看看——我的老家就在离这里不远的平原地区。

她迟疑着:“这个……要看我们总裁怎样安排啊。”

我冷笑了一下,在心里说:滚他的蛋吧,我已经没有时间了,我是一个满脸胡茬的中年人了,还有痛痛快快喘一口气的权利——就是说,我想怎么就怎么。

“您需要多长时间哪?”

我说这可不一定。

“我们集团很希望……与贵杂志的第一次合作能够顺利……”

“‘贵杂志’,”我咕哝着,问,“你能代表‘集团’吗?”

她迟疑着,嘴唇动了几下,没有说出什么,只惊讶地看着我。

我大笑起来。这使她窘迫而慌张。

后来我总算安慰了一下这个小姑娘。是的,她毕竟还这么年轻。我告诉她:别怕,我出去转一转就回来;这次我到这儿来,一方面为了完成社里交给的任务,一方面也要顺路办点私事:要知道城里人回一趟老家不容易啊!“总之,我希望你们能够谅解。我会尽力完成任务的。”

她这才舒了一口气,小舌头伸出来舔了一下嘴唇,随之微笑了。

追　赶

一

走出“金星集团”,有一种难言的轻松和欣悦。

一直沿着河谷往前。随着逐渐向南,地势在增高,然后进入了丘陵地带。方圆几十里都是浑圆的山丘,山下,一片片石滩在阳光下闪亮,那是裸露的河床。河道宽达百米,却干得没有一丝水。近岸处,凡是被大水季节冲刷的地方都露出了很多卵石——这让人想到河水曾多次改道,每次塌下的淤泥又把卵石压在了下面。半上午时分,山雾还没有飘散,山风有点凉。再往前走,河底有了一线水流,贴着河岸向前缓缓流动。由于山脉的阻隔,河谷渐渐转向了西南。我只好离开了这道河谷。

一路上揣测着吕擎几个人的行进路径——按照莉莉的介绍,时下如果没有太大的变故,那么他们几个仍然还在大山南部活动。也许随着天气进一步转暖,他们会乘车北上。我心里明白,这次南山之行即便遇不到他们,对我也是十分值得的。

就像预计的一样,当天晚上宿在了山脚下的一个小村里。这里的一切都让我非常熟悉。小村里除了鸡狗的啼吠,很少听到人的喧声。春天已经深入了,可眼下却感不到一点忙春的生机。我刚安顿下来就打听那几个朋友——村里人分不清过路的人,只说有打工者或流浪汉,三人一帮五人一伙,顺着村东的河谷往南下去了……天一大早告别了老乡,准备翻过前面那座大山,以省去三十多华里的山路。寻到一条小路,这让攀爬起来容易一些。山阴的植被很好,因为这里可以保持冬雪,冬春里有缓慢的滋润……前边的绿色开始多起来,小路边的狼尾草已经长起了一寸高;还有茅根、野谷草、瘦脊伪针草、大油芒……长不大的乔木都簇成了灌木丛,如小叶杨和杞柳。那些通常可长二三十米的辽东栎在这儿只有几米高;黄榆长得就更小了。偶尔可以看到一两株糠椴和银白杨,在混杂的树种间显得特别醒目……鸟雀多起来,最常见的是麻雀和大山雀。有一只体量稍大的鸟在不远处的一株黑松上蹦来蹦去,由于跳得太快,最终也没法辨认……

中午时分登上了山冈。脚踏分水线，一种奇特的感觉涌上心头。这座山在方圆几十里是最高的，海拔至少在一千多米以上。从这里北望，一片片丘陵平缓多了，疏稀的林木就像纤弱的毛发；丘陵北部一平如砥，田畴村落树木一眼望不到边，最后隐在了一片水雾之中。我看到了迷河，它在十几里长的一段几乎一直保持笔直的方向，而后向东偏移，差不多变成了东西走向的一条河……向南眺望，起伏的山峦在阳光下闪烁着钢铁一样的颜色，一层银绿色的雾霭笼罩了它们；再远处，山峰与天穹的蓝色混在了一起，山峦和白云几乎相挨。那一架架西南东北走向的山脉之间，就是有名的白河和林河。

我知道已经走进了鹿山。我想寻找的那些村庄都掩在了山影之下，如果顺着大山阳坡一直走下去，就会发现那些村庄。我记住了莉莉讲过的那些大村镇的名字，像“官道崖”“济河”“陵山”“宽场”，以及他们曾经办过冬学的那些村子。我现在尚不清楚离那里还有多远，只想“陵山”可能是当地人的叫法，它可能就是“鹿山”。既然莉莉与吕擎他们是因为官道崖受挫才分手的，那么他们如今大概不会待在那儿了。那是山区第一大镇——越是这样的地方，对他们而言越是艰难，他们不可能在那里久留。

我想沿着山峰东面的河谷一直走去。它沿着鹿山转了多半周，然后才折向东北。在河谷左侧的山包可以看到花岗岩屑；再往前可见风化细晶岩，岩屑堆上长满了苔藓。山雾里不断传来嘎嘎的鸟叫，那声音听起来很像是黑斑啄木鸟。有时鸟叫的声音简直像老人咳嗽，震动力很强。这声音让人想到石子投水时散出的那种逐渐扩大的波纹，在山隙之中一圈一圈荡开。

二

太阳使山阳坡的石头和草木一齐放出了光亮，一种愉快的心情也出现了。走进了一个个村庄,打听着“陵山”。当地人都不知道这个名字,只说有个“岭子山”,我知道在山区,有时仅是十几里路的范围内,对一座山的叫法也会不同——又问“济河”和“官道崖”,他们只知道“官道崖”。我一阵兴奋,用半天时间摸到了那个大镇子里。它建在一座大山的慢坡上,由一代代人开凿整饬,竟形成一片开阔的土地。慢坡下亮亮的一道水就是“济河”。山里人口中的“三道湾子”“白石头河”“牙子河”,竟指了这同一条河流。山的名字也是如此,“鹿山”被叫成了“岭子山”“陵山”,甚至有一个更奇怪的名字:叭狗儿山。

我首先找到了那所学校。学校里的人狠狠地盯我。他们的眼神说明了那三个人真的在这儿待过。他们沉着脸,并不想回答我的问题,只说:“三个孬货!”

我不说什么,只问那“三个孬货”现在去了哪里。他们互相瞥了瞥,其中的一个故意摸着插在衣兜上的那支钢笔,鼻子翘到了天上,说:“这得问李万吉了。”

在山区找人就是这样难,我差不多用了一整天的时间才寻到李万吉的住处。真是久闻其名不见其人啊,推开他的门扉时竟然让我有一种探险般的惊异。这人看上去已经有五十多了,实际上却只有四十来岁。他一脸尘土,满面皱纹,一双眼睛浑浊而苍老,一见面就极不信任地盯着我。我反复解释是那三个人的朋友,出差时顺路过来看看他们……李万吉乌黑的嘴唇哆嗦着,直拖延了很长时间,才从炕席底下摸出一个小布包。

那是几张画:李万吉的素描像、周围景物的速写……“他们走哩。差一点给关到局子里,官家还揍了他们……”

“现在人呢?”

“说不准哩,反正是送走了那个女人,又一路往东南下去了。”

他抹起了眼睛,说自己也想念那三个啊,要陪我一块儿去找:

“他们走不远,想一想哩,又要做事情,又要找吃物,原本不急着赶路……”

我问他们有没有可能回到宽场以北的那个村子里去,那个大村子有个叫“老杆儿”的村头,他与他们有友谊。李万吉摇摇头:“不,他们就是要走一些生僻地方,像常言说的,‘好马不吃回头草’的。”

他没有耽搁,把家里收拾了一下,带上一点干粮,就和我一块儿上路了。

值得庆幸的是这一段路程不再孤单。接下来一个多星期的时间里,我和李万吉不知穿越了多少山村。它们都是很小的村子,一律夹在山隙里。一路上我们只偶尔遇到一两处大村镇,总是加快步子绕过。我们边走边说,并不觉得怎样累。李万吉这个人熟了以后话极多,他原来不是枯燥的人——诗人怎么会枯燥呢。

大约是第九天上,我们在一个叫“小夼”的小村子里找到了那三个家伙。

三

当时我们五个人面对面站着,一时说不出话来。李万吉一下扯住了吕擎,阳子却直盯盯地看我。李万吉咕咕哝哝,另一只手去拖吕擎旁边的余泽。阳子喊叫:“你怎么到这里来了?”

我就把这次出来的原因前前后后讲了一遍。阳子说:“你真有本事,像掘土拨鼠一样找我们。”

他大概忘了我曾经是一个地质工作者,还当过流浪汉……我这会儿好好端量着他们:破烂的衣衫,蓬乱的头发,还有已经被扫成了条绺的裤脚,到处都像在山里游走的人了……只不过再看仔细一点,盯住他们的眼神瞄一会儿,就会觉得绝不像一般打工的人——这大概也是他们一路上饱受折磨的原因之一。他们就是装不像。

他们现在的安身之处是一个废弃的牲口棚。阳子告诉,以前这些牲口棚里养满了牲口,后来公社解散了,分田到户了,牲口也就分了,这些屋子全空出来——只有一群群的老鼠;赶走了老鼠,我们就安下了自己的窝。我问他们在这儿干什么,阳子说有许多可干的事儿,比如帮山里人推推金磨什么的。这引起了我的好奇,问了一下,原来这里的人正在偷偷采金:因为上边政策不允许小门小户的私人采金,只允许他们把采来的矿石卖掉,可那样收入就少多了,胆子大的就自己提炼金子。整个方法非常原始:用石磨把矿石磨碎,再用水淘。这儿一直被严禁使用氰化物提炼金子,可这样既方便又高产,所以总有人在使用。氰化物流到山谷,再汇到河里,鱼和蝌蚪都没有了,饮用水也给污染了。

我不解他们会卷进这样的营生,吕擎就解释说:他们一边帮山里人推金磨,一边要费许多口舌劝阻使用氰化物。有人本来是听从劝阻的,后来见别人照样在用,也就重新使用起来。“最近来了几个人,他们潜在这个村子里,专门鼓励村里人使用氰化物。这都是一些长期活动在大山里的走私者。”

几个人提起那一伙人都恨得咬牙切齿,说那是一些无恶不作的家伙,手里有钱,顺着河谷游荡,来去无踪……

“他们很难逮到。上边已经在好几个村里专门部署了人,有时还安插便衣。这都没用。前不久他们还从小夼领走了一个女人呢。那女人已经有了两个孩子,男人哭得死去活来。”

我和吕擎说话时,李万吉和阳子就在一块儿叽叽喳喳。吕擎和余泽急着打听起家里的事情,我就告诉他们一切都好。我不愿把莉莉和埃诺德的事情告诉余泽,只讲了吴敏和逄琳,说她们都很好,不必挂念等等。吕擎沉着脸一声不吭。余泽脸上出现了笑容。我知道他想念莉莉。男人的悲剧。我注意到这三个人比过去黑多了也瘦多了,皮肤变得如此粗糙。看来山野生活能够很快地改变一个人的外部特征。李万吉从囊中掏出几个玉米饼,三个人立刻上前掰了一块,放进了嘴里。

午饭时牲口棚里来了一个老头儿,大家留他在这儿合炊。原来这就是以前的饲养员,牲口散去了,他没有家口,仍旧住在这里。老头子动手做饭,阳子帮他。午饭超乎寻常地简单:一碗清可见底的菜汤,里面除了盐,再就是干薯叶和白菜叶;主食是地瓜煎饼。李万吉带来的玉米饼他们都舍不得一下吃掉,掰了最大的一块送给那个老人。老人七十多岁,两手乌黑,接过玉米饼的时候抖得厉害。他大口吞食,有好几次竟给噎住了,发出了呜呜的声音。李万吉让我也吃玉米饼,我摇摇头。这样的地瓜煎饼我以前吃过很少几次,入口酥脆,有点甘甜,可是再吃一会儿就要满口发苦,舌头被割得发疼。山里人一年里主要吃这种食物,只是每年秋天例外:那时收获一点玉米和鲜地瓜、豆角之类,家家生活都得到改善。由于鲜地瓜不能长期储藏,玉米也要很快吃光,接下去的十来个月份就全靠这种地瓜煎饼了。

四

午饭之后吕擎领我找村头。村头是一个五十多岁的山里汉子,沉默寡言,一双眼睛却给人一种威严的感觉。我想他大概就靠这双眼睛掌管一个山村了。吕擎把我介绍给村头的时候,只着重谈了一下我们的关系,对方立刻高兴了。我马上明白吕擎与村头的关系处得极好。

我们在村头的陪伴下,一块儿到一个大碾屋里看了一下所谓的“小学”。原来这才是三个人的杰作:阳子画的一些图画贴在碾屋的墙上,屋里全是石板搭起的课桌,白灰墙上涂了墨汁就成了一面黑板,上面还留着几个没有擦掉的拼音字母。村头说:“他们若是不来,村里孩子有一多半别想识字。”他叹息:“以前孩子上学要走远路,到那个大村子里去。如今路上什么人都有……两个孩子往回走,走失了!”

我以为是迷了路,他摇摇头:“路熟着哩,也没招狼。狼早打光了,兔子也剩不了几只。现在是人多野物少,遭了人贩子!”村头恨恨地说,牙齿都咬响了。

真有点毛骨悚然的感觉。吕擎默不做声,后来沉着嗓子告诉:真有一些丧心病狂的家伙藏在山里,他们专偷山里的孩子,偷走了贩到南面去,一个孩子能卖一千多元。

“就这样卖了一个孩子?”

村头说:“山里娃儿不值钱,山里娃儿有的是哩。”

他说这话的时候,两行泪水顺着鼻子往下流,然后背过身,走出了屋子。

吕擎小声告诉:村头的一个小外孙女刚刚九岁,前不久被人贩子偷走了,孩子是在山里采地肤菜时失踪的……这个广漠的世界啊,有谁来帮帮这些山里人呢?“你在山里走久了就会明白,这个年头好多人在城里发不了财,在热闹地方找不到机会,就一齐拥到山里来了。他们在这儿做各种各样的事情:拐卖人口、走私黄金、骗人妻女,有的干脆打家劫舍,是真正的强盗。他们还直接笼络那些走投无路的山里恶人,这样就有了向导,每到一个地方先摸底,然后再寻机会下手。”

吕擎说他们住的这个村子里,不知多少次半夜被枪声给扰乱,狗一连声地叫。等民兵跑出去,什么都晚了。只要是这种情况,天亮了问一问,准是又有一家出了什么事儿。“那些坏人分不清是从哪儿来的,有的腔调怪异,有的就操着当地口音,都带了各式武器。他们来偷来抢,可是山里人哪有什么东西?最穷的人家连柜子都是土和石头做的,几乎没有一个人有一件值钱的衣服。他们是来搜金子的,要搜走卖矿石挣来的一点钱,如果搜不到,就把这家的锅捣烂,或者欺负人家的孩子。有时半夜听到谁家像挨了刀子一样,喊破了嗓子,就是遭了事儿了。这喊声一开始还响在山坡上,追着追着就到了山的另一面去了,听不见了……”

我很久没有到过这片大山了,听了他们的叙说,让人觉得恍若隔世……余泽说:“比起那些人来,那几个走私金子的家伙还不是最坏的。”阳子介绍:“他们当中有个家伙叫‘大腕’,这家伙瘦骨嶙峋的,弯腰曲背,长着一对小灰眼珠,可能是城里来的流氓头子。这家伙一双眼睛就包在一堆皱纹里,不笑不说话,操一口流利的普通话,正经一个白毛妖怪!”阳子吸一口凉气,“有一段日子他把村头给瞒哄住了,因为他能说会道,还给了村头一条裤子。他在村里安了窝,手下的一伙在四处活动,到了傍晚就回来睡觉……”

说到这里,几个人的表情立刻有些沉重了。谈下去才知道,“大腕”这一伙和他们三个积上了仇:对方怀疑是他们报告了公安部门——其实没有必要,因为这些人的活动也并非保密。阳子说:“你想想,公安机关要知道还不容易吗?可‘大腕’一伙怨恨我们,说只有我们这些城里人才有那么活络的脑瓜,说俗话讲‘一山不容二虎’——他认为我们在跟他们一伙争地盘。”

我不明白:“这么多村子,他们到哪儿不行?为什么非要争夺这儿?”

吕擎说:“开始我也这样想,后来才发现这个小村的位置好,而且出路也多,比如说往东翻过那个山口就可以钻到林子里;这儿离其他村子近,地处中心,无论是做事还是逃窜,都方便得很。”

余泽插一句:“主要是这村里淘金的人多。”

晚上,我们五个人一块儿睡在碾屋的大通铺上。隔壁最小的一间就是原来主人的住处了。老头子晚上发出奇怪的呼噜声,这使我长时间不能入睡。到了半夜起了大风。刚开始我听到轰隆隆的声音,就吓得坐起来。吕擎让我躺下,他说这是刮风,这儿春天和冬天的风像打雷一样;刚来时他们也吓得睡不着,后来就习惯了。我听到在轰隆隆的声音中还夹杂着奇怪的呼喊,仔细听听可以分辨出那是各样野物在嗥叫,大半是一些鸟,再就是狗的狂吠。我心里开始为他们三个担忧。

黎明前的一阵,大风息了。可我的瞌睡也来了,不知怎么就迷糊过去。睡了不知多长时间,大概太阳还没有升起,又被一阵奇怪的声音惊醒了——刚刚睁开眼,就见李万吉像救火似的从屋角蹦起,大声喊着,一把将我拉起来。这时我才发现屋里的人全不见了,李万吉是返回的,他刚刚从窗口跳进来。我的头一蒙,知道出事了。

牲口棚前面有几个草垛子,李万吉就拖着我往草垛子那儿跑去。

草垛后面有几个人端着土枪,原来都是村里的民兵。我抬头去找吕擎和阳子,没有找到。

离屋子一百多米远的地方传来号叫声,我听出其中有阳子的声音,似乎还有余泽变了声的呼喊。

几个民兵端着枪冲过去,我和李万吉猫着腰跟在后边……

走到近前才发现,余泽受了伤,阳子脸上也有抓伤。余泽用力地按住自己的腹部,手上渗出血来,他喊着:"'大腕','大腕'他们……"

他伸手一指,几个民兵又跑过去了。

我和李万吉照顾余泽和阳子。原来余泽的腹部挨了一刀。还好,由于腰带的阻隔,伤口很浅,但也流了不少血。余泽骂着:"'大腕'领来了四个人,我去喊民兵……这会儿大概逃远了。"

那边传来了叫喊声,还夹杂有一阵阵可怕的呵斥,不少村里人都大呼大叫,咚咚地跑出来。

那边有一伙人簇在一起。我们走过去,用力挤进了人空里,见一个民兵正不停地用枪托捣一个人。

"快,抓住了'大腕'的一个人!"有人喊。

许多人叫着,还在围过来,年纪很大的老婆婆边往前挤边说:"让我看看,让我看看。"被枪托捣来捣去的人大概有二十多岁。他使劲儿咬着嘴唇,挨了枪托不吭一声。我们都听到了他的牙齿咬得格格响,用力闭着眼睛。

有人喝:"睁开眼!"

他就是不睁。这时一个民兵用力把他的眼皮撑开来,我们都呆住了。

他是一个盲人!

紧闭双眼

一

余泽的伤并不重,这使我们几个松了一口气。都说这回"大腕"发狠了,显而易见要杀人——以前他们还从来没有这样,没有动刀。牲口棚里的老头吓得两手发抖,哀求几个人说:"千万不要招惹'大腕'啊。"

村头过来看了余泽的伤,骂咧咧的:"狗娘养的,我这回给他放放血。"

我们都知道他是在说刚抓到的那个瞎子。瞎子长得瘦瘦的,从逮到的那一刻起就紧闭双眼,一副愁眉不展的样子;他的头发枯黄,年纪轻轻却有了很多皱纹,脸上一点光泽都没有,衣服破烂,手脚满是裂口——当大家发现他竟然没穿鞋子时,都愣住了,因为这在山区简直是不可思议的事儿：山上的荆棘、石棱，什么都可以把他的脚割伤……大家惊奇中好好打量了一番，这才发现他的脚上有一层坚硬的厚壳，就像长了鳞甲一样。民兵把他关在了坚固的石头房子里。

阳子回忆这段时间与“大腕”一伙的交往，吸着冷气：“我们逮的这家伙在他们当中是最年轻的一个，以前常常见他，可这么久了就是没看出是个瞎子。他那时也闭着眼，我还以为他那是在想事情、在琢磨坏事呢。”

余泽也连连叹息：“真是想不到，想不到。”

吕擎惊愕极了，瞪着我：“真怪！谁也没往那上面想，因为这不可能啊！你没见他跑呢，他跑起来就像飞一样，从来没碰撞到任何东西上面，机灵得像只黄鼬；他像‘大腕’的近身护卫，什么时候都跟在那家伙身边……”

李万吉左右看着，总想岔开话题。看来这场厮打给他造成的惊恐很快就过去了。只待了半天工夫，他又开始从内衣口袋里掏着，掏出一卷纸来。大家还在说刚逮住的这个盲人，李万吉却递了几次纸页，最后被阳子接下来。阳子转身给我读了几首，我发现这些句子都稚拙得很——那种极其怪异和幼稚的想法，又使人忍不住去重新打量一下面前的这个人。我深以为奇的是，一个饱受生活捉弄、年近半百的人，怎么会有那么多幼稚的、不可思议的、像孩子似的想法？这样的人该有一颗多么奇特的心灵，可爱却又有点不可救药！

阳子读的时候，李万吉在一边怂恿他提高声音。大家的心思还在那个盲人身上，这会儿言不由衷地称赞几句李万吉。李万吉先是用力绷着嘴唇，后来就忍不住叙说起来。他说：“想啊，想啊——一辈子也没有这么想过人！”他对吕擎他们三个想极了，说这么多年啊，就是没有遇到像他们这样的人——只是不敢来找，这回是鼓了好大勇气才到这儿来的……我问他:“为什么不敢?”李万吉低下头咕哝:上一次他们三个离开了,镇上穿制服的人就不断地威吓,说如果再把这三个勾引到镇子上,就敲碎他脑壳……说到这儿他竟然像个孩子似的,嘴巴张得老大,呜咽起来。

我既难过又不敢抬头,因为一看他的脸就忍不住要笑。他缺少牙齿的嘴巴张那么大,一边哭一边流出口水。

李万吉呜咽了一会儿,把手搭到了阳子肩上。在这几个人当中,他与阳子的关系显然最为密切——我这时又想起李万吉炕席子底下放的那些素描画。一会儿,他把阳子扳到一个角落里去了,还在哭着叙说什么。那边虽然压低了声音,可是啼哭声和断断续续的内容还是让我们这边无法完全忽略。使我难以置信的是,他这会儿正在对阳子诉说自己的爱情!他结结巴巴的:“……你知道吗?我的心……”我瞥见他说这话时,手按着胸口,颤抖着,一双脚轮换踏地……原来他正爱着镇上大十字口拐角那儿一个卖豆腐的姑娘。阳子大概也忍不住了,笑一声问:“就是那个老太太吗?”李万吉厉声阻止他:“那是个姑娘!”

吕擎对我挤挤眼,小声说:“那女人至少也有五十岁了。”

那边的李万吉对阳子说:“你看,她做活的时候戴着白套袖,那套袖上一丝灰气也没有。整个镇上谁有她那样的白套袖?”他哭着,嘴唇翘着吟哦道:“你叫卖的声音啦像百灵歌唱/你那双手啦像白天鹅的翅膀/我的思念啦我的忧伤/你竟然出现在这里啦/让我忘记啦这儿是穷乡僻壤……”

他一边念一边抽动鼻子,后来终于泣不成声。

我对诗中不断出现的“啦”字觉得好玩。一抬头,我发现阳子竟被打动了,紧紧地盯住他看;阳子撕破的裤子绷在腿上,显得两腿很细,稍长的头发乱蓬蓬的……

我盯住他们的背影许久,突然想起了小涓,想起了阳子与她长久的思念——阳子从见到我就不停地谈她,不知多少次说过了,甚至问:“那个小家伙,你说她为什么把护膝套在脚腕子上啊?”其实那不是护膝,那只是一截针织护套。阳子说:“那个小家伙真棒!”我告诉阳子来前曾经见过小涓的一个校友,她实际上没有毕业,像抢一个千载难逢的机会似的,到了那个“金星集团”,给那个鼻孔很大、喘气像老牛似的总裁做秘书去了。余泽听了好一阵惊讶,一直看着我。后来余泽像个哲人一样自语了一句:“这个世界最大的罪恶,就是败坏了一些不错的姑娘……”我那时没有吭声,因为我想到了莉莉。

我一直看着李万吉和阳子。多么好的人、奇怪的人,对他们来说,哪怕来自异性的爱只有一丝一绺,就会让他们感慨万千。我同时想起了梅子,我在那个平原、那个山区流浪生涯中经历的一次次异性的爱护;特别是——凹眼姑娘。我在想人的一生注定要经受的热爱、困苦、辛劳,和各种各样的冷热熬煎……没有办法,一个人只要活着就不能胆怯,就只能迎上这一切。在这个世界上,谁都不能回避也无法回避……

这个夜晚我难以入睡。起风了,巨石滚动。大风吹过山口的声音又一次让我感到了惊惧。我与吕擎挨在一块儿,以小声交谈来抵御深夜的不安。各种嗥叫与狂风混在了一块儿,那声音让人不能不想起巨雷闪电,想起出没的海盗以及狂浪拍碎甲板折断桅杆的那一刹那……大概由于白天刚刚受到一场劫掠的缘故,这声音让我格外不安。吕擎告诉:出来这几个月尽管忍受折磨,饥一顿饱一顿,有时累得真想一头栽到旁边的灌木棵里睡上几天……可奇怪的是,在路上他竟然一次也没有病倒;虽然人越来越瘦,眼窝越来越深,脾气却越来越执拗……我问他想母亲、想吴敏吗?他点点头:“有时候就觉得是在她们的目光下往前走。母亲的目光与爱人的目光是不同的,可是只有她们的目光能一直望着出远门的人。”

二

我在吕擎的叙说中不吱一声。因为我不能不想那些在大山里流浪的日子,那时候我也有一个望眼欲穿的母亲……与吕擎的母亲不同的是,她不仅让我远走高飞,而且还让我把她、连同那个茅屋一起忘掉——妈妈的口气是如此地坚毅果决,不容回绝。

在这个风声隆隆之夜,接下来的一段时间我与吕擎都没有睡去,只长久地沉默着。这个山地之夜啊,四周漆黑漆黑。睡不着,我们谈起了接下去的行程。吕擎说恐怕在这个冬天,他们不会离开南部山区了。这儿比他们以前想象的仿佛更遥远,就像来到了另一个世界——这儿的一切,会让一个在橡树路上长大的人目瞪口呆……天亮前我小声谈了莉莉的事,并建议让余泽早点回去,因为他这样单纯的人被莉莉欺骗,未免太惨了。吕擎没有吭声。那个叫埃诺德的外国二流子黏上了莉莉,丝毫不出他所料。他这样待了一会儿,终于判定说:对余泽而言,这次远行还是比莉莉重要得多;当然他和女友之间的变故会带来痛苦,可这样的痛苦绝不是这次远行的代价,因为每个人都跳动着一颗不同的心,谁也无力将它改变——如果天生是一个轻薄的灵魂,那也只好任它飘去。我明白,吕擎没有说出的一句话就是:既然对方从根上讲是个贱坯子,那就不值得留恋,无论她长得多么美……

天快亮了。在难得的一阵安静里,我似乎又听到了外面传来奇怪的嘶叫。我和吕擎坐起来。旁边的三个人睡得很熟。吕擎说:“你听——”

我屏住呼吸。

终于听清了,那是求饶的声音,是哭泣、呼喊,一个沙哑的嗓门儿……

吕擎站起来："他们在打他，是他在哭、在喊！"

我听得越来越清晰了。因为关押盲人的小石头屋就离我们不远，现在大风停息了，我们也就听到了那种哭嚎……我和吕擎立刻出门。

小石头屋是一个空着的碾房。三五个掮着土枪的民兵围着一个大碾盘，碾砣的木架子上就捆了那个人。几个民兵闪开一点，我们才看清捆着的人眼下成了什么样子：头发、脸庞和衣袖都沾了血痕；碾盘上还有一些血。看得出，他已经被折腾得奄奄一息了——整个人一点声音都没有，头抵住胸口。天很冷，可他的衣服给脱掉了多半，仅剩下的一点也给撕破了。我们正看着，旁边那个民兵又要显露本事，伸手在他的小腹那儿猛地一拧，于是马上响起一声"啊呀"大叫。这就是我们在屋里听到的那种声音了。喊过之后，他的头又垂下来。

我觉得一股血冲上头顶，上前阻止他们。刚才拧人的那个家伙咬着牙，牙缝里发出哼哼的笑声。他这样笑着看我。我从他的目光里看出一股杀气。我知道在任何地方，都能找到这种极其凶狠的品性——只要一有机会，他们就会扑上去撕咬，咬得人鲜血淋漓。在我们这个世界上，这样的人总能不失时机地派上用场，他们绝无生不逢时的苦恼。我明白自己的阻止无济于事，就对吕擎耳语几句。吕擎走开了。

那个人还在用力地推搡那个瞎子，把他的头发狠力揪起，往后一拨，让他的脸仰起来。但那两只眼还是紧紧闭着。他喝问："说，'大腕'的老窝在哪儿？"原来他们在逼问那一伙的秘密。年轻的瞎子一声不吭，碾盘上的血就是他自己咬破舌头和嘴唇流出来的。"这个狗东西，就是不说，就是不说！"那人恨恨地骂，腰带"叭"一下打过去。盲人后背上已经血痕交错，分不清是伤口还是糊上的脏东西。这些人折磨了他一夜。

外面传来了脚步声,可能是吕擎领来了村头。旁边的人好像受到了这脚步声的鼓励,重新用皮带抽打起来,并再一次去揪瞎子的头发——而这一次却让我看到了,瞎子竟然在笑。“嘿,古怪的东西,还笑,他还笑!”他们嚷着,伸手指着他,对刚刚进门的村头吼着。

村头叼着烟:“嗯?让我看看!”

他拨拨他的下巴。瞎子不笑了。村头鼻子哼一声:“小瞎子,你可知道犯的是死罪?”

屋里所有人都不吭一声。村头说下去:“你这条小命就攥在俺手里哩,你还牙硬!乖乖说出,服个软,我也好给你留一口气。嗯哼?不做声?那好,你就吊在这石碾子上吧,吊个半月二十天就是。”

我把村头拉到一边,再次提出把他送到惩治罪犯的地方。村头摇摇头,小声说:“你不晓得哩,咱抓住这么个人儿不易,咱要能从他嘴里抠出秘密,逮到‘大腕’,那一伙窝藏的果实就归咱村了。咱可不能让一块肥肉从嘴边滑溜过去……”

我终于明白他们为什么要独自审人了。我说:“可是这样打,要出人命的!”

村头回头看看瞎子,摇摇头:“你不知哩,这些人泼皮得像牲口。”

我和吕擎建议:就由我们好好跟他谈谈,说不定会有些效果;让这些民兵走开吧。

“那不中,他们先围在四周吧。你们也许能把这瞎子的牙撬开?不过不绑是不行的……”

民兵撤走以后,我和吕擎就给他松了绳子,把旁边扔下的衣服给他披上。我们这样做时,他竟然一动不动。我问:“你饿吗?”我发现他身上抖了一下,慢慢抬起了头。他还是闭着眼,鼻翼活动了一下——他像一只土拨鼠那样频频地活动鼻翼,嗅着四周的什么。

这样嗅了一会儿,他又重新垂下头去。天亮了。

三

村头坚信"大腕"这一伙手里藏有一笔数目可观的金银财宝,甚至估计:如果能挖出这份财宝,就可以使小夼村彻底变个模样。"到了那一天,"村头咂着嘴说,"咱肉汤尽喝,白馍尽吃!"他越是寄予这种厚望,就越是盯紧了那个年轻的盲人不放。我和吕擎阳子等不知做了多少规劝,结果村头仍然坚持要把他捆在碾屋里,每天只给一些极其粗劣的食物,按时审问,直到他说出秘密的那一天。我们却看不出什么指望,因为这个盲人执拗得可怕。我从来没有看到一个人能像他这样忍受,简直是抱定了一死的决心。渐渐我和吕擎几个人都明白了:他是不会屈服的。

一天早晨,我和吕擎提来了热汤和瓜干饼子让他吃。他默默地把汤喝掉了,把那一点食物细细咀嚼了咽下去,然后又像过去一样把头垂下。站在一旁的民兵恨得咬牙切齿。村头也蹲在一旁吸烟,直盯着整个过程。他不止一次嘲笑我们这些城里来的"大善人"。我和吕擎不敢离去——只要一挪窝儿,他们又会狠狠地揍他。我一次又一次警告村头:"他会死的。"村头露出一丝冷笑,瞥瞥我,不语。

好多天过去了。有一天村头突然找到吕擎说:"硬的不行来软的,这样吧,就把那狗娘养的交给你们弄去,只让民兵远远瞄着。可有一条——别让他跑了,他要真敢撒开丫子,咱也真敢开枪。"

我们都明白,他是想让我们一点一点套出那个秘密。看来他们真的绝望了。

我们把他领回了饲养棚里。

从这一天起,饲养棚外面就站了几个背枪的人。村头每天都要来一两次,询问结果。瞎子整天不说话,一双无光的眼睛偶尔睁开,缓缓转动着头颅,像是从屋子的这一边嗅到另一边。这屋子里好像有什么特异的气息。他的敏感令人惊讶,因为他几乎能够分毫不差地取到任何想取的东西。有一次,李万吉的一沓纸放在通铺的另一边,他竟然直着走去,只一下就摸到了它——当时李万吉对阳子咕咕哝哝念什么,念完就把这沓纸放在了铺上。我看他嗅着手里的纸,心里一动,问:“识字吗?”

他用力摇头。

我又问他是哪里人、从哪儿来、为什么和“大腕”一伙搞到了一起。他马上像过去一样垂下了头,紧闭双眼……

日子一天天过去,许多人的注意力渐渐从盲人身上挪开了。只有民兵仍然不依不饶地守在外面。我不想耽误吕擎他们几个人的事情,只想帮他们做点什么。我甚至试着和他们一块儿去冬学里授课。那个黑黑的大屋子里,来听课的不仅是孩子,还有上年纪的老头老太婆。山里人其实是用这个办法度过长长的夜晚。所谓的“上冬学”只是讲故事、讲大山之外的世界,时不时地插空教几个生字。每个人都关心自己的名字怎么写,还有村名、地名、山名。

闲下来时,阳子给我看了许多他拍下的黑白照片,其中有很多照片拍了这里残破的校舍以及其他细节:那些塌了半边的石头垒起的课桌、在街头行走的孩子……他把它们一一编了号码,并严格标注了区划位置等等。吕擎告诉我一个“伟大的计划”:要把这些照片放大、张贴,像搞巡回展览那样,用来在东部富裕地区为这儿的孩子募捐。他们讲了这个计划的全部,说他们这样也许真的能够搞到一笔很大的钱;除了街头募捐之外,他们还要争取一些大企业的赞助,和当地有关部门一起拟定一个翔实可行的规划;要搞出建校蓝图,比如校址的选择、学校的规模以及聘请教师的一揽子计划……这是多么雄心勃勃的大事业。吕擎让余泽把那些最重要的照片一张张挑选出来,不仅是编号,还加上了令人信服的说明文字。余泽很长时间没有理发了,长发披下来简直像个女人,除了那张有点发乌的冷峻面容、乱糟糟的胡子,从背影上看就尤其像。

吕擎还提出为这里捐献书籍的事情。这有点复杂,因为现在的书籍贵得很,仅仅靠购买大概不行。他寄希望于一些机构能捐出他们重复的、无用的图书;如果有可能的话,他们将亲手帮助那些较大的学校建立一个开放的小型图书馆。我心里明白,这些努力也许微不足道,但在这片大山里却必定产生作用。无论如何这都是实实在在的事业。因为我们缺少的从来都是行动——我们有过太多的畅想,只是没有实干。由此我又想起了那个"金星集团":他们即将给我们杂志的那笔钱如果归于吕擎他们的计划,将要有意义得多。当然,他们不会的,他们面对贫穷和苦难从来不动声色。

我们几个人在外面奔忙时,屋里只由李万吉看守那个盲人。有一天我们正在那间教室,突然李万吉跑进来,急急地拉着我们到外面去,一出门就大声喊:"他说话了!他说话了!"

"谁说话了?"

"小三,就是那个瞎子,他原来叫'小三'啊!"

我们都愣愣地看着他。李万吉像着了魔似的咕咕哝哝,口冒白沫,直嚷了好长时间才让我们听明白是怎么一回事……

四

原来李万吉在屋里闷得慌,就不停地吟哦。有一次他把那一沓纸放到炕上,转身再拿时却抓空了——一抬头,见那个盲人已经抓在手里,这会儿正不停地抚摸、抚摸……李万吉怕他弄脏了,从他手里夺过来,他就马上呻吟起来,好像被扯疼了似的……

"后来这家伙求饶了……最后我才知道,他年轻时候也喜欢过这东西哩……”

我问:“他也写诗?”

李万吉激动万分地晃动着拳头,又把拳头举在耳侧:“写的呀!”

李万吉说他当时激动地吟哦了几首,想让对方好好听听——谁知这个盲人果然磕磕绊绊地背出几句。“俺那会儿一下把他抱住了,‘我的好兄弟,你刚才念得多好哩!’……就这样,我和小三你一句我一句说开了,他一问起来就止不住哩,他想知道咱这一伙到底是怎么一回事儿。我向他担保:没有比这一伙再好的人了,没有他们你还不知死上几回哩! 别不识好歹啊,你们的头儿‘大腕’一帮子才是山里的猛禽。小三听不得别人说‘大腕’的坏话,立刻不高兴了。他说自己这一伙打家劫舍,那是‘杀富济贫’哩! 我问:小夼人‘富’吗? 小三说:‘俺们不伤小夼人,俺们对付这几个城里人!’老天,我一听明白了,‘大腕’这一伙对城里人恨着哩,问他为什么。他说有一次村里来了一帮盲流,狠得不能再狠,劫走了‘大腕’他们一伙所有的东西,还打死了一个兄弟……”李万吉说到这儿两手抖着:“天哩! 我敢说我们俩成了朋友……”

大家再也无心做别的了,一块儿随李万吉往回走去。

这真是令人难忘的一天。为了这一天,我和吕擎他们不知该怎样感激李万吉才好。他写的那些令人发笑的诗句竟然具有如此巨大的力量:开启了一扇死死关闭的门。

就从这一天开始,我们渐渐可以跟小三交流了……他那双茫然的眼睛时睁时闭,不停地咬着嘴唇。他说话声音嘶哑,有时只有凑到跟前才能听清。他说到“大腕”满怀深情,下巴使劲儿抵紧了胸口那儿,好像随时都要哭出来。他说自己这一辈子都要服侍“大腕”,就像服侍自己的父母。

“你的父母呢?”吕擎忍不住问了一句。

小三咬着牙关抬起头,一双混浊的眼睛望着窗户,只不说话。这样一直到天黑,他总算断断续续讲出来。这是一个不忍卒读的故事……

他十几岁的时候是一个漂亮的好孩子。他们学校来了一位外地老师,会写诗,还有一本又一本馋人的好书。老师喜欢这个聪慧的孩子,还借书给他,教他写出一些长长短短的句子。他写蝴蝶,写花,写从他门前流去的那一条小河……那是一些多么羞怯的、幸福的日子。可就在那一年的冬天,新来的老师突然被逮捕了。宣布的时候召开了全校大会,老师被五花大绑押上台子,一些人背着枪站在台上台下。所有人都吓得一声不吭,整个会场上死一样沉寂。可就在这时候,从一个角落里发出了“哇”的一声恸哭。这是他在哭。

背枪的人把他扭到一个小黑屋里。他的爷爷是个地主,这就是他从小沉默的原因——因为这个,无论他多么聪慧可爱,从没有任何一个老师敢对他表示亲热,那个白发苍苍的外地老师只是一个例外……为什么抓走了老师?有人说那是一个十恶不赦的、最危险的敌人。他在小黑屋里被训斥了半天,出来以后人就木了。上课时,只能痴呆呆地看着黑板,什么也听不明白。他不再说话,一个星期没有吐出过一个字。就是这一年的初夏,一天早晨,一个人突然把他叫到一个空空的屋子里,掏出一张纸,让他在纸上写下一行字。他写了,那人就把那些字取走。第二天,那人又要他的书包,他不给,校长就严厉地瞪了一眼。所有的作业本都被拿走了。

他不明白是怎么回事,直到很久以后才知道那是在核对笔迹——有一个地方发现了一些可怕的话,它的笔迹与他的有些相似。他在那个闷热的夏天被带走了。那一年他十六岁。秋天,他被转到了一个正式看守所。他从押起来的第一天就给弄蒙了,什么也不知道。他只一遍又一遍哀求,差不多说尽了人世间所有的软话……直到最后他才明白:这没有用。于是他不再哀求了。无论他们怎么揍他、揪他的头发,他都瞪着眼睛,直直地看着对方。他的鼻子一次次被打破,右手的一根手指甚至被折断了——从此它再也不能弯曲。

十八岁的时候他被转到了另一个地方。那里的活儿越来越苦,吃的食物粗糙无比,还填不饱肚子。有一阵他的脚杆甚至被系上了锁链,夜间那锁链就系在床板上,床板上有一个铁环,他起来解溲时链子就会发出哗啦哗啦的声音。一旁的人总是恶声恶气地骂。晚上休息不好,白天还要押到工地上修水渠、砌坝,整个人瘦得只剩一把骨头。夜里他想妈妈,喊啊哭啊,声音压得不能再低:"放我出去吧,放我出去吧,做什么都行……"他望着高墙,墙头的铁丝网,在心里一次又一次背诵一些句子。他惊异的是自己这会儿全想起来了。除了想念妈妈,就是想念那个满头白发的老师。

五

有一天,同囚室的一个年轻人不知得了什么病,痛得在地上打滚。后来这个人被送到医院去了,从此再也没有回来——有人告诉他:那个人快要不行了,所以"保外就医"了。

从此他天天盼望自己也得一种可怕的病:哪怕是一种绝症。他悄悄吞下许多脏物,引起几次腹泻。有好多次真的在地上绞拧起来,可他们将他推搡到医院里打了几针就送了回来……在绝望的黑夜,他的双手急得在床板上抠啊抠啊,后来不知怎么撬出了一根钉子。他闭了闭眼睛,就把这根钉子吞了下去。

这一次他在地上滚动得很久……他如实告诉:我吃了一根钉子……

他给送到了医院,手术取出了钉子。可是伤口刚刚长好,他又被重新投进了囚室。

一个月之后,他吞食了窗户上的一根插栓……他真的要死了,昏过去,醒来发现自己又在医院了……

他折腾了几年,可就是没有离开囚室。他发现自己转眼长出了胡茬。前面只是没有尽头的煎熬、是一天比一天沉重的劳动……有一天所有囚犯都集合起来开会,广场上全是一片灰衣服。他们坐在那儿听人训话,低着头。他低头时一直闭眼,一睁眼,突然发现地上有个闪亮的东西,用脚一拨,是一支亮闪闪的大头针。他立刻如获至宝地捏在手里,尽管一时不知道派什么用场,也还是舍不得扔掉。瞥瞥四周,谁也没有注意。接下去的一段时间他一直在想这个大头针能做什么?吃下去吗?它实在太小了。

就在一刹那间,一种无比绝望的情绪把他吞没了。他说不出有多么痛恨自己,痛恨所有的一切。那时他捏住这根针的手在剧烈抖动,他狠了狠心这手才稳住——紧紧捏住,对准眼角,然后猛地一划……

从此他置身的这个世界一片漆黑。

大约又在囚室里耽搁了一年多,他被放回村子管制劳动。村子里从此有了一个可怕的瞎子。一个瓢泼大雨的夜晚,所有的村里人都早早睡下。他瞪着一双盲目等到半夜,从后面院墙跳出,然后朝着南部大山跑去了……在大山里,他没吃没喝,几次差点死去,最后幸亏遇到了一个中年人。这个搭救他的人就是现在的“大腕”,一个类似“父亲”的恩人……

我抚摸着他伤痕累累的后背。我想说什么,但这声音哽在喉咙里。

我们几个人几乎没有说什么,但心里想的全都一样。我们决定搭救他。他只说要回到“大腕”身边——父母早就去世了,他只有回到大山里的那个“父亲”身边,别无选择。“这世上,没有任何人能抓到‘大腕’!”他说这话的时候咬着牙关。

第二天深夜,黎明前的大风吹响的时候,我们设法骗过了外面那些背枪的民兵……我们与他在草垛边分手。那一刻,我们几个人一直看着他灵巧地、一跳一跳地离开了——

只是一眨眼,那个瘦小的身躯就消失在茫茫夜色里……

卷四

第十章

北庄

一

我脑海中植入了一个徘徊不去的身影,他后来时不时地就要纠缠我。这个人就是“嫪们儿”。从凹眼姑娘描述的大宅驱魔直到今天,我竟然鬼使神差地来到了他的老巢。这就让我有机会从源头上接近这个不大不小的谜团了。我时常寻找机会打听他,比起环球集团的那个金仲,他似乎成了更能吸引我的一个神秘人物。我有一次向秘书小白直接提出:能不能拜访一下“嫪们儿”? 她听了有点稍稍惊讶的样子,然后用困惑、继而是几分怜惜的目光看着我,回答得吞吞吐吐:“他老了,从来不见客人的……再说他早就退休了,颐养天年了。”“可我听说你们总裁只要有了什么大事,仍然还要由干爹来决定。”小白摇头:“那都是下边的人乱传的。那要是多大的事情啊! 再说‘嫪们儿’已经老糊涂了,早就不是过去的‘嫪们儿’了……”她这样一讲却撩拨起我更大的兴趣:

“是吗,怎么个糊涂法儿?”

“听说像个老顽童,没什么正经了——从我一来到这里就听人这样说他。我也没见他。”

“可是人家都说,你们集团每逢作出重大决策,还是要听他的。”

小白笑笑:“有时候不过是做做样子的,表示对他的尊重罢了。你想想,他是总裁的干爸嘛,不过他真的老糊涂了,如今什么都不管了……”

接下去无论我说什么,她都不愿接茬,不再说“嫪们儿”的事情。这好像是个多少有点忌讳的话题。

打扫卫生的老太太,以及北庄里的一些老人,他们与我熟悉了之后,话就渐渐多起来。对他们来说,有关金仲和“嫪们儿”的话题虽然也有些顾忌,但最后还是断断续续说了一些,由我自己将其一点点归纳和衔接起来。

这个北庄形成的年代极其久远,成为山区和平原之间最大的一个村落,所以各种稀奇事情多得数不胜数。一般的村落翻新都要在原址上进行,而这里的别墅区却要建在稍远一点的地方,其中的一个主要原因,据说就为了避开老宅区的一些“古怪”。北庄里有不止一处房子“硬”——这是村里人对“鬼屋”的一种特殊称谓。“硬”包含有“房子欺人”“人不胜屋”的意思。老年人说,因为一代代人都住在这个北庄,一茬茬的人换来换去,老的入土了小孩儿又出世,阴魂太多了。死去的人有的想念村子,舍不下儿女后人,就少不得要一次次回来看看。如果是瞥一眼就走还好,有的腿脚不利索,来了就不想走了。还有的只是过年过节才来,就像串亲戚一样;可是有的一个月里来好几次,那是跑顺了腿。鬼也像人一样,都是相互攀比的,你不走他也不走,就这样越来越多的亡人在村子里住了下来。表面看一户是一户,平平常常,其实呢,这个北庄拥挤着哩。说白了,这里是个人鬼杂居的村子,这与平原和山区任何地方都不同。不过,鬼魂们虽然留下不走,它们也不愿过多地打扰村里人的生活,怕吓着了这些晚辈。但凡事越是小心,越是要发生点什么,比如半夜里碰翻了一摞碗、砸了一个碟子,都是常有的事。

可这猛然的响动就能把人吓个半死。鬼魂们要取任何一样东西，人们看到的只是这个东西在移动，根本看不见鬼魂的手和身子，所以凭空里飞移的东西最吓人了。

有的人家被夜里砰砰乱响的东西吓得魂不守舍，死去活来，实在没有办法了就得去求“嫪们儿”。他是村里辈分最高的人，一直是村头，谁都不怕，连鬼魂都惧他三分。村里人说他这人个头不高，但很早就是个“悍人”了，从民兵队长、出伕队长干起，一直做到后来的村头，还当过区劳动模范，与城里的大官都是朋友。他经历了不知多少大事，对付鬼魂的事情当然是小菜一碟。一开始他并不信有这些怪异，后来虽然信了，可是态度粗暴，动不动就开枪打它们——然而鬼魂压根儿就不怕枪子儿，那些调皮的鬼魂能把疾飞的枪子儿一伸手抓住，填到嘴里，像吃花生米一样咯嘣咯嘣嚼了。

“嫪们儿”年纪大了，性子绵了，这才明白该与亡人怎样打交道。亡人花花色色，它们当中的大部分直接就是长辈，当然莽撞不得。“嫪们儿”有一年上经过了高人指点，学会了扶乩和祷告，还会画符念咒。各种不同的方法对付不同的鬼魂，后来还包括妖魔之类。因为妖魔就是在田野大地上游走的精灵，大多是有奇才异能的野物，它们有时与鬼魂纠缠一起，形成特殊的朋友关系，一块儿住在村里。生人与亡人并不总是和睦相处的，因为即便人与人之间还要有个代沟之类，亡人与生人之间隔开的却是不可逾越的阴阳。所以越是后来越是陷入不可调和的尖锐冲突之中。亡人和生人也有个争夺地盘的问题，甚至有口角争执等是是非非。而“嫪们儿”许多时候是站在了生人与亡人之间、村民与妖怪之间的，尽可能秉公做事。他不再像年轻时候，总是凭借武力，总是站在村里人一边。他越是后来，越是变得委婉智慧。

他扶乩，是为了更清楚地知道弄得砰啪作响的是亡人还是妖怪,它们各自的境况以及闹事作乱的原因。最常用的方法是与之一起饮酒,一边喝一边拉些家长里短,一场酒宴下来,大半也就消了灾殃。如果对方是一个不通礼法的蛮性,那么弄到最后也就只有求助于符咒了。这对于它们是极为残酷的一件事,但也没有别的办法。有时一连几夜,村里人都会听到吱哇乱叫和一阵阵痛苦的呻吟,那就是它们被符咒贬罚、备受折磨的情形。“嫪们儿”自言自语的时候,所有人都感到害怕,还有些好奇。大家都知道这是他在与它们说话,或者讲明道理,或者好言相劝,再不就是直接发出威胁。正因为他有这些繁忙的事情、有复杂至极的交往,所以一辈子都不寂寞,以至于老婆死后再也没娶。也有人甚至怀疑他娶的是一个辈分相宜的亡人,这对于他既没有什么妨害,又是顺手牵羊的事情,因为亡人中自有一些妙人儿。但无论与亡人和妖怪们有多么深的交谊,他的心还是暗暗偏向村里人,这是大家都看得出来的。人们因此而敬仰他、依赖他,把他当成了过日子的指望。

有一年,也就是上级号召大兴工副业的时候,“嫪们儿”由城里首长的支持,一手办起了好几家企业作坊。全乡最大的面粉厂就开在了北庄,这里日夜灯火通明,一些扎了白围裙的村姑在机器跟前忙来忙去。可是正在生意蒸蒸日上的时候,却发生了一件吓人的事情:凌晨两点左右出现了白衣白须的鬼魂,它飘飘悠悠在厂房附近转着,还探头探脑往车间里面看——那些做夜班的女工尖声大叫,有的吓昏过去,有的撒开丫子往外跑。白毛鬼死死追在后面,结果不止一个女工被它按住,然后就被白毛鬼以阴间的方法给糟蹋了。民兵布了防捉鬼,直到有一天飘飘的白影子又出现了,一溜溜趴在地上等待的小伙子却吓得身上筛糠,有的还尿了裤子。正这时“嫪们儿”出现了,他迈着演戏文的人才走的四方步,不慌不急地往白毛鬼那儿踱了几步。白毛鬼听见了脚步声,撩开一尺多长的白发白须转过身来,接着两个瘦瘦的肩头往上一耸,吱咯吱咯跑了起来。大家都知道那是骨头相磨的声音。这时“嫪们儿”还是慢慢吞吞往前,就在白毛鬼要跑远时,猛地一伸剑指,那白白的物件立刻定在了原地。“嫪们儿”沉着地走向前去,这边的一溜小伙子这才敢抬头去看:“嫪们儿”走到白毛鬼跟前,低头端量了一小会儿,突然一声大叫,猛踹一脚,然后把身体压了上去。白毛鬼像一张纸片一样被压扁了、撕碎了。大家知道,就因为这个白毛鬼太可恨了,“嫪们儿”才对其不再宽恕。

“嫪们儿”是个有神力的异人,所以做出什么大事都是自然而然的。在北庄,经他的手创办的企业工厂越来越多,渐渐一个大的集团就建立起来了。时光荏苒,当年那些伏在地上看他逮白毛鬼的小伙子,如今都成了集团里各分公司的头儿。其中的一个大个子曾经不离“嫪们儿”左右,就像他的警卫一样,人们都说这人或许得了一些真传,他就是金仲。果然,金仲最终被他收做了义子,几年前又接了“嫪们儿”的班,成了整个集团的总裁。

“嫪们儿”年纪太大了,到底大到怎样竟没有几个人知道。老人们扳着手指算了一下,说老天啊,这人至少也有个百十来岁了,怪不得他大事不能再干了,这把年纪也只好闷在屋里养老了。也有人说这个人阳寿多少是不能作数的,因为他阴间的朋友数不胜数,那都是通阎王爷的,随便借一点光阴给他原是容易的。也正是出于和阴界朋友打交道的需要吧,“嫪们儿”一般不在阳光底下出来,所以庄里人后来要见他,就成了非常困难的一件事。传说他现在住了北庄一片连成一体的老房子里,老房子下边又有一个长长的地道,那地道是四十年代打鬼子时挖的,连通了新盖的橡树路下边,他就在二者之间自由穿行。人们说橡树路就是他让金仲仿照城里盖起来的,因为他从年轻时候就到过那些地方,可以说来来往往熟悉极了,就让金仲找人画了图样建成。这其中还建了一个特别大的宅子,他就住在里边。由于“嫪们儿”的朋友横跨阴阳二界,所以如今的橡树路,特别是那座大宅四周,鬼魂仍然是不少的。

二

一沓报章材料摞在写字台上,越摞越高,我却无心再翻它们。在北庄待了半天,回来洗个热水澡好不舒服。大澡盆里的水不冷不热,旁边的一个开关再打开,循环不止的水流就会荡起波纹,轻轻抚摸着我。我闭了一会儿眼睛,听到了一阵门铃声。没有理它。这样许久我才开始揩擦身上的水珠。迎面是一个宽幅壁镜,我全身无一遗漏地映在上面。特别注意了一下隆起的小腹和两条瘦骨嶙峋的腿。鬓角秃得越来越厉害,鼻头的毛孔有点粗糙,额上的皱纹不知何时变得那么深,简直像刀子雕成的。左脸庞暴了一点皮,嘴角透出倔犟,上唇的胡茬更黑了——我摸了摸,它像钢针一样。

穿好衣服走出时,起居间里已经坐着小白。她今天穿了牛仔裤,两条腿如此修长。真是一个尤物啊,从古到今都有这样的尤物,她们其实应该属于任何一个时代;对于所有花花色色的世界而言,她们都是一样的。尤物使人感慨和嫉羡、悲哀和惆怅。弱肉强食啊,时不我待啊,鲜花插到了牛粪上啊;还有,如果是土匪恶霸横行无忌的年代,她们就会遭遇更多的危险。好在时代变了,改革开放了——她们有了更多的用武之地,我们却不知如何是好了,不知该怎样打发自己的欲望了。一个人无论有着多少理想和信念,学富五车,也还是无法抵御一个尤物的磁力。所以有人会在她们面前犯下大大小小的错误。她们有时也会把一个英雄豪杰剥夺一空,让他不留一丝一绺。

小白看着桌子上那沓高高的资料,尽量用那种含蓄迷人的微笑掩盖着心中的不快,说:"我们'总裁'给城里打了电话。领导们之间经常联系呢……"

"哦,那好啊。"我抬起眼睛。

“昨天又打了电话,没有接通。您知道,我们这里一切都是很严格的,对计划和承诺要……不过,喏,你们领导给你来了一封信。”她指指茶几上的一个青花碟子。我这才看到碟子里摆了一封信。从日期上看,这封信已经到了一个星期了。我当即拆开看了看,无非是督促我早点完成任务,以及与集团领导处理好关系等等。我把它放在了原处。我觉得娄萌话中有话。可我根本就不在乎。

小白继续谈他们的“肿材(总裁)”。我忍不住打断她:“咱们谈谈绘画吧,你不是油画系毕业的吗?”“哦,我还没有……”我知道她想说“还没有毕业”或“还没有说完”。是的,她那些年慌了,已经没有心思完成自己的学业了;这会儿也不沉着,一口一个“总裁”地叫着。她哪里知道,在我这儿,那家伙肥胖腻歪,早已变成了不折不扣的一个“肿材”。我又问:

“你有时间还画一画吗?”

她摇摇头,眼睫垂下来,“不怎么画,不过,当我们集团里接待那些画家、书法家的时候,我也……”

“都是一些国画家吧?”

“我现在改学国画了,因为我们总裁喜欢国画。”接下去她告诉:总裁近期还要安排与我见面、要宴请。这些由她说出来颇为郑重,其实是无所谓的事情。“肿材”们为了显示自己的身份,高兴起来就要小题大做。如果是“嫪们儿”,那肯定就不会这样了。可惜在这儿,我虽然来了这么久,那个真正非凡的人物却压根儿就无缘一见!这才是极大的遗憾呢,这差不多等于白来了。

我只想和她谈谈“嫪们儿”,谈谈闹鬼的北庄。我听北庄一些上年纪的老人——其中一个就是当年值夜的民兵,这样对我说:有一天夜里他曾亲眼看见一群白色的影子在街道上飘悠,它们有时停下来,三五成群地叽喳什么,有时就伏到一家的窗户上……那会儿他年轻，一副火爆脾气，正想迎着它们放上一枪——这会儿有个矮矮壮壮的人出来了，就是“嫪们儿”，说来也怪，那群鬼影儿见了他立刻哆哆嗦嗦变小了，然后缩回了巷子深处……

我这会儿问小白：“你在这儿工作了这么久，见过鬼吗？”

她朝我一皱眉头，痛苦地抿抿嘴，眼睛转向窗外。

我又问了一句，她才转过脸看着我：“那是北庄的人才说的，新区不太讲这个的——宁先生也信这些？”

“听得多了嘛。村里人都说‘嫪们儿’跟它们是朋友，它们只听他的话。”

“当地人，特别是北庄人都这么说，说多了也只好信了。去年扩建厂房，马上就要施工了，最后还是改了地方。就因为有人说占了鬼魂的地场，总裁害怕了……我问过他，他只叹气，说‘阴间阳间相互让一让吧’。”

我注意到，小白说这话时脸上毫无幽默的样子。我问：“谁又能代表阴间说话？那肯定就是‘嫪们儿’了？”

“谁知道，他老糊涂了。听说他一年里有一多半时间卧床不起了。集团里因为他是总裁的干爹，又是大功臣，就挑选出几个最细心的人服侍他。不过即便是她们，出了门谁也不准说他的身体和生活情况，因为这是我们集团的商业机密……”

“连这也是‘机密’？”我差点笑出来。

小白严肃地点头：“是啊，刚开始不明白，后来才知道，‘嫪们儿’在企业界——在哪里都是极有威信的，只要他人还在，只要他有一口气，别人要对集团做什么就得畏惧几分，就得好好掂量掂量——这是我们总裁说的。”

我觉得小白这会儿并没有对我保守这个“商业机密”，心里不由得有点感激。我说：“小白，我绝不会往外说的，咱私下里谈，你真的从来没有见过‘嫪们儿’这个人？”

她伸伸舌头，一时显得可爱又顽皮："谁知道呢，我来得晚，他早就退休了——也许从那时起身体就不行了，不能出门了，反正是谁也见不着他。有一天是个大雾天，我起早在橡树路新区一处大宅边上走，差一点撞到一个人身上……这个人个子不高，壮壮的，走路的姿势真是怪啊：手打到胸口那儿再平甩出去，所以我印象挺深的。我后来跟别人说过有个人怎样走路，听的人马上愣了神，说不会吧。他说如果那样走路，就一定是'嫪们儿'了，因为全村里只有这个人这样走路——每一次甩手都要碰一下心窝，这叫'摸着良心走路'！我说我见到的人肯定就是这样的，只是没有看到他的脸……不过大家还是不信，因为那时'嫪们儿'早就卧床不起了。有人甚至说这个人其实已经不在人世了，不过是集团领导为了安定人心，故意不提这档子事罢了。我觉得这种说法太离谱儿了，可是后来总裁一脸严肃地制止我谈论这些……所以我们今天讨论这些都是很敏感的，宁先生你千万不要说出去啊。"

三

接下来的几天我开始着手工作了。我发现这非常艰难。多次想努力做下去，但真的很难。我甚至逼迫自己在纸上写下了第一行字，它们歪歪扭扭的……秘书小白过来看了，叫了一声："这是你写的吗？"

我看看她，一副挑战的目光。于是她就不再说什么，走开了。不过我重新端量那一行字的时候，也确实觉得它们不太像样子。这些天里，我的眼前总是闪动着那个平甩两手走路的身影，他的一举一动都在脑海里上映。入夜之后，每当我往窗外眺望时，仿佛总能看到他的脚步……

我梦见了这样一个场景：一个人正向一片又陌生又熟悉的面孔微笑着，一边微笑一边往前，两手平甩着走过去。那一片脸孔还是微笑着。等那个人走到近前时,这些人脸上的笑容突然失去了——原来有个人一直隐在人群中,这时一下蹿了出来,还没等平甩两手的人反应过来,早已攥紧的拳头就朝他脸上打过去——只一拳就把那张脸捣破了,原来这是纸糊的一张假面……那个挥起拳头的人紧闭双眼,瘦削而年轻,原来是我们在大山里见过的那个盲人……

一沓又一沓资料继续送进来,各种各样的报表都如数地堆在写字台上。我不吭一声地任其堆积。小白秘书时不时地关照一声,问是否还有需要她帮忙的地方,我摇摇头不再应声。

积了一桌的资料让我想起阳子拍下的那些黑白照片,当时他给我一张张翻看,一会儿就积了一堆。这些照片将会派上重要的用场,那是一个宏伟的计划。那儿也需要钱。而这里却堆积了粗鄙的财富。这里是远离干渴的水,浑浊并散发出一股恶臭。还有我们那份可怜巴巴的刊物,它们也是一片干裂的泥土,也同样需要水。水来了,只悬在半空,并不滴落;它等着人去乞求,让其膝盖弯曲,像古人那样虔诚地求雨。尽管如此,悬起的浊水还是会被大风吹走——只留下空空的注视和加倍的焦渴。

我把那些资料推开,一次次走出屋子……我仍然徘徊在北庄的街道上,走在曲折悠远的巷子里,看着黑苍苍的墙壁和窗户,想起这儿绵延百年的历史。这些日子我常常看到一个独臂村民,熟悉之后渐渐交谈多起来——一说到“嫪们儿”和“肿材”他就不愿吱声了。有一次他长叹一声:“唉,‘嫪们儿’真要活着就好了……”

我问:“难道这个人不在了?”

他四下看了看,说一声:“呔!”我们待在他的屋子里,那是一幢矮得如同地窨子式的小屋,黑暗,潮湿,里面大白天也要开灯。他用粗瓷碗倒水,水浑得像泥汤。我喝了一口,才知道这是一种多么浊劣的饮用水。我忍着,还是把它一点一点喝掉了。独臂人哼了哼鼻子,却长时间没有说话。这样沉默了一会儿,他说:“你知道吗?我是个左撇子。”

可他只有右臂了。我瞧瞧他,不知是什么意思。

他用粗大的右手,抓住一个圆笔头,在纸上写了又大又笨的两个字。我看了看,吃了一惊。那两个字是:“血仇”。

我还没弄明白是怎么回事,他就把那两个字撕成了碎片,抛在了地上。我等待着,知道压在心底的会是一个沉重的故事。“我一直害怕你们这些有文墨的人,人家说了,只要是有点文墨的人,就跟他们是一伙的……”

“错了兄弟,那可不一定。”

“也许。不过我知道,到头来有文墨的人和有钱的人还会是一伙的。”

他抿抿嘴,猛地放下粗瓷碗,发出了“砰”的一声,像下了一个决心。

…………

四

刚开始他和女儿都在车间里做活。他就这一个女儿,她妈早死了。他开机床,他女儿进了电镀厂。后来她被来车间里的什么人选中,就被安排在宾馆里上班了。

“刚开始,我还以为孩子找了个好活计,穿着好衣裳,还挣大把的票子。我这孩子孝哩,一点钱都不舍得花,挣来的票子都如数交我。那一把花花绿绿的票子让我高兴过了又起疑心:一个女娃儿家,怎么一眨眼就挣来这么多钱?我老问,闺女就变了脸。我再问,她就不理我。

“有一天下雨,我又问,她就跑到了雨地里。我知道这不是个好兆头。有一天我把门闩上,揪住了这娃儿的头发。我这娃儿自小命苦,她妈死得早,我一个男人家拉扯孩子没办法,让她吃了不知多少苦。小时候我怕她掉到炕下摔坏,又要出去干活,就用一根绳子勒住她的腰腿,让她在炕上爬,近处摆一点吃物……娃儿大小便都在炕上,脸上身上抹得到处都是。就是这么个孩子,我平时不舍得打她一下,可这次我忍不住了。我怕千辛万苦拉扯大的孩子做下腌臜事。

“后来我把她推倒在地上,问她到底是怎么回事,跟爹说说实情!她一直跪在那儿。我知道坏了,心凉了半截。

“她终究还是说了实情。原来那个宾馆一到半夜就闹鬼哩!可怜的娃儿到了那里头一个月就被糟蹋了。那些怪模怪样的人一龇獠牙就把娃儿吓昏了,然后就变着法折磨这些十几岁的娃儿,什么花样都有……那些远处的有钱人都赶到这里来了,因为这里的庄稼娃儿多得使不完哩!伤天害理啊,半夜里的风流鬼全钻出来了,他们出手阔绰,花花绿绿的票子一个劲儿塞,一拿到阳光底下全都变成了灰。那会儿早就没了工钱,工钱都是从客人那里出。我的娃儿一连多少个月,回家一翻衣兜里准有一些纸灰……宾馆闹鬼的事儿除了金仲谁也不知道。我娃儿的脸一天天成了灰色,头发一截截断了,都是让鬼魂夜里咬的。要知道这些事儿阳间管不了,最后还是得找‘嫪们儿’……

“那一天我求孩子:‘娃儿,你要再去宾馆,爹一准撞死在墙上。’我悔不该发这样的毒誓。那会儿她跪了一个多钟头,说再也不去了——可人怎么能躲开鬼魂?她最后还是躲不开呀……

“我在半路上遇见了金仲。往常见了他我都要慌不迭地闪开,可这回我就直着上前拦住了他,哀求说:领我去见见‘嫪们儿’吧……他哼一句:好大的口气!说完头也不回地走了。我跟前有一块大石头,真想搬起来砸碎他脑壳!可我这个窝囊废只是站着,一动不敢动。

“过了不到半月，有一天下大雨，我听见有人吵吵嚷嚷在外面喊，出门后他们就一声不吭了。我猜是出了大事。后来才知道，我那闺女夜里跳了电镀厂的大水池子，天亮了才有人发现……”

他哭出了声音，“闺女就这么没了，我傻了半年。干活也老想着她，有一回走了神，左边胳膊就被机器伤了……”

我听得难受，伸手扶着他颤颤的右臂。

他垂着头：“村里人都说，满庄里鬼魂乱窜，一到夜里就吱哇闹腾，这可不像‘嫪们儿’活着。金仲肯定瞒住了大伙，撒了一个大谎，其实‘嫪们儿’早死了！金仲打着干爹的旗号，想干什么就干什么，那些鬼魂和他是一伙儿的，他们帮他一捆一捆往回搬弄钱财……”

这天回到招待所已是黑漆漆的了，我没有开灯，想在黑影里坐一会儿。大夜真静，没有一点声响。这温温的掬得起的夜色啊……我这时又仿佛听到了一阵阵沙啦啦的夜风扫动树叶的声音——这是城里的那条橡树路——从老城堡那儿飘过一个个影子，它们一夜一夜都是无眠的；据说只要一个人不停地在大街上游荡，迟早都要和它们会合。是的，失眠者，孤独者，有时真的会遭遇鬼魂。鬼魂也是各种各样的，它们有的罪愆深重，有的善良和气，有的天真烂漫，也有的背负冤情……

我眼前时不时闪动的是那个苍白青年的面容。他如今也是一个鬼魂了，然而我不信他会是一个恶鬼。在某一个夜晚，他也会像别的鬼魂一样，不依不饶地返回老城堡吗？他会在那个消失了的糖果店附近久久地徘徊吗？

今夜，我特别想念苍白青年和凹眼姑娘。

我在心里说：“嫪们儿”，你到底在哪里？你这会儿无论在阴间还是阳间，都设法帮一帮那些不幸的青年吧。

最后的祝福

一

娄萌的来信都是催促。后来我就不再打开，只放在那个瓷碟里。我想自己该离开了，再住下去，在那个舒服的大澡盆里每天浸泡，我会变得全身筋骨酥软，再也走不动路了。

有人敲门。我从敲门的节奏上分辨出是小白。她把一个鼓鼓囊囊的牛皮纸信封放在了瓷碟上。那大概又是娄萌的一封信。她这次没怎么停留就离开了，可刚走又打来了电话，说总裁要跟我讲话。话筒里响起那个粗哑的声音。对方“喂喂”地呼喊，我一声不吭。到后来我总算应了一声。

“你怎么样嘎？进行得怎么样嘎？”

我说正在进行着嘎。

对方说他跟娄萌已经通了几次电话——“咱这就把事情敲定了”：一是改发一个“专号”；二是娄萌让其转告，这次可以放开手写了；三是从今以后，他即是我们这个刊物的“名誉社长”了——“你看怎么样嘎？”

我说“不怎么样嘎”，随手就把电话挂断了……与此同时，我的目光落到了那个瓷碟上，这才觉得那个信封有点怪异——它太大了一点，里面装下了多少东西啊。我马上想到了一个人——是的，肯定是杂志社把凹眼姑娘转来的信一并寄到了这里。

我动手拆这个鼓鼓的函件。可刚刚撕开一点，刚看到里面的几个信封时，心就噗噗跳起来。我不由得忍住了。我的手触碰它的那一刻，觉得仿佛有脉动似的。留待夜深人静吧。她这会儿仍在那个苦役之地，在西部的一片大荒里。她已经决定：当苦役结束的日子里，她不再回到那座城市了，因为那个苍白青年的魂灵飘啊飘啊，飘到了高原上。

在屋里待不下，又一次来到了西面的那片空地上。我在围了铁丝网的荒草间走来走去，像寻找一件遗失了的东西。可是我发现自己无论走到哪里，都无法回避那道目光，它无所不在。这是凹眼姑娘的目光……这目光让我愧疚而惶惑，难以迎视。我只能转而注视另一个方向。这样的时刻，萦绕心头的还是往昔——在橡树路上徘徊的日子又回到了眼前，仿佛自己仍然是当年那副单薄的身材。我今生怎么忘掉你啊，凹眼姑娘？怎么忘掉你嘴里的糖果味和烟味？也正是无法忘记无法回避，我才不得不远远地躲开那座城市和那条路——可是即便逃到了这里，我仍然还是住在了一个叫“橡树路”的地方……

多么晦气。那就继续逃窜吧。我的许多朋友都走开了，他们这会儿正在路上。他们被心头的火焰日夜烧灼烘烤，不得不急急赶路……离开那个临时寄居的城市、那个窝，走进没有尽头的远方——远方有什么？谁也无法回答。像你最终要滞留高原一样，我的朋友们这一生能否按时返回，也同样无法回答。他们像你一样，已经被遥远之地的什么吸引了收留了。我只隐隐地知道，无边的原野藏下了那么多的未来，一架架大山中有着那么多的容身之地。在今后的岁月中，他们将迎接各种各样惊讶的眼神，接受各种追击、诅咒和围猎。是的，就为了追赶他们，我也将变成一只两足动物，离开原来的地方——那是一个何等拥挤困窘的空间啊，各种各样的人都在争得自己的一席之地；而在广袤的大野，到处都奔走着一些自由的灵魂。

我有时恨不能变为一只野狼，长出长尾，长出一对蓝幽幽的眼睛，一口气蹿上荒野，在巨石嶙峋的山隙里像闪电一样腾跃……

我闭上了眼睛,强烈的阳光刺得我难以睁开……一种柔柔的呼唤又回响在耳畔。我再也不敢迎视那一双眼睛了。

我又来到了工区。时间不早了,我该再一次看看来自家乡的那个瘦骨嶙峋的姑娘,看看她因为瘦削和纤弱而变得越来越大的眼睛。我要向她告别——或许我会突然离去,一辈子再也不会踏上这儿了。

她在车间里,强烈的灯光下,一张脸显得更加苍白。她马上认出了我,笑了……我告诉她:这几天因为太忙了,没有来看她,一切还好吧?

她"嗯"一声,点点头。

又说起了老家,那片平原。我说上一次忘了问,和她一块儿到这里来的平原人还有多少?她说他们一块儿出来十几个,有男有女,其中女孩子大多就留在宾馆里;有的在车间干了不久,受不了,就另找地方走开了——听说有的到了南方,那里挣钱容易些……"你知道南方吗?"

我摇摇头。我很少到南方,不过我怀疑世界上会有一个真正顾怜穷人的地方,那里会更适合他们生存。

我牵挂平原上来的那些孩子,问:"她们在宾馆里怎样?"

"她们挣钱很多,不过那里一到了半夜就闹鬼……"

她说这句话时声音低极了,四下里看着……我想起了北庄的独臂人,立刻缄口。

她问我什么时候回老家去,我告诉她也许很快就回。她于是告诉了一个具体地址,说:"你见了我妈就说我挺好的,吃得好,穿得好,也胖了……"

最后一句让我心里酸酸的。

她说每个月都给妈妈寄钱……我问她有没有朋友——我是指她这儿有没有非常要好的、可以互相照料的同乡?她可能理解成了“男朋友”,脸立刻红了,咬咬嘴唇说:“还没有。”她告诉我自己二十二岁了。这使我有点惊讶,因为她看上去顶多只有十六七岁。

二

从车间走出后,在“集团”办公大楼下的花坛跟前站了许久。这儿五颜六色的花太美了。这里竟会有这么好的一个花坛。这里的空间分成几层,高高的搁板上有鹤望兰、龟背竹,松松的泥土里还栽满了康乃馨与青岛百合,甚至还有一片郁金香。花圃里最引人注目的除了郁金香,还有卷丹——它的花期稍稍提前了,橘红色的花瓣往下垂着;它的卵状苞片和披针形叶子有一种特殊的韵味,花梗上的白色锦毛、反卷起的花瓣简直像人工扎制的。正对着花圃的楼层,就是罩了丝绒窗帘的一扇扇窗户,里面正亮着灯。丝绒窗帘沉甸甸的,给人一种隐秘和安逸的感觉。这些兔崽子无一例外地都想学洋鬼子那一套,喝过咖啡又喝茶,偶尔还找几张唱片听听,而且在楼下搞起了这么好的一个花坛,甚至引进了欧洲郁金香。但这一切还是无法遮掩他们的鄙俗。

夜渐渐深了,头顶出现一片繁星。从大楼往东看去就是灯火辉煌的“橡树路”了。那儿的彩灯可真拙劣——这彩灯的设置让我觉得十分眼熟,哦,当然,又是从城里的“橡树路”上移植过来的……我迎着它走去,一直走到了最深处。我在最大的一座宅院跟前停住了。我打听行人:这儿是否住了一个叫做“嫪们儿”的人?他们纷纷摇头。大宅黑乎乎的,无数的窗子竟然没有灯光。从这座大宅往四周延伸出许多巷子,就像一个巨大的螃蟹蛰伏在黑夜里。前边黑漆漆的夜色里,我影影绰绰看见一个矮个子在平着甩手走路——老天,这是真的?我急急追上去几步,发现那影子越来越远,我竟然追他不上。我跑了几步,这才看出渐渐变大的灯晕里一切都清清楚楚,柏油路面上一个人影都没有……

可是我无法使自己放松下来。回到住处,我又一次定定地瞅着那个大大的信封……

像过去一样,这不是一封信。写在白色信笺上的,仍然是以前看过的那样一些片断——一些诉说和自语、一些信手涂抹。好像我们有过这样的约定:彼此只做一个理想的读者,一个倾诉者。

渐渐地,我又看得见那一对目光了,又听到了那略带沙哑的声音……

…………

"白条"和我去了东郊的一个军事管制区。那里值勤的负责人是他家以前的警卫,两人认识,所以我们可以随便进出。这个地方真棒!因为平时没有游人,草木密匝匝的,脚步底几乎看不到泥土。夏天快来了,山上到处是桑葚,还有别的野果,一大串一大串吃得嘴角都是紫的。鸟的天堂,各种鸟吵成一团,大鹰在天上一动不动。猫头鹰蹲在路边晒太阳,走近了伸手摸摸它,它留了老干部一样的背头。它睁一只眼闭一只眼,打盹儿。我们带足了吃的东西:洋酒和罐头面包,烟。去的路上人不多,他根本不听我的话,又开始飙车了。往死里开。他顾不得我在车上。他大概想:如果我们一起离开这个人世,那也不错,那是一种幸福。是啊,我有时也闪过这样的念头。我从侧面瞥瞥他的脸,心噗噗跳。我害怕坐他的车。

他肚子上的伤已经好了,成了一个半寸长的月牙形的小瘢。除了我,他谁也不让碰它。他想了什么我知道。他的心事只有我知道。他心上有伤,这是他的父亲——老爷子留下的。那个老人我没见,一般人都见不到。他整天忙,名声大,连家里人也不是想见就能见到。"白条"说他从小就怕父亲,对那人没有一点依恋——母亲虽然因为工作太忙也没有更多亲近他照顾他,可他不怕母亲——他是由保姆带大的,吃的是保姆的奶。可是他还是有缠母亲的机会。父亲抱过他,那是记得起的几次。从记事起,他从父亲那儿听到的都是训话,是斩钉截铁的一些话。他对父亲的话从来没有怀疑过,也从来没有想过要违抗。就这样,一直到父亲死,剩下他和母亲。空荡荡的大宅,真大啊,主楼,边厢,无数大大小小的房间,以前好像从来没注意过似的。除了这些,他还发现出了大宅就变了,到处都是责备的、仇恨的眼神。他听到有人狠狠地咒他们。

那些在橡树路上住过、后来不知是什么原因给赶走了的人家,他们的后代都长大了。这些人也在咒他们。这些人咒的是同一个人:他的父亲。他害怕,还有满心的委屈。他问了母亲才明白:被赶出橡树路的人以前也显赫过,有的还是父亲的朋友,可是十分不幸,他们倒霉了。一个人要倒霉,这种事儿难保就不发生,比如说,进了牢狱。母亲复述的是父亲以前说过的话:罪有应得。母亲还轻轻哼过父亲在世时流行过一阵子的歌:罪有应得,罪有应得……

"白条"从来不敢在外面唱这些歌。他在一些人那儿受到了可怕的对待。好在他还有庄周这样的朋友。令他又羞愧又痛恨的是,父亲的另一副面孔,也许是更真实的面孔,正在一点点浮出来。随着时间的推移,一些让人害怕的事情露了馅儿!它们都是真的:父亲参与制造了多起冤案。最不能让他原谅的是,父亲说了那么多谎话,这在当时让许多人、包括他和妈妈都从没怀疑过。他哭了。母亲安慰说:孩子,住在这样大宅里的人,有时就得这样,就得说一些谎才行。他问:还有呢?母亲问还有什么,他说:就得杀死一些人、一些可怜的人吗?母亲不能回答。

午夜一过,他就一个人走出来。可恨的失眠。再后来,他的朋友也跟上他玩,索性都不睡了。又待了些日子,这院子里就开始闹鬼了。

母亲说:你爸一死就会这样,那些鬼魂除了他谁也不怕。他有一次对母亲说:瞧吧,他多凶,连鬼魂都要怕他! 母亲说:别这么说,他是你父亲啊……“白条”最痛苦的就是有这样一个父亲。他与死去的父亲再也不能和解了,一闭眼就看见那个凶恶的老人,直直地瞪着他,让他出一身冷汗。他吓得脸上没有一丝血色,越来越灰。睡不着,怎么也睡不着。

“白条”最好的朋友一直是庄周。他说庄周父亲生前是自己父亲的下级,两人有过不少摩擦,不过总算没有走到你死我活的地步。与“白条”不一样的是,庄周是个听话的人,是那种好孩子,从幼儿园到大学到参加工作,全都是一色的优秀到底。他们在一块儿除了切磋就是争论,争得厉害,两人相互什么都不隐瞒——这样一直到大院里闹鬼。那以后他们就多少有些疏远了,不过还算好朋友。我听过他们几次争吵,吵得吓人,肯定要伤和气。“白条”事后气得摔摔打打,十分难过。有一次他问我:庄周太完美了,是吧?我没有回答。我什么也不懂。他们都迷恋写诗,比较起来,我更喜欢“白条”的诗。读他的一些句子,常常会让我半天揪痛,让我忘不了。庄周的诗就不是这样,虽然也蛮好蛮顺的。我不知这是为什么,可能就像他这个人一样,一点毛病都没有……

那一夜,我与“蚰蜒”发生了那个可怕的事情,不久“白条”就大病了一场。一场高烧连续十天不退,他妈吓坏了。最后实在没有办法,她从城里找来了几个人:这些人年纪很大了,是大学里的,会使用一种古怪的方法为大院驱邪,念咒语。其实这没有用,因为这以前另一个人也这样干过,那才是最有办法的人,他叫“嫪们儿”,是首长在世时的朋友——他都办不成的,这些人又有什么办法!那些日子大院对外人封闭,直到“白条”病好为止。他不再说胡话了,安安静静躺着。我发现“白条”真是好可怜啊,几天不见就瘦成了这样,头发一动就掉。他一整天拱在我怀里,摸着我的脸说:等等吧,等不了多久了,咱们一定搬出这座大宅——到那时候我们就结婚吧。

他反复说:到了那时候,我们要过一种小日子……

我也不知道“小日子”是怎样的,只被那几个字感动得哭了。他还写过一首小诗,得病的日子里一遍遍念着,直到我真的听懂了:东部太热、太挤/我愿来世降生在/寒冷的西边/那个贫瘠的高原。

他身上还是一点力气都没有。这样的日子里,他的母亲把我叫到一边说:他病了,你们不能老那样。她还以为我们在一起就那样呢。其实一天里的大多数时候他都躺在我的怀里,讲东讲西。他一遍遍让我讲过去,讲我的昨天——每逢最高兴的时候,他都要这样。他要听我小时候的那些事,这才是他最高兴的时候……

三

……秋天,橡子和板栗一块儿熟。刚开始我分不清它们。橡子和板栗看起来一样,都长在一团毛刺里,树皮也一样黑粗,叶子也差不多。海边的橡子比板栗多,橡树在白杨林里、在杂树林里常常看到,板栗也差不多。它们成熟了就落在地上,脚一磕,刺猬皮似的东西吱吱响,弯腰一摸扎手的,就是它了。

我们到林子里,把橡子装在篮里,板栗装在兜里。打鱼人鬼精,一眼就能看出哪棵是板栗,然后把上面的果实全摘下来。地上一片枝叶,就是它在遭劫。外面的毛刺扎人,妈妈说:“板栗太甜太香,谁都想摘,所以才披挂这样的刺盔。”

我学男孩那样,找一颗最大的橡子做成烟斗,装一点糠末点上,让白烟从鼻孔里冒出——学会鼻孔冒烟并不难……抽烟时要半躺半卧在水潭边上——杂树林子里本来是干净的沙土,上面长了各种各样的草和灌木,可是中间会出现一个圆圆的水潭,它就像变戏法似的出现了……一边抽烟,一边看潭里扑棱棱的黑鱼。隐蔽在林子中的水潭乌黑乌黑,简直像墨汁一样。可它又清澈透明,每一根水草每一条鱼都看得清清楚楚。那鱼比水更黑,就像木炭沉在水底、漂在水中……靠近水潭的那片沙土也浸成了黑的。水潭四周到处开满了黑色蝴蝶花。让我至今不明白的是:这花这水这鱼都是黑色,真是怪极了;还有,绵软的一片沙土上,一潭水却不渗掉。

我和妈妈一起去水潭边。爸爸没有来。我们和他见面的时间越来越少。从来没有看到比妈妈更美的人,她喜欢穿裙子。我们在水潭边待到中午。一个猎人扳开灌木走过来——打着裹腿,戴一顶很大的帽子,肩挎一个鼓鼓囊囊的皮包。他站在潭边,手里提着枪,看我们一眼就走了……林子深处传来了他的声音,他在学野鸡叫,粗粗的嗓子。他一见了妈妈就这样,高兴得学野鸡叫。

我们循着灌木中的小路往海边走。天快黑了,我们要去看拉夜网的人。月亮一升到树梢那么高,海边火把就点起来了。人真多啊,买鱼的人都一块儿等。

一溜拉网的人靠在长长的网绠上,一齐用力,喊号子。天不冷,他们半裸身体。他们喊得真响,脚扎到了沙子里。海边老大装出很凶的模样,手里拿一根棍,要打人的样子。其实他并不坏。他有时跟母亲说几句话,摸摸我的头。号子越来越响、越来越急,那就是快收网了。老大谁也不理了,这时脾气开始变坏,骂人,骂所有的人。海边上的人都怕他,不过只怕他这一小会儿,等网拉上来了,鱼抬到岸上的苇席上了,他就变成一个和气的人了。

看渔铺的老头要赶在鱼最先上岸的时候,抢到最好的鱼。各种鱼在苇席子上乱蹦乱叫,吱吱的。有的鱼一欠身子就喷水,能喷出好几米远。有一种带红翅的鱼味道鲜极了,还有一种像腰带似的细细长长的鱼,老人见到了就要急急地往柳木斗里装。他把所有鱼“哗”一下倒进大锅里,再舀几斗海水,扔进一些姜、几条整根的大葱,就咕嘟嘟煮了起来。鱼的鲜味把买鱼的人、在海边上闲遛的男人女人,都引到了锅边上。可是拉网的人盛过了,锅里剩下的鱼和汤才有别人的一份。海边老大手里的棍子并不打人,不过一直提在手里。老大对我和妈妈不一样,他让渔铺老人先盛一碗鱼给我们。妈妈谢过了,可她不吃,只看着我吃。我吃过了,妈妈就说:你不能白吃,你得唱一支歌给这个爷爷听。

我唱了。可他只听了几句就喝酒去了。

一大碗酒咕咚咕咚咽下去,他们脸都不红。鱼汤和海风是解酒的东西。我从来没见有拉大网的渔人喝醉过,这是真的!海上老大和看渔铺的老人对饮,比赛,眼瞪得像牛一样大,最后谁都不醉!老大指指我说:过来过来,喝一口喝一口。妈妈笑着阻止,老大就说:这不行。他们给我灌了一小口。辣死了。我流出眼泪时,老大就高兴了。他一高兴,亲自做个示范:一仰头灌下了一大碗。

另一边,一长溜插到沙滩上的火把下,吃饱喝足的小伙子不安分了。他们摔跤,还倒立着走——一个人正这样走着,旁边的一个凑过去,冷不防一下子脱掉了他的短裤……

四

这是我在“金星集团”的最后一个夜晚了,睡得不好。窗户刚刚发白,我就开始收拾背囊。我把那些乱七八糟的资料都堆在一个角落里,又环视了一下房间。没有丢下任何东西,属于我的每一张纸片,都小心地装起了。

那个蓝花瓷碟上是娄萌的一些信件,我没有取。

我拨响了金仲的电话。接电话的是小白秘书。我告诉她要走了。

对方很吃惊:“怎么?一切都完成了吗?”

“是的,一切都完成了。”

“那我告诉总裁一声,他还要为你送行呢,要用车送你……”

“谢谢,不必了。”

“稿子呢?它要经总裁过目才能带走的。”

我告诉她:我们的合作完了,我手里也没什么稿子。我特别加重语气对小白说:“我刚来不久就跟你说过,想见见‘嫪们儿’,因为这里讲到底是他说了算,没见他,我们就没法合作……”

对方一声不吭。

后来我觉得话筒转到了另一个人手里——果然传来了那个沙哑粗糙的嗓门,“喂,怎么回事嘎?”

我故意大声问道:“你是谁?喂,是我们的‘名誉社长’吗?”

对方得意地一笑:“是嘎,怎么了?”

“不怎么嘎。我要走了,我不过是想告诉你,我们杂志本来要在封面上发‘名誉社长’的照片——来到这儿以后,才觉得不妥嘎……”

对方“嗯”了一声,大概很茫然。他又大声问了一句:“到底怎么嘎?”

“也许‘嫪们儿’更合适一点嘎,你爹才是这里的真头儿。我们想把封面换成他嘎。实在抱歉嘎,对不起嘎,我们回去还要好好商量一下嘎……总之,很抱歉嘎。”

“怎么嘎怎么嘎?”

“嘎!嘎!”我喊了两声,把电话扣上了。

立刻出门吧。我直接往北庄奔去——我将从那里往西,徒步踏上田野。我不想坐火车,只想随便搭上一辆货运汽车回城。我觉得金仲这样的人什么事都做得出,他恼羞成怒就会派车追我,会在火车站那儿候我……当然,他也许压根儿就不想理睬,所以根本就不会出现那种拦截的场面——但我却宁可把一切都想在前面……可是刚刚掮上背囊走出了北庄,小白却风风火火地追上了我。我说一句“再见”,没有停住脚步。

她一直跟着我往前。在庄子西部一片红麻田边,我见她气喘吁吁的样子,就摘下了背囊,坐在一道废弃的水渠边上。

“宁先生,对不起,我的服务太不周到了……”

我不解,又觉得有趣:“不,很感谢你这一段时间的照顾,这不关你的事儿——好好在这里干下去吧,这儿真的很肥。”

她努力忍住什么。她十分聪明。她说:“你瞧不起我的工作,可是你并不了解这里。七八年前这儿只有一个北庄,如今已经是平原地区最大的集团了,它不像你想的那样简单、那样一无是处……”

“哪里,我佩服得五体投地。”

“这不是真话。你以为这里的财富、这里的一切都不是正道来的,是粗鄙的……”

“你以为还不够粗鄙?是啊,那个‘嘎嘎’,他经营起这么大的淫乱场所、雇用了这么多童工,可你还嫌这些不够劲儿。”

“这当然是阴暗面!可怎么办呢?财富的原始积累,走遍世界都是这样……”

“走遍世界,我也会诅咒地狱!走遍世界有什么了不起?走遍世界又有多少‘嫪们儿’?我一直想找的就是他,因为我想见见这个人,可你们就是把他牢牢地藏了起来!我害怕自己犯了粗心大意的毛病,没见上集团的老祖宗就算白来了一场。可惜就是做不到——有人说这个人连死活都是一个问题哩……”

小白鼻尖上渗出了几颗汗粒,薄薄的小舌头让我想起娄萌。她有点急于为自己辩白,高高的胸脯一起一伏:“不,‘嫪们儿’没有死,不过他真的出不了门了,老得太厉害了……他身边的人说,他这会儿的智力就像三岁小孩一样了,只知道吃和玩了……这人当然是了不起的创业功臣,所以集团就得好好供养着他——至于说金仲,你只看到了他粗的一面,不知道那只是他的表面……”

“是吗?瓤儿咱就不知道了。”

“你看不到他智慧和敬业的一面!这真的是一个了不起的人——你会嘲笑我这样说;可你真的没有看到他是怎样工作的啊。他忙起来可以几天几夜不睡,他指挥做一个项目就像在战场上打仗。他吃过的苦,特别是年轻时候跟在‘嫪们儿’身边那会儿,听听都蛮感人的,要不‘嫪们儿’也不会收他做儿子……不说了,因为我知道,一个人只要心里排斥,什么话都听不进去的。我只想告诉你,只要是一个成功者,就不会像看上去那么简单;任何成功的大事业,里面都包含了许多血和汗……”

我琢磨着她的话。我当然同意。世上没有空穴来风。而且她在很真诚地提醒我。她多么想让我们的合作成功啊!可是她的话对于一个匆匆上路的人而言,实在是有点多余了。我说:“谢谢你的提醒。除了你说的血汗,还有白骨呢——大楼垒在白骨上,要不总是闹鬼嘛。咱们不说他了好吗?我最好奇的还是‘嫪们儿’,你说这个人真的能在阴间阳间两边来往?真的能跟鬼魂说话?一句话,北庄一直闹鬼的事都是真的?”

她刚才有些冲动,这会儿努力平息了一下,声调低沉下来:“我想大概是真的吧。因为那个北庄太老了,上年纪的人都这样说……总裁就亲眼见过多次……”

“总裁事事都听‘嫪们儿’的——直到现在都是这样,是吧?你如果把我当成朋友,在我离开前就该说一句真话。”

“是真话。总裁名义上还是他儿子嘛,真的要按时去看望他,有时候也把集团里的事情对他数叨一遍,那不过是个面子——其实‘嫪们儿’老糊涂了,老得什么都不知道了,有时一天到晚不穿衣服,就在大宅里乱窜,服侍他的人要像哄孩子一样哄着他——你千万别说我告诉了你这些。总裁一再强调,关于‘嫪们儿’的所有事情,都是我们集团的商业机密……”

“你见过‘嫪们儿’。”

她并未马上否认,只是沉默了一会儿,摇摇头。她的眼中好像渗出了泪水。

我想自己该离开了。我捎起了背囊。最后,我向她发出了真诚的、深深的祝福。

棚户区

一

离开时衣冠楚楚,回来后却变成了一个“盲流”……每一次归来都有一种茫然的感觉,对这片灰蒙蒙的水泥建筑,对一条条乱得不能再乱的街道、自行车以及人流、拥挤在一起并像螃蟹一样相互钳制的汽车,竟然感到有些惶恐和陌生,以至于长时间看着这一切,不知往哪里下脚……有时我觉得仿佛进入了一个风化严重、层层剥蚀的丘陵地带,忍不住要到处仰望,寻找水和至为宝贵的一丝丝绿色。看吧,那些丑陋无比而且毫无生气的楼房,近几年被一些霓虹灯和玻璃幕墙装扮起来,显出的却是一副浅薄相,让人怎么看都觉得别扭。我觉得这说穿了不过是一种穷兮兮的欲盖弥彰。我发现自己长途跋涉之后落下的这身破破烂烂的衣衫、晒黑了的脸颊和乱蓬蓬的头发,与这座城市的另一部分倒是稍稍吻合——这儿的一些小街小巷从来都是不修边幅的,它们一任冷落破破烂烂:因为有人对它们已经绝望,或者是彻底厌弃了。它们反而因此落下了一点真实,可以在无尽的北风吹打下慢慢苍老,享用自己余下的岁月。比起那几条宽敞的大马路,它们倒让人觉得亲近多了。

有人处心积虑地把几条马路拓宽再拓宽，以为这样就可以喘出一口虚荣的气泡，想不到原有的一点点文明的呼吸反倒给窒息了。如今，这儿，第三世界，几乎所有的“土老帽”都跑到这样的马路上来了，他们开着自己的私家车，挎着异性的胳膊，车里还有迫不及待摆放的拉手纸和装了空气清新剂的小瓶，有花花色色的各种靠垫。车辆挤得动不了，车里的长发少女骂着粗话，如果骂得花哨，旁边的男人就转过头来恶狠狠地亲她一口。

头顶热辣辣的太阳走在街道上，身体老要摇晃，好像是连日来的奔波使我改变了往日的走相，或者是我已经完全不适应在这拥挤的人流里行走了……我的两眼开始不知不觉地四下寻索起来，先是引着我脱离了宽宽的街道，然后在人行道上探头默数着一个个门牌：这些名字和数码既熟悉又陌生——一条条胡同叫什么、通向哪里，老天，像是上一辈子的事儿似的。令人难以置信的是，就在这片混乱污浊之地竟然有我的家、我服务的那个杂志社，还有一条“橡树路”——一座城市的首善之区，起码是延续了三到四代的骄傲之地，大名鼎鼎，里面住过的人物数不胜数，让人随口一说就是一打……可是此刻，我发现自己一点都没有回去的愿望——仅仅是想起孩子和那个小窝的一瞬间，我的心里才热了一阵，可也很快就压下去了。

这会儿我被一种奇怪的惯性推拥着往前，仿佛一时难以停止。这座城市就像旅途上一个久别的镇子和村落一样，仍然不能让我产生长久安歇的欲念：此刻，在浑茫的都市阳光下，我的脑子有点乱糟糟的，像个木头人一样，目光呆滞，脚步磕绊。我不知从哪一刻起学会了痴呆呆地看人。我不止一次发现，那些打扮稍微整齐一点的、急着上下班的人常常惊讶地盯我一眼，而我会毫不畏惧地把目光向他斜去。我的眼睛在田野上练得沉甸甸的，所以这会儿只是轻轻一扫，他们就赶紧把头扭开了。我终于想起了什么，明白现在回杂志社将有一场轩然大波；但我毫不惧怕，相反却有一种特别的放松和高兴。我现在只想在街上游荡一会儿。我觉得只有这会儿才与这座城市的破烂小巷真正融为一体了。我像一个无牵无挂的人，一个被冬天的风吹得透心冰凉的流浪汉。

不知不觉走进了又一条小巷子里。我想找一个僻静的地方坐一会儿，歇歇脚，从头盘算一下全部的旅程：走了多久、一路的经历，还有接下去该做的一些事情。当我把鼓鼓的背囊放在拐角的一块石头上，坐在那儿看着太阳，眯起眼睛的时候，才觉得这里缺了一点什么：如此安静，那些打盹的流浪汉、那些进城打工的人都跑到哪里去了？我想他们可能由于一夜好睡而分别出去忙生活了——流浪汉、无家可归者，他们在这座城市里自由而忙碌。流浪汉越来越多，他们先是作为打工者涌到这个北方都会，而后又走向更远的南部。他们像一股奇特的水流一样，正顺着地势流向远方……

这会儿身上有什么东西在不安地蹿动。原来是那些牛皮纸信封，正放在我贴身的衣兜里。我按了按它们……它关于苍白青年的记录让我想起那个可怕的九月，它对童年和故地的叙说又使我深深地陷入了陶醉。那一切对我来说是多么熟悉啊！那简直就是我的亲身所历！海边之夜，打鱼号子……是的，我是它最好的读者，我循着这声音去回忆、去追逐、去幻想，就像一泓清水一遍遍地刷洗着弄脏的双手。我因此而充满了感激。你啊，你的信任和温柔恰好也在这个非同一般的时刻帮助了我、鼓励了我，使我能够迅速转身，甩开两腿在田野上奔走……露珠在朝阳下闪耀，它使我想起了那长长睫毛上曾经有过的晶莹。滚烫的露滴落下来。是那个寒冷的晚秋吗？我看到一件黑呢长衣怎样裹起了修长的身材，乌发落在呢衣的灰蓝色毛领上。她脖颈上围了一块纯缎子玫瑰花图案的织巾，戴了白色手套的手一半抄在衣兜里。她穿了黑色的或是深蓝色的高筒皮靴。她站在菊花丛中,可能是因为寒冷的关系,她的脸多少有点苍白。她从来没有施过任何化妆品,没有搽过口红,没有描过眼影,更不戴什么首饰……她真的成为我心中的某种隐秘。

我相信这一会儿娄萌和马光他们已经从那个集团得到了消息,开始骂人;他们还会到家里找我,去“橡树路”。让他们先急一会儿吧,谁让他们选错了人……那个混蛋一定迫不及待地把所有的事情都告诉了娄萌。我不知道娄萌会怎么恨我。结果是显而易见的,即便是他们双方排除了这个意外事故,重新开始合作,那也要经历一个很麻烦的过程。我很高兴,这是一种幸灾乐祸。我不知道温文尔雅的娄萌,一个如此漂亮的少妇,到时候如何向那个“嘎嘎”伸出和解之手……

当然了,现在还不是想这些的时候,我先要设法吃点饭,因为肚子在咕咕叫。饭后我还要更从容一些,以便作出归来后的一些打算。我有一个预感,就是这次不长不短的远行只是自己的一个序幕……是的,要发生的迟早总会发生。我想有吕擎和庄周这样的榜样,我会进一步告别自己过分的遵从和温顺。在不久的将来,也许我要跨出一个门槛。那样,一切说不清的牵挂、疲累困顿和各种各样的禁忌,都将一块儿抛却身后……

暂时不想见娄萌,也不想回家。我需要一个人在这座极为熟悉又极为陌生的城市里踟蹰一会儿。我背起背囊走着,在一个简陋的街头小店吃了又干又冷的早餐……不知走了多久,人越来越稀,喧嚷声也渐渐淡弱。叫卖声再也听不见,汽车的嘶鸣也稀稀落落。我这才发现:如果继续向南走下去,只拐过一条巷子,就会来到一个非常熟悉的去处——我以前曾无数次从这儿走过,它就是离全城最大的一处废品收购站不远的杨树林。在这片林子南边有一道围墙,向阳的一面总是聚拢了很多流浪汉,这些人有男有女,有的甚至带着家禽和小孩,随随便便用破木板和塑料布搭出一个个小屋。这里对于大多数城里人都是陌生的,是一座城市里的奇怪角落……我这会儿有点身不由己,像被什么牵引了一样穿过杨树林,径直走了过去。这里是一个徘徊之地,是原野与城市之间的情感缓冲区。我也许要在这里稍稍歇息一下才好。

远远地望见了那些斑驳的窝棚顶部。奇怪的是这个越繁衍越大的奇特居住区,竟然没人来干涉。也许那些城管人员还没有转过神来,也许打工者和流浪汉太多了,谁也没有办法……

二

我知道在这里居住的人是不喜欢别人打扰的。他们在这儿有自己的一块小小地盘,都在小心翼翼地经营它。我在一个偏僻的角落里刚刚停留了一会儿,就感到了一阵焦渴。不远处有一个水龙头,我取了一茶缸水,这会儿真想喝一点茶——我随身总不忘带茶。旁边有一个人正在度过惬意的时刻:他蹲在那儿,闻着燃烧的茅草味,看着火苗把一个小钢锅舔来舔去……我一直羡慕地看着他。我曾经有一个设想,就是把帐篷搭到郊区的山上,和朋友住在那儿野炊,要喝茶就取山上的清泉。只是这样想,还没有来得及实施,山上就发生了一起凶杀案:有人正在山上散步,不知从哪里出来几个歹徒,莫名其妙地从后背刺了他们几刀。三个人受了重伤,另外两个当场就死了。其中一个受重伤的人与岳父一家很熟,这就使我们有机会了解全部案情。关于这个案件的谣传很多,半个城市的人都知道山上出了一帮杀人狂。那个受伤的人告诉:当时他正在低头走路,突然觉得有人在后背那儿拍了一下,接着就觉得后背热辣辣的,有些潮湿,伸手一摸是鲜红的血,接着就倒在了那儿……

住在野外帐篷里的那种感觉真是极其特别。那是一种告别庸碌琐屑、无忧无虑放松流畅的生活，是"一个人吃饱了全家不饿"的绝好状态……不远处，小锅里的水正咕咕响着，很快白汽缭绕。周围几个简陋的窝棚前面有人已经在做午饭。我忍不住诱惑，还是讨了点热水开始喝茶。午炊的气味飘过来，这使我想起自己背囊里有一点备用的白米和黄米。

一个汉子大约有四十多岁，又瘦又疲，走过来，在离我不远处收拾干草。他的手像铁钩一样在地上抓着，连土带草一块儿弄走，回身塞到另一个锅灶下面。我走过去，看到他锅里的水刚刚沸动，里面是几块破碎的窝窝。他大概想把它煮成糊糊。我回头取了一点黄米。他焦干的嘴唇抿了抿，看看我，不知说了声什么，发音很轻。我把盛米的小塑料兜塞给他，他捏了一点放在锅里。

旁边有一个五十多岁的老妇人，手持一把长长的、生了锈的铁勺，在锅里搅着。我又给了她一点米。女人笑着点头，然后冲窝棚里喊了一声。出来一个二十岁左右的小伙子，头很大，留了短发，两眼虎生生地看了我一眼。女人说："叔叔给米了，你出去抱点柴来。"

小伙子嗯一声去了。他全身的衣服又旧又破，脚上的鞋子露着指甲；可笑的是他的小衣兜上还插了一支钢笔。他跨过一条小渠，消失在山根下的灌木丛中。只一会儿他就抱来一些干树枝和茅草。

锅灶下面冒出了浓浓的烟，旁边的人开始大声叫骂。我想这种闷火应该赶快拨旺，可那女人还是笑嘻嘻的若无其事。

一些窝棚里的人根本就无心做饭，他们仰躺在草毡子上哼哼着，半睁半闭的眼睛不时地瞄瞄太阳。离这儿不远处，那一溜草毡子挡起的一个个窝棚常被碰得摇摇晃晃，里面传出了毫无顾忌的男女说笑声、打闹声，一些奇怪的哼哼唧唧的声音。

剃平头的小伙子不时地望那边一眼，抿着嘴。女人斜一下不远处那个吵吵闹闹的窝棚:“这一对子也不知是什么物件,凑到了一块儿,一天到晚搂抱着,什么事也不干,也不要个脸皮。”

她骂着,伸出铁勺搅着锅里的汤,又问我从哪儿来。我说从东边,平原上。“一个人浪荡?”我点点头。她说自己是领独生儿子来这个城市打工的——说着用沾了米汤的勺子往窝棚那儿比划了一下:“这些人里边都是出来找事做的。”

她摇头叹息,说如今找活的多了,日子越来越难了——恐怕还得往南,听说南边的事情好做。

我问她为什么不在家里种地,她告诉老家那块地方开了一片流黄水的工厂、建了大烟囱什么的,把好生生的地都给糟蹋了:剩下了一点点地也没法种,因为黄水杀苗哩!再加上天太旱,地下抽不上水,河里早就断了流。“这些年水比油还金贵哩!老百姓没有办法,拿着黄水杀死的苗儿去告状,有人就开着车追上来……上级说别种地了,做买卖弄‘第三产业’吧!庄稼人不知道什么叫‘产业’,后来才知道那就是炸油条、把好生生的大闺女往窑子里送。丧天良啊!能做上那事儿的,一百户里也没有两三户。余下的人要不就挨饿受冻,要不就得走出去。人挪活树挪死,走就走吧……”

她一边说一边瞅着孩子,说他爸的指望全在这孩子身上了,撵着孩子考学,一连考了三年,都没考中。“他爸在村里油坊榨油,和头儿打了一架,再加上日子不顺,孩子又没考上学,一阵心火攻上来腰子就得了病。他这一病不要紧,再也不能干重活了,一年年就得用药埋着。这下俺家的日子塌了。我天天哭,出去找活儿干……还有,领着俺这个不争气的孩子出去打工。这个老实孩子,最苦最累的脏活儿才有他干的。我不舍得咱这孩子,又没法儿。我孩子进窑下洞、采石头挖坑,干了一个来月就皮包骨头,手指头都磨破了。他爸说我孩儿啊这才是咱干的活儿啊,天底下的好活儿都留给了鳖种！当爹的没有指望，躺在炕上瞅着屋梁发呆。千不该万不该，他有一天偷着吃了老鼠药……”

女人说到这儿哭起来，“他爹一去，我就守着这孩子过了。开洞子时，和他一块儿的就砸死了两个，这孩子再有个三长两短我也得跟了去。你看看，我孩子没考上学，可他是个好书底子啊，能写一手好字哩。我琢磨到人多的地方去给他找个差事哩……”

我听着，一声不吭。

女人瞥瞥我：“你也是出来找差事的吧？”

我看看四周这些窝棚，不知说什么好。我点头又摇头，自语似的：“……我也是往前走，这会儿走到了十字路口，不知道下边往哪儿落脚。”

女人抹起了眼，“看得出你是个好心人，有一口吃的还给别人。可这世道是好心人不得好报啊，像俺家他爸……”

我知道眼前这个女人心里已经注满了苦汁，只要一有机会就会往外溢流。可是我们却只有倾听。

三

旁边那个男人的糊糊做好了，向我打着手势。我走过去，见一个带裂口的碗已经盛满了，另一个新一点的碗刷得干干净净放在一边。他指了指空碗。我自己盛了一碗稀饭。

糊糊有点酸，我知道是因为掺了那些干结的窝窝头。每一口稀粥下咽都有点难，可这是野地的粮食，是流浪者糊口的粥。

饭后我请他一起喝茶。他的嘴含住杯沿时下唇使劲瘪着，于是总有两道水线从嘴角拉下来。交谈中我才知道，这个汉子已经在城里住了五六年——这也许让人有点百思不解，因为这样单薄的行装、简陋的住处，五年是不可能挨下来的。我记得五年中这座城市至少发过两次大水，甚至在立交桥下淹死了好几个人；还有，这五年里下了多少场大雪,又该有多少个寒冷的日日夜夜……顽强的生命啊!

在接下去的交谈中他告诉我:开始来到这座城里时,他还领着自己两岁的孩子,是个男孩。后来孩子就死在身边。那是半夜得的一场病,他当时听到呻吟伸手一摸,孩子的脑壳热得烫手。眼瞅着孩子就抽搐起来……他抱着孩子跑啊跑啊,跑到一个挂十字牌的门口就用手擂,擂了半天门才有一个人搓着眼出来,一睁眼就咋咋呼呼训他。也就在这时候,孩子在怀里咽了气。

从此以后他就成了一个人。为了活下去,他到垃圾箱里捡东西,再不就到建筑工地上干苦力。这些年他什么都干过,实在混不下去就卖血。没有几年他的身体就糟蹋得不成样子了,重活儿一点做不了……

"就打算在这儿一直住下去吗?"

他目光僵僵的,撇了撇嘴,"没地方去,就住这村子里吧……"

他把这个地方叫"村子"!我这时候才注意到,这些窝棚之间有一些弯弯曲曲的通路,真像是一座村庄的"街道"了。

"村子里常有来来往往的生人,不过大家相处得好哩。只有那些年轻人靠不住……有一次来了一个戴小红帽的人,他在这儿住了两天,偷去了好多东西。那家伙大概翻过山往南边跑了。"他一边说着一边端量我:"你不是那样的人,你是个好伙计。我这人一眼就能看出谁是好人,谁是歹人。"

我很感激他的信任。这时我觉得身边有人注视我,原来那个兜上插了一支钢笔的小伙子早就凑了过来,他一直在盯着我。

我对小伙子点点头,他冲我笑。我拍拍他的肩膀,他就引我到一边去坐了。

小伙子坐下来就好奇地看我的背囊,还伸手摸了摸。

此刻我很想鼓励一下小伙子,想说:你还这么年轻,年龄只有我的一半儿,你还会经历很多事情,出现很多机会,人的一生总是起伏坎坷的,你在这样的年纪可不要泄气啊——但我最终还是没有说出这些话。

小伙子咬咬嘴唇:“俺妈还在等哩,等有那么一天给我找个好差事……”他说着摇摇头,其实自己早就绝望了,“我往南走,走了不知多少村镇。人太多了! 我和妈走啊走啊,一直走进了这个城里,一路上到处都看到赶路的人,大小车子一眼望不到头。天哪! 出门以后我才知道天底下有这么多人。城里的人遮了地皮,遮了路。早晨八九点上街,黑鸦鸦一片前望不到头,后望不到尾,就像俺老家下雨前路边上那一大片蚂蚁……我心里害怕了,明白这辈子完了,没指望了。天底下的活路再多,这么多的人也要抢了去啊,哪有俺一个乡下孩子的份啊? 俺害怕了,拖着妈妈,说快跑,快离开这城里啊,咱回呀! 这城里的人太多了,咱乡下人踩也被踩死了,咱乡下人天生就该在土里打滚儿。我想跟妈回家,想这一辈子就趴在老家的黄土崖子上过吧……可俺妈不哩。她说:‘孩子,你再也不能像你爹一样了,你得出去闯荡,人挪活树挪死啊。’我说:‘不,俺就做棵树吧,俺就不做一个人了,俺害怕做人了’……”

小伙子的眼睛抬起来,看看我又闭上。

一番话让我心上发疼。我难以回驳,又不能同意……我想了想才说:“也许你妈妈是对的——你跟着她走一走、闯一闯吧! 总之你要坚强,别怕走远路……”

我的话里有一个“也许”,这使我有点厌烦自己。我害怕那种绝望的情绪感染了他,他毕竟才二十岁啊。我的眼前突然闪过了03所那个不幸的朋友阿莱——真的啊,他们两人不知在哪儿有点相像。我的心里一阵发痛。

小伙子盯住我:“我走,可我往哪里走啊? 我不知道该往哪里走……在这儿住久了,认识了窝棚里好多年龄和我差不多的人,他们有从乡下来的,还有邻近几个城镇的,都是些没有指望的人。他们差不多个个都试了好几次，结果全都一样。机会就那么多，人太多了，俺们争不过人家，最后只得逃开，逃到这些窝棚里……”

我想再烧一点水，到水龙头那儿接水，水停了。小伙子说每天只有一小段时间供水，全城都是这样。是的，在这个城市里，停水停电是经常的事儿。

旁边一个老人端着一根竹竿走过来，用搪瓷缸取水。我告诉他：“大爷，停水了。”“停水了？”他仰起脸，神情有点异样。我这才看出是一位盲人。我去帮他，他用竹竿轻轻碰碰我的腿说：“不用，不用。”然后转过身走开了——这一幕一下让我想到了行走如飞的山区盲青年，想起他在碾屋被打得鲜血淋漓的情形、他过去和今天的全部故事……

面对这片又陌生又熟悉的窝棚，心里有一种说不出的感觉。那是一种奇怪的心情。从这儿往北望去是城区那片林立的高楼，那里是另一个世界。两个世界都有无法忍受的东西。

在此地，人随时可以背起背囊走向大地，像溪水一样到处流淌……而现在，我站在了两个世界之间。

人　心

一

一大清早，阿环在楼梯拐角那儿看见了我，马上发出一声响亮的尖叫。她手提一把暖水瓶，惊讶之后就笑嘻嘻地站在那儿。她穿了一件风衣，米黄色的高领毛衣，挺着高高的胸脯，显得热情洋溢。几天不见，她的脸似乎比过去大了一倍，竟然像金星集团那个小白秘书一样，也长出了一副双下巴。她突然说了一句：“一看就知道你饱经沧桑……”小姑娘没有多少文化，随着成熟也多少学了一些词儿,但用起来还是略显生硬。她说了声“回头见”,“噔噔噔”就跑下了楼梯——下楼时两腿一甩一甩,让人觉得多少有些可爱。

环视一下办公室,一个人都没有。阿环原来是第一个来到。我把背囊摘下,放在办公桌上。桌上已经堆积了一摞子函件,对面娄萌的桌子倒收拾得干干净净,各种各样的资料都码在一边。我这时惊讶地发现,我的桌上蒙了一层灰尘——过去,无论我在不在,娄萌都会一块儿擦一下。这一层灰尘说明了许多——对方的拒绝和厌烦。

楼梯上响起了脚步声,我希望是娄萌。上来的还是阿环。她有气无力地提着水瓶,说:“接一下呀,大哥。”只要娄萌来办公室,阿环就要去打开水,因为娄萌从来不喝饮水机里的水。

她以前从来不跟我叫大哥。这姑娘的确长大了,被马光调教得不错。马光最大的本事就是不失时机地找一些女孩子、为杂志搞一笔不大不小的钱……我问她编辑部里最近发生了什么事情没有,阿环笑嘻嘻说:“有什么事?吃饱了就过来蹭,下班了,各自拿着自己的包就走了。我还是打我的字。”

这提醒了我什么。我端着茶杯到她那儿看了看:也许我想发现一点什么秘密,比如文件信函之类。我问:“那个金仲常与这儿联系吗?”我知道信件或电话一般都由快手快脚的阿环去接。

“好像有点联系吧……”

正这时候外面喊了:“谁呀?谁把这个又脏又臭的大包放这儿了?”

我一转脸就从门缝看见了娄萌,特别是那双又大又亮、猫似的眼睛;还有她的鼻子,粉粉的,这也让我想起一只大猫。我跨出门去。

娄萌端起的杯子“砰”一下放到了写字台上。

我说:“您好!”

她冷冷的脸上好不容易才有了一丝冷笑。她大仰着脸儿,这就使我看到了两个多少大了一点、有点不太相称的鼻孔。她的嘴唇一大早就搽了口红。

"你干得不错呀!"

"一般。"

她给自己的茶杯又注了热腾腾的水,在屋里踱步子。她想尽量做得雅致一点,作出四十出头的女人所追求的那种优雅劲儿。可惜水被溅出一点,她就慌不迭地重新把杯子放下。她乜斜着我:"看看你这狼狈样儿,在泥巴里打过几个滚吗?"

我幸灾乐祸地看着她。

"我还以为你不回了呢。"

"怎么会呢?我一直想念咱这儿……"

她鼻子里哼一声。如果是往日,她一定会递来一个满意的目光,可这回她真的给伤害了。她一时不愿说话,站在那儿,看看阿环黑洞洞的门,又看看楼梯。我想她也许在等马光和那个老编辑,等人凑齐的时候再正经收拾我吧。我想还不如让她尽快把那股怒气释放出来,这样更好。我于是直通通地说:"金仲骂你了,我因为保护你,把他给得罪了。谁骂我们领导也不行!"

她一愣:"他骂我?怎么骂?"

"他说你……"我迟疑着,"是个见钱眼开的女人,特别狡猾,这次想把他金仲辛辛苦苦、流血流汗挣来的钱扒去一半儿;还说你贪心不足,自己干社长主编,只让他干'名誉社长',拿个空衔儿骗他……"我忍住了,用力板着脸,"那个丑八怪不尊重你啊,主编!"

娄萌终于听明白了,拍了一下桌子。

我明白:恶作剧该结束了。

"你到底是什么用心?"娄萌也不傻,她单刀直入了。

"什么用心?还能什么用心?"我尽可能地镇静了一下。

“是呀,还能什么用心?你无非想把我们苦心经营的这个刊物给搞垮。我怀疑这就是你的用心。但是你没有想过这件事情的后果。我已经告诉了你的岳父。我很尊重老首长。我本来不愿让他上火焦急,可是出于对事业负责,我还是把你的行为告诉了他。”

我料定她会那样做,不过这也没什么。我歪头看着她:“我到底做了什么呀?”我只想借此来探听她与金仲的事情,以及事态发展到了什么程度。

楼梯又响起来,马光戴着那顶长舌蓝帽一晃一晃走上来。他其实在楼梯那儿就把我们的争吵听得清清楚楚,一上来却笑吟吟的,扳住我的肩膀,说我们的“骑士”回来了!他瞥瞥我又脏又烂的衣服、旁边的大背囊,说“真够新潮的”。

我说:“这本来是你的活儿,我替你干了,差点累死也没干好——你听头儿正熊我呢!”

娄萌没有接马光的话茬。她为了保持那种始终如一的严肃性,只是直盯盯地看我,说:“你知道‘金星集团’实力有多么雄厚,我们跟它的合作哪怕只有一两年,刊物也就有了发展的空间。也就是说,无论形势怎么演化,我们都赢得了喘息的时间。现在怎么办?很好的一条路给堵死了,我们丧失了多么好的一个合作机会!你想让我们去四处乞讨、化缘?这关系到我们每一个人的利益,关系到刊物的生死存亡。你想过没有?我们的举措是经过……”

我说:“可是……”

“可是你已经没有什么好谈的了,这个事情你要负全部责任。”

“你不能只听金仲的,那个‘肿材’是恼羞成怒。而且严格讲,这是一种欺骗……”

“谁欺骗谁?”

“互相欺骗。”

娄萌的手都抖了。

我说:“当然是欺骗。我们利用了他的虚荣心,想让他把那笔钱交出来。可是我们大伙儿都明白,”我看一眼马光,“马光你说呢?我们都明白,我们不可能信赖和依靠那个俗不可耐的家伙,他基本上是个文盲、恶棍。我们这么一份体面的杂志,怎么能借他的‘名誉’呢?他的‘名誉’到底怎么样你也该知道。你到那个地方打听一下,他的名声很坏!我们的杂志却要借助一个流氓的名誉,岂不荒唐?还有,一个更重要的情况是,那里真正说了算的,是‘嫪们儿’……”

娄萌还要插嘴,我一下提高了声音,硬是把她给压了下去:“从另一方面讲,他们集团有大把的钱,他们不在乎这个。可那些钱是怎么来的?我亲眼见过,那才是一些血汗钱!那里有十几岁的童工,他们在没有起码劳动保护的状况下干活,都是一些失业农民的后代——是他们苦苦挣来的一点钱。还有,把未成年的农村少女塞到黄色场所里卖淫……好端端的一个地方就要被金仲这些家伙糟蹋完了,那里的河变臭了,饮用水里有毒——你知道吗?他们就是这样搞来的钱!可是他们要用这样的钱来城里买个‘名誉社长’,还模仿城里盖起了一条‘橡树路’……你不觉得这太残忍、太恶心了吗?他的一个电话,你们俩一拍板,几十万就扔进了水里!”

娄萌被我这一番话弄蒙了。她一会儿说我“别有用心”,一会儿又说什么“新时代的一颗金星”呀、“著名企业家”呀、“一个伟大时代的转折”呀,等等。可惜她这些话比刚才的锋头差多了,全都有气无力了。

二

我知道至少是在短时间内,娄萌被我给打败了。不过她肯定不会善罢甘休。

我这会儿一切都不在乎。因为从跨进杂志社的那一刻我就明白,我这次根本不想说服她。我知道又一次的告别迟早要来——我只不过想在这个时刻让她留下一点记忆:我要让她记住,在这个年头还仍然有那么一些人,他们会稍稍不同,还仍然有那么一点点莽撞气……

在这场谈话的最后,娄萌已经变得有些丧气了。她说:“你有意见、有看法可以提出来,可是我们已经决定的事情,你不能擅自更改啊,这是违背纪律啊。”

我说:“算了吧,我的年纪也不小了,我的胡茬也硬硬的了……”

马光在旁边发出了笑声。我却一点也不觉得好笑。我接下去说:“你也该告诉我实话,我们具体做事情的人心里也好有个数儿——你不该骗我吧?”

“我怎么骗你了?”她的声音又高起来。

“你心里明白。你告诉我那个集团的总经理让我们拿出一些版面来,到后来又说他提出发个‘专号’、登彩照;再后来对方的胃口越来越大,又提出联办、当‘名誉社长’——这是你讲的吧?”

我注意到娄萌鼻子两侧白白的皮肤开始变红。她说:“是这样又怎么了?”

“你说假话了。到了那里我才知道,这完全是你先提出来的。是你越来越主动,吊起了人家的胃口。我作为这个杂志社的一员,不能眼瞅着你引狼入室。”

娄萌气得抖起来。马光、阿环都收敛了刚才那一脸的揶揄,他们几个一齐定定地看我。我面对他们两个说:“这真的是引狼入室。那是怎样一个恶棍,你们到金星集团那儿去看一下就知道了,那个丑陋的家伙,一张脸就像河马出水……”

阿环笑了。马光却没有笑。他把长舌帽摘下来。我发现他前面的头发好像稀疏了一点,这大概是让钱和女人累的。

娄萌还想认真地吵下去。我说:“对不起,我已经累了,我要好好休息了。”

我说完就一下仰倒在沙发上,一边听着娄萌发誓——她在说“我们要追究”之类的话。追究吧。我倦了。这会儿我只是一声不吭。

后来我终于不能容忍她在旁边吵吵嚷嚷,就直接欠身对马光、阿环和刚刚上来的老编辑咕哝了一句:“在那样一个‘名誉社长’下面工作,咱大伙还不如死了好……”

马光终于哈哈大笑了。他看看阿环,阿环两手抄在漂亮的条绒裤兜里,左边的腿一颤一颤。我发现阿环的腿并不比金星集团那个小白的腿差到哪里,只不过以前并未在意而已。“尤物满地跑,看你找不找……”

马光愣怔怔地看着我。

我又加上一句:“好端端的一个刊物可不能当妓女。”

这一句把娄萌给气疯了,她尖叫着,指着我,胸脯急剧起伏,差一点就要上来打我的嘴巴了。

她凑近了时,我赶紧站起来。这时我才发现她只到我胸口那么高。我紧紧按着桌沿,我想当她把杯子里的热水往我身上撩泼的时候,我就要赶快转身。我心里想,有些庸俗而美丽的女人的确是可恶和可怕的。

马光过来平息事态。他劝娄萌消消气、坐下,然后又刮了一下我的鼻子,说:“来吧,你这个糟家伙!”

他扯着我的手,把背囊提起来,拉我去了阿环那个小屋里。他对阿环说:“走开走开走开,大叔要谈点事儿。”阿环缩缩鼻子到外面去了。

他把门关上:“何苦呢老宁,你这是何苦!”

我高兴不起来。我真想干点什么来解解气,我不吱一声。马光皱皱眉头。这个家伙特别发达的毛发这会儿让我看着挺别扭，像大猩猩。后来他自言自语起来："没有办法，就是这么个年头，就该金仲那一类人发大财，我们没有办法啊，生气没用，痛心疾首也没用。我们管不了那么多，最后只能弄得自己垂头丧气。我也像你一样认真过，后来也还是像你一样败下来了。"

我没有打断他的话，但我心里觉得好笑，我在想：你什么时候像我一样过呢？你除了争夺我这个编辑部主任认真过，什么时候又认真过？你甚至连搞女人都不认真……

他继续说下去："其实呢，换一个角度想一想，事情也无非如此。世界上本来就是'多元'的，本来就生出了各种各样的动物植物，每一类生命都在千方百计地求得生存和发展。像金仲他们，就是要挖空心思地大把赚钱，能搞来钱就行；像我们，就是要千难万难地把刊物办下去，办得越兴旺越好。也只能这样，我们管不了世界上那么多事。我这样一想，才算是谅解了一点点……"

我点点头："你说得好像都对。不过我想问问，你的'心'呢？"

"什么心？"

"人心。"

马光抬起头，直愣愣地看着，像不认识我。

也就在这时我才发现，与他在一起工作了这么久，以前对这些还毫无察觉：他原来长了一双不太严重的斗鸡眼！这会儿，当他凝起目光的时候，那对斗鸡眼也就暴露无遗了……他的那副傻呆呆的样子把满脸的精明驱赶得一干二净，那神态好像在问：怎么？人还需要有"心"吗？

是的，这是个非常古老又非常现实的问题。可惜这个极其精明的小伙子竟然将这样一个简单而基本的问题给忽略了。他太忙了，忙得不可开交，发稿、约稿、搞钱、各种各样的关系，还有女人的诱惑、千方百计占便宜、领导被领导、同事、住房，偶尔还要开一个

“艺术沙龙”,炫耀自己的高雅和不同凡响……也许就是这些事情使他忙得忘掉了,忘掉了人还要有——“心”。

我说:“可是,我们有史以来遭遇的所有劫难,都是因为‘心’出了问题。”

马光皱起眉头,陷入了思索。他很快摆出一副哲学家的模样,伸出手:“那么请问,一个道德家能使社会繁荣吗?”

“我不知道你的‘道德家’指哪一类人。”

马光并未回答,只顺着刚才的思路说下去:“你制约了恶,不允许它们释放出来,可是你也会同时遏制了人的创造力。没有了创造力这个社会就将停滞不前,就将萎缩。”

这样的高论我听得实在不少了。残酷的是“创造力”总是与“恶”结成了一对孪生兄弟,而最后“恶”总是一阵疯长,直到把“创造力”这个弱小的兄弟给不动声色地一刀宰了——这怎么办呢?当鲜血满地的时候,你还来得及去宣扬那个“恶与创造”的真理吗?“恶”当然有力量,可是血缘的力量、伦常的力量、知性的力量——一句话:人的力量呢?

我还要问下去:人的生存的勇气呢?这一切呢?

这一切理应装在你的心上,因为你还是人;也因为我、你、我们大家、我们的后代,都还要继续活下去,顽强地活下去——仅仅因为这些,这其实非常之简单;就因为这些,你就得想法不让自己迷失和疯狂。我们所面临的一切原来就是如此的简单:或者是与这个世界一块儿活下去,或者是一块儿疯狂下去,直到毁灭……

我一声未吭。因为我觉得这些话对于马光已无必要了。

在即将分手的时刻,语言有时真是多余。

马光叹一声:“我发现你们的主要毛病是活得不高兴……”

“是的,高兴不起来。”

“而有的人,”他一只手卡在腰上,“为什么总是那么高兴呢?”

我看着他。两只眼球有点胀。是的,真得好好想一想那都是一些什么人、他们为什么“总是那么高兴”。不过我敢肯定的是,这类人无一例外,都是一些空心人,是染上了同一种颜色的尘土与粉末。他们等于是一些纸人,没有重量,没有声音,也没有真正的情感……

马光拍拍头说:“好像谁说过,我们这一代人主要是‘自己制造出忧伤,然后再回过头来欣赏它’。”

“是的,那些贱坯子从来不会理解‘忧伤’是怎么回事……”

我觉得不必再讨论下去了。

我走了。

三

好不容易一口气将事情忙完。是的,手头的这一切已经做得差不多了,该另起一个段落了。我决不愿把那些晦气和愤懑带到家里。只有当这些全做完了之后,我才感到一阵轻松,才要回到自己那个温暖的小窝。

此时此刻,当我怀抱小宁,和梅子坐在一起的时候,才真正感到了一种生活的甜美、一种回家的幸福。小狗丽丽,还有那一对龙虾,它们都安然无恙地迎接了我。丽丽的嘴巴永远是湿漉漉的,它发疯似的舔我、吻我,往我身上扑动。到后来它竟然和小宁争夺起我的怀抱。我于是把丽丽也抱在怀里——我觉得世界上再也没有比这两个生命更可爱的了。

梅子看着我,眼角好像渗出了泪水,“你看你折腾成了什么样子!”

小宁的手按在我的胡茬上,“爸爸,你脸上怎么了?”他的小手在揭我脸上的一块皮屑。梅子阻止了他。

丽丽舔我,我不得不把它放到了地上。两只龙虾在那儿挥舞着两只大螯,发出咔嚓咔嚓的声音。它们用一阵打斗迎接远方归来的人。

后来小宁就转身与丽丽和龙虾玩了。他们在角落里不断地发出哼唧声。丽丽笨拙的身躯,小宁机灵的扭动,龙虾在一旁咔咔嚓嚓的伴奏,都让我感到一种久违的温馨。任何东西都不能取代这里的声息和气味。是的,梅子的手在拍去我衣服上的尘土,在我鬓角那儿停留了。我感到了她指尖上的温热。我发现她也瘦了。这是一个把自己的全部、把自己仅有一次的生命悉数交给一个男人的女人。一想到这儿,我的胸口就有点发紧。

就是这种感受常常使我举步不前……我渴望、感激、留恋,并在这矛盾重重之间徘徊、徘徊一生……

“爸爸,爸爸!”小宁在外面喊我。

我赶紧奔到小宁跟前。小宁指着丽丽:“它咬我,它真咬我,你看。”

小宁的衣服上有湿湿的两个杏子大的水印。丽丽傻乎乎、笑嘻嘻,看看我又看看小宁。我说:“丽丽,轻一点用力,懂吗?”

它的尾巴摇动着,懂了。我让他们继续玩。

梅子说:“你走这么久!你知道你走了多少天吗?”

我算了算,只不过二十多天。我想起了什么,问:“娄主编在爸爸那儿告过我的状吗?”

“我不知道,反正我们今天晚饭到那里吃,到时候就会知道的,现在别谈这个了……”我们默默地靠在一起。小家太窄了,书架、床、沙发,什么都挤在一块儿,剩下的空地还搁了小宁的玩具,稍不注意就会把它们碰碎。我把它们捡起来,放在了写字台上。“我怕你一走就再也不回来……”“怎么会呢?”“会的。”梅子望着窗外那棵惨白的杨树,一对杏眼一动不动,“你一出差,我真担心。”“人都是要出门的,人不会总待在一个地方。”“是啊,不能像我这样——

我们女人一辈子只能留下来守家……”“我们应该一块儿走,可惜你不会那样——女人难得跟上男人长途跋涉,除非是……”

“是什么?”她看着我。

我叹一声:“除非是一些……‘殉道者’。”

梅子咬了咬嘴唇,不再说什么。

这时我又想起了莉莉,有点替余泽难过,“我见了余泽他们,没有告诉莉莉和埃诺德的事,我是怕他受不住。”

“你见到他们了?”

我点点头。

梅子“啊”了一声……我把他们的情况大致讲了一遍,最后说:“他们正在那儿苦挨苦斗,大约要过了这个冬天才能回来。”

“到那时余泽什么都晚了。也许莉莉真的会让埃诺德搞走的。”

“搞走算了。”

梅子难过地摇头。

“她原本就不值得余泽去爱,余泽爱上她,完全是人性中的一种弱点占了上风。”

“什么弱点?”

“不知道。反正人有时很难抵御女人的那股浪劲儿。”

“你真觉得莉莉美吗?”

我看看梅子,不相信这是她的发问。这好像并不需要辨析。我说:“怎么,你认为她不美吗?”

“你们男人的眼光和女人不同。我觉得她很丑。”

没法跟她解释和争辩。我说:“噢,那她就是很丑了。”

我不愿再谈这个话题。因为我想起的是另一个趣事——岳父与老范头对“老年书法家协会主席”一职的竞选。我问这事儿进行得怎样了。

我发觉在问这句话时,我心里竟然也在盼着岳父获胜。这很滑稽。

“爸爸比老范头多上五六票——不是五票就是六票。你看竞争多么激烈!”

我心里想:谢天谢地。我知道这是岳父的“最后一搏”了。他如果不当上那个鬼也搞不清的所谓“主席”,也许会一下子垮掉的。这一下他该如愿以偿了。我说:“那我们该好好给老人庆贺一下了,不过这回那个老范头该哭鼻子了。”

“不像你想的那么严重吧?”

“你错了,这回你真的错了。也许这事儿比我们想象的还要严重。”

我催促梅子准备一点东西,晚饭到岳父家一块儿吃,这也算是我们的祝贺。接着我又问了岳母的身体、小鹿的情况。梅子沉着脸说:“尽管有喜事儿,可也有不好的方面……”

我愣了一下。

她接着一讲我才明白:岳父因为选举紧张了好长时间,后来人突然一放松,险些垮掉。他病了好几天,新接手的一些活动——也就是说那个老年书法家协会的一些工作,也就没法干。好多人来找他商量事情、请示工作,他都要勉强拖着身子爬起来,跟人家一谈就是半天……

我笑了。人哪,说到底是一种奇怪的动物。这种动物在上帝的眼里也许是最为奇怪的,他们除了丰足的食物之外,还有那么多莫名的饥渴。上帝要满足他们所有的饥渴,简直要绞尽脑汁……我又问了吴敏、小涓和吕擎母亲的一些情况,梅子说她们都很挂念路上的人,“你如果有时间,可要跟他们仔细讲一下啊,不过……你不要讲那么苦,她们会受不住的。”

四

“橡树路”啊，久违的“橡树路”！你历尽沧桑，披挂了那么多的荣耀和屈辱……又一次走进了那个小院，特别是一眼望到了那棵高大的橡子树，心里马上有一阵高兴。岳母仍然那么胖，温温软软的手摸着我的胳膊、头发。在这个小院里，这是真正疼惜我的人。我觉得梅子所有的美好特质都来自母亲——只有偶尔呈现的那种内向和执拗、不愿妥协的劲儿，才来自那个瘦干干硬邦邦的岳父。

岳父真的躺在床上，见了我欠欠身子。还好，看来娄萌并没有把他怎样，一切正常。只是他的脸太黄了。这就是娄萌口里的那位“老首长”梁里，却很少让我想到当年的那个“铁来”。

“我们是来给您庆祝的。”

“那有什么。”他淡淡一句。可我明白那是一种虚伪。不过他的事儿真的可以告一段落了。

他穿上拖鞋，趿趿拉拉地往办公室走去。我跟进去。

他让我坐在沙发上。我发现这里新添的书法作品并不多。看来他写了那么多东西，装裱后参加展览，就为了这最后一搏。我说：“那个老范头……”

岳父眯眯眼睛，用食指轻轻敲击一下桌子：“同志嘛，还算个好同志；可惜就是不好好钻研业务，太能跑上层了……”

我听了觉得那么可笑。

“到最后，他又去找以前的……还好，吕南老对他是不太感兴趣的。”

我知道整个文化大权一直是掌在吕南老手里的。我想那个老范头失败的原因是不言自明的了。我发现在岳父背后的墙上，仅有的几幅新作中，有好几个斗大的“虎”字。这些“虎”有不同的写法，它们竟是那样粗大狂放。其中的一种写法我不敢恭维，而且一看就忍不住要笑——那个字很像一个“屌”字。

岳父见我在端量那个字,就笑着指点:“这个字呀,另一幅挂在宾馆里,有人要出一千元买走呢。”

我忍不住笑了。岳父也笑了。

外面吵吵嚷嚷,我一听就知道是小鹿来了。他在外面叫着。

我赶紧撇下老头子奔出去。

小鹿这家伙虎气生生,可能是由于常常游泳的缘故,皮肤有点儿黑。他穿的衣服比所有人都单薄,这就是运动员的特征。他刚热情了几句就回身喊着什么——原来门外花园里还有一个,他的朋友。他一喊那人出现了:一个小姑娘!她背着一个网篮,网篮里装着一些拖鞋、肥皂乱七八糟的,好像刚刚从外面洗澡回来,脚上也穿着拖鞋,趿趿拉拉走进来。也是一个黑姑娘,黑得让小鹿心花怒放。她的眼睛很大,而且眼角往上吊得厉害;鼻子矮得很,到了尖端那儿才猛地耸起,让人忍俊不禁。小鹿忙着向我介绍她,她并没有把脸转向别人,看来对屋里的其他人早就熟悉了。小鹿说这是他们那个体工队的同事,叫“小阿苔”。

“这个名字真不错。”我说。

小阿苔看着我,天真无邪地、摇头摆脑地笑着。她说话瓮声瓮气的:“大哥呀,我老想见你,这回见着了!”

“我这回也见着了。”

小鹿扯扯小阿苔,他们到花园里玩去了。小鹿夸张的叫声,还有小阿苔沙哑的笑声,一阵阵传进来。

这时候我想:她怎么笑得那么难听?这简直不像是她笑的。梅子在一旁,我问:“他们就是那种关系吗?”“什么关系?”“恋爱吗?”“看你说的,”梅子一撇嘴,“他们那么小,怎么能……”

“你也太小看了别人,不信你悄悄到花园看一下,他们在橡树后面亲嘴呢!”

梅子不高兴了,盯了我一眼。岳父从里屋走出来,慢吞吞地往外走,一边走一边咕哝,像是自语又像是告诉我:“我这一段时间就想改画呀,书画不分家呀……”

岳母在一旁抄着手说:“你爸画了一个大牡丹,那花瓣儿呀,水灵灵的……”

第 十 一 章

隐 秘 之 夜

一

当空气中呛人的柏油味越来越浓的时候,这个城市就到了难熬的酷夏。我记得一位朋友面对着势不可挡的城市热浪这样哀叹:“熬吧。”

我在家里闷了很长时间。一开始梅子并没觉得怎样,后来见我一直闲置起来,就有些不安了。我解释说已经请了长假,因为任何单位都人满为患,一个人离开一段时间不是坏事。她当时正做着什么,听我这样说就放下了手里的东西,将信将疑地看着我。有时她半夜醒来见我伏在案上,就长叹一声,说将来可不能让小宁再迷恋书和纸了。

我们有时讨论孩子的未来,发现人世间的每一种选择都不会轻松。她开始说孩子做医生最好了,我说那就要有勇气面对创伤和鲜血;她说那就当中医,我说那除非是最后熬成一个老人,须发斑白,指甲长长,说一些谁也听不明白的话,什么“气血”“肝主运化”“心肾不交”……给这个世界增添更多的神秘主义。我说哪怕做一个起码的中医都太难了,因为它囊括了全世界的知识。让他学习建筑艺术?我们这里没有什么“建筑艺术”,只有盖楼的人,只有利润。我们这个现实的世界已经丧失了最后的一点诗情……

讨论到最后梅子决定让孩子选定一个平平常常的职业,比如说机关工作人员,业余时间最好能有一点艺术爱好——但机械服从和小心翼翼会遏制浪漫的想象和生活的情趣。我相信一个人除非要有非同一般的天分,并投入极大的精力和时间,才能把世俗和艺术这两个世界分开一点。我这时发现像梅子一样,内心里决不愿让后一代过于接近自己所向往的那一切。我心醉神迷的,却不愿让孩子追随。这究竟是为什么?

随着炎热的临近,我的心情有时却变得好起来。比如说我不再担心那些朋友一路上饥寒交迫。他们将在绿蓬蓬的野地里游荡,可以在纵横交织的河流里嬉水。夏天在乡下人那里从来都不难过,这是人人皆知的一个道理。而在我们这里却不得不忍受一年里最可怕的煎熬。窗户那儿要不停地灌进灰尘和嘈杂,半夜里的一身黏汗会让人烦躁不堪。想开空调吗?大半个城区的电压都远超负荷,这样的夜晚会有四分之三的时间无法启动电器。总之没有任何办法。你只好坐起来看灰暗的窗外,然后不由自主地产生这样的念头:人啊,为什么会有这么强韧的耐性,竟然在这样的地方过了一年又一年,而且还要继续过下去、还要生出自己的下一代……这种没有止境的痛苦的延续,这种钝刀割肉般的生活,究竟是谁发明出来并使之变得可以忍受?

也就在这样的无眠之夜,我又与梅子讨论起"择居"的问题。我现在认为,迟早要发生的事情还不如早点开始,我们的确应该一走了之。

梅子根本不愿涉及这个话题,"你啊,真是一个容易冲动的人!"

这个夏天,噪音和烟尘再加上闷热,使这座大破楼的墙壁显得更薄了。四处都能透出声音来。我不知道如果有一场地震轻轻一晃,我们将何处逃生。我知道梅子顽固坚守这个城市的想法,在很大程度上是受了老一代的影响。可是她忘记了,她的父母与我们本来就有很多不同,他们住在橡树路上,那儿从来没有停电的问题,也不存在超负荷和限电问题。那儿尽管多年来早已没有了一排排的大橡树,可是现在已经着手绿化植草,如今一片片草皮油汪汪的,一天到晚有一些戴草帽的老头儿在那儿喷水啊用大剪刀细细地修啊剪啊。还有月季花、黑心菊、日本大丽花,小花坛一个个弄得蛮像那么回事。那里被黑乌乌的树木遮盖得满是阴凉的小路上时不时地跑过一辆高级轿车,消音设备是第一流的,机械的喘息声很轻。而且橡树路的好处越来越为人认可,所以那些刚刚开辟的新区无论弄得多么堂皇,一些有身份的人还是要住在橡树路。有人找出一百年前的一些老照片登在报纸杂志上,大家看了说原来的橡树路竟是这么好啊,瞧当年多么了不起,连那些戴了大缠头的老印度都有了。现在有人想模仿,于是就找来一些脸黑体重的大块头,然后用布条把头缠来缠去。这一切在岳父看来是不屑一顾的。可是他的那个院落却毫不含糊,那个绿蓬蓬的小花园啊,鲜花开起来一串一串的,橡子树在秋天一个劲儿地跌落橡实,还有冬暖夏凉的大屋顶。岳父最为不解的就是我们这个小家为什么就不能安在那里?为此梅子多次与我争执:“多少人想挤进橡树路呢,你却躲着。吕擎不是也住在那儿嘛!”

记得在03所工作时听过一个头面人物作报告,他说我们奋斗不息的目标,就是未来人人都要住在橡树路!我们要一口气造出千百万个橡树路,让全国人民都住在那儿!所以奋斗吧,前进吧,一往无前吧——但我们知道无论怎么折腾,有一点是可以肯定的,那就是把吃奶的劲儿都拿出来,即便花上一万年,最终也只有一小部分人能够住在橡树路……

小狗丽丽在另一个屋里哼哼唧唧。我不明白它一身毛发怎样熬过这个火夏。龙虾继续发出咔嚓咔嚓的搏斗声,这是一种永不停止攻击的动物,一些“有命不拼命、要命有啥用”的家伙。我想它们终有一天会挥动着那对大螯迎来自己的末日。它们像好斗的人类一样,是不可一世的可怜虫……我这时只怜惜丽丽,因为它的皮衣太难为了它。我觉得这个世界的可爱之处,就是仍然给我们留下了那么多让人心爱不已的动物。像狗和猫,鸽子,还有憨态可掬的熊……这些东西大半对人都有着奇怪的友善观念,它们灰色或淡蓝色的眼睛看上去总是若有所悟和煞有介事;它们无一例外地长了一双可爱的爪子;摸一摸它们光洁的额头,长命百岁!有时就因为我们将这些实在的、值得留恋的、非常真实的生命留在身旁,在它们的注视下,这才对生活有了诸多想象和企盼。我们会觉得自己的日月似乎还应该更好点——起码不应该充斥着这么多荒唐、污浊和屈辱。这个世界似乎仍旧值得挽救、值得眷恋。

只要活着,就是一场相依为命。

在这个熬人的日子里,无论梅子怎么说,我都不愿到那个橡树路的小院去。干吗要到另一个世界去?岳父岳母这么长时间没有见自己的小外孙居然也忍得住,而过去一个星期不见就想得发慌。在蒸人的热浪里,他们不慌了。他们往常总对我们一遍遍叮嘱:别让孩子着凉啊,多给他吃鱼虾水果呀……可见人待在不同的世界里,心情是不同的,牵挂也会改变。由此想到了吕擎,他们在苦苦奔波中获取的那一切,绝不是慷慨激昂的一番讨论就可以得到的。他们正在经历一场真实的奔走。有些事情做起来很具体也很枯燥,有无穷的麻烦无边的磨损,这一切甚至是足以令人短命折寿,可它还是需要有人去做。最危险最艰难的事情,总有一部分人去做。你愿意尝试一下吗?

二

这天中午,太阳正在热辣的时候,庄周的母亲爱旭突然来访了。这使我十分惊讶——我一见到她湿汗淋淋的样子,马上想到出了什么大事。她这副模样让梅子也慌了。

“阿姨……”梅子迎上去,又找冷饮又递扇子。她接过了饮料很快推在一边,目光只是寻找——她在找我。

我想肯定是关于庄周的什么事情。我从她的眼神里感到了热辣辣的兴奋,心上一动。那个人从上次秘密回来到现在,连一点讯息都没有。

她终于告诉我:庄周已经回家好几天了,这会儿就住在家里……

我一下站起来……因为毫无准备,简直是吃了一惊。我觉得庄周是不可能回家的——这会儿非但没有一点高兴,反而为庄周感到难过。说真的,我现在并不希望他出现在这个城市里……我怔着,不知该说什么才好。

爱旭对独生子回来好像也不太高兴,甚至还有些沮丧,摇摇头:“是这样,有一天公安机关通知家里去领人——我们吓了一跳,还以为孩子做了什么犯法的事。我不相信,觉得还不至于吧……直到来人解释了一下,我们才松了一口气。原来警察这几天清查街道,特别是一些公共场所,像汽车站火车站那儿……有一天清晨突击清场,结果就把一帮人集中到一个地方,全是盲流。幸亏清点时有个警察认识庄周,就给我们送了个口信。庄明硬是让人把他拖回了家。他根本待不下,口口声声要走……我哭了不知多少眼泪,李咪和狗狗也哭了。狗狗长大了,他揪着爸爸的衣襟不让爸爸走……就这样好不容易才让他待了几天——他这会儿还是要走,马上就要走……”

我听得出神,直直地盯着一位眼泪汪汪的母亲……一切发生得猝不及防,让我不知如何是好。

爱旭抹着眼睛:“他爸不得不把他关起来,这会儿锁在了厢房里,按时送饭给他。你想想这怎么行!你俩是好朋友啊,只有你去劝劝他了,你的话他也许会听得进……”

梅子像听一则奇闻,如果不是发生在这座城市、在我的朋友之间,她无论如何也不会相信的。这个闷热得不让人喘息的夏天啊,竟然突兀地送来这样一件礼物!

我不再说什么,急匆匆地跟上她出门……来到庄家之前,原以为会看到一个衣衫褴褛敞怀露背的庄周,可大大出乎预料的是,眼前的人头发梳理得整整齐齐,穿了一件墨蓝色纯棉圆领衫、一条挺好的制服短裤。橡树路的冷气绝对充足,我进门后立刻觉得有点冷。他舒服地坐在一张藤椅上,旁边的衣架还挂着一件亚麻布长裤。屋里有一个小三屉桌,一点办公用品,旁边是一张小床,床上摆着几件小孩玩具。看来狗狗经常光顾这儿。他对我的到来似乎并不吃惊,站起来碰碰我:“你看,我给关了禁闭;大门还有岗呢。”

那种稍微沙哑的嗓子一下驱走了陌生感。他让我在躺椅上休息。我请他把冷气关掉一会儿。这个厢房阴气重,再加上厚厚的窗帘遮蔽,就是不开制冷设备也会凉森森的。我把一件衣服披在身上。庄周把窗帘重新拉严了一些。门从外面给锁上了——这使我多少有点不安,因为这会儿屋里有两个囚犯了。

他指指床:“这张床这么小,李咪还要抱着狗狗过来挤……”

门响了一下,李咪进来了。她来送水,仰着那个小翘鼻子,睁大了亮晶晶的眼睛,用力瞥我一眼,好像在示意什么——她大概把我当成了公爹和婆母的同盟,这很可笑。她脸上竟然一点羞涩感都没有,好像压根儿就不在乎前不久那场沙龙聚会:我亲眼看到她与李贵字勾肩搭背。这时我才发现李咪身个娇小,嘴巴却很大,与这副小巧玲珑的身材以及脸庞极不协调。显然是个能吃能喝的主儿。没有办法,一个男人在年轻时候很容易就被妩媚的女人给蒙住,他们一抬头一对眼,其他也就不在话下了。可是我多么怜惜庄周啊，从那个聚会的夜晚遇到她和李贵字一起之后，我总想把事情的真相找机会说出来——我觉得让这样一个浪迹天涯的人蒙在鼓里，作为他的朋友会觉得亏心。

李咪又说了几句什么，把茶和几片西瓜放下。她往外走时我故意说了一句："可别忘了锁门……"她回头一笑，看起来轻松愉快。

庄周说："今天夜里你就不要走了，怎么样？"

当然。我们有多少话要说。可惜吕擎几个人不在。庄周果然首先问起了出远门的那几个人，我刚说了几句他就问："是出去旅行吧？"

"没那么简单。他们实际上是要踩一条路径，这样在适当的时候——当一切准备就绪后，就会扎扎实实开始做点什么。他们不太可能像过去一样趴在城里，这不过是第一步。"

"他们能抛开家庭？"

"也可能是全家一起，取得家里人的支持……"

他苦笑，摇摇头。

我问："你知道我会来吗？"

"知道。我妈一定会找你来的，她要找人求援。"

"你不想念孩子和李咪吗？"

"……特别想念狗狗，我想等这孩子长大了的时候，我会把他领走……"

三

这注定了是一个无眠之夜。我们喝着很浓的茶和咖啡。灯光很暗，只开了一个床头灯。大概长时间在野外生活的庄周已经不适应强烈的室内光了。朦胧的光线里我努力辨认着这个橡树路上的"王子"，觉得一切恍若隔世。尽管他身上又穿了干净的衣服，可总也无法让我将其还原。一种特别的气息弥漫在这间屋子里,使人忘记了正置身于橡树路上。他仿佛带来了一路泥尘,空气中全是野地气味。“你在这儿我就不怕了,就不会做噩梦了。我害怕在这里过夜,天一黑就害怕……”他沙哑的嗓子让人听了有些难过,我知道他真的害怕。他一直克制着不去吸烟,怕在这个封闭的屋子里呛着我,但这会儿实在忍不住了,还是点上了一支。过去他是没有这个嗜好的。浓烈的烟味,还有面前这个人,总是让我想起另一个人……我想谈一些不太沉重的话题,问问他路上的生活,诸如此类。长时间,我们的谈话就像沙地上艰涩的水流一样,根本就流不畅快。

“我去西边了——我找过她一次……”

他突然说了这样一句,让我一时摸不着头脑,“你找过谁?你去了哪里?”

“就是她,你说的那个凹眼姑娘……”

“啊!你找了她?你见到她了?”我不由得探头盯住他,心跳马上加快了。

“……我见到了。本来……本来我这么远赶过去,就是想告诉她一件事情——因为这很重要!我这辈子一定要告诉她……可是我一见她的面就不忍心说了。我不敢再提那件事……她的鬓角长出了很多白发……”

我心里揪疼了一下,轻轻叫着:“凹眼姑娘……”

他把烟揉掉,可是马上又点了一支。微弱的灯光下,我发现他的眼睛是焦干的。我的发问木木的,因为我的思绪只在远处,在她的身上。我问:“你要对她说什么?一件什么事情?”他并没有回答。他把窗帘掀开一角,把脸紧紧抵在上面看着夜空。这儿真静,橡树路之夜没有一点嘈杂。这就是静谧,是多少人百求不得的那种安宁。他转身瞥了我一眼,又重新伏在了窗子上。他像是向着窗外的什么人说话:“我上次一直没有告诉你,按时给棤林寄钱的人,就是我……”

“其实我早就想到了。只是我和吕擎都不明白,你为什么不去看他……”

他坐回来,低下头,轻轻摇动着:“他最厌弃的人就是我。他如果知道了是我的钱,就会扔到窗外去……不光是他,以后你、吕擎和阳子,所有的人都会厌弃我。所以,”他抬起头,“所以我不如自己离开,不如早点儿从橡树路上滚蛋!”

这句话是突然提高了声音的,吓了我一跳,“你,你在说什么?庄周……”

“我回到这里,已经是个不知羞耻的人了!”

他再次低下头,肩头在微微抖动。我有点怜惜这个人。有什么不可承受的沉重压在身上,让他彻底垮掉了……谁也帮不了他,世界上没有一个人能够帮他,这就是他的可怜之处。但到底是为什么、发生了什么,到现在为止我们一无所知……我又想起了棤林跳楼的那个雷雨之夜——那一天他在棤林门外恳求了很久,屋里的人却拒绝开门。是的,今天可以解释为:屋里的人正深深地厌恶着,厌恶这个橡树路上的王子。可他们是谁?一对挚友,其中的一个是另一个的保护者和恩人和庇护者。

看来这其中的所有奥秘,只有今夜、只有坐在我面前的人才能揭破……到底为什么,他最后也厌恶了自己,以至于走进了无处可逃的绝境——因为我们知道,在人世间,一个人除了自我确认的深重无赦的罪恶感,再也没有其他更为折磨人的东西了。

“她再有不久就要出来了……可是那次她告诉我,说自己不会回到这座城市了……”

“我知道。她要留在那儿。‘我愿来世降生在……那个贫瘠的高原’。这是那个人生前写下的,她认为自己的恋人要去那儿,那里才是他们最后的会合地……”

他用力咬着嘴唇,“你还记得出事之后,你让我设法搭救她的事情吗?”

我点点头。怎么会忘呢。我相信庄周那时已经尽了自己的力量——不过他耗费精力最大的还是为那个苍白青年,那时他日夜奔波。可惜没有成功。最后他为桤林的奔走总算有了一点效果,这是因为二者的难度毕竟不同,再说随着时间拖下来,形势已经远非以前那么严峻了。

“我为她找过人,但主要的力气都在前一段用光了。我调动起所有的资源,只为了保住我那个最好的朋友,就是她的男友。父亲的老关系也用上了,这让他知道后发了大火,说我这个人‘应该枪毙’。这不是随便说说的,因为战争年代过来的人并不忌讳杀人。其实当时我并不指望放人,我知道这不可能;我只是希望判得轻一些,把人保下来……我做梦也想不到的是,人真的没了!这怎么会想得到啊!我今夜向你发誓,我以前绝对、绝对没有想到……我只认为这是一种必要的惩戒,是对一些荒唐行为的严厉制止……我万万想不到会是这样的结局——我向你发誓!可是,可是这些已经无处解释、也无处说清了……”

我惊讶地发现庄周声音哽噎,一会儿脸上泪水纵横。

他握起了拳头在我的面前摇动,而后竟狠狠地捶起了自己的胸脯。我不得不抓住他的手,我说:“事情已经过去了这么久,你也尽了自己的能力……”

他根本不听我的劝阻,突来的悲伤和绝望让其低低地吼了一声,这声音简直令人害怕。我怜惜他,拍拍他的肩头。他抬头看着我,突然凝住了一样,大气也不出了。这样足足有五六分钟过去,他一下跌坐在了那儿:

“今夜我告诉你吧——我想去告诉她的,也是同样的话——”

我想拉他起来,可是他抓我的手恶狠狠的,好像一旦松开就会掉下万丈悬崖。他嘴里磕绊了一下,急急扔出一句:“那年九月,那个人就是我出卖的……”

“啊?你说的是谁?哪个人?”

“就是他!我们一直说的那个人,我们俩从小一起长大的好朋友——凹眼姑娘的恋人……”

四

“我从来没见过一个人像凹眼姑娘那样,对一个男人会这样百依百顺。她叫他‘白条’,死心塌地跟上他走,哪怕前边是地狱火海……越到后来越是这样。我为了挽救自己的朋友,不让他那样颓废下去,曾经跟她谈过几次,我想让她影响一下‘白条’,让他千万别这样糟蹋自己。我发现他走得越来越远,已经不可救药了,就像换了一个人。凹眼姑娘对我的话开始多少还能听进一点,不久连她自己也陷进去了,完全和男友一样。再后来我说什么,她就嘲讽起来。有一段她甚至怀疑我在趁机诱骗她说出一些秘密,怀疑我多少有点窥视癖什么的。这倒不是,我私下里真的问过自己,你不想知道他的一些秘密吗?那个大宅里的秘密,那儿到底发生了什么,你真的一点都不感兴趣吗?我发现自己多多少少还是有点好奇,还是想知道一些。尽管‘白条’是我最好的朋友,几乎从来不对我隐瞒什么——这还是不一样。就是说越到后来,他越是不愿对我说了,特别是大院里闹鬼以后。他对我再也不像过去那么随随便便大大咧咧的了。其实最早‘白条’的家对我是完全敞开的,我随时都可以到那里去,相互交换书和杂志,谈得晚了就在那里过夜。在最严厉的七十年代,无论多犯忌的一些消息、一些平常连想都不敢想的话,我们之间也可以照谈不误,谁都不会想到提防对方。可是后来形势松弛多了,一切都变了,他倒想起了隐瞒。起因就是我对他选择的生活方式极力阻止,不加掩饰地表示了自己的厌恶,有时用语十分尖刻。我只希望他能像过去一样,千万别走得太远。他喜欢给人取外号,管我叫'好孩子'。他对凹眼姑娘送他的'浪里白条'特别喜欢,说自己就是要畅游它一番,哪怕最后淹死呛死。

"我知道他这样做心里多不舒服,那是苦到了极点。他的这种心情也传染给凹眼姑娘,她在最后与我接触时,从来不正经说话了,还故意说一些大胆的黄话。她是想吓跑我,逗我,让我尴尬。我识破了她的小伎俩,并没生气。我不敢在夜里去'白条'那儿,不敢沾上一点污七八糟的东西。白天他要睡觉,一直睡到下午两点以后,所以我都是三点左右才去敲他的门。他已经病休一年多了,其实什么病都没有。这种浪荡病在当时的橡树路传染得很快:许多人都病恹恹的,对什么都不感兴趣,提不起神,一开口就是吓人的怪话——最难听的话都是用来嘲讽父辈的,火气上来骂得狗血喷头。除了这些就是享受生活,最大享受就是暗地里搞来一些舶来品,吃的用的。主要是内部电影,如果片子中有几个裸露镜头,那就当成了宝贝。黄色录像是一点点传开的,交流得很隐蔽。因为这事儿在当时是要判刑的。不久就以橡树路为中心形成了一个地下网络,他们组织严密,相互都有暗号,一个眼神一个动作对方就明白了到哪里看什么片子,其他人看见了也不明白,蒙在鼓里。也就是这时候舞会和沙龙开始了,'白条'那个大院当然成了中心,他自己也成了头儿。有一天我去了那里,他和我一起喝酒,还放了一部相当大胆的片子给我看。我只看了开头就拒绝了。我们开始有了严重冲突。有一回他在分手时冷笑着问:'好孩子'不会去告发吧?他已经喝醉了。怎么会呢。不过我警告他别走得太远,这事早晚会败露的,到时候你后悔也晚了。

"我知道'白条'心里太苦。他是在保姆身边长大的。父亲去世以后世道大变,一家人的地位一落千丈,已经有人几次让他们搬出这个大院了。还有,他父亲在世时树敌过多,许多人想报复他和母亲,给他非常大的压力。他父亲的一些事情逐步揭露出来,一桩桩冤案都平反了,其中一大批冤案都有他父亲的参与。父亲在他眼里成为一个最虚伪最不磊落的形象。中国人有个说法,叫'父债子还',虽然当代人没有谁会认可这一点,可是有那样一个父亲总是不一样的。那些东西压在后一代身上,如果不是足够坚强的话,他是受不住的。全都垮了崩溃了,呼啦一下全压在了年轻人身上,你就得想个办法活下来。'白条'的办法就是麻醉自己,就是往死里折腾。这都是些老方法,没什么新意。我为他感到痛心。一个多么有才华的人!他从小到大都没人超过的,让人嫉妒——在一切方面……一个人的才华是毫无办法的事——一个人没有经历那种逼到眼前的才华,也就不会真正明白嫉妒的滋味——我说的是嫉妒,它如果出现在男人之间,那种力量大得会吓人一跳!可是我必须告诉你,我这许多年里不知花了多少力气,就是为了克服它,为了少一些嫉妒。因为它像毒蛇一样咬我,有时在半夜里让我在床上翻来覆去不能睡。这是真的,我要向你承认这一点,说出来心里才轻松一点点。每逢有人对他发出不能掩饰的惊讶和激赏时,那条嫉妒的蛇就会溜出来咬我,咬得我日夜不得安宁……我至今不忘在大学朗诵会上的一次经历:我们前后登台,他招来的是疯狂的喝彩;我还演过话剧呢,他那会儿倒那么光彩照人,对比之下我真拙劣……

"眼看着他这样糟蹋自己,一路往下走,我心里也挺复杂的,只是说不出。就在这时候风声突然紧了起来,我听到父亲在家里破口大骂,骂一些年轻人的堕落,还说出了一些严厉措施——就是说,我早就知道事情会有多么严重,可还是对来我们家探望父亲的一个人——他是参加'严打专项活动'的成员——不加掩饰地指责了‘白条’……从那以后我就没法控制自己了,因为有关部门一次次叫我去一个地方记录。我吓得出了一身冷汗,不再说什么。可他们一旦揪住了一个线索就不算完。在那种特别的气氛下,我还是在一份记录上签了字。这一切都白纸黑字留下了。最后发生的事情是我万万没有想到的——它引来的惩罚超过预料中的许多倍,从根上毁了他也毁了我。不久桤林被乌头那伙人陷害,也进去了。为了彻底毁掉桤林对我的信任和感激,他们竟然设法让他看了我揭发‘白条’的笔录!这就是桤林最后绝望的原因,他不能接受这样的事实……除了他,李咪也知道我做了什么,这当然是乌头告诉她的。她的鄙视让我生不如死。乌头和她的事情最后并没有瞒我,因为我需要和乌头交换条件:他们不扩散我的事情,我默许他们……

“从此我的地狱就开始了。我一夜一夜睡不着,一闭眼就是那个妖怪在后边追杀。我相信橡树路真的闹鬼,这鬼就跟住了我——其实是在我心里做了窝。那些日子里倾尽全力营救‘白条’,还向有的人暗示这是父亲的意思……这就是为什么父亲说我‘应该枪毙’的原因。父亲真的这样认为,这是他们的共同看法。他们先是让后一代绝望和疯狂,然后再枪毙他们,这就是他们的残酷。九月就这样过去了,我等于和‘白条’一起死了一次。从此我在橡树路等于是一具行尸走肉。李咪和乌头搞在一起时,我心上滴血,已经顾不得她了。这就叫罪有应得!那些夜晚我一个人躲在小屋里叫着,像说胡话,其实心里从来没有这样清楚过。我一遍一遍说给自己听:庄周你记住吧,一是千万不要嫉妒别人,因为这个世界太大了,多么有才华的人都有,嫉妒只会害了自己。二是千万不要过分相信自己的道德感,它要等你挨过一些最现实最险峻的关口才能作数。三是千万不要误解,以为那些强烈感动过你的崇高信念已经变成了自己的——它们离你还有千里万里,你即便耗尽一生都难以追赶；如果你愿意，那就为它经历九死一生、辛苦终生吧……”

九　月

一

九月如期而至，金黄色的菊花开了，在新建的橡树路入口处的花坛那儿，与金色菊花同开的竟是一种叫不上名字的黑花——它的花瓣有点像蝙蝠的翅膀，在阵阵西风中扇动不已，好似随时准备起飞一样。这种花因为从来没见过，所以第一眼看到时就驻足观望了一会儿。问一个过路的人这是什么花，他可能正为什么事情怄气，竟然脱口而出：“丧葬花！”

从花坛边走开，我突然才意识到这是九月之花。是的，这种黑色的花正是为了九月而开。那个人也许说得并没有错。我从橡树路步行回家。凉风中伴有阵阵热气，当风稍稍转北一点时，凉意立刻就增加了。入冬前的这个季节总是忽冷忽热，因为一边连着火热的夏天，一边连着冰凉的雪界。柳叶飘飘，一些穿了夏装的女子手提花布包从中间走过，其中有一个额头鼓鼓的姑娘眼睛凹得厉害，她回眸顾盼的那一会儿，让我怅然若失。她们可能是一群高中生。

我在橡树路西段走得很慢，仿佛要故意等待黄昏的降临。其实天色还早，巷子里的人很多。由于这里不是商业区，所以这些人一般到了太阳落下去也就离开了。人流稀稀的街巷真适合闲逛，如果是两个人，一男一女，各自怀了美妙的心事，一切也就完美无缺了。那样的日子啊,在人的一生中一晃而过。后来还要经历无数的黄昏小巷,但记忆从不挽留。

整个的夏天和初秋都在苦等什么。我奋力开拓喧闹和混乱之中的那片宁静,竟然没回一次橡树路。这里有点像气象学家描述的台风眼,这儿静静的。

马光带着阿环找我来了,他戴了顶长舌蓝帽,看上去像个炼钢工人。他们在这个夏天可能经常到游泳池里去,两人的脸色都呈黑红,显得精神勃勃生气贯注。阿环越来越蓬松的小身体可不是什么好兆头,如今不仅嗲声嗲气,而且俗气逼人。马光现在总摆出一副谦虚的占领者的姿态跟我说话,其中也不乏亲切的关怀:"何必呢?过去就过去了,就像刮了一场大风一样。"

他说的是我前不久在那个集团的经历,动员我早点上班。我说我病了。"你哪像有病的样子?""我害着热病。"我编造了一个中医名词,这一下终于把他给唬住了。他用奇怪的眼神看看我,低头的样子有点像毛猴——近些年那些轻而易举就能得到姑娘钟爱的男子往往对自己的毛发不太管束,故意弄出一副毛茸茸赖唧唧、脏里脏气的模样。奇怪的是有些女孩就喜欢这种介于人和动物之间的男人。可是我对这种模样有一股强烈的排斥——我厌恶他后颈上乱糟糟的长毛。

当他又一次"开导"时,我就说:"你算了吧,别给我上课了,我从年纪上差不多等于你叔。"

阿环在一旁哧哧笑。马光说:"你不知道他的意思,他是说'知识的大叔'。"

这种奇怪的引申让我也无言以对了。很长一段时间里我一声不吭……

仅隔一天,又有人敲门。小狗丽丽跳了起来,发出一声"呜吠",龙虾则迅速响应似的加紧了打斗。我去开门,丽丽一直揪住我的裤脚,使我一边把一条腿抬起来,一边把门闩拉开。出乎意料,进来的人是娄萌。作为领导者她很少光顾,我赶忙给她倒茶,还找来不知什么时候遗留在盒子里的糖果。娄萌竟像个孩子一样把糖果放进嘴里,让它在牙齿间格唧唧响。小狗丽丽在一旁抿着舌头,瞪着一双亮晶晶的眼睛,看看我又看看她。我于是给它一块,它竟然咂得起劲,嘴里也发出格唧唧的声音。娄萌笑了。

"你就别在家里闷着了,上班不行吗?这回不用你出去跑钱了,不要害怕了。"她含糖说话有点含糊不清,却显得较为亲切。

"不是害怕,是身上难受。"

"不是装病吧?你要装病,我可要去找你岳父了,老领导可从来看不上小病大养的人。"

我苦笑一下。在这个刚刚开始的秋天里,我们两人的心态何等不同。我已经没有心思说不冷不热的俏皮话了——只想把自己关在屋里;我的心绪如果配上橡树路口那儿的黑花,倒也合适。此刻我什么也不想做,心里怅然而又悬空——悬空感对于中年人是很要命的事儿。可惜这一切面前的贵妇人一无所知,她离这种体验还有十万八千里呢。她一心琢磨的只是怎样设计一些完美的圈套,像套狼一样套住那些自认倒霉的"企业家"。我琢磨她仍然对环球集团的事情耿耿于怀——那桩并不磊落的买卖到底怎样了,她不说我也不问……我抱起丽丽,它两只胖乎乎的蹄子垂着,真是有趣。生活中有多少有意思的事情被我们忽略了。丽丽嘴里格唧唧化着糖果,发出"咔啦"一声——它终于把糖嚼碎了。

娄萌没有耽搁很久,要说的话也就是那些。她临走从挎包里掏出一摞子函件,它们捆在一块儿,大致都是些印刷品。我把它们搁在写字台的一角,然后和丽丽一块儿去看龙虾。它们仍在起劲儿地打斗,其中的一只已经露出了破落相。

在这个城市,秋天曾经是最好的季节。可是在这些黑色的丧葬花旁,人究竟要长一颗多硬的心才会春风得意呢？秋天是野地上的盛大节日,却会变成城里人的愁思。我搓搓手,抬头看窗外灰色的楼房之间,那儿正飘过浓浓的铅云。如果这时响起隆隆雷声,就会有一场让人惊悚的大雨……

二

又是一个下午,再次从黑色花那儿绕行。我漫无目的地走向了那个糖果店,走到跟前才记起它早已改为西点店——而以前,这么好的糖果店大概全国也没有几家。我停了一瞬,沿着静谧的柏油路继续往前。路过那家门上装饰了松枝的咖啡屋,可以看到里面的服务员一色洋派,里面的餐具,比如小巧的桌子,雪白的亚麻布上摆放的锃亮的刀叉……还离它一段距离就能闻到特异的气息,如今这气息似乎代表了整个橡树路。一辆深棕色的轿车"嚓"一下停在了跟前,离我只有几公分远,可见司机真是一把卖弄的好手。我还没有来得及惊叹,车门就打开了,一个光彩照人的女子不慌不忙地下了车。她在车子的另一面对我微笑,还轻轻皱眉,表示了一丝惊讶。我有些眩晕,在下午的光线里很难看得清这个美丽的面孔,只是觉得有点熟悉。是的,我好像认得她。我马上就要叫出她的名字来了——可惜她还是抢在了我的前面:

"宁先生！宁先……"

没错,这是环球集团的小白秘书！老天,如今这样的年代真是变了,美人个个都是飞行军,在偌大一个世界里随意出没,瞧她一眨眼竟出现在橡树路上……我心里不知是沮丧还是高兴,这会儿嘴巴一咧,让她吃惊地大叫一声:"您——"我说真是高兴真是想不到啊！她应声上前握住了我的手,"正想来这儿喝咖啡呢,从车里看见了您,越看越像,果然！真是巧极了,不然我也要找您……"

我急于想知道她为什么出现在这里。她解释的也是这个,可能费词太多,急得又一次皱起眉头。我发现自己有那么多话要问,比如集团与我们杂志后来的合作,以及我离开之后的情况……她把我往旁引开了一点,开门见山说:“是这样,我被总部派来橡树路上工作一段,可能需要一个月吧,才来了一个星期,所以也就没有急于找您……”

“橡树路?你说在这儿——工——作?”

“是啊。有些突然。不过我们公司从来这样,任务说来就来,总裁一句话就得出发。是这样——公司为这里培训了两个服务员,让我送来并带她们一段时间。无非都是生活方面的事情……”

我更加不解:“千里迢迢为这里培训两个?只两个?”

“是这样,”她抚了一下汗津津的刘海,“是我们总裁为一个熟人——一位老领导培训的,就算是帮忙吧。现在城里的服务员很不好找,要听话又可靠的,也不那么容易……是这样,老领导马上就要搬进新居了,总裁让我送人来,带她们一个月再回去。从农村找来的孩子,需要手把手教啊,性子急了也不行……”

我终于明白了:“其实就是往城里送保姆,你那样一说我就听懂了。”

她不好意思地笑了:“也可以这样说吧。不同的是我们对她们的要求要严格得多,因为这关系到公司的信誉,总裁……”

“又是‘肿材’……”

小白打断我的话:“宁先生,我们一边喝咖啡一边聊吧,请吧!”

我说自己对咖啡这种物件实在没多少好感,“如果您愿意的话,我们就去找一家茶店吧,这对我比较合适一点。”

小白往一旁看了看,说:“干脆吧,我们一起回去吧,到我们工作的地方去,那儿什么茶都有。那个环境您会喜欢的——我们就回那儿去吧。”

我说咱可不想打扰老领导。小白笑:“老领导还没去呢,我们三个等于是先遣军，待我们把内部一切都理顺了，刚装修的屋子也可以住了，那时老领导才能搬来……走吧，那里现在是我说了算。”

她的这个做派立刻让我想到了环球集团。看来她已经习惯了这个角色，很有点大秘书的气魄了。我说那好吧，一切听你的，你大约就是女“肿材”了。她说用不着这样讽刺我啊，咱们见面真的让我高兴——“尽管上次与公司合作得不好，不过我们还是朋友吧。”我顺便问了一下双方的合作，想知道那档子事结果怎样了。小白笑眯了眼：“其实这不像您想的那么复杂。你们主编亲自来了一趟，一切也就迎刃而解了。我们总裁对她很客气——他对女同志总是很客气的……”

我们说着话车子已拐进了橡树路内部。我往车窗外一望，老天，刚刚从岳父的小院前面驶过！再往前就是树木茂密之处，是那个被木栅栏封住的地方了——奇怪的是这儿又有人站岗了，木栅栏已经拆掉。在门岗那儿，士兵根本没有阻拦，原来这辆车子早就办了通行证。继续往前。雪松，还有橡树，个头很大。这就是那个最有名的大宅啊！可我从来没有进入它的内部。此刻令我迷惑的是，这里从什么时候开始更换了主人呢？我的心怦怦跳了起来，接上小白说了什么都一概没有听清。

车子发出轻微的一声“嚓”，停在了院子里。因为是第一次进来，好奇心让我忍不住四下打量起来。原来它真是很大啊，这在寸土寸金的橡树路上太奢侈也太过分了：整个院子占地足有十五六亩，在主楼和配楼之间有小片的林子和花圃，由一些青石小径连接起来。因为面积太大了，再加上一些郁郁葱葱的大树笼罩，一时难以看清它的格局和面貌，只产生一种复杂和神秘感。回身看旁边的这座主楼，青魆魆的，爬在墙上的藤蔓植物死一半活一半，愈显出了它的沧桑感。这是一幢两层建筑，但因为有高出地面半个窗户的地下室、大屋顶阁楼，所以实际上是一座所有空间全部得到有效使用的四层楼房。在稍远的一片竹林旁，是一座面南坐北的长条形厢房，两层，也有地下室和阁楼，建筑面积也在五百平方以上。更远处的西墙附近好像还有平房之类。仔细些看，会发现脚下的甬道已经重新修过，花圃四周的竹篱也刷上了绿漆。整个院落显然是刚刚修葺了一番，可想而知楼内也彻底整过了。新的主人入住前必不可少的一场折腾总算进入了尾声。如今硬件已毕，剩下的软件就由这个富有经验的小女子来做吧。

司机把车子泊到左侧一个小小的停车场上，而后很快就到厨房里忙去了，原来他还兼做这几个人的厨工。这时小白拍拍手，从主楼里马上出来两个穿旗袍的姑娘：一米七五以上的高个子，苗条俊俏，一双大眼乌闪闪的。她们脸上是标准的高档酒店服务员那样的微笑，两手合起自然地放在胸前较高一点的位置，即蓬松的胸脯下边——胃部偏下一点。她们点头含笑，却并不说话，保持了美女应有的矜持和内向。倒是小白稍有急促地逐一介绍了她们，说一个是秋菊，一个是荷花。当然是艺名。她们可以算做艺术家吧？我这样问着，想象着面前这个无所不能的小白她有无培训青年艺术家的能力。我向两位姑娘问好，她们这才开口回应，一齐说“先生好”。小白说请先生进客厅喝茶吧，我谢过，说先四下里看一看吧。我在甬道上小心翼翼地走着，生怕惊醒了什么——最后才明白，我怕惊醒一些沉睡的亡魂……一进入这里自然而然就会想到那些闹鬼的故事，那些刚刚逝去的人。我怕一不小心就踏在了谁的脚印上。心里泛起的疑问太多了，但一时不知从哪里说起。我抬头看着主楼，问：“她呢？”

小白一时摸不着头脑，一脸的茫然。我反应过来，告诉说：“原来的女主人，她是一位老人了，老妇人，现在搬到了哪里？”小白终于听明白了，“噢，她啊，早就到别的地方去了，在这座院子开始整修的前几年就走了。这房子已经空了好久……听说原来的住户遭了凶案,女主人疯了,治了很长时间才算好了一点点,如今要活着也在疗养院陪护院那些地方……"

三

接下去的一段时间我几乎没有说话。她跟在我的身侧,一直陪我到处看着。我后来忍不住说:"你还是先忙自己的去吧,让我一个人在这里随便走一走……"她没有马上离开,只是沉吟般说了一句:"您……能行?"她怅怅地看着我,终于回主楼那儿去了。

这儿对我来说是多么陌生又多么熟悉之地。梦中,不,是凹眼姑娘的叙说,带我游遍了它的每一寸、每一间……脚下泛湿的泥土上印着新新旧旧的痕迹,它们交错积累了几百年,已全无半点间隙。一条小路伸进了密密的竹林,路旁的枝杈被修剪过,走起来方便多了。以前这里会是多么繁茂。竹林中有一些挖成圆形的空洞地带,新的竹子还没有长起来,让人想象这里以前会有石桌或其他东西——说不定还有搭起的小茅屋小木屋之类。是的,那些聚会的年轻人更愿意待在这样的地方,因为老一代人传下的坚硬高大的居所已经让他们住腻了。穿过这些圆洞走下去,踏着刚能容下一只脚的石块往前挪动,一出竹林就是那幢边厢了。我看到门是虚掩的,就推开走了进去。大大小小的隔间,连接的和独立的,全都无人居住,泛着刚刚粉刷修葺过的气味。一些家具都是新的,沙发上蒙着遮尘布,正待不久有人来掀掉它。看得出后来者全力消除往昔的一切痕迹,就连一些细枝末节也不放过。比如门口的石头台阶、甬道,上面的石头也被更换成新的;可是更细的小径、藏在林子中的石块,却依然是老旧发黑的。房子的外墙暂时还没有改变,它们也是黝黑的颜色。我一间间看着,想象哪一间才是那个苍白青年的住所?他早就搬出了母亲的房间,宁愿在这个边厢里找一个角落安顿自己,全部的理由也许十分复杂,但主要是远离父亲的一切，包括他生前一直居住的那个高大的主楼。正在我看着一面窗户出神的时候，突然一阵呜呜的声音从隔壁传来，在这安静的时刻吓人一跳。我的头皮一懵，不由自主地贴紧在墙上。这声音婉转起来，一会儿粗粝一会儿尖细，有时竟像老人泣哭的声音。我心上一横，奋力推门，跺着脚进入了隔壁。什么异样都没有，同样是空屋子，有新放上的几件家具。我仔细观察，发现这间通向了一个楼梯，在往二楼拐角那儿有一扇小窗，时缓时急的风吹过一道缝隙，也就发出了那样的声音。我上前把窗扇推严了。

小白走过来时，我正好转到了边厢的外边。我想看看这座长条形楼房的特异结构：既有内楼梯，为什么还要有一个外置的楼梯呢？这楼梯又是怎样拐到室内的？楼的二层并没有长廊，外楼梯肯定是绕进了阁楼，然后再从那里进入内室，并通向了房间的。当年的设计者可能是为了防火避灾的考虑吧，却想不到给后来的一群顽皮青年留下了嬉戏的方便，更多的悬念、更多的欢乐。我想象中这儿十分适合捉迷藏，如果有鬼魂出没，那也要便利许多。我相信苍白青年会因为这个愈加喜爱这个地方。后来，我从一个二楼的带边角的不甚规则的房间里看出了玄机：它表面上看只是一个不大的套间，有小卫生间和内室；内室小得只有十个平方米；但外间有一个黑洞洞的储物室，推开它，马上扑来一股让人掩鼻的霉味。太黑了，脚下还有一些杂七杂八的东西。这儿因为极偏僻极不引人注意，所以肯定被后来的装修者忽略了。我低头往前小心地探试着，慢慢让眼睛适应这里的光线，终于能看清一点点：脚下由老式花砖铺成，灰尘和旧报纸破布条碎屑等遮去了大部分的花纹。除了一角是一个破旧的大壁橱，什么像样的东西都没有了。空空的储物间顶多有五个平方，潮湿憋闷。我拉开壁橱，里面是几个空酒瓶；一侧的板壁开了一道几公分宽的缝隙，不小心碰了一下，它竟然吱一下转动了——原来是一个半米宽的小门！我压住心底的惊叹,弓身踏进壁橱,然后试着进入这道小门——摸索着一直往前,渐渐感到了冷飕飕的风……只拐了两道弯,就看到了前边的光亮——往外踏一步就是阁楼了,而这间阁楼一边通向二层窄窄的楼梯,一边紧连着外置楼梯。我站在楼梯上喘息着,从这儿正好可以看到楼下站立的小白。她望着我,但并没有对我出现在外楼梯上有什么惊讶,可能她以为我是从阁楼那儿正常出来的吧。

小白就住在这个边厢里。我问那两个小姐住哪儿,她指了指西边的一溜平房。“她们不会害怕吗?”她点头:“当然会。谁住这儿也会害怕啊。不过没有办法,有关人员来安排我们怎样住,说主楼和边厢她们都不能住,只能住平房——从前就是这样的,这是规矩。我被优待了才住在这里。”说着把我让进了她的房间。这间屋子不大,但让人觉得温馨可人。没有办法,一个美好的女性——哪怕是一个最凡常不过的女性,只要给她一个居所,她很快就会将其弄出一种温吞吞的气氛。女人就是女人,在这点上与男人有天壤之别。我看到这里的小桌、沙发、床,一切都纤尘不染;可爱的洁白的手工粗布铺在桌子上、沙发上,甚至是椅子靠背上。一束墨菊插在一个粗瓷水罐中,散发出若有若无的药香味。菊花天生是属于秋天的,秋天就应该有这样的气味。我喜欢菊花。

“你看过厢房和大院了,怎么样?”小白亮晶晶的眼睛扬起来。

我刚从黑乎乎的房间里走出,坐在这样洁净清香的地方,迎视着一对美丽的眸子,心情一下改变了许多。我觉得环境真是太重要了,因为回想一下在环球集团的日子里,同样面对着这个姑娘,却很少有时下这样的喜悦。她多么可爱。她看我的时候有一种明显的含情脉脉的眼神。而我觉得她在这座城市里是绝对的天姿国色,她的五官甚至比全城有名的美人娄萌还要好看。她的手放在桌上,让我第一次如此切近地清晰地看到它是多么细白纤长。我的眼睛往旁看一下,转移了自己的视线。我想到了关于这个大宅的奇异传说——那些无所不在的鬼魂将淫荡的病菌四处传播,短时间内让所有居住在这里的人都无一幸免……我喃喃着:“我明白他到底住在哪一个房间了,知道了。”“你说谁啊?”“哦,我在说一位青年——过去的人,这个房子的主人……”“他是谁?”“他不在了。”小白疑惑的目光盯了我一会儿,突然想起了什么:“听人说这里一直闹鬼呢,所以原来的住户搬走后停了这么长时间,一直空着……新主人不怕,不过也里里外外整了一遍,花了不知多少工夫和钱。听来这里运东西的工人说,整这座院子的时候,还挖出了一些古怪的东西。”

“什么东西?”

“一个像碾盘那么大的、砸去了一半的石狮子头,埋在深土里;石头刻的小人儿;还有,我们前几天挖菊花,挖出了一个瓷坛,打开一看,里面是一些画了八卦的纸符,就埋在院角……”

我站起来:“它们在哪?”

“别的东西都被人清理了,瓷坛还在,我觉得怪,就放在那儿了。我想离开的时候带回去,我们那儿有人懂这个。”

我跟小白到了另一间屋子。在一个纸箱里,我看到了小白说的那个瓷坛,里面是画了八卦的纸符。这些画上的符号都是红色的,可能是朱砂。我想起了这座大宅院的女主人,她在那些闹鬼的日子里实在被折腾得受不了,曾请过一些有异术的人来这里作法,最主要的一个不是别人,他就是“嫪们儿”……我说:“你看,这里过去真的很不安宁。这些东西就是用来镇鬼的。”

小白一声不吭了,咬着嘴唇。她这样待了一会儿,说:“这真是一个不安静的地方。半夜里常听到一些古怪的声音,吱吱叫,还有奔跑声——正睡着觉,突然就听到有人在院子里跑过去了,踩得石头小道咚咚响。我从窗上看过,外面什么都没有……唉,如果‘嫪们儿’年轻就好了,他来这儿一趟,什么问题都解决了……”

她说到这里像是意识到了什么,赶紧闭了嘴巴。

我却听到了心里。又是"嫪们儿",这家伙的阴影一直笼罩着我们,走到哪里都难以将其驱除。我甚至在心里认定:小白所说的要把那些新发现的朱砂符带回去,也是为了交给那个老人。

我们又一起去了主楼:两个小姐已经为我准备了香茶,这时正合手站在大厅里。小白在我一踏上主楼台阶时就介绍说:"听说这个楼是一个总督住过的,还有人叫它'帅府'……现在换成老领导了……"我停下脚步问:"老领导是谁?他叫什么名字?"小白不知是故意卖关子还是真的不知道:"不清楚,我们就叫他'首长'吧!"

喝茶时,我总想着主楼的阁楼——那儿有凹眼姑娘的房间。

四

两位小姐的一举一动都被规范化程式化了,让人觉得很不舒服。如果这就是小白训导的结果,那也太无趣了。她们的旗袍开衩太高,几乎到了胯骨以上,所以为了不至于太难堪,她们弯腰时一定要整个人半蹲下去。多么宝贵的长腿,欲露还遮。我想告诉她们,在这个特殊的大宅院里,穿这样的服装将是非常危险的。我忍住了没有说。可是当她们一再撩动着旗袍下摆,而且挺着过分高大的胸脯,迈着两条长腿在厅堂里走来走去的时候,我终于小声对小白说:"她们在这儿工作可不是集团宾馆。她们还是穿朴素的制服更安全一点……"小白笑了,微皱眉头看看我:"宁先生真有意思。""我可一点没有开玩笑的心思。这里可不一般,在这里工作一定要分外谨慎才好,弄不好会……"她总算认真了,盯着我。我直通通地说:"会出人命的!"

小白愣怔了一会儿,又笑了:"你想到了哪里去。老首长都多大年纪了。再说……"

我想说:这又怎么样呢?难道来往于这个大院里的人都是衰老不堪者吗?还有,既然是这么大一个院落,就难保没有各式各样的客人,如今大大不同于昨天的是,红男绿女都是成群结队的,你把这样两个乡间姑娘往这里一放,等于是玩火自焚!这是真的,这是毫无夸张的!我真想告诉她一个近在眼前的事实:就在橡树路的某个茶屋,上个月刚刚发生了一件持刀行凶案,一群强悍的小子把另一群差不多的人捅了好几刀,其中的一个当场毙命。起因就是这个茶室从南方新来了一个姿色过人且打扮另类的小姐,于是很快就被不同的人盯上了,不出一月就发生了这起案子。另一个例子更近,就在我们杂志社:由于打字员阿环太漂亮了,整整一年多的时间里搅得鸡犬不宁,不仅是外来者行为失当,多毛青年马光几乎要明抢明占,最年迈的老编辑也神魂颠倒起来,娄萌气得要死要活,就差没弄到停业整顿的地步了;而且整个事态还在发展当中,只是最危急的时候已经过去了……我想告诉她:这种事情其实不用我说,你身为集团秘书该是最有发言权的一个了,你什么没经过啊,你已经是宰相肚里能撑船那一级的大人物了,所以"肿材"就敢把你派到这个大城市里练一把,让你当小姐的教练。你其实是在完成一个恰如其分的任务:怎样把两个小姐培训得更媚人更实用、更不用他人操心。总之集团的"肿材"亲手送给老首长的礼物,必须在一切方面都是无可挑剔的"放心免检产品"。小白在我犹豫的一会儿像自语般地说了一句:"现在的人都变得直率了……"

真是高度概括的一句话,说绝了。"直率",或者还要加上"纯真"两个字?反正是急躁躁直通通的,想要什么就直说,再不用掩耳盗铃般地遮遮盖盖了。是的,身为那样一个集团的女秘书,她的体会肯定很多。

她陪我在主楼的上上下下看着。一座似曾相识的极为概念化的西式建筑,大,排场,适合洋人居住。不知为什么,这里还没有正式启用,就已经有了一阵阵咖啡香味,还有法国香水的气味。也许只是一种错觉。我在宽大轩敞的阁楼这儿久久地徘徊,认真查看。

我从楼梯的位置上判断当年凹眼姑娘的居所,似是而非。正在这样琢磨的时候,一旁的小白突然说了一句:“他们那时候就在这儿闹啊!说实在的,这里如果做一种娱乐场所来经营,会比住家更实用一些……我一来就看出了这一点。”

我转身看着她。真了不起,真不愧是在第一线摔打过几年的知识女性,敬业而聪慧,进入一种行业一种事物的内部就是快,瞧她才从一座艺术学校出来几年啊,而今就已经颇具商战气魄了。当然,这也是“肿材”教育培养的结果。读书是学习,使用也是学习,而且是更重要的学习啊。

我在一个安放了简易床的单间里停住了脚步,坐在了床上。我有点累了。要知道在这样的西方资产阶级大户家参观,不知不觉人会很累。小白的目光四下里瞥瞥,这会儿似乎有些不安。她的眼睛在看大敞着的屋门。她声音低低地说:“她们……一会儿会送茶来的……”我发觉她的嗓音艰涩极了,脸色或许是因为光线的缘故,显得有些红。我愿意让这种朦胧的状态保持得更长。这座可怕的大宅院啊,瞧我们谁拿它都没有一点办法。如果当年某些权高位重的人只稍稍体会一下这里的具体情状,也就会对年轻人宽容多了。我经受过多少考验,人也老大不小了,可还是在这种关键时刻缺乏应有的坚定性;而对方更是在改革的前沿阵地、风口浪尖,如今竟然也有了一丝羞涩。总之这是极不适宜极不得当的,因为小姐一会儿就要送茶来了。她不时地瞥瞥门的方向,一只耳朵可能还在捕捉楼梯的响动……我开口说话了,尽管声音同样艰涩,但所说的内容却与时下的气氛大相背离。我问的是一个早就挂在心上的人物——这个人物由于她的一时不慎在刚才的谈话被提及。我问:“你说‘嫪们儿’,他真的还活着吗?”

她有些猝不及防地一愣神:“当然了,不是告诉过你了吗?活得好好的,只是年纪太大了,整个人老糊涂了……不过没什么大病。偶尔清醒一点，我们总裁就去看干爹——只要他清醒过来，服侍他的人就赶紧打电话来了……"

多么有趣。"嫪们儿"真是一个神秘人物。我想无论如何，也要亲眼看看这个一手创办了环球集团的人才好。不管怎么说，他在贫穷的山地与平原地区创造了一个奇迹。眼前的姑娘在我上次离开那里的时候曾提醒我不要小看、更不要低估某一些人的复杂性，以及他们过人的能力——当然。何止如此，他们简直就是这个时代轰轰作响的大功率发动机的重要零部件，安装在一个部门和一个地区的主机上，而不是辅助动力上。对此，我是完全宾服并且怀有一种奇特的敬畏的——但这并不会彻底驱除我心中的另一种情绪，比如说厌恶感。

"说起来你也许不信……"小白瞥我一眼，这让我感到了她过人的精明，"我们与这儿的老首长接上头，还幸亏了'嫪们儿'呢！"

我屏住了呼吸听着。

"是这么着，'嫪们儿'年轻时候出过伕，那还是战争年代吧，认识了许多人，这其中有的早就是首长了。他认识橡树路上很多人，不过这些人现在都老了。他身体好的时候一年不知来这里几次呢，给老朋友送些小米豇豆什么的，那时土特产城里缺。后来时兴搞工副业了，幸亏有橡树路上的人支持……集团成立了，'嫪们儿'也老了，不过他还没忘这里，人来不了，就让我们总裁比着这里重建了一个橡树路！这真需要气魄啊，还真的建成了……"

父与子

一

"嫪们儿"不仅在北庄的辈分大，而且功高盖世，所以成为无人能比的人物。讲辈分,全村有三个比他还要高出两辈的人,年纪却要小得多。也就是说"嫪们儿"全要喊他们爷爷。村里只有他一个姓嫪的,这姓氏真是蹊跷到了极点——起因是母亲从远处嫁到这里,而他是母亲到来的第五个月份生的,所以后来与父亲吵起架来,就索性改了姓氏。他问母亲原来的父亲姓什么,母亲大字不识一个,却能记住自己过去的男人,在地上画出一个斗大的字形来。这样连上他的小名,也就成了现在的"嫪们儿"。这个名字让人过耳不忘,并且在不久以后变得震耳欲聋。那三个本村的爷爷辈,完全要依仗继父的排序,"嫪们儿"根本不予承认。随着他的名声越来越响,威气逼人,那三个人反过来要叫他"嫪们儿爷"了。

"嫪们儿"一开始是普通民兵,随上出伕队支前不久就成了副队长。一次战斗中他和出伕队一块儿立了一个大功,起因是以他为首的几个民兵上街,碰巧将化装逃逸的敌方副军长逮住了。这一下"嫪们儿"的名字在前方后方都响亮起来。立功的第二月原出伕队长就因病回村,这样"嫪们儿"就成了正头儿。他领上这支队伍随大部队往南跋涉了很远,大小功立了不止一次,他本人的名字还多次印上了战地小报。

战斗结束回乡,"嫪们儿"自然成为村头,而且由于喜欢武装,一直兼任民兵大队长,可以统辖周围几个村的民兵。当年的北庄是生产和民兵工作的模范村,而"嫪们儿"本人则是整个大区里首屈一指的劳动模范。他和一位大首长握手的照片曾经登在了一张大报的头版——这张报纸也就成了整个北庄的骄傲,村里人与外地人谈话,没有几句就要提到这张照片。其实"嫪们儿"能够受到首长的青睐,不仅是因为区劳模的身份,因为比他更大更有名的劳模还有几位——但不同的是首长在战争年代就与之相识,这就等于是两个人的胜利重逢,有着说不出的喜悦和感慨。

那次会议上结识的首长不止一位,这就使"嫪们儿"在后来的日子里如鱼得水。乡县所有领导都愿意和他交朋友,叫他“老英雄”。按当时的情形看,“嫪们儿”掌管一个乡县的机会都有,只可惜他不合时宜地犯了三大错误,于是只好安于做个北庄的头儿了。

一是传宗接代的封建思想过于严重,原配妻子没生孩子,他就暗中又试了两三个女人,结果仍然未能如愿。这事儿如果落在一般人身上麻烦也就大了,好在他是老英雄,上边的领导批评一顿也就算完,并且着重强调了“下不为例”——这四个字要给村里人解释明白可真不容易,一般人还以为那些和他试过的女人是小字辈,按辈分论排在他的下边,所以大致不能作数,也就是说不算什么大事。既如此,后来的日子里多少还有几个女人愿意帮帮他,也就明明暗暗试了几次,最终得出结论说:“这是他自己的毛病。”

二是北庄里有人传说闹鬼,“嫪们儿”让民兵日夜看管,还是无济于事。事情到了最紧急的时候,一连几个夜晚有数人求告,说屋里的东西都飞起来了。实在没有办法,“嫪们儿”就听信村里老人的话,去某处请来了一个早就洗手不干的阴阳先生。这个人一连三天在北庄画符作法,用桃木剑比比画画,结果还真的将一场乱子平息了。这事儿给了“嫪们儿”很大的触动,他干脆再次把阴阳先生请回村里好好款待,认下了师傅。从此以后凡是发生了什么不祥之事,“嫪们儿”也就亲自动手了。这些事情渐渐传到了上边,照例挨过一顿批评,但一切还是不了了之。

三是“嫪们儿”从小穷怕了,自从做了村头那天就一心琢磨怎样发财致富。那时候这是极为犯忌的,因为上级号召所有人都要全力以赴地治理山河。“嫪们儿”只让民兵副队长领人整地修坡,他自己则热衷于搞赚钱的工副业,在村里开办了油坊和面粉厂之类,并在粮田里播种了红麻和沙参等经济作物。上级批评下来,最后不仅面粉厂和油坊一度关闭,沙参没等成熟就被勒令铲除。“嫪们儿”为此事心疼不已,当众手指上级派员大骂。后来上级又派人来了,他再次发火,那个人就招招手让他到跟前去,小声训斥说:“你得了吧!没把你的家巴什儿割了去,这已经够宽大的了!”“嫪们儿”这才软了下来。

江山好改,本性难易。“嫪们儿”对没有办成的那两件事还是耿耿于怀。既然生不出孩子是自身原因,那就打谱收一个义子。开工厂之类事情更是一直没有放下,所以只要社会风气稍稍松动一点他就活跃起来。他最先求助的还是首长,打一张车票跑到城里,最后真的取得了许多支持。他不仅恢复了面粉厂和油坊,还办起了小型橡胶厂。当年的橡胶原料十分紧缺,首长一个条子就让他买来大宗。村办工副业几起几落,仍然要不断受到上面的点名批评,可北庄总算坚持办了下去。

在最困难的日子里,全村的每一分钱都投进新项目中去了,“嫪们儿”就变卖自家东西作出差的路费。当他准备把家里最好的一把大圈椅子也卖掉时,老婆子死死揪住不放,因为这是她从娘家带来的。“嫪们儿”火了,说:“我正打谱卖你哩!”老婆子这才吓得松了手。他出门常常带上一个年轻的帮手,都是从民兵里边轮换选人,一方面是为了办事,另一方面也为了从中找一个儿子。有一次他带上了金仲,走到半路遇上了大雪。当时马上要到年关,交通拥挤一票难求,只好先在旅店住下来苦等。这要花上不少钱。金仲对“嫪们儿”建议说:“咱们翻过大山回家吧!”“嫪们儿”看看漫天大雪,估摸了一下,这至少要翻过五座大山,足足有三百里路呢。他没有吱声。金仲就说:“‘嫪们儿’叔,打仗流血你都不怕,还怕这山高雪大?咱只管走,翻山时我背上叔!我不会让叔磕碰一下!”

“嫪们儿”那时心里暗暗说一句“好样的”,就点点头说:“那咱就走?”“走!”

金仲那一次和“嫪们儿”一路跟跄了几百里,腰里只有一壶冰水一包干粮,硬是在大年三十前一天赶回了北庄,省下了车费和一笔住店的钱。路上金仲不止一次要背上“嫪们儿”,“嫪们儿”都推开了他。

大年一过很快到了春天。在阳春三月一个上好的天气里,“嫪们儿”将金仲收做了义子。

二

“一位老首长苦于城里找不到好的保姆,不知怎么又想到了他的朋友‘嫪们儿’,就给他写了一封信。‘嫪们儿’早就老得不能看信了,捎来的信都扔在那儿。有一天他不知怎么突然清醒了,服侍他的人就读了信……”

我觉得这真是巧极了。

“服侍他的人给总裁打了电话,我们就赶紧跑去了……”

我看着小白:“这么说你那天见了他?”

“嗯……那是第一次。总裁以前从来不让我跟上,这次是个例外。反正他都是那么老的人了,说起来也没什么……反正总裁这次没有阻拦我,他大概是考虑工作需要吧,身边的秘书总不能一直躲着集团里的老祖宗吧!以后有个什么紧急事情,说不定还要我来处理呢。再说长了也就习惯了,这几个服侍他的人不都是女的吗?这样一想也就无所谓了。说白了,无非就是‘嫪们儿’糊糊涂涂不成样子,有时候行动怪怪的,不穿衣服。总裁提前给我打了预防针,说到时候不准乱叫乱跑,好好待一边,别吓着了老祖宗。我说放心吧,一定做到。就这样,我去了我们那个橡树路的大宅……”

“这是第一次?”

“是的。有了第一次,以后再去就自然了,他身边那些服侍的人也习惯了。就这样,我真的看见了‘嫪们儿’!

“那天我们总裁心急火燎地领我去了,直奔‘橡树路’老宅那儿。我出于好奇,也暗中注意过那个建筑,知道‘嫪们儿’住在里面,但就是没人见过他。这是由几条小街环起来的宅子,院子也不小,里面有树林、主楼配楼什么的,就跟橡树路上的这幢差不多。只是树木不高不密,它们要长大总得再等几年。我以前远远看过,集团保安人员不让离得太近。这次跟上总裁进入这个地方,心上还蛮紧张呢……院子也有把门的,他见了总裁还要打敬礼。大院里平时有六七个人,四个女的轮换着伺候‘嫪们儿’,其余人打扫卫生什么的。听说开始的时候找的女人都是个顶个的人尖儿,长得好,还得特别听话。总裁说了,长得不好看的女人要心灵手巧原本也难。可是后来不得不改变一下,就因为有的年轻人虽然长得好,可是不够耐心和安心,老想往外跑,去宾馆或者别的地方工作。总裁就给她们加钱,结果时间长了还是没有用。没有办法,她们怕苦怕累。最后总裁只得重新派了几个年纪稍大一点的女人。早该这样了,你想想,她们要喂他饭,给他穿衣,有时还得给他擦屎擦尿的。‘嫪们儿’这把年纪了,也不会在乎女人年纪大小、长得怎样了……

“在主楼门口,总裁问一个看护:‘嫪们儿’这会儿怎样了? 他人在哪里? 看护沉着脸,说你们要早来十分钟也好啊! 他又迷糊了,冷得打抖,没法,又进去了……我不知道这是什么意思,后来才知道‘嫪们儿’五六年前得了一种怪病,动不动身上冻得发抖,屋里温度再高也没用,穿再多的衣服也没用。实在没法儿,就按乡间老医生的主意,在地下建了一个很大的浴池,让病人在里面泡——这其实是‘嫪们儿’自己的主意,他年轻时候就有这个爱好……我们直奔地下室了,一级级台阶下去,最后的一道门厚厚的,还挂了棉布帘子。这个地下室大得就像一间会议厅,灯光很亮,还是被水蒸气熏得黄蒙蒙的,眼睛适应了才看得清里面的东西。我做梦也想不到会是这样一个地方啊,离大热水池子不远就是并排几张床,最大的一张肯定是‘嫪们儿’的；床上摆的东西很杂，有各种糕点，衣服，还有小孩儿玩的拨浪鼓、陀螺、九连环什么的……原来‘嫪们儿’太老了，返老还童的人就这样，有时要像小孩儿那样玩一些东西，一时抓不到手里就蹬着腿哭，这是一点都不含糊的。水池子一边有几个小门，那是卫生间和厨房，还有鸟房——里面养了足有上百种鸟儿，光鹦鹉就有大大小小几十只；他特别喜欢猫头鹰，什么样的猫头鹰都搜集，半夜里它们的叫声吓得女看护睡不着。大热水池子是圆形的，围了池子是鹅卵石铺成的一条路——最大的蹊跷原来就在这条路上！谁也想不到这条路下边是空腔子，是一条点火的烟道，可以根据需要把整条卵石路烧热、烧得烫人——那时‘嫪们儿’就在路上跑，越跑越快，以这样的办法治病呢……”

三

“我和总裁站在一边，他细声细气跟女看护说话，就怕惊了水池里的人。蒸汽冒得像刚揭开的馒头锅，里边的人一会儿安静一会儿扑腾，就是不见人影儿。我们就等他玩耍够了出来。我的一颗心提到了嗓子眼，不知走出池子的人会是什么样子。因为只闻其名不见其人的时间太长了，事情到了眼前难免紧张……总裁小声叮嘱：别大惊小怪的，别喊，惊着了他可不得了，反正就那样儿……话是这样说，我还是紧张。这样过去了大约有半个钟头，一个胖胖的女看护跑到水池边上了，嘴里发出‘哎哎，好孩子慢些，哎哎，好哩好哩……’就从水雾里扶出一个胖胖的孩子一样的人，他剃了光头，个子顶多有一米六左右，别的看不清了。女看护一边哄着他一边往卵石道上走，他一踏上去就跳就叫，肯定是下边烫着了他的脚板！可是让我更吃惊的是这边的总裁马上对一边的人大声发出命令：‘快，再加火！加火！’他这一说，那边‘嫪们儿’叫得更厉害了，跳着跑着，围着大水池子不停地转圈，越转越快，越转越快。

他的脚怎么受得了这么烫的卵石啊,听着他像被刀割一样的尖叫声,我都心疼了。他嗷嗷叫,跳,平着甩手,快得简直就像飞一样!这会儿总裁又叮嘱人减火,'嫪们儿'这才一点点慢下来,越转越慢,直转了十几分钟才停下来。再看吧,整个人儿都水淋淋的,无精打采,一边平着甩手一边走下卵石小道。女看护扶着他,还是像哄小孩儿一样哄他,把他慢慢地像放一件易碎品一样,放到那张最大的床上。整个过程我目不转睛地盯着,就怕漏下了什么细节。总裁牵牵我的手,让我也到床边那儿,我真是不好意思。但考虑到服侍他的人都是女的,也就过去了。

"就近一看更让我吃惊了,这哪里像老人啊!瞧他的皮肤火红火红,嫩嫩的;不过不能看脸,那张脸像老核桃一样……女看护给他擦去浑身的水珠,又在他的腋下腹股沟处搽了痱子粉,噼噼啪啪做样子打几下屁股,塞给他手里一个拨浪鼓,这才让他坐起来。我留意了那双脚,真担心已经烫煳了:没有,因为这双脚板就像铁一样颜色,肯定也像铁一样硬。我心里琢磨这人到底有多大年纪了,估计少说也有一百二十岁了——听人说从许多年前,只要一问他的年纪,他就回答'九十九了',因为当地有个说法:过了一百岁的是毛驴。他坐着,摇着手里的小鼓,笑嘻嘻看四周的人,不知道认不认得出总裁。总裁抚摸他的身体,还揪揪他的围嘴儿,贴近了说:'老爸,城里首长给你的信放在哪啊?''嫪们儿'立刻用拨浪鼓指指身旁一个女看护。女看护应一声'哎',就去一边的小柜子里找出一个大夹子,从中掀开一页念了起来……总裁对'嫪们儿'说:'放心爸,咱这就去办!'

"就这样,我们集团与橡树路的老首长又接上了关系。这是上个九月的事了,看看吧,才一年的时间,事情就办妥了。'嫪们儿'一年里最看重的就是九月,他对总裁说:孩儿,九月是一年里准备熬冬的月份,也是积攒东西的时候,无论什么性命,这个时辰里都急着哩！他还说九月里扶乩最灵验，算什么准什么，以前所有的大事，都是在九月里扶乩定下的……说起来你会不信，就连跟你们杂志合作的事，也是‘嫪们儿’扶乩时定下的——那会儿他说：集团得找几个说话的地方了，买卖做大了，万事不求人，有自己说话的地方才行哩！总裁就准备了一个长远计划，将来逐步往传媒上发展，先是在旗下掌管几家杂志，以后有机会还会开几家电台电视台——到时候想说什么，直接使用自己的传媒就行……你看‘嫪们儿’一点都不糊涂啊，他真是个料事如神的人……

“那天趁着他还清醒，又是难得的九月天，总裁要求他扶乩。女看护哄着他，他不干，再哄；就这样，费了好劲儿他才摇摇晃晃站起来。大水池边上有个专门做这事儿的房间，里面上了香，有一股怪怪的气味。女看护进门后又再次上香，咕咕哝哝说了半天。‘嫪们儿’接上咕哝的时候，两个女看护就准备东西，在一个方板子上撒了一层细沙面，然后又拿来一张箩面的箩，上边还卡了一根筷子。‘嫪们儿’嘴里念念有词，手搭在箩上，又让两个女人扶住它，一动不动。两个女人这时脸上冷冷的，瞪着一双大眼。这时另一边传来一阵阵猫头鹰的尖叫，两个女人胳膊乱抖起来。那根筷子划在了细沙上，划出了一些乱乱的痕迹。这样过了半个多钟头，两个女人不抖了。‘嫪们儿’一双眼睛死盯住沙土上的乱痕，然后对在总裁耳朵上叽叽喳喳说着。总裁眼瞅着天花板，嘴发出：‘嗯、嗯……’我们都知道，整个集团的一些大事，就这样定下了！这开始让我以为是一种迷信，后来听总裁一说，才多少明白了一点。总裁离开大宅时对我说：‘你以为怎么？那些城里的首长聪明着哩！他们为什么从年轻时候就喜欢嫪们儿？就因为他身上有通达鬼神的手艺哩！别听他们嘴上说，真正的唯物主义不多，谁不信这玩意儿还行？那就离倒霉不远了！我告诉你，你听我的，要趁着年轻，赶紧跟嫪们儿学！学！’总裁话是这样说，可我心里明明白白：这是一种天赋,是天生的本领,原本是谁也学不来的……”

徘徊和苦念

一

阴历九月之后,很快就要迎来一个冬天。在这样的日子里,这个城市的某一些人会牵挂起远方的行者——凹眼姑娘,吕擎阳子,庄周,许艮……有一个人走得最远,他就是苍白青年。这个人将永远不会归来,因为他嫌“东部太热、太挤”,所以“愿来世降生在/寒冷的西边/那个贫瘠的高原”。一个出其不意的时刻,我悄悄踏访了他的东部居所,在那个神秘的大宅里倾听过业已消逝的声音,仿佛看到大厅一角坐了两个悲伤的人——他们正在诀别。这分别前的最后一次深谈,却是悄无声息。总之这是人世间最沉默最令人心碎的交谈。这场交谈不久,一个人将打发另一个人上路,从此一去不归……

这个冬天来临之前,我独自抵御着阴冷和抑郁的袭击,在阴阴的城市街巷里徘徊。有时我到橡树路,去看望四合院里的老人。吕擎的母亲很少说话,她常常端坐那儿望着我。这双眼睛依然亲切和热情,像湖水一样清澈……离开老人的房间,我一个人在吕擎吊了沙袋的那个厢房里待了很久。从这个窗口望去,橡树路上一段最美的景色映入眼底:一处老旧的别墅,红色砖墙已经变成了苍黑,只有洁白的木栅栏漆得簇新;四周是女贞树,小叶黄杨,还有刚栽了几年的雪松;浓绿的草地上,喷灌器在忠实地工作;一个穿了红裤子的少妇从木栅门走出……我在沙袋上击了几拳,感受着发痛的手指骨节。屋里被吕擎搞得乱七八糟,到处堆放着考古学书籍、古钱币和动植物标本之类,还有采来的一些岩石:花岗岩、正长岩,有很多气孔的熔岩、石英斑岩,因受大气应力作用而变成红褐色的熔岩、霏细玢岩、风化细晶岩、方解石和扁桃形辉绿岩……这一切正待整理和标记。这里再准确不过地说明主人杂乱无章的思绪,还有他急躁而广博的渴求、摇晃不定的人生追索……一个接近四十岁的人,心上失去了秩序意味着什么?

每一次离开吕擎的小屋,那种乱七八糟的堆砌都长久地压在心上。它使我目光恍惚,思虑重重……阳光轻软无力地投射在街道上,人行道旁的草叶无精打采。路边的木槿竟然旱得开不出花来,紫荆也半死不活。杂乱的地毯草中间夹杂了一些颜色深一点的莎草,结出了小得可怜的籽儿。这些植物只要离开了橡树路,没人会好好照料它们……路经一座体育场时,在围起的铁网前待了一会儿,想意外地看到小鹿。没有。这儿正在进行一场松松的足球赛。近年来这种赛事常常让人热泪涟涟,仿佛生死攸关。实际上是踢一个牛皮缝成的圆球……网柱上贴了一张治疗性病的广告:这个城市到处如此,以至于使人纳闷,川流不息的人群中有那么多下身出了毛病?“性病也比那些唯唯诺诺的小官人深刻多了”,我想起了阳子这句不伦不类的比喻。

回家不久即接到马光的电话:李贵字被人杀了。时间是上周二,人死得奇怪:作案者使用了一条长筒尼龙丝袜……“现在正加紧调查,有关部门还下了一个文件,要‘重拳出击保护企业家’。”马光的口气冷咝咝的,“黑社会啊……人发了财日子也不好过……绑架的事在这个城里接二连三,如果不按时送钱去,他们真会‘撕票’的。”

半下午时分有人敲门——竟然进来两个穿制服的人,面孔肃穆,其中的一个还拿了高压电棒:这东西据说是致命的玩意儿。领头的铁青着脸:“我们要问问李贵字的情况——能否提供一点线索?”我在心里骂道:我已经不上班了,还不让人清闲。我说:“找马光吧,他让李赞助过讨论会。”

“什么讨论会?”

“好像是‘斗眼小焕’后面那个讨论会吧……”

黑脸人捧着本子一一记下,旁边拿高压电棒的那个年轻人不怀好意地看着小狗丽丽。丽丽这时候被威慑住了,略微低着头,伸着舌头,看着脚下的一点水泥地板。它不敢看这两个人。那个年轻人往前走了几步,目光有点不怀好意。我想他大概是想试试那根高压电棒吧? 这家伙敢动丽丽,我就会迎着鼻梁给他一下。

“他跟女人有什么关系吗? 有没有第三者插足之类?”

我差一点把李咪给供出来。我摇摇头。

李贵字的死耐人寻味。那几个凶手竟然使用了女人的长丝袜。他的死极其悲惨,却不禁让人惋惜。不知李咪听了这个噩耗作何感想。李贵字曾是那个大学里最富有的一个毕业生,不久前还插手了那场轩然大波。他经常把一些莫名其妙的人领到学校,向其介绍不求上进的女大学生。他出钱给人到欧洲旅行:“简单得很,到欧洲转一圈,去荷兰看性事表演……”他甚至公开鼓励那些老年学者诱奸女生——一个老教授竟在餐桌上听傻了眼,以为是大白天遇见了鬼,当他终于听明白这个昔日的学生正在有条不紊地诱导自己时,差点背过气去。李贵字外语极差,现在却大谈“德语国家”和“英语国家”的区别,咧着大嘴说:“那都是些什么‘皮袍’(人民,the people)啊!”说到李咪就使劲噘着嘴:“那是最优秀的女‘皮袍’……”有一次远远看见陶楚到学校食堂打饭,就议论横生:“这么硕大肥美的玩意儿,有人也能舍得下……”

这家伙死有余辜。

二

在这个下午,我正蹲下跟丽丽对话,看它灰蒙蒙的眼睛、湿漉漉亮晶晶的鼻头,突然电话响了。我抓起电话,还没等发出一声“喂”,那边就是一阵狂笑……我的心一下凉了半截:斗眼小焕。

好长时间没有听到这个狂放不羁的声音了。我刚说了一句“你……”对方就问:“怎么?想不到吧?我总是一下出现在你的面前!”

我支支吾吾,不知该怎样回避和搪塞。

他的语气十分兴奋:“这回是最重要的事情啊!也许我们俩的好运来了。不过这只有当面才说得清——我现在就过去好吗?”

我迟疑着。因为不知是什么事情,所以还是犹豫:“……不过单位上,我想……”我一边拖延一边想着怎样甩掉他。

“什么事情也不如这个急,你还是等我,不的话我们今天晚上都不用睡觉了——我们得连夜讨论这件事。”

这一下我绝望了。没法拒绝,拒绝了白天拒绝不了晚上啊,而且他会一直缠住我!他肯定又要用那些乱七八糟的东西来糊弄我,缠着要和我讨论……我不能不说这是一种特殊的痛苦。没有办法,我只得闭闭眼睛说:“那好吧……”

放下听筒,我像一个被打败的公鸡,垂着头在屋里走来走去。丽丽怔在了那儿,目光里充满了同情。我摸了一下它的脑壳,回到里屋坐下。这时我才想起刚才忘了问一下他在哪里打电话,离这儿有多远,因为我不知这种等待需要多久。这样想着,简直烦透了。每一次斗眼小焕的到来都让我如此不安,让我痛苦。

那一次讨论会给我留下的创伤还记忆犹新。我有时问:怎么会有这样的朋友?瞧他挤着一对小眼睛,一瞬间就能生出无数的念头,仿佛在千方百计地、变着法儿显示自己有多么低劣和邪恶。可他又热情烤人、放荡无耻而且出人意料地聪明;他的想象力总是十分特异,说实话,这一切对我也多多少少有点吸引力。比如说他可以妙语连珠地谈上半天,还时不时地添上几个黄色字眼……每当我阻止的时候他就咕嘟咕嘟大口喝水,“砰”地一放水杯骂道:“伪君子,伪君子。”我是“伪君子”,他就是一个赤裸裸的流氓。我们之间是一种互补关系吗?当我们不得不待在一块儿时,看上去真是天下最糟糕的一对。

回忆与之交往的这些日子,真是苦不堪言。几乎每个阶段他都要染上一种新的毛病。记得前一段他爱说某某名人是他父亲的学生,或者干脆就是他本人的挚友;而最近这一段他又嫉妒成性,用成吨的言词诅咒对手,造谣从不脸红……该结束了,这种奇特的、畸形的友谊。

正在我满腹愤懑无处倾泻的时候,外面传来了一阵哈哈大笑和雨点似的敲门声。真的来了。我从门镜里看到,这家伙在门前一抖一抖地走动,显得比往常更加瘦小;他的身边仍然是那个高大的、有点拙讷的小玲:据他介绍这是一个沉默的、近乎哑巴的超级天才,“石破天惊哪!”——他这样形容小玲的才华。实际上那不过是他的一个仆人。也许是小焕的那份机灵和狂热、那股近似疯狂的劲头令对方着迷吧?

我刚拉开门的插销,斗眼小焕就一下推开了,哈哈笑着,伸手指着我对小玲说:“这个家伙比地老鼠还难掘啊,他平时一直闷在洞里啊!”

他一坐下就找茶杯。他到了一个地方差不多从来都是自己动手搞吃搞喝。我怕他抓乱和弄脏屋里的东西,就赶紧给他倒茶。他又喊“饿了”——差不多每次喝茶都要吃一些小点心,想学洋人习气。屋里没有点心,就找出了一点小宁的椰蓉饼干。他让一片给小玲,小玲摇摇头——这个大汉脸色红润,眼睛大而专注,像一个甲亢患者。我不由得倒吸一口凉气。

为了尽量缩短我们会面的时间,我开门见山问:“有什么事情?我还有别的要做。”

小焕嘻嘻笑,然后猛一板脸:“想不到吧?我是来和你商量经商的!”

一块石头落了地。我当然不会经商。

“你还在那个杂志社里混?”还没等我回答他就一拍桌子,“愚钝哪!什么时候了还这样挨日子?快些行动,快伸手抓住你的历史!”他把五根手指伸得很开,猛地抓成了一个拳头——就那样抓住了“历史”,然后大嚷大叫:“你处在这样一个轰轰烈烈的时代,居然还能待在这个阴暗的角落里。快到人流汹涌的大街上去吧!快,去划动你时代的双桨!”

斗眼小焕总能在极短的时间内豪情焕发,并达到一个顶点,这会儿站起来甩动胳膊,“不瞒你说,我准备从东西南北四个方向找出最具代表性的城市和经济中心,开展我的计划;我决心做多方尝试。这个时代需要第一流的智慧啊!我琢磨着,咱俩才是一对好搭档不是……”

“小玲和你不是好搭档吗?”

小焕笑了,看看小玲,故意逗他,像刮鼻子似的用手在他的眼前点划了一下:“你说呢?”

小玲往后缩着身子,温顺得像只小羊。

小焕手掌翻飞,口中的点心渣屑不断地喷出,我不得不小心地躲开。“砰、砰、砰,一阵狂轰滥炸!说到底搞经济搞战争都是一样的,天才就是天才……”

我说出了李贵字刚刚被尼龙丝袜勒死的事。

“那个狗蛋!”他听了大骂,“见他的鬼去吧,嘴大拳头小,等着让人打得满地找牙吧。不过那人还算厚道,算个好人——可惜就是太蠢了一点!”

一句话让我惊得目瞪口呆:想不到这世上还有人赞扬李贵字的人品!

“总而言之,他这个人还是不能适应时代的。算了吧,我们不来这一套高头讲章了,还是谈点实际的——你有多少钱?”

他问过后大气不出,咄咄逼人地看着我。这时候我才发现,他那对斗鸡眼是何等尖亮,又是何等贪婪。我简直不敢迎着他看。要不是他提出了一个极其现实的问题,我会扑哧一声笑出来。我转转目光说:“很少,很少的一点钱……”

“多少?”

迫不得已,我只好报出了一个数目。我觉得一个男子汉被人逼着抖搂出仅有的几个小钱,真是别扭极了。

他仍然紧追不放:“还有,你老婆手里呢?”

“怎么能这样讲呢?我们的钱都是合在一块儿的。”

他看一眼小玲,摇摇头:“骗人。我不信,两个人的钱怎么能合在一块儿?现代家庭,而且男人的自由……小金库,嘿,他准有,他骗人!”他自言自语,最后拍了一下大腿,用劝导的口气说下去:“老伙计,投资保你不吃亏,这总比存款强吧?用不了多长时间你就可以翻上两番,我们一块儿盖一座西洋大别墅,你一半我一半。你不是喜欢艺术吗?那时候我们就有了搞它的闲情逸致了。你喜欢喝高级绿茶,那好吧,我们每天泡上一壶。你喜欢那种生活——草地、网球场、游泳池,总而言之,鬼子那一套不要还是不行啊……”

他的话把我的思绪暂时扯远了。可我一醒过神来就想如何摆脱这个疯子。我感到了深深的痛苦。是的,他对我的心情、脑神经乃至各个方面都有伤害,而且这种损伤有时简直很难恢复。我闭上了眼睛,用手扶住了额头。

“你在想吗?那就好好想一想吧,想一想我刚才的话。”

我没有吭声。是的,我在想,想怎样远离这种痛苦。这些年来,他像一个水蛭一样紧紧叮在我的肌肤上,叮了很久。有时我觉得好像已经摆脱了,可是后来一转身,发现它又叮在我的身上了。

生活真是千奇百怪,生活中就是有一些令人痛苦的友谊和过往,不过,一切真的该结束了。这以前究竟是什么阻碍了我的勇气,使我不能够轻轻地然而是坚决地吐出“不”这个字——为什么?

我觉得现在时候到了,那就拒绝吧。我心里这样想着站起来,可最后说出口的仍然缺乏力度——“我不想……从事商业……”

“天哪!”他回头看看小玲,伸手指着我的鼻子,“还有这样的傻蛋,你听见他刚才说了什么吗?”

小玲点点头,冷冷地、不能容忍地看着我,那一对目光就像个酗酒闹事的莽汉。

我又一次摇头:“我不干了,这一次我真的不干了!”

三

不管怎么讲,我真的来到了一个十字路口。当然,要害问题不是上班与否,而是别的……我的心被分系在几个人身上,神情恍惚而愠怒。在这样的时刻,我倒真的记起了斗眼小焕那句话:“快伸手抓住你的历史!”是的,历史好比一辆在你面前飞速奔驰的列车——需要速度,需要勇气,需要你毫不畏惧才能一伸手抓住。可惜我不是这样的人。

梅子在这种情形下不愿给我安慰。她冷着脸,不吭声地快速做活。她的神气,特别是凝聚在鼻尖上的那一丝神气,再清楚不过地表达了自己的好恶。她通常不能容忍一个人顶撞领导。她这点小妇人式的蛮横有时倒也可爱。我不做声,从头想着平原上的经历……后悔的是当时已经走到了那片大山,离开了那个集团,为什么不能一直往北走下去?即便是徒步行走,只需两天两夜就能回到我的出生地啊!一想起令我心头灼热的那片原野,思念就一阵阵涌来,像水浪一样拍得我浑身颤抖。我又闻到了茅屋旁那棵大李子树散发出的阵阵浓香,想起了外祖母。白发如雪的外祖母啊,生前总是坐在大李子树下洗衣服，两臂沾满了肥皂泡。还有妈妈：她满怀柔情却又痛苦无望地看着自己惟一的儿子……

我这会儿又想到了那一幕，想到了与父亲的最后一次谈话……那是我被赶进大山之前的最后一个晚上。这以前他几乎没有好好理过我，而这一次语气冰冷，话语短促，好像我们之间的那一点血缘之丝必须用快刀割断。“你自己逃吧，去找一条活路。快些走。”他让我离开茅屋，去做另一个人的儿子……就是这样简单、冰冷、无情、残酷。时至今日，我仍在一遍遍追忆那次谈话——父亲在宣布了那个决定之后又扔下一句：“走吧，越远越好，一辈子……”

就在那个秋末，天冷得让人打抖的一个黎明，我被一个人手扯手牵到茅屋西边的一棵桃树下。这棵桃树被流沙埋住了半截，那人在压低的树枝下四处瞄瞄，然后提着一个小包裹，趁着夜色的遮掩，拉上我飞奔而去……可我一路上都记着最后一眼看到的父亲——他那时躺在那儿，大概睡着了。妈妈说：“你爸睡着了，不用跟他道别了。”可我偏要最后瞥他一眼。我看到了什么？我看到他紧闭的眼睛里正有晶亮晶亮的东西流出来……我蹑手蹑脚走开了。

在这个秋天，我多想回到大李子树下，多想依偎一下那个茅屋。我知道它已经坍塌了，一切全都面目全非了——那儿如今只有亲人长满了荒草的坟。他们长眠不醒了。可正是这些失去了生命的人给了我生命。我爱他们。我永远爱着他们。

随手翻检娄主编带来的那些信函。它们一直堆在写字台上，我差不多已经遗忘了。一封封拆开。其中一个牛皮纸信封让我的手指抖了一下，像碰到了一块红红的炭火。

…………

我绝不能、不能！从来没有这么犹豫，还有害怕：像悬在半空，没个着落。“白条”越来越不能依靠了。我不知道还有没有那样的一天，他能不能真的成为我的人。我不敢抱希望了——当我一说出这些，他就冷笑。好硬的心。等着吧，我也会。我心里最难忘出生地，我会找另一个人、我的那个同乡。这个善良的人，我的同乡，他瘦瘦的，一个多么好的人。他做梦也想不到，这里的夜多么黑，人多么坏，鬼多么凶。有一天他会懂得：那是鬼魂在暗中做了坏事，我还是干净的，就像从平原上刚出来那会儿一样……

“白条”轻易不哭，他没眼泪了。大概他哭也瞒着我，怕人瞧不起。他爱隐瞒，这成了一个癖，一个爱好。他从那些录像上学会了组织戴面具的舞会。这真够刺激。我承认迷上了这种事儿。可惜无论他戴了什么、怎样调换式样，我一眼就能认出。他忘记了，是自己的细高身材透露了秘密。他以为自己和别的女人拥着时，我会不知道。“蚰蜒”幸灾乐祸。这人身上有淤青，“白条”说这就是快死了，是死人的标记，你还有什么不能同情？可是，我被鬼魂、被死了几百年的色鬼缠上，还要被一个快死的人再缠上？我问“蚰蜒”：你什么时候死啊？他说快了，也就是一两个月的事儿吧。我知道这不是玩笑，他真的挨不过这个秋天。“蚰蜒”动不动就说：我吃不上明年的麦子了！据他女友说，这人有一种血液病，半夜里还有抽筋的毛病。她说：一个快死的人，就尽力折腾，因为过一天没一天了。她还说：“白条”也是一样吧！我差点为这句话揍她。我的“白条”不能碰，也不能死！我的“白条”长命百岁！他啊，他与我有过一个美妙的约定，那是说好了的：将来搬出去，去过我们两人的小日子……来世，我们还要约定一起。他问：你相信有来世吗？我说：当然，连这个也不信，那不是太傻了吗？

有一天半夜竹林里传来尖叫，喊救命。天哪，是“白条”！我和几个人不顾一切地跑过去，一个黑影飞快往一旁蹿跳，那头又大又沉，压得直不起腰。黑影蹿上墙头，吼一声跳下去。我们赶紧去看

“白条”,见他身上的衣服都扯破了,多处受伤。下体那儿流了不少血。怎么回事?他不答,只用手捂住。原来有刀伤,幸亏伤口不深。他声音又低又急:老妖来了,他是我的仇人,他来报仇,好几辈子的冤仇了……谁都听不懂,他是吓蒙了。下体的伤好不容易才长好。他说:总有一天齐根儿斩去。可怜。我给他鼓劲儿,让他打起精神,他点头又摇头。我说你还是写诗吧!我愿意一整天地听你朗诵。他咬着嘴唇:它们没了。他指着胸口:它们从这儿飞光了。这天他一直把头枕在我的腿上,眼望屋顶,一会儿泪滑下来。他像是说给自己听:人哪,疯狂吧;可疯狂的感情是不同的——有的令人肃然起敬,有的却令人厌恶!

我一直不忘他说过的这句话,忘不了他那张脸。是啊,他最厌恶的一个人就是他自己。我从来没见他厌恶别人像厌恶自己!他停不下来,不能停手,他被什么压得喘不过气来……就在伤好不久,发生了自残的那一幕。他母亲吓坏了,我也一样。他给了自己一刀,如果手劲儿再大些,也就成了。

失败的结果真可怕。因为那是八月,紧接着就是九月……

“蛐蜒”也没有按期去死,他也等来了九月……

四

……他一走,再没人让我讲故乡和童年了。可是一觉醒来,觉得“白条”的头还枕在我的腿上,还仰着一张没有血色的脸。他像个孩子。他没完没了地缠我讲、讲。我强抑着泪水,手一直抚在这张脸上。我还得忍住哽噎,还得讲。

……沿着水渠往南,一直走到垂柳下边。它们茂盛,因为临水。柳叶垂到水面。有鱼跳。水藻和蒲苇都动。各种鸟雀叽叽喳喳。长堤通向野地,堤下是一片地肤、蒲公英和羊蹄。再就是小蓟,粉红色的花像火绒。

过去的洼地成一片草原。裂叶牵牛的种子暴开。我穿了裙子。妈妈给我织了线裤。

傍晚,梦见一个影子,顺着水渠走,一直走到我跟前。他穿了黑衣服,脸上没有一点血色,细高、英俊。黑发乱蓬蓬的……你该把我悄悄领走啊。

他躺在这儿,听自己的脚步声。他懒得一动不动,让我摸他的脑壳。大脑壳沉甸甸的,像孩子一样。

妈妈爸爸分开了,走了,剩下我自己。秋天是一个严肃的男青年。我老了的时候,他也老了。快把我领走吧。我等着这一天,快疯了。

我一低头就能看见:他的眼,眉毛,脑瓜,没有血色的脸;两条腿真长。他就是九月、九月的孩子啊。

那个傍晚,我在一片小蓟中间等。一直坐在那儿等,等他来把我领走。我就一直坐在小蓟里。

秋天再下面就是冬天了。我们要赶在这个冬天前面离开,这是我们的命。我这会儿向你——我的"白条"——讲着那个秋天的傍晚,心里多么感激。我穿过它,穿过等了一辈子的小蓟花地,才来到这里。我不知该笑还是该哭。我一辈子都不明白,我的那个细细高高的少年白白等了我,我却跑开了。难道我千辛万苦来到这儿,就为了今天?

你不说话。没有一点声音。我只好回头,想看看那个细细高高的少年还在不在了?

一点声音都没有。你也没有了。你的魂灵真的会来这儿会合?

我一闭眼就能听见海边的雀儿在头顶上叫,它到处找自己的窝。

我的窝在哪里啊?雀儿,你能告诉我吗?

…………

凹眼姑娘的自语化为窗外云絮,被风扯成一条条,一丝丝。她的连连发问,我这个故乡的兄长也无力回答。我不知该劝你返回故乡还是留在那个高原……

第十二章

归　来

一

目光所及,好像一切都随着天气凉了下来……屋里的两只龙虾如果不是因为气温的关系,那么就是因为一年来的打斗体力消耗得差不多了,这会儿只垂着一对大螯,弓着腰,长须偶尔挑动一下。有时它们虽然还会把大螯架到一起,却不再动作——彼此都在硬撑。丽丽长时间地沉默。平时让它这样安稳是很难的。我喜欢它这副乖孩子的模样:两只前爪按在地上,爪子和两臂之间有一道令人入迷的深纹。我按一下它的胖爪,它就低头看看,然后抬起困惑的眼睛。它正像人一样思念,思念远方的行人?他们出发时选择了一个冬天,那么归来呢?

从庄家回来后,我告诉梅子:挽留失败了。她立刻沉下脸,许久才说:"是啊,只要跑了,只要生了那样的一颗心,就再也回不来了。"整整一天我都在想一个既遥远又切近的旅途,想许良那样的独行者——我多次看到原野上那些背着背囊、全身乌黑、两眼凄怆的汉子。他们都是一个人在走。是的,独行者往往是流浪汉中的精华,是他们当中的佼佼者,一些货真价实的人物。我渴望听到许良的消息。从许老身上我进一步明白:他们不仅在浪迹的时刻,即便在出发之前也是独身一人。或许那种朝夕相处仅仅是一种表象,是临时迁就的结果,是软弱与费解,是不足以道人的幸福和其他——最终的结局是,属于他的那个宿命般的时刻一到,一条苍茫无尽的长路就在眼前铺开……他们谈论着九月的恐怖/谈论一个期待和一个归宿/当上天降下了白色的粉末/那是挥洒碾碎的时光/野地的平民开始收集柴草/像鼹鼠收集一粒粒食物/长河上那支冰封的桅杆/正翘首遥望一个人的独行……

一阵敲门声伴着叽叽喳喳的声音。多么怪异的声音啊,我赶紧把手里的东西搁下。是莉莉和埃诺德,两个人笑吟吟地挤进来,进门后挽在一起的手仍然不愿松开。丽丽狂吠起来——而它在平时从不这样,它几乎对任何人都友好。我劝止了丽丽。我对他们说:"请坐吧。"可是莉莉仍然挽住了埃诺德的胳膊。他这会儿戴上了中国老式小圆框眼镜,鼻子那儿好像受了点轻伤。他用板板的外国腔叫着我,我的名字从他的口腔里挣扎出来,一下变得擦痕累累。

我给他们倒茶。莉莉接过茶吹一吹。满屋里都是一种低劣的香水味。这个常常吹嘘鱼子酱和泡泡浴的姑娘,周身涂满了劣质香水。我这时才为余泽感到庆幸,庆幸一次合情合理的丢失。莉莉开始说明来意:他们要结婚了,这一次是来报喜兼告别的——婚后埃诺德就要结束学业,领她到大洋彼岸去了。我随口说:"嗯。领走了好。"

莉莉戳一下埃诺德,"我还真有点舍不得中国呢!"

她提前把自己当成了外国人。在她喋喋不休的时候,我内心里开始检点自己是否有点褊狭——我发现自己主要是为那个不言不语的余泽而愤慨。是的,我在替那个旅途上的朋友难过。因为没有办法,这无论如何还是一种伤害。那种关于性的现代开放理论在我这儿不通,我宁可做一个第三世界固执的老赶,宁可朝拜孔子。埃诺德起劲儿地说着中国俚语，莉莉则不停地“皮袍、皮袍”，像那个李贵字一样。

二

这是第一次铺上银霜的日子：一开门就看到了地上的一层，匀细之屑需要仔细辨认……也许就是它预示了小小的异常——谁想得到这一天对我和朋友是如此重要呢？一大早吴敏就来了，她说的第一句话竟是：“吕擎他们回来了！”

我大喜过望地看着她，简直不敢相信：“刚刚？”

“昨天，昨天才……”吴敏喜不自禁地摇头，“他们现在都在我们家躺着呢。三个人把背囊一放就好好睡了一场。我做了饭，他们只吃了一点点，一放碗筷又睡着了……吕擎是第一个醒的，他马上让我来找你……”

我们跟上吴敏急急地走了。

梅子在路上不断地问着吴敏什么。这是我们这些朋友当中最重要的一件事了——他们比原定计划好像提前许多日子返回了，这让我觉得有点不同寻常。

四合院里的老枣树垂着头，像在沉睡。厢房里没有一点声音。尽管我对眼前几个人的情形有所预计，但进了厢房之后还是吃了一惊。三个人歪在一个很大的地铺上——好像这地铺是许久以前就搭好的，只不过从没注意罢了——旁边堆满了一些杂乱东西，摞着背囊。三个人衣衫的颜色与破旧的东西混在一起，难以分辨。他们被人惊醒了，这时一块儿抬头看我们，每个人都两眼通红。这使我有些后悔：不该冒冒失失闯进屋里。瞧这三个人啊，好像没有洗过脸——不，我在有些暗的光线下又看了几眼，这才发现一张张脸是被太阳晒得青一块紫一块。他们比我上次在山里看到的模样更惨了，一个个瘦得厉害，一双手黑乎乎的。只有一双眼睛还像过去一样热烈和熟悉。他们打着哈欠坐起来。

梅子和小宁在一旁看着,惊讶得嘴巴一时合不拢。首先是阳子大声叫着“嫂子”,走过来时却握住了我的胳膊。几双手握在了一起,粗粗的硌人。有一只手上有那么多伤痕,上面是发紫的大疤,这是余泽的手——我同时发现他的嘴角那儿还有一道刚刚长好的伤口……都来不及细说什么,都沉浸在归来的喜悦之中。眼前这些人已经忍受了可怕的磨损,这会儿到了补苴罅漏的时刻了。他们的背囊里装满了辛酸,这一趟长长的跋涉或是告一段落,或是刚刚开始……

吕擎坐下来,说了一句:“我们往南翻过一架架大山,跨过林河就再也走不动了……”我想问到底为什么,可他显然不想在这样的时刻说下去。我想肯定不是因为体力出了问题,也不会是其他,最大的可能是已经无法在大山里立足……我知道在旅途上出现任何预想不到的艰难都不让人惊讶。沉默了许久,余泽慢吞吞说下去:“我们从上次分手以后还是一边打工一边往前走。因为接下去还要走呢,我们得仔细做好准备……可惜那里没人相信我们几个。有人甚至认为,我们比那些无恶不作的犯罪团伙还要危险呢。他们驱逐我们的劲头很大。这让人感到莫名其妙。他们连我们拍照片记日记都要干涉,特别是发现我们在读一些艰深难懂的书之后,更是一天也容不下我们了……”

余泽语焉不详。他的话还是让我想起了那些日子,想到了那次与“大腕”一伙的争斗,特别是想起了那个年轻的盲人……阳子在一边流泪。这个乐观的小伙子可是从不洒泪的啊,这会儿嘴角一下下抽着。我只把手按在他的肩膀那儿。吕擎哼一声,阳子立刻不哭了。旅途上的吕擎一直是他们当中的一个主心骨、一个威严的兄长。当吕擎转身时阳子才小声说道:“他一个人离开了,如果他回来得早一点就好得多……”我有点吃惊:“吕擎?他去了哪儿？东北？”阳子委屈地点头。记得我们上次分手时吕擎说要顺路去寻许良——可这并不算顺路啊。

吴敏开始为大家倒茶、取吃的东西。几个人一起坐在地铺上，我们三口以及吴敏都是一副倾听的样子。余泽介绍情况：“那次我们被关了四十多天，你们怎么也想不到他们怎么对付我们。有人甚至想给我们动用酷刑……你看阳子后背那儿……”阳子歪着身子躲闪，最后还是让人给撩开了衣服……后背那儿有一块很大的瘢痕。余泽说：“他们专打那个地方，化脓了又不给上药……好长时间阳子只能趴着睡觉。后来他们这一伙又跟城里联系，把事情搞明白了却不放人，因为折腾了这么久折腾不出东西，心里不甘。他们污蔑我们串乡走户偷东西，还有‘流氓活动’，最后要没收物品，强行驱逐……那一天我们几个人离开山口时有人还放枪威吓。真是可怕的恶棍……”

这对于吴敏和梅子来说简直是天方夜谭，她们相互看着。大家一阵沉默。气氛太压抑了。吕擎察觉了什么，松了一口气，笑笑说：“反正我们走了这么久也该回来一次，需要上上补给了。还有，阳子想人也快想病了……”

阳子这才露出一丝微笑。

余泽说：“反正那会儿都特别想家——想这个破烂城市。他和阳子，我是说他们两人都有个挺好的盼头，他们跟我可不一样。”

他的话让我稍稍吃惊——可他对莉莉还什么都不知道啊。我几次想告诉莉莉的近况，告诉她很快就要成为埃诺德的老婆了，不久前甚至还来跟我告别呢。可我不忍说出。余泽的话让我怀疑他似乎已经知道了，问了吴敏，才明白逄琳昨天晚上已经告诉了余泽。我心里一阵感动。看吧，最终还是一位心慈面软的老人比我们更为果断，及时地送去一个艰难的提醒。我拍了拍余泽的肩膀：“不必难过，迟早都会这样的。”

余泽摇摇头,苦笑了一下。大家很长时间一声不吭。

三

在几个人沉默的间隙里,我注意看着吕擎。我发现他本来就瘦削的脸庞变得更加棱角分明,一双眼睛沉得吓人。我不知他是否见到了许良。显而易见,老人的突然离去,还有庄周的出走,都进一步催促了面前这三个人的远行。男人的奔走就是这样突如其来,有时真像风雨骤至。可雷鸣电闪之后马上会是晴空万里吗?从气象学上讲,每一场风雨的来临皆有缘由,如冷湿气流低气压之类……他们离开的这一段时间城里发生了不少事情,如李贵字的死,斗眼小焕的雄心,庄周的归来,一些奇案和传闻……一切都在变幻和衍生,无休无止。吕擎很快问起了陶楚,我告诉像过去一样,她对许良已经不抱太大的希望;那个无忧无虑的许鲁高考又一次失败,照例毫不在乎。还有李贵字——这个人死得很惨。我发现在回答这些的时候,他除了自语一句"许艮",然后即不再询问。

吴敏招呼梅子一块儿去做饭了。

我们也许该开一个像模像样的宴会来迎接他们。瞧瞧这几个满是伤痕脸色黧黑的人吧,因为长期跋涉心身俱疲,蜷在那儿。这是一些不会失败也不会胜利的人,如今已是稀少物种。我问起了那个年轻的盲人——大家立刻沉默了。我知道他们像我一样难过。那个盲人在夜色中能够像兔子一样飞奔,如果不是亲眼所见怎么也不会相信!他的身世和遭遇令人难忘。这是一个贫穷和绝望的精灵,永远飞翔在黑暗里。因为这个话题的缘故,空气凝固了。为了打破这种沉闷,我问起了其他,特别是那个为山里孩子募捐的计划。

阳子立刻说一句:"当然!"

吕擎看着窗外。那儿是橡树路上重重叠叠的绿树,它们在上午时分映出了阴沉的影子。他转过脸说:“那些人以为把我们赶走了,事情也就完结了。其实一切才刚刚开始呢。我们还会做下去。我记得林蕖说过一句:去看看吧,只有亲自看过,才能知道谁是那片大山的敌人!是的,我现在要用‘敌人’这两个字了……搜集图书,捐款,这些具体的事情一辈子也做不完,先要从一点一滴做起。这一路上我们仔细规划过,有了许多联系人,有了重要的居住点,认识了很多山里朋友,这才是实打实的收获啊!我们第一次觉得原来的计划太空荡也太大——有点大而无当——为什么非要去东北和大西北呢?不,有许多亟待去做的事情就在南部山区,甚至就在眼前的橡树路。我准备找林蕖一起商量……”

他可能察觉自己有些冲动,正说着就戛然而止了。

余泽在背囊里翻找出什么,原来是一个花名册:“看吧,一切都记在这里了,这些就是我们联系的人,是我们的‘堡垒户’!”

那三个字令人为之动容。对于一个长途奔走的人而言,这些山里人家意味着生存和喘息……在一场漫漫跋涉中寻到了许多朋友,这本身就是最有意义的事情。仅此一点,这场奔走就是一次胜利。我问他们何时返回那里,吕擎点点头,说如果以前只是凭冲动和不安走出去了,那么这以后就是回到踏踏实实的泥地上来,做一些又具体又耐久的工作。这些工作并不一定在远处,它们是随时随地都有的,关键是能坚持、有恒心——一个人只要真的想做,哪里都足够做上一生……我还是第一次听吕擎这样说话。是的,他突然发现自己要寻找的那一切并非藏在杳渺的苍凉中,也没有隐在深林大漠里,它甚至就在眼前的橡树路。要承认这个,也许需要双倍的勇气……

终于有了与吕擎单独相处的一小段时间。我想证实长时间的一个猜测,想知道他离队的那些日子究竟做了什么。我原以为他会寻找许艮和桤林的,因为这两个人一直鲠在他的心里。我担心桤林会向其吐露庄周致命的隐秘——我并不希望如此,因为那个夜晚庄周泣血般的述说已经让人揪疼。我当然不会原谅那种出卖的行径,可是我也明白,他正在耗上一生,给予自己最严厉的惩戒。我当时暗中许下一个保证:今后,除非是庄周自己说出这些,我将永远不对他人言及。

吕擎的回答让我松了一口气。没去桤林那儿,而是去了东北,一个叫栗树沟的地方——原来许艮出走之前,他还是设法将老人遗落的那封信交还了,因为他不忍心让老人日夜焦灼。那一次许艮十分感动,就对他说起了"鱼花"和"栗树沟"。一个念想就这样埋下来,让旅途中的吕擎难以压抑探访的冲动。

四

"我准备只花上五六天的时间,哪怕只看一眼栗树沟也好。我需要一个答案。这个答案对我太重要了。因为我就是不能明白甚至不能原谅一个两次扔下家室的人,不能理解他为什么这样冷血。如果三四十年前他心一横离开了妻子还算勉强,那么今天再逃就不能让人理解了:他有了后代,他扔下的是两个人……我坐火车一路不停,只顾往前赶,最后费尽了周折。当初我们交谈那些的时候,大概都想不到有一天能在栗树沟会合吧。

"就像做梦一样,这一天真的来了。要见老许艮可不容易,他究竟藏在了哪里?我费力找他的时候,脑子里不断想到这些年来学校里一些人对他的各种议论和攻击。有人对他第一次逃离还是不能原谅,说这个人可真下得手去啊,能撇下自己的发妻——想想会是多么心硬的人!这样的人我们大家都要小心啊!他们认为当时学校里受冲击最厉害的人都能忍受,那把火还没有烧到他呢,他倒吓得跑了!这说明该人多么自私胆怯、无情无义!这样的人做出什么事情都不要吃惊!所以这一次许艮的不辞而别,在一些老人来看并不算特别离奇，正好证明了以前的推断。

“我对这些议论虽然不能完全否定，可奇怪的是心里一直想为他辩护。要辩护就得有理由，我的理由还不充分。我认为其他人没有权利议论他与陶楚的关系，因为他们之间发生的事情别人并不知道。至于在动乱年代里是否一定要留下来接受侮辱，那就更不一定了。每个人都有自己的选择，有人就是不能忍受，不能挨；有人可以忍受一切，另有人一有机会就会跑开。说到底这是一种追求自由的精神——许艮当年能一口气跑开，去一个地方过自己的生活，多么了不起啊！我佩服的正是这一点、不能理解的也是这一点！说真的，那时大多数人都有条件跑开，因为并没有人捆住他们啊，是他们自己用一根无形的锁链把自己捆住了。每个时候都有一种时髦，当年就是大伙儿一块儿狂热，一块儿活过来死过去。而只有许艮是个例外，所以说我钦佩许艮啊！

“我想和他讨论一个书呆子才关心的问题，就是自由的问题。我们那时候没有自由，有了却会扔掉……这一路上找他太难了，我没有更多的时间，因为我得按时返回南山。坐了那么久的火车，最后在一个边远小镇下了车，像当年的老许一样，在镇上的一家油条店吃了早餐，然后就打听一个叫栗树沟的地方。令我奇怪的是多少年过去了，那个镇子和那个油条店还在，好像一千年以后还会有似的。这倒不错，真像一种梦里相会。可是那个栗树沟就不好找了，不是因为它改了名，而是因为它太小了，镇上人都不知道。好不容易在一个小商店里见到了一个喝零酒的老人，老人用烟锅比画着，说那个地方在哪儿。我问有多远，他说那远了去了，你得走上一天一夜才摸得着它的边……

“就这样找啊问啊，三天就过去了。第四天我总算找到了一个只有三两户人家的地方，满是老树，当然还有不少栗子树。这些人家说前些天是来过一个城里模样的老人，不过这人没怎么停下就走了。我又打听鱼花和尼姑庵,有人就给我指了方向。我先是在鱼花家的老屋看了看,发现这是一个老得不能再老的木头屋子,除了屋顶的草换过不久,其余都黑乎乎的。上了锁,没有人。幸亏我在老屋这儿徘徊得久了一点,因为正准备走开,突然近处的一片灌木被摇动了——我惊讶抬头,却见一个老人——不是别人,正是咱的老许良啊,他活生生地从树丛里走了出来!

“我一声大喊拥上去,一下抱住了他。奇怪,他不像我这么激动,仰着满是胡茬的脸看看我,只‘唔’了一声。原来他刚刚从鱼花那儿回来。就这么,我们在木头屋子里住下了。吃饭,深夜不眠,交谈,争论,一口气过了两天。他告诉我:鱼花真的入了尼姑庵,他一直劝她回来……可能是说来话长吧,他一时没有讲得更多,只说再等等吧,也许她会回来的。他的样子有些忧愁……我谈了他不辞而别在校园里引起的骚动、特别是陶楚母子的痛苦。因为我忍不住,还是说出了人们的普遍看法。我说出了几个致命的词汇:逃离、自私和无情……老人低头吸烟,头压得越来越低。后来他慢慢抬起头来,看着油灯,额上鼓起了青筋——我马上有些后悔了……他就这么盯着,盯着,有些恶狠狠地把头扭向小小的黑窗,几乎是向着野外喊道:‘我不是逃离,我是回来!看到这个木头房子了吧?这就是我的家!我要回家!我走的前一天一夜没睡,在纸上写了几个大字,因为用力把纸都划破了!我写的是——我不安!我行动!我反抗!我生活!’

“……他这样喊了几嗓子,接下去一点声音都没有了。只有风搅着树和草的响动传进来,像是对他的回应。这就是那个夜晚。许良这几声大喊我一直没忘。他是急了,他急于喊出来,喊给自己听。”

钱扣村

一

吕擎从东北返回后，三个人就沿着林河走下去。在那些大大小小的山村里，只要一有机会就要寻点事情做。他们仍旧是打工，并几次尝试重办冬学。这时他们感到极大的充实和幸福。他们还曾多次打听那个盲人，总也没有结果。他们在山路上远远地看到一个跳跃而去的身影，立刻就会喊叫起来。那个像山兔一样灵捷的影子啊，再也没有出现。可是在墨黑的午夜，山风只要呼啸，山石只要滚动，都能让人想到那个瘦瘦的身躯，想到他正在大山上脚不沾地飞跑……

林河中游有一个叫“钱扣”的小村。这个小村的头儿长了一对八字眉，一双大大的圆眼，极其像猫。与一般村头不同的是，他读过不少闲书，所以很重视识字的事。他对吕擎几个人非常友善，对他们倡导办学的事十分积极，说：“以前娃儿都是去下河镇上学，要过桥哩；去年春上桥一塌，完了，没法去了。夏天水旺淹死了两个孩子；入冬水枯了，上冬学又跟不上课。得，这回你们哥儿仨给咱弄起来吧！”

他们简直是大喜过望。可是要真正办学才知道有多么难。首先是找不到校舍，因为这儿既没有荒废不用的牲口棚，又没有其他空屋。他们和村头猫眼一块儿为难了好几天。有一天猫眼使劲吸着烟，吸了半天才吐出一个脏字，说：“操！豁上哩……”

他领他们到村边上，指着三间旧石屋说：“若何？”

他们看了看，一块儿高兴。猫眼蹲在地上吸烟，八字眉皱成了一字。吕擎他们觉得这个人真是不好捉摸。猫眼后来哭丧着脸:“讲了吧,讲了吧,不讲对不住你仨哩,是吧是吧!是吧?”

他用力仰起脸看着他们,烟斗松松地挂在嘴上,说话时碰得格啷啷响也不掉:“这屋子大凶哩!前些年由村里做主卖给了一户人家,人家刚住了没有几宿就找我来了,变着脸嚷:‘退钱退钱。’你猜咋个?了不得哩!这石屋到了半夜就出些险事,不是身下的大炕乱抖,就是屋角上有个什么鬼魅哧哧磨刀。一家人吓得闭着眼不敢看,只有娃儿偷偷睁了眼,说妈呀看见了,一屋子小人儿,一齐举着刀子跳哩!再不就是出来一个妖怪,拉着个二尺长的舌头……这一下凶屋可就出了名哩,都说:‘住不了哇,妈呀,穷山恶水出凶屋,百年不遇的事儿全让咱摊上了!’我一开头不信,心想这还是真的不成?就让民兵头儿带上家伙,再带上三五人去宿下了。谁知到了半夜屋子里真是发出哗啦啦山响,几个人的头皮一奓,撒开丫子就跑。我明白了,这屋子里冤魂不散哪!”

几个人瞪着眼看他。吕擎想到的是橡树路大宅那些传说。原来天下闹鬼的地方可不止一处啊。

猫眼像哭一样哼着:“我的天,这是个什么年头啊,我能说这是个什么年头吗?我不敢哩!可我心里大明着,全村人心里都大明着哩……这年头啊,反正谁家生了个好娃,你就得小心地藏好;只要走漏了风声,你就别想保得住!这是铁定的事儿。不信就试试吧,这是铁定的事儿。这个年头,谁家生出好娃儿谁家招祸啊……”

他啰啰嗦嗦讲了许久,几个人好不容易才听明白。

原来过去这屋子的主人是一个叫“香子”的寡妇,她一直守着自己的女儿“小苘”过。猫眼说:“本来日子过得就不易,两个人省吃俭用才能对付下来。谁知后来的祸患大着呢。错全在女儿一个人身上,谁让她长那么俊?俊也不要紧,老老实实在山旮旯里趴着多好。她偏不,跟上一些年轻人去镇里逛店哩。下河镇是个大码头,搽脂抹粉的人物多了,这也是穷人家孩儿该去的地方?这下可好了,还没有半天工夫,小茼就让人盯上了。要是别人上了眼还好,偏偏看上她的是有名的'三毒腿'。

“这个人可招惹不起啊,百八十里没有不知道的,你猜咋的?不光县太爷是他舅,就连省里的一个头儿也是他的什么叔……反正他在这一周遭了不得呀。你们别看咱这是个穷地方,可常言说得好,三尺小湾养大鱼。三毒腿有好儿座屋,还有楼哩,有汽车摩托车一长串,身后那些帮手也多,扛枪抡棒子的一招手就是一大群。

“别说下河镇,就是这个县里,谁敢招惹三毒腿?他平时在街上转悠,进了商店理发铺,看中了哪个闺女,哪个闺女早早晚晚就得落进他的口。不从不行,有哪个娃儿刚强不是?打个皮开肉绽最后还得落下一身垢气。这都是说一不二的事儿。山里人嘴笨,比如钱扣这个地方吧,全村里识字的也不过十个八个,还识不了多少,连写个状子也不成。再说告发三毒腿谁敢?就是一天吃一个豹子胆也不敢啊,都说:我妈呀,俺还是留着这副下水吧。他们心知肚明,都对这些事儿闭着眼,就是那些镇上县上的官人也是一样。有不少官人和三毒腿是一伙儿,这都是明摆着的事儿……

“那天三毒腿一见到小茼就盯上了,他先让人油嘴滑舌地把她从几个人当中引走,然后就像个毒蜘蛛一样叮上了。从傍晌到过午一点,也不过是一个多钟头吧,小茼就给糟蹋了。她头发乱蓬蓬回到几个同村人这儿,哭着一五一十说了。几个姐妹不知深浅,说这还了得啊,告他去,让这个狠心狠性的畜生蹲个监给咱看看!

“他们哪里知道这里面的厉害。几个人去了一个地方,一禀报,人家立刻说找错门了,该上哪儿去哪儿。他们不识字,认不得牌子,好不容易才摸到了一个地方,总算受理了。问了问,人家马上把几个人全赶走了,只让当事人留下问话。

“说起来没人信,一连三天小苘还没放回来,只传来个话:让家里去人领。香子急火火赶了去,这才知道事儿闹大了。原来别人无罪,只有小苘自己被诬为‘卖淫’,解决办法一是再关一些时日,再就是交一笔很大数目的罚金。香子一连声为女儿喊冤,直哭得倒在地上。天快黑了,屋里只剩下一个说了算的人,那个人把枪往桌子上一拍说:‘我日你妈吵得心烦,一个好东西都没有!’说着就把大门关了。香子这才明白自己也走不了啦。她嚷着:你让我出去,出去,那个人就盯着她笑。香子四十多岁,人长得还算干净。那个人盯了她一会儿,把手枪拴上腰带又解下,后来连裤子也解了。香子什么都明白了,两手扑打门窗,哭叫不停。那个人说:你喊吧,审犯人就不怕犯人横,再横咱也收拾得了你。

“就这样,那个家伙把香子也糟蹋了。

“香子回来后哭一场又一场。她没脸求人了。等到第十天上小苘总算也回来了,一头扑到妈妈怀里不起来。香子一看,几天不见孩子成了这个模样:脖子瘦得像胳膊那么细,头发乱成了老鸦窝。妈妈问她那群狼最后怎么把她饶了?她说后来是那个三毒腿说了情,才给放了。不过三毒腿让她以后要隔三差五进城去看他。她那会儿实在受不住就依了他。她说:妈呀,你做梦也想不到那些人是多么坏啊,那一天里她打听着去告发三毒腿,结果被关了好几回,哪一回都有人按住她欺负!香子问:是不是有个拿枪的人?小苘说就数他最坏,他让人把她关了好几天,还叫来三毒腿,两个人没心没肺地折磨她……

“香子听了吓得合不上嘴。小苘说:‘妈,他们还会找了来,我怕哩……’娘儿俩搂抱着哭成一团。第二天香子割了三斤猪肉,包了一锅韭菜包子。这包子里掺了毒药。娘儿俩吃了一顿包子,就这么一块儿走了……”

猫眼说得涕泪交流，捶打着自己："说起来没人信哪，可这事就发生在我这钱扣村呢！谁要来问我，我就敢证着，就是这样哩，这是一点也不差哩！"

阳子腾一下站起："你敢证着？"

"我敢！我只要说了就敢哩！"

吕擎和余泽也看着猫眼。余泽的嘴唇发紫，眼里焦干，咬得牙齿咯咯响。

从空屋跟前走开之后，三个人再也没有心思办冬学了。但他们常来三间空屋这儿徘徊，有时默默地站上许久。阳子不断去那个下河镇，回来告诉他们：那可真是一个大镇子，热闹极了，热闹得不像是大山里面的镇子。他说他已经见到了那个拿枪的人，还经人指点，远远地看了三毒腿盖在河边上的红楼……

一连几天，吕擎他们都在找那天和小苘一起去镇上的几个年轻人。他们有的能够直言不讳地讲出事情的经过，有的一提起这事儿就躲。

有一天猫眼来了，说起话来吭吭哧哧。他东扯西扯，突然没头没尾地说了一句："告诉你仨了，那天俺可是什么都没讲哩……"吕擎愣愣地看着他。余泽和阳子也有些不知所措。猫眼一边起身离开一边咕哝："俺可是什么都没讲哩……"

他走开了。吕擎他们什么都明白了。夜晚阴得一丝星光没有。三个人没有睡。吕擎本来不吸烟，后来跟余泽要来一支吸了。他们一直坐在窗前。吕擎说：

"就让我们试试吧……"

他们办起了冬学。钱扣村的人白天让自己的孩子来上学，夜里却无论如何也不让他们进那间屋子。吕擎几个谁也没有发现这屋子有什么异常。这期间他们暗暗用力的却是香子母女的冤情，知道最重要的就是设法找到证据。

时间不知不觉过去了半个多月。有一天他们正要去学校,突然有个穿黄衣服的人堵在了门口,冲着他们说:“跟我来登个记吧!”说完抬腿往外走去,头也不回。

吕擎预感到了什么,站在门口一动不动。

二

他们给关了起来,就关在办冬学的那三间空屋中。看守他们的都是从下河镇来的人,因为钱扣村在行政区划上归镇子管。与上一次在山前所遇到的差不多:对方先把他们的东西全部收走,然后就是轮番审讯。吕擎并不怀疑这些人的身份,因为不仅看过他们的证件,而且还发现猫眼几个人见了他们都低头哈腰的。吕擎知道一切辩解都是多余的。

关到第五天上,有一个背枪的人来了。这个人一出现阳子就小声对吕擎说:这就是那个狠毒的家伙。他长了一张冬瓜脸,一张嘴就露出一排板牙,显得口劲儿很大,似乎能够咬钢嚼铁。当他思考问题、发狠用力时,都要将那一排板牙使劲咬住下唇。他就这样咬住下唇看了三个人一会儿,开口说道:“也怪。”

吕擎他们不知这是什么意思。

冬瓜脸又说:“也怪。”说着把脸转向旁边的一个人:“莫不是有大来头?敢来太岁头上动土的,就得多留一手了——哼哼,也怪。”

他说话声音很小,到最后像是自语。旁边那个人说:“掌柜的莫多心了,再说咱有三毒腿哩。”冬瓜脸咬咬下唇:“嗯也。”

当天吕擎他们就被押到了镇子上。三个人从此被分开关押。一连几天没人管他们,只是不吭一声地折磨。每天,送饭的把一碗瓜干糊糊往跟前一推,就再也不理了。这食物是变质的,又酸又臭。刚开始吃的时候总是腹泻,结果弄得满屋脏臭。吕擎他们一遍遍警告这些恶棍,对方听了笑得非常开心。有一个人不断来小窗口那儿看，笑得很得意，还说："你仨再饥再饿，也不能缠着老虎喝奶呀。这回知道厉害了吧？"吕擎他们后来判断：这个人可能就是三毒腿。

十几天的时间过去了，他们已经被折磨得不成样子。冬瓜脸开始一个一个提审他们了。他反复问的只是这样几句话："说，来这山里胡窜是为了什么？你们这些盲流，偷了多少东西？糟蹋了多少山里大闺女？说！不说？那好，加加码儿！"旁边的几个恶棍就一齐应声扑上来，揪头发、打嘴巴，一下下踢。吕擎说："你们一定会后悔的。"冬瓜脸嘻嘻笑："说得真好啊。不过你去城里搬兵呀。告诉你了，那也不中哩。为什么？就因为城里也不要你这几个狗杂碎！到了时候，俺还要亲手捆上你仨儿，送给城里开烧锅的人哩！"

冬瓜脸有一天审阳子，阳子趁他累了不注意，猛地冲向了半开的门。等那个家伙在屋里醒过神干嚎一声时，他已经跑出了几十米远——如果最后不是从院门那儿扑出几个人，他就可能逃到大街上去了。当时他心里盘算：冲出去，冲出去，第一件事就是藏起来，然后设法再逃，或找一个地方打求救电话……可惜他被重新扭回来了。扭他的人说："这不是白日做梦是什么？在这一周遭你还跑得了？咱想抓谁就抓谁。你就是跑到地狱里，咱也能伸出抓钩把你钩回来！"进了屋，冬瓜脸让人把他捆了个结结实实，然后对四周说："都回去歇着吧！"

几个人退下后，他就围着阳子转了几圈，嘿嘿笑，说："你这个嫩毛，我日不死你！"说着真的解了裤子，光着下身比划起来："我就看你草鸡不草鸡，你妈妈的，我日你妈妈的……"他大骂不止，这下流的骂声让阳子目瞪口呆。他这样骂了一会儿却坐在了地上，发出泣哭似的怪声。哭了一会儿，冬瓜脸突然腾地站起，立即操起一根皮带，照准阳子的后背就是一下。这一下太狠了，后背上立刻有了一道深长的印子。他继续抽打,一边不停地骂,跺脚。阳子的后背流出了血水。阳子一开始大声喊叫,最后就咬紧了牙关……

在折磨阳子的整个过程中,冬瓜脸都光着下身。他实在没有力气了,这才蔫下来。

三毒腿总是跟在那些折磨人的家伙后面——他们一走开他就来到。他觉得自己是个见过大世面的人,想说出一点名堂来。阳子和吕擎都不理他,他就过来对付沉默的余泽,说:“俺琢磨事儿不像他们那些人。俺琢磨事儿都是将身来把自身比。俺知道你仨为什么敢来惹俺,知道。看起来是打个抱不平呀,其实哩?那是馋啊。你仨馋的是没有像俺一样,天天跟大闺女亲嘴儿哩;你仨一急,就想告发俺哩。其实咱们好生来往着,有肉大家吃,这是多么好的事儿?啊呸!你仨不识规矩,这下也就死定了……”

余泽终于开口,嗓子沉沉:“死定了的是你、是你那一伙犯罪分子。”

三毒腿笑了:“多么傻呀!净说书上的话,什么‘犯罪分子’——哪有那种东西?你得这样说:有些被捉住的人。嗯,是了,这样说才对呀。世上谁不是‘犯罪分子’?你不是吗?不同的是有的被捉住了,有的捉他不住哩……”

“胡扯,我就不是!”

“你是真能编哪。你就不是?俺到死也不信。哪能不是呢?不过是大犯小犯罢哩。是吧是吧?啊哈!”

三毒腿笑得浑身乱抖。临走时他小声对余泽说:“你仨也莫怕,这回也不能要你们的小命,不过是教育一番,给年轻人去去火气。这年头啊,谁没有火气……”

余泽大嚷:“等着吧,你们几个身上有人命呢,她们母子俩就等着你们抵命!”

快要走出门的三毒腿听了马上折回来:“这就是你的不对了。

她们有她们的毛病;她们自杀,这是不坚强哩。这世上的人要都学她们俩,那还不死个半光啦?是吧?是吧?”

余泽想:这个恶棍有一点说得倒是对的,人在可怕的逆境中可一定要坚强啊。要留下一口气去跟这类恶棍纠缠。是的,没有其他办法。

三

又是几个星期过去。这一段时间来折磨他们的人少了,那个冬瓜脸和三毒腿已不太露面。伙食似乎也改善了一点,他们偶尔还可以吃到玉米饼和煮地瓜。一天深夜,有个看管他们的人吸着一个拳头大的烟斗,故作神秘说:“你们自觉自己了不起是吧?其实你仨一个一个都在俺掌柜的手心里攥着哩!不如服个软结了,这样下去哪天才是个头儿?掌柜的前一阵派人查去了,查查你仨在城里算不算个人物,一查,狗屁不是呢……”他的话让吕擎沉思良久。他在想这事将以何种方式了结,想这一伙人的险恶与周密。

几天不见的冬瓜脸又出现在吕擎屋里。他先用威慑的目光盯了一会儿,然后坐下说:“你不说我也明白,只你一个住在橡树路,是仨里面的头领,他们都听你的。我今儿个就是来跟你谈谈,让咱把事儿做个结吧。你们的底细我心里也大明着,这个不说了。现在说的是,你们仨在山里作恶多端,民愤极大,不判不足以平民愤。但念你仨初来乍到,不懂山里规矩,现决定从宽发落。不过嘛,要放人也得有个条件,不能就这么撒丫子走人——放虎归山可不行……”

吕擎一边听一边细细琢磨。对方显然是要抓点把柄再放人,因为这帮家伙大概有点害怕了——这个判断没有错,因为冬瓜脸很快拿出了一张纸,二话不说就让吕擎签字。吕擎看了看,简直不敢相信:上面列举了他们三人在山里耸人听闻的一些“罪行”,恶迹之大能吓人一跳。吕擎把它扔在了地上。冬瓜脸马上跳起来，脸色红涨大嚷：

"我日你妈你还嚣张！你好好给我听着：枪把子在我们手里攥着呢，你们这几个反动的东西，谅你们也翻不了天！我们的政策是给出路的政策，不是不给出路；你们自己硬把出路封了，这可是你们的事儿！何去何从自己决定吧！"

吕擎在这番话里倒听出了另一番意味。他注意了对方吐出的"反动"这个词儿，觉得有趣。第二天三个人被关到了一起，说是为了让他们"好好合计合计"。

第三天早上冬瓜脸又来了，一进门就问："合计得咋个样了？"他们都不理他。他从兜里掏出一沓皱巴巴的纸头，"嘿，这回可不用你仨儿点头了，咱这回取了证！你们仔细瞅瞅：偷了谁的抢了谁的，搞了谁家闺女，证词都在这儿了，人家都按了红手印哩！看看，大红手印按着哩——这还有什么可说的？！"

阳子一把夺过来，看了看差点儿气死，三两下就撕了。

冬瓜脸冷笑："没用，这种证明咱至少还有一打；你们毁了罪证也没用。想想看吧，司法机关对付犯人还没有办法？今个跟你仨直着说吧：你仨算是走了大运，遇上了宽大。这就放了你仨，条件是你回去也别想找什么麻烦；你仨不找麻烦，咱这边的事儿也就一笔勾销；你仨要是手上发痒，想起性，咱这就从头算账。那时候可就不能怨山里人了。你仨从头想想，一开始不是你仨先犯了山里规矩？'海有海法山有山规'，违了山规还行？想想看吧，我这人脾气不好，为这个我以前也受过上级不少批评——想想看，若答应了，悔过了，我这就放你们走——可有一条，这辈子再也别到山里来了……"

阳子骂起来。余泽看看吕擎。吕擎打破沉默说："我同意。"阳子立刻嚷："你——同意？！"吕擎看看阳子，点点头。阳子眼里涌出了泪水。余泽对阳子说:“同意吧!”……

他们终于走出了这座黑屋。

落叶的声音

一

在这个归来的秋末,吕擎他们三个比以往任何时候都更为沉默。再次谈起钱扣村时,我曾问:就这样放过那几个冷血动物?吕擎说这怎么可能呢!是的,而且我相信那几个恶棍逍遥的日子也不会太多了……我不再提及那些事情了,只愿更多地回忆美好的经历,听他们欣悦的口吻,听他们谈论春天。

整个城市的心情都追逐着满地落叶,渐渐归于沉静和寒冷。我不愿过多地打扰吕擎:在三个归来者当中,他好像更需要一个人待着,需要一段默想的时间。可我又那么好奇那么孤独,简直难以独处……阳子很快回到了小涓身边;而余泽独自享用了他的悲苦。我和余泽一整天走在校园偏僻的环形路上,听着风吹落叶的声音。高大的欧洲白栗树开始脱落叶片,榉树的果实正在成熟干枯,不断有破裂的果壳和种子跌落地上。它一旁是皂叶树,这种十几米高的、很像榆树的乔木总让我想起东部平原。小叶朴淡灰色的树皮多么光滑,它的枝丫在秋风里显得柔嫩嫩的,像孩童的手指。珊瑚树、青檀木、不太高的樱花树和专门用来观赏的桃梅……它们都处在枝叶飘零的时刻。我好像今天才注意到,这所大学校园里可真有一些不错的大树啊,这会儿立在那儿,光秃秃的树干、光洁的树皮,更让人觉得有一种凛然正气、一种难以企及的高尚品质。它们让人回忆起这儿曾经是一所难以被世风摇撼,以至于连根掘起的学府。那青色的、像鱼鳞似的瓦片大屋顶都是很多年前建造的;连那勾勒得很好的砖石缝隙都向人显示着自己独特的精神和历史,讲述着一些不苟言笑的故事。

余泽的长发归来之后总算好好梳洗过了,但仍然没有修剪。在这个混乱不堪和各行其是、欲望大涨的世界一角,再也没人干涉男性的这一头长发了——不过现在可怕的却是来自同性的误解和侵犯,余泽说有一天晚上他正在散步,突然从松墙后面扑来一个力大无比的家伙,一凑近了就想亲吻,嘴里呵出了逼人的玉米饼味。后来那人可能觉出有什么不对劲儿,一边慌慌退开,一边煞有介事地说:“对不起……”然后像一只受伤的狐狸那样窜掉了。

“这家伙可能从背影上把我当成了一个女人——他大概以为我是校篮球队的。”余泽难得一笑。他说如今在这座校园里运动员是最吃香的,简直成了炙手可热的人物。一个足球队员如果来校园里参加比赛,那么很快就有几个赖唧唧的小姑娘围上去,让他们签字,在小本子上画圈圈……大学时期是幻想时期,他们大部分时间用来模仿而不是用来思索;模仿小说、诗歌、插图小人书,还有影视镜头——只要地球的那一端时兴什么,这边就会飞快地模仿起来。比如那些狂热的、跳起来亲吻体育明星之类的电视画面,哪怕只在荧屏上一闪而过,也会被那一双双尖利的小眼睛捕捉到,然后就是寻找机会模仿和实施了。当然这儿还没有真正的体育明星,于是也就不得不找一些运动员来凑合一下……总有一天她们会感到这种模仿有点淡然寡味,到时候再想一些别的办法……

我们谈论一些熟悉的老师时,余泽说回来这一段时间听到了很多有关许教授的议论……“时间这么长了,大家还是谈……”从许良说到陶楚,余泽十分惋惜:“她真该再谨慎一点……”原来陶楚在系里举办的几个周末舞会上出现过。有人说:丈夫刚走,她就扳住那些大胡子跳舞!人家从来不跟正教授职称以下的人跳。

我心里想的是:如果她心里只有一件事,如果只是挂念走开的人,那就会加倍地痛苦和寂寞……余泽继续着刚才的话题:“很多老光棍开始打她的主意了,总是招惹她!”

生活的任何角落里都有这样一些家伙,他们有的当医生,有的当工农兵,有的当学者。老光棍的脾气总是很难更改,他们自己过着邋邋遢遢的生活,却不能忍受一个独身妇女的洁身自好。我觉得陶楚在这种乱糟糟的、并不陌生的气氛下生活真是不易——幸亏还有一个活泼的儿子许鲁做伴。只有这时,我才对许鲁的那股调皮劲儿感到一丝丝宽慰。

天已经不早了,在剩下来的一段时间里,我去了那幢苍楼。仍旧居住在这儿的人或许不幸,可是走开的人也许早就无法承受——有什么正在一点一滴地积累,渐渐结成一个悲凉的硬块……旁观者永远不会知道,这种日常的、缓慢的磨损究竟会有多大的力量。

许艮房间里的一切似乎都没有改变:发黑的茶缸、烟灰缸,蒙了灰尘的书。暗暗的室内光线隐隐约约讲述着一个古老的故事……我似乎能从那把破藤椅上看到一个沉重的、蜷缩的背影,看到他花白的头发、眼角的几道深皱、有点浮肿的眼皮和糟糕的气色……这人胡子很重,刮得铁青,常常让人想起一个饱受折磨的、烟斗不离嘴巴的倔汉。主人没有了,留下来的只是永不消失的烟味。我仍能记起他谈话时也不甘心把烟斗从唇间抽出的样子。他的目光时而闪烁一下年轻和纯稚的光芒——那时我听着从他嘴里吐出的一些晦涩词句,觉得一块儿落入了某种深渊。“道无动静,无刚柔,无阴阳,无显晦……”“式显而能晦”“Matter—Energy……”

屋里安静得没有一点声音。只有许鲁在探头探脑,偶尔说一句俏皮话。我这才注意到小伙子长得越来越帅气,眼角里流泻着动人的光彩。他穿了一件织得很漂亮的条杠毛衣,潇洒干练。他问:“棒不棒?”我不知他问什么。后来才明白他在问书架旁边那个刚刚添置的雄鹰标本。“这是我做的。”他说。当然很棒。不过这使一只活蹦乱跳、叱咤风云的鹰付出了生命的代价。我只是问这个双眼明亮的小伙子:“谁给你织了这么漂亮的毛衣?”

“还能是谁? 妈妈呗。”

他向妈妈瞥了一眼,抱住了她一只胳膊……

二

栗树沟,一个多美的名字。据许艮说这儿原来更美:在秋天,那些大栗树的叶子藏下了一蓬蓬栗子,真是富足啊。槲榆夹杂在其中,一部分叶子已经变成了焦红色。仅有的几棵卫矛树上落满了麻雀,它们在商量冬天的事情。这些穷人的鸟儿遍布村落,就连最稀疏的地方也不例外。木头房子坐落在一丛特别高大的白杨旁边,稍远一点就是成片的栗子树。因为不远处的大村要在秋天来收栗子,所以这里还算人气旺盛的地方。鱼花挺着大肚子仍然没有闲下来,她依旧去田里做活,或者领上许艮去采蘑菇和药材。她更愿意和他一起,两个人恩爱空前。她觉得人生原来这么甜蜜,一个大自己二十岁的男人原来这么可亲。她甚至以为所有的幸福,都必须是一个大二十岁的男人才能给予的,所以极不理解父母之间的年龄差距:只相差五岁。更有甚者,如不远处的邻居夫妇才相差两岁。鱼花觉得他们一定不如自己幸福。回想那些刚刚在林子深处相识的日子,自己有多么傻啊,又想挑衅,又不让他靠近一丝一毫。有一次他给惹急了,竟孟浪到将手放上了她的胸前,她猛地蹦开了,威胁说要用镰刀砍去他那只手。他吓坏了,从此一连十多天没敢表示一点点亲近的意思。可是忧愁却慢慢缠住了她,她觉得他真是可怜,而自己是自作自受。有一天响起了惊雷,下雨了。她正和他采药材,为躲雨,就一块儿往他的草窝里跑。蹲在那儿,她突然闻到了他身上的烟味儿,心里阵阵发痒。为了驱除这难受的痒劲儿,她就凶巴巴地亲了他几下。

一切都是从这一次开了头的。原来看模样还算老实的许艮也并不那么好招惹。他马上趁热打铁,把她好好收拾了一通。虽然痛苦,还有深深的后怕,但她并不后悔,也一时无话可说。她在半夜里回味着,哭着,骂着他,再也睡不着。有一天半夜她实在想得睡不着,就偷偷跑了出去。她在乌黑的夜色里一头闯进丛林草窝中的莽撞气,是许艮一辈子想来都要感激和惊讶的。他从那时起就下了决心:咱必得好好爱惜这个荒林姑娘啊!她救了我的命!我离了她,就成了荒林野地里的孤魂,成了到死也没有一个伴儿的林妖——他的魂灵回不了那座城市,肯定就是外乡的鬼了;而这里的游魂,一个个都是林妖。这是鱼花告诉他的,她说这里的老年人都这样说。

孩子生下来了,是个儿子。多么强壮的小子啊,许艮作为一个父亲,不会遗漏儿子每一个细小的动作:小家伙刚生下不到一个月,竟然只用了三下就蹬掉了身上的被子。"这家伙是个厉害的角色。"他在心里赞许道,"到了时候,他跑得会比我更快。"——一句话刚在心里泛起又马上被自己否定:"不,他这辈子要比我幸福得多,他会安安稳稳在一个自己满意的地方过上一辈子!"鱼花最辛苦最幸福的日子来临了,她一刻也不离孩子。

在这个黑魆魆的木屋中,鱼花的父母迎来了自己特别的岁月。天上掉下来的这个女婿只比他们小七八岁,身为岳父者还在不久前逼他发过誓。如今看这誓言虽非多余,可也多少让人觉得有些过分了。因为一切看来都是自然而然的,这个男人是如此地深爱自己的妻子和孩子。

许艮开始守在了木头房子里。这间房子只有三间,西边的一间原来放些杂物,现在就成了许艮一家三口的居室。他除了和岳父一起去那一小块田里忙活,再就是去林子里采药和打猎。他不仅练成了不错的枪法,还像岳父这个世代猎手一样,能够毫不犹豫地向一只漂亮的公野鸡开枪。他自然而然地遵守了林子里的生存规则,也越来越像一个老林子里的生民了。他发现自己不再像过去那样勤于刮脸了,也不一定坚持每天使用牙刷。他像鱼花一家一样,按时嚼一种丝瓜瓤儿,结果牙齿比一年前更白了,口腔里还散发出一种野蘑菇的香气。他一年多以前与鱼花在一起时,最着迷的就是这种野蘑菇气味,而如今自己也有了。偶尔在午夜里想起那所校园和陶楚,伤感会像徐徐增大的林涛一样把他淹没。往事不堪回首。那个身材颀长的美人注定了是他一生的纠缠和怨艾:多少甘甜苦涩的回忆,多少痛与柔。其他都可以忽略,惟有这一双眼睛和黛眉吧,又怎可遗忘怎可抵御!自己如此,他人也如此。无尽的烦恼。一个女人的美超过了一定限度——他认为这差不多可以像酒精度一样标示和度量——一切都将变得无比繁琐。世上的恶少从来不缺,在大学校园里,那些经过了伪装的领导和学者也都会在某个时刻,像大雾天里渐渐显露的荒原骆驼一样,一只一只探出头来。他们手段各异,目的却只有一个。而她又不是铁石心肠,难保就对一切无动于衷。她会突然忘情地赞扬起某个人的殷勤,并被其稍稍感动。她宽宽的大舌头——这是她身上惟一不够协调的器官——伸出来,咂着,发出“啊啊啧啧”的声音。许艮前半生最厌烦的就是这种声音。他知道这种声音早晚会通向一种颜色:绿色。他害怕那顶深绿或浅绿色的帽子。

午夜许艮很少失眠,这是来到林子里最重要的收获之一。可是一旦失眠的老病犯了,他又发现远比在那个城市更严重。他心里没完没了的万千感慨足以抵挡越来越响的林涛了。他悄声吟出一句打油诗:半生洋化多糊涂,哪知最爱是村姑……睡不着就寻向鱼花的温柔,从不失眠的她即便在半睡半醒时也能准确无误地亲吻这张满是胡茬的脸。他暗中流出的泪水是欢欣和幸福化成的。

就这样,儿子长到了一岁。木头房子里举行一个重要的仪式:抓周。一大堆杂七杂八的东西摊在儿子面前,有蘑菇和药材、秤杆、猎枪,还有半本破书……许良以为儿子大半是要抓住那杆猎枪的,因为这既是他人生最有可能的选择,这个物件又实在太触目了。一家人都紧紧盯着孩子,等于关注他的未来和人生。那个时刻许良许久还会记起来:小家伙的胖手一直向着横在前边的猎枪伸去、伸去,刚要落下时,突然揉了一下眼——再次落下时就紧紧攥住了那本破书!全家人都叫了起来……许良背过身离开了,大家都在高兴,所以没有注意到他的走。

就是这一天夜里,他失眠的毛病又犯了。他发现儿子那一抓,准确地抓在了他的疼处。是的,他开始发痒,心的深处在痒。他渴望阅读。

可是林子里几乎找不到一本像样的书。儿子抓住的那本书其实是破烂的《农副产品收购手册》,几年前由岳父从一个代销点拿回来的……他翻着这仅有的一本书,让鱼花难过。她说:"我去镇上书店吧,你要看书,就像俺爹要喝酒一样。"这个比喻真好。知己莫过妻啊,书瘾如同酒瘾。妻子说到就做,她让妈妈照顾好孩子,扎上裹腿就要穿过林子出去找书。他阻止她,她却嫌丈夫路生,非自己去一趟不可。没有办法,他就一口气开列了许多书名——他想这些书大半是很难在这样偏僻的地方买得到的,所以就很宽泛地开了一个书单。结果大出所料的是,她竟然一下买回了五六本簇新的、散发着墨香的书。

后来她又出过几次林子。木头房子里有了十余本书。

八年过去了。第九年上,他想回城里看一看。妻子扯着孩子的手问:"书也带上?"他摇头:"不,那里最不缺的就是这东西。"

离开的那天早晨,岳父把他引到一边。可是两个人并不说话。

许艮从岳父的目光里读到了一句话：记住，你可是发过誓的人。

三

连许艮自己也想不到的是，这一走会这么久。那个誓言像一条毒蛇一样咬他缠他，让他不敢回头。他知道一回就再也找不到这座城市了。可是这条毒蛇一直咬着他，坚持不懈，直咬得他头发枯白、目光迟滞、只差两个月就数满七十岁的时候，终于把他的心咬出了一个口子。他那天痛得半夜里低吼一声，跳了起来，蹿着，一直蹿出了这座城市。他向着无边之夜的中心跑去，它的名字就叫栗树沟。他这一跑再也没有歇脚。

仍旧是千里跋涉之苦，仍旧是林莽萋萋。可是这一次远没有几十年前那样周折。最后，他终于找到了镇子西北方的一座尼姑庵，找到了已经五十岁的鱼花。她的光头被帽子遮住，一双大眼依旧黑白闪亮。灰袍。他为她摘去帽子，大叫一声。她盯住他，一声不吭，只有那目光在重复着当年老父亲的一句话：你可是发过誓的人啊！

是的，男人的誓言怎可轻如鸿毛。男人一诺千金，更不要说是誓言了。可是这次归来，究竟是来践诺，还是被那句抛在林中的誓言威吓而来？他差一点跪下，就在此刻，就在她的面前。她却来不及责备，来不及说更多的话，只尽快招待了他第一顿斋饭。原来这就是通往净界的食物：粗米、咸菜和干菜。但他发现她和她们都安静地、香甜地吃着，只一会儿吃得碗里没有一颗米粒。因为饿，许艮吃得很多，但他只觉得像咽下了两碗不需要咀嚼的、被佛法弄得柔软了的河中沙粒。这样的特殊营养会滋润出一颗超凡脱俗的心？她真的不想回返俗世？那么她为什么还会给他写那样的一封信？

他忍不住提出这个问题。她淡淡的：因为一时犯傻；还有，就是想让他与儿子好好谈一次——这个世界上将来你还需要个照应的后代,说不定什么时候你会需要他的,你们得认识一下,免得将来形同路人。这些话听者都想流泪,可是鱼花的语气却那么平静和缓。老天,这个世界上真是佛法无边,她才皈依了这么短的时间,就已经大异于俗世常心。他暗暗吃惊,吸了一口凉气。他忍住了问:“我从哪里见到他呢?”她告诉:儿子现在三十一岁了,在离这里不算太远的一座小城当大夫,早年毕业于一所医科大学。许良听着,泪水流在心里。他还是无法忍得住另一件心事,问:“两位老人呢?”她告诉:相继辞世了,如今那座木屋空着。

许良与儿子的见面远比想象的还要艰难。这个外科医生长了两撇小胡子,面色白皙,乍一看绝不像自己的儿子。可是待了一会儿,不仅是觉得模样像,就连说话的声音都像。这个不无傲气的大夫可能犹豫了半天,最终还是决定认下这个无情无义的父亲。但并没有亲情外溢出来,只是就事论事般说出一个计划:“我一直想把母亲从庵里接出来,因为别人知道了母亲当尼姑我无法做人;再就是,我很孝顺。她认了死理坚决不出来,我也就不再理她了。可是半夜睡不着,决定还得接她出来。我要求你的只有一件事:帮我说服她。她会听你的。”许良像对待生活中常常遇到的那些年轻领导人一样,不无恭敬地说:“好的,请相信我会尽力的;不过,不过她已经是个出家之人了……”

回到庵里,他费尽口舌。要设法让她从庵里出来,父子两人的心愿竟如此一致!可她一声不吭。说了多半夜,她终于开口了:“这不是急着说的事儿;良哪,你不想好好听听我的爹妈最后那几年的事儿?不想听听他们最后的嘱咐?”许良一下被噎住了,急忙点头说:“想、想,你快些给我说说吧……”鱼花像怕冷一样戴上了帽子,又把窗子打开,咕哝说:“这里的气有些憋闷。”她盘腿坐上一个蒲团,抄着手说下去:“爹比妈早走只两个月。怪就怪在妈的身子很结实,她说你爹去了,我得早些跟去,他这个人身边没了我哪行。这样说谁也没当话听,谁知她不久真的去了。临走时跟爹说的话一样,就是让我去城里投你,说女人就得跟上男人,你和我不能分帮儿,你是发了誓的人。我答应她,就像当年答应爹一样。他们到了最后的时候,最放心不下的就是我和孩子。可是我答应他们,心里明白那不是我去的地方。哪里才是我去的地方?我早就想好了,有一天我要到尼姑庵里去。我偷着去看了好几次,认定那是我的地方。就这么着,我只等儿子毕了业成了家,就去了……"

许艮泪水最终没有忍住。但他背过身擦掉了。

鱼花眼望窗子:"爹妈都说,人要落叶归根。我们这些落叶啊,就剩下最后的这句话,你可千万要听啊!我一遍遍说听、听,他们还是一遍遍嘱咐。后来我才明白,没有比父母更懂得儿女心事的了,他们明白我是用话支应着,压根儿就不想去城里……我不是十八九岁那时候了,那时一股心思跟上你,哪管你藏了什么。现在我知道你在城里有家有口,在林子里躲过了一难,也就回去了,哪里还能回来?所以我早就死了这个心,把它收回了最好的地方,收到了尼姑庵里……"

许艮看得见黑影里她那双眼睛的亮光。他真想抱住她孱弱的身体。可他就像几十年前刚见到她一样,一动也不敢动。他在心底一遍遍想着两位老人——两片落叶最后的时刻;回味着他们的话——两片落叶最后的声音……他的泪水又糊住了眼睛。这次他顾不得擦去了,闷声说道:"鱼花,咱们回家吧。"

她的身子似乎摇动了一下。但她还是没有回应。

"咱们回家吧。"

"我十八岁时被你骗了;如今我五十岁了,再不能被你骗了。"

"我七十岁了,也成了一片落叶。我的话也是落叶的声音,这不会有假的。"

她摘下了帽子,放在手里搓着:“艮哪,我的年纪比你小得多,可总觉得一辈子也过到了最后。我的话也是落叶的声音,你听好了,我要走出这座尼姑庵,除非是两条:一是咱们不再分开;二是要回那座老木头房子,不去儿子那里……”

许艮紧紧抱住了她,对着她的耳廓说:“鱼花,就是这样,就是这样!”

…………

痛　别

一

“大宅主人这几天就要搬来了,我得走了,向您告别一声……”小白突然打来一个电话,声音有些伤感。我握着话筒“啊啊”应答着,半天才反应过来。我明白对方已经结束了在那个大院里的工作,就要回集团去了。我说:“我要找机会去你们那儿……去看‘嫪们儿’。”小白“嗯嗯”着,像在犹豫。我说:“我去大宅一次吧,您有时间吗?”对方说“好”。我这会儿想的是:当新的主人进住之后,我大概不可能踏进那个地方了。可它会让我心上发疼……

在这个萧瑟的季节里,橡树路上仍有可观的景致。通向那个宅院的斜巷异常干净,路旁的冬青树绿得可爱,蜀桧好像一直在努力攀高,已经抵达了枫树的半腰。有一两个穿杏红色制服的保洁工,他们见了来人就闪到路旁。前面,那个闪着金色花饰的院门里边一点,小白正在等我。

我们没怎么寒暄,直接就往里走去。她边走边说:这一两天就要回去了,唉,总算圆满完成了公司交给的任务。这活儿挺棘手的。好在主人已经派人来看了几次,对一切还算满意,他们对两个留下继续工作的女孩评价非常高。我想说的是:那两个姑娘虽然长得漂亮,但走起路来实在太响了,一天到晚踏得地皮嗵嗵的……我看着晚秋的大院,觉得棕绿相间的草坪更为庄重,竹林则显得无比旺盛;另一边的玫瑰留下了焦干的花朵,似乎可闻到一阵阵沉静的香气。两个长腿姑娘正在稍远一点的园角忙碌着。

进了主楼大厅,嚯,下午四点的阳光从大窗透过来,洒了一地。无论这里经历了什么、还要经历什么,此刻阳光调剂出来的色调仍然无与伦比。一二百年来,多少人享受过这样的时刻啊,这会儿坐在浓浓的香茶旁边,真想叹一句:夫复何求!她脖子上围了一条浅绿带紫色图案的纱巾,是恰到好处的装饰。我注意到她端杯子的手,白细纤长,没戴戒指,指甲精心修过。在离我们三四米远的一张茶几上,两只咖啡杯仿佛在等待又一对访客。我呷着茶,说:"我们去阁楼看看吧……"

小白咬咬嘴唇,似乎有些为难。

她可能没有更多的理由拒绝,只好站起来。她在前边走,一路的香气留下来。这是一种若有若无的、内敛的香气。水纹大理石楼梯因为年代久远,破损处虽被精心修复过,也还是留下刺眼的斑斑新痕。中间踏脚部分铺了深紫色地毯,青铜压条已经有了锈色。楼梯拐角的小窗上是长长的丝绒帘子,一直垂到下方。光线有些暗,这幽幽的色调正好呼应着遥远的过去。

我发现她一走进阁楼,踏入有简易床的一间,神色就有点紧张。我坐在床边,想安静一会儿。她的呼吸正变得稍稍急促,鼻尖上渗出了微微的汗粒,坐在一米之外的一把姜黄色折叠椅上,像在等待一场盼望已久的提问。我真的提问了,以此驱逐心中的悲哀:"你这一段没有与小涓联系吗?"

"没有。其实我在这儿读了好几年书,熟人很多。可是都没联系……”

“……”我正想说什么，可是突然听到隔壁有什么响动——轻轻走路的声音。我的目光转向那边。

她笑了：“这儿谁都没有。”

“哦，不……”我站起来，打开隔壁的门：里面真的空空的。我心里却在嘀咕：我知道，他们都来找一个人，找凹眼姑娘……

她对我四下睃着的模样感到好笑，仰着脸问：“您真的要去我们集团？要找‘嫪们儿’？”

“当然。我要请他为我算一卦，这事全靠你了。”

她一脸的抱歉：“我倒愿意，可总裁，他不允许任何人去看‘嫪们儿’的——而我，真想帮你……”

一句话还未结束，我就听到了隔壁传来的吱吱声。这次是十分真切的。我又打开了隔壁的门。还是空空的。我把半掩的窗帘拉开，去看院子：两个姑娘仍然在园子东南角弯腰干着什么。小白走到窗前，口气有些怜惜：“别看了，阁楼上什么都没有……”

我却再也待不下去了。我说咱们下楼吧，下楼吧。起身离开的一刻，我的眼前好像有一张苍白的面孔飞快闪了一下……我走在前边，小白跟在后面，她似乎有些倦怠。

我们重新坐在了大厅里。原来的茶还放在那儿，已经凉了。因为下楼太急，我有些喘息。小白不时瞥我一眼，像是要看出一点奥秘。我轻声吟哦：“……愿来世降生在……那个贫瘠的高原。”她看着我，目光里又有了在阁楼时的那种怜惜。一会儿，她好像想起了什么，说一句“请等一下”，飞快地走出了屋子。她回那个边厢去了。很快东西就取来了：一幅还没有镶框的油画，画了这个大宅——黄昏时刻，饱经沧桑的院落，楼房，若有若无的人影。“这是我在城里画的惟一的一张……我想送给您。”我内心里涌起一种从未有过的感激。只好一再感谢，感谢。与此同时，我的眼前飘过一股浓浓的糖果味、一股烟味……

突然,我感到了后背有一双男性的目光。我马上转身——一旁的茶几旁坐了一个人,是苍白青年,他正一手抚在茶几上,淡淡地望向我……我“啊”了一声。

随着这声喊叫,茶几旁的身影立刻不见了。

我的嘴巴久久不能合拢,一直看着那里。茶几上的两只咖啡杯,其中的一只开始慢慢移动——很慢很慢,渐渐加快起来,还没等我喊出来,它就跌在了地板上,摔成了几片……我呆住了。

“是他,他最后一次来这儿,来告别这幢老宅……”我盯着茶几,心里再明白不过:这真的是苍白青年,他就要厮守在“那个贫瘠的高原”了,这会儿是来最后看一眼这个大宅,这个使他丢失了青春和生命的地方。这是一次真正的痛别。

小白脸色红红的,没有注意我的自语,而是解释跌碎的杯子:“它是滑下来的,茶几上只要有一点点水,只要有一点点倾角,杯子就会滑动……”

我盯着那里:“这是一次真正的……痛别……”

“只要有一点点水,只要有一点点倾角……”

二

从大宅走出,天色已经很晚了。出门后我突然有一种非常急迫的感觉——心上涌过一阵极少见的焦灼。我不知这是不是恐惧造成的,好像有什么在呼唤……我匆匆赶路,后来竟不知往哪里走才好。仰头看了看星空,垂下的目光落在一排繁茂雪松上。哦,这是橡树路,再拐一个弯就是梅子一家了。

我的脚步有些踉跄,像被谁推搡了一把。

我抄着近道走出橡树路,没有打车。当我花了一个多小时才走进破破乱乱的街道,大汗淋漓地从立交桥下走过时,许多人都投来惊诧的目光……

今夜有一种不祥的预感……刚刚走近我们的小窝，就听到梅子和小宁的呼喊——这奇怪的声音立刻让我心上一紧，心脏怦怦乱跳。我马上意识到真的发生了什么，然后差不多是扑进了屋子。

梅子从里屋跑出，神色十分紧张："你看，你快看这是怎么了——它是怎么了？"

我两耳嗡嗡作响。

"你看，你看哪！"

我看到小宁趴在地上，脸都白了，嘴唇发青。

原来他蜷在那儿，身体挡住了口吐白沫、不断抽动的小狗丽丽。丽丽嘴上拉了很长的涎水，旁边吐出了许多东西。我一下明白了：它肯定吃了什么有毒的东西……我俯下身子呼唤，它看看我，尾巴动一动，灰蓝色的眼睛一会儿就合上了。

它痛苦极了，眼神有一点即将熄灭的火星。

梅子问："它一定吃了什么——你在家时它出去过吗？"

我用力地想，想不起来。中午我伏在写字台上，它和我玩；后来我大概睡了一会儿……不过它是从来不吃外面的东西的，它可能是咬过或含过什么，再不就是不小心舔了外面的毒饵，因为我知道全市都要统一下几次毒饵灭鼠……丽丽有太强的好奇心，它遇到陌生的什么总要闻一闻、舔一舔——现在的一些老鼠药都是剧毒，只要沾上一点也就完了。我来不及细想，说了声"快"，抱起丽丽就冲出门去。

梅子和小宁紧跟在后面。一家三口往前飞跑，对一路上的行人投来的目光不理不睬。我们向着一个离得最近的门诊部跑去。梅子气喘吁吁地问："怎么办？打急救针吗？"

"赶紧给它洗胃，大概这是惟一的办法了……"我说这话的时候声音发紧。我把它松松地抱在怀里，怕勒疼了它。它在我怀中绞扭着,有一阵像是要咬住什么,我立刻把手递过去。它像在吻我的手,只用湿漉漉的嘴巴碰了碰。后来它咬住了我的衣袖,紧紧地咬住。“丽丽,挺住吧,我们很快就要到了,很快就要到了!”

我听到了咯咯的声音,它在咬我的衣袖。它在用力挺住。

但只一会儿我就听不到声音了:丽丽正抬头看我,然后侧脸伏在了我的胳膊上。

它的嘴巴轻轻一动,然后就像平常睡觉一样,头颅往旁歪过去,紧紧闭上了眼睛……

“丽丽! 丽丽!”

怎么呼喊它都不再睁眼了。小宁跌坐在地上。

梅子哭了。我蹲在那儿,泪水只在眼眶里旋了一下,没有流出来。我用手试了试它的鼻息,真的完了。一切都结束了。但这样待了片刻,我重新抱着它站起来。我们仍然往门诊部跑去。

等待我们的是一个冷漠的值班大夫。他年纪轻轻,只有二十多岁,对我急急的敲门声烦得不能再烦,当弄明白是怎么一回事时,马上厌恶地“哼”了一声。他马上就要关门。我说:“对不起,影响您休息了——请您给它听一听吧,看看还有没有救过来的可能……”

他盯了我一眼,大概看到我乞求的目光中含有极其生硬的什么——就在那一刻,我相信我的眼神里有一股杀气。我真害怕当时他如果不答应,我会做出什么危险的举动。

一种莫名的仇恨烧得我两手发抖。

丽丽被摆在了一个小木案上,下面垫了一块消过毒的粗毛巾。

他这儿按按,那儿听听,还提起它的尾巴看了一下性别。

他到水池上洗手,说:“它已经死了,心脏不跳了,不可能救活了。”

小宁这一刻突然不哭了。

我看了一眼妻子,声音哽在嗓子里:“走吧……”

三

像来时一样,我们还是抱着它,不过一家三口走得很慢。我像被一根冰凉的蛇抽了一下。生命的凄凉和没有指望的情状全在这个夜晚浓缩了。医生的判断与我们一致:它肯定是接触过这次市里统一布下的灭鼠毒饵——不然它不会死得这样快。

可怕的是我们并不知道它挣扎了多长时间,因为下午有一段时间家里是没有人的。

那帮愚蠢的家伙把这座城市搞得到处一塌糊涂,他们简直一无是处,却研制出了如此狠毒的老鼠药。我看着铅灰色的天空,看着被压得越来越低的、又沉又黑的空气,喘不过气来。我开始盘算,盘算以后的这段日子小宁怎么办——不是家里缺少了一个楚楚动人的生灵,不是;我觉得有什么更为残酷的东西正通过丽丽的死,向我们下了最后通牒……

怀中的丽丽沉甸甸的,像一个刚刚满月的婴儿。

我和梅子都不约而同地屈指数着它来我们家的时间。我们尽管有时把它独自放在家里,让它孤单——因为这个世界太耗人了,我们不得不为生计奔忙——但在尽可能的情况下,在能力所及的范围内,我们还是小心翼翼地爱护了它、善待了它。小宁甚至每次都要抱着它到橡树路去炫耀,当着全家的面与它接吻,全家都严厉地制止他这样干,可孩子却坚持说丽丽有一只香喷喷的小嘴。他还把丽丽的耳朵提起,让大家参观它洁净无比的“小耳朵眼儿”。它太胖了,一扭一扭,连腰都没有。不仅是岳母,就连一贯严肃的、态度生硬的岳父都忍不住要笑。就是这样一个纯洁无忧的、孩子般的丽丽,这一次真的没有了。它随着这个黑夜的降临,彻底告别了谁也搞不明白的、最终也还是残酷无情的世界……

…………

身边的许多东西都随着丽丽的死而远去。这是一种真切无误的感受。在这之前,我们不会设想离开了这样一个生灵要怎样,尽管它已经是家庭的有机部分,是谁都不存异议的善良温厚的生命。如果一个世界频繁地扼杀那些最可爱的生命——不管以什么理由什么方式——这个世界肯定是需要诅咒的——如果所有善良的人都一起来诅咒,那么就有可能会是有效的。

那就让我们一起诅咒吧。

我们与孩子不同,我们没有泪水,只有冰凉而坚硬的心。

一连许久我都守在家中,不想离开这个贮满了它的声音和气味的地方。我好像觉得它还在。我一直在想这个生灵到底代表了什么。我认为它是从遥远之地派来的一个注视者和观察者:它看到了,知晓了,也就离去了。它还是一个送达柔情的怜悯者,带着人间不曾知晓的宽容和同情而来,并找到了我们。

冬天就这样来了。在严厉的日子里,我开始走上街头。我可以忘掉很多日子,可是第一场雪的情形却楚楚如新。每一个初冬,那突如其来的、久盼不得的、洋洋洒洒的雪花啊,让人有一种弥足珍贵之感。冒着第一场雪,不声不响地一个人往前,感受着一份安静。当寒冷的初雪把那些毛孔还没有来得及闭合的城市人赶到一个个小窝里时,街道上就只剩下故意寻觅的人了,这里空前疏朗。

我又踏在第一场雪里了,往前,一个人。

在这座清冷的城市里,突然就来到了一个适合判断和忆想的时刻……零星的雪花打在脸上,化成一滴水珠,还不如一颗眼泪大。我回头看看地上薄薄的一层已经开始融化。地温还有点高,不过脚印仍可以看得清晰——它不是一个完整的、边缘清晰的脚印,而在后边拖着一个彗星似的小尾巴。这说明我的脚在接触地面的那一瞬,像老人一样拖拉了一下。这说明我已经开始有点衰老或疲惫,开始拖脚了。我把脚抬得高一点——可坚持不了一会儿,雪地上又重新留下了彗星尾巴……是的,我已经走了很远的路,从东部平原到南部山区,再到海滨小城、地质学院、这座城市——无数的奔波、一钱不值的忙碌、城市街巷的穿梭往来……几乎还没来得及做什么,就长出了白发和皱纹。我跨进了中年才突然明白:这一辈子的许多致命问题想都没有想过,只是忙、忙,愚蠢地耗了这么久……

在这第一场雪里,我想到了东部平原上寒冷的冬天,那巨大的冰砜怎样在近海飘荡;还有一片印满了兔子和小鸟爪痕的平展展的雪原,以及槐树冠上积起的拳头大的一块块雪糕;早晨,迎着朝霞映红雪原的绚烂夺人的背景望去,常常可以看到一只高声大唱的鸟雀高傲地蹲在枝丫上……

四

又来到有花坛的橡树路入口。一片被风雪打残了的、干枯的雏菊。我在干枯的菊花间徘徊了一会儿。前边不远就是那间天下最好的糖果店了。我和这里的一个人隔开了千山万水,相距遥遥,整整一个世纪没有见面了……这个初冬啊,你在何方?

刚刚蒙了一层雪粉的菊丛摇动起来。通向糖果店的甬道上,有一个人正像我一样徘徊,从背影上看是个女的,一件黑呢子大衣裹出修长的身材,一条碎紫花的头巾掖在衣领那儿;她的高筒皮靴踏在雪地上,后面也有彗星一样的尾巴……我不由得匆匆追上一步,差一点呼喊出来。

她转过身来……陌生的目光,长长的睫毛。我们两人之间是突然加大的一簇簇雪花,正在急速旋转……我把脸转向旁边,重新去看那间糖果店。

她仍然站在那儿,一双大眼睛似乎在问:你是谁?

大片的雪花不断飘落到我们的衣服上、头上、手上、脸上，很快又化掉了。它们像小小泪滴，晶莹晶莹，凝结在她的脸上，颤抖不已……

一颗，又一颗……

它们悬在你的睫毛上
一颗颗不愿离去
它们终将攀过一道高岭
在起伏的山脉上游荡
穿过丰腴的丘壑
耗尽全部生命

你是难忘的母亲和爱人
一切相加的沉重和恩情
托举起颤颤的喜乐
轻轻移动　悄悄追赶
在笼罩大地的气息中
忘掉了死亡

等待一个枯黄的季节
那里铭刻着人的中年
一颗颗收集秋野之果
铺满圆形的大地
一遍遍回顾那些时刻
那双逼退闪电的眼睛

终于站在了雪地上

去恳求一个倾听
你的眼睛啊
湖水与星辰一样的波光啊
你的乌发啊
挨上额头与眉梢的丛林啊

伴着一声悄悄的问候
你跳下了双睫
从大理石柱上倏然滑过

这是没有回程的远行
是世界上所有的所有的
追忆和怀念都盛不下的
一次依恋和痛别……

1992 年 5 月—2008 年 12 月　一至三稿写于龙口、济南
2009 年 12 月 2 日四稿写于龙口